grafit

Dieses Buch ist ein Roman. Handlungen und Personen sind frei erfunden.
Ähnlichkeiten mit lebenden oder toten Personen sind nicht gewollt
und rein zufällig.

Bibliografische Information der Deutschen Nationalbibliothek
Die Deutsche Nationalbibliothek verzeichnet diese Publikation
in der Deutschen Nationalbibliografie; detaillierte bibliografische Daten
sind im Internet über http://dnb.d-nb.de abrufbar.

MIX
Papier | Fördert
gute Waldnutzung
FSC
www.fsc.org
FSC® C083411

Cäcilienstraße 48, D-50667 Köln
Internet: http://www.grafit.de
E-Mail: info@grafit.de

Umschlaggestaltung: Nele Schütz Design unter Verwendung von
shutterstock.com/Picturereflex
Gestaltung Innenteil: DÜDE Satz und Grafik, Odenthal
Lektorat: Dr. Marion Heister
Druck und Bindearbeiten: CPI – Clausen & Bosse, Leck
ISBN 978-3-98659-006-2
1. Auflage 2023

Silke Ziegler

Im Zauber der Stille

Ein Südfrankreich-Krimi

grafit

Silke Ziegler, Jahrgang 1975, lebt mit ihrem Mann und zwei Kindern in Weinheim an der Bergstraße. Zum Schreiben kam sie 2013 durch Zufall, als ihr während eines Familienurlaubs im Süden Frankreichs die Idee für ihr erstes Buch kam. Wenn sie nicht gerade in ihre französische Herzensheimat reist oder an einem ihrer Romanprojekte schreibt, geht sie gern wandern oder liest.

Für meine Familie

Prolog

Während ihr Blick über Rémys Gesicht wanderte, stellte sie sich vor, wie ihre Finger das Messer fester umklammerten. Wie dessen Klinge sich tief in den Körper ihres Mannes bohrte. Wie sie ganz langsam den Griff drehen würde ... Hirngespinste, signalisierte ihr Verstand. Fantastereien, Wunschvorstellungen, die Fleur niemals fähig wäre umzusetzen.

Das einfallende Mondlicht tauchte Rémys Gestalt in einen beinahe mild wirkenden Schatten. Doch Fleur wusste es besser. Der fahle Schein, der der Silhouette ihres Mannes Verletzlichkeit und Sanftheit verlieh, konnte sie nicht mehr über die Wahrheit hinwegtäuschen. Nicht nach zehn Jahren Ehe mit dem leibhaftigen Teufel. Nicht nach zwölf Jahren Beziehung, die sich für Fleur zu einer Hölle auf Erden gewandelt hatte. Nichts, aber auch gar nichts an Rémy war verletzlich oder sanft. Und milde hatte er sich ihr gegenüber lediglich am Anfang ihres Kennenlernens gezeigt. Sie hörte noch einige Minuten auf sein gleichmäßiges Schnaufen, bevor sie ihre Decke anhob und geräuschlos aus dem Bett schlüpfte. Die dicken Läufer verschluckten ihre Schritte.

Während sie mit angehaltenem Atem die Türklinke hinunterdrückte, drehte sie sich nochmals um und musterte ihren schlafenden Ehemann. Hatte sein rechtes Auge gerade gezuckt? Fleur schickte ein kurzes Stoßgebet zum Himmel. Ihr anfangs noch schwammiges Vorhaben formte sich schon seit Wochen zu einem immer konkreteren Plan, und sie wusste, dass sie endlich handeln sollte, bevor der Mut sie wieder verlassen würde. Fleur musste an ihre Töchter denken. Und an sich, an ihr Leben, ihre Zukunft. Wenn sie nichts unternähme, würde sie eines Tages daran zugrunde gehen. Nicht sofort und auch nicht in den nächsten Monaten oder Jahren. Nein, ihr Zerfall würde in winzig kleinen Schritten voranschreiten. Er würde erst von ihrer

Seele Besitz ergreifen, dann von ihrem Verstand, ihrem Herzen. Er würde sich kaum merklich in jeder ihrer Zellen einnisten, würde ihren Körper in Geiselhaft nehmen und sie zu Dingen veranlassen, die sie in einem anderen Leben niemals auch nur ansatzweise erwogen hätte.

Fleur schloss die Augen, als sie auf den Flur hinaustrat. In einem anderen Leben! Wie lange lag dieses zurück? Hastig schluckte sie die aufwallende Verzweiflung hinunter. Auf Zehenspitzen schlich sie über die Holzdielen, vorbei an den Zimmern ihrer Töchter Virginie und Océane. Vor der Tür des jüngeren Kindes verharrte sie kurz. Fleurs Blick fiel auf die rosafarbenen Buchstaben, in denen der Name ihrer Zweitgeborenen auf dem weißen Holz prangte. Der älteren Virginie war die Farbe zu »babyhaft« gewesen, sie hatte sich vor drei Jahren für ein strahlendes Blau entschieden, was ihr Vater mit einem bekräftigenden Nicken quittiert hatte. Fleur legte eine Hand auf ihren Brustkorb und lauschte in die Stille. Aus den Kinderzimmern drang kein Laut zu ihr. Am liebsten hätte sie die Türen geöffnet, sich an die Betten der Mädchen gesetzt und ihre Töchter betrachtet. In welch ein Leben hatte Fleur die beiden nur hineingeboren? Wann genau hatte sie in ihrem Leben den falschen Abzweig genommen? Und wieso war sie viel zu spät zu der Erkenntnis gelangt, dass es in jeder Sackgasse an irgendeinem Punkt auch eine Umkehrmöglichkeit gab? Fleurs Augen begannen zu brennen. Sie presste die Hände auf ihr Gesicht und mahnte sich zur Disziplin.

Sie musste handeln! Nicht morgen, nächste Woche oder in einem halben Jahr. Nein, sie musste jetzt handeln. Jetzt sofort! Sie hatte bereits viel zu lange gewartet. Schweren Herzens ließ sie die Zimmer der Mädchen hinter sich und steuerte die ausladende Marmortreppe an, die ins Erdgeschoss der weitläufigen Villa führte. Der kalte Stein unter ihren nackten Fußsohlen ließ sie kurz zusammenzucken. Lautlos hastete sie die Stufen hinunter und durchquerte die Eingangshalle. Fleur war klar, dass sie sich durch ihr Vorhaben in größte Gefahr bringen konnte. Wenn Rémy aufwachte, würde sie eine verdammt gute Begründung für ihr Verhalten benötigen. Und wenn er ihr diese nicht abnahm, dann …

Lass das, Fleur, ermahnte sie sich sofort. Es war wenig zielführend, wenn sie sich in diesen Minuten mit irgendwelchen furchterregenden Konsequenzen beschäftigte, die im schlimmsten Fall auf sie zukommen konnten. Sie musste jetzt optimistisch bleiben und sich die Motivation für ihr Tun immer wieder ins Gedächtnis rufen. Ohne festen Willen, ohne Kraft, ohne ihre frühere Stärke würde sie es nicht schaffen, dessen war sich Fleur sicher. Einmal in ihrem Leben, ein einziges Mal, musste sie Rémy übertrumpfen, musste beweisen, dass sie gerissener und schlauer als er sein konnte.

Vor der Tür seines Arbeitszimmers hielt sie für einen letzten Moment inne, um sich erneut ihre Beweggründe vor Augen zu führen. Es waren zu viele, doch der über allem schwebende Wunsch, der Fleurs Denken dominierte, war der nach Freiheit. Fleur wollte endlich wieder frei sein. Und sie wollte, dass ihre Töchter als freie Menschen aufwachsen konnten. Sie mussten diesem gläsernen Gefängnis entkommen. Irgendwie.

Entschlossen öffnete sie die Tür und betrat Rémys Büro. Leise schlich sie zu dem breiten, blitzblank aufgeräumten Schreibtisch, während sie ihren Blick über die meterlangen Regale schweifen ließ, die die Wand dahinter bedeckten. Zu ihrer Rechten befand sich die bodentiefe Fensterfront, von der aus man die gesamte Südseite des parkähnlichen Gartens überblicken konnte. Das Anwesen verfügte über ein Grundstück von knapp fünftausend Quadratmetern. Vor den Toren von Aigues-Mortes hatte sich Rémy Beauvolet sein eigenes Refugium geschaffen. Der Garten war von zwei Meter hohen Mauern umgeben. Die Alarmanlage, die das Anwesen sicherte, hatte er in Amerika bei derselben Firma herstellen lassen, bei der auch internationale Geheimdienste ihre Ausrüstung bestellten. Fleur trat an eines der Fenster und legte ihre rechte Hand auf die kühle Scheibe. Vor der weitläufigen überdachten Terrasse erstreckte sich ein fünfundzwanzig Meter langer Swimmingpool.

Wie viele Frauen beneideten sie um ihre Lebensverhältnisse, dachte sie wehmütig. Schillernde Gartenpartys, exklusive Weinverkostungen und mondäne Grillfeste erschienen vor Fleurs geistigem Auge. Es fehlte ihr an nichts, ihr Gatte las ihr jeden Wunsch von den Augen ab, trug sie auf Händen, betete sie an. Ja, Fleur präsentierte nach außen hin die glückliche Frau eines reichen Unternehmers. Eines Mannes, der sein Umfeld zu blenden wusste. Der sein Imperium perfekt auf einem versteckt darunterliegenden Netzwerk aus illegalen Geschäften, wie Drogen- und Menschenhandel, aufgebaut hatte. Ein auf die Gesellschaft sauber und integer wirkender Macher, dem die südfranzösische Polizei bis heute keine Verbindung zu irgendwelchen schmutzigen Geschäften hatte nachweisen können. Rémys Netzwerk war weitreichend und beinahe unerschöpflich, niemand kam an ihn heran, stets war er den Gesetzeshütern einen Schritt voraus.

Fleur atmete tief durch und rief sich ihre Aufgabe ins Bewusstsein. Sie trat hinter den Schreibtisch und setzte sich auf den Stuhl. Nachdenklich ließ sie eine Hand über die gewienerte Fläche aus schwerem Eichenholz gleiten. Nacheinander öffnete sie leise die sich darunter befindenden Schubladen. Im Halbdunkel des hereinfallenden Mondlichts erkannte sie mehrere Notizblöcke, drei Ordner mit Kontoauszügen, ein kleines Telefonbuch und mindestens ein Dutzend Mappen mit Bauunterlagen, Grundrissen und Wohnflächenberechnungen. Ohne lange nachzudenken, holte sie das Telefonbuch hervor und legte es vor sich auf die Schreibtischplatte.

Während sie die Seiten umblätterte, machte sich Enttäuschung in ihr breit. Die Blätter waren eng beschrieben, doch sie entdeckte keinerlei Namen, Rémy hatte lediglich Initialen eingetragen. Wer waren all diese Menschen? Gab es für Fleur eine Möglichkeit, herauszufinden, wer hinter den Buchstaben steckte? Sie brauchte dringend Informationen. So viele sie nur sammeln konnte. Anhaltspunkte, an denen sie anknüpfen konnte. Rémys offizielle Geschäftspartner waren mit großer Wahrscheinlichkeit nicht die richtigen Adressaten für Fleur. Gedankenverloren durchblätterte sie die Kontoauszugsmappen in der Schublade. Von den horrenden Summen, die zum Teil als Abgänge, zum Teil als Zugänge die Konten passierten, wurde es Fleur fast schwindlig. War das vielleicht eine Möglichkeit? Sie musste alle Optionen in Erwägung ziehen.

Erneut schlug sie das Telefonbuch auf und überflog die Eintragungen. Bei einigen Initialen waren mit Bleistift Daten neben der Telefonnummer vermerkt. Was hatte das zu bedeuten? Fleur nahm sich vor, in den nächsten Tagen die Seiten abzufotografieren. Auch wenn die Notizen auf den ersten Blick harmlos und unverfänglich erschienen und sie nicht abschätzen konnte, ob und wie brisant die Unterlagen waren, die sich offen zugänglich in Rémys Schreibtisch befanden, würde es nicht schaden, die Daten jederzeit wieder abrufen zu können und dadurch möglicherweise doch eine Verbindung zu dem schmutzigen Netzwerk ihres Mannes zu entdecken. Sie legte die Akten zurück und erhob sich.

Als sie sich dem Regal hinter ihr zuwenden wollte, wurde das Deckenlicht eingeschaltet. Fleur begann zu frösteln. Obwohl sie mit dem Rücken zur Tür stand, war ihr augenblicklich klar, dass sie verloren hatte. Wie in Zeitlupe drehte sie sich um und blickte direkt in Rémys kalte Augen.

»Hältst du mich wirklich für so dämlich, chérie?«

1

Fünf Tage später

»Ich will noch schlafen«, brummte Virginie, als Fleur die bodentiefen Klappläden vor den beiden Fenstern öffnete.

»Die Schule ruft.« Lächelnd trat sie an das Bett ihrer zehnjährigen Tochter und betrachtete deren müdes Gesicht. »Was magst du zum Frühstück?«

»Ein Croissant«, erklärte Virginie mit düsterer Stimme, bevor sie sich die Decke über den Kopf zog.

Fleur musste lachen. »Zieh dich in Ruhe an. Ich schaue nach deiner Schwester.«

Während Virginie etwas Unverständliches vor sich hin murmelte, verließ Fleur das Zimmer und steuerte den Nachbarraum an.

»Bonjour, Océane.«

Ein tiefes Seufzen erklang vom Bett her.

Fleur ließ auch hier die Morgensonne herein und ging vor dem Bett ihrer jüngeren Tochter in die Hocke. Zärtlich strich sie dem kleinen Mädchen über dessen Locken.

»Muss ich schon aufstehen?« Océane blinzelte und verzog ihren kleinen Mund.

Fleur schmunzelte. »Habt ihr euch abgesprochen?« Als sie den fragenden Blick ihrer Tochter auffing, hauchte sie ihr einen Kuss auf die Wange und winkte ab. »Virginie quält sich auch gerade aus dem Bett.« Sie erhob sich wieder. »Was steht denn heute im Kindergarten auf dem Programm?«

»Gustave kommt doch und liest uns vor«, begann Océane zu plappern und warf ihre Decke zurück. »Wir sind beim letzten Mal nicht mit der Hasengeschichte fertig geworden.«

Fleur erinnerte sich an die überschäumende Begeisterung, mit der Océane ihr von dem Studenten berichtet hatte, der im Rahmen eines universitären Projekts einen Tag pro Woche im Kindergarten verbrachte und sich dort ausgiebig mit den Kindern beschäftigte. »Stimmt, dein neuer Freund«, erwiderte sie amüsiert.

Océane stellte sich an den verspiegelten Kleiderschrank und schob vorsichtig die Tür auf. »Gustave ist so lieb. Er kennt total viele Witze. Und er hat uns letzte Woche versprochen, dass er heute mit uns kochen möchte.«

Fleur hob die Brauen. »Kochen?« Sie nahm das rosa T-Shirt mit dem aufgedruckten Tweety aus dem Schrank. »Da habt ihr ja einiges vor.«

Océane riss die Arme in die Luft und sprang auf und ab. »Ja! Ich freue mich so.«

Die ungezügelte Freude ihrer Tochter versetzte Fleur einen leichten Stich. Tat sie wirklich das Richtige? Oder sollte sie ihr Vorhaben nochmals überdenken?

Océane strich sich eine Strähne aus der Stirn und starrte ihr Spiegelbild an.

Ging es ihren Töchtern nicht wesentlich besser als vielen anderen Kindern? War es nicht vielmehr so, dass Fleurs Plan auf ihrer eigenen Unzufriedenheit fußte? Verhielt sie sich egoistisch angesichts der Chancen, die ihren Töchtern in die Wiege gelegt worden waren? Frustriert wandte Fleur sich ab. Sie drehte sich im Kreis.

»Warum brüllt Océane denn so rum?«, nuschelte Virginie vom Flur her, bevor ihr verwuscheltes Haar im Türrahmen erschien.

»Gustave kommt heute!«

»Sie freut sich auf den Kindergarten«, erklärte Fleur ihrer Ältesten, während sie sie an sich zog.

»Pah.«

»Na, komm. Lass ihr den Spaß.« Dann schob sie Virginie mit sanftem Druck in das gegenüberliegende Badezimmer. »Mach dich fertig.«

»Wo ist mein weißer Rock?«, schwatzte Océane weiter. »Und ich möchte heute ein Baguette mit Käse mitnehmen. Und eine Flasche

Apfelsaft. Emily bringt Kirschen mit. Wir wollen nämlich ein Picknick machen in der Frühstückspause.«

Kopfschüttelnd kramte Fleur das gewünschte Kleidungsstück hervor und legte es aufs Bett. »Schaffst du das allein?« Sie platzierte eine hellrosa Unterhose daneben.

»Ich bin doch schon groß, Maman«, empörte sich Océane und stemmte ihre kleinen Fäuste in die Hüften. »Virginie fragst du auch nicht, ob du ihr helfen sollst.«

Fleur zählte stumm bis drei und nickte dann. »Okay. Dann lasse ich dich allein und bereite das Frühstück vor. Was möchtest du?«

»Kannst du mir vielleicht ein Omelett machen?« Océane riss ihre Augen auf. »Mit Käse und Tomaten?«

»Zu Befehl, Mademoiselle.« Fleur verließ das Zimmer und eilte die Stufen hinunter.

Aus dem Augenwinkel registrierte sie, wie Rémy mit dem Smartphone am Ohr in seinem Arbeitszimmer auf und ab lief, während sie die Küche ansteuerte.

Bevor sie die Schranktüren öffnete, um das Geschirr zu entnehmen, hielt sie kurz inne und konzentrierte sich auf seine Stimme.

»Nein, du weißt, was ich gesagt habe. Wir bleiben bei unserem Vorhaben … Lass es! … Ich kann jetzt nicht länger reden … Nein, verflucht!«

Fleur atmete tief durch und holte eine Pfanne aus dem Schrank. Steckte Rémy etwa in Schwierigkeiten? Zumindest klang er verärgert. War das ein gutes Zeichen?

»Maman, ich habe Hunger«, ertönte Océanes Stimme von der Treppe her.

»Ich kann nicht zaubern«, erklärte Fleur geduldig, während sie Butter in die Pfanne gab. »Einen kleinen Moment musst du dich noch gedulden.«

Ihre jüngere Tochter trat in die Küche. »Wie sehe ich aus?«

Fleur wandte sich um und verfolgte mit einem Schmunzeln, wie Océane sich um die eigene Achse drehte. Der Rock plusterte sich leicht auf. Das Mädchen kicherte.

»Du siehst sehr hübsch aus, mein Schatz«, bekannte Fleur und lächelte. »Ich fürchte nur, der Rock wird nicht allzu lange seine Farbe behalten.«

»Ich passe auf«, entgegnete Océane umgehend. »Ich bin ganz vorsichtig. Und wenn Gustave uns vorliest, sitzen wir doch sowieso auf den Kissen in der Ruhe-Ecke. Da ist es ganz sauber.«

Fleur bezweifelte, dass der Student den Kindern viel länger als eine Stunde vorlesen würde, doch sie behielt ihre Gedanken für sich.

»Bonjour«, erklang hinter ihr die Stimme ihres Mannes.

»Papa«, krähte Océane los und begann sofort, auch ihm von ihrem heutigen Tagesprogramm zu erzählen.

Während Fleur die Eier verquirlte und Käse und Tomatenstückchen dazugab, musste sie an den nächtlichen Zwischenfall vor fünf Tagen denken. Ihr war bewusst, dass ihr nicht mehr viel Zeit blieb. Nachts machte sie kaum noch ein Auge zu, da ihre Sorge mit jedem Tag wuchs. War sie gerade im Begriff, einen großen Fehler zu begehen? Einen Fehler, der ihre Zukunft nachhaltig zerstören konnte? Einen Fehler, der sie …

»Fleur?«

Sie drehte sich um und erblickte Rémys fragende Miene. »Entschuldige bitte.« Sie schluckte. »Was hast du gesagt?«

Seine Lippen verzogen sich zu einem weichen Lächeln. »Wo bist du nur schon wieder mit deinen Gedanken, chérie?«

Sie musterte sein Gesicht. Während ihre Tochter ihn von der Seite ansah und unbeeindruckt weiterplapperte, erkannte Fleur hinter der Fassade die Kälte in seinen Augen. »Ich …« Sie fasste sich an die Kehle. »Ich habe …«

»Ist ja auch egal.« Er wandte sein Gesicht ab. »Ich wollte nur wissen, was ihr heute Nachmittag vorhabt.«

Fleur schloss kurz die Augen. »Schuhe kaufen.«

»Schuhe kaufen?« Rémys Stimme klang misstrauisch.

»Ja!«, krähte Océane neben ihm los. »Ich möchte neue Sandalen.«

Fleur nickte. »Die alten sind etwas zu klein. Auch Virginie benötigt eine neue Größe.«

»Dann gehen meine Damen also auf Shoppingtour«, wiederholte ihr Mann mit einem ironischen Unterton.

»Wenn du nichts dagegen hast«, setzte Fleur fast flehend an.

Er lachte. »Was sollte ich dagegen haben?« Dann trat er neben Fleur. »Das duftet himmlisch.«

»Aber das ist mein Omelett«, meldete Océane sich aus dem Hintergrund.

»Ich weiß, meine Süße.«

Bei seinem Tonfall gefror Fleur fast das Blut in den Adern. Als er seinen Arm um ihre Taille schlang, hielt sie den Atem an.

»Machst du deinem treu sorgenden Ehemann ebenfalls eins?«

»Wenn du möchtest.« Sie räusperte sich.

Während er im nächsten Moment seine Lippen an ihrem Hals entlangwandern ließ, schloss sie die Augen und rang um Fassung.

»Wer weiß, wie lange du noch die Gelegenheit dazu hast …«

Er hatte die Worte so leise ausgesprochen, dass nur Fleur sie hören konnte. Eine kalte Hand legte sich um ihr Herz.

»Wo ist mein Croissant?«

Als Virginies Stimme ertönte, nahm Rémy seine Hand von Fleur und drehte sich um. »Guten Morgen, mein Sonnenschein! Hast du gut geschlafen?«

2

Capitaine Kylian Plevantier spürte bereits beim Aufwachen, dass der Tag nichts Gutes für ihn bereithalten würde. Es war wie diese Vorahnung, die einen überfiel, wenn man auf eine komplizierte Festnahme hinfieberte und zugleich wusste, dass der bisherige Verlauf der Dinge zu glatt gegangen war. Wenn es den Anschein hatte, dass das Zielobjekt es einem viel zu einfach machte. Wenn man instinktiv ahnte, dass etwas nicht stimmte, nicht stimmen konnte.

Als Kylians Blick auf sein Smartphone fiel, sprang er wie von der

Tarantel gestochen aus dem Bett und fluchte lautstark. Er hatte sich zwei Stunden hinlegen wollen, nachdem ihn Rashida Démilliers, seine Vorgesetzte bei der Police Nationale von Montpellier, nach einer von mehreren Doppelschichten geprägten Woche nach Hause geschickt hatte. Obwohl der Abschluss ihrer Ermittlungen unmittelbar bevorgestanden hatte, hatte Démilliers' Ton keine Widerrede geduldet. Widerwillig hatte sich Kylian ihrer Anweisung gefügt und war nach Hause gefahren. Obwohl er sich fest vorgenommen hatte, sich nur eine Stunde oder auch zwei auszuruhen, hatte die Erschöpfung der letzten Tage letztlich ihren Tribut gefordert. Kylian hatte mehr als fünf Stunden geschlafen.

Während er sich seiner Shorts entledigte und diese achtlos auf den Boden fallen ließ, hastete er bereits in das kleine Badezimmer und stellte die Dusche an. Bevor er sich unter den kalten Strahl stellte, warf er einen Blick in den Spiegel. »Du siehst richtig scheiße aus«, murmelte er, als er die tiefen Schatten unter seinen Augen registrierte. Sein Haar benötigte dringend einen neuen Schnitt, seine Gesichtszüge wirkten angespannt und müde. Die letzten Monate waren nicht spurlos an ihm vorbeigegangen. Kylian war noch keine vierzig, fühlte sich in diesem Moment aber mindestens zwanzig Jahre älter.

Was würde ihn gleich erwarten? Er betrat die Dusche und biss die Zähne zusammen, als das Wasser auf seinen Körper hinabprasselte. Die kalte Dusche gehörte genauso zu seinem Morgenritual wie die große Tasse schwarzen Kaffees, ohne die er das Haus grundsätzlich nicht verließ. Er fuhr sich durchs Haar und strich die langen Strähnen aus der Stirn. Kurz genoss er den frischen Duft der Minze, während er sich mit dem Duschgel einschäumte, bevor seine Gedanken zu den aktuellen Ermittlungen zurückkehrten. War sein persönlicher Albtraum endlich überwunden? Konnten sich seine inneren Dämonen verabschieden und zur Ruhe setzen?

Kylian glaubte noch nicht daran. Fünf Jahre harte Arbeit lagen hinter ihm, drei bittere Verluste. Vier, korrigierte er sich sofort. Er wusste, dass er es verdient hätte, einen gelungenen Abschluss zu finden. Und er wusste ebenfalls, dass Démilliers klar war, dass er der Einzige war, der diesen Fall zu einem erfolgreichen Ende bringen konnte. Und doch ... Die Zweifel saßen tief.

Vor fünf Jahren hatten sie schon einmal kurz vor dem Durchbruch gestanden. Bevor sich all ihre Bemühungen in Luft aufgelöst hatten ... Nachdem Kylian die Situation völlig falsch eingeschätzt hatte. Er war nicht sicher, wie er auf einen zweiten Rückschlag reagieren würde. Tausende Arbeitsstunden, unzählige Besprechungen und Undercoveraktionen ... Auch nach fünfzehn Jahren Polizeiarbeit glaubte Kylian nach wie vor an das Gute in der Gesellschaft. Anders als viele Kollegen wollte er sich nicht damit abfinden, dass manche Fälle aussichtslos zu sein schienen, wollte sich nicht der Desillusion hingeben, die so viele von ihnen früher oder später ergriff.

Er war Polizist geworden, um für Gerechtigkeit zu sorgen. Um denen zu helfen, die sich nicht selbst helfen konnten. Und um diejenigen zu stoppen, die meinten, die Gesetze gälten nicht für sie, schlimmer noch, die der Ansicht waren, sie seien das Gesetz. Nach wie vor weigerte sich Kylian, zu akzeptieren, dass sie nicht alle schützen konnten. Dass sie eine hohe Aufklärungsrate anstrebten, die jedoch niemals hundert Prozent erreichen konnte.

Er stellte das Wasser ab und trat aus der Dusche. Während er sich abtrocknete, stieg seine Anspannung. Was würde ihn gleich erwarten? Unablässig geisterte die Frage in seinem Kopf herum. Wieder entwich ihm ein Fluch. Warum bloß hatte er sich von Démilliers nach Hause schicken lassen? Ausgerechnet jetzt! Vor der alles entscheidenden Phase. Zähneknirschend zog er Jeans und T-Shirt über und verließ das Badezimmer. Für eine ordentliche Rasur reichte die Zeit nicht mehr. Er stellte die Kaffeemaschine an und wartete. Sein Magen begann zu knurren. Wann hatte er gestern zuletzt etwas gegessen?

Kylian ließ den vergangenen Tag vor seinem geistigen Auge abspulen. Am späten Vormittag hatten sie einen kleinen Happen vom Chinesen bestellt. Das war mehr als zwanzig Stunden her. Er öffnete den Kühlschrank und inspizierte den Inhalt. Eine Flasche Milch, zwei Flaschen Bier, ein Stück Käse, das wenig appetitlich aussah, und eine angebrochene Salami. Darunter lagen ein verwelkter Salatkopf, zwei braune Bananen und drei eingedellte, verrunzelte Pfirsiche. Kylian musste dringend einkaufen gehen. Er musste sich dringend um sein Leben kümmern. Die letzten Monate war er nur zwischen seiner Wohnung und dem Polizeirevier hin- und hergependelt. Seine Überstunden hatte er nicht mehr gezählt, nachdem diese die Zahl Dreihundert überschritten hatten. Wenn die Sache überstanden wäre, sollte er sich einen langen Urlaub gönnen. Er nahm die Salami aus dem Kühlschrank und stellte sich ans Fenster. Während er auf der zähen Wurst herumkaute, schüttelte er den Kopf. Wohin sollte er schon in Urlaub fahren? Und mit wem? Kylian wüsste nicht einmal, was er mit der erzwungenen freien Zeit anfangen sollte. War es wirklich schon so weit mit ihm gekommen?

Auf der Straße vor seiner Wohnung war der Berufsverkehr bereits in vollem Gange. Kylian konnte sich nicht erinnern, wann er das letzte Mal so spät zur Arbeit aufgebrochen war. Für gewöhnlich war er einer der Ersten auf dem Revier. Und einer der Letzten, der Feierabend machte, setzte er voller Bitterkeit nach. Er musste endlich etwas ändern. Sosehr er seinen Job liebte, so ehrgeizig er jeden einzelnen Fall, der über seinen Schreibtisch wanderte, anging, gab es nicht noch etwas anderes im Leben? War er damit zufrieden? Kylian kannte die Antwort und ärgerte sich sogleich über sein viel zu tiefsinniges Reflektieren. Es war dieser verfluchte Fall, der ihn so sentimental und nachdenklich werden ließ.

Es fehlte ihm doch an nichts. Er hatte ein gutes Auskommen, auch wenn er mit seinem Beamtengehalt niemals größere Sprünge würde machen können. Verglichen jedoch mit seinen Ausgangschancen konnte er mit dem Verlauf seines Lebens mehr als zufrieden sein. Als Kylian an die Frau dachte, die einen Großteil der Verantwortung für diese Entwicklung trug, wurde ihm warm ums Herz. Sie hatte ihm nichts durchgehen lassen, hatte ihn ein ums andere Mal an die wahren Werte im Leben erinnert. Ohne sie wäre er längst am Abgrund gelandet. Im schlimmsten Fall sogar einen Schritt weiter.

Als der Kaffee durchgelaufen war, schaltete Kylian die Maschine aus und schenkte sich einen großen Becher ein. Gedankenverloren knabberte er weiter an seiner Salami. Warum meldete sich niemand? Er sah auf seine Uhr. Die Aktion müsste längst gelaufen sein! Stand es ihm nicht zu, dass man ihn zeitnah über den erfolgreichen Abschluss der Ermittlungen informierte?

Das ungute Gefühl, das ihn bereits beim Aufwachen überkommen hatte, kehrte zurück. War die Sache schiefgelaufen? Er schloss die Augen. Nein, das konnte nicht sein. Die Informationen, die ihnen zugespielt worden waren, waren stichhaltig und belastbar gewesen. Niemand hatte ernsthaft an ihrem Wahrheitsgehalt gezweifelt. Alles hatte gepasst. Kylian raufte sich die Haare. Genervt warf er die restliche Wurst in den Mülleimer. Er würde sich auf dem Weg ins Revier ein vernünftiges Frühstück besorgen. Ein Zipfel Salami zu schwarzem Kaffee … Was für eine Kombination! Fast hätte er aufgelacht.

Eine Meise setzte sich auf das Geländer vor dem Küchenfenster. Kylian fixierte den kleinen Vogel und trank einen Schluck. Die Meise verdrehte ihren Hals und sah in das Wohnungsinnere. Kylian verharrte reglos, um sie nicht zu verscheuchen.

Als sein Handy im Flur klingelte, zuckte er zusammen. War das Démilliers, um ihm mitzuteilen, dass ihre Ermittlungen zielführend gewesen waren? Ohne weiter auf den Vogel zu achten, eilte er aus der Küche und griff nach dem Telefon. Seine Vorahnung bestätigte sich. Der Anruf kam von seiner Vorgesetzten.

»Plevantier, bewegen Sie schnellstmöglich Ihren Arsch hierher! Die angekündigte Lieferung ist nicht eingetroffen. Wir stehen wieder bei null!«

3

Genüsslich legte Rémy seinen Kopf zurück, schloss die Augen und gab sich einen Moment ganz der wohligen Entspannung hin, die seinen Körper durchströmte.

»Zufrieden?«, erklang Madeleine Rinauts Stimme.

Er öffnete seine Augen wieder und verfolgte, wie die rothaarige Prostituierte gerade ihren BH schloss. Während sie sich räusperte, zog sie ihre Bluse über und knöpfte sie zu.

»Hast du jemals auf dein Geld warten müssen?« Ungeduldig öffnete er die untere Schublade an seinem Schreibtisch und holte ein Bündel Scheine hervor. Ohne mit der Wimper zu zucken, zog Rémy zwei Fünfziger heraus und warf sie achtlos auf die Holzplatte. »Und jetzt dalli!« Unwirsch wedelte er mit der Hand. »Ich habe gleich eine wichtige geschäftliche Besprechung.«

»Du meldest dich, Rémy?« Madeleines Stimme gurrte, während sie seinen Namen aussprach.

»Ja, ja«, erwiderte er abwesend und scheuchte sie ungeduldig hinaus.

Als er aufstand, um die Tür hinter ihr zu schließen, hob Madeleine ihre Hand und warf ihm mit übertriebener Geste eine Kusshand zu.

»Au revoir, chéri!«

Rémy erwiderte nichts, sondern knallte schweigend die Tür hinter ihr zu. Warum war er derart gereizt? Momentan lief es doch hervorragend für ihn. Glücklicherweise war Marie-Louise Vannaire, seine Sekretärin, noch nicht im Haus. Obwohl Rémy Fleur gegenüber keinerlei Gewissensbisse verspürte, wenn er sich mit anderen Frauen traf, achtete er stets äußerst gewissenhaft darauf, dass seine knapp sechzigjährige Angestellte nichts von seinen sexuellen Eskapaden mitbekam. Es gab kaum einen besseren Leumund als eine biedere, unauffällige Assistentin, die ihren Chef jederzeit in den höchsten Tönen lobte, wenn die Bullen aus lauter Verzweiflung wieder einmal ihre Deckung verließen und auf dem direkten Weg versuchten, ihm ans Bein zu pinkeln. Amouröse Verwicklungen mit einer gar zu attraktiven Sekretärin konnten ihn in seiner Lage nur in Schwierigkeiten bringen.

Rémy kehrte zu seinem Schreibtisch zurück und rief seine Mails auf. Das Postfach diente lediglich der geschäftlichen Abwicklung seiner Hotels und Casinos. Daher erwartete er wenig Überraschendes, als er den Posteingang überflog. Und er behielt recht. Drei Anfragen von Sportvereinen nach Sponsoringmöglichkeiten durch die Beauvolet Hotel und Casino Group, zwei Interviewwünsche überregionaler Tageszeitungen und eine ganze Armada von Angestelltenmails. Mitteilungen über anstehende Reparaturen, Bitten um persönliche Gespräche beim Chef sowie Reklamationen bezüglich diverser Arbeitsvorgänge.

Rémy klickte sein Postfach weg. Er würde Marie-Louise mit der Bearbeitung beauftragen. Das Tagesgeschäft langweilte ihn zusehends. Lappalien, unwichtige Vorkommnisse. Die Läden mussten laufen, alles andere interessierte ihn nicht. Vielleicht sollte er jemanden einstellen, der sich nur um die Bewirtschaftung der Hotels kümmerte. Die- oder derjenige könnte Rémys Häuser abfahren und öfter mal nach dem Rechten sehen. Immer wieder war in letzter Zeit der Verdacht in ihm aufgekeimt, dass seine dauerhafte Abwesenheit vor Ort dazu führte, dass die Angestellten es mit einigen Anweisungen nicht mehr allzu genau nahmen. Wenn die Katze aus dem Haus ist …, schoss es Rémy durch den Kopf. Ein Kontrolleur, der den Mitarbeitern in seinem Auftrag ein wenig Dampf machte, konnte mit Sicherheit nicht schaden.

Er stand auf, schob die Hände in die Hosentaschen und stellte sich ans Fenster. Musste er sich wegen Fleur Sorgen machen? Sie waren seit mehr als zehn Jahren zusammen. Bisher hatte sie nie auch nur den leisesten Anschein erweckt, dass sie mit dem Leben, das er ihr bot, nicht zufrieden wäre. Andererseits …

Seine Miene verfinsterte sich. Schon einmal war sie ihren eigenen Weg gegangen. Hatte sie etwa bereits vergessen, dass sie es nur seinem Großmut zu verdanken hatte, dass ihr Fehlverhalten keine schwerwiegenderen Konsequenzen nach sich gezogen hatte? Nun, er hatte ihr in den letzten Tagen mehrfach verdeutlicht, wer für ihre Existenz, für alles, was sie ausmachte, verantwortlich war. Ein selbstgefälliges Grinsen schlich sich auf seine Lippen. Konnte er ihr noch trauen?

Es klopfte an der Tür.

»Ja!«

Jean-Luc Laucan und Fréderic Moux traten ein. Die beiden waren Rémys engste Mitarbeiter und wussten alles über seine Geschäfte. Nicht über seine Hotels und Casinos, nein, für diese Unternehmen brauchte es erfahrenes Fachpersonal. Jean-Luc und Fréderic kümmerten sich ums Grobe, um den Handel, der unter dem Radar abgewickelt wurde. Um den Bereich, für den sich die Bullen unglücklicherweise so brennend interessierten.

»Und?« Rémy musterte den narbengesichtigen Fréderic. Der Dreißigjährige arbeitete seit mehr als zehn Jahren für Rémy, nachdem dieser ihn nach einem Betrugsversuch in einem seiner Casinos vor dem Knast bewahrt hatte.

Fréderic begann zu grinsen. »Auftrag erfüllt!«

»Dein Instinkt hat dich nicht getrogen, Rémy«, ergänzte Jean-Luc mit verschlagener Miene. Er war zwölf Jahre älter als Rémy. Die beiden kannten sich ein halbes Leben lang. Jean-Luc war von der ersten Stunde an Rémys rechte Hand gewesen. Er hatte seinen Aufstieg begleitet, jede Krise mit ihm umschifft und stets loyal zu seinem Chef gestanden. Mehrfach hatte Rémy im Gegenzug seinem älteren Mitarbeiter zur Seite gestanden, sowohl bei unbedeutenden kleineren Delikten als auch bei privaten Problemen, in die Jean-Lucs drogenabhängiger Sohn immer wieder schlitterte.

»Soll ich mich darüber freuen?« Rémy schüttelte den Kopf. »Wie viele werden noch folgen?«

»Sie lassen nicht locker, haben sich an dir festgebissen. Damit hatten wir aber doch gerechnet«, versuchte Fréderic, die Situation zu retten.

Rémy ballte seine rechte Hand zu einer Faust und schlug gegen die Fensterscheibe. »Verflucht!«

»Es ist nichts passiert«, bemühte sich nun auch Jean-Luc um Beschwichtigung. »Die Lieferung konnte wie geplant abgewickelt werden. Die Bullen waren drei Stunden zu spät dran.« Er ließ ein dreckiges Lachen erklingen.

»Keinerlei Zwischenfälle?« Rémy kniff seine Augen zusammen und starrte auf die belebte Straße.

»Null«, erklärte Jean-Luc stolz. »Alles ist dort, wo es sein soll.«

»Was machen wir mit Yann?« Die Frage war rhetorisch gemeint, doch Fréderic reagierte trotzdem.

»Wir haben keinerlei Verwendung mehr für ihn.«

Rémy nickte. »Vielleicht sollten wir vorher herausfinden, was Plevantier als Nächstes plant.«

Fréderic runzelte die Stirn. »Ich bezweifle, dass Yann uns in der Hinsicht helfen kann. Die Bullen müssten mittlerweile wissen, dass wir ihn auf die Probe gestellt haben, dass er aufgeflogen ist.«

»Dann sollten wir uns beeilen«, presste Rémy grimmig hervor. »Bevor seine Kollegen ihn informieren und er auf Nimmerwiedersehen verschwindet.«

»Ich bin mir ziemlich sicher, dass sie ihn noch nicht kontaktieren konnten«, erklärte Jean-Luc und kratzte sich an der Wange. »Das heißt, er weiß noch nicht, dass wir ihn getestet haben.«

»Er hat drei Jahre für mich gearbeitet«, murmelte Rémy abwesend, während er verfolgte, wie eine junge Mutter mit zwei kleinen Kindern die Straße überquerte. »Ich dachte …« Er ließ den Satz unbeendet, schnaufte tief durch.

»Er ist ein Verräter«, beschwor Fréderic ihn. »Ein Bullenspitzel!«

Rémy nickte. »Ich mochte ihn wirklich.« Dann drehte er sich zu seinen zwei Mitarbeitern um. »Aber unter diesen Umständen gibt es natürlich keine andere Option. Wir müssen ihn beseitigen.«

»Wir bereiten alles vor«, entgegnete Jean-Luc und fuhr sich mit Daumen und Zeigefinger über die Kehle. »Ist sonst noch etwas, Rémy?«

Er zögerte. »Nein, ja, ich weiß es nicht.«

»Rémy?«, hakte nun auch Fréderic nach.

»Es geht um Fleur«, setzte Rémy gedehnt an.

»Fleur?«, wiederholte Jean-Luc überrascht.

Weder er noch Fréderic wussten von Fleurs Fehlverhalten. Rémy überlegte, ob dies der richtige Zeitpunkt war, um ihnen reinen Wein einzuschenken.

»Sie benimmt sich … merkwürdig.«

»Was meinst du damit?« Jean-Lucs Stimme nahm einen skeptischen Ton an.

»Ich bin mir nicht sicher.«

»Sollen wir etwas unternehmen?«, bot Fréderic grinsend an.

Rémy schüttelte den Kopf. »Ich habe schon einen Plan. Vielleicht werde ich auf diese Weise auch gleich dieses Arschloch Plevantier los.«

»Du sprichst in Rätseln, Chef«, erwiderte Jean-Luc. »Aber wenn du Hilfe benötigst ...«

»Danke euch! Ich muss mir das noch mal genau durch den Kopf gehen lassen. Aber es könnte tatsächlich sein, dass ich schon sehr bald auf euer Angebot zurückkomme.« Er knirschte mit den Zähnen. »Aber kümmern wir uns zuerst um Yann.«

4

Fleur bemühte sich, ihre Freude im Zaum zu halten. Noch war sie weit von ihrem eigentlichen Ziel entfernt. Dass ihre Abhöraktion nicht aufgeflogen war, bedeutete lediglich einen ersten kleinen Schritt in die richtige Richtung. Nicht mehr. Aber auch nicht weniger, setzte sie gedanklich nach. Sie hatte etwas unternommen, war endlich aktiv geworden. Und sie war nicht entdeckt worden. Als Rémy mit Jean-Luc und Fréderic sein Büro verlassen hatte, war es für sie ein Leichtes gewesen, unbemerkt die Daten seines Computers auf einen USB-Stick zu ziehen. Alles war reibungslos gelaufen. Nachdem sie die Mädchen zu Schule und Kindergarten gebracht hatte, hatte sie es geschafft, den Firmensitz noch vor Rémy zu erreichen. Die junge Frau, die kurz nach seinem Eintreffen eine halbe Stunde in seinem Büro war, interessierte sie nicht. Und auch wenn er seinen beiden engsten Mitarbeitern gegenüber Zweifel an Fleurs Loyalität geäußert hatte, war sie davon überzeugt, dass er sie nach wie vor unterschätzte. Er vermutete nicht einmal ansatzweise, welchen Plan sie ersonnen hatte. Und er hatte keine Ahnung, dass sie im Nebenraum seines Büros jedes Wort klar und deutlich hatte mit anhören können.

Als Fleur das Gebäude verlassen hatte, war von Marie-Louise glücklicherweise noch nichts zu sehen gewesen. Von ihrem Mann wusste sie, dass die Sekretärin selten vor neun Uhr ins Büro kam. Nicht auszudenken, wenn diese ausgerechnet heute früher auf der Arbeit erschienen und Fleur begegnet wäre. Um nichts in der Welt hätte es sich die ältere Frau nehmen lassen, ihren Chef zu fragen, was seine Frau in der Firma suchte. Doch nichts dergleichen war geschehen.

Fleur umklammerte das Lenkrad fester und konzentrierte sich auf den Verkehr. Sie musste weiterhin höllisch aufpassen. Auch wenn ihr Mann ihr sein Vorhaben schlüssig dargelegt hatte, war sie sich sicher, dass sie nur die halbe Wahrheit kannte. Doch sie durfte sich jetzt nicht beirren lassen. Vielleicht war es ihre letzte Chance auf einen Neuanfang, ein neues Leben. Die letzte Möglichkeit, ihren Kindern eine sichere und geschützte Zukunft zu bieten. Es stand nicht weniger auf dem Spiel als ihre Freiheit – und möglicherweise ihr Leben.

Tief in Gedanken versunken bog sie kurz darauf auf den Parkplatz des Pflegeheims ein, in dem ihr Vater seit mehr als zehn Jahren lebte. Lebte, wiederholte Fleur traurig. Leben konnte man seinen Zustand wirklich nicht nennen. Seit einem schweren Autounfall vegetierte der mittlerweile Fünfundsechzigjährige im Wachkoma dahin.

Fleur konnte sich noch genau daran erinnern, als sie der Anruf erreichte. Es war nachts um zwei Uhr gewesen. Ihr Vater hatte sich auf dem Rückweg von einem wichtigen Geschäftsessen befunden, als sein Wagen von der Straße abkam und gegen einen Baum prallte. Paul Farron war seitdem nicht mehr ansprechbar, ein Pflegefall, der auf keinerlei äußere Reize mehr reagierte.

Fleur nahm ihre Handtasche, verstaute den USB-Stick in der Seitentasche und stieg aus dem Wagen. Es war Rémy gewesen, der das Heim in der Nähe von Saint-Gilles ausfindig gemacht hatte. In dieser Einrichtung waren sie auf Wachkomapatienten spezialisiert, und Fleur hatte die Entscheidung noch keinen Tag bereut. Man behandelte ihren Vater stets, als sei er bei Bewusstsein. Immer wieder berührte Fleur die behutsame und sanfte Art der Pflegerinnen.

In der Eingangshalle wurde sie von einer wohltuenden Kühle empfangen. Der Platz am Empfangstresen war unbesetzt. Fleur entschied sich, die Treppe zu nehmen, und wandte sich den Stufen zu. Während sie ins zweite Stockwerk hinaufstieg, wanderten ihre Gedanken erneut zu Virginie und Océane. Ihre Töchter könnten unterschiedlicher kaum sein, die introvertierte Virginie, die mit einer fast schon obsessiven Besessenheit an ihrem Vater hing. Fleur machte sich deshalb große Sorgen, wie ihre Älteste auf die Veränderungen in den nächsten Tagen reagieren würde. Océane hingegen trug ihr Herz auf der Zunge. Die Vierjährige plapperte heraus, was ihr gerade in den Sinn kam. Trotz ihres jungen Alters war sich Fleur sicher, dass sie mit dem Vorhaben ihrer Mutter weit weniger Probleme haben würde als ihre Schwester.

Als sie den Treppenabsatz erreichte, wandte sie sich nach links und steuerte auf das Einzelzimmer ihres Vaters zu. Rémy hatte von Beginn an erklärt, dass sie sich keinerlei Sorgen um die Heimkosten machen müsse. Paul Farron sollte nur die beste Behandlung zukommen. Fleur seufzte. Was würde in Zukunft geschehen? Die Unterbringung ihres Vaters verschlang jeden Monat eine hohe vierstellige Summe. Geld, das sie nicht besaß. Ein Betrag, den sie niemals allein würde aufbringen können. Ohne Ausbildung. Ohne Qualifikation. Alles, was sie gelernt hatte, war, gut auszusehen, sich in von Kunden gewünschten Posen zu räkeln und in die Kameras der Fotografen zu lächeln. Fleur war klar, dass sie mit Mitte dreißig und nach der Geburt zweier Kinder nie wieder zur ersten Riege der Models gehören würde, die von potenziellen Kunden geordert würden. Nein, sie musste sich dringend ein neues Standbein suchen. Aber ein Schritt nach dem anderen, mahnte sie sich, als sie am Zimmer ihres Vaters anlangte.

Nachdem sie kurz geklopft hatte, drückte sie die Klinke hinunter und trat ein. »Guten Morgen, Papa!«

Ihr Vater lag in seinem erhöhten Krankenbett und starrte mit offenen Augen an die Decke.

Die bodentiefen Fenster, die auf eine kleine Parkanlage hinausgingen, waren weit geöffnet. Ein sachter Windhauch wehte durchs Zimmer.

»Heute ist wundervolles Wetter«, setzte Fleur an und verzog ihre Lippen zu einem Lächeln, während sie ans Bett trat. Sie beugte sich über ihren Vater und küsste ihn auf die Wange. »Wie geht es dir?« Dann setzte sie sich auf einen Stuhl und umfasste Paul Farrons rechte Hand. »Du hast ja ganz kalte Finger.« Sie zog die Decke etwas weiter über seinen Brustkorb. »Ich muss dir etwas erzählen«, begann sie zögernd und musterte das Gesicht ihres Vaters. »Ich wünschte mir so sehr, du könntest mir helfen, Papa. Ich könnte momentan wirklich deine Unterstützung gebrauchen.« Sie schloss kurz die Augen. »Und ich weiß ganz sicher, dass du mir helfen würdest, wenn du dazu in der Lage wärst.«

Ihr Blick wanderte zum Fenster. Die weißen, hauchdünnen Gardinen blähten sich durch die hereinströmende Luft auf, und fast schien es, als vollführten sie einen kleinen übermütigen Tanz. Fleur nahm all ihren Mut zusammen und setzte an, ihrem Vater ihr Herz auszuschütten. Sie begann mit dem Vorfall vor fünf Tagen, berichtete ihm von den Gedanken, die ihr schon so lange durch den Kopf schwirrten, von ihren Ängsten und Sorgen und beendete ihren Monolog mit ihrer heutigen Aktion.

»Was denkst du darüber?«

Fleur betrachtete die bleiche, gefleckte Haut auf dem Handrücken ihres Vaters. Vorsichtig strich sie mit ihren Fingern darüber. Würde er jemals wieder in der Lage sein, ihre Berührung zu erwidern? Die Ärzte hatten ihr wenig Hoffnung gemacht, auch wenn es immer wieder Fälle gab, bei denen Patienten nach vielen Jahren im Koma plötzlich doch erwachten. Fleur war klar, dass solche Verläufe die Ausnahme bildeten. Nach zehn Jahren hatte sie tief in ihrem Inneren die Hoffnung aufgegeben, jemals wieder ein Wort mit ihrem Vater wechseln zu können.

»Ach, Papa!«, seufzte sie nachdenklich. »Ich weiß einfach nicht, wie es weitergehen soll. Ja, ich habe einen Plan«, fuhr sie fort. »Und er klingt durchführbar. Aber Rémy …« Sie fröstelte trotz der Wärme im Zimmer. »Du hast von Anfang an recht gehabt. Ich …« Ihre Stimme versagte. Sie kämpfte gegen die aufsteigenden Tränen an. »Ich habe einen großen Fehler gemacht.« Fleur schluckte. »Wenn die Kinder nicht wären …«

Stille breitete sich im Raum aus. Auf dem Flur waren leise Schritte zu hören, die erst näher kamen und sich dann wieder entfernten. Vor dem Fenster zwitscherte eine Grauammer. Fleur lehnte sich zurück und konzentrierte sich auf die Ruhe und die Geräusche der Natur. Ihr Puls verlangsamte sich, die Anspannung in ihr löste sich allmählich.

»Ich könnte ewig hier mit dir sitzen«, unterbrach sie das Schweigen nach einigen Minuten. »Und ich vermisse unsere Gespräche so sehr, Papa.«

Ihre Mutter war früh verstorben, Fleur konnte sich kaum an sie erinnern. Ihr Vater war ihr Leben lang ihre Bezugsperson gewesen. Sein Unfall hatte Fleur damals völlig aus der Bahn geworfen. Von einem auf den anderen Moment war ihre Familie zerstört worden. Plötzlich war da niemand mehr gewesen, der ihr bei größeren und kleineren Entscheidungen stets mit gutem Rat zur Seite gestanden hatte. Und auch wenn er ihren Entschluss, Model zu werden, alles andere als gutgeheißen hatte, hatte ihr Vater sie immer auf ihrem Weg begleitet und unterstützt.

»Du fehlst mir«, bekannte Fleur leise. »Ich kann dir gar nicht sagen, wie sehr. Wie wird es nur weitergehen? Aber egal, was passiert, ich werde dafür sorgen, dass es dir auch zukünftig an nichts fehlt. Das verspreche ich dir. So, wie du immer für mich da warst, lasse auch ich dich nicht im Stich!« Sie nickte entschlossen. »Ich finde eine Lösung. Irgendwie!«

5

»Was ist passiert?« Kylian bemühte sich, seine Ungeduld zu zügeln, als er den Besprechungsraum betrat, in dem sich bereits Mathis Faundant und Sébastien Caustache befanden, die ihm mit finsteren Mienen entgegenblickten. Frustriert ließ er sich auf einen der Stühle fallen und schleuderte die Akte auf den Tisch. »Wir haben nichts?«, wollte er zähneknirschend wissen.

»Beauvolet muss einen Tipp bekommen haben«, erwiderte Sébastien gepresst. »Wieder einmal!« Der blonde Lieutenant, der Kylian seit fünf Jahren bei den Ermittlungen gegen den schwerreichen Hotel- und Casinobetreiber Rémy Beauvolet zur Seite stand, war vor zwei Monaten fünfzig geworden.

Kylian fühlte sich in diesem Moment mindestens zwanzig Jahre älter als sein Mitarbeiter. Er schnaufte. »Verfluchtes Arschloch! Das darf doch nicht wahr sein!«

»Als wir an dem vereinbarten Ort ankamen, haben wir gleich gemerkt, dass da irgendetwas nicht stimmen kann«, begann Mathis, der das Team erst seit einem Jahr unterstützte, zu erzählen. »Es war kein Liefereingang am Hafen angekündigt zu dem Zeitpunkt, den Yann Sauvillon uns genannt hatte. Kein Mensch war zu sehen, die Hallen waren abgeschlossen.«

Kylian schlug mit einer Faust auf die Tischplatte und fluchte erneut. Dann öffnete er die Akte und blätterte in den Seiten. »Er war sich doch so sicher«, überlegte er laut, als er die gesuchte Stelle fand. »Was ist da, verdammt noch mal, schiefgelaufen?«

»Ich fürchte, Yann ist aufgeflogen«, bekannte Sébastien mit ernster Stimme. »Wir können ihn seit Stunden nicht erreichen.«

»Scheiße!«, entfuhr es Kylian.

Eine Mischung aus Wut und Enttäuschung machte sich in ihm breit. Sie hatten fünf Jahre Arbeit investiert. Yann Sauvillon ermittelte seit mehr als drei Jahren verdeckt im engeren Umfeld von Rémy Beauvolet. Kylian hätte schreien können, so tief saß sein Hass.

»Das kannst du laut sagen«, entgegnete Mathis ernst.

»Wenn Yann enttarnt wurde, befindet er sich in größter Lebensgefahr«, sagte Kylian. »Beauvolet fackelt in solchen Fällen nicht lang, wie wir ja alle wissen.«

Betretenes Schweigen breitete sich aus. Bevor Yann Sauvillon als Undercoverermittler in Beauvolets Netzwerk eingeschleust worden war, hatte die Police Nationale bereits zwei andere Beamte eingesetzt, die beide jeweils nach kürzester Zeit aufgeflogen und von Beauvolets Leuten liquidiert worden waren. Umso vorsichtiger waren sie bei Yanns Rekrutierung vorgegangen. Nicht nur seine vergleichsweise lange Einsatzzeit zeugte letztlich von ihrer Umsichtigkeit. Konnte es tatsächlich möglich sein, dass er nach dieser ganzen Zeit aufgeflogen war? Kylian musste an Yanns Ehefrau denken, der er bei mehreren Sommerfesten über den Weg gelaufen war. Eine sympathische Schwarzhaarige, die Yanns Kollegen mit ihrem ansteckenden Lachen sofort für sich hatte einnehmen können. Und Emmy, Yanns dreijährige Tochter. Kylians Magen krampfte sich zusammen.

»Wir müssen dringend versuchen, irgendwie Kontakt zu Yann herzustellen.«

Sébastien schüttelte den Kopf. »Ich fürchte, wir sind zu …« Er schluckte.

»Nein!«, fuhr Kylian ihn an. »Solange uns nichts anderes bekannt ist, müssen wir versuchen, ihn da rauszuholen. Er ist unser Kollege!«

»Und was ist, wenn Yann gar nicht das Problem ist?« Mathis' Stimme klang besorgt. »Angenommen, er wurde nicht enttarnt. Dann würde unsere Aktion ihn erst recht in Gefahr bringen.«

Kylian überlegte einen Moment. »Yann hat uns Ort und Zeit der Übergabe genannt. Beides war offensichtlich falsch! Es gibt keine andere vernünftige Erklärung.« Er stützte den Kopf in seine Hände. »Sie haben ihn bewusst mit Falschinformationen versorgt und danach seelenruhig mit angesehen, wie ihr dort angerückt seid. Beauvolets Falle ist wieder einmal zuverlässig zugeschnappt!«

»Démilliers ist stinksauer«, sagte Sébastien leise. »Du hättest sie in ihrem Büro toben sehen sollen. Ich glaube, sie hatte auch das Innenministerium am Telefon.«

»Das Innenministerium interessiert mich im Moment einen Scheißdreck«, entfuhr es Kylian. »Hier steht das Leben eines Polizisten auf dem Spiel!«

Es klopfte an der Tür.

»Ja!«

Rashida Démilliers betrat den Raum. »Capitaine, haben Sie eine Minute für mich?« Ihre Stimme klang verärgert.

»Wir sind gleich fertig, ich melde mich …«

»Jetzt!«, unterbrach sie ihn ungehalten.

Kylian zählte stumm bis fünf. »Gut. Sébastien, Mathis, ihr wisst Bescheid. Kümmert euch um Yann! Wir sprechen später weiter.«

Seine beiden Mitarbeiter erhoben sich und verließen ohne ein weiteres Wort den Raum.

Démilliers schloss die Tür hinter ihnen, bevor sie sich wieder Kylian zuwandte. »Und jetzt?«

»Lieutenant Sauvillon befindet sich in Lebensgefahr.«

»Das ist mir durchaus bewusst«, erwiderte sie kühl. »Was ist mit Beauvolet?« Sie trat auf ihren High Heels um den Tisch herum und baute sich vor Kylian auf. »Sie wollten ihn zur Strecke bringen, Plevantier!«

»Daran hat sich auch nichts geändert.« Er musste sich zusammenreißen.

»Die gelieferten Informationen waren unzuverlässig.«

Er nickte. »Wir werden genau analysieren müssen, was da schiefgegangen ist. Aber momentan steht die Rettung von Sauvillons Leben im Vordergrund.«

»Fünf Jahre!« Sie hob eine Hand und streckte alle Finger aus. »Fünf, Plevantier!« Sie schüttelte den Kopf. »Sie wollen nicht wissen, wer heute früh alles bei mir angerufen und mir die Hölle heißgemacht hat. Wir sind blamiert. Sie und vor allen Dingen ich!« Die Absätze ihrer Schuhe klackerten über den Boden, während sie durch den Raum tigerte. »Es war Ihre zweite Chance. Nachdem die erste Taktik nicht funktionierte, hatten Sie mir versprochen, dass Sie ihn diesmal überführen. Montpellier und die Region werden von seinen dreckigen Drogen geradezu überschwemmt. Wir müssen endlich einen Erfolg vorweisen!«

Kylian atmete tief durch. »Ich überlege mir etwas. Es ist ja nicht so, dass wir wieder ganz am Anfang stehen. Yann, Lieutenant Sauvillon, hat uns in den letzten Jahren viele wertvolle Informationen bezüglich Beauvolets Netzwerk geliefert. An diese könnten wir bei einem weiteren Einsatz anknüpfen.«

Démilliers fuhr sich über die Stirn. »Wie lange?«

»Ich weiß es nicht«, musste er zugeben.

»Ist Ihnen der Ernst der Lage bewusst?«

Fast hätte er aufgelacht. »Ja, der ist mir durchaus klar.«

»Besprechen Sie sich mit Ihrem Team und geben Sie mir dann umgehend Bescheid!«

Er nickte.

Sie stolzierte zur Tür, drehte sich aber noch mal zu ihm um. »Sie waren einer meiner Besten, Plevantier. Im Moment weiß ich allerdings nicht, wie lange ich Sie noch schützen kann, nachdem bereits Ihr erster Versuch so katastrophal schiefgegangen ist.«

Nachdem sie den Raum verlassen hatte, hatte Kylian das Gefühl, die Temperatur sei um mehrere Grad gesunken. Frustriert schlug er die Akte zu und starrte auf den Deckel. Er war seit Jahren für die Ermittlungen um Beauvolet zuständig. Zum Teil konnte er den Ärger seiner Vorgesetzten natürlich nachvollziehen, doch nicht alles lag in seiner Macht. Wenn er gekonnt hätte, hätte er Rémy Beauvolet schon vor Jahren zur Strecke gebracht. Dieser Drecksack war ihnen immer eine Nasenlänge voraus.

Bevor seine Wut ihn erneut überrollen konnte, klingelte sein Smartphone. Ein Blick aufs Display riss Kylian aus seinen finsteren Gedanken.

»Maman.«

»Kylian, störe ich?«, erklang Lynelle Rossiers Stimme.

»Du störst doch nie.« Er musste lächeln.

»Ich wollte dich auch gar nicht lange unterbrechen. Aber wir haben uns schon so lange nicht gesehen, und ich dachte, ich frage mal nach, ob du die nächsten Tage irgendwann zum Essen kommen magst.«

Lynelle Rossier war nicht Kylians leibliche Mutter. Aber nach allem, was sie für ihn getan hatte, könnte seine Liebe zu seiner Adoptivmutter nicht größer sein. Kylian kannte seine Eltern nicht, hatte sie nie kennengelernt. Er vermutete, dass es sich um Junkies gehandelt hatte, die nicht in der Lage oder willens gewesen waren, ihn großzuziehen. Die ersten zwei Jahre seines Lebens hatte er in einem Kinderheim in der Nähe von Nîmes verbracht, bis Lynelle Rossier eines Tages in der Einrichtung erschienen war und ihn zu sich genommen hatte. Zuerst als Pflegekind, später, als Kylian knapp zehn Jahre alt gewesen war, hatte sie ihn adoptiert. Das gütige Gesicht der Siebzigjährigen tauchte vor seinem geistigen Auge auf.

»Liebend gern«, erklärte er ihr jetzt. »Aber momentan arbeiten wir an einem sehr komplizierten Fall, und ich weiß nicht …«

»Tust du das nicht immer, Kylian?«, unterbrach sie ihn sanft.

Er musste schmunzeln. »Du hast recht. Ich schaue mal in meinen Dienstplan und melde mich die nächsten Tage bei dir.« Er machte eine Pause. »Eine kleine Auszeit in Saint-Guilhem-le-Désert würde mir mit Sicherheit nicht schaden.«

»Meine Rede.« Lynelle lachte. »Ich erwarte deinen Anruf, Junge. Und jetzt will ich dich nicht länger stören.«

6

»Es geht ihm unverändert«, berichtete Fleur, während sie verfolgte, wie Virginie ein Paar weiße Sandalen anprobierte.

»Schrecklich«, bekannte Justine Larran.

Fleur und sie kannten sich seit knapp dreißig Jahren. Ihre Freundschaft hatte sie während sämtlicher Höhen und Tiefen ihres Lebens begleitet. Justine arbeitete als Psychotherapeutin in Nîmes. Fleurs Aufstieg als Model hatte sie mehr als kritisch beäugt, war ihrer Freundin aber trotzdem jederzeit eine enorme Unterstützung gewesen. Auch als Fleur Rémy kennengelernt hatte, war es Justine gewesen, die ihr immer wieder ins Gewissen geredet hatte, ob dieser Mann wirklich die richtige Wahl für sie darstellte.

»Das Schlimme ist«, setzte Fleur an, während sie ihre Gedanken an Justines Zweifel hinsichtlich Rémy verdrängte, »dass ich mich immer wieder frage, ob es nicht besser gewesen wäre, wenn er bei dem Unfall …« Sie schluckte, da ihre Stimme brach. »Wenn er es nicht überlebt hätte.« Gedankenverloren strich sie über einen hochhackigen Pumps.

»Maman! Der ist ja potthässlich«, rief Océane neben ihr.

Fleur drehte sich zu ihrer Tochter um. »Denkst du nicht, er würde mir stehen?«, fragte sie lächelnd.

Océane schürzte die Lippen. »Die sind hässlich!«, wiederholte sie.

Fleur wechselte einen amüsierten Blick mit Justine.

»Ich muss dir recht geben, Océane«, erklärte diese mit ernstem Gesicht. »Deine Maman hat manchmal einen … nun, sagen wir mal, zweifelhaften Geschmack.« Sie zwinkerte dem kleinen Mädchen zu.

Fleur ließ einen tiefen Seufzer verlauten. »Okay, ich beuge mich eurem Urteil. Ich nehme sie nicht.« Scheinbar empört schob sie den Schuh ein Stück zur Seite, bevor sie ihre Lippen zu einem Grinsen verzog.

»Wie findest du die?« Océane hob ihren rechten Fuß, an dem ein Hausschuh in Hasenform prangte.

»Etwas heiß für den Sommer, oder nicht?«

»Fluffy würde denken, es sei eine Freundin für sie.« Fleurs Tochter kicherte. Fluffy war ihr drei Monate altes Zwergkaninchen, das Rémy und Fleur ihr zu ihrem vierten Geburtstag geschenkt hatten. »Bitte, Maman! Darf ich sie haben?«

»Wir wollten doch Sandalen kaufen«, erinnerte Fleur sie an ihr eigentliches Anliegen.

»Dann gucke ich gleich noch nach Sandalen, okay? Aber die Hasen darf ich auch mitnehmen.«

Fleur verdrehte die Augen. »Meinetwegen.«

Nachdem sie wenig später ihre Einkäufe erledigt hatten, fuhren sie gemeinsam mit Justine nach Aigues-Mortes zurück. Es war ein warmer, sonniger Nachmittag im Juni. Der Himmel zeigte sich von seiner schönsten Seite. Anstatt gleich nach Hause zurückzukehren, entschieden sie sich dazu, in der Altstadt, die von einer langen und stattlichen Steinmauer umgeben war, noch einen Kaffee trinken zu gehen. Da noch keine Hauptsaison in dem bei Touristen ausgesprochen beliebten Örtchen herrschte, waren nur wenige Menschen in den engen Gassen, in denen sich kleine Geschäfte, Souvenirläden, Galerien und Bistros dicht an dicht aneinanderreihten, unterwegs.

Die Mädchen plantschten am Brunnen, der sich in der Mitte der Place Saint-Louis befand, und waren außer Hörweite. Nachdem Justine ihnen in einem der zahlreichen bekannten Süßigkeitenläden eine Tüte mit einer Mischung der ausgefallensten Gummibärchen gekauft hatte, kauten die beiden vergnügt auf bunten Gelatineschlangen herum.

»Du siehst müde aus«, setzte Justine an. »Es geht dir nicht gut, oder?«

Fleur überlegte einen Moment lang, ihre Freundin in ihr Vorhaben einzuweihen. Dann verwarf sie die Idee jedoch, da es ihr zu gefährlich erschien. »Es läuft nicht allzu gut zwischen Rémy und mir«, erwiderte sie daher nur.

Justine schnaufte verächtlich und schüttelte den Kopf. »Du bist meine beste Freundin, Fleur, und wir kennen uns eine halbe Ewigkeit, aber das Thema Rémy …« Sie stöhnte. »Verlass ihn endlich!«

Fleur beobachtete, wie Océane eine Hand unter den Wasserschwall des Brunnens hielt. Als ihr Gesicht nass wurde, kreischte sie laut auf. Die sichtliche Lebensfreude des Mädchens versetzte ihrem Herzen einen leichten Stich.

»Du weißt, dass das nicht so einfach wäre.«

»Fleur, sieh dich doch an! Dieser Mann tut dir nicht gut. Wenn ich daran denke, wie du früher … Wie viel Energie in dir gesteckt hat, wie offen du auf Leute zugegangen bist. Dieser Mistkerl hat dir alles genommen. Er hat dich verändert. Und nicht zum Positiven.« Justine klang verärgert.

Fleur nickte. Justine hatte recht. Ihre Entschlossenheit wuchs. »Ich möchte nur das Beste für die Mädchen«, murmelte sie abwesend.

Virginie stellte sich gerade hinter ihre kleinere Schwester und half ihr vorsichtig, einen der nassen Steine zu berühren. Die beiden Kinder waren Fleurs Ein und Alles. Vor der Geburt ihrer älteren Tochter hätte sich Fleur niemals vorstellen können, dass eine derart bedingungslose und tiefe Liebe überhaupt möglich war. Sie war bei Virginies Geburt noch jung gewesen, Mitte zwanzig. Andere Models, die sie damals gekannt hatte, verbrachten den Großteil ihrer Wochenenden zu jener Zeit auf schillernden Partys und anderen pressewirksamen Veranstaltungen. Fleurs Leben hingegen hatte sich mit Virginies Geburt komplett gewandelt. Plötzlich hatte sie eine echte Aufgabe. Kein Fototermin der Welt, kein Modeljob, und wäre er noch so gut bezahlt gewesen, konnte mehr mit dem Gefühl mithalten, das Fleur jedes Mal empfand, wenn sie ihrer kleinen Tochter in deren warme Augen blickte. Dieses kleine wunderschöne Gesichtchen, das ihr jeden Morgen aus dem Kinderbett entgegensah. Die Erinnerungen an frühere Zeiten zauberten Fleur ein Lächeln auf die Lippen.

»Träumst du?«, wollte Justine grinsend von ihr wissen.

»Ich musste gerade an Virginie denken. Als sie noch ein Baby war.«

Justine griff über den Tisch und fasste nach Fleurs Hand. »Rede mit mir! Was ist da bei euch los?«

Fleur biss sich auf die Unterlippe. Wäre es nicht so viel einfacher, eine Verbündete zu haben? Sie senkte ihren Blick. »Ich kann nicht«, bekannte sie leise. »Es wäre zu gefährlich.«

Justine kniff ihre Augen zusammen. »Hat Rémy dich … geschlagen?«

Fleur zögerte. »Das würde er nie tun.«

»Dann verstehe ich es nicht. Was ist gefährlich?« Ihr Griff um Fleurs Hand verstärkte sich. »Verdammt, Fleur! Ich bin es. Hast du vergessen, dass ich auf deiner Seite stehe?«

Fleur atmete tief durch. »Rémy ist gefährlich.«

»Was soll das heißen?«

Als die Bedienung kam und nach ihren weiteren Wünschen fragte, verneinten sie. Nachdem sie wieder allein waren, entzog Fleur Justine ihre Hand. Sie verschränkte ihre Finger ineinander.

»Ich kann dir nichts sagen, da ich dich nicht in Gefahr bringen möchte. Aber wenn ich Rémy verlassen würde …« Sie machte eine Pause. »Ich glaube, dann würde er mich töten.«

»Bist du verrückt geworden?«, brauste Justine auf.

Beunruhigt sah Fleur sich um. »Nicht so laut, bitte!«

Justine stützte ihre Ellbogen auf dem Tisch ab und beugte sich vor. »Du willst mir doch nicht etwa ernsthaft weismachen, dass dein Mann dich bei einer möglichen Trennung umbringen würde?«

»Nicht er selbst«, korrigierte Fleur leise. »Aber er würde mich töten lassen. Da bin ich mir fast sicher.«

»Ist dir klar, was du da sagst? Das sind schwerwiegende Anschuldigungen! Wie kommst du denn auf so etwas?«

Fleur zögerte. »Rémy ist nicht der, der er vorgibt zu sein.«

»Fleur, du machst mir Angst«, entgegnete Justine, während sie unruhig auf ihrem Stuhl herumrutschte.

»Das wollte ich nicht. Entschuldige bitte. Ich wollte dir damit nur zeigen, dass …« Sie wandte ihren Blick ab. »… dass die Situation nicht so einfach ist.«

Justine lachte auf, doch es klang freudlos. »Nicht einfach? Du sprichst hier von Mord!«

»Ich hätte nichts sagen sollen.« Fleur wurde klar, dass sie einen Fehler begangen hatte. Die Andeutungen beunruhigten Justine nur weiter. Warum hatte sie sich überhaupt hinreißen lassen? Seit mehr als zehn Jahren wahrte sie die Fassade des glücklichen Ehepaars. Warum musste sie die von ihr so sorgsam errichtete Mauer ausgerechnet jetzt bröckeln lassen? »Bitte vergiss es, Justine. Verzeih mir.«

»Keines von deinen Worten werde ich vergessen, Fleur«, widersprach Justine bestimmt. »Ich habe keine Ahnung, von was du sprichst, aber ganz bestimmt werde ich nicht zulassen, dass du mit den Mädchen zu diesem Mistkerl zurückgehst, wenn du Todesangst vor ihm hast.«

»Ich habe keine …«, wollte Fleur richtigstellen, doch sie wurde sofort wieder unterbrochen.

»Doch, die hast du, Süße!«, beharrte Justine. »Genau das ist es, was ich in deinem Gesicht erkenne. Ich konnte es die ganze Zeit nicht genau benennen, was deine Miene so … leblos wirken ließ. Aber nach deinen Andeutungen … Fleur, du bist gelähmt vor Angst. Angst, die du um dich selbst hast, aber vor allem Angst, die du um die Mädchen verspürst!«

7

Kylian Plevantier hatte nie Polizist werden wollen. In seiner Kindheit standen stets Berufswünsche wie Tiefseetaucher, Fischer oder auch Weinbauer auf seinem Plan. Und wenn Lynelle Rossier nicht gewesen wäre, wäre Kylian mit großer Wahrscheinlichkeit irgendwann sogar auf der anderen Seite des Gesetzes gelandet. Als er vierzehn Jahre alt war, hatte er sich einer Clique gelangweilter Klassenkameraden angeschlossen, die ihre triste Jugendphase durch immer waghalsigere Aktionen mit Spannung und Nervenkitzel anzureichern versuchten.

Begonnen hatte es mit dem fast harmlos erscheinenden Aufstechen von Autoreifen in den wohlhabenderen Vierteln Montpelliers. Später steigerten sie die Adrenalinschübe mit dem Demolieren und Stehlen diverser Luxuskarossen. Obwohl Kylian immer gespürt hatte, dass all dies nicht seine Welt darstellte, dass er diese Taten im Geheimen nicht gutheißen konnte, hatte er seine Kumpels weder davon abgehalten noch ihnen gegenüber seine Bedenken geäußert. Er war ein Mitläufer gewesen, keiner, der sich in die erste Reihe drängte, der jedoch das Gemeinschaftsgefühl genossen und auch gebraucht hatte, um sein eigenes Selbstwertgefühl aufzupolieren. Ein Junge ohne Eltern, der in einem kleinen Dorf abgeschieden von der Großstadt aufgewachsen war, hatte nicht allzu viele Optionen, im Leben weiterzukommen. So hatte Kylian damals gedacht. Die Gruppe hatte ihm Kraft gegeben, er wurde nach seiner Meinung gefragt, war endlich jemand.

Bis einer der Wiederholungstäter geschnappt worden war, der sie alle verraten hatte. Kylian konnte sich noch genau an das Vernehmungszimmer erinnern, in das man ihn vor mehr als zwanzig Jahren gebracht hatte. Lynelle war ihm in der ganzen Zeit nicht eine Sekunde von der Seite gewichen. Noch heute hatte er ihren von Enttäuschung, Verzweiflung und Verärgerung geprägten Gesichtsausdruck mehr als deutlich vor Augen.

Und dann war da Raymond Béllions gewesen. Der Polizist hatte Kylian in aller Deutlichkeit aufgezeigt, was ihn erwartete, wenn er von seinem eingeschlagenen Weg nicht abkäme. Die Stimme des älteren Beamten hatte weder oberlehrerhaft noch vorwurfsvoll geklungen. Béllions hatte mit Kylian gesprochen wie ein Vater mit seinem Sohn. Zumindest hatte Kylian angenommen, dass ein Vater auf diese Art mit seinem Kind reden würde. Und der Polizist hatte es tatsächlich geschafft. Tagelang hatte er sich eingehend mit Kylian beschäftigt.

Später, viele Jahre danach, hatte Raymond ihm erklärt, dass er in Kylian etwas gesehen hatte, was den meisten Außenstehenden wohl verborgen geblieben wäre. Ihn hatten Gewissensbisse geplagt! Kylian war schon immer ein mitfühlender und gerechtigkeitsliebender Mensch gewesen. Als Raymond während der Vernehmung die Opfer ihrer Aktionen erwähnt hatte, hatte er Kylians Reaktion genau richtig gedeutet. Der Jugendliche hatte Mitleid empfunden, er hatte gewusst, dass ihre Taten großes Leid verursachten, dass sie falsch waren. Die beste Voraussetzung, um auf den Pfad der Legalität zurückzukehren.

Lynelle hatte ihm dann vorgeschlagen, die Schule zu wechseln und neu anzufangen. Und Kylian hatte damals beschlossen, in Raymond Béllions' Fußstapfen zu treten. Béllions war vor sieben Jahren verstorben, doch bis kurz vor seinem Tod hatten Lynelle und Kylian in regelmäßigem Kontakt mit dem betagten Ex-Polizisten gestanden.

Es gab wenig Menschen, die Kylian so nachhaltig geprägt hatten. Raymond war im Laufe der Zeit fast zu einer Art Vaterfigur für ihn geworden.

Kylian verdrängte die Erinnerungen an vergangene Zeiten und konzentrierte sich wieder auf die anstehenden Aufgaben. Er nahm den Telefonhörer auf und wählte die Nummer der Kollegen in Béziers.

»Runot!«

Kylian berichtete kurz, was in der vergangenen Nacht geschehen war.

»Verfluchte Scheiße!«

»Das kannst du laut sagen«, pflichtete Kylian dem Lieutenant bei. »Ich muss den Beamten dringend abziehen – wenn es nicht bereits zu spät ist.«

»Und wie soll es weitergehen?«

Kylian zögerte. »Ihr seid doch an diesem Dealer dran, den Beauvolet nach den uns vorliegenden Informationen beliefert.«

»Du meinst Morreau? Ja, den haben wir nach wie vor im Auge.«

»Was ist mit dessen Frau?«, wollte Kylian wissen.

»Ich verstehe nicht …«

»Einer der Kollegen hatte mir schon vor Längerem zu verstehen gegeben, dass sie alles andere als begeistert von der inoffiziellen Nebentätigkeit ihres Mannes wäre.« Kylian ließ einen Kugelschreiber um seine Finger kreisen. »Vielleicht könnten wir bei ihr ansetzen, um …«

»Vergiss es«, unterbrach ihn der Beamte aus Béziers harsch. »Julie Morreau ist nicht stabil genug.«

»Warum nicht?«

»Die Frau hängt an der Flasche. Ohne den entsprechenden Alkoholpegel ist sie nicht in der Lage, ihren Alltag zu bewältigen. Wie gesagt, wir sind seit Monaten an den beiden dran.« Runot lachte. »Du glaubst nicht, was man da alles mitbekommt. Julie Morreau wäre definitiv keine verlässliche Informantin. Für eine Flasche Whisky verkauft die Frau ihre eigene Großmutter.«

»So schlimm?«, hakte Kylian nach.

»Schlimmer«, kam es ohne Zögern zurück. »Vergiss sie, Kylian, ehrlich.«

Er fasste sich an die Stirn und überlegte.

»Vielleicht hätte ich aber noch eine andere Idee«, setzte Runot nach, als Kylian weiter schwieg.

»Ich höre.«

Der Beamte am anderen Ende der Leitung seufzte. »Gib mir ein wenig Zeit. Ich muss erst einiges abklären. Sobald ich dir mehr sagen kann, melde ich mich wieder.«

»Ich bin dir für jede Hilfe dankbar«, erklärte Kylian. »Démilliers tobt, und ich befürchte stark, dass man mir keinen weiteren Undercoverbeamten mehr zur Verfügung stellen wird. Wenn wir es nicht schnell schaffen, Yann da rauszuholen …« Er brachte es nicht übers Herz, die Worte auszusprechen.

»Scheiße, Kylian. Ich denke an euch und drücke die Daumen, dass es für den Kollegen nicht zu spät ist. Beauvolet ist ein skrupelloses Arschloch.«

»Wem sagst du das?«

Verdrossenheit machte sich in Kylian breit. Er beendete das Gespräch und schlug die Akte vor sich auf. Doch er konnte sich nicht konzentrieren, die Buchstaben verschwammen vor seinen Augen. Wann genau war sein Beruf zur Obsession geworden? Kylian schlug mit einer Faust auf die Unterlagen und lehnte sich in seinem Stuhl zurück. Der Fall Beauvolet verfolgte ihn auch nach Feierabend, raubte ihm seinen Schlaf und ließ ihn kaum noch zur Ruhe kommen. Hatte er seine Distanz verloren? Hoffentlich konnten sie Yann rechtzeitig aus Beauvolets Dunstkreis ziehen. Nicht auszumalen, wenn … Kylian verbat sich jeden weiteren Gedanken daran, was den verdeckten Ermittler erwarten würde, sollten seine Mitarbeiter versagen.

Er hatte die Lage vor fünf Jahren schon einmal falsch eingeschätzt, hatte sich auf seinen Instinkt, seine Wahrnehmung verlassen – und war bitter enttäuscht worden. Hatte er sein Team erneut in eine Sackgasse manövriert? Kylian kam zu keinem Ergebnis. Wie er den

Fall auch drehte und wendete, er landete immer wieder bei seinem abgrundtiefen Hass auf Rémy Beauvolet. Doch waren Emotionen wirklich ein guter Antrieb? Kylian musste von Berufs wegen für Recht und Ordnung sorgen. Er war dafür zuständig, das französische Recht und Gesetz zu verteidigen. Seit einiger Zeit kam es ihm jedoch so vor, als befände er sich auf einem persönlichen Rachefeldzug. Hatte er das Wesentliche aus dem Auge verloren?

Wenn Yann nicht heil aus der Sache herauskäme, würde Démilliers ihm die Hölle heißmachen. Kylian seufzte. Er brauchte einen neuen Plan. Dringend. Seine Vorgesetzte würde nicht mehr allzu lange Geduld mit ihm haben. Er verdrängte diesen Gedanken, schob die in den Vordergrund rückenden Überlegungen beiseite, da er tief in seinem Inneren wusste, dass er erst ruhen würde, wenn er Rémy Beauvolet zur Strecke gebracht hätte. Erst wenn dieser Drecksack hinter Schloss und Riegel säße, würde Kylian seinen eigenen Seelenfrieden wiederfinden.

8

Yann musste an Emmy denken, seine kleine Tochter, die er mehr als sein eigenes Leben liebte. Die seit drei Jahren den Mittelpunkt seines Universums ausmachte. Marcella erschien vor seinem inneren Auge, Yanns italienischstämmige Ehefrau. Sie kannten sich schon seit der Schule. Marcella hatte ihn jahrelang ignoriert, wohingegen Yann seit dem Moment, in dem er ihr zum ersten Mal begegnet war, hin und weg von der Frau mit den dunklen Augen und den Wahnsinnshaaren gewesen war. Er schluckte. Die Binde an seinem Kopf drückte auf die Augäpfel. Jean-Luc war nicht zimperlich gewesen, als er ihm den Stoff umgebunden hatte. Und er würde nicht zimperlich sein, wenn es darum ging, Yann zu beseitigen.

Kylians Team hatte es nicht geschafft, ihn zu befreien. Yann war sich natürlich der Gefahr bewusst gewesen, als man ihn vor etwas mehr als drei Jahren wegen des Auftrags angefragt hatte. Er war Undercoverermittler mit Leib und Seele. Er liebte seinen Job, die Möglichkeit, den Bösen ganz dicht auf die Pelle zu rücken und sie dadurch letztlich mit ihren eigenen Mitteln zu schlagen. Mit Informationen, die sie ihm selbst lieferten.

Yanns Gedanken rasten. Das leise, fast beruhigende Schnurren des Wagens konnte ihn nicht über den Albtraum hinwegtäuschen, der ihn gleich erwarten würde. Er hoffte nur noch, dass es schnell ginge. Dass er den heutigen Tag nicht überleben würde, war für ihn so klar wie das Amen in der Kirche. Er war aufgeflogen und fragte sich das mindestens hundertste Mal, welchen Fehler er begangen hatte. In dem Moment, in dem er mitbekommen hatte, dass die Lieferung Stunden vor der ihm genannten Uhrzeit an einem völlig anderen Übergabeort angekommen war, hatte ihn die Erkenntnis ereilt, dass Rémy Beauvolet ihm eine Falle gestellt hatte, in die Yann naiv und blauäugig und ohne jegliches Hintertürchen hineingetappt war.

Bereits in jenem Augenblick hatte sein Todesurteil festgestanden. Und noch bevor er über eine Flucht überhaupt hatte nachdenken können, standen bereits Rémys engste Mitarbeiter vor der Tür der vergammelten Wohnung, die das Dezernat ihm für seine falsche Identität angemietet hatte. Wo hätte er anders handeln müssen?

Yann drehte sich im Kreis. Und letztlich machte es keinen Unterschied mehr. Er würde sterben. Er würde weder Marcella noch Emmy je in seinem Leben wiedersehen. Yann konzentrierte sich auf seine Atmung. Auch wenn die Gefahr ihn seit Jahren begleitete, stellte diese Situation etwas komplett Neues für ihn dar. Bisher waren seine Einsätze stets erfolgreich gewesen. Noch nie war er enttarnt worden. Seine Kehle fühlte sich rau und ausgetrocknet an. Er konnte nicht abschätzen, wie lange sie ihn in der kleinen Kammer gefangen gehalten hatten. Zwei Stunden, einen halben Tag oder noch länger? Jede Sekunde, jede Minute steigerte Yanns Angst.

Ja, er war Polizist, und ja, er hatte zweifellos eine der gefährlichsten Aufgaben innerhalb des Polizeiapparats, auf die er jahrelang vorbereitet worden war. Niemand sonst war so dicht dran wie er.

Doch in diesem Moment war er lediglich ein Mann, den die Angst um sein Leben beherrschte. Der den Gedanken an seine kleine Familie, die er allein würde zurücklassen müssen, kaum ertragen konnte.

Für ihn wäre es sehr bald vorbei. Marcella hingegen musste die nächsten Jahrzehnte mit ihrer Trauer leben und gleichzeitig seiner Tochter Trost spenden. Sie musste Emmy von ihm erzählen, da das Mädchen sich irgendwann einmal nicht mehr an ihn würde erinnern können. Noch nie hatte er sich hoffnungsloser gefühlt als in diesem Augenblick. Ob es seinen Vorgängern ähnlich ergangen war? Auch sie hatten Beauvolet nicht überführen können.

Gott im Himmel, steh mir bei! Yann verschränkte seine zitternden Hände ineinander. Nachdem der Wagen immer wieder angehalten hatte und kurz darauf erneut angefahren war, schien das Tempo seit einigen Minuten konstant zu bleiben. Sie hatten Montpellier verlassen, mutmaßte er. Hier gab es keine Ampeln mehr. Sicher würden sie ihr Ziel bald erreichen. Den Tatort seiner Ermordung, setzte Yann nach.

Seit der Wagen sich in Bewegung gesetzt hatte, war zwischen Rémy, Fréderic und Jean-Luc noch kein Wort gesprochen worden. Yann vermutete, dass sie ihre weiteren Schritte bereits vorab durchgeplant hatten. Sollte er einen letzten Versuch wagen? Oder waren die Beweise für seine wahre Identität derart erdrückend, dass sie ihn erst gar nicht anhören würden. Er räusperte sich.

»Können wir reden?«

Seine Stimme klang dünn und unsicher. Bleischwer hing die Frage im Fahrzeuginneren. Er konnte sich bildlich vorstellen, wie die drei kurze Blicke miteinander wechselten, ihre Gesichter verzogen, mit ihrer Mimik zu einer stillen Übereinkunft kamen. Die offenbar lautete, wir gehen nicht auf den Verräter ein. Die Lautlosigkeit im Wagen wirkte mit einem Mal noch bedrückender, noch beängstigender. Sie hatten ihn abgeschrieben.

Yann würde keine weitere Chance bekommen. Er würde sterben. In wenigen Minuten würde seinem Leben ein Ende gesetzt werden. Nichts und niemand konnte ihn jetzt noch vor dem Unausweichlichen bewahren. Er war auf sich allein gestellt, keiner seiner Kollegen ahnte auch nur, wo er sich in diesem Moment befand. Er lehnte seinen Kopf gegen die Stütze der Rückbank und rang um Fassung. Wie würde es sich anfühlen, nicht mehr zu sein? Aufzuhören zu existieren?

Er war fünfunddreißig Jahre alt, mehr als die Hälfte seines Lebens hätte er noch vor sich gehabt. Ob Marcella einen neuen Partner finden würde? Sie war eine sehr hübsche Frau, impulsiv und laut, eine Italienerin eben. Fast musste Yann beim Gedanken an ihr oft übersprudelndes Temperament schmunzeln. Sie würde es schaffen, auch ohne ihn. Mit diesem Gedanken musste er sich trösten. Marcella war eine starke Frau, sie hatte eine große Familie hinter sich stehen, die sie unterstützen und auffangen würde. Wenn Emmy nach ihrer Mutter käme, würde er sich auch um seine Tochter kaum Sorgen machen müssen.

Er rief sich einen schönen Moment aus der Vergangenheit ins Gedächtnis. Emmy war erst wenige Tage alt gewesen, und Marcella hatte darauf bestanden, dass Yann seine Tochter zum ersten Mal ganz allein badete. Das fördere die Bindung zwischen Vater und Tochter, hatte sie ihm mit einem Augenzwinkern erklärt. Yann konnte sich noch genau an das Gefühl von Emmys samtweicher Säuglingshaut auf seinem Unterarm erinnern, als er sein kleines Mädchen in dem warmen Wasser gestützt hatte. Als er in das runde Gesichtchen seiner Tochter geschaut hatte und ihrem Blick begegnet war, war sein Herz vor lauter Glück fast übergelaufen. Es war einer dieser Momente im Leben, wo alles stimmte, wo man wusste, dass man alles richtig gemacht hatte, wo man buchstäblich die ganze Welt umarmen konnte. Yann waren Tränen der Freude gekommen, er hatte mit sich ringen müssen, so glücklich war er in diesem Augenblick gewesen. Emmy würde sich niemals daran erinnern können. Und er würde keine Möglichkeit mehr haben, ihr von diesem magischen Moment zu erzählen. Warum nur hatte er Marcella gegenüber seine damaligen Empfindungen nicht erwähnt? Sie hätte Emmy …

»Aussteigen!«, erklang Fréderics eisige Stimme neben ihm. In der nächsten Sekunde wurde die Tür neben Yann aufgerissen. Jemand zerrte an seinem Ärmel und zog ihn aus dem Fahrzeug.

Dann wurde ihm die Binde von den Augen genommen.

Rémy stand vor ihm und musterte ihn abschätzig. Sie befanden sich auf einem Parkplatz, auf dem nur ihr eigener Wagen stand. Ein Kiesweg führte zur Rechten auf ein abgeerntetes Feld. Links konnte er eine verfallene Hütte erkennen, deren Dach zur Hälfte fehlte. Ein paar Ziegen grasten daneben. Das war es also gewesen, ging es ihm durch den Kopf. Man würde sich seiner irgendwo in der Pampa entledigen.

»Du hast mich schwer enttäuscht, Yann.« Rémy verzog keine Miene.

Was sollte er darauf antworten? Yann überlegte. »Wir könnten reden.«

Rémys Mundwinkel zuckten. »Worüber?«

»Ich könnte …« Yanns Stimme versagte, als er den Revolver in Jean-Lucs Hand erblickte. Er schluckte. »Ich könnte für dich …« In diesem Augenblick hätte er seinem mutmaßlichen Mörder alles versprochen.

»Mach es nicht noch schlimmer!«, unterbrach ihn Rémy mit gurrender Stimme.

Yanns letzte Hoffnung zerbrach. »Woher weißt du es?« War das jetzt nicht völlig unwichtig? Würde es für ihn leichter sein, wenn er seinen Fehler kannte?

Rémy lachte. Es klang gefährlich, bedrohlich. »Ich weiß alles, Yann. Plevantier hat es bis heute nicht kapiert. Und du auch nicht. Nichts, was du anders gemacht hättest, hätte etwas geändert! Wir wären in jedem Fall hier gelandet. Du, ich …« Wieder lachte er. »… und Fréderic und Jean-Luc. Dein Weg war sozusagen vorgegeben. In dem Moment, in dem du deinem Auftrag zugestimmt hast, hast du, ohne es zu wissen, dein eigenes Todesurteil unterschrieben.« Er schüttelte den Kopf. »Ja, ja, die böse Welt kann so verdammt ungerecht sein.«

Yann verstand überhaupt nichts mehr, wollte nachhaken, um zu erkennen, wo der Fehler gelegen hatte. Doch als er das leichte Zucken von Rémys Hand wahrnahm, wusste er schlagartig, dass es zu spät war. Zu spät für weitere Überlegungen, zu spät für Nachfragen, zu spät für … ihn. Als sein Kopf explodierte, hatten sich seine Gedanken bereits für immer verabschiedet.

9

»Gustave hat uns eine ganz tolle Geschichte vorgelesen.« Océane zog ihr T-Shirt aus und griff nach dem hellblauen Nachthemd mit der gelben Ente.

»Um was ging es denn?« Fleur betrachtete ihre Jüngere, während diese ans Waschbecken trat und die Zahnpastatube aufschraubte.

»Um einen kleinen Hasen. Der sah fast genauso aus wie Fluffy.«

Fleur musste schmunzeln.

»Wo ist mein rotes Reit-T-Shirt?« Virginie steckte ihren Kopf ins Badezimmer und sah ihre Mutter vorwurfsvoll an. »Das müsste doch längst gewaschen sein.«

»Ich schaue gleich nach«, erwiderte Fleur ruhig. »Ich glaube, es liegt noch im Waschraum.«

Virginie runzelte die Stirn und verzog ihre Mundwinkel.

»Du brauchst es erst morgen, oder?«

Ihre ältere Tochter nickte.

»Bis dahin lege ich es dir hin, okay?«

»Ja«, murrte Virginie. »Hoffentlich ist es gewaschen. Warum mussten wir heute auch unbedingt mit Jus…«

Fleur legte einen Zeigefinger auf ihre Lippen und warf einen Blick in den Flur. »Ihr wisst doch, dass Papa Justine nicht mag«, setzte sie im Flüsterton an. »Er muss nicht unbedingt wissen, dass wir mit ihr zusammen Schuhe kaufen waren.«

Virginie verdrehte die Augen, erwiderte jedoch nichts. Sie schien Fleurs Anspannung zu spüren, denn normalerweise hätte die Zehnjährige ihre Mutter in eine mehrminütige Grundsatzdiskussion zum Thema Heimlichtuereien verwickelt. Heute verschwand das Mädchen allerdings ohne ein weiteres Wort in sein Zimmer.

Fleur setzte sich auf den Rattansessel, der in der Ecke neben der italienischen Dusche stand, und verfolgte, wie Océane mit hoch konzentriertem Gesichtsausdruck ihre Zähne putzte. Das lockige Haar fiel dem Mädchen weich über die Schultern und die gebräunten Arme.

»Wie war dein Tag, meine Süße?«, erklang Rémys Stimme aus Virginies Zimmer.

Fleur schloss die Augen und betete, dass sie sich auf die Verschwiegenheit ihrer älteren Tochter verlassen konnte. Justine hatte Rémy von der ersten Minute an nicht leiden können, und er hatte diese Abneigung gegen ihn als willkommenen Anlass genommen, seinerseits Ressentiments Justine gegenüber zu pflegen.

Fleurs Gebet schien erhört zu werden. Sie vernahm, wie Virginie ihrem Vater von ihrem Schultag und einem Streit mit ihrer besten Freundin berichtete. Das hatte sie Fleur gar nicht erzählt. Wieder verspürte sie einen leichten Stich. Virginie war schon immer mehr auf ihren Vater fixiert gewesen, was vor allem an Rémys einnehmendem Wesen lag. Immer wieder hatte er Fleur bewusst bei Aktivitäten ausgeschlossen, die er allein mit Virginie unternehmen wollte. Und einem Mann wie Rémy Beauvolet leistete man keinen Widerstand. Hastig verdrängte sie die finsteren Gedanken, die Erinnerung an die letzten Nächte.

»Fertig«, verkündete Océane in dem Moment, steuerte auf Fleur zu und schlang ihre dünnen Ärmchen um ihre Mutter. »Die Gummischlangen heute Mittag waren so lecker, Maman«, flüsterte sie dicht an Fleurs Ohr. »Können wir bald wieder welche holen?«

Fleur blickte ihr in die Augen und nickte. »Ganz bald, mein Schatz. Das verspreche ich dir.« Liebevoll strich sie ihr über das Haar. »Ich habe dich sehr lieb, Océane.«

Das Mädchen schmiegte seinen Kopf an ihre Schulter. »Ich dich auch, Maman.«

»Aber jetzt ist Schlafenszeit«, raunte Fleur wehmütig.

Nachdem Rémy auch Océane eine gute Nacht gewünscht hatte, eilte er wieder die Treppe hinunter, während Fleur noch die Kleidung der Mädchen im Badezimmer zusammenlegte. Ihr gingen tausend Gedanken durch den Kopf, das Gespräch mit Justine, ihre Lauschaktionen in den letzten Tagen. Würde sie wirklich den Mut finden, ihr Vorhaben durchzuziehen? Erneut setzte sie sich in den Sessel und verharrte kurz. Was würde sie heute Abend erwarten? Solange die Mädchen wach waren, verhielt Rémy sich wie immer. Doch wenn sie allein waren, strafte er sie entweder mit eisiger Missachtung oder … Fleur schloss die Augen. Sie benötigte dringend Hilfe. Wenn sie Justine anvertraut hätte, was sich die letzten Tage in diesem Haus abgespielt hatte, wäre diese schnurstracks zur Polizei gegangen – und hätte damit Fleurs Plan zunichtegemacht.

»Fleur?«

Nein! Wie lange konnte sie das noch ertragen? Schwerfällig stand sie auf und verließ die obere Etage. Mit schleppenden Schritten stieg sie die Stufen hinab.

Rémy befand sich in seinem Arbeitszimmer. »Kommst du mal bitte?«

Sie presste ihre Kiefer aufeinander und steuerte auf das Büro zu. Als sie den Raum betrat, erhob sich ihr Mann hinter seinem Schreibtisch und kam auf sie zu. Fleur hielt den Atem an, als er dicht vor ihr stehen blieb, einen Arm hob und mit Zeige- und Mittelfinger andächtig über ihr Schlüsselbein strich.

»Du bist nicht dumm, Fleur«, setzte er leise an. Seine Stimme schien zu klirren. »Du willst unsere Familie doch sicher nicht in Gefahr bringen, nicht wahr?«

Sie schloss die Augen und nickte.

»Sieh mich an, Fleur«, forderte er sie auf.

Sie befolgte seine Anweisung, blieb jedoch stumm.

Abrupt nahm er seine Finger von ihrem Oberkörper und packte ihr linkes Handgelenk.

Ein stechender Schmerz schoss Fleur in den Unterarm. Sie unterdrückte einen Aufschrei.

»Morgen«, raunte er mit kaltem Blick. »Wie wir es besprochen haben.«

Rémy drückte ihr grob einen kleinen, festen Gegenstand in die Handfläche. Als sie ihre Finger schließen wollte, umfasste er diese mit seinen und drückte wie in Zeitlupe zu. Die scharfen Kanten bohrten sich in ihr Fleisch. Fleur presste die Kiefer aufeinander, um nicht aufzuschreien.

»Du kannst gehen.«

Ohne sie noch eines weiteren Blickes zu würdigen, drehte Rémy sich um und kehrte zu seinem Schreibtisch zurück.

Fluchtartig verließ Fleur das Zimmer, hastete durch die Empfangshalle ins Wohnzimmer und riss die Terrassentür auf. Sobald sie ins Freie gelangte, atmete sie tief aus. Ihr Blick fiel auf ihre noch immer zur Faust geballte Hand. Sie löste ihre Finger und starrte auf den kleinen Gegenstand. Es war so weit.

Jetzt gab es kein Zurück mehr. Die nächsten Tage würden zeigen, ob Fleur stark genug sein würde, um ihr Vorhaben durchzuführen. Falls nicht … Doch diesen Gedanken durfte sie nicht weiterverfolgen. Sie blickte kurz zurück ins Wohnzimmer, bevor sie die weitläufige Rasenfläche überquerte und auf die Gruppe Zypressen zusteuerte, neben denen sie im letzten Sommer ein kleines Lavendelfeld angelegt hatte. Vor den hochgewachsenen Bäumen befand sich eine Tischgruppe aus Eukalyptusholz mit dicken Polsterauflagen.

Fleur ließ sich atemlos auf einen der Stühle fallen und legte ihren Kopf in den Nacken. Erst jetzt bemerkte sie, dass sie am ganzen Körper zitterte. Was hatte sie getan? Ihr musste doch klar sein, dass sie gegen Rémy niemals als Siegerin hervorgehen konnte. Der Mann narrte seit Jahren die Police Nationale, erfahrene Beamte, die sich auf dem Gebiet des organisierten Verbrechens bestens auskannten. Wer war sie, dass sie es mit einem Schwerkriminellen wie Rémy Beauvolet aufnehmen wollte? Fleur musste an ihren Vater denken, der wehrlos vor sich hin vegetierte, an ihre Töchter, die jede auf ihre Art an Rémy hingen. Sie stützte die Ellbogen auf ihre Oberschenkel und legte den Kopf in die Hände.

Während sie die Fugen zwischen den grauen Platten fixierte, dachte sie über ihre weiteren Schritte nach. Was würde passieren, wenn ihr Plan nicht aufginge? Hatte sie wirklich alle Eventualitäten bedacht? Oder war Rémy ihr just in diesem Moment schon wieder drei Schritte voraus in seinen Planungen? Fleur wusste, dass er ihr nicht die Wahrheit gesagt hatte. Was genau führte ihr Mann im Schilde? War seine Idee die Vorstufe, um sie zu … eliminieren? Würde er tatsächlich so weit gehen? Sie spürte ihren Herzschlag, der viel zu schnell ging.

Als sie sich wieder aufrichtete, fiel ihr Blick auf die lila Lavendelblüten. Sie nahm einen der Halme zwischen die Finger und rieb mit dem Daumen über die Blüte. Dann führte sie ihre Hand an die Nase und sog den beruhigenden Duft ein. Fleur ließ ihre Augen über die Blütenlandschaft des parkähnlichen Grundstücks schweifen. Die Rosenstöcke zu ihrer Linken, dicht daneben das Kräuterbeet. Auf der rechten Seite befanden sich zwei lieblich duftende Jasminbüsche, neben rosa Oleander und violettem Rhododendron. Auf den ersten Blick ein kleines Paradies, schoss es Fleur durch den Kopf. Ein Paradies, das sich für sie und ihre Töchter in eine Hölle verwandelt hatte.

10

Als Kylian das »Esprit de la Mer« betrat, schlug ihm stickige, rauchgeschwängerte Luft entgegen. An einem anderen Tag hätte er auf der Stelle kehrtgemacht und eine andere Bar mit Außenbereich angesteuert. Doch nicht heute. Heute benötigte er lediglich einige Bier und das beruhigende Gefühl zu wissen, wo er hingehörte. Das »Esprit de la Mer« begleitete sein Leben schon seit vielen Jahren, seit er bei der Police Nationale in Montpellier zu arbeiten begonnen hatte und in die Großstadt gezogen war. Die bei Studenten, Kleinkriminellen und Kriminalbeamten beliebte Kneipe hatte für Kylian in guten wie in schwierigeren Zeiten immer eine Art Ankerpunkt dargestellt. Hier war er schon mit mehreren weiblichen Bekanntschaften gewesen sowie mit Kollegen, wenn sie einen abgeschlossenen Fall zu feiern hatten. Das »Esprit« gehörte zu Kylians Leben wie seine eigene Wohnung oder sein winziges Büro auf dem Revier.

Heute Abend war die Bar brechend voll. Die hohen Temperaturen trieben die Leute aus ihren Wohnungen, an Schlaf war kaum zu denken. Da er keinen freien Platz entdeckte, setzte er sich an die Theke und wartete, bis die Kellnerin Zeit für ihn hatte. Müde fuhr er sich durchs Haar. Der Tag war lang und anstrengend gewesen. Kurz vor Feierabend hatte Démilliers ihn ein weiteres Mal in ihr Büro zitiert, um ihm die Hölle heißzumachen. Und Sébastien hatte ihm im Gehen noch zugerufen, dass sie weiter keine Spur von Yann entdecken konnten.

Kylian schloss kurz die Augen und verdrängte den Gedanken an Yanns kleine Familie.

»Uh, schläfst du etwa?«

Als Kylian seine Augen wieder öffnete, erblickte er Claire Mages. Die Rechtsmedizinerin musterte ihn mit gerunzelter Stirn. Vor drei Jahren hatte er mit der Ärztin eine kurze, aber leidenschaftliche Affäre gehabt.

»Claire«, begrüßte er sie, ohne auf ihre Bemerkung einzugehen.

»Lust auf ein bisschen Gesellschaft, Kylian?« Sie strich sich eine lockige dunkle Strähne aus der Stirn.

Statt etwas zu erwidern, deutete er auf den leeren Barhocker neben sich.

Als die Bedienung kam und Kylians Bestellung brachte, bestellte die Rechtsmedizinerin das Gleiche für sich.

»Schlechten Tag gehabt?« Sie stützte sich mit ihrem linken Ellbogen auf dem Tresen ab und legte den Kopf in ihre Hand. Das lange Haar fiel ihr kess auf die Schulter.

Kylian betrachtete ihr fein geschnittenes Gesicht. »Frag nicht.« Er winkte ab. »Die Chefin meinte, mich daran erinnern zu müssen, wie ich meinen Job zu tun hätte.«

Claire verzog ihre Lippen zu einem schwachen Grinsen. »Démilliers befindet sich auf dem Kriegspfad?«

»Kriegspfad ist gar kein Ausdruck. Momentan läuft sie über ein vermintes Schlachtfeld.«

Als auch Claires Bier kam, hob Kylian sein Glas und prostete ihr zu.

»Auf nervige Vorgesetzte«, erklärte die Ärztin mit sarkastischem Unterton.

»Auf einen Job, der schöner nicht sein könnte«, ergänzte Kylian mit von Ironie triefender Stimme.

»Schwierige Ermittlungen?« Sie stellte das Glas wieder auf dem Tresen ab und drehte sich auf ihrem Hocker in Kylians Richtung, sodass sie ihn direkt anblicken konnte.

»Beauvolet«, presste er hervor. »Noch weitere Fragen?«

»Scheiße«, rutschte es Claire heraus. »Pardon, aber dieser Mistkerl …« Sie schnaufte.

Kylian horchte auf.

Claire zuckte mit den Achseln. »Ich hatte in den letzten drei Wochen zwei Jugendliche auf meinem Tisch. Ein Siebzehnjähriger, der eine Überdosis intus hatte, und eine Fünfzehnjährige, die gestreckten Stoff erwischt hatte.«

»Ihr denkt, die Drogen kamen von Beauvolet?« Kylians Magen krampfte sich zusammen, während er seine Ex-Geliebte von der Seite ansah.

Claire nickte. Gedankenverloren strich sie mit einem Zeigefinger über den Rand ihres Bierglases. »Die Experten sind sich ziemlich sicher.«

»Dieses Arschloch!« Kylian wandte seinen Kopf ab und starrte wütend auf den Tresen. »Er ist … Wir bekommen ihn einfach nicht zu fassen.« Er berichtete von den Geschehnissen des vergangenen Tages.

Claire fuhr sich mit der Zungenspitze über die Unterlippe. »Die Schulen werden mit dem Dreck momentan überschwemmt.« Sie machte eine kurze Pause. »Eine Freundin von mir arbeitet am Universitätsklinikum. Sie sagt, so viele Einlieferungen aufgrund von Drogenmissbrauch, wie sie in den letzten Monaten hatten …«

»Und trotzdem kommen auch die Rauschgiftfahnder nicht weiter«, bestätigte Kylian voller Bitterkeit. »Es ist zum Verrücktwerden.«

»Dieser Mann ist der Teufel in Menschenform«, erwiderte Claire. »Wusstest du, dass er zwei Kinder hat?«

Kylian nickte, blieb jedoch stumm.

»Ich kann nicht verstehen, wie man derart skrupellos sein kann, wenn man selbst Familienvater ist.« Die Ärztin hatte mehr mit sich selbst geredet. »Wie würde er sich fühlen, wenn seine eigenen Kinder diesem Dreck zum Opfer fallen würden?«

»Du gehst von einem normalen Menschen aus«, widersprach Kylian ihr. »Der Mitgefühl empfinden kann, der empathisch ist.« Er schüttelte den Kopf. »Nichts davon trifft auf Rémy Beauvolet zu. Dieser Hurensohn handelt mit jungen Frauen. Er lässt Unmengen von Heroin an Jugendliche verteilen. So jemandem sind seine Mitmenschen herzlich egal. Beauvolet denkt nur an sich selbst, an Macht, an Kontrolle, an Reichtum.«

Claire seufzte, bevor sie einen langen Schluck aus ihrem Glas nahm. »Da kann man schon den Glauben verlieren.«

Kylian presste seine Lippen aufeinander.

»Was ist mit diesem Undercoverbeamten?«

Er spürte ihren eindringlichen Blick auf sich. »Ich habe nicht viel Hoffnung.«

»Verdammt.«

Er nickte. »Manchmal frage ich mich wirklich, wozu wir das hier tun? In jedem zweitklassigen Krimi gewinnen die Guten. Und wir?« Er schnaubte. »Wir rennen diesem Arschloch seit Jahren hinterher. Und wozu?«

Claire legte ihre Hand auf seinen Unterarm. »So darfst du nicht denken.« Sie fuhr ihm übers Haar. »Du bist zu jung, um derart verbittert zu sein.«

Kylian versuchte sich an einem schwachen Lächeln.

»Du bist ein guter Polizist.« Sie nickte. »Der beste, den ich kenne. Du wirst Beauvolet zu Fall bringen. Irgendwann.«

Kylian schob sein Kinn vor. »Das Schlimmste ist, wenn du selbst nicht mehr in der Lage bist, an einen Erfolg zu glauben«, sinnierte er mit düsterer Stimme.

»Du darfst nicht aufgeben. Kylian! Denk an all die Jugendlichen, die du durch deine Ermittlungen vor einem Drogentod bewahren kannst.« Sie verstärkte den Druck auf seinen Arm. »Was denkst du, wie es mir geht, wenn ich diese jungen Leute vor mir liegen sehe?« Sie verdrehte die Augen. »Ja, es ist meine Arbeit. Aber ich bin auch ein Mensch. Ich möchte irgendwann selbst einmal Kinder haben. Unsere Arbeit macht etwas mit uns. Bei dir sind es die Bösen, die du trotz aller Bemühungen nicht zu fassen bekommst. Bei mir sind es die Toten. Sie erzählen mir ihre Geschichten, ihr Schicksal. Und wenn wir nicht jeden verfluchten Tag unser Bestes geben, wer soll ihnen dann helfen?«

Kylian blickte Claire ins Gesicht. »Warum bist du nur eine so verdammt intelligente Frau?«

Claire grinste.

»Eigentlich wollte ich mich heute in meinem Selbstmitleid suhlen und die Schlechtigkeit der Welt bejammern.«

Claire schüttelte den Kopf. »Das bist nicht du, Kylian.« Sie beugte sich näher zu ihm. »Ich gehe grundsätzlich nicht mit Waschlappen ins Bett.« Sie zwinkerte belustigt.

Kylian hob die Brauen. »Warum genau haben wir uns getrennt?«

Claire lachte. »Was meinst du? Kommst du noch mit zu mir? Da haben wir mehr Ruhe und können das Thema ausführlich bequatschen.«

11

Fleurs Hände zitterten, während sie die Eier verquirlte. Wie in Trance holte sie zwei Teller aus dem Schrank, stellte zwei Tassen daneben und schaltete den Herd an. Handgriffe, die sie tausendfach ausgeführt hatte. War es heute das letzte Mal, dass sie in dieser Küche, in diesem Haus, neben diesem Mann das Frühstück für ihre Kinder bereitete? Sie spürte Übelkeit in sich aufsteigen. Jede Faser ihres Körpers schien zu rebellieren. Wie hatte sie sich nur in eine solche Situation manövrieren können? Bei genauerem Nachdenken erkannte sie, dass ihre Gleichung viel zu viele Unbekannte beinhaltete. Herr im Himmel, steh mir bei, betete sie stumm und stellte sich vor, Rémy hätte sie in jener Nacht nicht in seinem Büro erwischt. Sie hätte den heutigen Tag ohne Angst und Aufregung beginnen können. Später wäre sie vielleicht zu ihrem Vater gefahren, hätte im Anschluss ein paar neue Pflanzen gekauft, im Garten gearbeitet und ein paar Runden im Pool gedreht. Wie einfach war ihr Leben doch all die Jahre gewesen! Warum wurde ihr diese Tatsache erst jetzt bewusst? In einem Augenblick, in dem alles, was sie ausmachte, in Frage gestellt wurde? In dem Fleur kurz davorstand, in einen Abgrund zu springen, dessen Talsohle sie nicht kannte? War sie dabei, alles zu verlieren?

Sie konzentrierte sich auf ihre Atmung und versuchte, Ruhe zu bewahren. Ihre Töchter durften ihr nichts anmerken. Fleur gab die verrührten Eier in die Pfanne und verfolgte, wie die glibberige Masse einen hellen Gelbton annahm.

»Maman, wo ist mein Französischbuch?« Virginie stürmte mit hochroten Wangen in die Küche. »Ich habe dir doch gestern das Gedicht aufgesagt!«

Fleur drehte sich zu ihrer älteren Tochter um und musterte deren erhitztes Gesicht. »Du hattest es danach wieder mit in dein Zimmer genommen«, erwiderte sie, während sie sich um Ruhe bemühte.

»Da ist es aber nicht!« Virginie verzog ihren Mund.

»Ich bin mir sicher, dass es sich in deinem Zimmer befindet.« Fleur verbarg ihre zitternde Hand hinter dem Rücken. »Du hast noch Zeit. Schau noch mal nach.«

Stöhnend drehte Virginie sich um und rannte aus der Küche. Während Fleur sich wieder den Omeletts widmete, hörte sie die hastigen Schritte ihrer Tochter auf der Treppe.

»Bonjour!«

Als sie Rémys Stimme in ihrem Rücken vernahm, blieb Fleur fast das Herz stehen. Sie schluckte. Eine Hand strich über ihre Wange.

»Na, nervös?«

Sie presste ihre Lippen aufeinander und schüttelte stumm den Kopf.

»Ach, komm«, fuhr er leise fort. »Mir musst du nichts vormachen.«

»Es ist alles in Ordnung«, erklärte sie mit brüchiger Stimme.

Er lachte kurz auf. Doch es klang weder belustigt noch heiter. »In Ordnung«, wiederholte er mit einem drohenden Unterton. »Das möchte ich dir auch geraten haben.« Er machte eine Pause. »Du weißt, was auf dem Spiel steht.«

Wieder nickte Fleur, da sie sicher war, keinen Ton hervorbringen zu können.

Rémy seufzte hinter ihr. »Na schön. Sind wir heute also von der schweigsamen Sorte.«

Sie hörte, wie er sich einen Stuhl zurechtrückte und sich setzte.

»Maman, sieh mal, die neuen Sandalen!« Océane betrat die Küche und streckte ihrer Mutter den rechten Fuß hin.

Fleur räusperte sich. »Sie sind wirklich sehr schön.«

»Zeig mal«, forderte Rémy Océane auf.

Überrascht blickte Fleur ihn an, senkte jedoch sofort den Kopf, als sie den Ausdruck in seinen Augen erkannte. Sie schaltete den Herd aus und verteilte das Omelett auf den beiden Tellern.

»Ich finde es nicht.« Virginie liefen Tränen über die Wangen, als sie erneut die Küche betrat.

»Schatz«, setzte Fleur an, doch Rémy hatte sich bereits erhoben, winkte Virginie zu sich und nahm sie in seine Arme.

Die Szene versetzte Fleur einen leisen Stich. »Iss ein wenig. Und dann helfe ich dir gleich beim Suchen«, erklärte sie und bemühte sich um ein Lächeln.

Wie lange würde sie noch funktionieren? Ein unauffälliger Blick Richtung Uhr zeigte ihr, dass sie die Fassade noch knappe dreißig

Minuten aufrechterhalten musste. Dreißig schier endlose Minuten! Dann würde das Leben, das sie bisher kannte, enden.

»Ziehst du auch deine neuen Sandalen an?« Océane kletterte auf den freien Stuhl neben Rémy und sah ihre Schwester von der Seite an, die sich im gleichen Moment setzte.

»Weiß nicht«, murrte diese.

»Bist du böse?«

»Mensch, Océane. Nerv nicht!«

»Deine Schwester hatte keinen guten Start in den Tag«, erklärte Rémy mit einer Stimme, die Fleur die Eingeweide zusammenzog. »Lass sie einfach ein wenig in Ruhe, okay?«

Océane blickte von ihm zu Virginie, öffnete ihren Mund, um etwas zu sagen, nickte dann aber nur, als Fleur ihr den Teller mit dem Omelett brachte.

»Lasst es euch schmecken!«

Fleur nahm ihre Tasse von der Arbeitsplatte und setzte sich zu Rémy und den Mädchen.

»Was steht denn heute auf dem Programm?«

Rémy schien sich um eine Auflockerung der angespannten Atmosphäre zu bemühen. Fleur hatte dieses Schmierentheater so satt.

Virginie reagierte nicht auf die Frage ihres Vaters, stocherte nur weiter lustlos in ihrem Frühstück herum.

»Wir wollen heute Brioches backen«, erklärte Océane eifrig, während sie sich eine Gabel von dem Omelett in den Mund schob. »Das wird toll. Ich liebe Brioches.«

»Wie schön«, murmelte Fleur, die es kaum noch schaffte, ihre Unruhe zu verbergen.

»Alles gut, chérie?« Rémy legte eine Hand auf ihre linke und zwinkerte ihr zu.

Fleur setzte ein schwaches Lächeln auf und nickte. Hass wallte in ihr auf. Hass auf den Mann, der sie zu Dingen veranlasst hatte, die sie unter anderen Umständen niemals getan hätte. Aber auch Hass auf sich selbst, weil sie nicht genauer hingesehen hatte, als sie noch die Möglichkeit gehabt hatte, eine andere Entscheidung zu treffen.

Wie hatte sie nur so leichtgläubig, so derart naiv sein können? War sie nicht zu intelligent, um sehenden Auges in ihr Unglück zu rennen? Offensichtlich nicht, beantwortete Fleur sich ihre eigene Frage. Sie war so dumm gewesen. Und als ihr die Chance eröffnet worden war, einen anderen Weg einzuschlagen, hatte sie ein zweites Mal den falschen Abzweig genommen.

Der Druck von Rémys Hand an ihren Fingern verstärkte sich. Fleur zwang sich, ihren Kopf zu heben und seinen Blick zu erwidern. Einen Augenblick lang sahen sie sich nur stumm an. Fleur schossen Tausende Gedanken durch den Kopf, während sie das Gesicht ihres Mannes musterte. Vor langer Zeit einmal war sie fasziniert gewesen von seinem weltgewandten Auftreten, seinem breit gefächerten Wissen, seiner scheinbaren Großzügigkeit. Heute, viele Jahre später, wusste sie es besser. Nichts in Rémys Welt war so, wie es auf den ersten Blick schien. Seine anfängliche Sanftmut, sein liebevolles Wesen, sein Charme ...

Fleur hatte sich täuschen lassen. Sie verachtete sich zutiefst für ihre Leichtgläubigkeit. Rémys Augen funkelten, während sie Fleur betrachteten. Konnte er ihre Gedanken lesen? Fleur bemühte sich um eine unbeteiligte Miene. Als seine Mundwinkel amüsiert zu zucken begannen, wandte sie hastig den Kopf ab. Für den Moment hatte er gewonnen.

Doch nur für den Moment ...

»Vielleicht darf ich ja eine Brioche mit nach Hause nehmen«, plapperte Océane unbedarft weiter.

Fleur konzentrierte sich auf ihre jüngere Tochter.

»Dann kannst du sie probieren.«

»Ich würde mich sehr freuen.« Sie strich sich eine Strähne hinters Ohr.

»Was machen wir jetzt mit dem Buch?«, brachte sich Virginie wieder ins Gespräch ein.

»Ich habe dir doch versprochen zu helfen.« Fleur deutete auf das Omelett, das Virginie kaum angerührt hatte.

»Ich habe keinen Appetit«, murrte die Zehnjährige verdrossen.

Fleur atmete tief aus und erhob sich. »Dann komm. Lass uns nach dem Buch suchen.«

Widerwillig erhob sich Virginie und folgte Fleur aus der Küche, die aus dem Augenwinkel sah, wie Rémy sich an dem Teller seiner Tochter zu schaffen machte.

Während sie die Treppe hinaufstiegen, legte Fleur dem Mädchen eine Hand auf die Schulter. »Du weißt doch, dass ich immer für dich da bin.«

Virginie erwiderte nichts.

»Virginie?« Fleur sah sie von der Seite an. »Ich bin deine Mutter.«

Als ihre Tochter zu ihr aufsah, schimmerten deren Augen feucht.

»Wir finden es.« Fleur beugte sich zu ihr hinab und küsste sie aufs Haar. »Vertrau mir.«

12

Kylian rang um Fassung. Ja, er war Polizist. Und ja, er hatte schon viele Tote gesehen. Der Anblick von Yann Sauvillons Leichnam besaß jedoch eine andere Dimension für ihn. Kylian hatte mit Yann viele Jahre lang zusammengearbeitet. Er kannte seine Familie, die Ehefrau sowie die kleine Tochter. Während die Spurensicherung um ihn herum ihre Arbeit aufnahm, trat er ein paar Schritte zur Seite, um sich kurz zu sammeln.

Bilder aus vergangenen Zeiten drängten sich seinem Gedächtnis auf. Yann und er bei einem Feierabendbier im »Esprit de la Mer«, ihr Umtrunk auf dem Revier, als Yann mit seinen Kollegen auf die Geburt seines ersten Kindes anstoßen wollte. Es war Kylians verdammte Pflicht gewesen, auf Yann aufzupassen. Ein kleines Mädchen hatte nun seinen Vater verloren, eine junge Frau ihren Ehemann. Marcella und Yann hatten noch ihre gesamte gemeinsame Zukunft vor sich gehabt.

Der Gedanke raubte Kylian beinahe den Atem. In diesem Moment war es ihm gleichgültig, dass Démilliers ihm den Fall entziehen würde. Es war ihm gleichgültig, welche Schimpftirade er wieder über sich ergehen lassen müsste. Er konnte nur an seinen toten Kollegen denken, der höchstwahrscheinlich bis zur letzten Sekunde gehofft hatte, dass ihm Kylians Team beistehen würde, dass sie ihn retten würden, dass sie ihn nicht im Stich ließen. Doch genau das hatten sie getan.

Kylian kickte einen Kiesel über den abgelegenen Parkplatz. Yanns Tod war allein seine Schuld. Nicht zum ersten Mal hatte er Rémy Beauvolet unterschätzt. Wieder einmal war ihm der aalglatte Unternehmer einen entscheidenden Schritt voraus gewesen. Er konnte sich Beauvolets selbstgefälliges Grinsen fast bildlich vorstellen. Kylian hatte auf ganzer Linie versagt. Neben dem Tod eines geschätzten Kollegen ging nun auch der Misserfolg der jahrelangen Ermittlungen auf sein Konto.

Sie standen wieder am Anfang. Kylian hätte schreien mögen, doch er war sich der Beamten um ihn herum bewusst. Aus dem Augenwinkel verfolgte er, wie Claire aus einem eben angekommenen Wagen stieg und mit ihrem Koffer auf die Leiche zusteuerte. Zum Glück war er gestern Abend nicht auf ihr Angebot eingegangen. Auch wenn es ihm mehr als verlockend erschienen war, Claire in ihre Wohnung zu begleiten und für ein paar Stunden den Schlamassel um sich herum zu vergessen, hatte Kylian sich letztlich darauf besonnen, dass ein kurzes Abenteuer mit seiner Ex-Freundin das Letzte war, was er in seiner momentanen Situation benötigte. Es hätte vieles verkompliziert, und die Vorstellung, dass er sich mit Claire im Bett vergnügt hätte, während Yann …

Er verdrängte den furchtbaren Gedanken, da er zu nichts führte. Es war nichts geschehen, und trotzdem hatte er seinem Kollegen nicht helfen können.

»Du kannst nichts dafür.«

Kylian drehte sich zu Sébastien um. »Das sehe ich anders. Er war mir unterstellt, und ich hätte ihn …«

»Du hattest keine Chance, ihn da rauszuholen«, unterbrach ihn

Sébastien und trat neben ihn. »Sie haben ihn viel zu schnell von der Bildfläche verschwinden lassen. Verdammt einsame Gegend.«

Kylian nickte. Sie befanden sich etwa fünfzig Kilometer nördlich von Montpellier. Der Parkplatz, auf dem Yann von einem Ehepaar vor anderthalb Stunden gefunden worden war, lag verlassen inmitten von vertrockneten Feldern ohne jegliche Anzeichen menschlicher Zivilisation. Einige Meter von ihnen entfernt meckerten Ziegen.

»Das war das Letzte, was Yann in seinem Leben gesehen hat«, bemerkte Kylian bitter. »Ein paar Ziegen.«

»Kylian«, setzte Sébastien an.

»Lass es!«, unterbrach er seinen Mitarbeiter barsch. »Diese Scheiße habe ich allein verzapft. Mir hätte von Beginn an klar sein müssen, dass die Informationen, die Yann uns geliefert hatte, falsch waren.« Kylian schüttelte den Kopf. »Beauvolet ist viel zu gerissen, als dass er derart sensible Daten so offensichtlich streuen würde.«

»Wie hättest du das ahnen sollen?« Sébastien schnalzte mit der Zunge. »Yann hat seit drei Jahren für diesen Mistkerl gearbeitet.«

Kylian schloss kurz die Augen. »Es war mein Job.«

»Und das ist es immer noch. Jetzt umso mehr. Wir müssen ihn endlich drankriegen. Auch für Yann. Beauvolet darf nicht ungeschoren davonkommen.«

Kylian drehte sich um und deutete auf die Kollegen der Spurensicherung. »Sie werden nichts finden.« Er ballte eine Hand zur Faust. »Zum wiederholten Mal werden sie nichts finden.« Er sah Sébastien an. »Verstehst du? Es ist egal, was wir tun. Wir werden ihn nicht bekommen.«

»Verflucht, Kylian!« Sébastiens Stimme klang wütend. »Das bist doch nicht du! Was ist denn die Alternative? Den Kopf einzuziehen und Arschlöchern wie Beauvolet kampflos das Feld zu überlassen? Mann, denk doch mal nach. Wir sind Polizisten geworden, um solche Drecksäcke zur Strecke zu bringen. Ihnen das Handwerk zu legen.«

»Ja, das war einmal«, murmelte Kylian, obwohl er tief in seinem Inneren wusste, dass Sébastien recht hatte. Die Hoffnungslosigkeit wog in diesem Moment jedoch schwerer. Was zählten seine ehrenwerten Motive noch? Er hatte einen seiner besten Männer verloren. Die Endgültigkeit des Verlusts machte Kylian schwer zu schaffen. Noch nie in seiner langjährigen Laufbahn hatte er sich derart desillusioniert und enttäuscht gefühlt.

»Kylian, kommst du mal bitte?« Die Stimme der Rechtsmedizinerin unterbrach sein Grübeln.

Seufzend wandte er sich um und näherte sich dem Leichnam. Sébastien folgte ihm.

»Ich weiß, dass es keinen Trost darstellt, aber dein Mitarbeiter war im Bruchteil einer Sekunde tot.« Claire ging in die Hocke und deutete auf das Einschussloch an der Schläfe. »Er hat nicht gelitten.«

»Soll ich das seiner Witwe sagen?«, stieß Kylian voller Zorn hervor.

»Kylian …« Sie erhob sich wieder.

»Schon gut.« Er winkte ab. »Tut mir leid. Ich wollte nicht …« Er schnaufte. »Ach, Scheiße!«

»Er starb am späten Nachmittag. Ich schätze, zwischen siebzehn und achtzehn Uhr.« Sie stellte ihre Tasche zur Seite. »Mehr dazu nach der Autopsie.« Ihr Blick blieb an Kylian hängen. »Es tut mir leid.«

Kylian nickte und starrte auf seinen toten Mitarbeiter. Was war Yann in den letzten Minuten seines Lebens durch den Kopf gegangen? Hatte er seinen Chef verflucht, seine Berufswahl bereut? Nein, so war Yann nicht gewesen. Er war sich stets der Gefahr bewusst gewesen, die sein Job mit sich gebracht hatte. Und er war einer der besten Undercoverermittler gewesen, mit denen Kylian je zusammengearbeitet hatte. Er presste seine Kiefer so fest aufeinander, dass die Zähne knirschten.

»Habt ihr noch Fragen?« Claire blickte von ihm zu Sébastien.

Kylian reagierte nicht, sein Mitarbeiter schüttelte den Kopf.

Minutenlang blieb er bei Yanns totem Körper stehen und zwang sich, den Tatort zu betrachten. Das Einschussloch war an der linken Schläfe. Kylian drehte sich um.

»Sein Mörder befand sich bei Abgabe des Schusses in etwa zehn Meter Entfernung«, erklärte Claire in diesem Moment.

»Er wusste es.« Kylian ließ seinen Blick über die sanft geschwungene Landschaft schweifen. »Schon als sie ihn hierherbrachten, wusste er, dass er nicht mehr lange zu leben hatte.«

Als sein Smartphone zu klingeln begann, überprüfte er das Display. »Das ist Yanns Frau.« Ihm rutschte das Herz in die Hose.

»Du solltest drangehen«, riet Sébastien leise.

»Ich kann ihr doch nicht am Telefon sagen …« Kylian fuhr sich durchs Haar und trat ein paar Schritte zur Seite. Er räusperte sich. »Bonjour, Marcella.«

»Kylian! Ich versuche seit gestern, Yann zu erreichen. Er wollte mich anrufen, scheint aber verhindert gewesen zu sein. Seine Mutter hatte mich kontaktiert, da sie …«

»Marcella, wo bist du?«, unterbrach Kylian sie sanft. »Ich würde gern bei dir vorbeikommen.«

»Vorbeikommen?« Yanns Frau klang irritiert. »Warum das denn? Ist etwas …« Sie brach ab. »Ist Yann …?«

»Ich würde wirklich gern persönlich mit dir sprechen«, bat Kylian eindringlich.

»Sag mir die Wahrheit! Sofort!« Yanns Frau wechselte ins Italienische und begann, vor sich hin zu murmeln.

Kylian schloss die Augen. »Yann wurde gestern ermordet.« Er brachte die Worte kaum über seine Lippen.

»Was? No, questo non può essere.«

»Marcella, ich komme jetzt zu dir, okay?«, wiederholte Kylian.

Yanns Frau fluchte weiter in ihrer Muttersprache, von der Kylian nicht die Hälfte verstand. Er machte Sébastien und Claire ein Handzeichen und deutete zu seinem Wagen.

13

»Tschüss, mein Schatz! Ich wünsche dir viel Spaß.« Fleur hauchte ihrer jüngeren Tochter einen Kuss auf die Wange und verließ den Kindergarten. Auf der Straße atmete sie tief durch und zwang sich, sich nicht mehr umzudrehen. Was würde ihnen der Tag bringen? Die nächsten Stunden? Wieder stiegen Zweifel in ihr hoch. Nein, sie würde sich nicht von ihrem Plan abbringen lassen. Sie hatte gewusst, dass dieser Zeitpunkt kommen würde. Und auch wenn sie nicht damit gerechnet hatte, dass es so schnell gehen würde, jetzt gab es kein Zurück mehr. Nie wieder. Sie musste nach vorne blicken, musste die letzten Jahre abschütteln wie eine zu dicke Decke an einem heißen Sommertag.

Entschlossen stieg sie wieder in ihren Wagen und fuhr ins Zentrum von Aigues-Mortes zurück. Da es noch früh am Morgen war, waren kaum Touristen unterwegs. Fleur stellte das Auto direkt an der Stadtmauer ab und betrat durch das große Tor die Gassen der Altstadt. Noch herrschten angenehme Temperaturen. Dampf waberte über dem nassen Kopfsteinpflaster. Eine getigerte Katze saß vor einem geschlossenen Geschäft und putzte sich ausgiebig. Über einer kleinen Galerie wurden die Klappläden geöffnet. Fleur konzentrierte sich stärker auf die Alltagsgeräusche, um ihre Bedenken nicht übermächtig werden zu lassen. Sie betrachtete die junge Frau vor sich, die sich über einen Kinderwagen beugte und mit beruhigender Stimme auf ihr weinendes Baby einredete, musterte den jungen Mann im Anzug, der ihr schnellen Schrittes entgegenkam und sie nur eines kurzen Blickes würdigte.

Vor einem der Schaufenster blieb sie stehen und inspizierte die ausgestellten Bilder.

»Wir öffnen in einer halben Stunde, Madame.«

Als Fleur sich umdrehte, erblickte sie eine ältere Frau, die sie lächelnd ansah.

»Falls Sie auch unsere anderen Werke entdecken möchten.«

Die Freundlichkeit der Ladenbesitzerin trieb Fleur fast Tränen in die Augen. Ihr Gegenüber ahnte nicht ansatzweise, dass sie kurz davorstand, den entscheidenden Schritt ihres Lebens zu machen. Ihre Vergangenheit wie eine zweite Haut abzustreifen in der Hoffnung, dass darunter endlich ihr wahres Ich und eine Zukunft, die diesen Namen auch verdient hatte, hervorkämen.

»Geht es Ihnen nicht gut?« Die Miene der Frau nahm einen besorgten Ausdruck an.

Fleurs Unterlippe begann zu beben. »Nein, alles in Ordnung«, beeilte sie sich zu sagen. »Danke, es geht mir gut.«

Die Fremde nickte, blickte Fleur aber immer noch skeptisch an.

»Ich muss jetzt weiter«, erklärte sie und bemühte sich um ein Lächeln. »Vielen Dank.« Sie hob ihre Hand und eilte die Gasse hinunter.

Als sie am vereinbarten Treffpunkt ankam, saß Justine schon an einem der kleinen runden Tische und winkte ihr zu. »Fleur, hier!«

Sie nickte und steuerte auf ihre Freundin zu.

Justine erhob sich und streckte ihre Arme aus. Dankbar erwiderte Fleur die Umarmung.

Als die Bedienung kam, bestellten sie zwei Kaffee und zwei Croissants.

»Ich habe mich gewundert«, begann Justine und strich sich durchs Haar. »Was gibt es denn so Dringendes?«

»Danke, dass du Zeit für mich hast«, setzte Fleur unsicher an.

Justine wedelte mit einer Hand. »Kein Thema. Mein erster Termin hat abgesagt. Ich muss erst gegen elf in der Praxis sein.«

Fleur sah sich um.

»Was ist los?« Justine legte ihre Unterarme auf dem Tisch ab und beugte sich vor. »Du wirkst … nervös.«

Fleur fasste sich an die Kehle und überlegte. »Ich brauche deine Hilfe«, hauchte sie kaum hörbar.

Justine runzelte die Stirn. »Süße, du weißt, dass du dich immer auf mich verlassen kannst. Um was geht es denn?«

»Ich werde …« Fleur atmete tief durch. »Ich werde Rémy verlassen.« Jetzt war es raus.

Justine fiel fast die Kinnlade herunter. »Aber …«, stammelte sie. »Gestern, als wir uns getroffen haben, war doch …« Sie verstummte. »Ich verstehe nicht. Hast du mir nicht vor nicht einmal vierundzwanzig Stunden gesagt, das könntest du nicht tun? Dass er dich nicht gehen lassen würde?« Sie senkte ihre Stimme. »Dass er dich … umbringen würde?«

Fleur nickte.

Die Bedienung kam und brachte ihre Bestellung.

Nachdem sie einen Schluck von ihrem Kaffee genommen hatte, griff Fleur nach dem Croissant, biss aber nicht hinein. »Es geht nicht mehr.«

Justine schüttelte den Kopf. »Das ist jetzt keine wirkliche Überraschung für mich.«

»Es ist so viel geschehen.« Fleur legte das Croissant wieder auf den Teller zurück und blickte sich erneut um.

»Wirst du verfolgt?«

»Was?« Sie blinzelte. »Nein, natürlich nicht.«

Doch konnte sie sich da wirklich sicher sein? Wenn sie Justine doch nur die ganze Wahrheit erzählen könnte! Aber Fleur musste vorsichtig sein. Rémy war nicht blöd. Je mehr sie ihrer Freundin verriet, umso mehr brächte sie sie in Gefahr.

»Irgendetwas ist geschehen«, erwiderte Justine ungehalten. »Warum sprichst du nicht mit mir?«

»Ich habe dir doch gestern schon gesagt …«, brauste Fleur auf.

»Ja, ja«, unterbrach ihre Freundin sie. »Ich weiß, was du gestern gesagt hast. Aber ich verstehe es nicht. Du willst dich von deinem Mann trennen. Gut, ihr habt zwei Kinder, die die Situation wohl nicht besonders toll finden werden.« Sie nahm einen Schluck Kaffee. »Aber wir leben im 21. Jahrhundert. Du schaffst das. Du bist doch nicht die erste Frau, die sich trennt. Und Rémy schafft das auch. Was sagt er denn zu deiner Entscheidung?«

Fleur überlegte. Was sollte sie antworten?

»Fleur?«

»Ich kann es dir nicht erklären«, bekannte sie schließlich. »Es ist alles … furchtbar kompliziert.«

Justine warf die Hände in die Luft. »Furchtbar kompliziert?«, wiederholte sie in irritiertem Ton. »Wie soll ich dir denn helfen, wenn du mir nicht vertraust?«

Fleur schloss die Augen. Wieder spürte sie, wie sich die Verzweiflung in ihr verstärkte. »Ich vertraue dir, Justine«, erklärte sie ernst.

»Du bist der einzige Mensch, an den ich mich wenden kann. Du bist meine einzige Freundin.«

Justine fasste über den Tisch und griff nach Fleurs Hand. »Und du bist meine Freundin! Ich würde alles tun, um dir zu helfen. Aber dafür musst du mit mir reden!«

Fleur kniff die Lippen zusammen. Es wäre so einfach. Sie wusste, dass Justine sie verstehen würde. Und wäre es nicht von Vorteil, eine Verbündete zu haben? Noch konnte Fleur nicht abschätzen, was sie erwartete. Ob ihr Plan aufginge. Sollte sie vielleicht doch … Nein. Es war zu riskant. Sie durfte Justine nicht in Gefahr bringen.

»Ich kann nicht«, stieß sie hervor. »Ich … Du musst mich verstehen.« Sie straffte ihre Schultern und blickte Justine offen in die Augen. »Ich erzähle dir alles. Versprochen! Eines Tages. Sobald ich sicher bin, dass der richtige Zeitpunkt gekommen ist.«

Enttäuschung spiegelte sich in Justines Miene wider. »Du sprichst in Rätseln.« Sie kaute auf ihrem Croissant herum. »Aber weil ich dich schon sehr lange kenne und dir vertraue, bin ich mir sicher, dass du deine Gründe hast.« Sie lehnte sich zurück. »Ich mache mir große Sorgen um dich, Fleur. Um dich und die Kinder.«

Fleur nickte unmerklich. »Ich weiß. Und mir ist auch klar, dass du denken musst, dass ich … dass ich mich mehr als merkwürdig verhalte.« Sie machte eine Pause. »Aber es geht nicht anders.« Sie schluckte. »Ja, ich habe Angst.« Sie musterte das Gesicht ihrer Freundin. »Riesige Angst, Justine. Aber ich kann nicht anders. Ich möchte mein Leben zurück. Kannst du das nachvollziehen?«

Justine fing ihren Blick auf. Ihre Mundwinkel zuckten. »Ja, das verstehe ich. Egal, was passiert, egal, was du vorhast, ich bin immer für dich da, Fleur. Ich hoffe, das weißt du! Immer! Egal, wann.«

Justines Worte schnürten ihr die Kehle zu. Sie griff nach ihrer Handtasche und kramte darin herum. Dann bedeutete sie ihrer Freundin, ihr eine Hand zu reichen. Schweigend drückte sie ihr den kleinen USB-Stick in die Innenfläche und nickte.

Justine erwiderte nichts.

Einen Moment lang sahen sie sich in stummer Übereinkunft an

und legten all die Empfindungen, die in ihrem Inneren tobten, in ihre Blicke. Beiden war ohne Worte klar, dass dies für lange Zeit ihr letztes Treffen sein würde.

Wann würde Fleur Justine das nächste Mal sehen? Ihre Verabredung hatte sich wie ein Abschied angefühlt. Ein Abschied von ihrer Vergangenheit, zu der ihre Freundin zweifellos wie niemand anderes gehörte. Ein Abschied von ihrem bisherigen Leben. Fleur konnte nichts gegen die Tränen ausrichten, die sich unbeirrt ihren Weg bahnten. Die Ungewissheit über die nächsten Tage, die nächsten Stunden nagte unaufhörlich an ihr. Sie rang um Fassung, bemühte sich, der aufkeimenden Verzweiflung keinen Raum zu geben. Während sie auf den Parkplatz des Strandes L'Espiguette in Le Grau-du-Roi einbog, warf sie einen kurzen Blick auf den kleinen Kasten neben sich. Hatte sie sich möglicherweise verzettelt? Sie stellte den Wagen in der Nähe des mit Holzbohlen ausgelegten Weges ab, der an den kilometerlangen, weitläufigen Strand führte, griff nach dem Kästchen und verließ das Fahrzeug.

Auf dem Sandplatz befanden sich etwa ein Dutzend weitere Autos. Ein Blick auf die Uhr zeigte Fleur, dass es kurz nach elf war. Noch waren kaum Touristen unterwegs. Eine ältere Frau überholte Fleur auf dem Weg zum Strand. Fleur verlangsamte ihre Schritte und blickte sich unauffällig um. Doch es war niemand sonst zu sehen. Sie ging in die Hocke und griff unter eine der Latten. Das Holz fühlte sich glatt und trocken an. Es hatte seit Längerem nicht geregnet. Fleur buddelte ein wenig Sand unter der Bohle hervor und tastete die entstandene Ausbuchtung ab. War ihre Idee wirklich sicher? Sie verharrte einen Moment und überlegte. Doch ihr fiel keine Alternative ein. Sie nahm den kleinen Kasten und legte ihn in das Loch. Im Anschluss schob sie den ausgebuddelten Sand wieder zurück und glättete ihr Werk. Erneut warf sie einen Blick über ihre Schulter, doch sie war mutterseelenallein. Niemand nahm Notiz von ihr. Als sie sich wieder erhob, schmerzte ihr Rücken. Sie streckte sich und blickte zum Strand.

Da sie noch etwas Zeit hatte, entschied sie, sich einen letzten Augenblick der Ruhe zu gönnen. Sie lief die Bohlen über die kleine Anhöhe entlang und konzentrierte sich auf die schwache Brise, die vom Meer her wehte. Der Windhauch streichelte ihre erhitzte Gesichtshaut. Sie konnte die mit Salz geschwängerte Luft spüren. Wann hatte sie sich das letzte Mal die Zeit genommen, um sich mit ihren Gedanken auseinanderzusetzen, um wirklich in sich selbst hineinzuhören? Sie war eine junge Frau Mitte dreißig, ein Großteil ihres Lebens lag noch vor ihr. Wann genau hatte sie sich aufgegeben? Als sie Rémys gläsernes Gefängnis betreten hatte? Mit der Geburt ihrer Töchter? Fleur konnte es nicht genau benennen. Sie wusste nur, dass sie zugrunde ginge, wenn sie ihr Vorhaben jetzt nicht durchzöge.

Der Himmel über ihr war wolkenlos. Die Stärke der Sonne nahm bereits spürbar zu, obwohl es noch früh am Tag war. Möwen kreisten über dem Strand und schrien. Rechter Hand breitete eine Frau in Fleurs Alter zwei Decken auf dem Sand aus, während ihr Mann einem Kleinkind half, eine Schaufel aus einer Tüte zu holen. Fleur kniff die Augen zusammen und reckte ihr Gesicht Richtung Wasser. Kurzerhand streifte sie ihre Sandalen ab und grub ihre Zehen in den weichen, warmen Sand. Fühlte sich so Glück an? Sie machte ein paar Schritte Richtung Meer und stellte sich an die Brandung. Gemächlich rollten die Wellen heran und trieben weißen Schaum vor sich her. Fleur setzte sich auf den Strand und streckte ihre Beine von sich. Das kalte Wasser umspülte ihre Füße. Sie wackelte mit den Zehen und starrte zum Horizont.

Ihr gingen tausend Gedanken durch den Kopf. Erinnerungen an ihre unbeschwerte Kindheit, ihren Vater, der sich stets bemühte, den viel zu frühen Verlust von Fleurs Mutter, so gut er konnte, zu kompensieren. Ihre Jugend, die von zu vielen Partys und zu wenig Ernsthaftigkeit in Bezug auf ihre schulischen Leistungen geprägt gewesen war. Fleur war nicht dumm, das wusste sie mittlerweile. Auch wenn Rémy ihr immer wieder ihre Modelvergangenheit vorhielt, meist gewürzt mit bissigen Bemerkungen, die ihre fehlende Ausbildung thematisierten, so war sich Fleur darüber im Klaren, dass er sie mit seinen Kommentaren lediglich verletzen und kleinhalten wollte. Im Grunde kannte Rémy sie überhaupt nicht. Hatte er denn je hinterfragt, wie es hinter ihrer Fassade aussah? Hatte er auch nur ein einziges Mal Interesse an ihren Sorgen, ihren Wünschen, ihren Hoffnungen gezeigt? Fleur kannte die Antwort auf ihre Frage seit sehr langer Zeit. Und trotzdem hatte sie die Umstände ihrer Beziehung jahrelang klaglos hingenommen. Hätte sie ihren Kindern gegenüber nicht die verdammte Pflicht gehabt, sich schon viel früher aus diesem unsichtbaren Käfig zu befreien? Aktiv zu werden? Ihre Lethargie zu überwinden?

Nein, es war nicht nur Lethargie gewesen, korrigierte sie sich sofort. Das alles überschattende Gefühl, das Fleur zum Bleiben veranlasst hatte, war ihre Angst gewesen. Die Angst vor einem Mann, der keinerlei Skrupel kannte. Der jede nur erdenkliche Grenze überschreiten würde, um das zu erreichen, was ihm vorschwebte. Rémy akzeptierte weder Widerspruch noch Kritik. Er war es gewöhnt, dass die Menschen in seinem Umfeld taten, was er von ihnen erwartete. Wenn sie sich den Verlauf ihrer Beziehung ins Gedächtnis rief, fragte Fleur sich zum hundertsten Mal, wie sie so blind, so dermaßen gutgläubig hatte sein können. Vielleicht, weil sie nie zuvor jemand annähernd so Bösem wie Rémy Beauvolet begegnet war? Weil ihr Vater ihr stets gepredigt hatte, bei jedem Menschen nach dem Guten zu suchen? Sie drehte sich im Kreis. Für Schuldbewusstsein und Verärgerung über ihre eigene Naivität war es lange zu spät.

Fleur hob ihr rechtes Bein und patschte mit dem Fuß auf das heranrollende Wasser. Sie musste an ihre Töchter denken, die sich in diesem Moment nichts ahnend in Schule und Kindergarten befanden. Was würde Fleurs Ankündigung in ihnen auslösen? Hätte sie sie nicht besser vorwarnen müssen? Doch Rémy … Sie seufzte. Wie sollte sie nur die nächste Zeit überstehen, ihren Mädchen Trost spenden, wenn sie selbst schon an diesem Punkt ihren Seelenschmerz kaum ertragen konnte? Sie musste jetzt stark sein, musste Zuversicht ausstrahlen. Fleur war für Virginie und Océane der einzige Anker in einem sich aufbäumenden Meer aus Ungewissheit, Furcht und Zweifel. Vielleicht würde es ihr sogar helfen, wenn sie sich auf die Kinder fokussierte, vielleicht konnte sie dadurch ihre eigenen Ängste überwinden.

Fleur erhob sich und sah Richtung Le Grau-du-Roi. Einzelne Touristen hatten sich auf dem Strand niedergelassen. In der Ferne erblickte sie eine Gruppe Reiter, die mit ihren Pferden am Wasser entlanggaloppierten. In den Dünen hinter ihr baute ein junger Familienvater ein kleines Zelt auf. Das normale Leben, ging es Fleur durch den Kopf. Sie war sich ziemlich sicher, dass keiner dieser Menschen um sie herum auch nur annähernd so fundamentale Sorgen wie sie hatte. Während sie ein letztes Mal zum Wasser blickte, keimte ein kleiner Funken Hoffnung in ihr auf. Sie würde es schaffen. Irgendwann würde sie erneut am Meer stehen, gemeinsam mit ihren Töchtern, ohne den Ballast der Vergangenheit, ohne Angst, ohne Sorgen. Fleur erhob sich und stellte sich wieder in die Brandung. Entschlossen trat sie mit einem Fuß in die Wellen. Wasser spritzte auf und durchnässte ihre Tunika. Doch sie spürte die Kälte nicht, das Nass beflügelte ihren Entschluss.

Fleur würde alles tun, um mit den Mädchen ihrem bisherigen Leben entfliehen zu können. Sie wusste nicht, was sie erwartete, und sie wusste nicht, welche Pläne Rémy verfolgte. Was Fleur sich in jenem Moment jedoch schwor, war, dass sie sich nie wieder von einer glänzenden Fassade täuschen lassen würde. Auch wenn sie für immer auf sämtliche Annehmlichkeiten, die sie die letzten Jahre begleitet hatten, verzichten müsste, wenn sie den am schlechtesten bezahlten Job der Welt würde annehmen müssen, um ihre Kinder und sich durchbringen zu können, und wenn sie zu dritt in einer kleinen heruntergekommenen Ein-Zimmer-Wohnung hausen müssten, nie wieder würde sie sich vom Reichtum eines herzlosen und eiskalten Mannes wie Rémy Beauvolet abhängig machen. Nie wieder!

Entschlossen drehte Fleur sich um und steuerte, ohne einen weiteren Blick über ihre Schulter zu werfen, auf den Parkplatz zu. Es war an der Zeit, einen harten und endgültigen Schnitt zu machen.

Zeit, ihr altes Leben zu beenden, Zeit, die Zukunft zu beginnen. Zeit, Rémy Beauvolet für immer hinter sich zu lassen.

14

Marcella war ganz ruhig gewesen, als Kylian ihr Haus erreicht hatte. Glücklicherweise befanden sich ihre Eltern schon dort, um ihrer Tochter in dieser schweren Stunde beizustehen. Der tiefe Schmerz in den Augen von Yanns Ehefrau schien direkt aus ihrer Seele emporgestiegen zu sein.

Kylians Härchen stellten sich auf, als er sich in Erinnerung rief, wie unendlich hoffnungslos und resigniert Marcella geklungen hatte. Es schien, als habe sich jegliche Lebensenergie sofort in Luft aufgelöst. Ihre glückliche kleine Welt war im Bruchteil von Sekunden völlig zerstört worden.

Während Kylian die Stufen des Reviers hinaufhastete, konnte er an nichts anderes denken. Wie würde sich die Zukunft für Marcella und ihre kleine Tochter darstellen? Sie hatte darauf bestanden, Yann ein letztes Mal zu sehen. Kylian hatte ihr davon abgeraten, doch Marcella war nicht von ihrer Bitte abgerückt. Claire würde wissen, was zu tun wäre, um den Anblick von Yanns Leichnam erträglicher zu machen. Er hatte auf dem Weg hierher kurz mit ihr telefoniert und ihr mitgeteilt, dass sie sich um Schadensbegrenzung kümmern solle.

Als er den Treppenabsatz erreichte, fing er Rashida Démilliers' verärgerten Blick über die Schreibtische des Großraumbüros hinweg auf. Sébastien und Mathis saßen rechts von ihr, auf der linken Seite zählte Kylian fünf weitere Beamte seines Teams.

»Plevantier«, ertönte die gepresste Stimme seiner Vorgesetzten, während sie ihre Hand hob.

Er nickte, verbiss sich jedoch eine Erwiderung und setzte sich neben Mathis.

»Yann Sauvillon war mehr als zehn Jahre in unserer Abteilung tätig. Er hinterlässt seine Ehefrau Marcella und seine kleine Tochter Emmy. Yann Sauvillon war einer der besten Undercoverermittler, die ich in meiner fünfundzwanzigjährigen Polizeilaufbahn kennenlernen durfte. Er war loyal, integer, ernsthaft, diszipliniert und …« Sie machte eine Pause und blickte ihre Mitarbeiter der Reihe nach an. »… was vielleicht mit die wichtigsten Eigenschaften in unserem Beruf sind, er war mutig und gleichzeitig umsichtig. Er hatte stets den Blick für das große Ganze. Er war perfekt darin, abzuwägen, wie viel Nähe zur Zielperson möglich und wie viel Distanz nötig war, um zufriedenstellende Ergebnisse zu erlangen.«

Kylian spürte Übelkeit in sich aufsteigen. Démilliers' Worte klangen abgewogen und überlegt, doch Kylian schaffte es nicht, das Bild des Mannes zu verdrängen, der erschossen auf dem staubigen Sandboden des Parkplatzes gelegen hatte. Das Einschussloch an der Schläfe. Ermordet aus nächster Nähe. Yann, der Familienvater, der Ehemann, der von seiner Frau über alles geliebt worden war. Der bei seinen Angehörigen eine Lücke hinterließ, die sich niemals wieder würde schließen lassen.

Was war mit ihm los? Er versuchte, sich wieder auf Démilliers' Ansprache zu konzentrieren.

»Umso wichtiger ist es jetzt, dass Yann Sauvillon nicht umsonst gestorben ist. Er war an einem der gefährlichsten Männer dran, gegen die wir momentan ermitteln.« Sie blickte zu Sébastien und nickte leicht. »Bitte.«

Sébastien räusperte sich. »Yann war fast drei Jahre lang im engsten Umfeld von Rémy Beauvolet tätig. Es steht nach wie vor der Verdacht im Raum, dass Beauvolet seine Casinos und Hotels als Deckmantel für Drogen- und Menschenhandel nutzt. Yann hatte uns einige Informationen über mutmaßliche Mitarbeiter liefern können. Leider war nichts davon stichhaltig genug, um Beauvolet endlich den Prozess zu machen. Wie wir nun auch wissen, hatte er es unglücklicherweise geschafft, Yann zu enttarnen.« Er machte eine demonstrative Pause. »Wann, wissen wir allerdings nicht. Es kann durchaus sein, dass er schon länger von Yanns wahrer Identität wusste, daher sollten alle Eckdaten noch mal mit Vorsicht geprüft werden. Es könnte sich um absichtlich gestreute falsche Informationen handeln.«

Kylian konnte die Unzufriedenheit in Démilliers' Miene sehen. Ihm erging es ähnlich. Jahrelange Ermittlungsarbeit, riskante Undercovereinsätze, die mit drei toten Beamten endeten, und sie standen wieder ganz am Anfang. Er streckte seine Beine aus.

»Gibt es gesicherte Informationen, auf die wir aufbauen können?« Die Stimme seiner Vorgesetzten klang fordernd.

Sébastien zögerte. »So wie wir das sehen …«, er blickte kurz zu seinem Sitznachbarn, »… nein.«

Das letzte Wort waberte schwer durch den Raum. Die Beamten schienen den Atem anzuhalten.

Démilliers holte tief Luft. »Nichts?«

Sébastien schüttelte den Kopf.

»Plevantier?«, wandte sie sich an Kylian und kniff ihre Augen zusammen.

»Leider kann ich Lieutenant Caustaches Worte nur bestätigen.« Er wusste, dass sie etwas anderes von ihm hören wollte. Aber Sébastiens Zusammenfassung entsprach leider der ungeschönten Wahrheit. »Es sieht momentan so aus, als habe Beauvolet schon vor längerer Zeit herausgefunden, dass Yann für uns arbeitet.«

Da Démilliers stumm blieb, sah Kylian sich gezwungen, die Sachlage näher zu erläutern.

»Beauvolet hat drei Undercoverbeamte enttarnt. Wir wissen bis heute nicht, wie es dazu kommen konnte. Keiner der Kollegen hatte mehr die Möglichkeit, mit uns Kontakt aufzunehmen. In dem Moment, als uns klar wurde, dass die verdeckte Identität aufgeflogen war, konnten wir die Kollegen nicht mehr erreichen. Wir sind uns sicher, dass hier ein System dahintersteckt. Beauvolet spielt mit uns. Er will uns demonstrieren, dass er uns immer einen Schritt voraus ist. Dass er schlauer ist als wir.« Die Worte fielen Kylian nicht leicht, aber er sah keinen Sinn darin, um den heißen Brei herumzureden. Wenn sie die Ermittlungen fortführen wollten, mussten sie schonungslos ehrlich die Schwachstellen in ihren Nachforschungen aufdecken.

Rashida Démilliers wedelte ungeduldig mit einer Hand. »Was schlagen Sie vor?«

Kylian erwiderte ihren Blick. »Ich möchte keinen weiteren Beamten opfern.«

»Opfern?« Ihre Stimme klang schrill. »Was meinen Sie damit?«

»Woher wusste Beauvolet von den Kollegen?« Er hörte selbst, wie trotzig seine Stimme klang, doch er konnte es nicht ändern. Und wollte es auch nicht. »Solange wir nicht wissen, wodurch die Kollegen aufgeflogen sind, rate ich dringend davon ab, weitere Undercoveraktionen zu starten.«

»Dann erläutern Sie bitte Ihre neue Strategie.«

»Ich habe keine«, musste Kylian widerwillig zugeben. »Ohne Insiderwissen kommen wir Beauvolet nicht bei.«

Démilliers schnappte nach Luft. »Sie leiten diese Ermittlungen, Plevantier! Ich erwarte, dass Sie ...«

Kylian platzte der Kragen. »Wir kriegen ihn nicht.«

»Was sagen Sie da?« Ihre Stimme klang gefährlich. »Wissen Sie noch, warum Sie Polizist wurden?«

Kylian war sich der Anspannung im Raum bewusst. Er spürte die Blicke der Kollegen auf sich. »Beauvolet hat drei Kollegen umgebracht. Väter, Ehemänner, Söhne. Ich kann nicht die Verantwortung für einen weiteren Mann übernehmen.«

»Soll ich das dem Sekretär des Innenministers sagen? Dass mein Einsatzleiter keine weitere Verantwortung übernehmen kann?«

Kylian schluckte eine entsprechende Erwiderung herunter.

»Was ist mit unserer Verantwortung den Jugendlichen gegenüber, die von Beauvolets Dreck aus dem Leben gerissen werden? Den Eltern gegenüber, die um ihre Kinder trauern? Den Frauen gegenüber, die gegen ihren Willen zu unsäglichen Dingen gezwungen werden? Was ist mit dieser Verantwortung?«

»Ich kann keinen weiteren verdeckten Einsatz verantworten«, wiederholte Kylian ungerührt.

»Ich möchte eine Strategie.«

Er nickte. »Ich denke darüber nach.« Er war es leid, mit Démilliers herumzuzanken. Wenn seine Vorgesetzte ehrlich war, musste sie einsehen, dass Beauvolet auf ganzer Linie gewonnen hatte. Fünf Jahre Ermittlungsarbeit, und sie hatten nichts. Dieses Machtgetue passte nicht zu ihr.

»In mein Büro.« Mit einer unwirschen Geste entließ Rashida Démilliers die restlichen Beamten und stolzierte ohne ein weiteres Wort auf ihren High Heels davon.

»Was willst du tun?«, wandte sich Mathis an Kylian.

»Ich warte noch auf einen Anruf aus Béziers. Einer der Kollegen wollte etwas abklären und sich dann bei mir melden.« Kylian erhob sich schwerfällig.

»In deiner Haut möchte ich jetzt nicht stecken.« Sébastien klopfte ihm auf die Schulter.

Kylian wandte den Blick ab. Das arrogante Gesicht seines Widersachers tauchte vor seinem inneren Auge auf. Würde er es wirklich schaffen, aufzugeben? Seit fünf Jahren wurde er von Hass und Wut getrieben. Wenn Démilliers von seinen persönlichen Motiven wüsste, würde sie ihn umgehend von den Ermittlungen abziehen. Auch seine Kollegen kannten nicht die komplette Wahrheit.

»Auch Démilliers kann nichts an den Tatsachen ändern.«

»Aber du solltest ihr etwas anbieten«, erwiderte Mathis vorsichtig. »Wir setzen uns an Yanns Aufzeichnungen und schauen, ob wir doch noch etwas Verwertbares finden.«

Kylian nickte grimmig. »Dann wollen wir mal.«

15

Fleur verharrte einen Moment, bevor sie die Stufen des Reviers der Police Nationale emporstieg. Sie umfasste den Riemen ihrer Handtasche fester und bemühte sich, ihr wild klopfendes Herz zu beruhigen.

Sobald sie durch die Eingangstür gegangen war, gab es kein Zurück mehr. Tausend Gedanken wirbelten durch ihren Kopf, doch kein einziger kristallisierte sich aus der Gemengelage heraus. Jetzt war es zu spät. Sie hatte ihr Vorhaben derart oft durchdacht, dass sie nun darauf vertrauen musste, alles berücksichtigt und nichts übersehen zu haben.

Als sie die Glastür aufstieß, wurde sie von einer angenehmen Kühle im Warteraum der Zentrale empfangen. Unschlüssig ließ Fleur ihren Blick über die beiden Tresen schweifen und entschied sich schließlich für den rechten, an dem ein junger Beamter um die dreißig saß.

»Bonjour, Monsieur. Mein Name ist Fleur Beauvolet. Ich möchte bitte zu Capitaine Plevantier.« Sie hoffte, dass der Beamte das Zittern in ihrer Stimme nicht bemerkte.

»Haben Sie einen Termin?« Der junge Mann tippte etwas auf seiner Tastatur und runzelte die Stirn.

Fleur zögerte. »Wir sind persönlich bekannt. Bitte teilen Sie ihm doch mit, dass ich ihn zu sprechen wünsche.«

Der Beamte, der durch sein Namensschild als Thierry Dupont ausgewiesen wurde, sah von seinem Bildschirm zu Fleur und wieder zurück. »Wie war Ihr Name noch bitte?«

Fleur wiederholte ihn, während sie innerlich aufstöhnte.

»Um was geht es?«

»Das würde ich gern direkt mit dem Capitaine besprechen«, erklärte sie nun bestimmt. Wo war das Problem?

»Der Capitaine …« Der Beamte stockte. »Einen Moment bitte.« Er erhob sich und verließ seinen Arbeitsplatz.

Fleur blickte ihm nach, wie er in einem engen Gang auf der rechten Seite verschwand. Das fing ja gut an. Sie wandte sich zur Eingangstür und beobachtete ein junges Pärchen, das an den Stufen haltmachte und zu diskutieren begann. Die Frau zeigte immer wieder Richtung Revier, während der Mann eindringlich auf sie einredete und nickte. Neben der Tür hingen mehrere Fahndungsaufrufe. Das Bild einer älteren Frau zwischen all den Fotos von männlichen Gesuchten erregte Fleurs Aufmerksamkeit. Sie wirkte wie eine freundliche Großmutter, ihr Lächeln schien echt und aufrichtig. Was diese

Frau wohl getan hatte, um in den Genuss eines Fahndungsfotos zu kommen?

»Madame Beauvolet?«

Fleur zuckte beim Klang der weiblichen Stimme zusammen, als ob sie bei etwas Verbotenem erwischt worden wäre.

»Bonjour.«

Eine dunkelhaarige Frau stand vor dem Tresen. Sie hatte ihr lockiges Haar zu einem Knoten geschlungen und trug einen dunkelblauen Hosenanzug zu violetten High Heels. Um ihren Hals war ein Tuch in derselben Farbe geschlungen. Fleur schätzte sie auf Anfang bis Mitte fünfzig.

»Mein Mitarbeiter sagte mir, Sie wollen mit Capitaine Plevantier sprechen?« Die Frau kam auf Fleur zu und streckte ihr die Hand hin. »Ich bin Rashida Démilliers, seine Vorgesetzte.«

Unbehagen überkam Fleur. So hatte sie sich das nicht vorgestellt.

»Capitaine Plevantier ist momentan nicht im Haus, aber kommen Sie doch bitte mit.«

»Ich würde gern auf ihn warten.« Fleur merkte selbst, wie unsicher sie klang. Warum nur hatte sie nicht vorher angerufen und sich nach seinen Anwesenheitszeiten erkundigt? Die erste Unbedachtsamkeit.

Rashida Démilliers sah sie stirnrunzelnd an. »Ich bin seine Vorgesetzte«, betonte sie erneut. »Alles, was Sie mit dem Capitaine besprechen wollen, können Sie auch mit mir klären.«

Fleur schüttelte den Kopf. »Es geht um meinen Mann«, beeilte sie sich zu sagen.

Démilliers' Blick wurde prüfender. »Kommen Sie, Madame. Wir sprechen in meinem Büro weiter.«

Schweren Herzens folgte Fleur der Frau in den Flur, in dem auch der junge Beamte verschwunden war. Hier lief gerade etwas gehörig schief. Wie hatte sie sich nur so unvorbereitet in diese Situation bringen können? Sie konnte nicht mit dieser Beamtin sprechen. Ihr kompletter Plan basierte auf der Grundlage, dass sie mit …

Ihre Atmung beschleunigte sich. Was sollte sie der Polizistin nur sagen?

»Hier sind wir. Bitte!« Démilliers öffnete eine Tür und bedeutete Fleur einzutreten.

Nachdem sie sich gesetzt hatten, verschränkte Démilliers ihre Finger ineinander und schenkte Fleur ein warmes Lächeln. »Was kann ich für Sie tun, Madame?«

Fleur presste ihre Handtasche wie einen Schutzschild vor ihren Oberkörper. Unsicherheit und Zweifel machten sich in ihr breit. So war es nicht geplant gewesen. Sie hatte keine Ahnung, wie sie reagieren sollte.

»Ich …«, begann sie zu stammeln.

»Ja, Madame?« Démilliers' dunkle Augen begannen zu funkeln.

»Ich möchte mit dem Capitaine sprechen. Wenn er nicht da ist, warte ich gern auf ihn. Ich habe Zeit.«

»Woher wollen Sie wissen, dass Plevantier heute noch ins Revier zurückkommt?« Der Ton der Beamtin klang leicht verstimmt.

»Kommt er heute noch?«

Fleur kam sich wie ein hilfloses kleines Mädchen vor. Was hatte sie sich nur gedacht? Sie sollte aufstehen und nach Hause gehen. Rémy erklären, dass sie für seine Spielchen nicht zur Verfügung stand. Die Zähne zusammenbeißen und ihr Leben weiterleben. Doch im gleichen Moment wusste sie, dass es für diese Erkenntnis ein wenig zu spät war. Dass sie es nicht schaffen würde, weiterzumachen wie bisher. Dass ihr Gedanke völlig absurd war.

»Madame, hören Sie.« Jetzt klang Démilliers ungeduldig. »Sie erwähnten, es ginge um Ihren Mann. Capitaine Plevantier hat einen Auswärtstermin, wird aber später nach Montpellier zurückkommen. Ich schlage vor, Sie erzählen mir jetzt, um was es genau geht, und dann kann ich mich gern erkundigen, wann mein Mitarbeiter Zeit für Sie hat.«

Fleur spürte, dass sie an dieser Frau nicht vorbeikäme. Sie nahm sich ein Herz und versuchte, ihre Gedanken zu ordnen. »Einverstanden.«

»Schön«, entgegnete die Beamtin und holte sich einen Notizblock aus ihrem Schreibtisch.

Als Fleur noch immer schwieg, nickte sie ihr aufmunternd zu.

»Bitte!«

»Es geht um meinen Mann«, begann sie schließlich leise. »Rémy Beauvolet.«

Wenn Rémy der Polizistin ein Begriff war, so ließ sie es sich zumindest nicht anmerken. Fleur spürte ihren Blick auf sich, nahm ihre reglose Miene wahr. »Ich weiß nicht, ob Sie ihn kennen«, fuhr sie verunsichert fort. »Er besitzt eine Hotel- und Casinokette. Die Beauvolet Group.«

»Ich weiß, wer Ihr Mann ist.«

Fleur nickte. »Capitaine Plevantier hat vor fünf Jahren gegen meinen Mann ermittelt.«

»Auch das ist mir bekannt.«

Sie schluckte. »Ich habe damals …« Sie brach ab.

»Was genau möchten Sie, Madame Beauvolet? Warum sind Sie hier?«

»Ich möchte meinen Mann verlassen«, platzte es aus ihr heraus. »Ich möchte mit meinen Töchtern ein neues Leben beginnen.«

Die Beamtin kniff ihre Augen zusammen. »Für Trennungen oder Scheidungen sind wir nicht zuständig. Möglicherweise sollten Sie sich einen guten Anwalt nehmen.«

»Er wird mich nicht gehen lassen.« Fleur verspürte einen Kloß in der Kehle. »Eher bringt er mich um«, presste sie hervor.

»Möchten Sie ihn anzeigen? Wegen häuslicher Gewalt?«

Sie schloss kurz ihre Augen und schüttelte den Kopf. »Nein.«

»Madame, ich verstehe nicht ganz …« Démilliers blickte auf ihre Uhr. »Und ich habe gleich noch einen Termin.«

»Ich möchte, dass Sie mich in Ihr Zeugenschutzprogramm aufnehmen.« Trotzig hob Fleur den Kopf und blickte der Frau, die ihr gegenübersaß, offen ins Gesicht. »Mich und meine Kinder.«

Die Polizistin hob ihre Hände. »Ins Zeugenschutzprogramm? Wieso?«

Fleur straffte ihre Schultern. »Weil ich Informationen habe, die äußerst wertvoll für Sie sein könnten. Mein Mann ist nicht der, für den ihn alle halten. Er hat Dreck am Stecken. Sehr viel Dreck.«

Endlich hatte sie Démilliers' ganze Aufmerksamkeit.

»Auch das ist uns nicht unbekannt, Madame. Wie Sie bereits wissen, leitete Capitaine Plevantier die Ermittlungen gegen Ihren Mann.« Die Frau setzte ein Pokerface auf, ließ sich nicht in die Karten schauen.

»Leitete?«, hakte Fleur nach.

»Welche Informationen haben Sie?« Démilliers ging nicht auf ihre Nachfrage ein.

»Die bekommen Sie, wenn wir in Sicherheit sind«, erklärte Fleur nun selbstbewusst.

Ein schwaches Lächeln legte sich auf die Lippen der Beamtin. »So läuft das nicht, Madame. Erst geben Sie uns die Informationen, und dann entscheiden wir, wie wir mit Ihnen weiter verfahren.«

Fleur schüttelte den Kopf. »Ich entscheide, wann Sie die Informationen bekommen. Solange die Mädchen und ich nicht in Sicherheit sind, werde ich Ihnen kein Sterbenswörtchen über die Informationen mitteilen, die ich besitze.«

Feindseligkeit breitete sich auf Démilliers' Miene aus. »Wie passt Plevantier ins Bild?«

»Ich möchte, dass er für unsere Sicherheit zuständig ist.«

Die Polizistin setzte an, um etwas zu erwidern, schien es sich dann aber anders zu überlegen.

»Ohne Erfüllung dieser Bedingungen bekommen Sie von mir nichts.« Langsam gewann Fleur an Sicherheit. Démilliers konnte ihr eben erwachtes Interesse nicht vor ihr verbergen. Fleur durfte jetzt nicht einknicken. Auch wenn der Beginn mehr als holprig war, nun würde sie sich nicht mehr beirren lassen. Wenn die Police Nationale ihre Hilfe wollte, mussten sie auf Fleurs Spielregeln eingehen. »Plevantier bringt uns in Sicherheit, und ich gebe Ihnen, was Sie benötigen, um meinen Mann zu überführen«, fasste sie zusammen, sorgsam darauf bedacht, nicht zu triumphierend zu klingen.

16

Als Kylians Smartphone klingelte, warf er einen genervten Blick darauf. Démilliers! Ihre Standpauke klang noch immer in seinen Ohren nach. Er ließ seine Augen durch Lieutenant Runots Büro schweifen und lehnte sich zurück. Sollte sie warten, bis er wieder in Montpellier war. Momentan befand er sich eben in einer Besprechung und konnte das Gespräch nicht annehmen. Bevor er sich nicht die Idee des Kollegen angehört hatte, würde er seine Vorgesetzte nicht zurückrufen. Während der Klingelton weiter ertönte, wanderten seine Gedanken wieder zu Yann. Der mit zerschossenem Kopf auf der Erde lag. Der so unglaublich stolz auf seine kleine Tochter gewesen war. Der jetzt tot auf einer Bahre in der Gerichtsmedizin lag. Kylian ballte eine Hand zur Faust. Wenn er Rémy Beauvolet jemals in die Hände bekäme …

Die Bürotür wurde geöffnet, und Jacques Runot kehrte zurück. Hinter ihm erblickte Kylian eine Frau Mitte zwanzig, die ihm mit trotzigem Blick entgegensah. Er wartete, bis der Polizist und die Unbekannte sich gesetzt hatten.

»Das ist Camille Martin«, ergriff der Lieutenant das Wort und deutete mit dem Kinn in Richtung der Frau.

Kylian nickte ihr zu, erwiderte jedoch nichts. Auch Martin blieb stumm. Sie trug einen blauen Rock, der für Kylians Geschmack eine Handbreit zu kurz war, zu einer weißen, transparenten Bluse, unter der ein heller Spitzen-BH hervorlugte. Die vollen Lippen leuchteten in einem glänzenden Dunkelrot, die Farbe wiederholte sich auf Finger- und Fußnägeln, wie Kylian auffiel.

»Camille hatte in der Vergangenheit einige Probleme«, fuhr Jacques Runot fort und sah die junge Frau aufmunternd an. »Könnte man es so ausdrücken?«

Sie schürzte ihre Lippen und nickte zögernd.

Jacques wirkte zufrieden. »Daher sind wir beide übereingekommen, dass wir …« Er unterbrach sich und holte eine Akte aus seiner Schreibtischschublade. »… nun, dass Camille uns ein wenig behilflich sein wird und wir uns ihrer Probleme noch mal … eingehender und wohlwollender annehmen.«

Sein Kollege aus Béziers hatte mit der Frau einen Deal geschlossen, schoss es Kylian durch den Kopf.

»Camille ist eine hübsche junge Frau«, redete der Polizist weiter. »Sie ist charmant und intelligent.«

Die junge Frau zog ihre Brauen hoch.

Jacques nickte. »Doch, doch, Camille. Stell dein Licht nicht unter den Scheffel. Das haben wir dir schon mehrfach gesagt, wenn du dich erinnerst.« Er machte eine wegwerfende Geste. »Das Problem bei dir ist einfach, dass du dein Potenzial nicht nutzt.«

Kylian musterte Camille Martin neben sich. Ihre gebräunten Beine waren ebenmäßig und schlank, ihr Körper feingliedrig. Alles in allem eine Erscheinung, die auf der Straße zweifellos die Blicke der Männer auf sich zog. Eine leise Ahnung erwachte in ihm.

»Nun.« Jacques legte seine Hände wie zum Gebet aneinander und blickte von Camille zu Kylian und wieder zurück. »Ich dachte, Camille könnte uns in unserem Fall ein wenig unter die Arme greifen.«

Die junge Frau hob überrascht ihren Kopf und kniff die Augen zusammen.

»Beauvolet?«, warf Kylian in den Raum.

Jacques Runot nickte. »Ein Vögelchen hat mir gezwitschert, dass der gute Rémy eine Unterstützung für seine Sekretärin sucht.« Er wedelte mit der rechten Hand. »Nichts Schwieriges. Ein wenig Mailverkehr, die Angestellten kontrollieren, Anfragen bearbeiten.«

»Ich bin keine Tippse«, warf Camille Martin ein. Die rauchige Stimme vervollständigte das äußere Erscheinungsbild eines jeden Männertraums.

»Na, na, Camille«, tadelte der Beamte sie grinsend. »Es gibt keinen Grund, gleich so ablehnend zu reagieren.«

Sie wollte etwas erwidern, schien sich dann aber anders zu besinnen.

Jacques Runot nickte. »Du weißt, was wir vereinbart haben.«

»Du willst sie bei Beauvolet einsetzen?«, vergewisserte sich Kylian, während er gegen die Erinnerung an seinen toten Kollegen ankämpfte.

Der Lieutenant nickte. »Warum nicht?« Er schlug die Akte auf. »Diesmal versuchen wir es andersherum.«

Kylian blickte zu der jungen Frau. »Was sagen Sie dazu?«

»Habe ich eine Wahl?«, entgegnete sie patzig.

Er zuckte mit den Schultern, während Jacques im gleichen Moment »Nein!« sagte.

»Also.« Sie schlug ein Bein über das andere und wippte mit ihrem rechten Fuß. »Was soll ich tun?«

»Alles, was Monsieur Beauvolet von dir erwartet.«

»Wer ist dieser Beauvolet?«, wollte sie wissen.

Jacques zögerte. »Sagt dir die Beauvolet Group etwas? Die Hotels und Casinos?«

Sie nickte.

»Rémy Beauvolet ist der Inhaber und Geschäftsführer.«

»Wie alt ist der Typ?«

Kylian unterdrückte ein Schmunzeln.

»Jung genug, damit du dich nicht ekeln musst«, erwiderte Jacques nüchtern. Er holte ein Foto hervor und legte es vor Camille auf den Schreibtisch.

Die junge Frau starrte sekundenlang auf das Bild, bevor sie nickte. »Gut. Ich mache es.«

»Nur so viel, Camille: Dieser Mann ist gefährlich. Je weniger du darüber weißt, umso unverkrampfter kannst du an die Sache herangehen. Beauvolet vögelt alles, was nicht bei drei auf den Bäumen ist. Dass er seine Frau seit Jahren immer wieder betrügt, ist ein offenes Geheimnis.«

»Warum verlässt sie ihn nicht?«

Kylian presste die Kiefer aufeinander.

»Das hat dich nicht zu interessieren. Der Mann hat zwei Töchter und hält sich für den Besten, Smartesten, Intelligentesten und was weiß ich noch alles. Schmeichle seinem Ego, umgarne ihn, aber biete dich nicht zu offensichtlich an. Auf billig steht er nämlich nicht. Lass ihn die Initiative ergreifen, er wird dir zeigen, wie weit er gehen möchte.«

»Ist er pervers?«

Jacques hob seine Hände. »Bin ich allwissend?«

»Sie wollen also, dass ich diesen Unternehmer vögle«, resümierte Camille Martin mit gleichgültiger Stimme. »Was haben Sie davon?«

»Schätzchen, wir möchten nicht nur, dass du ihn vögelst. Du sollst Informationen sammeln. Alles, was du kriegen kannst. Mach dich unersetzlich für ihn, mach ihn süchtig nach dir. Und wenn er zum Beispiel duschen geht nach eurem …«, der Lieutenant zog eine Grimasse, »… nach euren Zusammenkünften, dann sieh zu, dass du ihm hinterherschnüffelst.«

»Wir geben Ihnen genaue Anweisung, wonach wir suchen, was für uns von Relevanz ist«, ergänzte Kylian, da Camille wenig überzeugt von ihrem Auftrag wirkte. »Sie könnten uns damit einen sehr großen Gefallen tun.«

»Einen Gefallen, der einige Jahre Gefängnis wert sein kann«, betonte Jacques.

Die junge Frau nickte erneut. »Wann soll ich anfangen?«

»Beauvolet sucht jemanden ab sofort.« Jacques schlug die Akte zu.

Kylians Telefon begann ein weiteres Mal zu klingeln. Er schnaufte, als er wieder Démilliers' Nummer erkannte. »Pardon, da muss ich drangehen.« Hastig verließ er das Büro und trat auf den Flur. »Plevantier.«

»Wie weit sind Sie?« Keine Begrüßung, keine Vorrede, keine Höflichkeit. Wut stieg in Kylian auf. »Wir sind fast durch. Es gibt einen neuen Plan.«

»Den gibt es allerdings«, erwiderte seine Vorgesetzte.

Kylian verstand nicht. »Ich …«

»Beauvolets Ehefrau ist hier. Sie will gegen ihren Mann aussagen.«

Der Boden unter Kylians Füßen begann zu wanken. »Was?«, platzte es unbeherrscht aus ihm hervor. »Was soll das bedeuten?«

»Kommen Sie sofort nach Montpellier zurück!«, bellte Démilliers, ohne ihn ausreden zu lassen. »Das ist ein gottverdammter Befehl!« Sie machte eine Pause. »Fleur Beauvolet hat Bedingungen für ihre Mitarbeit gestellt. Und eine davon ist, dass Sie die Familie in Sicherheit bringen.«

Kylian schloss die Augen und lehnte sich gegen die Wand. Fleur, was hast du getan? Warum hast du nicht vorher mit mir gesprochen?

»Ich komme.«

17

Fleur blickte zum gefühlt hundertsten Mal aus dem bodentiefen Fenster des Besprechungsraums, in den man sie vor über einer Stunde gebracht hatte. Warum dauerte das alles so lang? Sie presste ihre Stirn gegen die kühle Scheibe und verfolgte, wie zwei Jugendliche lachend die Straße vor dem Revier überquerten. Beide starrten auf ihre Handys und tippten wie wild darauf herum. In diesem Moment kam sich Fleur uralt vor. Was hatte sie getan? Hätte sie nicht …

Bevor sie erneut ins Grübeln verfallen konnte, klopfte es an der Tür. Sie drehte sich um.

Rashida Démilliers betrat den Raum. »Capitaine Plevantier ist auf dem Weg hierher, Madame. Und Ihre Töchter warten im Nebenraum. Wir halten es für wenig zielführend, dass die Mädchen unsere anschließende Besprechung mitbekommen.«

Fleur fuhr sich übers Gesicht. »Geht es ihnen gut? Was haben sie gesagt?«

Als die Beamtin ihr eröffnet hatte, dass zwei Polizistinnen Virginie und Océane von Schule und Kindergarten abholen würden, war Fleur fast das Herz stehen geblieben. Wie würden die Mädchen reagieren, wenn sie von Wildfremden aus ihrem alltäglichen Rhythmus gerissen würden? Ohne Vorwarnung? Ohne die Möglichkeit, bei ihrer Mutter nachzufragen.

Démilliers hob ihre Hände und nickte. »Es geht ihnen gut. Sie sind natürlich verwirrt, aber meine Mitarbeiterinnen haben einige Erfahrung im Umgang mit Kindern und Jugendlichen, daher … Es hat alles geklappt.«

»Kann ich zu ihnen?«

Wieder nickte die Beamtin. »Deshalb bin ich hier. Ich bringe Sie jetzt zu Ihren Töchtern. Sprechen Sie mit ihnen, aber bitte sagen Sie ihnen nicht die Wahrheit. Je weniger die Mädchen wissen, umso sicherer kann die ganze Angelegenheit über die Bühne gehen. Ich gehe davon aus, dass Ihr Mann wenig begeistert reagiert, wenn er merkt, dass Sie ihn verlassen haben.«

Fleur erwiderte nichts. Alles, was sie in diesem Augenblick interessierte, war das Wohlergehen ihrer Kinder. Sie ging auf die Beamtin zu.

»Wo sind sie?«

Démilliers lächelte schwach. »Kommen Sie. Aber bitte denken Sie daran, sich kurz zu halten. Uns bleibt nicht viel Zeit. Sobald Capitaine Plevantier zurückkehrt, werden Sie drei weggebracht.«

Fleur schluckte. Es wurde ernst. Es war eines gewesen, ihr Vorhaben in Gedanken wieder und wieder durchzuspielen. Sich alle möglichen Szenarien auszumalen, jede Unwägbarkeit herauszufiltern und eine Lösung zu suchen. Doch nun, da sie den Stein ins Rollen gebracht hatte, da sie sich am Beginn eines unbekannten Weges befand, fühlte es sich um so viel intensiver, bedrohlicher, ja beängstigender an. Während sie der Beamtin auf den Gang folgte, beschleunigte sich ihr Puls. Sie musste jetzt Ruhe bewahren, musste ihre Kinder beschwichtigen, ihnen eine Schulter zum Anlehnen bieten.

»Sie befinden sich darin.« Démilliers deutete auf die Tür links neben dem Besprechungsraum, klopfte und drückte die Klinke hinunter. »Bitte sehr.«

Das Büro war kleiner als das Zimmer, in dem Fleur gewartet hatte. In der Mitte befanden sich zwei Schreibtische, die Kante an Kante standen. Virginie saß am linken und hatte ein offenes Schulbuch vor sich liegen. Océane saß ihr gegenüber, einige Blätter vor sich, und bemalte diese mit einem Bleistift. Eine junge Polizistin saß neben ihr und sah auf, als Fleur den Raum betrat.

»Maman!« Océane sprang auf und rannte auf sie zu.

Auch Virginie erhob sich und starrte ihrer Mutter mit sichtlich verwirrtem Ausdruck entgegen.

»Würden Sie uns einen Moment allein lassen?«, wandte Fleur sich an die Polizistin, die daraufhin Démilliers' Blick suchte. Als diese nickte, stand sie wortlos auf und verließ den Raum.

»Sie haben fünfzehn Minuten.« Démilliers schloss die Tür.

Fleur atmete aus und ging in die Hocke, um Océane in ihre Arme zu schließen. »Virginie?« Sie blickte zu ihrer älteren Tochter und bedeutete ihr herzukommen.

Zögernd steuerte das Mädchen auf sie zu. Fleur berührte sie am Arm und zog sie ebenfalls an sich. Minutenlang verharrte sie mit ihren Töchtern in dieser Position.

»Was machen wir hier, Maman?«, durchbrach Océane schließlich die Stille. »Was will die Polizei von uns?«

Fleur löste sich von ihnen und richtete sich auf. »Ich wusste nicht, dass ich euch nicht abholen darf.«

Virginie kniff die Augen zusammen. »Was soll das heißen? Warum sind wir hier? Was …?«

Fleur zog ihre Unterlippe zwischen die Zähne und überlegte. »Es ist etwas kompliziert. Wir werden später aus Montpellier weggebracht, weil …«

»Weggebracht?«, empörte sich Virginie. »Was soll das heißen? Ich habe heute Abend Reitstunde. Wir schreiben morgen Französisch. Ich muss noch lernen.«

Fleur nickte. »Das ist mir durchaus bewusst, mein Schatz. Aber wir können nicht hierbleiben.«

»Warum nicht?«, meldete sich nun auch Océane zu Wort. »Ich will nicht weg.«

»Ich weiß, dass sich das alles für euch sehr merkwürdig anfühlen muss«, setzte Fleur ein weiteres Mal an. »Aber ich bin eure Mutter, und ich kann euch momentan noch nicht mehr sagen. Auch für mich ist diese Situation neu. Bitte vertraut mir! Ich habe euch sehr lieb und würde niemals etwas tun, was euch wehtun könnte.«

»Ich verstehe das nicht.« Virginie klang verzweifelt. »Wo ist Papa?«

Océane begann leise zu weinen.

Fleur bemühte sich um Ruhe. »Ich bin bei euch. Und ich lasse euch nicht allein. Niemals. Das verspreche ich euch. Bitte vertraut mir. Es tut mir so leid, aber ich erkläre euch sehr bald alles.« Sie hielt inne. »Wir werden später eine kleine Reise machen, okay? Wir drei und noch einige Polizeibeamte.«

»Wo ist Papa?«, wiederholte Virginie ihre Frage.

Fleur war klar gewesen, dass dies kommen würde. Sie schnaufte. »Ich weiß, dass es seltsam klingt, aber Papa darf nichts von alldem hier wissen.«

»Aber er merkt doch, dass wir nicht daheim sind.« Océane schniefte.

»Ja, er wird es merken. Wie gesagt, ich kann euch momentan nicht mehr dazu erklären.«

»Ich will zu Papa«, sagte Virginie patzig.

»Es tut mir leid, Süße«, versuchte Fleur, an sie heranzukommen. »Aber das geht gerade nicht.«

»Er wird sicher sauer, wenn er …«

»Virginie, das mag sein. Aber wichtig ist jetzt nur, dass ihr in Sicherheit gebracht werdet.«

»Und du bleibst die ganze Zeit bei uns?« Océane legte ihre kleine Hand in Fleurs.

»Versprochen!« Sie bemühte sich um ein aufmunterndes Lächeln.

Es klopfte an der Tür.

»Ich muss jetzt noch mal ganz kurz mit den Polizisten sprechen, okay?« Sie blickte von ihrer jüngeren Tochter zu ihrer älteren. »Das dauert nur ein paar Minuten. Dann bin ich sofort wieder bei euch. Ihr schafft das. Ich weiß, dass ich mich auf euch verlassen kann.«

Die Tür wurde geöffnet, und Démilliers erschien im Rahmen. »Sind Sie so weit?«

Fleur nickte.

»Aber die beiden Fluffys müssen auch mit«, krähte Océane hinter ihr.

»Die beiden Fluffys?« Die Polizistin sah das Mädchen stirnrunzelnd an.

»Ihr Kuschelhase und ihr Haustier – ein Kaninchen«, erklärte Fleur vorsichtig. »Ohne das Kuscheltier kann sie nicht schlafen.«

Démilliers verzog keine Miene. »Wir werden sehen, was wir tun können.«

Fleur küsste die Mädchen auf die Wange und winkte ihnen zu. »Bis gleich.«

Dann folgte sie Rashida Démilliers aus dem Raum, bevor sich die junge Polizistin wieder zu ihren Töchtern gesellte.

Als die leitende Beamtin die Tür zu dem Besprechungsraum öffnete, blieb Fleur fast das Herz stehen. Da saß er, Capitaine Kylian Plevantier. Wie sehr hatte sie sich vor dieser Begegnung gefürchtet! Sie bemühte sich um eine teilnahmslose Miene.

»Sie kennen sich ja bereits.«

»Bonjour, Capitaine«, grüßte Fleur und räusperte sich.

»Madame Beauvolet.« Er erhob sich und reichte ihr die Hand.

18

»Herein!« Ungehalten blickte Rémy auf, als es an seiner Bürotür klopfte. Die Unruhe nagte an ihm. Er hasste es, wenn er Dinge nicht vollständig unter seiner Kontrolle hatte. In diesem speziellen Fall musste er sich wohl oder übel auf seine Intuition, seine Anweisungen und seine »Empfehlungen« verlassen.

Marie-Louise Vannaire öffnete die Tür und steckte ihren grau gelockten Kopf ins Zimmer. »Hier ist eine junge Dame, die sich für die Aushilfsstelle vorstellen möchte.«

Rémy hob seine Brauen und blickte auf die Uhr. »Ohne Termin?«

Die Sekretärin zuckte mit den Schultern. »Ihr Auftreten ist sehr … bestimmt.«

Rémys nächster Termin war erst in einer Stunde angesetzt. Er nickte. »Sie soll reinkommen.«

»Ich würde Feierabend machen, Monsieur Beauvolet. Oder steht noch etwas an?«

Er schüttelte den Kopf und wedelte mit der Hand. »Gehen Sie nach Hause, Marie-Louise. Schönen Feierabend!«

Sie nickte und trat zur Seite. Eine junge schwarzhaarige Frau erschien neben der älteren Sekretärin. Ihr gelocktes Haar war zu einem voluminösen Knoten gedreht, einzelne Strähnen fielen vorwitzig in ihr ebenmäßiges, dezent geschminktes Gesicht. An ihren Ohren baumelten silberne Creolen.

»Bitte.« Marie-Louise deutete in Rémys Richtung. Die Unbekannte trat ein. »Bonjour, Monsieur.« Sie deutete einen leichten Knicks an.

Rémy ließ seinen Blick über die wohlproportionierten Rundungen der Frau wandern. Sie trug eine fliederfarbene Bluse zu einem engen knielangen dunkelblauen Rock, der ihr einen Hauch Verruchtheit verlieh. Rémys Interesse war sofort geweckt. »Bonjour, Mademoiselle …« Er warf ihr einen fragenden Blick zu, während er sie anwies, vor seinem Schreibtisch Platz zu nehmen.

»Martinez«, erwiderte sie mit schnurrender Stimme. »Camille Martinez.«

»Was kann ich für Sie tun, Mademoiselle?«

Sie lachte leise.

Das Geräusch ließ Rémys Hormone Tango tanzen.

»Die Frage sollte doch wohl eher lauten, was ich für Sie tun kann, Monsieur Beauvolet.« Sie betonte seinen Namen auf eine ungewöhnliche, aber äußerst anregende Weise.

»Rémy«, entgegnete er lächelnd. »Nennen Sie mich Rémy.«

»Welch Ehre!« Wieder ließ sie ihr wunderschönes Lachen erklingen. »Ich habe gehört, dass Sie eine … persönliche Assistentin suchen.«

Rémy räusperte sich. »Genauer gesagt eine Assistentin für Marie-

Louise.« Er deutete zur Tür. »Für meine Sekretärin. Sie ist etwas überlastet und benötigt ein wenig Unterstützung.«

»Ich würde mich sehr freuen, wenn ich für Sie arbeiten dürfte, Rémy.«

Ihre Stimmfarbe schien ihn weich zu umhüllen, sie klang wie eine erotische Melodie in seinen Ohren. Rémy bemühte sich, seine aufgewühlte Verfassung zu verbergen.

Die junge Frau kramte in ihrer Tasche und legte einen Ordner auf den Tisch. »Meine Bewerbungsunterlagen.«

Rémy winkte ab. »Papier ist geduldig.« Er lachte. »Erzählen Sie mir ein bisschen von sich. Was Sie bisher gemacht haben und warum Sie für mich arbeiten möchten.«

Camille Martinez begann zu reden. Fasziniert betrachtete Rémy ihre vollen Lippen, während sie von ihren bisherigen Jobs berichtete, von ihrem Aufgabengebiet und ihrem familiären Hintergrund. Die rauchige Note ihrer Stimme fesselte ihn derart, dass er sich kaum auf den Inhalt des Gehörten konzentrieren konnte.

Als sie mit ihrem Monolog endete, beugte sie sich leicht vor, sodass sich das Dekolleté ihrer Bluse wenige Zentimeter auseinanderzog.

Rémy musste sich zwingen, Camille nicht allzu offensichtlich anzustarren. Was war nur mit ihm los?

Wie in Trance verfolgte er, wie sich die junge Frau erhob, den Schreibtisch umrundete und dicht vor ihm auf die Kante der Arbeitsplatte rutschte.

»Was meinen Sie, Rémy? Ich würde Ihnen gern beweisen, wie zielstrebig, ehrgeizig und … eifrig ich bin.« Sie öffnete leicht ihren Mund und zeigte ihre blendend weißen Zähne.

Er nickte gedehnt. »Ich könnte mir gut vorstellen, dass Sie in mein Unternehmen passen.«

»Wie schön!« Sie verzog ihre vollen Lippen und schenkte ihm ein strahlendes Lächeln. »Sie können sich gar nicht vorstellen, wie sehr ich mich auf meine Aufgabe freue.«

Sein Unterleib zog sich zusammen. Ihre Stimme hatte diesen besonderen Klang, der seine Testosteronausschüttung stets aufs Neue anfachte und ihn in Wallung brachte. Er stellte sich vor, wie er ihr die Bluse aufknöpfte und seine Hände über ihre nackten Brüste gleiten ließ. Wie er den Knopf an diesem verfluchten sexy Rock öffnen würde und …

»Sie sind der Boss, Rémy.« Camille legte den Kopf schief und schob ihr rechtes Bein einige Zentimeter weit zur Seite. Der Rock schien zum Zerbersten gespannt.

Rémy spürte, wie ihm der Schweiß ausbrach.

»Und ich bin Ihre Assistentin«, gurrte sie weiter. »Ihre persönliche Assistentin. Stets zu Ihren Diensten.«

Rémy kämpfte mit seinen aufkeimenden Gefühlen. Seine Jeans wurden eng.

Camille zwinkerte. »Auch jetzt!« Sie drehte sich kurz Richtung Tür. »Hat meine liebe neue Kollegin Marie-Louise eben nicht erklärt, sie ginge nach Hause?« Wie beiläufig strich sie über Rémys Handrücken. »Heißt das, wir beiden Hübschen sind ganz allein in diesem großen imposanten Gebäude?« Sie legte eine Hand an ihre Kehle. »Nur der Chef und ich.«

Mit einem Zeigefinger fuhr sie langsam über ihr Schlüsselbein und verharrte schließlich, den Blick weiter auf Rémy gerichtet.

Beim Anblick des Ansatzes ihrer Brüste warf er seine letzten Bedenken vollends über den Haufen, erhob sich und umfasste grob Camilles Taille. »Du willst es wissen, richtig?«

Sie lächelte geheimnisvoll, hob ihre Hand und strich ihm zart über seine Wange. Dann fuhr sie mit dem rechten Zeigefinger seine Gesichtskonturen nach.

Rémys Kehle entfuhr ein Stöhnen. Besitzergreifend zog er Camille dichter an sich und presste seinen Unterleib gegen ihren. »Ist es das, was du willst?«, raunte er ihr ins Ohr. »Ja, ist es das?«

»Warum so hastig, Rémy?«, schnurrte sie und umfasste seine Handgelenke. »Ein mächtiger Mann wie du hat diesen Stress doch gar nicht nötig.« Wieder blinzelte sie ihn kokett an.

Diese Augen, diese Lippen … Rémy konnte kaum noch an sich halten.

Sie nahm eine Hand von seinem Gesicht und fuhr ganz sachte über seinen Schritt. »Immer mit der Ruhe, Chef!«, erklärte sie grinsend. »Wir haben doch Zeit.«

»Verflucht!«, entfuhr es ihm, als er spürte, wie ihm die Kontrolle entglitt. Unwirsch presste er seinen Mund auf ihre Lippen und gab sich ganz dem sinnlichen Gefühl ihrer zarten Haut an seiner hin. Bereitwillig bog sie sich ihm entgegen, umfasste seinen Po und drängte sich dichter an seinen Körper. Ihr Duft vernebelte seine Sinne, er wollte endlich ihre Haut, ihre Rundungen unter seinen Händen spüren, wollte in ihr sein. Ungeduldig riss er ihr die Bluse auf.

»Upps!«, entwich es Camille, als sich zwei Knöpfe lösten und auf den Boden sprangen.

»Kauf dir eine neue«, knurrte er ungehalten, während er an ihrem Rock herumfummelte.

»Lass mich das machen, Rémy«, bat sie mit ihrer gurrenden Stimme, doch das ging ihm zu langsam. Unwillig nestelte er an dem Knopf herum, bis er sich nach einer gefühlten Ewigkeit endlich öffnete. Dann zerrte er ihr den Stoff über ihre Hüften und zog seinen Reißverschluss hinunter.

Camille seufzte auf. »Du bist so ungeduldig, Chef.«

Rémy drehte sie wortlos um und drückte ihren Oberkörper auf die Tischplatte. Er umfasste ihre Taille, spreizte ihre Beine und nahm sich endlich, was er benötigte. Sie fühlte sich warm und feucht an. Ein leises Stöhnen entfuhr ihrem Mund. Rémy presste seine Lippen in ihren Nacken und sog den Geschmack ihrer Haut in sich auf, während er sich wieder und wieder in ihr versenkte. Sie war so jung, so zart, so eng …

Als sich ihr Körper um seinen zusammenzog, erfüllte ihn eine tiefe Welle der Lust, und er stieß ein letztes hartes Mal zu.

»Hervorragende Arbeitseinführung, Chef«, raunte Camille an seinem Ohr, während er schwer atmend auf ihrem Rücken lag.

19

Während die Dämmerung gemächlich über die Landschaft hereinbrach, lehnte Fleur ihren Kopf gegen die Autoscheibe. Océane schnaufte leise an ihrer Brust, Virginie starrte auf ihrer Seite der Rückbank reglos aus dem Fenster. Fleurs Gedanken überschlugen sich. Mit der jungen Beamtin, die sich ihr als Corinne Romainet vorgestellt hatte, war sie nach Hause gefahren, um etwas Kleidung für die Kinder und sich zusammenzupacken. Das Kaninchen hatten sie ebenfalls gegen Démilliers' Willen mitsamt dem Käfig eingepackt und auch den Kuschelhasen ihrer jüngeren Tochter nicht vergessen. Als Fleur ihren Kopf bewegte, fiel ihr Blick auf Océanes Wange. Das Stofftier bedeckte das halbe Gesicht des kleinen Mädchens. Müde schloss Fleur die Augen und lauschte den gleichmäßigen Motorgeräuschen des Wagens. Die Polizisten hatten ihr nicht sagen wollen, wo sie sie hinbringen würden. Kylian fuhr, Corinne saß neben ihm. Die Beamten unterhielten sich leise, Fleur konnte nicht verstehen, worum es ging. Als das Klingeln eines Handys die Stille im Wagen durchschnitt, zuckte sie zusammen.

»Plevantier«, meldete sich Kylian. Einen Moment lang hörte er dem Anrufer zu, bevor er das Wort ergriff: »Das ist gut.« Er machte eine Pause. »Sehr gut sogar.« Er schnaufte. »Ich hätte nicht gedacht …«

Fleur sah, wie er ihren Blick im Rückspiegel suchte. Hastig wandte sie den Kopf ab.

»… dass dein Plan so gut funktioniert. Camille soll unbedingt an ihm dranbleiben.« Er lachte kurz auf. »Ja, ich hoffe es.«

Fleur strich ihrer Jüngsten über das Haar.

»Alles in Ordnung, Virginie?«, fragte sie leise.

Die Zehnjährige presste ihre Lippen aufeinander.

»Schatz?«

Virginie nickte.

Fleur streckte ihren Arm aus und tastete nach der Hand ihrer älteren Tochter. Als sie deren Finger an ihren spürte, erschrak sie über die Kälte.

»Es wird alles gut.«

Virginie erwiderte nichts.

Wann würde ihr bockiges Kind ihr verzeihen? Was sollte sie ihr sagen? Die Wahrheit war keine Option. Virginie liebte ihren Vater über alles, sie würde Fleurs Version der Ereignisse nicht hören wollen. Anders Océane. Fleurs Jüngere hing bereits von Geburt an mehr an ihrer Mutter als an ihm. Rémy hatte sich damals noch intensiver um Virginie gekümmert, Fleur hatte Océane gestillt und dadurch mehr Zeit mit dem Baby allein verbracht, als es bei ihrer Ältesten der Fall gewesen war. Océane würde es leichter haben als ihre Schwester, sich an die neue Situation anzupassen.

Die Landschaft zog am Wagen vorbei. Sie hatten gerade Saint-Pierre-la-Mer durchquert. Wo würden die Beamten mit ihnen hinfahren? Sie waren seit etwas mehr als einer Stunde unterwegs. Was Rémy wohl in diesem Moment tat? Sofort ärgerte Fleur sich über ihre eigenen Gedanken. Warum kreisten ihre Überlegungen noch immer um ihren Ehemann, der an dem ganzen Schlamassel überhaupt schuld war? Nein, verbesserte sie sich sofort. Sie selbst war es, die die Verantwortung für diese Lage trug. Hätte sie damals nicht …

Es war müßig, wieder und wieder Schuldgefühle zu wälzen. Ihr derzeitiges Leben war das Ergebnis unzähliger Entscheidungen, die sie in der Vergangenheit getroffen hatte. Es nutzte niemandem mehr, wenn sie sich zum wiederholten Mal fragte, was genau sie falsch gemacht hatte. Alles, was jetzt noch zählte, war das, was vor ihr lag, vor ihr und ihren Töchtern.

»Wir sind gleich da«, ertönte Kylians Stimme vom Vordersitz. In Fleurs Kehle bildete sich ein dicker Kloß.

»Noch etwa zehn Minuten.«

Er bog rechts ab. Der Wagen fuhr eine Anhöhe hinauf. Fleur erkannte die Umgebung. Karge Felsen ragten zwischen großen Flächen bewaldeter Hügel hervor. Flechten und Moos bedeckten den Boden neben der Straße. Sie befanden sich im La-Clape-Gebirge. In ihrer Jugendzeit hatte Fleur den einen oder anderen Ausflug mit ihrem Vater hierher unternommen. Lange Wanderungen, leckere Picknicks mit frischem Baguette, viel Käse und Obst drängten sich vor ihrem geistigen Auge auf. Einmal hatten sie in einem kleinen gemütlichen Hotel übernachtet. Es war das erste und einzige Mal, dass sie mit ihrem Vater außerhalb ihrer kleinen Wohnung geschlafen hatte. Und es war etwas ganz Besonderes für Fleur gewesen, deren Kindheit von großer Sparsamkeit und Bescheidenheit geprägt gewesen war.

Wo würden sie die heutige Nacht verbringen? Sie starrte auf Kylians Hinterkopf. Er trug sein haselnussbraunes Haar mittlerweile länger als vor fünf Jahren.

Als er den Wagen wenige Minuten später auf einen sandigen Parkplatz lenkte, richtete sie sich vorsichtig auf. Océane seufzte leise im Schlaf und kuschelte sich dichter an ihre Mutter. Fleur hauchte ihr einen Kuss auf die Stirn. »Aufstehen, Süße. Wir sind da.«

Im nächsten Moment erstarb der Motor. Die plötzliche Ruhe wirkte fast gespenstisch.

Kylian räusperte sich und blickte zu seiner Kollegin. »Dann wollen wir mal.«

Sie öffneten die Türen und stiegen aus. Auch Virginie verließ das Fahrzeug. Als Océane aufwachte, blickte sie Fleur aus schlafverhangenen Augen an.

»Wo sind wir, Maman?«

»Wir sind in den Bergen, Schatz«, gab Fleur zurück. »Gleich haben wir es geschafft.« Sie nahm die Hand ihrer Tochter und stieg mit ihr aus. Kylian hatte bereits den Kofferraum geöffnet und starrte mit gerunzelter Stirn hinein. »Der Hase …«

»Das ist ein Kaninchen«, unterbrach ihn Océane aufgekratzt. »Sie heißt Fluffy.«

Er nickte. »Okay. Also das Kaninchen wird ein Problem.«

»Warum?« Fleur blickte von ihm zu Corinne.

»Wir müssen etwa fünfzehn Minuten zu Fuß gehen«, erwiderte Kylian nachdenklich. »Ich schlage vor, dass wir mit dem übrigen Gepäck zum Haus gehen. Danach bleibt Corinne kurz bei den Mädchen, während wir beide …«, er bedachte Fleur mit einem eindringlichen Blick, »… zusammen den Käfig holen. Für einen allein ist er zu groß.«

Nachdem jeder sich eine Tasche geschnappt hatte, machten sie sich auf den Weg. Kylian ging voraus, dann folgten die Mädchen, Fleur und Corinne. Der Weg mündete nach wenigen Minuten in einen schmalen Trampelpfad, der durch steiniges und unwegsames Gelände führte. Fleur konnte sich kaum vorstellen, dass sich in dieser Einöde irgendwo ein bewohnbares Gebäude befinden sollte. Der Wind rauschte durch die Bäume, aus weiter Ferne erklang Vogelgezwitscher. Nur zwei Minuten später wurde sie eines Besseren belehrt. Wie aus dem Nichts tauchten zwischen hohen Zypressen und Korkeichen die dicken Natursteinmauern eines ehemaligen Hofs auf.

»Wir sind da.« Kylian zog einen Schlüsselbund hervor und trat an die schwere dunkle Holztür. »Schon etwas in die Jahre gekommen, aber absolut zweckmäßig.« Er drehte sich zu Fleur und Corinne um. »Zeigst du den Mädchen bitte schon mal ihr Zimmer? Ich hole mit Madame Beauvolet den Ha…«, er zwinkerte Océane zu, »… das Kaninchen.«

Den Weg zurück zum Wagen legten sie schweigend zurück. Fleur traute sich nicht, etwas zu sagen, und auch Kylian schien sich in ihrer Gegenwart alles andere als wohlzufühlen.

Er öffnete den Kofferraum. »Nimm du ihn auf der anderen Seite.«

Sie packte den Plastikgriff und hob den Kasten an. Das Kaninchen hüpfte aufgeregt in seinem Heim herum.

»Soll ich vorgehen?« Zum ersten Mal sah er Fleur offen ins Gesicht.

»Egal«, entgegnete sie unsicher und zuckte mit den Achseln. »Wie du magst.«

Einen Augenblick lang hatte sie das Gefühl, er wolle etwas sagen, doch dann schien er es sich anders zu überlegen, wandte sich um und steuerte wieder den Weg zum Haus an. Fleur folgte ihm wortlos. Hätte sie etwas sagen sollen? Sie wusste, dass sie reden mussten. Irgendwann. Nicht jetzt, nicht heute Abend, nicht unter diesen Umständen. Sie schuldete ihm eine Erklärung und so viel mehr.

»Was hast du den Mädchen gesagt?«

Überrascht von seiner Frage wusste Fleur im ersten Moment

nichts zu erwidern. »Madame Démilliers meinte, ich solle ihnen nicht allzu viel erzählen. Aus Sicherheitsgründen.«

Als er nichts erwiderte, dachte Fleur schon, ihre Unterhaltung sei wieder beendet, doch dann sah sie, wie er den Kopf schüttelte.

»Rede mit ihnen. Démilliers hat keine Ahnung von Kindern. Wenn sie Fragen haben, solltest du sie ihnen ehrlich beantworten. Vielleicht nicht in allen Details, aber …« Er atmete aus. »Alles andere verunsichert sie noch mehr. Niemand weiß, wie lange diese Situation währen wird. Es ist wichtig, dass sie dir zu hundert Prozent vertrauen.«

Ärger kochte in ihr hoch. »Sie sind meine Kinder, natürlich …«

»So habe ich es nicht gemeint. Ich hatte vorhin im Wagen das Gefühl, dass Virginie …« Er zögerte.

»Was?«, platzte es aus ihr heraus. Die Kinder waren nicht seine Angelegenheit.

»Dass sie sauer auf dich ist«, erklärte er scheinbar ungerührt.

»Sie ist in einem schwierigen Alter«, versuchte sich Fleur an einer Erklärung. Warum rechtfertigte sie sich überhaupt vor ihm? Die Kinder gingen ihn nichts an.

»Ich meinte nur.« Er schien ihre Wut zu spüren. »Es ist wichtig, dass du ihnen Sicherheit vermittelst. Dass sie wissen, dass sie sich auf dich verlassen können. Die Situation könnte sehr schwierig werden. Für euch alle.«

Fleurs Augen begannen zu brennen. »Sie sind meine Kinder. Und sie wissen, dass sie sich auf mich verlassen können.« Sie ärgerte sich über das Zittern ihrer Stimme.

»Ich wollte dir nicht zu nahe treten.«

Eine Träne rann über ihre Wange. Warum tust du es dann? Doch worüber beschwerte sie sich eigentlich? Schließlich war es ihre Idee gewesen, Kylian mit ins Boot zu holen. Ihre Bedingung dafür, dass sie Rémy verriet. Und sie kannte Kylian doch gut genug, um zu wissen, dass er es mit Grenzen nicht allzu genau nahm.

20

Kylian beobachtete, wie der kleine Hase … Schmunzelnd unterbrach er sich. Wie das Kaninchen an dem Gras mümmelte, das Océane ihm in den Käfig geworfen hatte, bevor sie mit Fleur im Inneren des Hauses verschwunden war. Aus der oberen Etage hörte er die Stimmen der Mädchen. Virginie patzte ihre Mutter gerade an, warum sie ihr ein bestimmtes T-Shirt nicht eingepackt hatte.

Er lehnte sich zurück und streckte seine Beine von sich. Seine Kollegin war in dieser Lage die bessere Unterstützung. Die Mädchen mussten sich umziehen und für die Nacht fertig machen, da würde er als Mann nur stören.

»Manchmal sollte man erkennen, wenn man fehl am Platz ist«, murmelte er vor sich hin, während er sich wieder vorbeugte, die Hand ausstreckte und über das weiche Fell des Nagers strich. Bis hierher hatte alles planmäßig geklappt, wobei ihm klar war, dass sie ganz am Beginn eines Weges standen, von dem niemand von ihnen den Ausgang kannte. Was hatte sich Fleur nur gedacht? Wie stellte sie sich ihre weitere Zukunft vor? Rémy Beauvolet würde es mit hoher Wahrscheinlichkeit nicht klaglos hinnehmen, dass seine Frau ihm seine Töchter nahm, möglicherweise seine Freiheit. Welche Informationen hatte sie? Fleur hatte auf dem Revier mehrmals betont, dass sie ihre Unterlagen erst herausgäbe, wenn sie das Gefühl habe, sich mit ihren Kindern in Sicherheit zu befinden.

Warum gerade jetzt? Er richtete seinen Oberkörper wieder auf und ließ seinen Blick über die Landschaft schweifen. Da er für gewöhnlich nicht im Zeugenschutzprogramm tätig war, kannte er das Haus nicht und war dankbar, Corinne an seiner Seite zu wissen. Die junge Kollegin kümmerte sich seit mehr als zwei Jahren um Personen, vornehmlich weibliche, die für eine Weile offiziell von der Bildfläche verschwinden mussten. Im Fall von Fleur und ihren Kindern konnte »eine Weile« leicht »ein Leben lang« bedeuten. Rémy Beauvolet war der skrupelloseste Schwerkriminelle, dem Kylian in seiner bisherigen Laufbahn begegnet war. Sobald ihm bewusst würde, dass es seine

Frau gewesen war, die ihn an die Polizei verraten hatte, würde er, ohne mit der Wimper zu zucken, versuchen, sie zu eliminieren.

Fleurs wunderschönes Gesicht erschien vor seinem geistigen Auge. Wie sie ihre kleine Tochter auf der Rückbank im Arm gehalten hatte. Wie sie unermüdlich versucht hatte, ihre Älteste aus der Reserve zu locken. Er hatte sie noch nie zusammen mit den Kindern erlebt, aber es war für ihn keine Überraschung, dass sie sich als fürsorgliche und aufopferungsvolle Mutter entpuppte.

Schon vor fünf Jahren war ihm klar gewesen, dass Fleur Beauvolet ein ganz besonderer Mensch war, eine ganz besondere Frau. Auch wenn er bis heute nicht verstand, was damals schiefgelaufen war, spürte er, dass sie ihm auch nach so langer Zeit alles andere als gleichgültig war. Er musste aufpassen, dass er sein wesentliches Ziel nicht aus den Augen verlor. Diese einmalige Chance war zu verlockend, zu verheißungsvoll, als dass er sie ungenutzt verstreichen lassen konnte.

Diesmal würde er Rémy Beauvolet hinter Schloss und Riegel bringen. Koste es, was es wolle. Dass die junge Frau, Camille erinnerte er sich an ihren Namen, ebenfalls mehr als erfolgreich in ihren Auftrag eingestiegen war, konnte er nur als gutes Omen deuten. Als Zeichen, dass sich das Blatt zu wenden begann. Bisher war es stets Beauvolet gewesen, der ihnen einen Schritt voraus gewesen war. Diesmal hatten sie gleich zwei Trümpfe in der Hand. Beauvolets unkontrollierte Libido und seine Frau, die fest entschlossen schien, ihr Leben an der Seite ihres Gatten hinter sich zu lassen. Noch war ihr mit Sicherheit nicht klar, was das für ihre Zukunft bedeutete. Neue Namen für ihre Kinder und sie selbst, neue Identitäten, ein neuer Wohnort. Kylians Mund fühlte sich mit einem Mal bei dem Gedanken an die bevorstehenden Veränderungen in Fleurs Leben trocken und rau an. War es nicht das, was er sich vor langer Zeit einmal gewünscht hatte? Er verdrängte den Gedanken, die Erinnerung an …

»Die Mädchen liegen im Bett«, erklang hinter ihm Fleurs leise Stimme und riss ihn aus seinem Grübeln.

Er hatte gar nicht bemerkt, dass die Geräusche im Obergeschoss verstummt waren. Er stand auf und wandte sich ihr zu. »Wie geht es ihnen?«

Sie zuckte mit den Achseln und wich seinem Blick aus. »Sie verstehen es nicht.«

»Kein Wunder.« Er kam sich plötzlich unbeholfen vor. »Sprich morgen noch mal mit ihnen. Sie werden sich an die Situation gewöhnen.«

Fleur nickte und strich sich eine Strähne aus dem Gesicht.

Am liebsten hätte Kylian eine Hand ausgestreckt, um ihr weiches Haar zu berühren. Reiß dich zusammen, ermahnte er sich sofort. Du bist hier, um die drei zu beschützen.

»Jetzt schlafen sie erst mal«, gab Fleur zurück und blieb stehen.

»Willst du dich setzen?« Er deutete auf den freien Stuhl ihm gegenüber.

Sekundenlang sah sie ihn an, schüttelte dann aber den Kopf. »Nein, danke. Ich werde ... mich auch hinlegen. Es war ein aufwühlender Tag.« Sie deutete mit einer Hand einen Kreis an. »Ich muss das erst mal alles verdauen.«

Er nickte.

Corinne erschien in der Terrassentür. »Da seid ihr ja.« Sie trat ins Freie. »Vor dem Haus ist alles ruhig. Ich denke nicht, dass uns jemand gefolgt ist.«

Kylian räusperte sich. »Danke, Corinne.«

»Ich werde dann mal ...« Fleur deutete über ihre Schulter. »Gute Nacht.«

»Gute Nacht, Madame Beauvolet«, erwiderte Kylian und setzte sich wieder. »Schlafen Sie gut.«

»Gute Nacht, Fleur.« Corinne nickte ihr zu.

»Fleur?«, wandte sich Kylian an seine Kollegin, nachdem Fleur im Inneren des Hauses verschwunden war.

»Es ist besser so«, erklärte Corinne. »Wenn wir uns duzen, wirkt das auf die Mädchen nicht so einschüchternd, als wenn ihre Mutter uns mit Dienstgrad anspricht.«

Ihre Antwort leuchtete ihm ein. »Du meinst, ich sollte ihr ebenfalls das Du anbieten.«

Corinne grinste. »Als Mann und Capitaine erscheinst du den Mädchen wahrscheinlich noch furchteinflößender als eine weibliche Polizistin.«

»Danke«, gab Kylian trocken zurück. »Als Kinderschreck habe ich mich bisher noch gar nicht gesehen.«

Sie lachte. »Es geht um die Umstände.«

Er nickte und verzog ebenfalls seinen Mund. »Du hast wahrscheinlich recht. Das hier …« Er schüttelte den Kopf. »Ich habe zu wenig Erfahrung.«

»Ich verstehe nach wie vor nicht, wieso sie darauf bestanden hat, dass du sie und die Mädchen begleitest.«

Kylian erwiderte nichts, fixierte in der Ferne einen Greifvogel, der über die vor ihnen liegende Freifläche schwebte. In der Dunkelheit konnte er nicht genau erkennen, um was es sich handelte. »Sie kennt mich von den Ermittlungen vor fünf Jahren.«

»Aber sie konnte doch nicht wissen, dass du noch immer an ihrem Mann dran bist, oder?«

Er schüttelte den Kopf. »Ich hatte mir damals überlegt, ihn mit ihrer Hilfe zu überführen.«

»Was?« Sichtlich irritiert ließ Corinne sich auf den freien Stuhl fallen. »Was hatte sie dazu gesagt?«

»Nichts«, erwiderte er. »Also nicht viel. Ich denke, sie hatte zu große Angst vor ihm.«

»Und die hat sie jetzt nicht mehr?« Corinne scharrte mit einem Fuß im Kies.

»Sie hat sich bisher nicht wirklich geäußert, wie sie sich das weitere Vorgehen vorstellt.«

»Sie hat uns bisher auch noch nichts gegeben, was diesen Aufwand hier rechtfertigt.« Corinne vollführte mit ihrer Hand einen Halbkreis.

»Sie hat wirklich Angst«, entgegnete Kylian nachdenklich.

»Sie ist sehr attraktiv«, stellte Corinne fest.

Kylian blickte zu seiner Kollegin. »Was willst du damit sagen?«

»Nichts.« Sie zuckte mit den Achseln. »Es ist nur eine Feststellung. Ich wundere mich, was eine Frau wie sie an einem Arschloch wie Rémy Beauvolet findet.«

»Sie war sehr jung, als sie sich kennenlernten.«

»Du meinst, Jugend schützt vor Dummheit nicht?«

Kylian seufzte. »Keine Ahnung, womit er sie geködert hat.«

»Du klingst frustriert.«

»Ich musste gerade an Yann denken.«

Corinne nickte. »Diesmal bekommen wir ihn, Kylian.«

Sosehr er sich wünschte, dass seine Kollegin recht behielt, so sehr fürchtete er, dass diese Sache komplizierter würde, als es den Anschein hatte. Würden sie es schaffen, Beauvolet endlich zur Strecke zu bringen? Und würde er es endlich schaffen, seine Gefühle für Fleur in den Griff zu bekommen?

21

Fleur lauschte in die Stille. In weiter Ferne schrie ein Eichelhäher, ansonsten war es ruhig. Sie drehte sich auf die Seite und beobachtete ihre Töchter. Virginie hatte sich wie ein Säugling zusammengekrümmt unter ihrer Decke vergraben. Fleur konnte nicht erkennen, ob ihre ältere Tochter schon wach war. Océane lag auf dem Rücken, den Mund weit offen, und schlief noch fest. Was würde ihnen der neue Tag bringen? Was würde Rémy unternehmen?

Das Zimmer, in dem sie sich befanden, war einfach, aber sauber. Die drei Einzelbetten standen in Hufeisenform an den Wänden, gegenüber der Tür befand sich ein bodentiefes Fenster, violette Gardinen schirmten den Raum vor einfallenden Sonnenstrahlen ab. Fleur schätzte, dass es nach sieben sein musste. Ihr Handy hatte sie gestern auf dem Polizeirevier lassen müssen. Trotz der beiden Beamten, die in den Räumen rechts und links neben ihnen schliefen, fühlte sie sich verletzlicher denn je.

Leise schlüpfte sie aus dem Bett und schlich auf Zehenspitzen aus dem Raum. Nachdem sie die Tür geräuschlos hinter sich geschlossen hatte, blickte sie sich kurz auf dem Flur im Obergeschoss um. Die Bodendielen wirkten alt, aber gepflegt. In der Küche unter ihr klapperte Geschirr. Waren Kylian und Corinne schon wach? Sie betrat das Bad, duschte eilig und zog sich ihre Kleidung von gestern über. Da sie nicht wusste, wann sie Gelegenheit haben würden, ihre Wäsche zu waschen, erschien es ihr unpassend, die wenige mitgenommene Kleidung schon am ersten Tag auszutauschen. Lediglich einen frischen Slip gönnte sie sich. Sie verließ das Badezimmer wieder und wappnete sich für die Begegnung mit Kylian. Noch immer wusste sie nicht, wie sie sich verhalten sollte. Mit Sicherheit hatte er seiner Kollegin nichts von den Ereignissen vor fünf Jahren erzählt. Oder doch? Fleur wurde unsicher. Wusste Corinne, dass sie …? Sie verwarf ihre Gedanken und eilte die Treppe hinunter.

»Bonjour«, ertönte die Stimme der Beamtin aus Richtung der Küche, sie hatte offensichtlich Fleurs Schritte vernommen.

»Bonjour«, erwiderte Fleur und trat in den kleinen Raum. Die grünen Möbel schienen aus den Achtzigern zu stammen.

»Übergangsweise muss es so gehen.« Die Beamtin grinste. »Auf eine Spülmaschine müssen wir wohl verzichten. Kaffee?« Sie hielt Fleur eine Tasse hin.

»Danke.«

»Schlafen die Mädchen noch?« Corinne setzte sich an den kleinen Holztisch, der unter dem Fenster stand.

Fleur nahm ihr gegenüber Platz. »Bei Virginie bin ich mir nicht ganz sicher.« Sie umklammerte ihre Tasse fester und nahm einen langen Schluck. »Sie ist sauer auf mich«, setzte sie nach.

»Die Situation ist nicht einfach für sie.« Corinne kratzte mit einem Fingernagel über die Tischplatte. »Sie vermisst ihren Vater.«

Fleur starrte gedankenverloren aus dem Fenster. »Ich habe mir die Entscheidung nicht leicht gemacht. Hundert, nein, tausend Mal habe ich hin und her überlegt, wie es weitergehen soll. Mit mir und den Mädchen.«

»Du hast dich richtig entschieden.« Corinnes Stimme war voller Zuversicht.

Fleur atmete tief aus. »Ich hoffe es. Und ich stelle mir immer wieder die Frage, wie ich mich in eine solche Lage manövrieren konnte. Ich …«

»Sei nicht so streng mit dir.« Corinne legte eine Hand auf Fleurs Unterarm. »Wir können uns nicht aussuchen, in wen wir uns verlieben.«

»Verlieben«, wiederholte Fleur versonnen. »Ein großes Wort für einen … Menschen wie Rémy.«

Corinne schien zu überlegen. »Er hatte doch mit Sicherheit auch seine guten Seiten.«

Fleur hob ihren Blick und sah der Polizistin ins Gesicht. »Genau das frage ich mich schon die ganze Zeit. Wenn er seine guten Seiten hatte, wann sind ihm diese verloren gegangen? Unsere Ehe …« Ihre Augen begannen zu brennen.

»Sieh nicht zurück«, forderte Corinne sie sanft auf. »Du musst daran glauben, dass alles gut wird für euch.«

Fleur nickte, während sie weiter mit den Tränen kämpfte. »Es ist so furchtbar schwer.«

Corinne nickte. »Du hast uns an deiner Seite. Kylian, also Capitaine Plevantier, ist der Beste. Er ist seit Jahren hinter deinem Mann her, aber das weißt du ja bereits. Und so wie ich ihn kenne, wird er diesmal nicht lockerlassen, bis er ihn endlich überführt hat.«

Bevor Fleur etwas erwidern konnte, tauchte Virginie in der Tür auf.

»Ich habe Hunger.«

»Bonjour, meine Süße.«

Corinne erhob sich. »Wir haben Baguette und Croissants.«

»Baguette und Croissants?«, wiederholte Fleur überrascht.

»Kylian war schon sehr früh unterwegs.«

»Wo ist er jetzt?«, wagte Fleur nun doch zu fragen.

»Er sieht sich etwas um«, erwiderte Corinne vage.

»Ich möchte ein Omelett«, quengelte Virginie.

»Maman?«, rief Océane in diesem Moment aus dem Obergeschoss.

»Océane, wir sind hier unten«, erwiderte Fleur, während sie sich erhob. »Ich komme.«

»Ich habe Hunger«, protestierte Virginie erneut.

»Komm, hilf mir, den Tisch zu decken«, forderte Corinne sie lächelnd auf. »Dann können wir gleich essen, wenn Kylian, deine Mutter und deine Schwester so weit sind.« Die Beamtin wechselte einen kurzen Blick mit Fleur und nickte ihr unmerklich zu.

Zehn Minuten später war auch Océane angezogen. Sie verlor keinen Ton über die neue Situation oder die ungewohnte Umgebung. Für ihre kleinere Tochter war die Welt in Ordnung, solange Fleur sich in ihrer Nähe befand.

Als sie sich an den Tisch setzten, ging die Haustür auf, und Kylian trat ein.

»Bonjour, die Damen!« Er grinste. »Scheint, als ob sich hier eine Reihe Frühaufsteher eingefunden hätten.«

»Setz dich, Virginie ist schon halb am Verhungern«, gab Corinne zurück und wies auf den leeren Platz zwischen Fleur und ihr.

»Dann bedien dich.« Kylian zeigte auf den Tisch, während er Fleurs Ältere ansah.

»Ich wollte doch ein Omelett«, nörgelte Virginie ein weiteres Mal. »Maman …«

»Ich wusste es nicht«, unterbrach Kylian sie. »Aber es ist kein Problem. Wenn ich das nächste Mal einkaufen gehe, bringe ich genug Eier mit, damit wir dir jeden Tag Omelett machen können.« Er wechselte einen kurzen Blick mit Fleur. »Wusstest du, dass ich die besten Omeletts in ganz Montpellier mache?«

»Kann gar nicht sein«, entgegnete Virginie patzig. »Die macht Papa.«

Kylian hob seine Hände, als wolle er sich ergeben. »Pardon, die zweitbesten.« Wieder grinste er. »Aber du solltest sie auf jeden Fall probieren.« Dann streckte er seine Hand in Fleurs Richtung. »Ich bin Kylian.«

Irritiert erwiderte sie den Händedruck. »Fleur«, hauchte sie kaum hörbar.

»Da wir ein Weilchen miteinander auskommen müssen, schätze ich, ist es so einfacher.«

Fleur musterte ihn. Das brünette Haar fiel ihm in die Stirn, seine stahlblauen Augen funkelten. Fast schien es, als genieße er die Situation.

»Ich mag kein Baguette«, maulte Virginie weiter. »Wann können wir wieder heim zu Papa?«

Fleur zählte stumm bis zehn. »Virginie ...«

»Ich habe eine tolle Idee«, unterbrach Kylian sie. »Ich kenne hier ganz in der Nähe einen Abenteuerpfad. Was haltet ihr Mädchen davon, wenn ich ihn euch nach dem Frühstück zeige? Vielleicht sehen wir ein paar Vögel oder Wildtiere?« Er hob einen Zeigefinger. »Aber es ist ein Geheimpfad. Ihr dürft niemandem sagen, wo er sich befindet.«

Océanes Augen begannen zu leuchten. »Toll. Ich möchte den Geheimpfad sehen.« Sie sah zu Fleur. »Darf ich, Maman?«

Dankbar erwiderte Fleur Kylians Blick, bevor sie sich ihrer Tochter zuwandte. »Selbstverständlich darfst du.«

Océane begann, übers ganze Gesicht zu strahlen.

»Warum ist der Pfad geheim?«, mischte sich nun auch Virginie ein.

»Warum?« Kylian machte eine Pause und schien zu überlegen. »Weil ihn niemand kennt.«

»Warum kennst du ihn?«, wollte Virginie wissen, während sie sich sichtlich bemühte, nicht zu interessiert zu klingen.

»Weil ich Polizist bin.« Er lachte. »Wir kennen vieles, was streng geheim ist.«

Die Mädchen starrten ihn unverhohlen an. Fast hätte Fleur aufgelacht, als sie den bewundernden Ausdruck in den Gesichtern ihrer Töchter registrierte.

22

Unruhig tigerte Rémy in seinem Büro auf und ab. Als er an der breiten Fensterfront vorbeikam, blickte er nach draußen, hatte jedoch keinen Sinn für die Geschehnisse jenseits des Gebäudes. Weder nahm er den wolkenlosen strahlend blauen Himmel wahr, der sich über Montpellier erstreckte, noch interessierte ihn die junge Frau, die mit einem älteren Mann am Rollator die Straße überquerte. Rémy wandte sich um und starrte zur Tür, als ob er hoffte, dass sie sich gleich öffnete und die Lösung sämtlicher seiner Probleme einträte. Hatte er einen Fehler gemacht? Konnte er Fleur noch so weit vertrauen, dass sie seine Anweisungen befolgte? Das Gesicht seiner Frau drängte sich in seine Gedanken. Ihre vollen, sinnlichen Lippen, die schmale kleine Nase, die Augen, deren Grün ihn vom ersten Moment an fasziniert hatte.

Wann genau hatte er das Interesse an ihr verloren? Auch mit Mitte dreißig war sie eine überaus attraktive Frau. Rémy entgingen nicht die Blicke der anderen Männer, wenn er mit Fleur einen Empfang von Geschäftsfreunden besuchte, mit ihr bei wichtigen Kongressen oder Essenseinladungen erschien. Er dachte an ihre Leidenschaft zu Beginn ihrer Beziehung. Sie hatten die Finger nicht voneinander lassen können. Rémy hatte es geliebt, sie mit kleinen Geschenken wie Schmuck, Dessous oder teurem Parfüm zu verwöhnen. Das Funkeln in ihren Augen zu sehen, wenn sie seine Aufmerksamkeiten auspackte.

Was war mit ihnen geschehen? Wann hatte ihre Ehe die ersten Risse bekommen? Rémy konnte sich nicht mehr erinnern. Er wusste nur, dass Fleurs Leuchten irgendwann verschwunden war. Schleichend, kaum messbar. Es war der Tag gekommen, an dem sie seine Geschenke ohne jede Regung entgegengenommen hatte. Natürlich, sie hatte sich weiterhin artig bedankt. Hatte ihm versichert, wie sehr sie sich darüber freue, dass er an sie gedacht hatte. Doch Rémy hatte erkannt, dass ihre Beteuerungen zu hohlen Worten verkommen waren. Ihre Freude war aufgesetzt gewesen, Lippenbekenntnisse, die nicht mehr ihrem Herzen entsprangen.

Und er selbst? Er war noch nie ein Mann gewesen, der an die eine große Liebe geglaubt hatte. Dazu mochte er die körperliche Seite der Liebe viel zu sehr. Die ersten Monate war er Fleur natürlich treu gewesen. Für eine andere Frau hätte er zu Beginn ihrer Beziehung weder die Zeit noch die Energie gehabt. Aber Rémy brauchte die Abwechslung. Mit Liebe hatten seine Affären nie etwas zu tun. Ihm ging es lediglich um die schnelle Befriedigung ohne Verpflichtungen. Den Genuss des erotischen Moments. Keine Abhängigkeiten, keine falschen Versprechungen. Ein wenig Spaß als Ablenkung von seinem Eheleben.

Ein Klopfen riss ihn aus seinen Gedanken.

»Ja?« Er wollte jetzt nicht gestört werden, verbarg den Ärger in seiner Stimme nicht.

Marie-Louise öffnete die Tür. »Camille Martinez ist da.«

Die Erinnerung an die gestrige Begegnung mit seiner neuen jungen Mitarbeiterin wirbelte seine Hormone augenblicklich durcheinander, doch er riss sich zusammen.

»Schön.«

Marie-Louise runzelte die Stirn.

Er räusperte sich. »Ich meine, schön, dass sie pünktlich ist.«

»Haben Sie heute bestimmte Aufgaben für sie vorgesehen?«

Sein Blut geriet in Wallung. Oh ja, die hatte er, aber diese Beschäftigung würde er mit Sicherheit nicht mit seiner langjährigen Mitarbeiterin diskutieren. Schließlich beabsichtigte er nicht, dass die gute Marie-Louise rote Ohren bekam. Er musste ein Schmunzeln unterdrücken.

»Monsieur?«, brachte sie sich wieder in Erinnerung, als er nichts erwiderte.

»An ihrem ersten Tag wäre es vielleicht gut, wenn Sie die junge Kollegin ein wenig einarbeiten könnten. Verschaffen Sie ihr einen Überblick über die Strukturen unseres Unternehmens, erklären Sie ihr die anstehenden Aufgaben. Heute Nachmittag möchte ich mir dann einen ersten Eindruck davon machen, wie die Dame … sich bei uns eingefunden hat.« Vorfreude stieg in ihm auf.

»Bonjour, Monsieur.« Camille trat hinter Marie-Louise ins Zimmer.

»Bonjour, Camille«, erwiderte er lächelnd.

Sie trug heute ein eng anliegendes, elegantes grünes Kleid, das kurz über ihren wohlgeformten Knien endete. Rémy konnte beinahe den Geschmack ihrer Haut auf seiner Zunge erahnen.

»Ich hatte Ihnen doch gesagt, Sie sollen draußen …«, empörte sich Marie-Louise, während sie Camille einen vorwurfsvollen Blick zuwarf.

Rémy winkte ab. »Schon gut, Marie-Louise. Gegen eine kurze persönliche Begrüßung ist sicher nichts einzuwenden.« Er blickte zu Camille. »Bitte befolgen Sie die Anweisungen meiner Assistentin. Das hatten wir ja gestern schon … besprochen.« Wieder verzog er seine Mundwinkel zu einem warmen Lächeln. »Wir sehen uns später. Gern können Sie mir dann von Ihren ersten Eindrücken in unserer Firma berichten.«

»Ich freue mich, Monsieur.«

Der Klang ihrer Stimme jagte erneut einen Schauer durch seinen Körper.

»Wir lassen Sie jetzt in Ruhe weiterarbeiten«, brachte sich Marie-Louise ein und schob Camille unsanft aus der Tür.

Als er wieder allein war, konnte Rémy ein Grinsen nicht länger unterdrücken. Die Aussicht auf das bevorstehende Stelldichein mit Camille verdrängte seine Bedenken wegen Fleur. Seine Frau würde ihm nicht in die Quere kommen. Dieser Schwachkopf von Plevantier versuchte seit Jahren, Rémy in die Parade zu fahren. Und was hatte er erreicht? Ein Lachen entfuhr seiner Kehle. Nichts. Die Police Nationale war zu dämlich, um ihm das Handwerk zu legen. Sein Plan würde funktionieren. Wie er schon immer funktioniert hatte. Ab und an gab es kleinere Unwägbarkeiten, aber das war normal. In welchem ähnlich großen Unternehmen wie seinem gab es die nicht? Abtrünnige, die meinten, ihr Gewissen zu entdecken. Gierige Angestellte, die ihre Grenzen nicht mehr zu kennen schienen. Das waren Probleme, die mit sehr geringem Aufwand beseitigt werden konnten. Nichts, was Rémy stärker beunruhigen musste.

Sein Telefon klingelte. »Ja?«

»Es läuft alles nach Plan«, erklang Jean-Lucs Stimme.

»Wo sind sie hingebracht worden?« Rémy ließ sich auf den Schreibtischstuhl fallen.

»Sie sind im Clape-Gebirge.«

»Die Ortung war kein Problem?« Rémys Blick fiel auf das Foto mit Fleur und den Mädchen.

»Funktionierte tadellos«, kam umgehend die Antwort. »Wir konnten ihren Aufenthaltsort genau bestimmen.«

Rémy nickte zufrieden. »Gute Arbeit, Jean-Luc.«

»Du weißt doch, dass du dich auf uns verlassen kannst.«

Rémy konnte das Grinsen seines Mitarbeiters durch die Leitung hindurch hören. Doch Jean-Lucs Selbstgefälligkeit störte ihn nicht. Er wusste, was er an ihm hatte. Und er wusste ebenfalls, dass Angestellte wie Jean-Luc rar gesät waren.

»Ich denke, da ist ein kleiner Bonus fällig.« Es ging doch nichts über hoch motiviertes Personal.

»Danke, Chef.«

»Ihr bleibt an ihnen dran«, wies Rémy ihn an, nachdem er kurz nachgedacht hatte.

»Wir können auch gleich …«

»Nein«, fiel er Jean-Luc ins Wort. »Wir warten und beobachten.« Eine düstere Erkenntnis drängte sich ihm auf. »Macht euch mit der Umgebung bekannt und achtet auf …« Er schluckte. »Ihr wisst schon.«

»Wird gemacht«, gab sein Mitarbeiter umgehend zurück. »Wir lassen sie nicht aus den Augen.«

Rémy beendete das Gespräch und lehnte sich zurück. Würde er die Kraft haben, sein Vorhaben umzusetzen? Alte Erinnerungen drängten sich ihm auf. Der Tag ihrer Hochzeit, als Fleur ihm in einem Traum aus Seide und Spitze im Mittelgang der Kirche entgegengeschwebt war, Fleur im Krankenhaus, kurz nach Virginies Geburt, ein Tag am Meer, als er versucht hatte, Virginie das Schwimmen beizubringen. Die Mädchen zu Hause im Pool beim Toben. Dieses Leben würde es in dieser Form nie mehr geben. Rémy schob den schwach aufkeimenden Schmerz beiseite und rief sich die Beweggründe für seinen Plan ins Gedächtnis.

Es gab keine Alternative. Er konnte es drehen und wenden, wie er wollte. Eines Tages würde Fleur ihn verraten. Und dem musste er zuvorkommen. Schmerzen und Gefühle waren etwas für Weicheier. Rémy war Unternehmer. Erfolgreich, unantastbar und mächtig. Dafür hatte er hart gearbeitet. Und das würde er sich von niemandem zerstören lassen. Schon gar nicht von seiner Frau.

23

»Da ist ja ein See«, rief Océane unvermittelt, als sie etwa eine Dreiviertelstunde Fußweg hinter sich hatten. Ihre unüberhörbare Begeisterung entlockte Kylian ein Schmunzeln. Amüsiert betrachtete er das kleine Mädchen, das aufgeregt an der Hand ihrer Schwester zerrte.

»Nicht so schnell«, wollte Virginie sie bremsen, doch auch die Ältere konnte ihre Neugierde kaum verbergen.

Als Kylian seinen Vorschlag beim Frühstückstisch spontan in die Runde geworfen hatte, hatte er bereits im nächsten Moment befürchtet, bei Fleur auf Ablehnung zu stoßen. Er war sich sicher gewesen, dass sie etwas dagegen hätte, wenn er sich allein mit den Mädchen auf den Weg machte. Doch stattdessen hatte sie ihm einen langen Blick zugeworfen, in dem er fast meinte, Dankbarkeit erkannt zu haben. Kurz darauf hatte er eine Tasche gepackt und war mit Virginie und Océane aufgebrochen.

»Das ist ein sehr geheimnisvoller See. Le Gouffre de l'Œil Doux.« Er blickte die etwa vierzig Meter hohen Klippen hinab. Das Wasser leuchtete in einem intensiven Grün. Die Farbe erinnerte ihn an Fleurs Augen. »Wenn ihr hier hinüberschaut, könnt ihr das Meer erkennen.« Er zeigte hinter sich. »Deshalb besteht der See aus Salzwasser.«

»Ein See mit Salzwasser?« Virginie runzelte die Stirn. »Wo kommt das her? Aus dem Meer?«

»Ja, durch eine schmale Spalte«, bestätigte er, während er die Tasche von seinen Schultern nahm und sie öffnete. »Niemand weiß, warum dieser See hier entstanden ist.«

»Können wir hinuntergehen und unsere Füße abkühlen?«

Kylian holte eine Wasserflasche hervor und schüttelte den Kopf. »Nein, das geht leider nicht, Océane. Der Abstieg ist zu riskant. Und in dem See gibt es Strömungen, die dich in die Tiefe reißen können. Hier ist das Baden strengstens verboten, da es zu gefährlich ist.«

»Schade.« Océane schürzte ihre Lippen.

Kylian musste lachen, als er für einen Moment Fleurs Miene im Gesicht des kleinen Mädchens wiedererkannte. »Hier, trinkt einen Schluck. Wir sind schon lange unterwegs.«

»Es ist toll hier«, begeisterte sich Océane weiter. »Ich war noch nie in den Bergen.«

»La Clape ist nur ein kleines Gebirge«, erklärte Kylian. »Nicht zu vergleichen mit den Alpen oder den Pyrenäen.«

»Es ist schön«, merkte Virginie fast schüchtern an.

Er nickte. »Ja, es ist sehr schön hier. Ruhig. Einzigartig. Wusstet ihr, dass diese Berge vor vielen Jahren eine Insel waren? Erst durch verschiedene Ablagerungen entstand daraus das jetzige Gebirge.« Er spürte Virginies ehrfürchtigen Blick auf sich. »Das habe ich irgendwann einmal in der Schule gelernt.« Entschuldigend zuckte er mit den Schultern. »Geografie hat mich schon immer interessiert. Findet ihr es nicht faszinierend, wie sich die Erde im Laufe der Zeit verändert hat und neu gestaltet wurde?«

Kylian war sich zu Beginn ihres Ausflugs nicht sicher gewesen, ob er den richtigen Ton bei den Mädchen treffen würde. Mit Kindern hatte er bisher nicht allzu viele Erfahrungen gesammelt. Zwei seiner besten Kumpels hatten zwar auch Familie, doch die Kleinen waren noch wesentlich jünger als die beiden Mädchen, eine Interaktion mit den Kleinkindern bestand eher aus undefinierbaren Geräuschen und Grimassen, die die Kinder den Erwachsenen abrangen, als aus einer vernünftigen Unterhaltung.

Wider Erwarten genoss er das Zusammensein mit Fleurs Töchtern.

Beide hingen ihm förmlich an den Lippen, wenn er ihnen etwas über die Natur oder die diversen Vögel erzählte, die sie bei ihrem Marsch entdeckt hatten. Ihm blieb auch nicht verborgen, wie die Mädchen immer wieder zu seiner Waffe schielten. In erster Linie war er hier, um die Mädchen und ihre Mutter zu beschützen. Auch wenn ihm klar war, dass der Anblick des Revolvers für die Kinder furchteinflößend und beängstigend sein musste, konnte er nicht darauf verzichten. Nach wie vor war er sich sicher, dass Rémy Beauvolet es nicht klaglos hinnehmen würde, dass seine Frau ihm die Mädchen genommen hatte. Und dass seine Familie ihn verlassen hatte, wusste der Dreckskerl mittlerweile seit knapp vierundzwanzig Stunden. Kylian rechnete quasi jeden Moment damit, dass Beauvolets Leute hier auftauchten. Der Hotelbesitzer war keinesfalls zu unterschätzen. Unauffällig blickte er sich um und überprüfte die Umgebung.

»Wenn ich mein Handy noch hätte, könnte ich ein Foto machen und Maman und Papa schicken«, maulte Virginie neben ihm.

Er sah sie eindringlich an. »Was hältst du davon, wenn du dir den See so gut einprägst, dass du ihn deiner Maman in allen Einzelheiten beschreiben kannst?« Er zeigte zu der gegenüberliegenden Felswand. »Sieh dir mal die Kalksteinformation an. An was erinnert sie dich?«

Virginie legte ihren Kopf schief und starrte auf die Klippen. »Ich weiß nicht …« Sie klang unsicher.

»Ich finde, die Felsen haben die Form von herabstürzenden Blitzen.«

Virginie blinzelte ein paarmal, während Océane heftig nickte.

»Das finde ich auch«, erwiderte sie und schob ihre kleine Hand in Kylians.

Im ersten Moment signalisierte ihm sein Instinkt, die Berührung nicht zu erwidern, doch als er auf das kleine Mädchen hinabschaute und den freudigen Ausdruck auf ihrem Gesicht erkannte, entschied er sich anders.

»Mit viel Fantasie«, murrte Virginie. »Ich finde eher, dass sie wie schwebende Engel aussehen.«

»Schwebende Engel?«, wiederholte Kylian überrascht.

Sie nickte. »Ja.« Sie zeigte auf den oberen Teil. »Das sind die Gesichter, darunter die Flügel und dort …«, sie drehte sich ein wenig, »… die Körper.«

Jetzt erkannte Kylian, was das Mädchen meinte. »Du hast recht. Ich sehe es auch.«

»Engel und Blitze«, plapperte Océane aufgeregt. »Es ist so schön hier. Können wir noch mal mit Maman herkommen?« Mit großen Augen sah sie zu ihm auf.

Er lächelte. »Warum nicht? Wir müssen abwarten, wie lange wir hierbleiben werden. Wenn die Zeit es zulässt, können wir gern noch einmal herlaufen.« Er schaute auf die Uhr. »Aber jetzt müssen wir uns auf den Rückweg machen. Sonst sorgt sich eure Maman noch. Und Corinne schimpft mit mir.«

Während er sprach, hingen die Mädchen glückselig an seinen Lippen. Er verstaute die Flasche wieder in der Tasche. »Lasst uns aufbrechen.«

24

»Kylian wird gut auf deine Töchter aufpassen«, erklärte Corinne, während Fleur ihren Blick über die Landschaft schweifen ließ.

»Bin ich so leicht durchschaubar?« Sie verzog ihre Lippen.

»Ich denke, in dieser Hinsicht sind alle Mütter gleich.« Die Polizistin lächelte. »Aber Kylian ist sehr umsichtig und verantwortungsbewusst. Er würde niemals zulassen, dass den beiden etwas zustößt.«

»Wie lange arbeitet ihr schon zusammen?« Fleur stützte einen Ellbogen auf dem Gartentisch ab und musterte die Beamtin neugierig.

Die lachte. »Das ist unser erster gemeinsamer Auftrag.«

»Was?«

Corinne zuckte mit den Achseln. »Kylian ist nur aus einem einzigen Grund hier.« Sie machte eine Pause. »Weil du es zur Bedingung gemacht hast.«

»Aber …« Fleur konnte es nicht glauben.

»Um Personen im Zeugenschutz zu betreuen, gibt es eine extra Abteilung mit dafür geschulten Beamten. Ich bin seit zwei Jahren dabei. Aber Kylian …« Sie schüttelte den Kopf. »Er leitet Mordermittlungen und hilft dem Rauschgiftdezernat ab und zu. Bei deinem Mann …«

»… kommt beides zusammen«, ergänzte Fleur bitter.

»Die Delikte gehen oft miteinander einher. Wir haben verschiedene Abteilungen, die sich aber natürlich absprechen und sehr oft auch zusammenarbeiten.«

Fleur erwiderte nichts.

»Warum wolltest du, dass Kylian euch betreut?« Jetzt war es die Beamtin, die ihr Interesse nicht verbergen konnte.

»Er hasst Rémy.«

»Oh, là, là!«

Fleur nickte. »Ich bin mir sicher, dass er ihn hasst.«

»Kylian ist Polizist. Hass ist kein guter Antriebsgrund für unsere Aufgabe.«

»Er hat vor einigen Jahren schon einmal gegen Rémy ermittelt. Damals …« Sie schluckte. »Er hat die Polizei an der Nase herumgeführt.«

Corinne nickte. »Ich habe davon gehört. Seitdem …« Sie verstummte.

»Seitdem?«, griff Fleur den Faden auf.

Die Polizistin schüttelte den Kopf. »Ich darf dazu nichts sagen.«

»Er ist immer noch an ihm dran«, mutmaßte Fleur.

Corinne verzog keine Miene.

»Diesmal muss er ihn überführen, ansonsten …« Ihre Stimme versagte. »Ansonsten bringt er mich um.«

Corinne umfasste ihre linke Hand. »Das wird ihm nicht gelingen. Dafür werden wir sorgen. Bitte hab keine Angst.«

»Wenn ihr ihn ein weiteres Mal laufen lasst, wird er mich umbringen.« Ihre Stimme bestand nur noch aus einem Flüstern. Die Furcht schnürte Fleur die Kehle zu. »Rémy ist ein Monster, ein Teufel. Ein Menschenleben bedeutet ihm nichts. Und mein Leben …« Sie hielt inne. »Mein Leben ist weniger als der Dreck an diesem Fenster wert, wenn er mich in die Finger bekommt.«

25

Während sie aus Aigues-Mortes herausfuhren, herrschte Schweigen im Wagen. Camille blickte zum Fenster hinaus und ließ die Landschaft an sich vorbeiziehen. Wie hatte sie sich nur in diese absurde Situation bringen können? Mit einem Zeigefinger fuhr sie über den weichen Stoff des Etuikleides, das ihr die Polizeibeamtin heute früh vorbeigebracht hatte. Für gewöhnlich lief sie nicht in derart schicken Klamotten herum. Wahrscheinlich konnte sie sich nicht annähernd eine Vorstellung davon machen, was der Fummel gekostet hatte. Aber Camille mochte das Gefühl, das die ungewohnte Länge mit sich brachte. Marie-Louises anerkennender Blick war ihr nicht entgangen, auch wenn ihre neue Kollegin keinen Hehl daraus gemacht hatte, was sie von Camilles Einstellung hielt.

Und ihr neuer »Chef«? Der hatte sie bereits gestern mit gierigen Blicken verschlungen. Nicht nur mit Blicken, setzte sie stumm nach, als sie sich die Szene in Rémys Büro wieder ins Gedächtnis rief. Verachtung machte sich in ihr breit. Sie war noch keinem Mann begegnet, der ihren Reizen nicht erlegen wäre. Das angeblich so starke Geschlecht hielt für Camille keinerlei Überraschungen mehr bereit. Kannte man einen, kannte man alle. Ihr war bewusst, dass sie zu jung war, um so viel Verbitterung mit sich herumzutragen. Doch die immer gleichen Reaktionen der Männer zogen sich wie ein roter Faden durch ihr Leben. Jeder reduzierte Camille auf ihren Körper.

Wann hatte sie damit begonnen, falsche Entscheidungen zu fällen? Mit zwölf war sie mit einem Mitschüler auf einer Schulfeier im Gebüsch verschwunden. Er hatte ihr das Blaue vom Himmel versprochen, ihr erklärt, wie wunderschön und einzigartig sie sei. Weder ihre Mutter, die den Großteil des Tages lieber mit diversen Weinflaschen verbrachte, noch ihr Vater, der sich aus dem Staub gemacht hatte, als Camille keine acht Jahre alt war, hatten ihr je das Gefühl gegeben, etwas Besonderes zu sein. Im Gegenteil, meist fühlte sie sich als Störfaktor und wurde von ihren Eltern ignoriert. Sobald ihre Mutter einen gewissen Alkoholpegel erreicht hatte, hatte sie sich in ihre eigene Welt zurückgezogen, in die Unbeteiligte wie Camille nicht mehr hatten vordringen können.

Nach ihrem Mitschüler auf dem Klassenfest folgten weitere. Bekannte von Bekannten, junge Männer, die Camille in Clubs aufgegabelt hatte, Nachbarsjungen, Brüder von Freundinnen. Irgendwann hatte Camille aufgehört zu zählen. Und irgendwann hatte sie herausgefunden, dass Männer bereit waren, dafür zu zahlen, um mit ihr ein wenig Spaß haben zu können.

Camille presste die Lippen aufeinander. Bevor die Polizei sie aufgegriffen hatte, war ihr Leben nicht schlecht gewesen. Sie war lange von den Drogen weg, hatte einen wachen Geist. Männer schätzten ihr gepflegtes Äußeres.

»Nervös?«, unterbrach Rémys Stimme ihr Grübeln. Sie wandte ihren Kopf und schenkte ihm ein scheues Lächeln. »Sollte ich?«

Er schüttelte grinsend den Kopf. »Es geht um eine geschäftliche Besprechung. Kein Grund, aufgeregt zu sein.«

»Eben«, stimmte sie ihm zu und drehte ihr Gesicht wieder weg.

»Wir sind gleich da.«

Er hatte sie mit seiner Ankündigung, ihre Unterredung in sein Büro zu Hause zu verlegen, überrascht. Doch Runot war in seinen Anweisungen eindeutig gewesen. Also würde sie tun, was von ihr verlangt wurde. Rechts der Straße erschien ein weitläufiges Anwesen, das von einer hohen Steinmauer umgeben war. Als Rémy den Blinker setzte, schwang das breite schwarze Tor wie von Zauberhand auf. Während er den Wagen die lange Auffahrt entlangsteuerte, kam

Camille aus dem Staunen nicht heraus. Das Grundstück musste die Ausmaße mehrerer Fußballstadien haben.

»Beeindruckt?«

Auch wenn sie ihn nicht ansah, konnte sie seine Selbstzufriedenheit heraushören.

»Sollte ich?«, wiederholte sie ihre Frage von eben und straffte ihre Schultern. »Nette Hütte.«

»Hütte?« Rémy lachte. Sekunden später parkte er das Fahrzeug vor einer breiten Marmortreppe, die zu einer weißen Haustür führte. »Da wären wir. Willkommen in meiner bescheidenen … Hütte.«

Camille stieg aus und folgte ihrem »Chef« die Stufen hinauf. »Wohnst du hier allein?«

Er drehte sich zu ihr um und musterte sie eingehend. »So ähnlich. Keine Sorge, wir werden ganz ungestört sein.« Er streckte eine Hand aus und fuhr mit seinen Fingerknöcheln über ihr Schlüsselbein. »Und wir haben sehr viel Zeit«, ergänzte er mit rauer Stimme.

Camille verzog ihre Mundwinkel. Sie hatte ihn. Es war ja so einfach. Fast war sie ein wenig enttäuscht über die fehlende Herausforderung.

»Magst du mir deine … Hütte zeigen?«

Er nickte, drehte sich wieder um und schloss auf. »Voilà.«

Mit einer ausladenden Geste zeigte er in die weitläufige Empfangshalle. »Mein bescheidenes Reich.«

Während Camille die Villa betrat, wiegte sie ihre Hüften demonstrativ von einer Seite zur anderen. Mit leisem Triumph registrierte sie Rémys erregten Gesichtsausdruck.

»Wohin?«

Sie drehte sich um die eigene Achse und zeigte auf die unzähligen Türen.

»In mein Büro.«

Seine Stimme klang kratzig, als er sich umwandte und einen der offenen Räume ansteuerte. Mit einem schwachen Lächeln folgte sie ihm. Neben dem breiten Schreibtisch eröffneten bodentiefe Fenster einen überwältigenden Blick auf das parkähnliche Grundstück.

Hinter der ausladenden Terrasse erkannte sie das glitzernde Wasser eines Pools.

»Wie wäre es mit einer Runde Schwimmen?«

Sie spürte seinen warmen Atem in ihrem Nacken. »Wenn du magst.«

Er hauchte ihr einen Kuss auf ihr Ohr. »Danach.«

»Danach?« Camille drehte leicht ihren Kopf und musterte sein Gesicht.

»Nach unserer … Unterredung.« Seine Hände strichen über ihre nackten Arme.

»Was möchtest du denn von mir wissen?« Fast genoss sie die Macht, die sie in diesem Moment über ihn ausübte. »Wie ich mit deiner Assistentin zurechtkomme? Wie mir die Arbeit gefällt?«

»Alles«, raunte er. »Ich will alles von dir wissen.«

»Ein bisschen viel, meinen Sie nicht, Monsieur?«, neckte sie ihn, während sie sich zu ihm umdrehte und ihm in die Augen sah.

Sie registrierte, wie sein Kehlkopf auf und ab hüpfte. Camille hob eine Hand und ließ diese wie beiläufig über sein Hemd wandern. »Es scheint mir, dass Sie ein wenig … besitzergreifend sind.«

Er lachte heiser. »Ich nehme mir, was ich möchte.«

Sie nickte. »Was Sie möchten. Ich verstehe.« Dann legte sie ihren Kopf schief. »Und was genau wäre das?«

Er lotste sie zum Schreibtisch, bis Camilles Hintern gegen die Platte stieß. »Das zeige ich dir gleich.« Mit zittrigen Fingern schob er ihr Kleid nach oben und fuhr langsam über die Innenseiten ihrer Oberschenkel. »Du hast wunderschöne Beine.«

Sie lächelte, reagierte jedoch nicht auf seine Berührungen.

»Was ist?« Er schien verunsichert.

»Nichts.« Wieder lachte sie.

»Dreh dich um!«, forderte er sie fast barsch auf.

Camille entledigte sich ihrer Pumps und fuhr mit einem nackten Fuß über seine Anzugshose.

»Was ist mit dir?«

»Dreh dich um!«

Unsanft packte er sie an den Hüften, drehte sie um und drückte ihren Oberkörper auf die Schreibtischplatte. Im nächsten Moment zerriss er ihr den Slip. Camille schloss die Augen und bereitete sich darauf vor, was als Nächstes kommen würde. Während er an seiner Hose herumnestelte, wartete sie angespannt ab. Wenige Sekunden später spürte sie ihn in sich. Ungeduldig drängte er sich dichter an sie. Seine Stöße ließen sie erzittern. Sie biss die Zähne zusammen und zählte innerlich bis zehn. Wieder und wieder umklammerte er ihre Hüften mit seinen Händen, während er leise stöhnte und sich in ihr bewegte. Es war ein Job, bläute sie sich ein. Nur ein Job. Und wenn sie ihn gut erledigte, würden ihr bald alle Möglichkeiten offenstehen. Sie ließ ihrer Kehle einen Seufzer entweichen, was ihn weiter anzustacheln schien. Ja, sie waren alle gleich. Camille betete, dass es gleich vorüber wäre. Sein Geruch verursachte ihr Übelkeit, seine Berührungen fühlten sich wie beißende Nadelstiche auf ihrer Haut an. Als er endlich stöhnend über ihr zusammenbrach, dankte sie Gott für ihr Durchhaltevermögen. Doch noch hatte sie nichts erreicht. Der entscheidende Teil ihrer Arbeit stand ihr noch bevor.

26

Das Kaninchen knabberte hingebungsvoll an dem Salatblatt herum, das Fleur ihm hinhielt. Aus der Küche drang Corinnes Stimme zu ihr, doch der Inhalt ihrer Sätze erreichte sie nicht. Während sie gemeinsam das Essen vorbereitet hatten, Spaghetti Bolognese auf Wunsch der Mädchen, hatte Corinne unentwegt geredet. Wahrscheinlich wollte sie Fleur nur ablenken. Als die Polizistin das Nudelwasser aufgesetzt hatte, war es Fleur zu viel geworden. In ihrem Kopf herrschte ein heilloses Chaos, Corinnes Zerstreuungsversuche hatten Fleurs Unruhe nur noch weiter verstärkt. Zu viel stürmte momentan auf sie ein. Die Ungewissheit, was Rémy im Schilde führte. Nach wie vor glaubte sie nicht an die Version, die er ihr an jenem verhängnisvollen

Abend aufgetischt hatte. Zum anderen ihre tief sitzende Angst um ihre Töchter, die an Rémy hingen und nicht verstanden, warum sie sich in dieser merkwürdigen Situation mit zwei fremden Polizisten befanden. Und dann war da noch das beängstigende Gefühlschaos, das durch die erneute Begegnung mit Kylian in ihr aufgeflammt war. Wieder und wieder drängten die Erinnerungen an lange zurückliegende Ereignisse an die Oberfläche. Noch hatte Fleur ihnen nicht gestattet, von ihren Gedanken Besitz zu ergreifen. Sie musste einen klaren Kopf behalten, für sich und für die Mädchen. Romantikverhangene Anwandlungen brachten sie an dieser Stelle nicht weiter.

Das Kaninchen stupste mit seiner Schnauze gegen Fleurs Hand.

»Du hast noch mehr Hunger, nicht wahr?« Sie nahm ein weiteres Salatblatt vom Gartentisch und hielt es dem Tierchen hin.

Es schien so unendlich lange her, ihre erste Begegnung mit dem gut aussehenden Capitaine. Bis heute wusste Fleur nicht, was damals in sie gefahren war. War es die Tatsache, dass ihr schon damals klar gewesen war, dass Rémy nicht der Mann war, für den sie ihn viele Jahre lang gehalten hatte? Ihre Beziehung hatte bereits vor fünf Jahren nur noch auf dem Papier existiert. Dass ihr Mann sie schamlos betrog, war für Fleur kein Geheimnis. Und schon damals hatte sie sein Verhalten nicht mehr verletzen können. Sie liebte Rémy nicht mehr, war sich nicht einmal sicher, ob es jemals Liebe gewesen war, was sie für ihn empfunden hatte. Sie, das junge, gut aussehende Model am Anfang einer großen Karriere. Wie viele Fotografen hatten ihr einen Riesenerfolg prophezeit? Und Rémy, der starke Macher, dessen Ausstrahlung von Macht und Reichtum sie damals fasziniert und gefesselt hatte. Bis heute konnte sie nicht verstehen, wie sie auf einen eiskalten und machtbesessenen Kriminellen wie ihn hatte hereinfallen können. Sie war ihm in die Falle gegangen. Heute wusste Fleur, dass auch Rémys Motiv, sich auf sie einzulassen, wenig mit wahrer Liebe zu tun gehabt hatte. Ein Mann wie er war überhaupt nicht in der Lage, Gefühle wie Zuneigung und Respekt zu empfinden. Ihm ging es um Kontrolle, Prestige und Macht. Um die Durchsetzung seiner eigenen, von Egoismus getriebenen Interessen, um den Erhalt seiner Stellung. So hart und gnadenlos, wie er sich im Geschäftsleben verhielt, so berechnend behandelte er auch die Menschen in seinem privaten Umfeld. Hatte er sich zu Beginn ihres Kennenlernens noch bemüht, Fleur den romantischen und zärtlichen Liebhaber vorzuspielen, so hatte er diese Maske spätestens nach Virginies Geburt fallen lassen. Ein sehnsuchtsvolles Seufzen entwich ihrer Kehle. Sie musste …

»Maman, wir sind wieder da«, unterbrach Océanes Stimme ihr Grübeln.

Das kleine Mädchen hüpfte aus der Küchentür und schmiegte sich an Fleurs Oberschenkel. »Es war so toll. Wir haben Kylian gefragt, ob wir noch mal an den See gehen können, um ihn dir zu zeigen. Und wir haben Rehe gesehen. Und zwei Hasen. Und ganz viele Vögel«, sprudelte es aus ihrer jüngeren Tochter heraus. »Was macht Fluffy?«

»Sie frisst.«

Océane beugte sich vor und streichelte das Kaninchen. »Geht es dir gut, kleiner Schatz?«

Die Fürsorge ihrer Tochter ließ Fleur schmunzeln. »Ich glaube schon. Sie sieht sehr zufrieden aus. Wo ist Virginie?«

»Sie steht bei Corinne in der Küche.«

Fleur drehte sich um und betrachtete ihre Älteste, die sich angeregt mit der jungen Polizistin unterhielt. Vielleicht kamen ihre Töchter besser mit den Umständen zurecht, als sie befürchtet hatte. Der Ausflug mit Kylian schien ihnen gutgetan zu haben.

»Salut, Fleur«, erklang in diesem Moment die Stimme des Capitaines hinter ihnen.

»Ich habe schon gehört, dass eure Unternehmung ein voller Erfolg war.« Sie bemühte sich um ein Lächeln.

Océane nahm Fluffy aus dem Käfig und setzte sie auf den Rasen.

»Es hat Spaß gemacht mit den Mädchen.« Er zog sich einen Stuhl heran und setzte sich. »Sie sind super gelaufen. Ich hatte erst die Befürchtung, es könnte ein wenig zu weit sein, aber sie wollten gar nicht mehr nach Hause …« Er räusperte sich. »Hierher.«

Fleur sah ihn von der Seite an. An seinem Kinn entdeckte sie dunkle Bartstoppeln, er schien sich heute nicht rasiert zu haben. Seine blauen Augen leuchteten, während er verfolgte, wie Océane auf der Wiese hinter dem Kaninchen herrannte.

»Deine Kinder sind toll.«

Fleur nickte. »Ich weiß. Sie sind die Besten. Und ich werde alles dafür tun, damit sie …« Ihre Stimme versagte.

Er wandte den Kopf und sah sie an. »Ihnen wird nichts passieren.«

Sekundenlang erwiderte sie seinen Blick, wagte nicht, etwas zu entgegnen.

»Das verspreche ich dir«, unterbrach er die angespannte Stille.

»Es ist …«

Sie schnaufte und machte eine unbestimmte Handbewegung. Océane war in Hörweite.

»Ich kann mir vorstellen, wie du dich fühlen musst.« Er senkte die Stimme. »Das alles hier kann einem große Angst einflößen. Aber wir werden eine Lösung finden, Fleur. Ihr werdet wieder ein Leben haben.«

Sie nickte. »Das ist alles, was ich möchte. Ein Leben. Für die Mädchen, für mich. Ohne Angst, ohne …« Sie schluckte.

»Das werdet ihr. Ich kann dir nicht sagen, wie lange es dauern wird, aber wir werden alles dafür tun, damit dieser Drecks… damit er bekommt, was er verdient.«

»Was flüstert ihr hier draußen?« Virginie reckte ihren Kopf aus der Küche.

»Ich habe deiner Mutter gerade von dem geheimen Pfad erzählt, den wir heute entlangmarschiert sind«, erwiderte Kylian hastig.

»Der See hatte grünes Wasser, Maman.« Virginie trat auf die Terrasse und blieb unschlüssig stehen.

»Komm her«, forderte Fleur sie auf und schob sie sachte auf ihren Schoß.

»Ich bin doch schon zu alt …«, setzte Virginie an.

»Dafür ist man nie zu alt«, gab Kylian zurück. »Ihr seid eine tolle Familie.«

Unsicherheit legte sich auf Virginies Miene. Fleur strich ihr liebevoll übers Haar.

»Erzähl mir von dem grünen Wasser.«

»Es schimmerte ganz geheimnisvoll. Kylian meinte, es gäbe unterirdische Strömungen, die gefährlich seien.«

Während Virginie redete, betrachtete Fleur die Zehnjährige. Sie spürte Kylians Blick auf sich, ab und zu sah sie zu ihm hinüber. Er nickte ihr immer wieder beruhigend zu.

»Das Essen ist fertig.« Corinne trat ins Freie. »Ich vermute, unsere Wanderer haben einen Bärenhunger.«

»Fluffy, jetzt musst du wieder in den Käfig«, erklärte Océane geschäftig und hob das Kaninchen zurück in sein Gehege.

Auch Virginie stand auf und betrat die Küche, aus der es verführerisch nach Zwiebeln, Tomaten und Hackfleisch duftete.

Als Fleur und Kylian das Haus betreten wollten, stießen sie beinahe aneinander. Erschrocken zuckte Fleur zurück, doch Kylian bedeutete ihr, zuerst einzutreten.

»Es ist nichts passiert«, raunte er ihr zu und lächelte schwach.

Fleur spürte, wie sich ihr Unterleib wehmütig zusammenzog. Während sich die Mädchen und Kylian setzten, stellte sie sich neben Corinne, die gerade die Nudeln abgoss.

»Was kann ich helfen?« Sie ärgerte sich über das Zittern in ihrer Stimme.

»Setz dich ruhig, Fleur. Es ist alles fertig.«

Die Polizistin schien nichts von ihrer Aufgewühltheit zu bemerken. Fleur wandte sich dem Esstisch zu. Océane und Virginie saßen nebeneinander, Kylian ihnen gegenüber. An der Stirnseite stand Corinnes benutztes Glas, sodass Fleur nichts anderes übrig blieb, als sich neben den Capitaine zu setzen. Viel zu nah, viel zu gefährlich. Sie rückte den Stuhl ein wenig zur Seite. Fleur war klar, dass sie sich gerade lächerlich machte. Sahen sie sich aktuell nicht mit wesentlich schwerwiegenderen Problemen konfrontiert? Ihre fehlgeleiteten amourösen Anwandlungen hätten unpassender nicht sein können.

Sie bemühte sich, ihren inneren Aufruhr in den Griff zu bekommen. Was sollten ihre Kinder von ihr denken? Doch Océane schien von der Anspannung ihrer Mutter nichts mitzubekommen. Während Corinne Soße und Nudeln auf den Tisch stellte, erzählte das Mädchen von den Rehen, die sie auf ihrem Rückweg durch die Berge im Unterholz aufgescheucht hatten. Ab und zu ergänzte Virginie ein Detail, Kylian nickte aufmunternd. Als Fleur ihn von der Seite ansah, begegnete er ihrem Blick und hielt ihn sekundenlang gefangen. Noch immer übte er diese gefährliche Anziehung auf sie aus. Wie sollte sie es schaffen, unbefangen mit ihm umzugehen, ohne dass ihre Töchter oder seine Kollegin es bemerkten? Wie sollte sie sich nur dem Bann entziehen, dem sie doch vor Jahren schon einmal erlegen war?

27

Camille war klar, dass sie nicht viel Zeit hatte. Schau dich um! Alles, was nach geschäftlichen Unterlagen aussieht, kann wichtig sein, präg es dir ein oder, noch besser, mach Fotos, dröhnte Runots Stimme in ihren Ohren. Sie hörte Beauvolet im Obergeschoss pfeifen. Wie lange würde er unter der Dusche brauchen? Ihr Blick wanderte durch das weitläufige Wohnzimmer, in das er sie nach ihrem Tête-à-Tête mit sanftem Nachdruck geschoben hatte, damit sie dort auf ihn wartete. Unter dem Vorwand, noch ein paar Runden im Pool drehen zu wollen, hatte sie sich glaubhaft vor dem von Rémy vorgeschlagenen gemeinsamen Duscherlebnis gedrückt.

Von der Polizei wusste Camille, dass das Objekt ihrer Begierde gerade von seiner Frau verlassen worden war. Die Schaukel neben dem Pool deutete an, dass ihr »Chef« auch mindestens ein Kind hatte. Mit zitternden Fingern öffnete sie die Schranktüren. Unzählige Gläser in Hülle und Fülle, hochwertiges weißes Porzellangeschirr, diverse Karten- und Gesellschaftsspiele, Reiseprospekte, die ungeordnet auf einem Stapel lagen. Camille fluchte stumm. Wie sie befürchtet hatte, keine ermittlungsrelevanten Unterlagen. Diese befanden sich mit hoher Wahrscheinlichkeit im Büro nebenan, wo Rémy sie gevögelt hatte. Doch Camille wagte nicht, das Wohnzimmer zu verlassen. Wenn der schwanzgesteuerte Schwerkriminelle sie beim Schnüffeln erwischen würde, wäre ihr Leben keinen Pfifferling mehr wert. Runot konnte nicht von ihr erwarten, dass sie sich in Lebensgefahr begab.

Sie lauschte. Noch immer hörte sie im Obergeschoss das Wasser rauschen. Sollte sie es doch wagen? Nein, entschied sie sich dagegen. Sie hatte es auf Anhieb in das Haus des Hotelbesitzers geschafft. Fürs Erste würde sie es dabei belassen, sich umzusehen, die Räumlichkeiten auszukundschaften und Beauvolets Vertrauen zu gewinnen. Sollte er sie ein weiteres Mal zu sich nach Hause einladen, wäre sie vorbereitet. Sie musste sich einen Plan zurechtlegen, wie sie einige Minuten allein in seinem Büro verbringen konnte. Möglicherweise konnte Runot ihr behilflich sein. Vielleicht wären Betäubungsmittel eine Option?

Camilles Eindruck von Beauvolet suggerierte ihr jedoch, dass er zu dominant, zu beherrschend, zu kontrollsüchtig war, als dass er ihr die Chance geben würde, ihm etwas in sein Getränk zu schütten. Sie würde abwarten. Von oben erklang erneut gut gelauntes Pfeifen. Wie sie die ganze Situation anwiderte! Angeekelt fuhr sie mit einer Hand über ihre Kehle und musste daran denken, wie Beauvolets Lippen auf ihrer Haut entlanggestrichen waren. Bei der Erinnerung an seinen Geruch begann ihr Magen zu rebellieren.

Aber war sie nicht selbst schuld an ihrer Lage? Wieder einmal hatte sie es geschafft, sich ohne fremdes Zutun in Schwierigkeiten zu bringen. Am liebsten wäre sie aus diesem Haus mit den viel zu großen Zimmern, den viel zu teuren Möbeln und den viel zu reichen Bewohnern gestürmt. Was hatte sie hier zu suchen?

Camille ließ sich resigniert auf eines der hochwertigen weißen Ledersofas sinken. Ihr Blick wanderte zu den opulent blühenden Rosenstöcken neben dem Pool. Sie musste endlich ihr Leben ändern. Vielleicht konnte sie auf die Abendschule gehen und ihren Schulabschluss nachholen. Vielleicht konnte sie eine Ausbildung beginnen.

Als Kind hatte sie davon geträumt, Bauzeichnerin zu werden. Mit Sicherheit würde sie in diesem Beruf keine fünfzig Euro pro Stunde verdienen. Dafür konnte sie ein normales Leben führen. Ein Leben wie die meisten ihrer Altersgenossinnen. Vielleicht könnte sie sogar eines Tages heiraten, Kinder bekommen. Oh, sie wäre eine gute Mutter. Ganz anders als ihre eigene, die diese Bezeichnung mitnichten verdiente. Camille würde niemals trinken, sie würde sich aufopferungsvoll um ihre Kinder kümmern, würde ihnen gesundes Essen kochen, dafür sorgen, dass sie täglich gewaschene Kleidung in ihren Schränken vorfänden. Der Gedanke trieb ihr Tränen in die Augen.

Nur noch dieses eine Mal, schwor sie sich. Sie würde Runot bitten, ihr bei einem Neustart zu helfen. Camille wusste, dass die Polizei Kontakte zu Sozialämtern unterhielt, die in Not geratene Frauen unterstützten. Bei der Wohnungssuche, bei der Jobsuche. Bei einem kompletten Neubeginn. Ja, Camille wollte ein neues Leben, sie wollte sich nicht mehr für Geld an Männer verkaufen. Sie träumte von einem Partner, der sich auch für ihre Wünsche und Ziele interessierte, der nicht nur auf ihren festen Po und ihre kleinen Brüste fixiert war. Der sie auch einmal in den Arm nahm, ohne ihr gleich gierig seine Zunge zwischen die Lippen zu schieben.

Als das Wasserrauschen im Obergeschoss verebbte, beendete Camille ihre Tagträumereien. Um ihr Ziel zu erreichen, musste sie erst diesen Job erledigen. Sie wollte unbedingt verhindern, erneut in den Knast zu wandern. Und Runot hatte ihr eindringlich aufgezeigt, was sie dafür zu leisten hatte. Camille schloss kurz die Augen und atmete tief aus. Sie würde der Police Nationale die Beweise liefern, die diese benötigte. Und wenn Runot sie entließ, würde sie ihre alte Existenz hinter sich lassen. Sie würde das Loch kündigen, in dem sie hauste. Würde die Kontakte zu ihren »Bekannten« kappen und würde aussteigen.

Als sie auf der Marmortreppe Schritte vernahm, erhob sie sich eilig und ließ ihr Etuikleid über die Schultern gleiten. Hastig entledigte sie sich des BHs. Als der Unternehmer das Wohnzimmer betreten wollte, blieb er wie angewurzelt auf der Türschwelle stehen.

»Lust auf eine zweite Runde im Pool?« Camille legte den Kopf schräg.

Rémys Kehlkopf zeichnete sich deutlich an seinem Hals ab, er schluckte schwer.

Was für ein Trottel, schoss es Camille durch den Kopf. So mächtig und doch so leicht berechenbar.

»Was meinst du?« Sie schenkte ihm ein scheues Lächeln. »Ein starker Mann wie du wird doch nicht gleich schlappmachen.«

28

Justine Larran verstand bis heute nicht, was Fleur an Rémy Beauvolet gefunden hatte. Der aalglatte Unternehmer mit den hohen Wangenknochen, die ihm ein fast südosteuropäisches Aussehen verliehen, passte ihrer Meinung nach wesentlich besser zu einer Frau, die robuster und herrischer auftrat als die zarte Fleur. Justine wusste natürlich, dass ihre Freundin eine verborgene Stärke besaß, die Außenstehende, die sie nicht kannten, auf den ersten Blick nicht wahrnahmen. Gegen Rémy jedoch hatte Fleur sich noch nie durchsetzen können. Der Mann behandelte sie herablassend und gönnerhaft. Mehr als einmal hatte Justine sich zusammenreißen müssen, um den großspurigen Gatten ihrer langjährigen Freundin nicht zurechtzuweisen. Warum nur hatte sich Fleur all die Jahre nicht zur Wehr gesetzt? Hatte sich von ihm erniedrigen und kleinhalten lassen?

Die beiden Frauen teilten seit knapp drei Jahrzehnten all ihre Gedanken, ihre Zukunftsträume, Hoffnungen und Wünsche. Doch auf diese Frage war ihr Fleur bis heute eine Antwort schuldig geblieben. Umso größer war nun Justines Sorge, nachdem ihre Freundin ihr von ihren Ängsten berichtet hatte. War Rémy tatsächlich gefährlich? Hatte Fleur übertrieben, als sie Justine erklärte, sie fürchte um ihr Leben? Und was war mit den zwei Mädchen? Ihre Freundin liebte ihre Töchter über alles. Justine vermutete fast, dass Virginie und Océane der

Hauptgrund waren, warum Fleur so lange gewartet hatte, bis sie diese weitreichende Entscheidung getroffen hatte. Wo waren die drei jetzt?

Justine setzte den Blinker und bog rechts ab. Sie hatte Unterlagen in ihrer Praxis vergessen, die sie zu Hause noch mal durchgehen wollte. Es ging um einen Patienten, der schon mehrere stationäre Aufenthalte in verschiedenen Einrichtungen hinter sich hatte und nun hoffte, mit Justines Hilfe in sein altes Leben zurückkehren zu können. Wenn sie sich die Diagnose des Kollegen ins Gedächtnis rief, standen seine Chancen gar nicht so schlecht. Um sich auf die erste Stunde mit ihm vorzubereiten, wollte sie sich noch mal die komplette Vorgeschichte zu Gemüte führen, die dazu geführt hatte, dass aus einem knapp Dreißigjährigen ein seelisches Wrack geworden war, der es weder schaffte, eine erfüllende Beziehung zu führen, noch, im Berufsleben zu bestehen. Wenn sie sich richtig erinnerte, hatte er bereits fünf Ausbildungen abgebrochen und mehrere Anzeigen wegen leichter Körperverletzung seitens seiner Ex-Freundinnen am Hals.

Justine seufzte. Sie musste höllisch aufpassen, dass sie sich von derartigen Geschichten nicht allzu sehr in Beschlag nehmen ließ. Menschen zuzuhören und ihnen zu helfen, über sich selbst nachzudenken, war ihr Job. Dass manche Patientengeschichten sie bis in ihr Privatleben verfolgten, geschah in letzter Zeit immer häufiger. Eine Berufskrankheit? Vielleicht sollte sie das Thema auf einem der nächsten Psychologentreffen ansprechen. Oft genug hatte sie schon von Ärzten gehört, die andauernd zur Flasche griffen oder ihre Probleme mit Medikamenten betäubten, weil sie keinen Sinn mehr in ihrer Arbeit erkennen konnten. Justine schüttelte den Kopf. So weit war es bei ihr nun wirklich nicht. Sie war nur ein Mensch mit Gefühlen, beruhigte sie sich.

War es nicht normal, dass einem manche Schicksale näher gingen als andere? Dass es immer wieder Patienten gab, deren traurige Vergangenheit etwas in einem berührte, das man nicht einfach ignorieren konnte, das einen nicht so einfach wieder losließ? Warum hatte sie es dann nicht geschafft, Fleur eine gute Freundin zu sein? Hätte sie nicht stärker darauf drängen müssen, dass Fleur sich nicht auf Rémy einließ?

Mach dich nicht lächerlich, ermahnte sich Justine sofort. Ihre Freundin war eine junge Frau gewesen, als sie dem Unternehmer begegnet war. Was hätte Justine schon tun können, um eine Beziehung zwischen den beiden zu verhindern? Fleur war verliebt gewesen. Welche echte Freundin würde das Liebesglück der anderen torpedieren? Fleur hatte sich eben getäuscht. So etwas kam millionenfach vor. Beziehungen zerbrachen, Menschen merkten, dass sie nicht mehr zueinanderpassten. Und doch …

Justine lenkte den Wagen an den rechten Straßenrand. Fleurs Angst bei ihrem letzten Treffen war fast greifbar gewesen. Justine war sich sicher, dass ihre Freundin ihr nicht die ganze Wahrheit erzählt hatte. Sie wolle sie schützen, hatte sie ihr gesagt. Schützen. Aber wovor? Oder besser vor wem? Vor Rémy? Er konnte Justine genauso wenig leiden wie sie ihn. Keiner von ihnen hatte je versucht, die gegenseitige Antipathie voreinander zu verbergen. Als klar gewesen war, dass Fleur an dieser Beziehung festhalten, noch schlimmer, diesen Mann heiraten wollte, hatte Justine sich zurückgezogen. Was hätte es noch gebracht, ihrer Freundin wieder und wieder ihre Bedenken aufzuzeigen? Fleur wäre in einen Zwiespalt geraten und hätte irgendwann vielleicht das Gefühl gehabt, sich zwischen ihrer besten Freundin und ihrem zukünftigen Mann entscheiden zu müssen. Dann hätte Justine sie komplett verloren.

Sie öffnete die Autotür und stieg aus dem Wagen. Ihre Praxis befand sich im zweiten Stock eines Vier-Parteien-Hauses. In den Wohnungen unter ihr lebten eine betagte Dame von zweiundneunzig Jahren, zu der mehrmals am Tag ein mobiler Pflegedienst kam, und ein Student, den Justine in ihrer fünfjährigen Selbstständigkeit maximal dreimal gesehen hatte. Die Wohnung neben ihr war von einer jungen Frau angemietet, die dort an fünf Tagen die Woche Babymassagekurse abhielt. Als sie die Eingangstür aufschloss, lag der Hausflur still wie immer vor ihr. Sie eilte über die alten Holzbohlen, die bei jedem Schritt knackten, und stieg die schmale Treppe empor. Als ihre Wohnungstür in Justines Blickfeld rückte, blieb sie abrupt stehen.

Was war hier los? Ihr Herzschlag beschleunigte sich, während sie auf den offenen Türspalt blickte und abwog, was sie tun sollte. Als Justine einfiel, dass sie ihre Handtasche, in der sich ihr Handy befand, auf dem Beifahrersitz hatte liegen lassen, entschloss sie sich, mutig zu sein. Leise setzte sie einen Fuß vor den anderen. Das Knacken des Bodens ließ sie bei jedem Schritt zusammenzucken. Lautlos tippte sie die Tür an, die sich daraufhin ein Stück weiter öffnete. Sie lauschte in die Wohnung hinein. Nichts. Kein Atemgeräusch, das auf eine andere Person hinwies. Auch in ihrer Praxis konnte man kaum einen Schritt machen, ohne dass das Parkett quietschte. Die Wohnung schien leer zu sein, der Einbrecher längst über alle Berge.

»Hallo?«, setzte sie überflüssigerweise an, während sie die Tür vollends aufstieß. »Ist da jemand?«

Das Herz schlug ihr gegen den Brustkorb, ihr Hals fühlte sich trocken an. Justine wusste, dass sie augenblicklich die Polizei rufen sollte, doch irgendetwas, eine dunkle Ahnung, hielt sie davon ab. Sie betrat den Wohnungsflur und blickte sich hastig um. Auf dem Schreibtisch, der als eine Art Empfang fungierte, lagen mehrere Patientenakten verstreut. An dem Schrank dahinter waren drei Schubladen aufgeschoben. Justine war sich sicher, dass sie ihre Praxis vor zwei Stunden ordentlich wie immer verlassen hatte. Sie drehte sich um die eigene Achse, als müsse sie sich erneut davon überzeugen, dass der Eindringling die Wohnung verlassen hatte. Entschlossen trat sie vor ihr Sprechzimmer, drückte die Klinke hinunter und stieß die Tür auf. Auch dieser Raum war leer, doch hier wurde es noch deutlicher, dass der oder die Einbrecher etwas gesucht hatten. Die Türen der Aktenschränke waren aufgerissen, zerknüllte Papiere bedeckten mindestens die Hälfte des Bodens. Justine ließ sich auf ihren Schreibtischstuhl sinken und bedeckte ihr Gesicht mit den Händen.

Siedend heiß fielen ihr Fleurs Worte ein. Steckte Rémy hinter dem Einbruch? Es wäre ein Leichtes für ihn, die Adresse ihrer Praxis herauszufinden. Vielleicht hatte Fleur sie ihm sogar irgendwann einmal genannt. Justine verharrte einen Moment. Sie sollte dringend zur Polizei gehen. Die Beamten wüssten, was zu tun wäre, obwohl

Justine bezweifelte, dass der Einbruch aufgeklärt werden könnte. Wie viele derartige Delikte gab es tagtäglich in Nîmes und Umgebung? War überhaupt etwas gestohlen worden? Ihre Akten enthielten sensible Daten. Wenn diese in falsche Hände gerieten, konnten sie großes Unheil anrichten.

Justine spürte jedoch, dass es dem Einbrecher nicht um ihre Patienten gegangen war. Ihre Schränke waren durchwühlt worden, als habe jemand etwas Bestimmtes gesucht. Sie schloss ihre Augen und rief sich ihr letztes Gespräch mit Fleur ins Gedächtnis. Was hast du getan? Wo bist du? Und warum bricht dein Mann bei mir ein? Die Angst um ihre beste Freundin wuchs. Was sollte sie jetzt tun? Wie konnte sie Fleur in dieser Situation am besten helfen?

29

Genervt starrte Jean-Luc Laucan abwechselnd auf sein Handy, um die Uhrzeit zu kontrollieren, dann zu dem hell erleuchteten Empfang des Pflegeheims, in dem Rémys Schwiegervater untergebracht war. Noch immer saß eine Schwester mit roten Haaren und gesenktem Kopf hinter dem Tresen. Es schien, als schreibe sie pausenlos. Jean-Luc wartete bereits seit zwei geschlagenen Stunden vor dem Heim, weil er angenommen hatte, die Besuchszeit würde um acht Uhr enden und damit auch die Schicht im Eingangsbereich. Doch seitdem hatten mindestens acht Besucher die Einrichtung betreten, sodass er nun fast befürchtete, dass es hier überhaupt keine geregelten Zeiten für Gäste gab. Er lehnte seinen Kopf gegen die Kopfstütze und ruhte sich einen Moment aus. Frust breitete sich in ihm aus. Die Durchsuchung der Praxis von Fleurs Freundin war bereits erfolglos gewesen, heute Abend musste er nun endlich etwas finden.

Rémys Anweisung war eindeutig gewesen. Er schien seiner gut aussehenden Göttergattin keinen Millimeter mehr über den Weg zu trauen. Wenn sein Chef von Fleur sprach, schlich sich in den letzten Tagen immer wieder dieser beißende Unterton in seine Stimme. Jean-Luc hatte keine Ahnung, was zwischen den beiden vorgefallen war. Seine langjährige Erfahrung mit Rémy bewog ihn jedoch dazu, die Vorhaben seines Chefs auf keinen Fall zu hinterfragen. Es ging ihn nichts an, welche Gründe Rémy für sein Verhalten hatte. Jean-Luc wurde sehr gut bezahlt, um Arbeitsaufträge ohne Wenn und Aber zu erledigen. Er hatte sich sein Leben lang auf Rémys Loyalität verlassen können. Unabhängig davon, ob es um Probleme gegangen war, in die er sich selbst manövriert hatte, oder um Schwierigkeiten, die Jérôme, sein missratener Sohn, mit nach Hause brachte. Der Junge war mittlerweile fünfundzwanzig und hatte bisher außer zig Anzeigen wegen Drogenmissbrauchs nichts auf die Reihe gebracht. Jean-Luc hatte Angst um ihn. Obwohl sein Sprössling ihm in den letzten Jahren nichts als Sorgen bereitet hatte, hing er enorm an ihm. Jean-Luc hätte sich sehr darüber gefreut, wenn Jérôme eines Tages ebenfalls in Rémys Unternehmen eingestiegen wäre. Wenn er sich ordentlich verhalten hätte, wäre sein Auskommen ebenso wie Jean-Lucs irgendwann gesichert gewesen, und er hätte sich keine Sorgen mehr um seinen Sohn machen müssen. Warum konnte der Junge nur nicht seine Finger von dem Scheißkram lassen?

Jean-Luc kramte seine Packung Zigaretten hervor und entnahm eine. Ungeduldig zündete er sie an und inhalierte einen tiefen Zug. Hoffentlich musste er nicht die ganze Nacht hier sitzen. Er stieß den Rauch aus und beobachtete, wie er aus dem geöffneten Fenster schwebte.

Als wenig später endlich das Licht im Empfangsbereich erlosch, merkte er überrascht auf. War heute etwa doch sein Glückstag? Er kniff die Augen zusammen, um besser sehen zu können, ob die Pflegerin sich noch am Eingang aufhielt. Doch in der plötzlich eingetretenen Dunkelheit konnte er nichts erkennen. Während er an seiner Zigarette zog, ließ er das Gebäude nicht mehr aus den Augen. Wo war sie hingegangen? Genervt schnipste er den abgerauchten Stummel aus dem Fenster und verließ seinen Wagen. Die Laternen auf dem

Parkplatz verbreiteten ein fahles Licht, das kaum ausreichte, um die Beschaffenheit des Bodens zu erkennen.

Mit gebeugtem Rücken hastete Jean-Luc im Schatten der Zypressen auf den Eingang zu. Durch die breite Glasfront konnte er erkennen, dass der Empfang unbesetzt war. Mit angehaltenem Atem stieß er gegen die Eingangstür und unterdrückte im letzten Moment einen Dankesfluch, als er registrierte, dass sie nicht verschlossen war. Er huschte in den leeren Raum und blickte sich suchend um. Rémy hatte ihm die Zimmernummer des Alten mitgeteilt. Jean-Luc eilte zum Treppenhaus und rannte, zwei Stufen auf einmal nehmend, in die entsprechende Etage. Auf den Fluren brannte nur gedämpftes Licht. Irgendwo konnte er jemanden undeutlich schreien hören. Die abgestandene Luft roch nach Verfall und Verwesung. Jean-Luc schob sich sein T-Shirt über die Nase, da er Übelkeit in sich aufsteigen spürte. Angewidert schlich er den Gang entlang, während er hoffte, dass ihm niemand entgegenkäme.

Als er plötzlich Schritte vor sich hörte, sah er sich panisch um und drückte in letzter Sekunde die nächstgelegene Türklinke hinunter. Schwer atmend betrat er das Zimmer und schloss geräuschlos die Tür hinter sich. Als er sich umdrehte, blickte er in die faltigen Gesichter von zwei alten Frauen.

»Was machst du denn hier?«, echauffierte sich die Bewohnerin im rechten Bett. »Claire hat doch gesagt, du kämst erst nächste Woche wieder!«

Jean-Luc blickte die Frau fassungslos an, bevor er sich besann.

»Ich hatte Sehnsucht.« Er grinste innerlich. »Deshalb bin ich schon früher gekommen.«

Die Alte blickte zu ihrer Bettnachbarin und schüttelte den Kopf. »Diese jungen Leute!«

»Ja, ja.« Die andere nickte unentwegt.

»Warum hat Claire erzählt, Antoine käme erst nächste Woche?« Sie schien über die Planänderung nicht hinwegzukommen.

»Ja, ja«, stimmte die Seniorin aus der linken Ecke ein weiteres Mal zu.

»Ich verstehe das nicht …«

Jean-Luc lauschte auf die Schritte im Flur, während er das Gemurmel der beiden Frauen ausblendete. Als er sich sicher war, dass die Pflegerin wieder verschwunden war, öffnete er die Tür und blickte hinaus. Dann drehte er sich zu den beiden Alten um und winkte.

»Schönen Abend noch, die Damen.« Nun konnte er sich ein Grinsen nicht länger verkneifen.

»Aber du hast doch …«, setzte die eine an, während die andere erneut mit »Ja, ja« zustimmte.

Er schlüpfte aus dem Zimmer und schloss die Tür. Wenn nur er niemals so enden würde! Nachdem er sich an den Raumnummern auf den Türen orientiert hatte, schlug er die Richtung zu dem Zimmer von Rémys Schwiegervater ein. Ohne zu klopfen, öffnete er die Tür und betrat den Raum. Der Gestank, der ihm entgegenschlug, raubte ihm fast den Atem. Ein unangenehmes Gemisch aus Urin und Alter hing bleischwer in der Luft. Erneut musste Jean-Luc sich beherrschen, um nicht umgehend wieder kehrtzumachen. Er rief sich seinen Auftrag ins Gedächtnis. Der alte Mann lag reglos in einem erhöhten Krankenbett mit einer Gitterfront an der zum Raum gewandten Seite. Eine kleine Nachttischlampe brannte. Jean-Luc blickte sich um. Außer einem Kleiderschrank und zwei Klappstühlen befanden sich keine weiteren Möbel im Raum. Allein der Gedanke daran, die Kleider des Alten durchwühlen zu müssen, verursachte ihm Ekel.

Doch Auftrag war Auftrag, und Jean-Luc machte sich, ohne zu zögern, an die Arbeit. Mit spitzen Fingern durchforstete er die Stapel von karierten Hemden, ausgebeulten Jogginghosen, weißen gerippten Unterhosen und dazu passenden Unterhemden. Er fluchte, nachdem er jedes Kleidungsstück erfolglos herausgenommen und ausgeschüttelt hatte. Heute schien in der Tat nicht sein Tag zu sein. Widerwillig blickte er zu dem Alten im Bett.

»Na, erinnerst du dich noch an mich?« Er verzog seine Lippen zu einem schiefen Grinsen. »Ich bin derjenige, dem du das hier …«, er ließ eine Hand durch den Raum wandern, »… zu verdanken hast.« Jean-Luc musterte das blasse Gesicht des Älteren, dessen Augen starr zur Decke blickten. »Du würdest dir wahrscheinlich auch wünschen, dass du unseren kleinen ... Zusammenstoß nicht überlebt hättest.« Er verharrte einen Moment. »So viele Jahre. Und tagein, tagaus immer derselbe Ausblick. Armes Schwein.«

Es war noch nie Jean-Lucs Art gewesen, Rémys Aufträge zu hinterfragen. Was er gegen seinen Schwiegervater gehabt hatte, um ihm ein solches Schicksal zu bescheren, blieb das Geheimnis seines Chefs. Jean-Luc stellte sich ans Fenster und starrte auf die Grünanlage davor. Im Mondschein wirkte die Landschaft sanft und idyllisch und stand im krassen Gegensatz zu dem Elend, das hier drinnen herrschte. Was sollte Jean-Luc jetzt tun? Ein weiteres Mal sah er sich in dem Raum um. Er trat ans Bett und fuhr mit der Hand über die Unterseite der Matratze. Nachdem er auch die Klappstühle näher inspiziert hatte, kam er zu dem Schluss, dass er hier nicht finden würde, was Rémy suchte. Er zog sein Smartphone hervor und wählte die Nummer seines Chefs.

»Der Raum des Alten ist sauber.«

Erwartungsgemäß stieß Rémy einen groben Fluch aus, dankte ihm dann aber und beendete nach nur wenigen Sekunden das Telefonat.

Jean-Luc trat noch einmal ans Bett und betrachtete die eingefallene Gestalt. Langsam legte er eine Hand auf die Kehle des Mannes.

»Es wäre eine Erleichterung, denkst du nicht auch?« Mit der anderen Hand strich er dem Alten über das Haar. »Ich würde dir einen Gefallen tun.«

Ein fester Griff, nur wenige Sekunden, dann wäre der Mann erlöst. Und Remy würde eine Menge Kohle sparen. Während Jean-Luc noch über seinen spontanen Einfall nachdachte, begann Fleurs Vater zu röcheln. Erschrocken zog Jean-Luc seine Hand zurück. Fasziniert verfolgte er die Lippenbewegungen des alten Mannes. Sollte er ihm helfen? Es wäre keine große Sache. Und es wäre auch nicht sein erster Mord.

30

»Runot hat mich angerufen«, blaffte Rashida Démilliers durch die Leitung, nachdem Kylian das Gespräch angenommen hatte. Er seufzte stumm und wappnete sich innerlich für einen wutgeladenen Monolog seiner Vorgesetzten.

»Als ich nach Montpellier zurückkam, musste alles sehr schnell gehen, wenn Sie sich erinnern«, versuchte er, etwas Spannung aus Démilliers' Worten zu nehmen. »Beauvolets Frau saß bei Ihnen und hat uns ihre Mitarbeit angeboten.«

»Verkaufen Sie mich nicht für dumm, Plevantier. Ich bin nicht senil, daher weiß ich sehr genau, was sich gestern auf dem Revier abgespielt hat.«

Kylian erhob sich und tigerte über die Terrasse. Aus einem der offenen Fenster im oberen Geschoss hörte er die Stimme von Fleur, die leise mit ihren Töchtern sprach. Er fuhr sich durchs Haar.

»Wir wussten nicht, ob es funktioniert«, gab er widerwillig zu.

»Aha! Und sich vorher mit mir zu besprechen, war keine Option für Sie? Sollte ich als Ihre Vorgesetzte nicht über Ihre Ermittlungsansätze im Bild sein?« Démilliers' Stimme klang schneidend.

Kylian schloss die Augen. »Es tut mir leid.«

»Wie bitte?«

»Es tut mir leid«, wiederholte er lauter und fluchte. »Ich kann es nicht verantworten, einen weiteren Kollegen zu verlieren. Es würde sich anfühlen, als ob ich …« Er stockte kurz. »… als ob ich einen weiteren Polizisten zu seiner eigenen Hinrichtung schicken würde.«

»Und bei Camille Martin haben Sie diese Gewissensbisse nicht?«

Kylian entging der ironische Unterton nicht.

»Eine junge Prostituierte schien Ihnen die sinnvollere Alternative?«

»Es war Runots Idee. Er ist für die junge Frau zuständig. Ich dachte, ein Versuch könnte nicht schaden.«

Kylian fühlte sich wie ein kleiner Junge, der von seiner Mutter zurechtgewiesen wurde, obwohl ihm bereits selbst klar war, dass er Mist gebaut hatte.

»Sie weiß nicht, in welcher Gefahr sie schwebt, nehme ich an.« Es war keine Frage.

»Nein«, bestätigte Kylian notgedrungen. »Runot hat Andeutungen gemacht, aber sie ist keine Polizistin. Er konnte ihr nicht die ganze Wahrheit sagen.«

»Sie war heute in Beauvolets Haus«, gab Démilliers nach einigen Sekunden des Schweigens zurück. »Er hat sie mit zu sich genommen.«

Kylian verzog überrascht sein Gesicht. »Das ist gut.«

»Runot meinte, sie sei heute nicht dazu gekommen, ihren Auftrag auszuführen. Sie wolle versuchen, erst einmal Beauvolets Vertrauen zu erschleichen.«

Die Weitsicht der jungen Frau erstaunte ihn. »Das ist gut«, wiederholte er. »Auf einen Tag mehr oder weniger kommt es nicht an. Nicht, nachdem ...« Er führte den Satz nicht zu Ende.

»... nachdem wir Fleur Beauvolet auf unserer Seite wissen«, ergänzte Démilliers hörbar zufrieden. Als Kylian nichts erwiderte, setzte sie nach: »Das ist sie doch, Plevantier? Oder?«

Er hob den Kopf und sah nach oben. Die Vorhänge waren zugezogen worden, das Fenster war noch immer gekippt. Er verließ die Terrasse und nahm die Stufen, die in den verwilderten Garten führten.

»Plevantier?«

»Ich bin noch da«, erwiderte er, nachdem er sich dreißig Meter vom Haus entfernt hatte. »Ja, natürlich steht sie auf unserer Seite«, bestätigte er, obwohl er sich selbst nicht wirklich sicher war, ob Fleur ihnen helfen würde.

»Hat sie sich schon geäußert?«

»Was meinen Sie?«, stellte Kylian sich dumm.

Sie stöhnte auf. »Plevantier! Strapazieren Sie nicht meine Geduld! Was ist mit den mutmaßlichen Beweisen?«

»Wir haben noch nicht danach gefragt.«

»Sie sind seit vierundzwanzig Stunden mit dieser Frau unterwegs.«

Er kickte einen kleinen Kiesel weg. »Wir haben zwei Kinder

hier. Die Familie muss erst einmal zur Ruhe kommen. Die Mädchen sind … stark verunsichert. Und ihre Mutter … sie hat große Angst vor Beauvolet.«

»Soll ich jetzt Mitleid empfinden?«, bellte Démilliers. »Ich gehe davon aus, dass sie sich aus freien Stücken auf ihn eingelassen hat, oder nicht?«

Kylian biss sich auf die Zunge, damit ihm keine unangebrachte Erwiderung herausrutschte. »Wahrscheinlich«, presste er hervor.

»Wir brauchen Fakten! Sagen Sie ihr das. Unser Schutz kann nur aufrechterhalten werden, wenn sie uns endlich etwas liefert.«

»Das wird sie«, entgegnete Kylian, während er sich zusammenreißen musste. »Geben Sie ihr noch zwei, drei Tage.«

»Sie kümmern sich darum!«

Er schüttelte den Kopf. »Selbstverständlich.«

Nachdem er das Gespräch beendet hatte, blieb er einige Minuten auf der vermoosten Fläche stehen und blickte zu den kargen Felsen, die sich zu seiner Rechten erhoben. Der Himmel färbte sich bereits leicht grau, das strahlende Blau des Tages verwässerte mehr und mehr. Er musste dringend mit Fleur sprechen. Allein. Er sah sich um. Corinne patrouillierte ums Haus herum und kontrollierte die Zugangswege.

»Kylian.«

Diese wunderschöne Klangfarbe hätte er auf Anhieb aus einer Million anderer Stimmen herausgehört. Als er sich umdrehte, stand Fleur an der Terrassentür. Sie lächelte verlegen. Sein Blick wanderte zu ihren nackten Füßen. Einen Moment lang brachte ihn ihr Anblick ins Schwanken, doch er fasste sich rasch wieder.

»Fleur«, erwiderte er mit fester Stimme, während er zum Haus zurückkehrte.

»Die Mädchen sind im Bett.«

Unsicherheit spiegelte sich auf ihrem Gesicht wider. Kylian ging es ähnlich. Er wollte, nein, er musste mit ihr über so vieles sprechen, doch sein beruflicher Auftrag ging erst mal vor.

»Das war Démilliers.« Er deutete auf sein Telefon. Den Gedanken an Beauvolet, der seine Frau so unverfroren mit Camille betrog, verdrängte er hastig.

»Hoffentlich keine schlechten Nachrichten.«

»Setz dich doch.« Er zog ihr einen Stuhl hervor, ohne auf ihre Bemerkung einzugehen.

»Danke.«

Dann nahm er ihr gegenüber ebenfalls Platz und blickte sie abwartend an. Fleur strich sich eine Strähne aus der Stirn.

»Wo ist Corinne?« Sie schien sich allein mit ihm unwohl zu fühlen.

»Kontrolliert die Umgebung«, erwiderte er kurz angebunden. »Hast du Angst allein mit mir?« Er verzog seine Lippen zu einem Lächeln.

Sie senkte ihren Blick. »Nein.« Sie räusperte sich. »Nein, natürlich nicht.«

Ihre Besorgnis war jedoch unübersehbar. An einem anderen Ort, zu einer anderen Zeit, unter anderen Umständen hätte Kylian seinen Arm über den Tisch gestreckt und nach ihrer Hand gefasst. Er hätte seine Finger über ihre seidige Haut streichen lassen und ihr erklärt, dass er ihre Kinder und sie mit allem schützen würde, was ihm zur Verfügung stand. Dann hätte er sich erhoben, wäre um den Tisch gegangen und hätte sie von ihrem Stuhl emporgezogen. Er hätte sie in seine Arme genommen, über ihr weiches Haar gestrichen, hätte ihren Duft eingesogen und ihr all die Dinge gesagt, die ihm seit fünf Jahren ununterbrochen durch den Kopf gingen.

Er schluckte. Ein Wunschtraum. Ein unerfüllbares Gedankenspiel. Er war Polizist, sie und ihre Kinder standen unter seiner Obhut. Er trug die Verantwortung für die Sicherheit der drei. Gefühle, wie sie sich gerade in ihm regten, waren völlig fehl am Platz. Er hatte schon einmal einen großen Fehler begangen. Ein zweites Mal würde er seine Karriere nicht aufs Spiel setzen. Zumindest redete er sich das wieder und wieder ein. Vielleicht würde er es eines Tages auch glauben.

»Alles in Ordnung?«

Fleur zuckte mit den Schultern. »Mir ist klar geworden, dass ich mich jahrelang selbst belogen habe. Mein Leben ist eine Farce, meine Ehe war niemals das, wofür ich sie hielt. Mein Mann ist … ein Monster.« Sie schwieg einen Moment, dann sah sie ihm fest in die Augen. »Klingt das danach, als ob alles in Ordnung sei?«

Er erwiderte offen ihren Blick. »Du solltest nicht so streng mit dir sein.«

»Ach nein? Sollte ich das nicht? Du willst mir jetzt sicher sagen, dass alles nur halb so schlimm sei.«

Ihre Stimme triefte vor Sarkasmus. Doch Kylian erkannte auch die Angst dahinter, die sie umtrieb. Spürte ihre Unsicherheit.

»Nein, das wollte ich dir nicht sagen.« Er zögerte. »Ich glaube, die Situation ist sogar noch wesentlich schlimmer, als wir überhaupt erahnen können.« Er beugte sich vor. »Aber ich bin da, Fleur.«

Sie blinzelte.

»Ich lasse euch nicht allein. Dieses Schwein kann euch nichts mehr tun.«

»Du hast ihn bis heute nicht …« Sie schlug eine Hand vor den Mund.

Er presste seine Kiefer aufeinander. »Was hast du erwartet?«

Sie schüttelte den Kopf.

»Fleur, was hast du erwartet?«

»Seit ich mit Rémy zusammen bin, habe ich gelernt, nichts mehr zu erwarten.« Sie schob ihr Kinn vor. »Gar nichts mehr.«

Ihre Bitterkeit traf ihn unvorbereitet. Wut machte sich in ihm breit.

»Ich bin nicht er, Fleur.«

Sie nickte. »Ich weiß. Und genau das ist ja das Problem.«

31

Rémy beugte sich über Fleur. »Ich finde dich! Du wirst mir niemals entkommen.« Sein Atem verursachte ihr Übelkeit. Sie wollte die

Decke von sich werfen, wollte seine Hand an ihrem Arm abschütteln, doch sein Griff wurde fester. Fleurs Kehle schnürte sich zu. Sie öffnete ihren Mund, brachte jedoch kein Wort über die Lippen.

»Hörst du mich, Fleur?« Rémys Lachen ließ ihr das Blut in den Adern gefrieren. »Hörst du mich?«

Sie fühlte sich ohnmächtig. Sie schüttelte den Kopf, wollte schreien, wollte sich von ihm losmachen, doch ihr Körper bewegte sich keinen Zentimeter.

»Du wirst mich niemals verlassen! Ein Rémy Beauvolet lässt es nicht zu, dass man ihm Hörner aufsetzt. Eher bringe ich dich um.«

Fleur überkam das furchtbare Gefühl, ihr Brustkorb würde zusammengedrückt. Sie versuchte, nach Luft zu schnappen. Das Schlafzimmer verschwamm vor ihren Augen, ihr Herz hämmerte wie wild. Sie musste weg. Musste zu ihren Töchtern, bevor Rémy …

»Sieh mich gefälligst an, wenn ich mir dir rede.« Grob drehte er ihr Gesicht in seine Richtung.

Fleurs Körper rebellierte, eisige Kälte durchströmte ihre Gliedmaßen. Sie konnte sich nicht bewegen, war Rémy wehrlos ausgeliefert. Die Kinder, schoss es ihr erneut durch den Kopf. Sie musste ihre Töchter schützen.

»Das hättest du dir vorher überlegen sollen.« Wieder erklang Rémys hämische Lache. »Bevor du das Bullenschwein gevögelt hast.«

Schweiß brach ihr aus. Woher wusste …

»Ich kenne all deine Geheimnisse«, höhnte er dicht an ihrem Ohr. »Alle. Du entkommst mir nicht.«

Fleur wollte die Augen schließen, wollte seine Worte nicht mehr hören, wollte nur noch zu ihren Kindern. Panik stieg in ihr auf. Sie spürte, dass sie es nicht schaffen würde.

»Du blöde Pute!«, stichelte er weiter. »Machst die Beine für diesen Versager breit. Denkst du, ich bin blind?«

Seine Stimme schwoll zu lautem Gebrüll an. Er würde die Kinder aufwecken. Doch noch immer konnte sie sich nicht rühren, lag reglos vor ihm, ausgeliefert und völlig hilflos. Als sie das Messer in seiner Hand erblickte, stockte ihr der Atem. Er würde sie …

Schweißgebadet schreckte Fleur in ihrem Bett hoch. Einzig ihr Schnaufen erfüllte den dunklen Raum. Sie spürte den pochenden Herzschlag an ihrer Kehle. Es war nur ein Traum, versuchte Fleur sich zu beruhigen. Nur ein böser Traum. Sie blickte zu ihren Töchtern, die offensichtlich nichts von den nächtlichen Fantasien ihrer Mutter mitbekommen hatten. Aufgewühlt ließ sie sich wieder aufs Bett zurücksinken und starrte gegen die Decke. Was war mit ihr los? Sie war doch in Sicherheit. Hatte Kylian ihr gestern nicht mehrfach versichert, er würde alles tun, um sie vor Rémy zu schützen?

Fleur schloss die Augen. Kylian. Sie hätte nicht gedacht, dass er noch immer eine solche Faszination auf sie ausüben würde. Es war so lange her. Sie hatte sich damals gegen ihn entschieden. Aber hatte sie sich nicht etwas vorgemacht? Fleur seufzte leise. Vielleicht war es ein Fehler gewesen, auf seine Anwesenheit zu bestehen. Doch schon im nächsten Moment wurde ihr bewusst, dass der Capitaine der einzige Mensch auf Erden war, dem sie das Leben ihrer Töchter anvertrauen würde. Er hasste Rémy. Und er würde alles dafür tun, um ihren Mann endlich hinter Gitter zu bringen. Fleur war jedoch ebenso klar, dass er es ohne ihre Hilfe nicht schaffen würde. Und nur wenn die Police Nationale Rémy endlich festsetzen konnte, würde Fleur die Möglichkeit haben, ein neues Leben zu beginnen. Die Unruhe nagte unaufhörlich an ihr.

Leise lüpfte sie ihre Decke und stieg aus dem Bett. Keines der Mädchen rührte sich. Fleur nahm die Strickjacke vom Stuhl und zog sie über ihr T-Shirt. Dann verließ sie auf Zehenspitzen das Zimmer. Die Türen der Polizeibeamten waren geschlossen. Fleur hatte keine Ahnung, wie spät es war. Leise huschte sie die Treppe hinunter und ging in die Küche. Überrascht registrierte sie, dass die Tür zur Terrasse offen stand. Als sie näher trat, erkannte sie Kylians Umriss. Sie zögerte einen Moment, beschloss dann aber, sich zu erkennen zu geben.

»Bonjour.«

Er drehte sich um und musterte sie mit erstaunter Miene. »Bonjour, Fleur. Bist du aus dem Bett gefallen?«

Sie trat auf die Terrasse und zuckte mit den Achseln. »Ich habe schlecht geschlafen. Darf ich?« Sie deutete auf einen der Stühle.

»Natürlich.« Er räusperte sich. »Kaffee?«

Sie lächelte schwach. »Gern.«

Während er aufstand und in die Küche ging, kuschelte Fleur sich in ihre Strickjacke und zog ihre Beine an.

»Voilà.« Er stellte einen Becher mit drei schwarzen Mäusen vor sie. »Océane würde die Tasse gefallen.«

Fleur nickte. »Sie liebt Tiere über alles. Am liebsten hätte sie einen Hund, aber Rémy …« Sie atmete tief aus.

Die herannahende Morgendämmerung färbte die Felsen des Clape-Gebirges in unzählige Grauschattierungen. Die Korkeichen warfen dunkle Schatten auf das Grundstück.

»Ein schöner Ort«, merkte Fleur leise an. »Man bekommt fast das Gefühl, ganz allein auf der Welt zu sein.«

In diesem Moment hoppelte Fluffy in ihrem Käfig herum.

Kylian lachte leise. »Nicht ganz allein.«

»Ich wollte dich nicht übergehen, Fluffy«, erklärte Fleur mit ernster Stimme.

»Sie wird es dir nachsehen.«

Fleur erwiderte einige Sekunden lang nichts. »Ich habe von ihm geträumt.« Sie wandte ihren Kopf und suchte Kylians Blick. »Er hat von uns gewusst.«

Kylian hob seine Brauen.

»Im Traum«, verbesserte sich Fleur. »Er hat in meinem Traum von uns gewusst.«

»Und im wahren Leben?« Sein Blick wurde eindringlicher. Kylians Augen wirkten warm und sanft, ganz anders als Rémys eisige Miene, mit der er Fleur immer wieder ansah.

»Ich glaube nicht …«, flüsterte sie.

Er nickte. »Wenn er es wüsste, würde er uns beide umbringen.«

Wieder versank sie in Grübeleien.

»Was denkst du?«

Sie lachte bitter auf. »Selbst hier an diesem wundervollen Ort beherrscht er noch meine Gedanken.« Sie stockte. »Ich musste gerade an einen Kongress in Paris denken.«

Kylian sah sie fragend an.

»Wir waren erst ein Jahr verheiratet. Diese Veranstaltung war wichtig für seine Hotelgruppe. Rémy wollte mich unbedingt dabeihaben.« Sie machte eine Pause und biss sich auf die Lippe. »Es war das erste Mal, dass er mich offensichtlich betrogen hat.«

Kylian schnaufte. »Fleur …«, wollte er ansetzen, doch sie unterbrach ihn sofort.

»Schon gut.« Sie schüttelte den Kopf. »Ich weiß noch genau, wie ich mich an jenem Abend fühlte. Rémy stellte mich seinen Geschäftspartnern vor, als sei ich …« Sie suchte nach dem richtigen Wort. »… als sei ich sein Eigentum. Ich kam mir vor wie ein Rassepferd auf einer Versteigerung. Ich konnte sehen, wie die anderen Männer ihm wohlwollend auf die Schulter klopften. Ganz nach dem Motto: ›Da hast du ja ein besonders prächtiges Exemplar an Land gezogen.‹« Fleur spürte, wie ihre Augen zu brennen begannen. »Nach dem Festbankett bat er mich, mit zwei Frauen wichtiger Unternehmer auf die Terrasse zu gehen, Sekt zu trinken, Small Talk zu betreiben.« Sie schloss die Augen. »Das Übliche eben.«

»Was geschah damals?«, hakte Kylian mit weicher Stimme ein.

»Er war eine halbe Stunde weg.« Fleur verdrehte die Augen. »Es sollte mich eigentlich nicht mehr verletzen.«

»Gefühle kann man nicht einfach ausschalten.«

Hörte sie Enttäuschung in seiner Stimme? »Nein, wohl nicht«, stimmte Fleur ihm zu. »Als er zurückkam, war er wie ausgewechselt. Aufgekratzt, unruhig, fast übermütig.« Sie zögerte. »Und er roch nach Sex.«

»Weißt du, mit wem …«

Sie schüttelte den Kopf. »Nein. Es hat mich nicht interessiert. Wenn ich es gewusst hätte, hätte es nichts geändert. Ich glaube, mir war schon damals klar, dass unsere Ehe eine Farce war. Er wollte sich mit mir schmücken, benötigte eine attraktive Frau an seiner Seite, um von seinen dunklen Geschäften abzulenken. Ich war immer nur sein Beiwerk.

Seine bürgerliche Familie, mit der er sich ansprechend präsentieren konnte. Ein junges, gut aussehendes Model mit vielversprechenden Karrierechancen.« Fleur nickte nachdrücklich. »Er wollte immer nur meine Hülle.« Ihre Stimme wackelte. Sie legte eine Hand auf ihre Brust. »Alles, was sich hier drinnen abspielt, hat ihn nie interessiert.«

32

»Ist Ihnen jemand gefolgt?«

Camille spürte den mit Skepsis behafteten Blick von Rashida Démilliers auf sich. Sie schüttelte den Kopf. »Ich habe meiner Kollegin gesagt, ich hätte einen wichtigen Arzttermin. Der Chef wisse Bescheid. Ihm habe ich bereits gestern mitgeteilt, dass ich mal kurz wegmüsse, die Zeit aber heute Abend nacharbeiten würde.«

»Gut gemacht«, lobte die Beamtin sie und deutete auf den Stuhl ihr gegenüber. Das Café, in dem Camille sich mit den Polizisten traf, hatte Démilliers vorgeschlagen. Es lag in einer schmalen Seitengasse und war zu dieser Uhrzeit wenig besucht.

»Das sind meine Mitarbeiter Lieutenant Caustache und Lieutenant Faundant«, stellte die Polizistin Camille die beiden Männer vor, die mit ihr am Tisch saßen. »Capitaine Plevantier, den Sie bei Lieutenant Runot kennengelernt haben, ist leider verhindert.«

Camille nickte und sah zu Lieutenant Faundant. Der junge Polizist lächelte ihr aufmunternd zu. Camille senkte die Augen.

»Mademoiselle Martin, wir wollten noch mal mit Ihnen sprechen, weil Ihre Mitarbeit außerordentlich wichtig für uns ist«, setzte Démilliers an. »Sie haben Rémy Beauvolet bereits getroffen und sind auch schon ein gutes Stück vorangekommen.«

Camille war sich Faundants Aufmerksamkeit nur allzu bewusst. Was sah der gut aussehende Beamte wohl in ihr? Die Szene in Beauvolets Büro in dessen Villa erschien vor ihrem inneren Auge. Mit einem Mal fühlte sich Camille beschmutzt und gedemütigt.

»Was wollen Sie?«, fuhr sie Démilliers barscher an als beabsichtigt. »Pardon.«

Die dunkelhaarige Beamtin winkte ab. »Ich kann mir durchaus vorstellen, welche Belastung dieser … Auftrag für Sie darstellt.«

Einen Scheißdreck kannst du, schoss es Camille durch den Kopf. Für dich bin ich doch nur ein Mittel zum Zweck. Wie ich mich dabei fühle, interessiert doch an diesem Tisch niemanden. Als sie aufsah, begegnete sie erneut dem nachdenklichen Blick Faundants.

»Ich könnte ihn betäuben«, schlug sie vor. »Beauvolet ist sehr vorsichtig. Ich bin mir nicht sicher, ob ich genügend Zeit bekommen werde, um für Sie beweislastige Unterlagen zu finden.«

»Beweislastige Unterlagen«, wiederholte Faundant lächelnd. »Sie kennen sich aus.«

Camille zuckte mit den Achseln und verzog ihre Mundwinkel. »Ich liebe Fernsehkrimis.«

»Das merkt man«, erwiderte er.

»Wie stellen Sie sich das vor?«, grätschte Démilliers in dem Moment dazwischen und warf ihrem Mitarbeiter einen grimmigen Blick zu.

»Ich könnte ihm etwas ins Glas schütten«, erwiderte Camille leichthin. »Dann hätte ich genügend Zeit, um mich in seinem Haus oder seinem Büro umzusehen.«

Démilliers wirkte wenig überzeugt von Camilles Vorschlag. »Er würde es danach wissen. Drogen sind Beauvolets Spezialgebiet. Er würde sich miserabel fühlen, wenn er wieder zu sich käme. Beauvolet müsste nur eins und eins zusammenzählen. Das würde bedeuten, dass Sie nur eine einzige Chance bekämen, da wir Sie direkt danach abziehen müssten. Und wenn Sie nicht fündig werden …« Sie ließ den Rest ungesagt.

Enttäuschung machte sich in Camille breit. Sie würde also weiter diesem Kriminellen ihren Körper anbieten müssen.

»Es läuft doch gut«, erklärte die Polizistin in demonstrativ aufmunterndem Ton.

Camille atmete tief aus und erwiderte nichts.

»Ich finde ihre Idee gar nicht so schlecht«, kam ihr Lieutenant Faundant in dem Moment unerwartet zu Hilfe.

Camille verspürte einen Hauch von Dankbarkeit.

»Man müsste eben darauf achten, dass die Dosierung nicht zu üppig ausfällt.«

Démilliers schnaubte. »Er würde den Braten riechen. Beauvolet ist nicht blöd.« Ihr Ton ließ keinen Zweifel daran, dass sie in dieser Sache nicht mit sich reden lassen würde.

Nachdem sie noch kurz von Camille wissen wollte, wie die bisherigen Begegnungen mit dem Unternehmer gelaufen waren, und sie ihr eindringlich klargemacht hatte, welche Wichtigkeit diese Ermittlungen hatten, erhob sie sich und blickte ihre Mitarbeiter an.

»Wir wollen Mademoiselle Martin nicht länger aufhalten als nötig.«

Sie nickte Camille zu und stolzierte auf ihren High Heels aus dem Café. Während Lieutenant Caustache zur Theke ging, um zu bezahlen, blieb der junge Beamte unschlüssig bei Camille stehen.

»Wenn Sie …«, setzte er leise an.

Camille sah ihm direkt in seine grünen Augen. »Ja?«

Er kramte in seiner Hosentasche und zog eine zerknitterte Visitenkarte hervor. »Wenn Sie Hilfe benötigen, rufen Sie mich jederzeit an.« Er legte die Karte vor Camille auf den Tisch.

»Mathis Faundant«, stand auf der Vorderseite. Camille fuhr mit einem Zeigefinger über den Namen. »Danke«, sagte sie leise.

»Es tut mir sehr leid«, erwiderte er mit ebenfalls gesenkter Stimme, als sein Kollege an ihnen vorbeiging.

»Kommst du, Mathis?«

»Zwei Minuten«, antwortete der Lieutenant, während er weiter zu Camille sah. »Ich meine es ernst.« Er tippte neben die Karte. »Rufen Sie mich an, wenn Sie … das Gefühl haben, dass irgendetwas schiefläuft.«

Camille nickte. »Mir ist sehr wohl bewusst, was Sie von mir halten. Mit meiner Vorgeschichte …« Sie zögerte. »Aber ich möchte das endgültig hinter mir lassen. Dass ich Beauvolet …« Ihr Augen begannen zu brennen.

»Ich kann Ihnen helfen.« Der Polizist stützte seine Hände auf dem Tisch ab und beugte sich zu ihr hinab. »Wenn das hier beendet ist, können wir uns gern ...« Er sah kurz zur Seite. »Vielleicht können wir mal zusammen etwas essen gehen und reden über Ihre Zukunft.« Er richtete sich wieder auf. »Was meinen Sie?«

Camille musterte sein Gesicht, die etwas zu kleine Nase, den harmonisch geschwungenen Mund, das kantige Kinn. Dann nickte sie. »Das wäre sehr schön«, hauchte sie.

»Mathis!«, ertönte es von der Eingangstür.

Der Polizist verdrehte seine Augen. »Ich muss.« Er hob eine Hand zum Gruß. »Bis bald.« Dann trat er einen Schritt vom Tisch weg. »Und viel Erfolg!«

Was war denn das gewesen? Nachdenklich blickte Camille dem jungen Beamten hinterher. Als die Tür hinter den zwei Polizisten ins Schloss fiel, blieb sie einige Minuten reglos sitzen und starrte vor sich hin.

»Möchten Sie etwas trinken?«, riss sie die Stimme des Kellners aus ihren Gedanken.

Camille schüttelte den Kopf und erhob sich. Es half alles nichts. Sie musste zurück zu Beauvolet. Sie strich ihre weiße Bluse glatt und zupfte ihren Rock in Form. Wenn es doch genauso einfach wäre, ihr Innerstes entsprechend zu ordnen. Sie packte die Visitenkarte ein, nahm ihre Handtasche auf und verließ das Café. War Mathis Faundant möglicherweise das Fünkchen Hoffnung am Ende des Tunnels? Würde ihr der Polizist helfen können, ein bürgerliches Leben zu beginnen? Oder machte sie sich etwas vor? Waren seine Worte nur hohle Phrasen gewesen? Hatte sie tatsächlich gemeint, etwas in seinen grünen Augen zu sehen, das ihr Zuversicht verlieh? Camille wusste es nicht. Zu oft in ihrem Leben war sie bereits enttäuscht worden. Aber noch wollte sie sich den Gedanken nicht nehmen lassen, kurz vor einem Neuanfang zu stehen. Noch war sie nicht bereit zu resignieren.

33

Océane jauchzte auf, als Fluffy durch einen aus Ästen gebauten Tunnel hoppelte, und klatschte in die Hände. Corinne nahm einen dickeren Stock auf und versuchte, ihn in der Mitte durchzubrechen.

Fleur atmete tief durch, während sie beobachtete, wie die Polizistin sich redlich bemühte, die Mädchen etwas abzulenken. Bei ihrer jüngeren Tochter schien es ihr zu gelingen, Virginie hingegen stand einige Meter abseits und starrte gedankenverloren zu dem bewaldeten Hügel, der sich linker Hand des Hauses erhob. Was ging ihrer Großen in diesem Moment durch den Kopf? Dachte sie an ihren Vater? Daran, dass ihre Mutter ihr komplettes Leben auf den Kopf gestellt hatte? Fleur überlegte, zu ihr zu gehen, entschied sich dann aber doch dagegen. Wenn sie ehrlich war, überforderte sie die Situation ebenfalls. Dieses Warten auf ... Ja, worauf eigentlich? Wie sahen die nächsten Tage, die nächsten Wochen für sie aus? Sie konnten sich doch nicht ewig in den Bergen verstecken. Fleur fuhr mit dem rechten Zeigefinger über die Maserung des gammeligen Holztisches. Wie viele Menschen hatten wohl vor ihr schon hier gesessen und sich gefragt, wie ihre Zukunft aussähe? Namenlose Schicksale von Frauen, die vielleicht vor gewalttätigen Ehemännern geflohen waren, die möglicherweise als Kronzeuginnen gegen Schwerverbrecher hatten aussagen müssen, die ihr gewohntes Leben ebenso wie Fleur und ihre Töchter hatten aufgeben müssen. Sie hoffte sehnlichst, dass die Mädchen eines Tages verstehen würden, warum ihre Mutter ihnen diese Strapazen zugemutet hatte. Warum sie sie von ihren Freundinnen, ihrem Alltag losgerissen hatte. Ein Seufzer entfuhr ihrer Kehle.

Als sie Schritte hinter sich vernahm, drehte sie sich um.

»Sie haben Spaß.« Während Kylian sein Smartphone in die Hosentasche schob, trat er neben sie.

»Océane ja«, stimmte Fleur ihm zu. »Virginie hingegen ... Sie hasst mich.«

Kylian zog sich einen Stuhl heran und setzte sich neben sie. »Du bist ihre Mutter. Sie hasst dich nicht.«

»Sie stand ihrem Vater schon immer näher als mir.«

Kylian sah sie von der Seite an. »Du klingst eifersüchtig.«

Fleur fühlte sich ertappt. Sie zuckte mit den Achseln. »Eher enttäuscht.«

»Sie liebt dich.«

Fleur verzog ihre Mundwinkel, erwiderte jedoch nichts. Océane rannte über die Wiese und bückte sich nach den spärlichen Grasbüscheln. »Fluffy hat großen Hunger«, rief sie der Polizistin zu. »Sie liebt Grünzeug.«

»Virginie, willst du uns nicht helfen, Futter für das Kaninchen zu suchen?«, versuchte Corinne, Fleurs ältere Tochter aus der Reserve zu locken. Einige Sekunden blieb Virginie zögernd stehen, bevor sie sich langsam in Bewegung setzte und zu Fluffy lief. Sie ging in die Hocke und nahm das kleine Tier auf.

»Pass auf sie auf«, brüllte Océane, die mittlerweile am Ende des abschüssigen Grundstücks angekommen war, ihrer Schwester zu. »Ich komme gleich und bringe ihr ganz viel Futter.«

Corinne blickte zu Fleur und Kylian und winkte kurz.

Auch Fleur hob ihre Hand.

Kylian räusperte sich.

Fleur sah ihn an.

Sekundenlang erwiderte er ihren Blick. Sie musterte sein Gesicht, während Erinnerungen in ihr wach wurden. Erinnerungen an lange vergangene Zeiten. An eine Phase in ihrem Leben, als sie noch die leise Hoffnung hatte, Kylian könne sie aus ihrem Albtraum befreien. Doch hegte sie diese Hoffnung nicht noch immer? Sie biss auf ihre Unterlippe.

Auch Kylian schien die Spannung zu spüren. Nach einer gefühlten Ewigkeit durchbrach er die Stille. »Du musst uns etwas geben.«

Fleur wandte ihren Blick wieder ab. »Was meinst du?« Doch sie wusste genau, worauf er abzielte. War sie dazu schon bereit?

»Démilliers verliert langsam die Geduld. Fleur, wir müssen wissen, wie schwerwiegend die Beweise sind, die du gegen … deinen Mann hast.«

Fleur überlegte.

»Ihr seid hier sicher.« Kylian senkte die Stimme. Dann legte er seine linke Hand auf ihren Unterarm. »Ich habe dir versprochen, nicht zuzulassen, dass dir oder den Kindern etwas geschieht.«

»Rémy ist gefährlich.« Sie kam sich vor wie eine Schallplatte, die an der immer gleichen Stelle hängen blieb.

»Wir ermitteln seit mehr als fünf Jahren gegen ihn.«

»Und er läuft immer noch frei herum.« Was war mit ihr los? Warum zierte sie sich vor dem nächsten Schritt?

»Fleur, wir brauchen irgendetwas.«

Sie erkannte die Dringlichkeit in seinem Ton. Hatte seine Vorgesetzte ihm Druck gemacht? Sollte sie …?

»Diesmal kriegen wir ihn dran«, fuhr Kylian mit nachdrücklicher Stimme fort. Er schien ihre Zweifel zu spüren. »Wir haben …« Er verstummte.

Fleur verengte ihre Augen und sah ihn an. »Ihr habt was?«

Kylians Wangenmuskulatur arbeitete. Sie sah ihm an, dass er mit sich kämpfte.

»Kylian, ihr habt was?«, wiederholte sie ihre Frage.

»Wir haben eine Art Spitzel bei ihm eingeschleust«, erklärte er schließlich, während er sich sichtlich unwohl fühlte.

»Hattet ihr das damals nicht auch?« Fleur spürte, dass er ihr etwas verschwieg.

Er nickte langsam, bevor er den Kopf hob und ihren Blick erwiderte. »Ich kann dir nicht mehr sagen.«

»Du kannst nicht, oder du willst nicht?« Wieder ließ sie ihre Augen über sein Gesicht wandern, blieb an seinen Lippen hängen, die sich warm und vertraut und gleichzeitig so aufregend angefühlt hatten. Damals, als Fleur noch der Illusion nachhing, alles würde sich endlich zum Guten wenden.

Kylian schloss kurz die Augen. »Fleur, ich bin Polizist. Die Ermittlungen sind …«

Mitleid keimte in ihr auf. Sie winkte ab. »Schon gut. Ich will dich nicht in Bedrängnis bringen.«

»Ich würde dir so gern so vieles erklären.« Seine Stimme klang belegt. »Aber ich muss … Ich bin für eure Sicherheit zuständig.« Er schüttelte leicht den Kopf. »Du bringst mich durcheinander, Fleur. Ich muss mich auf meine Aufgabe konzentrieren.«

Fleurs Magen begann zu flattern. Obwohl sie wusste, dass sie sich auf keinen Fall ein weiteres Mal auf ihn einlassen durfte, lösten seine Worte Sehnsucht und Wehmut in ihr aus. Sie schluckte.

»Ich glaube, in den letzten fünf Jahren ist kein Tag vergangen, an dem ich nicht an dich gedacht habe.«

Die Härchen auf ihren Armen stellten sich auf. Ihr Verstand signalisierte ihr deutlich, dass das Gespräch in eine völlig falsche Richtung abdriftete, ihr Herz hingegen beschleunigte seinen Takt und verlangte nach mehr.

Er seufzte. »Pardon, ich hätte das nicht sagen sollen.« Sichtlich genervt fuhr er sich durch sein zu langes Haar. »Bitte vergiss es einfach.«

Fleur nickte, obwohl sie tief in ihrem Inneren ahnte, dass sie keines seiner Worte würde vergessen, geschweige denn ignorieren können. Das Feuer, das vor Jahren zwischen ihnen entfacht worden war, war nicht erloschen. Die Glut glomm noch immer vor sich hin, als hoffe und warte sie nur darauf, durch einen frischen Schub Sauerstoff zu neuen Flammen erwachen zu dürfen. Wenn sie die Reaktionen ihres Körpers richtig deutete, befürchtete Fleur, dass ein winzig kleiner Funken ausreichen würde, um eine nicht aufzuhaltende Kettenreaktion in Gang zu setzen. So weit durfte es nicht kommen. Niemals. Sie war eine Frau ohne Zukunft. Ihr einziger Wunsch bestand darin, ihren Töchtern ein sicheres Leben zu gewährleisten. Sie sollten unbeschwert ihren Weg beschreiten können. Ohne die kriminellen Machenschaften Rémys.

»Es gibt einen USB-Stick«, flüsterte sie kaum hörbar. Die Offenbarung schien ihr der einzige Weg, um von ihrem Gefühlschaos abzulenken. Um ihr gefährliches Gedankenkarussell zu stoppen.

Kylian horchte merklich auf. Ihre Worte schienen auch ihn zu seinem eigentlichen Vorhaben zurückzuführen. »Hast du ihn hier?«

»Ich habe ihn versteckt.« Sie schnaufte. »Bevor ich zu euch aufs Revier gekommen bin.«

»Wo?«

Fleur verfolgte, wie Océane ihrer Schwester das Kaninchen aus der Hand nahm und es wieder auf den Boden setzte. Dann legte sie ein Grasbüschel vor das Tier und beobachtete sichtlich zufrieden, wie Fluffy zu knabbern begann. Auch Virginie kniete sich auf den Boden daneben und streichelte den Rücken des Kaninchens.

»Fleur?«, brachte Kylian sich wieder in Erinnerung. »Wo hast du ihn versteckt?«

»Am Strand.«

Seine Miene nahm einen ungläubigen Ausdruck an. »Am Strand?«

34

Während Corinne den Rucksack packte, wirbelten tausend Gedanken durch ihren Kopf. Wieso hatte ihnen Fleur Beauvolet erst heute von diesem ominösen USB-Stick erzählt? Corinne war zu gespannt, welche Daten sich darauf verbargen. Zum wiederholten Mal musste sie daran denken, wie vertraut Kylian und die Zielperson miteinander schienen. Sie kannte den Capitaine zwar als zielorientierten Polizisten mit glasklarem Verstand, auf Corinne wirkte er jedoch immer leicht distanziert, fast schon verschlossen. In den letzten beiden Tagen hatte sie ihn dagegen mehrfach mit der Zielperson sprechen sehen, während Corinne sich um die Kinder gekümmert hatte. Dabei war ihr aufgefallen, wie er Fleur auf eine Art angelächelt hatte, die selbst Corinne berührt hatte, obwohl sie nicht wusste, was die beiden beredet hatten. Was lief da zwischen ihnen? Corinne war natürlich bekannt, dass sie sich vor fünf Jahren schon einmal begegnet waren, als Kylian begonnen hatte, gegen Rémy Beauvolet zu ermitteln. Doch da musste noch etwas anderes sein. War es möglich, dass die beiden eine Affäre hatten? Corinne konnte sich kaum vorstellen, dass Fleurs Mann es zulassen würde, dass seine Frau ihn mit seinem ärgsten Widersacher betrog. Und dass Rémy Beauvolet über jeden Schritt seiner Gattin unterrichtet war, daran hegte Corinne nicht den geringsten Zweifel.

»Wann kommt Maman zurück?«, holte Océanes glockenhelle Stimme Corinne in die Gegenwart zurück.

Sie drehte sich zu dem kleinen Mädchen. »Heute Abend ist sie wieder hier, keine Sorge.«

»Ich wäre so gern mitgefahren«, maulte Fleurs jüngere Tochter weiter.

Corinne schenkte ihr ein aufmunterndes Lächeln. »Freust du dich nicht auf unser Picknick?« Sie zeigte auf die Arbeitsplatte. »Sieh mal, was ich alles vorbereitet habe! Käse, Baguette, leckere Kirschen, Nektarinen.«

Das Mädchen seufzte. »Ich wäre trotzdem gern mit Maman gefahren.«

Corinne nickte. Dann ging sie in die Hocke und blickte der Kleinen in die Augen. »Ich weiß, dass diese Situation sich sehr merkwürdig für dich und Virginie anfühlen muss.« Sie überlegte einen Moment. »Aber bitte vertrau deiner Maman. Ihr seid hier, weil sie möchte, dass es euch gut geht.«

»Bei Papa ging es uns besser.«

Bisher war Océane die Unkompliziertere der beiden Kinder gewesen. Doch selbst das genügsamste Mädchen kam irgendwann an seine Grenzen. Bei Océane schien dieser Zeitpunkt erreicht. Auch Corinne war von Kylians Verkündung, dass er mit Fleur ans Meer fahren müsse, um einen USB-Stick zu holen, überrumpelt worden. Bis dahin hatte sich Fleur Beauvolet nicht dazu geäußert, über welche Art von Beweisen sie verfügte. Da Rashida Démilliers Kylian bereits mehrfach zugesetzt hatte, dass sie endlich etwas Handfestes gegen den zwielichtigen Unternehmer benötigte, hatte der Capitaine entschieden, keine weitere Zeit zu verschwenden, als die Zielperson ihm von dem Stick berichtet hatte. Auch Corinne hätte sich ein wenig mehr Vorlaufzeit gewünscht. Doch sie war mittlerweile lange genug dabei, um zu wissen, dass sie bei der Betreuung von Zeugen immer wieder durch für sie nicht vorhersehbare Ereignisse zu Spontanität und Improvisation gezwungen wurde.

Wie jetzt. Die Idee mit dem Picknick war von Fleur gekommen. Und Corinne hatte sofort eingewilligt. Ihr war klar, dass die beiden Mädchen zutiefst verunsichert waren. Wie sollten sie auch ahnen, dass ihre Mutter vor ihrem Vater geflüchtet war? Sie räusperte sich.

»Ja, ich weiß. Manchmal gibt es Dinge, die wir auf den ersten Blick nicht verstehen können. Ich bin mir sicher, dass eure Maman schon ganz bald mit euch darüber reden wird, wie es weitergeht.« Sie nickte aufmunternd. Dann richtete sie sich wieder auf und ließ ihren Blick über die Lebensmittel schweifen. »Haben wir etwas vergessen?«

»Können wir noch etwas Süßes mitnehmen?«

Corinne sah zu Océane. »Das sollten wir unbedingt.« Sie öffnete den Kühlschrank. »Was haben wir denn da?«

Océane stellte sich neben sie. »Wie wäre es mit der Mousse au Chocolat?« Sie deutete auf die braunen Becher, die Kylian von seinem letzten Einkauf mitgebracht hatte.

»Gute Idee.« Corinne räumte drei Desserts in den Rucksack und stellte noch zwei Flaschen Wasser daneben. »Ich denke, wir sind startbereit. Wo ist deine Schwester?«

Océane zuckte mit den Achseln. »Vielleicht bei Fluffy?«

Tatsächlich saß Virginie neben dem Hasenkäfig und stierte in die Landschaft, als Corinne auf die Terrasse trat. Der Himmel zeigte sich heute in seinem strahlendsten Blau, keine Wolke war zu sehen. Ein schwacher Wind wehte über die Hügel.

»Wir sind fertig«, wandte sich Corinne an das Mädchen. »Wollen wir losgehen?«

»Meinetwegen.« Es klang wenig begeistert.

Corinne legte eine Hand auf Virginies Schulter. »Deine Mutter ist heute Abend zurück.«

Virginie verzog keine Miene, als sie sich erhob.

»Du vermisst deinen Vater«, stellte Corinne fest.

»Warum können wir nicht nach Hause?«, platzte es aus der Zehnjährigen heraus. »Papa macht sich bestimmt riesige Sorgen. Wenn ich nur mit ihm telefonieren könnte und ihm …«

»Das geht leider nicht«, unterbrach Corinne sie sanft.

»Warum nicht? Das ist nicht fair.« Virginies Augen wurden feucht. Wütend stampfte sie mit einem Fuß auf. »Ich will nicht hier sein. Und ich will auch kein Picknick machen.«

»Mann, Virginie.« Océane kam auf die Terrasse. »Sei doch keine Spielverderberin!«

Corinne seufzte. »Was haltet ihr davon, wenn wir unser Picknick hier in den Garten verlegen? Wir müssten nicht laufen und könnten trotzdem in der Natur essen.«

»Und Fluffy leistet uns Gesellschaft«, rief Océane begeistert und beugte sich zu dem Kaninchen hinab. »Hast du gehört? Vielleicht bekommst du auch ein Salatblatt.«

»Was hältst du davon, Virginie?«, wandte Corinne sich wieder an die Ältere.

»Mir egal.« Lustlos kaute sie auf ihrer Unterlippe.

»Na schön.« Corinne betrachtete das Mädchen, während Mitgefühl in ihr aufstieg. »Dann machen wir es uns hier gemütlich.« Sie sah sich um. »Vielleicht dort drüben am Grundstücksende?« Sie zeigte nach rechts, wo das Anwesen von einem verwitterten Holzzaun begrenzt wurde. Einige Latten waren herausgebrochen, andere hingen schief an den Querbalken. »Ich hole eine Decke.«

»Und ich bringe Fluffy schon mal hin. Dann kann sie sich ein wenig umsehen«, erklärte Océane geschäftig.

Fünf Minuten später nahm Corinne das Baguette und den Käse aus dem Korb und legte sie auf die Decke. Die Mädchen saßen nebeneinander, das Kaninchen zwischen ihnen. Océane hielt das Tierchen mit einer Hand fest.

»Ich vermisse das Reiten«, erklärte Virginie kurz darauf leise, als Corinne zwei Gurken aufschnitt.

»Wie lange reitest du denn schon?«

»Zwei Jahre«, erwiderte das Mädchen traurig. »Papa hat mir versprochen, dass ich mit fünfzehn ein eigenes Pferd bekomme.«

Corinne zog die Brauen hoch. »Wow! Das klingt großartig.«

Ein schwaches Lächeln huschte über Virginies Lippen. »Er hat gesagt, dass er einen Stall bauen lässt und das Pferd immer in der Nähe des Hauses stehen kann.« Sie hielt inne. »In unserem Garten ist genug Platz.«

»Hast du denn schon eine Vorstellung, was für ein Pferd du möchtest?« Corinne schob sich eine Gurkenscheibe in den Mund.

»Ein Camarguepferd«, erklärte Virginie ernst. »Eine weiße Stute.«

»Das hört sich sehr schön an.«

»Ich will kein Pferd«, verkündete Océane altklug. »Ich will nur Fluffy.«

»Ein Kaninchen ist auf jeden Fall mit weitaus weniger Arbeit verbunden als ein Pferd«, erklärte Corinne, während sie den Blick über die Bäume jenseits des Grundstücks schweifen ließ. Ihre Härchen stellten sich auf, ein ungutes Gefühl überkam sie. Sie versuchte, sich nichts anmerken zu lassen.

»Aber auf einem Kaninchen kann man nicht reiten«, widersprach Virginie hörbar genervt. »Das mümmelt nur den ganzen Tag herum und hoppelt durch die Gegend.«

»Gar nicht wahr!«, erboste sich Océane augenblicklich.

Während die Mädchen wild diskutierten, erhob sich Corinne und lief einige Schritte am Zaun entlang. Die Stimmen wurden leiser, Corinne fokussierte sich auf die Geräusche des Waldes. Äste knackten, Vögel zwitscherten, der Wind rauschte zwischen den Bäumen hindurch. Noch immer beherrschte Corinne ein mulmiges Empfinden. War da draußen jemand? Sie legte eine Hand an ihre Waffe.

»Corinne«, ertönte es hinter ihr. Sie drehte sich um und winkte den Mädchen zu. »Ich komme gleich.«

Dann lenkte sie ihre Aufmerksamkeit wieder auf das friedlich vor ihr liegende Waldgrundstück. Nichts deutete darauf hin, dass sie hier nicht vollkommen allein waren, und doch … Ihr Instinkt hatte ihr schon oft treue Dienste erwiesen. Sie blickte zwischen den Mädchen und dem unwegsamen Gelände hin und her. Sie konnte die Kinder nicht allein lassen. Wäre Kylian hier, hätte einer von ihnen das Terrain durchstreift und sich umgesehen. Vielleicht sah sie ja Gespenster! Bisher hatten sie keinen einzigen stichhaltigen Hinweis darauf, dass ihr Aufenthaltsort aufgeflogen wäre.

»Was machst du da?«

Corinne blickte ein letztes Mal zu dem dicht bewachsenen Hügelabschnitt, bevor sie sich umwandte und zu den Mädchen zurückkehrte.

»Ich dachte, ich hätte ein Reh gesehen«, erklärte sie mit ruhiger Stimme, da sie die Mädchen nicht ängstigen wollte. Auch ihr Instinkt konnte sie einmal täuschen. Obwohl sich ihr Bauchgefühl noch nicht wieder verabschiedet hatte, versuchte Corinne, sich auf das Gespräch mit den beiden Kindern zu konzentrieren.

35

Während die Landschaft an ihr vorbeiflog, lehnte Fleur den Kopf zurück und schloss die Augen. Zu viel stürmte momentan auf sie ein. Der überhastete Vorschlag Kylians, sofort aufzubrechen, um den USB-Stick zu sichern, hatte Fleur keine Zeit gelassen, überhaupt darüber nachzudenken, ob der richtige Zeitpunkt bereits gekommen war. Der richtige Zeitpunkt, wiederholte sie in Gedanken. Wie lange würde es dauern, bis sie aufflog? Dass sie Kylian auf Dauer nichts vormachen konnte, war ihr von der ersten Sekunde an klar gewesen. Ihr Plan hatte stets an jenem Punkt geendet, an dem ihre Täuschung entdeckt wurde. Wie sie weiter vorgehen sollte, hatte sie von den tatsächlichen Entwicklungen abhängig machen wollen. Nun war es fast so weit, und Fleur hatte keine Ahnung, wie sie sich verhalten sollte. Sie wandte ihren Kopf zur Seite, da sie das dringende Bedürfnis befiel, von dem Mann abzurücken, dessen Geruch sie seit einer Stunde nicht ausweichen konnte. Krampfhaft versuchte sie, die Erinnerungen, die sich immer wieder in den Vordergrund schlichen, zurückzudrängen. Sie musste unbedingt einen klaren Kopf bewahren. Die Versuchung, ihre Hand auszustrecken, um Kylian zu berühren, um ihn um Hilfe zu bitten, um ihm endlich die Wahrheit zu sagen, war kaum auszuhalten.

»Was denkst du?«

Seine Stimme durchbrach ihr Grübeln. Nervös verknotete sie ihre Finger ineinander.

»Ich habe Angst«, gestand sie leise, während sie ihre Augen wieder öffnete und ihren Blick über die Weinfelder schweifen ließ, die sich die Straße entlangzogen.

»Vor Rémy?« Kylians Stimme klang ernst.

Fleur nickte. »Vor dem, was er tun wird.«

»Ihr seid in Sicherheit.«

Aus dem Augenwinkel registrierte sie, wie er seine rechte Hand vom Steuer nahm und sie in ihre Richtung streckte, im letzten Moment jedoch innehielt. Ging es ihm ähnlich wie ihr? Nach so langer Zeit? Sie wusste, dass Kylian ledig war. Doch war es wirklich möglich, dass er ebenfalls noch Gefühle für sie hegte, die in dieser Situation völlig unangebracht waren?

»Wir werden niemals in Sicherheit sein«, erwiderte Fleur resigniert. »Solange Rémy lebt, wird er uns nicht in Ruhe lassen.«

»Warum hast du ihn verlassen?«

Überrascht wandte Fleur ihren Kopf und sah ihn von der Seite an. »Weil wir in seinem Haus auch nicht in Sicherheit waren.« Sie schwieg einige Sekunden. »In dem Moment, als ich mich auf Rémy eingelassen habe, war mein Schicksal besiegelt.«

Kylian runzelte die Stirn. »Das klingt … sehr pathetisch.«

»Es ist die Wahrheit«, bekräftigte sie. »Er hatte einen Köder ausgeworfen, und ich naive Gans bin ihm auf den Leim gegangen.«

»Du bist sehr hart zu dir selbst.«

Fleur lachte bitter auf. »Sieh mich an. Wenn es eine Frau gibt, die in ihrem Leben fast alles falsch gemacht hat, dann bin ich es.«

Kylian schüttelte den Kopf. »Du konntest nicht wissen …«

»Oh doch!«, unterbrach sie ihn gereizt. »Ich war so unendlich naiv. Blauäugig, vertrauensselig, einfältig.« Wieder sah sie aus dem Fenster. Sie erreichten gleich Gignac. Ein Fotograf, mit dem Fleur vor vielen Jahren zusammengearbeitet hatte, kam aus diesem Ort, erinnerte sie sich. Als sie den Hérault überquerten, starrte sie auf das grün schimmernde Wasser des Flusses. Dichter Baumbewuchs säumte die Ufer. Ein Paddelboot befand sich unterhalb der Brücke. »Ich bin selbst schuld«, erklärte sie entschieden. »Ich hätte gehen sollen, als es noch eine kleine Möglichkeit gab.«

»Du meinst, als …«, wollte Kylian nachhaken.

»Nein«, fuhr sie hastig dazwischen. »Nein, da war es schon viel zu spät.« Sie schluckte. »Ich meine, bevor ich Virginie bekam.«

»Du hast zwei wundervolle Töchter.«

Fleur senkte ihren Blick. »Keine Mutter kann sich wünschen, ihre Kinder in eine derartige Situation zu manövrieren.«

»Es ist nicht deine Schuld«, wiederholte Kylian eindringlich.

»Das sehe ich anders.«

Die nächste halbe Stunde fuhren sie schweigend weiter. Nachdem sie Montpellier hinter sich gelassen hatten, ergriff Kylian erneut das Wort: »Wo ist der Stick?«

»Am L'Espiguette.« Fleur stierte weiter geradeaus durch die Windschutzscheibe.

»Am L'Espiguette?« Kylian klang ungläubig.

»Mir fiel kein besserer Platz ein.« Eine schwache Erklärung, doch Fleur hoffte, dass er nicht misstrauisch werden würde.

»Ein … ungewöhnliches Versteck«, merkte Kylian jedoch nur an.

»Ich bin kein Profi.«

Als sie an La Grande Motte vorbeifuhren, ließ die Mittagssonne das Wasser des Étang de l'Or wie Tausende Edelsteine glitzern und funkeln. Am Ufer liefen Spaziergänger entlang, einige hatten Hunde dabei. Am liebsten hätte Fleur Kylian gebeten, anzuhalten und auszusteigen. Anhalten und aussteigen. Wenn sie doch nur ihr Leben anhalten und daraus aussteigen könnte. Sie seufzte.

»Alles in Ordnung?«

Als sie Kylians Blick erwiderte, erkannte sie die Besorgnis in seinen Augen. Diesen blauen Augen, die sie vor Jahren derart verzaubert hatten …

»Nein, nichts ist in Ordnung.«

»Fleur …«

Sie winkte ab. »Vergiss es. Dieses Selbstmitleid kann ich ja selbst kaum noch ertragen.«

»Wir sind gleich da.« Kylian zeigte zur Seite. »Sieh mal! Die Flamingos.«

Fleur wandte ihren Kopf und betrachtete die eleganten Vögel mit ihrem prächtigen rosa Gefieder, wie sie durchs seichte Wasser staksten.

»Océane liebt Flamingos.«

Kylian lächelte. »Warum wundert mich das nicht?«

»Sie sind beide sehr tierlieb, aber Virginie hat schon vor vielen Jahren ihre Leidenschaft für Pferde entdeckt«, erzählte Fleur, während die Anspannung etwas nachließ. »Océane ist noch zu klein, aber ich vermute, dass sie den Reitsport ebenfalls irgendwann für sich entdecken wird.«

»Es ist gut, wenn Kinder ein Hobby haben, an dem sie sich festhalten können.«

Fleur musterte ihn. Kylian hatte ihr gegenüber damals angedeutet, dass seine Jugend nicht ganz einfach gewesen war. Er war nicht bei seinen leiblichen Eltern aufgewachsen, hatte etwas von einer Pflegemutter erzählt. Doch um näher darauf einzugehen, hatte ihnen die Zeit gefehlt. Wehmut stieg in ihr auf. Was wäre geschehen, wenn sie sich damals anders entschieden hätte? Sie räusperte sich.

»Welches Hobby hattest du?«, wagte sie schließlich zu fragen.

»Keines«, kam es umgehend zurück. »Keines, das erwähnenswert wäre.«

»Das Schlimme ist die Ungewissheit«, wechselte Fleur das Thema, während sie durch Le Grau-du-Roi fuhren. »Die Kinder sind es gewohnt, alles zu haben, was sie benötigen. Ich habe keine Ahnung, wie unser Leben in einem halben Jahr oder auch in zwei aussehen wird. Welche Schule, welchen Kindergarten werden sie besuchen können? Kann ich es mir dann leisten, Virginie weiterhin Reitstunden zu bezahlen? Wo werden wir leben? Sie sind ein riesiges Haus mit eigenem Pool gewöhnt.«

»Du bist ihre Mutter. Es geht nicht darum, was du ihnen bieten kannst. Das, was sie wirklich benötigen, ist deine Liebe, deine Fürsorge, deine Unterstützung. Alles andere wird sich finden.« Er nickte ihr zu.

»Da bin ich mir nicht so sicher«, sagte Fleur zweifelnd. »Sie können es noch nicht verstehen.«

»Ich glaube, sie verstehen mehr, als wir ihnen zutrauen.«

»Sie lieben Rémy.« Fleurs Augen begannen zu brennen.

»Sie lieben dich«, korrigierte Kylian sie.

»Und ich liebe sie. Vielleicht hätte ich sie nicht allein bei Corinne lassen sollen. Möglicherweise fühlen sie sich von mir im Stich gelassen.«

Kylian verzog seine Mundwinkel zu einem sanften Lächeln. »Corinne wird sich gut um sie kümmern. Und deine Besorgnis zeigt nur, dass du die beiden niemals im Stich lassen würdest. Du bist eine sehr gute Mutter, Fleur. Mach dir nicht so viele Gedanken.«

»Sie sind alles, was ich noch habe«, flüsterte sie mit erstickter Stimme.

36

»Ich bin in einer Stunde zurück«, erklärte Marie-Louise Vannaire, während Camille auf die Mail einer Hotelangestellten antwortete. Sie blickte kurz zu ihrer älteren Kollegin auf und nickte beiläufig.

»Hm, in Ordnung.«

»Monsieur Beauvolet ist noch bei einer Besprechung. Er wird in etwa einer halben Stunde zurück sein. Bitte richten Sie ihm aus, dass ich gegen halb zwei wieder im Büro sein werde.«

Wieder nickte Camille. »Kein Problem, bon appétit.«

Als die Ältere das Gebäude verlassen hatte, lehnte Camille sich auf ihrem Stuhl zurück und schnaufte. Sollte sie es wagen? Sie blickte zur Tür von Beauvolets Büro. Was würde geschehen, wenn er sie beim

Schnüffeln erwischte? Sie überlegte. Es nutzte nichts. Die Polizei erwartete Informationen von ihr. Wenn sie nicht lieferte, würde sie ein weiteres Mal ins Gefängnis kommen. Camille fluchte leise, bevor sie sich erhob und den Flur entlangblickte. Eine halbe Stunde war lang. Doch woher sollte sie wissen, dass Beauvolets Besprechung nicht vorzeitig endete? Unschlüssig fuhr sie sich durchs Haar, bevor sie ihren Rock glättete. Sie musste etwas tun. Je länger sie wartete, umso öfter musste sie mit dem Typen …

Entschlossen wandte sie sich dessen Büro zu. Leise schloss sie auf, schlüpfte in das Zimmer hinein und ließ die Tür einen Spaltbreit offen. So würde sie hören, wenn er das Gebäude betrat, und konnte noch rechtzeitig reagieren. Camille ließ ihren Blick über die hohen Regalwände schweifen. Wo sollte sie anfangen? Sie trat näher und überflog die Ordnerrücken. Jahresbilanzen, Steuerunterlagen für das Finanzamt, Schriftverkehr mit diversen Anwälten, Personalunterlagen der Casinos. Camille fuhr sich mit der Zunge über die Unterlippe. Dies waren offizielle Unterlagen, hier würde sie mit Sicherheit nichts Illegales finden, was der Polizei helfen konnte.

Sie drehte sich um und steuerte auf den Schreibtisch zu. Die Bilder ihrer ersten Begegnung mit Beauvolet drängten sich ihr auf. Wie er sie gegen den Schreibtisch gedrückt hatte, seine Hände auf ihrem Körper, sein gieriger Blick in den Augen. Verdammt, sie musste endlich etwas finden! Camille wollte weg von diesem Mann. Sie wollte weg von Runot, der sie erneut unter Druck setzen würde, wenn sie diesen Auftrag versemmelte. Mit einem schweren Seufzen ließ sie sich auf den Schreibtischstuhl fallen. Wo würde Beauvolet seine sensiblen Akten aufbewahren? Camille strich nachdenklich mit der rechten Hand über die Schreibtischoberfläche. Dann wanderten ihre Finger zu den drei Schubladen auf der linken Seite. Abgeschlossen, natürlich! Frustriert trat sie gegen das Bein des Schreibtischs. Wenn sie die Schlösser knackte, konnte sie sich gleich ihr eigenes Grab schaufeln.

Was sollte sie jetzt tun? Ihr Blick fiel auf mehrere dünne Schnellhefter, die auf einem niedrigen Regal neben dem Schreibtisch gestapelt lagen. Sie kniff ihre Augen zusammen und nahm die Dokumente auf. Was war das? Diverse Tabellen reihten sich aneinander, Camille erkannte unzählige Kürzel, mit denen sie jedoch nichts anzufangen wusste. Sie kramte ihr Smartphone hervor und fotografierte mehrere Blätter. Sollte die Polizei sich den Kopf zerbrechen, was die Hieroglyphen zu bedeuten hatten. Schließlich wurden sie dafür bezahlt. Camille sollte lediglich nach Informationen suchen, was sie hiermit getan hatte. Sie legte den Schnellhefter weg und zog einen anderen hervor. Auch hier fotografierte sie die oberen fünf Seiten, die den ersten Blättern frappierend ähnelten. Das Ganze wiederholte sie auch noch mit sieben weiteren Ordnern. Als sie auf die Uhr sah, bemerkte sie, dass sie sich bereits seit einer knappen halben Stunde in dem Büro aufhielt. Höchste Zeit, ihre Schnüffelaktion zu beenden, wenn sie nicht erwischt werden wollte.

Sie legte die Schnellhefter an ihre ursprüngliche Position zurück, schob den Stuhl näher an den Schreibtisch und wollte das Büro gerade verlassen, als sie hörte, wie die Eingangstür ins Schloss fiel. Voller Angst hielt Camille den Atem an. Ihre Gedanken begannen zu rasen. Der Flur mündete in Beauvolets Büro, sie hatte zu lange gebraucht. Hektisch sah sie sich um, als ihr die Palme in der rechten Ecke ins Auge stach. Eilig durchquerte sie das Zimmer, nahm die neben der Pflanze stehende Gießkanne auf und spazierte mit einem strahlenden Lächeln aus dem Raum.

»Camille! Was machst du in meinem Büro?« Der Unternehmer ließ anerkennend seinen Blick über sie wandern. »Hübsche Bluse!«

»Ich dachte mir gerade, ich rette mal deine Palme.« Camille schwenkte die Gießkanne vor sich herum. »Ich hoffe, es ist dir recht.«

»Sehr umsichtig von dir«, lobte Beauvolet sie mit einem anzüglichen Grinsen.

»Dann hole ich Wasser, ja?« Sie bemühte sich fieberhaft, das Zittern ihrer Hände zu verbergen.

»Tu das.« Er ging an ihr vorbei, blieb dann aber vor seiner Tür nochmals stehen. »Das heißt, du kommst gleich zu mir?«

»Zu deiner Palme.« Wieder lachte sie heiser.

»Wo ist …«, er deutete auf den leeren Stuhl der älteren Sekretärin, »… deine Kollegin?«

»Macht Pause«, gurrte Camille.

Beauvolets Miene wurde gieriger. »Wie lange noch?«

Camille schlug die Augen nieder. »Lange genug.«

Er nickte langsam. »Dann bis gleich, chérie.«

Bevor er sein Büro betrat, warf er ihr eine Kusshand zu.

»Ich bin sofort bei dir«, bestätigte Camille leise und steuerte auf die Toilette zu.

Während sie Wasser in die Gießkanne laufen ließ, blickte sie in den Spiegel. Ihr Herz wummerte gegen ihren Brustkorb, ihre Kehle fühlte sich rau und trocken an. Das war knapp gewesen. Sie fasste in die Tasche ihres Kleids und betastete das Handy. Als sich ihr Puls wieder normalisiert hatte, verließ sie die Toilette, ließ ihr Smartphone im Vorbeigehen in ihre Handtasche gleiten und klopfte an Beauvolets Bürotür. Auf in die Höhle des Löwen! Camille umfasste den Henkel der Gießkanne fester und atmete tief durch.

37

Ungläubig verfolgte Kylian, wie Fleur neben den Holzbohlen, die zum Strand führten, auf die Knie ging und im Sand zu graben begann.

»Du willst mir jetzt aber nicht erzählen, dass du den USB-Stick hier drunter vergraben hast.«

Fleur reagierte nicht auf seine Worte, sondern buddelte weiter. Sie hatte ihr langes blondes Haar zu einem Knoten aufgesteckt, aus dem sich einzelne Strähnen lösten. Ihr Nacken schimmerte feucht vom Schweiß. Kylians Unterleib begann zu kribbeln. Er wandte sein Gesicht ab und beobachtete zwei Möwen, die über die Dünen spazierten.

»Gott sei Dank!«, entfuhr es Fleur im nächsten Moment. »Ich hatte schon befürchtet, dass ich an der falschen Stelle gesucht habe.«

Kylian drehte sich wieder zu ihr. Als Fleur sich erhob, hielt sie eine kleine Holzschachtel in ihrer rechten Hand. Mit der Linken klopfte sie sich den Sand von ihrem geblümten Rock.

»Voilà!«, verkündete sie fast triumphierend.

Kylian schüttelte den Kopf, während er ihr leicht gerötetes Gesicht betrachtete.

Sie zuckte mit den Schultern. »Mir ist nichts Besseres eingefallen.« Sie öffnete die Schachtel und holte den schmalen Stick heraus. Einen Moment lang betrachtete sie ihn, bevor sie ihn Kylian überreichte.

»Du tust das Richtige«, bekräftigte er, als er ihr Zögern bemerkte.

Fleur biss sich auf die Unterlippe und erwiderte nichts.

Ein älteres Ehepaar ging an ihnen vorbei und warf einen kurzen Blick auf den Stick in Kylians Hand. Er bedeckte den kleinen Gegenstand mit seinen Fingern.

»Wir bringen ihn zum Revier und warten auf die Auswertung.«

»Jetzt gleich?« Fleur klang beklommen.

Kylian hielt inne. »Ja, natürlich.«

»Können wir einen Moment hierbleiben?« Sie zeigte zum Meer hinunter.

»Fleur, das geht …«, setzte er vorsichtig an.

»Bitte«, unterbrach sie ihn leise. »Nur ein paar Minuten.«

Ihre grünen Augen funkelten ihn an. Ihre Lippen schimmerten seidig in der Mittagssonne. Verflucht! Er wusste, dass er das Beweisstück nach Sicherung ohne Verzögerung weitergeben musste. Wenn es ihnen aus irgendeinem unvorhersehbaren Grund am Strand abhandenkäme, könnte er seinen Hut nehmen. Er blickte von dem USB-Stick in seiner Hand zu Fleur.

»Bitte! Zehn Minuten. Wer weiß, wann ich …« Ihre Stimme versagte.

Kylian seufzte. »Zehn Minuten.« Innerlich zerrissen folgte er Fleur über die Düne und ließ seinen Blick über den Strand wandern. Mehrere Touristengrüppchen hatten sich an der Uferlinie verteilt.

»Wir könnten uns in die Dünen setzen.« Fleur zeigte hinter sich.

»Einverstanden.« Er steuerte auf einen Platz zu, hinter dem Schilfgras wuchs, welches sie ein wenig vor anderen Besuchern abschirmen würde. Nachdem sie sich in den Sand gesetzt hatten, steckte er den Stick in die Hosentasche und verschränkte seine Finger vor den Knien. Dann atmete er tief durch. »Dieser Geruch … Ich war ewig nicht am Meer.« Er spürte Fleurs Blick auf sich.

»Warum nicht? Es ist doch nur ein Katzensprung.«

Er wandte seinen Kopf und musterte Fleurs Gesicht. »Allein macht vieles keinen Sinn.« Ihm war bewusst, wie armselig er sich anhören musste. Der einsame Wolf, der keine Lebensfreude empfinden konnte.

»Damals …«, begann Fleur zaghaft. »Als wir …«

»Ja?«, hakte er nach, als sie nicht weitersprach.

Sie schüttelte den Kopf. »Es war ein Fehler.«

Er schluckte die Enttäuschung hinunter, die sich bei ihren Worten in seiner Kehle eingestellt hatte. »Ja«, stimmte er zu, während er in den Sand fasste und ihn durch seine Finger rieseln ließ. »Das war es wohl.«

Sie räusperte sich.

»Und trotzdem habe ich es nie bereut«, ergänzte er, ohne nachzudenken.

»Bitte nicht«, erwiderte sie kaum hörbar.

Er nickte. Sie hatte recht. Es war der falsche Zeitpunkt, die falschen Umstände, der falsche Ort. Und doch hätte er so unendlich viel zu sagen gehabt.

»Als Kind ist mein Vater oft mit mir hierhergefahren«, wechselte sie wenige Augenblicke später das Thema. »Ich war noch klein, vier oder fünf, denke ich.« Sie streckte ihre schlanken Beine aus. »Hier hat er mir das Schwimmen beigebracht.« Sie zeigte zum Wasser. »Immer am Ufer entlang. Erst nach rechts Richtung Le Grau-du-Roi, dann wieder zurück. Unermüdlich hat er mit mir geübt. Und ich war so … unbeholfen.« Sie lächelte.

Fasziniert betrachtete Kylian sie von der Seite. Die Kindheitserinnerungen zauberten ihr ein Leuchten ins Gesicht.

»Er hat mich hochgehoben, damit ich nicht untergehe. Und ich habe mich einfach nicht getraut, allein zu schwimmen. Immer wieder habe ich zu ihm gesagt: ›Aber du hältst mich, Papa, ja? Du lässt nicht los!‹« Sie legte den Kopf in den Nacken und reckte ihr Gesicht in die Sonne. »Und er hat mir geantwortet, dass ich mich auf ihn verlassen kann. Dass er seine Hand erst wegnimmt, wenn ich mich sicher fühle.« Ihre Miene nahm einen versonnenen Ausdruck an. »Wie einfach war es doch, seinen Vater um Hilfe zu bitten! Zu wissen, er würde schon dafür sorgen, dass nichts passiert.« Sie seufzte leise. »Eines Tages waren wir fast ganz allein hier am Strand. Es war windig, die Wellen machten mir ein wenig Angst. Aber Papa meinte, es könne nichts passieren, er sei da und helfe mir.« Sie schnaufte. »Als wir unsere Bahnen zogen, wurde Papa von einer Welle erfasst und ist gestolpert. Ich war so stark auf mich konzentriert, dass ich im ersten Moment gar nicht bemerkt habe, dass seine Hand plötzlich nicht mehr da war, wo sie sein sollte. Das war der Tag, ab dem ich allein schwimmen konnte.«

»Eine schöne Geschichte«, bekannte Kylian nachdenklich, während er an seine Mutter denken musste. Lynelle Rossier war die Person in seinem Leben, die ihm ihre Hand zur Unterstützung gereicht hatte. Ohne sie würde er jetzt nicht hier sitzen. Er malte mit dem Zeigefinger einen Kreis in den Sand neben sich.

»Er fehlt mir so unheimlich«, hauchte Fleur. »Wenn er nicht diesen schrecklichen Unfall gehabt hätte, weiß ich nicht, ob sich nicht alles ganz anders entwickelt hätte.« Sie stöhnte. »Ich klinge wie ein kleines Mädchen …«

»Wir können nicht immer stark sein«, gab Kylian zurück. »Du musst für deine Töchter da sein, musst ihnen Halt und Unterstützung geben. Aber auch du brauchst jemanden, der dich stützt, der dich …«

»Ich habe mir so oft ausgemalt, was passiert wäre, wenn ich vor fünf Jahren …« Sie wandte ihren Kopf ab.

»Das weiß niemand«, unterbrach Kylian sie barscher, als er beabsichtigt hatte.

Doch hatte sie nicht vor wenigen Minuten erst erklärt, ihre Affäre sei ein Fehler gewesen? Warum begann sie nun erneut damit? Am liebsten hätte er seine Hand ausgestreckt und die weiche Haut an ihrem Arm berührt. Er konnte sich noch genau erinnern, wie sie sich angefühlt, wie sie gerochen, wie sie sich unter ihm bewegt hatte, als sie zusammen waren. Und doch wusste er, dass er Fleur nicht zu nah an sich heranlassen durfte. Es war das berühmte Spiel mit dem Feuer. Diese Frau konnte ihn seine Karriere kosten, wenn er seine Gefühle nicht im Zaum hielt. Von ihr zu lassen, sie aus seinen Gedanken zu verbannen, war ihm bis heute allerdings auch nicht gelungen.

»Warum bist du Polizist geworden?«, unterbrach Fleur sein Grübeln.

Überrascht sah er sie an. »Willst du das wirklich wissen?«

Sie nickte. »Ja.«

»Ich glaube, ich habe dir damals nicht von Lynelle erzählt«, begann er ernst.

»Lynelle?« Sie schüttelte den Kopf. »Nein, ich kann mich nicht erinnern.«

Er zögerte. »Lynelle Rossier hat mir sozusagen das Leben gerettet, um es mal dramatisch auszudrücken.« Er erzählte von seinen Jugenderinnerungen, wie er fast auf die schiefe Bahn geraten war und wie Lynelle ihm sein erstes echtes Zuhause geschaffen hatte.

Als er geendet hatte, herrschte einige Minuten lang Stille.

»Eine schöne Geschichte«, wiederholte Fleur schließlich seine Worte von vorhin. »Und eine starke Frau.«

»Das ist sie!«, bestätigte Kylian nicht ohne Stolz. »Eine der stärksten, die ich in meinem Leben kennengelernt habe.«

38

»Sie war mit Plevantier am L'Espiguette.«

Rémy ballte eine Hand zur Faust. »Fleur war mit dem Sackgesicht am Strand? Wo waren die Mädchen? Verdammt!« Er wandte sich vom Fenster ab und steuerte auf das Regal mit den Akten zu. »Was denkt sie sich eigentlich? Dass sie Urlaub macht?« Er stieß einen Fluch aus.

»Die Kinder sind mit der Polizistin am Haus geblieben. Sie saßen im Garten und haben gepicknickt.«

Rémy schnappte nach Luft. »Die Kinder haben gepicknickt? Und Fleur hat sich in der Sonne geaalt!« Er konnte es nicht glauben. Um Beherrschung bemüht, stemmte er seine freie Hand gegen das Regal und schnaufte tief durch.

»Dieser Julien, den du mir gestern als Unterstützung vorgestellt hast, konnte nicht erkennen, was deine Frau am L'Espiguette gemacht hat. Er ist Plevantier direkt hinterhergefahren. Die beiden hatten auf dem Hinweg keinen Zwischenstopp eingelegt. Julien musste sich aber immer wieder sehr weit zurückfallen lassen, um nicht aufzufliegen. Er kam erst am Strand an, als die beiden bereits in den Dünen saßen und redeten.«

Der dunkelhaarige Polizist erschien vor Rémys geistigem Auge. Hatte er sich getäuscht? Oder gar verkalkuliert? Seine Anweisung Fleur gegenüber war eindeutig gewesen. Hätte er deutlicher werden müssen? Seiner Frau musste doch bewusst sein, was für sie auf dem Spiel stand. Wie konnte sie es wagen, gegen ihn aufzubegehren? Rémys Wut schlug in Hass um. Hass auf dieses Bullenschwein, das offenbar nicht davor zurückschreckte, mit Fleurs Hilfe gegen Rémy vorzugehen. Er würde niemals zulassen, dass seine Familie missbraucht wurde, um ihm zu schaden. Eine Idee formte sich in seinem Kopf.

»Auf dem Rückweg haben sie am Revier haltgemacht, und Plevantier war ungefähr zehn Minuten verschwunden.«

»Ohne Fleur?«, hakte Rémy gedankenversunken nach.

»Sie hat im Wagen gewartet.«

Rémy stieß sich vom Regal ab und ging zu seinem Schreibtisch. Er setzte sich auf den Sessel und nahm das Bild auf, das Fleur und die Mädchen zeigte. Während er die Gesichter betrachtete, traf er eine Entscheidung.

»Wir müssen es beenden«, erklärte er kalt. Die Erkenntnis, dass ihm die Sache aus den Fingern glitt, traf ihn unvorbereitet.

»Aber wir wollten doch …«, warf Fréderic hörbar irritiert ein.

»Ich weiß, wie unser ursprünglicher Plan lautete«, unterbrach Rémy ihn und stellte das Bild zurück. »Aber die Angelegenheit wird zu heiß. Wir müssen sofort handeln.«

»Das heißt?«

»Heute noch«, erklärte Rémy knapp.

»Wie besprochen?« Fréderics Stimme klang fassungslos.

»Ist das ein Problem?«, bellte Rémy verärgert in den Hörer.

»Nein, Chef«, entgegnete sein Mitarbeiter hastig. »Nein, natürlich nicht. Ich dachte nur …«

»Überlass das Denken ruhig mir. Tu einfach, wofür ich dich bezahle.«

»Alles klar, Rémy.«

Nachdem er das Gespräch beendet hatte, erhob sich Rémy und holte eine Flasche Gin aus der Bar neben der Regalwand. Während er verfolgte, wie die farblose Flüssigkeit in sein Glas lief, überschlugen sich seine Gedanken. Tat er wirklich das Richtige? Unwillig versuchte Rémy, die leise Stimme in seinem Hinterkopf zu verdrängen, die ihm ohne Unterlass die Konsequenzen seiner Anweisung einhämmern wollte. Als der Gin seine Kehle hinunterlief, breitete sich ein wohliges Gefühl in seinem Inneren aus. Ja, er musste handeln. Fleurs Widerspenstigkeit ließ ihm keine andere Möglichkeit. Dass ihre Vereinbarung nach nur wenigen Tagen derart aus dem Ruder laufen würde, hatte sie ganz allein ihrer Halsstarrigkeit zu verdanken.

Er öffnete die Flasche erneut und schenkte sich nach. Nein, er würde sich von niemandem ins Handwerk pfuschen lassen. Er war nicht deshalb so erfolgreich, so unantastbar, weil er sich von Gefühlen oder Gewissensbissen leiten ließ. Nachdem Rémy auch das zweite Glas mit einem Schluck geleert hatte, griff er erneut zum Hörer und wählte.

»Sind Sie verrückt, mich jetzt und hier anzurufen?«, wurde er wenige Sekunden später angeblafft. Rémy verzog seine Mundwinkel. Hatte da etwa jemand vergessen, in welcher Position er sich befand?

»Zügeln Sie sich, d'accord? Und denken Sie daran, dass ich Sie jederzeit hochgehen lassen kann!«

Stille am anderen Ende der Leitung.

»Haben Sie mich verstanden?« Rémy stellte das Glas auf den Tisch und kehrte zu seinem Schreibtischstuhl zurück.

»Was wollen Sie?«

Seine Botschaft schien angekommen zu sein. Rémy unterdrückte ein Schmunzeln. »Informationen.«

Schnaufen. »Welche Informationen?«

Wieder regte sich Ärger in ihm. »Verkaufen Sie mich nicht für dumm, okay? Was plant Plevantier, und wie weit sind die Ermittlungen gegen mich gediehen?«

»Über Plevantiers Aktivitäten sind Sie doch mit Sicherheit bestens im Bilde.« Die Stimme klang kühl.

»Ist ein neuer Maulwurf vorgesehen?« Rémy nahm einen Kugelschreiber auf und klopfte auf die Tischplatte. »Muss ich Ihnen heute alles aus der Nase ziehen?«

Zögern. Dann hörbar beherrscht: »Der Maulwurf ist bereits aktiv.«

Rémy stockte. »Wie bitte?« Er dachte an Yanns Exekution, die erst wenige Tage zurücklag. »Was soll das heißen?« Er hatte seit Längerem keine neuen Mitarbeiter in seiner Organisation eingeführt. Wie konnte die Polizei in derart kurzer Zeit …? »Merde«, entfuhr es ihm, als ihm siedend heiß Camille Martinez einfiel. Wie hatte er so unvorsichtig sein können? Er musste daran denken, wie er sie aus seinem Büro hatte kommen sehen. Wie er ihr zu Hause freien Zugang zu seinem Heiligsten gestattet hatte. Wie er sie hier am Schreibtisch … »Eine Frau?« Er wurde lauter. »Sie haben mir eine Frau untergejubelt?« Camilles kehliges Lachen klang in seinen Ohren nach. »Diese … Schlampe ist doch niemals Polizistin!« Doch er hatte schon von Undercoverbeamten gehört, die keine moralischen Grenzen kannten.

»Sie ist eine Kleinkriminelle«, kam es zögerlich zurück. »Sie hat sich auf einen Deal eingelassen.«

Rémy versuchte, die Enttäuschung zu verdrängen, die in ihm aufstieg. Camille war sicher nicht gleichzusetzen mit Fleur, dafür fehlten ihr die Eleganz und Klasse seiner Frau. Aber die kurvige Schwarzhaarige hatte etwas in ihm geweckt, das ihm zu gefallen begann. Sie war ihm weder eingeschüchtert noch verunsichert vorgekommen wie Fleur zu Beginn ihrer Beziehung. Ihr Selbstbewusstsein hatte Saiten in ihm zum Klingen gebracht, die er schon lange nicht mehr vernommen hatte. Mit Sicherheit hätte sie es niemals zu Fleurs Nachfolgerin geschafft, aber ein wenig länger hätte er sich durchaus noch mit ihr beschäftigen können. Die überraschende Offenbarung jedoch reduzierte seine anfängliche Euphorie erheblich. Noch einmal ließ er sich durch den Kopf gehen, wie sich seine Zusammenkünfte mit Camille gestaltet hatten.

»Hat sie bereits geliefert?«

Wieder Zögern. »Nichts Belastbares bisher«, war die knappe Antwort.

Rémy nickte zufrieden. »Dabei wird es auch bleiben.«

Schnaufen.

»Ich danke«, erklärte er daraufhin und beendete das Telefonat.

Nachdenklich drehte er sich auf seinem Stuhl und blickte aus dem Fenster. Was für ein Tag! Und wie würde er enden? Nun, wie er für Fleur enden würde, war ihm nur allzu bekannt. Ein schwaches Lächeln stahl sich auf seine Lippen. Gefühlsduselei war unangebracht. Immerhin war es Jahre her, dass er Fleur aus seinem Kopf, aus seinem Herzen verbannt hatte. Sie hatte sich ihr Schicksal selbst zuzuschreiben. Wäre sie ihm gegenüber loyal geblieben … Der morgige Tag würde für ihn eine Art Neubeginn symbolisieren. Ein Leben ohne Fleur … Ein Leben als trauernder Witwer …

39

Während Kylian verfolgte, wie das Kaninchen an einer Karotte herumknabberte, die Océane ihm vorhin mit großer Hingabe hingestreckt hatte, wirbelten Tausende von Gedanken in seinem Kopf herum. Er musste daran denken, wie Fleur ihn in seinem Büro angerufen und um Hilfe gebeten hatte. Sie wolle ihm bei den Ermittlungen gegen ihren Mann helfen. Kylian seufzte. Da sie Angst hatte, dass sie mit ihm in der Öffentlichkeit gesehen werden und Rémy davon erfahren könnte, hatte er ihr den Vorschlag gemacht, sich in seiner Wohnung zu treffen. Bis heute wusste er nicht, warum er damals die Grenze zwischen privat und beruflich so leichtfüßig übersprungen hatte, als sei es das Normalste der Welt, das Treffen mit der Frau eines Schwerverbrechers in sein Schlafzimmer zu verlegen.

Er konnte sich noch genau erinnern, wie er die Tür geöffnet und sie erblickt hatte. An jenem Tag trug sie ein knielanges dunkelblaues Kleid. Ihr Haar war zu einem französischen Zopf geflochten gewesen. Wie sie so vor ihm stand, mit eingezogenen Schultern, angsterfülltem Blick, ein scheues Lächeln auf ihren verführerisch schimmernden vollen Lippen. Das Bild vor seinem geistigen Auge traf ihn mit voller Wucht. Sie war keine zwei Minuten in seiner Wohnung gewesen, da hatten sie sich schon die Kleider vom Leib gerissen. Wie oft hatten sie sich davor getroffen? Fünfmal, sechsmal? Kylian wusste es nicht mehr genau. Was er jedoch in jedem kleinsten Detail noch wusste, war, wie sich Fleurs Haut unter seinen Händen angefühlt hatte, welchen Klang ihre Stimme annahm, als sie sehnsüchtig aufgestöhnt hatte, als er sie berührt hatte.

Ein Zittern durchlief seinen Körper bei dem Gedanken an ihr erstes Zusammensein. Ihre zarten Gliedmaßen, ihre weichen Kurven, ihr fein geschnittenes Gesicht mit der kleinen Nase, den leicht schräg stehenden grünen Augen und den hohen Wangenknochen. Damals hatte er alles falsch gemacht, was er nur falsch machen konnte. Nein, korrigierte er sich sofort. Seine Treffen mit Fleur waren kein Fehler gewesen. Wenn sie in seiner Nähe gewesen war, hatte sich alles richtig und wahrhaftig angefühlt. Mit ihr hatte auf einmal alles Sinn ergeben, was er in seinem bisherigen Leben getan hatte. Die Tatsache, dass sie die Frau eines anderen war, hatte er während ihrer Begegnungen verdrängt.

Und Fleur? Ein Lächeln schlich sich auf seine Lippen, als er daran denken musste, wie sie ihn immer wieder überrascht hatte. Einmal hatte sie ihm mitgeteilt, dass sie sich in einem Hotel außerhalb von Montpellier treffen sollten. Fleur hatte sich ein Prepaidhandy angeschafft, über das sie immer mit Kylian in Kontakt getreten war. Als er in dem Hotel ankam, hatte ihm die Rezeptionistin den Schlüssel ausgehändigt und ihm verschwiegen, dass sich Fleur bereits auf dem Zimmer befand. Als er die Tür öffnete, bemerkte er sofort den süßlichen Duft nach Rose und Jasmin. Er folgte seiner Nase und entdeckte Fleur in einem riesigen Whirlpool, der die halbe Fläche des Badezimmers einnahm. Die Hitze in dem Raum hatte ihr Gesicht gerötet. Sie war ungeschminkt gewesen, ihr Körper vom Badeschaum bedeckt. Sein Herz machte einen Hüpfer, als das Bild deutlichere Konturen annahm. Ihre warme, feuchte Haut an seiner, ihr nasses Haar an seiner Brust, als sie sich an ihn gekuschelt hatte. Sie hatten zwei Stunden dort verbracht, bevor Fleur Virginie vom Kindergarten hatte abholen müssen.

Wenn er an das Treffen zurückdachte, kam es ihm vor wie zwei Tage. Es war die intensivste Zeit, die sie miteinander verbracht hatten. Zwischen ihnen war eine Nähe entstanden, die er nicht in Worte hätte fassen können. War es die Unmöglichkeit ihrer Lage gewesen? Oder das Wissen um die Gefahr, in der sie sich befanden?

Kylian spürte einen bitteren Geschmack auf der Zunge. Es war ihre letzte Begegnung gewesen. Fleur hatte ihm an jenem Tag erklärt, dass sie ihren Mann verlassen werde. Dass sie mit Kylian und Virginie neu beginnen wolle. Dass sie ihn liebe … Der Schmerz, den diese Erinnerungen in ihm auslösten, traf ihn vollkommen unvorbereitet. Damals war er der festen Überzeugung gewesen, dass er mit Fleurs Hilfe Beauvolet endlich zur Strecke bringen könnte, um danach mit ihr neu anzufangen. Nach ihren Liebesbeteuerungen hatte sie sich jedoch nie wieder gemeldet. Wie oft hatte er danach noch versucht, sie zu erreichen? Doch Fleur hatte keinen seiner Anrufe mehr entgegengenommen.

Seine Kehle fühlte sich mit einem Mal kratzig an. Als sie vorhin nebeneinander im Sand saßen, war ihm erneut bewusst geworden, wie sehr ihr Wesen ihn damals verzaubert hatte. Was er verloren hatte. Sie hatte einen scharfsinnigen Verstand. Ihre liebenswerte Art zog ihn noch immer wie magisch an. Wie gern hätte er sie gefragt, was damals geschehen war. Warum sie ihre Meinung so abrupt geändert hatte. Doch sie hatte abgeblockt. Vielleicht war es besser so. Manchmal musste man die Vergangenheit ruhen lassen.

»So gedankenversunken?«, erklang Corinnes Stimme von der Tür.

Kylian schreckte zusammen. »Ich war …«

Sie winkte grinsend ab. »Kleine Flucht aus dem Alltag, oder?«

Er nickte. »So in der Art.« Er räusperte sich und richtete sich auf. »Alles in Ordnung?«

Corinne erwiderte nichts.

»Corinne?«

Sie schien mit sich zu hadern. »Ist dir auf der Fahrt etwas Ungewöhnliches aufgefallen?«

Sofort stellten sich die Härchen auf seinen Armen auf. »Was meinst du?«

»Hattest du das Gefühl, dass euch jemand … gefolgt ist?« Sie setzte sich und sah ihn direkt an.

Er schüttelte den Kopf. »Nein, wieso? Raus mit der Sprache, Corinne!«

Sie schnaufte. »Als ich mit den Mädchen gepicknickt habe, hatte ich plötzlich so ein eigentümliches Gefühl.« Sie kniff die Augen zusammen. »Als ob uns jemand beobachtet.« Sie verzog ihren Mund. »Kennst du das? Diese dumpfe Ahnung, dass irgendetwas nicht stimmt?«

Kylian nickte. »Hast du etwas gesehen?«

»Nein, das ist es ja. Ich habe erst überlegt, ob ich dir überhaupt etwas sage. Vielleicht sind es nur meine überspannten Nerven«, versuchte sie nun abzuwiegeln.

»Du bist eine gute Polizistin. Ich glaube nicht, dass deine Nerven überspannt sind«, widersprach er ernst.

»Denkst du nicht, das läuft hier alles zu glatt?« Sie streckte ihre

Beine von sich. »Niemand taucht hier auf. Ihr sichert ohne Probleme die Beweismittel und übergebt sie.«

»Dafür sind wir doch da, oder?« Er wusste nicht, worauf sie hinauswollte. »Ich verstehe nicht ganz.«

Sie schüttelte den Kopf. »Es war so ein Gefühl. Deshalb …« Sie winkte ab.

»Deshalb sollten wir es trotzdem ernst nehmen«, erwiderte er, während er sich gleichzeitig über seine völlig unprofessionellen Gedanken von eben ärgerte. »Beauvolet ist alles zuzutrauen.«

»Wie gesagt, ich habe leider oder besser glücklicherweise nichts entdecken können. Außerdem wollte ich die Mädchen nicht beunruhigen. Sie scheinen nichts gehört zu haben.« Corinne zeigte zu dem Wald, der am Rande des Grundstücks begann. »Ich hatte das ungute Gefühl, von dort beobachtet zu werden.«

Kylian sog Luft ein. Corinne arbeitete schon länger im Zeugenschutzprogramm. Er konnte ihren Verdacht nicht ignorieren. Die langjährige Arbeit schärfte die Sinne der Beamten. Die Mischung aus Erfahrung, Instinkt und unbewussten Wahrnehmungen konnte oft verlässlicher Gefahrensituationen erkennen als die penibelste Detektiv- und Ermittlungsarbeit. Mit einem Schlag war sein Verstand hellwach, das Schwelgen in alten Erinnerungen wie weggefegt.

»Wir sollten nachsehen«, schlug er vor. »Vielleicht entdecken wir Hinweise darauf, dass sich vor Kurzem jemand zwischen den Bäumen aufgehalten hat.«

»Ich wollte nicht die Pferde scheu machen«, setzte Corinne vorsichtig an.

Kylian beugte sich vor und sah sie eindringlich an. »Beauvolet ist ein hinterhältiges Schwein. Wenn er herausfindet, wo sich seine Frau und seine Kinder aufhalten, dann … gnade uns Gott.«

Corinne erhob sich. »Soll ich erst mal allein nachschauen gehen?«

Kylian stand ebenfalls auf. »Nein, ich gehe. Du bleibst hier.«

Aus dem Obergeschoss drang die Stimme von Fleur, die mit Virginie zu diskutieren schien. Er sah nach oben. »Pass auf die drei auf. Ich sehe mich erst ein wenig im Wald um, dann laufe ich noch den

Weg zum Parkplatz ab.« Er sah auf die Uhr. »In einer Stunde bin ich wieder da. Wenn etwas ist …«

Corinne nickte und setzte sich wieder. »Bis gleich!«

Kylian nickte ihr nochmals zu und machte sich dann auf den Weg durch den Garten.

40

Fleur schreckte auf und blickte instinktiv zu ihren Kindern. Das fahle Mondlicht reichte nicht aus, um mehr als die Umrisse ihrer Töchter erkennen zu können. Was war das gewesen?

Virginie schälte sich aus ihrer Decke. »Was ist passiert?«

»Hast du auch etwas gehört?« Dann hatte Fleur sich also nicht getäuscht.

»Ja«, hauchte ihre Älteste mit erstickter Stimme.

In Océanes Bett regte sich nichts. Fleur schlug die Decke zurück und verließ ihr Bett. Leise trat sie ans Fenster und blickte hinaus. Als sie auf der Terrasse einen Schatten erkannte, wich sie hastig zurück.

»Was ist los, Maman?« Virginies Atem ging schneller.

Fleur versuchte, sich zu beruhigen. »Ich weiß es nicht«, flüsterte sie. »Ich glaube, da unten war jemand.«

»Wer? Kylian?« Virginies Furcht war nicht zu überhören.

»Ich weiß es nicht«, wiederholte Fleur. »Wir verhalten uns am besten ganz ru…«

Ein Schuss durchbrach die Stille.

»Maman!«, kreischte Virginie auf und zog die Decke über sich.

Océane hob ihren Kopf. »Was ist?«

Fleur eilte zum Bett ihrer jüngeren Tochter und kauerte sich neben sie. Ihr Herz pochte wie wild.

»Stehen bleiben! Polizei!«, hörten sie Kylian vor dem Haus brüllen. Schritte, Getrampel, irgendetwas fiel mit einem lauten Schlag auf den Boden.

»Komm«, forderte Fleur Virginie auf. »Setz dich schnell zu uns.«

Virginie schlüpfte auf ihre andere Seite und legte ihren Kopf an Fleurs Oberkörper.

»Fleur! Schieb einen Schrank vor eure Tür!«

Kylians Stimme ließ sie zusammenzucken. Rasch legte sie die Decke um die beiden Mädchen und bedeutete ihnen, näher zusammenzurücken. Dann steuerte sie auf den dunklen Holzschrank zu. Sie stemmte sich gegen die Seite, doch das Ungetüm bewegte sich keinen Zentimeter.

»Sollen wir dir helfen, Maman?«, wisperte Océane vom Bett her.

»Nein, ihr bleibt, wo ihr seid«, gab Fleur leise zurück, während Panik in ihr aufstieg.

Die Tür hatte kein Schloss, sie konnte sie nicht verriegeln. Obwohl sie nicht wusste, was im Erdgeschoss vor sich ging, war ihr klar, dass sie sich in größter Gefahr befanden. Sie musste ihre Töchter schützen. Entschlossen lenkte sie ihre Aufmerksamkeit auf die Kommode neben Virginies Bett. Sie war nicht hoch und auch nicht annähernd so schwer wie der Schrank, aber irgendetwas musste Fleur tun. Hektisch zog sie das Möbelstück vor die Tür. Mit Genugtuung registrierte sie, dass die Höhe der Kommode verhinderte, dass man die Klinke herunterdrücken konnte. Das Holz endete direkt unter der Drückergarnitur. Wie eine Maßarbeit, schoss es Fleur durch den Kopf. Gleichzeitig war ihr klar, dass es ein potenzieller Eindringling mit genügend Kraft höchstwahrscheinlich innerhalb kürzester Zeit schaffen würde, die Tür über der Kommode einzuschlagen. Allzu stabil wirkte das dünne Holz nicht.

Sie blickte zum Fenster. Das wäre ihre einzige Fluchtmöglichkeit. Fleur durchquerte den Raum und sah auf die Terrasse hinunter. In diesem Moment ertönte ein weiterer Schuss. Kylian brüllte erneut, doch Fleur verstand nichts. Ihr Herz hämmerte wild in ihrer Brust, erst jetzt bemerkte sie das Zittern ihres Körpers. Hastig kehrte sie zu Océanes Bett zurück und setzte sich zwischen die Mädchen. Virginie wimmerte leise, während Fleurs jüngerer Tochter Tränen über die Wangen kullerten.

Fleur atmete tief durch. Was war los? Steckte Rémy etwa hinter dem Angriff? Sie redete beruhigend auf die Mädchen ein und strich ihnen über ihr Haar.

»Alles wird gut, hört ihr. Corinne und Kylian werden uns beschützen.«

Doch würden sie das wirklich? Mit wie vielen Angreifern hatten sie es zu tun?

Ein weiterer Schuss.

Fleur versuchte, ihrer Angst Herr zu werden. Die Mädchen zuckten unter ihren Händen zusammen.

»Sterben wir jetzt, Maman?«, presste Océane unter der Decke hervor.

»Nein.« Fleur bemühte sich um Festigkeit in ihrem Tonfall.

Weitere Schüsse unter ihnen, wieder erklang ein lauter Schlag. Kylians Stimme, jetzt leiser, weiter weg. Fleur schloss die Augen. Oh Gott, wo war er? Befanden sie sich jetzt allein im Haus? Und wo war Corinne? Sie lauschte, versuchte, ihr Gehör zu schärfen. Die Stille war fast noch unheimlicher als die Schussgeräusche.

»Sind sie weg?«, raunte Virginie neben ihr.

»Ich weiß es nicht«, musste Fleur notgedrungen zugeben. »Kylian wird uns sicher gleich Bescheid geben.«

»Vielleicht haben sie ihn erschossen«, schluchzte Océane voller Verzweiflung und schlug die Hände vor ihr Gesicht.

Fleur zog das kleine Mädchen dichter an sich. »Kylian ist Polizist. Er kann sich sehr gut verteidigen. Das ist sein Job.«

Wen versuchte sie hier gerade zu beruhigen? Ihre Töchter oder sich selbst? Was würde geschehen, wenn Rémys Leute die beiden Beamten erschossen hätten? Nein, rief sie sich sofort zur Räson, diese Gedanken durfte sie nicht zulassen. Doch der Schmerz, der sich in diesem Moment unaufhörlich in ihr ausbreitete, ließ sich kaum ertragen. Warum nur hatte sie darauf bestanden, dass Kylian sie im Zeugenschutz betreute? Wenn er jetzt wegen ihr … Ihre Augen begannen zu brennen. Nein, beschwor sie sich. Nein, nein, nein. Er durfte nicht … Ein Schluchzer entwich ihrer Kehle.

»Weinst du, Maman?« Virginie beugte sich vor und sah ihr ins Gesicht.

»Nein«, log Fleur, dankbar für die Dunkelheit, die im Raum herrschte. »Nein, ich weine nicht.« Sie zögerte. »Nur ein bisschen vielleicht.«

»Maman.« Océane kuschelte sich in Fleurs Schoß und umschlang mit einem Arm ihre Taille.

»Wir schaffen das«, beschwor Fleur ihre Kinder. »Wir warten. Bestimmt kommt Kylian oder Corinne ganz bald und sagt uns, wie es weitergeht.«

»Ich will zu Papa«, weinte Virginie leise. »Warum können wir nicht nach Hause gehen?«

Der Schmerz ihrer Tochter traf Fleur wie tausend Nadelstiche ins Herz. Wie sollte sie ihr erklären, dass es wahrscheinlich ihr Vater war, der hinter diesem Angriff steckte? Wie sollte ein Kind verstehen, dass sein eigener Vater ein skrupelloser und menschenverachtender Schwerverbrecher war? Virginies Seele würde daran zerbrechen. Nein, Fleur musste alles daransetzen, dass die Mädchen niemals die Wahrheit erfuhren. Sie hatte keine Ahnung, wie sie das anstellen sollte. Doch sie war ihre Mutter, sie war für das Wohlergehen dieser beiden wundervollen Mädchen verantwortlich. Ebenso wie sie schuld an deren momentanem Leid war. Sie musste jetzt stark sein. Was auch immer heute Nacht geschehen war, Fleur musste ihre Kinder in Sicherheit bringen. Sie musste dafür sorgen, dass ihnen nichts zustieß. Alles andere war zweitrangig.

Während die Mädchen leise vor sich hin schluchzten, versuchte Fleur, in die Dunkelheit zu lauschen. Waren da Schritte? Sie kniff die Augen zusammen, doch jetzt hörte sie nichts mehr. Wie mechanisch streichelte sie den Mädchen über deren Rücken. Mehr und mehr überkam sie das Gefühl, dass sie in einer Falle saßen. Wenn die Eindringlinge die Polizisten wirklich hatten überwältigen können … Fleur schnappte nach Luft. Nein! Aber die Tür würde nicht lange halten. Mehr und mehr verstärkte sich Fleurs Intuition, dass sie aus diesem Zimmer herauskommen mussten. Sie blickte von der Tür zum Fenster. Wenn sie die Bettdecken aneinanderband, könnten die Mädchen daran hinunterklettern. Was aber, wenn sich die Angreifer noch auf dem Grundstück aufhielten? Fleur spürte, wie sie langsam die Fassung zu verlieren drohte. Wie sollte sie sich verhalten? Sie war keine Polizistin. Sie hatte keine Ahnung, was sie Rémys Leuten entgegensetzen sollte. Aber würde er so weit gehen, seine eigene Familie zu bedrohen? Fleur biss sich auf die Unterlippe.

Er wollte sie. Rémy ging es allein um Fleur. Nicht um die Kinder. Würde er seine eigene Frau umbringen lassen? Obwohl sie die Antwort ahnte, konnte sie den Gedanken kaum zu Ende führen. Zu schmerzhaft war die Erkenntnis, welche gravierenden Fehler sie in der Vergangenheit begangen hatte. Wenn sie jetzt sterben würde, hätte sie keine Möglichkeit mehr, ihre Beweise an die Polizei zu übergeben. Rémy hätte endgültig gewonnen. Und die Mädchen wären ihm schutzlos ausgeliefert. Sie musste handeln. Sanft löste Fleur ihre Töchter von sich.

»Wir müssen hier weg«, raunte sie ihnen zu. »Lasst mich bitte aufstehen.«

Océane klammerte sich weiter an sie, während Virginie sich gegen die Wand lehnte und stumm vor sich hin starrte.

»Océane …«, setzte Fleur behutsam an, als sie plötzlich Schritte auf der Treppe hörte. Ihr Atem stockte. Sie hielt die Luft an, legte einen Zeigefinger auf ihre Lippen. »Pst!«

Wer war das? Die Angst kroch ihre Wirbelsäule entlang. Fleur blieb reglos stehen und lauschte auf die Geräusche im Flur. Da näherte sich jemand. Ihr wurde schwindlig. Was sollte sie tun? Für eine Flucht war es zu spät. Ihr Herz galoppierte wie wild.

»Maman«, plärrte Océane unter der Decke.

»Fleur«, kam Kylians Stimme vom Gang her. »Ist bei euch alles in Ordnung?«

Fleur schloss kurz die Augen und schickte ein Stoßgebet gen Himmel.

Als Kylian die Klinke herunterdrückte, blockierte die Kommode sein Hereinkommen.

Fleur fasste sich ein Herz. »Moment!« Sie trat an das Möbelstück und rückte es zur Seite. Als Kylian die Tür öffnete und hereintrat, hätte sie sich am liebsten vor lauter Erleichterung in seine Arme sinken lassen. Doch sie besann sich auf die Anwesenheit der Kinder und riss sich zusammen. Kylian schien es ähnlich zu gehen. Nachdem sein Blick durch den Raum gewandert war, blieb er an Fleurs Gesicht hängen. Trotz des fahlen Lichts konnte sie seine Besorgnis, die Wärme und ... die Angst erkennen.

»Was ist passiert?«

Er schüttelte den Kopf.

»Kylian, was ist passiert?«

»Corinne ist tot.«

41

Rémy tigerte unruhig durch sein heimisches Büro. Auch das kleine Stelldichein mit Camille hatte nicht die gewünschte Wirkung gezeigt. Seit er wusste, dass sie darauf angesetzt war, ihn zu Fall zu bringen, hatte sie ihren Reiz für ihn verloren. Obwohl ... Er schloss die Augen und fluchte. Die junge Frau hatte etwas in ihm berührt. Er hätte ... Schluss damit, unterbrach er sich hastig. Sie war Plevantiers Marionette. Es war müßig, sich Gedanken darüber zu machen, wie es mit ihnen hätte weitergehen können, wenn sie tatsächlich diejenige gewesen wäre, die sie vorgegeben hatte zu sein. Sie war ein Spitzel, eine Verräterin. Schluss, aus, fertig. Was gab es da noch zu überlegen?

»Merde!« Unwirsch fuhr sich Rémy durch sein Haar. Er stellte sich ans Fenster und starrte in die Dunkelheit. Die Lampen am Pool verbreiteten ein warmes Licht, das bis zur weitläufigen Terrasse daneben leuchtete. Er hatte viel erreicht. Nicht nur dieses traumhafte Anwesen nannte er sein Eigen, er besaß drei Ferienhäuser in der Schweiz, in der Nähe von Paris und in Florida. Er musste an die kleine Zwei-Zimmer-Wohnung denken, in der er seine Kindheit verbracht hatte.

Schon früh war ihm klar gewesen, dass er niemals in die Fußstapfen seines Vaters treten würde, der als Fahrzeugmechaniker die Familie mehr schlecht als recht über Wasser hatten halten können. Seine Mutter hatte als Aushilfe an der Universität geputzt. Und Rémy? Er hatte sein Köpfchen eingesetzt, um es zu etwas zu bringen. Körperliche Arbeit war nichts für ihn, das hatte er früh gemerkt. Er war ein Denker, ein Planer. Derjenige, der delegierte und andere anwies. Fast hätte er aufgelacht, als er sich seiner nostalgischen Anwandlung bewusst wurde. Ja, er hatte ganz klein angefangen, demütig und unauffällig, um den Mächtigen nicht ins Gehege zu kommen. Erst als er sich bereits ein konkretes Netzwerk, eine überschaubare Organisation mit höchst loyalen Mitarbeitern aufgebaut hatte, war Rémy aus der Deckung gekommen und hatte sich recht schnell einen gewissen Ruf erarbeitet, der von »genial« über »eiskalt« und »skrupellos« bis zu »berüchtigt« und »gefährlich« reichte.

Rémy hatte es noch nie interessiert, was andere von ihm dachten, doch die Angst seiner Konkurrenten vor seiner lückenlos funktionierenden Organisation hatte ihm größere Übernahmeangriffe bisher zuverlässig vom Hals gehalten. Daher sah er keinerlei Anlass, etwas an seiner Außenwirkung zu ändern.

Er blickte auf seine Uhr. Warum meldetet sich Jean-Luc nicht? Die Aktion musste doch längst abgeschlossen sein. Seine Unruhe wuchs. War etwas schiefgelaufen? Nein, beruhigte Rémy sich sofort. Jean-Luc und Fréderic waren Profis. Er hegte nicht den geringsten Zweifel daran, dass sie den Auftrag nach seinen Wünschen ausgeführt hatten. Ein triumphierendes Lächeln schlich sich auf seine Lippen. Große Ereignisse mussten gefeiert werden. Er überlegte, wie lange er offiziell trauern sollte, bevor er sich wieder ins Leben stürzen konnte. Möglicherweise konnte er während dieser Phase ja auf Camilles Dienste zurückgreifen. Die kleine Verräterin machte ihre Arbeit mehr als gut und hatte sicherlich ebenso wenig wie er ein Interesse daran, dass ihre heimliche Affäre bekannt würde. War das eine Option? Beim Gedanken an ihren wohlgeformten Körper, ihre sexy Lippen und ihre rauchige Stimme spürte er wieder das vertraute Ziehen in seinen Lenden. Ja, um sich über die Zeit zu retten, wäre Camille die einfachste Lösung.

Als sein Smartphone zu vibrieren begann, atmete Rémy tief aus, bevor er aufs Display sah. Endlich!

»Alles erledigt?«

Einige Sekunden lang herrschte Stille.

»Jean-Luc?«

»Chef, es ist leider nicht so gelaufen wie geplant.«

Rémy ließ sich auf die Schreibtischplatte fallen und fluchte stumm. »Was heißt das?«

»Dieser Plevantier … Wir hatten nicht damit gerechnet, dass er ebenfalls Wache hielt.«

»Was soll das heißen?«, wiederholte Rémy ungehalten.

»Wir sind nicht an sie herangekommen.« Jean-Lucs Stimme klang müde. »Die Polizistin konnten wir ausschalten, aber Plevantier ließ uns keine andere Wahl als …«

»Ihr habt euch wegjagen lassen?« Rémy konnte es nicht glauben. Fréderic und Jean-Luc hatten noch nie versagt. Nicht ein einziges Mal! Bis heute.

»Er kam plötzlich aus dem Nichts«, versuchte sein Mitarbeiter, sich zu verteidigen. »In den vergangenen Nächten war immer nur einer der Bullen als Wache abgestellt gewesen. Keine Ahnung, warum sie heute Nacht …«

Rémy wollte nichts mehr hören. »Was ist mit Fleur?«

»Wie gesagt, wir sind nicht an sie herangekommen. Sie muss sich mit den Kindern oben verbarrikadiert haben.«

»Verflucht!« Rémy ballte eine Hand zur Faust und schlug auf die Schreibtischplatte neben sich. »Was ist mit Plevantier?«

»Den haben wir nicht bekommen.« Jean-Luc klang kleinlaut.

»Dieser Hurensohn!« Rémys Gedanken überschlugen sich.

»Und noch was, Chef: Fréderic ist verletzt. Ein Streifschuss des Bullen hat ihn am rechten Oberarm erwischt.«

Rémy schloss die Augen. »Wie schlimm ist es?«

»Es wäre gut, wenn er einen Arzt sehen könnte.«

Er knirschte mit den Zähnen. »Ich gebe Dommais Bescheid. Er soll sich bereit machen und Fréderic versorgen.«

»Danke, Chef«, entgegnete Jean-Luc hörbar erleichtert. »Wie gehen wir jetzt weiter vor?«

Rémy legte den Kopf in den Nacken und starrte gegen die Decke. »Ich muss nachdenken. Kümmert ihr euch erst mal um Fréderics Verletzung. Ich kann mir nicht vorstellen, dass Plevantier mit Fleur und den Kindern in dem Haus bleiben wird. Warten wir erst mal ab, wohin er sie als Nächstes bringt. Sobald wir die Lage dort sondiert haben, bringt ihr zu Ende, was ihr heute Nacht vermasselt habt.«

»Geht klar, Rémy. Danke!«

Er legte auf und war einen Moment lang versucht, sein Telefon gegen die Wand zu schmettern. Doch im letzten Augenblick besann er sich eines Besseren. Es war nur ein kleiner Rückschlag, versuchte er, sich zu beruhigen. Fleur lebte noch. Aber es würde nur eine Frage der Zeit sein, bis Jean-Luc und Fréderic ein zweites Mal zuschlagen konnten.

Rémy überlegte. Vielleicht sollte er ihnen zwei weitere Männer zur Seite stellen. Doch er verwarf den Gedanken sofort wieder. Auf Jean-Luc und Fréderic konnte er sich blind verlassen. Auch seine anderen Mitarbeiter standen loyal an der Seite ihres Chefs, doch Spezialaufträge wie dieser … Nein, er musste auf seine beiden engsten Helfer vertrauen. Je größer der Personenkreis würde, der an Fleurs Ermordung beteiligt wäre, desto höher das Risiko. Er würde an seinem ursprünglichen Plan festhalten. Und er war sich sicher, dass die beiden Männer das nächste Mal erfolgreicher agieren würden.

»Es ist nur ein kleiner Aufschub, meine liebe Fleur«, presste er leise zwischen seinen Kiefern hervor. »Ein klitzekleiner Aufschub. Du entkommst mir nicht.«

42

Fassungslos blickte Kylian dem Wagen des Rechtsmediziners hinterher. Wie hatte das passieren können? Der Angriff war quasi aus dem Nichts gekommen. Corinne hatte keine Chance gehabt. Wie viele Polizisten würden Beauvolets Rachefeldzug noch zum Opfer fallen müssen? Die Nachtluft war frisch, der Himmel sternenklar. Irgendwo im Wald unterhalb des Grundstücks schrie eine Eule. Kylian verharrte einen Moment, bevor er sich auf den Rückweg zum Haus machte, in dem Fleur und ihre Kinder warteten. Was sollte er ihnen sagen? Mit welchen Worten sollte er sie trösten und beruhigen? Wieder und wieder war dieses Schwein ihnen einen entscheidenden Schritt voraus. Woher hatte er von ihrem Aufenthaltsort erfahren?

Und Kylian hatte es zum wiederholten Mal nicht geschafft, eine Mitarbeiterin zu schützen. Er dachte an Corinnes Verlobten, von dem sie ihm vorgestern noch erzählt hatte. Die Hochzeit war für nächstes Frühjahr geplant. Er wollte nicht in der Haut desjenigen stecken, der dem jungen Mann mitteilen musste, dass es keine Hochzeit geben würde. Zukunftspläne, die für immer zerstört worden waren. Kylian kämpfte gegen die Bitterkeit an, die sich in ihm ausbreitete. Er hatte einen wichtigen Auftrag. Und Corinnes Tod durfte nicht umsonst gewesen sein. Als sein Handy klingelte, blickte er teilnahmslos aufs Display. Démilliers. Wie erwartet.

»Ja?«

»Was ist passiert, Plevantier?«, bellte seine Vorgesetzte ins Telefon.

Er sog tief Luft ein, bevor er ihr die Ereignisse des Abends schilderte.

»Wie konnte das geschehen?«

Kylian blieb stehen und starrte in die Dunkelheit. »Beauvolet muss uns gefolgt sein.«

»Als Sie heute früh das Beweismittel gesichert haben?«

Er überlegte. »Nein, schon vorher. Woher hätte er wissen sollen, dass wir heute aufs Revier kommen?« Er schüttelte den Kopf. »Er muss uns gefolgt sein, als wir die Familie hergebracht hatten.« Ihm kam ein Gedanke.

»Sie sollten umgehend zurückkommen.« Rashida Démilliers' Stimme klang bestimmt.

»Nein, nicht nach Montpellier zurück«, widersprach Kylian ebenso entschlossen. »Das wäre unter den gegebenen Umständen viel zu gefährlich. Ich bin mir sicher, dass Beauvolet es heute Abend auf seine Frau abgesehen hatte.«

»Plevantier, das war keine Bitte. Kommen Sie zurück, bis wir die Beweismittel ausgewertet haben. Dann entscheiden wir weiter, wo Sie die Frau und die Mädchen unterbringen.«

»Ich überlege mir etwas, aber ich werde nicht mit ihnen zurückkehren«, erklärte Kylian, obwohl ihm klar war, dass er Démilliers mit seiner Befehlsverweigerung aufs Schärfste brüskierte.

»Plevantier, Sie kommen zurück! Heute Nacht noch …«

Kylian beendete mitten in ihrem Satz das Telefonat. Das konnte nicht Démilliers' Ernst sein. In Montpellier wären sie nicht sicher. Beauvolets weitverzweigtes Netzwerk würde sie früher oder später dort aufspüren. Er beschleunigte seine Schritte. Erneut begann sein Smartphone zu vibrieren. Doch er hatte seiner Vorgesetzten bereits mitgeteilt, was er tun oder besser was er nicht tun würde. Sobald er eine sichere Unterkunft für sie gefunden hatte, würde er sich bei ihr melden. Keine Minute früher.

Als er am Haus ankam, lag das Anwesen komplett im Dunkeln. Er spürte seinen Herzschlag, Gänsehaut breitete sich auf seinen Armen aus. Wo waren die drei? Die Eingangstür wurde geöffnet. Die Polizistin, die sich während seiner kurzen Abwesenheit um Fleur und die Kinder kümmern sollte, kam heraus.

»Alles in Ordnung?«, wollte er von ihr wissen, während er auf den gekiesten Weg vor dem Haus trat.

Sie nickte. »Die drei sitzen in der Küche. Die Mädchen trinken Kakao. Sie sind todmüde. Ich kann …«

Kylian musterte das junge Gesicht. »Fahren Sie zurück. Ich kümmere mich hier um alles.«

»Démilliers hat mich angewiesen, dass ich …«

»Fahren Sie zurück«, fiel er ihr ins Wort. »Wir müssen hier weg. Ich melde mich, sobald ich weiß, wie wir weiter vorgehen. Ich habe heute Nacht bereits eine Mitarbeiterin verloren. Beauvolet ist unberechenbar.«

Die Beamtin sah ihn skeptisch an. »Ich weiß nicht.«

»Hören Sie, ich bin Ihnen gegenüber weisungsbefugt. Also bitte: Fahren Sie nach Hause.«

Einige Sekunden lang stand sie unschlüssig vor ihm, dann zuckte sie mit den Achseln. »Wie Sie meinen.«

»Ja, ich meine es so. Vielen Dank für Ihre Unterstützung, aber hier endet Ihr Arbeitstag. Kommen Sie gut heim.« Kylian sah ihr an, dass sie mit diesem Vorgehen nicht einverstanden war, doch sie wagte offensichtlich nicht, ihm zu widersprechen.

Nachdem sie sich verabschiedet und auf den Rückweg zum Parkplatz gemacht hatte, beugte Kylian sich vor und stützte seine Hände für einen Moment auf die Oberschenkel. Er hatte keine Ahnung, wie er weiter vorgehen sollte. Für den Augenblick war nur wichtig, dass sie schnellstmöglich von diesem Ort hier verschwanden, bevor Beauvolets Leute es sich anders überlegten und nochmals zurückkehrten, um ihr Vorhaben zu beenden. Als er sich gesammelt hatte, richtete er sich wieder auf, lief ums Haus herum und klopfte an die Terrassentür, bevor er sie öffnete.

Der Anblick, der sich ihm bot, berührte sein Herz. Océane saß auf dem Schoß ihrer Mutter und hatte ihren Kopf in Fleurs Halsbeuge gekuschelt. Virginie saß dicht daneben und hielt den rechten Arm ihrer Mutter fest umklammert.

Als er eintrat, blickten ihm Fleur und Virginie aus verweinten Augen entgegen. Am liebsten hätte er seine Arme ausgebreitet und sie an sich gezogen. Doch ihm war bewusst, dass eine solche Reaktion befremdlich auf die Mädchen gewirkt hätte. Er deutete auf die dampfenden Becher auf dem Tisch. »Das beste Mittel gegen Kummer.«

»Ist sie …« Fleur stöhnte leise. »Haben sie Corinne abgeholt?«

Er nickte und zog sich einen Stuhl heran. »Wie geht es euch?«

»Ich will nach Hause«, wisperte Virginie, während Fleur nur stumm seinen Blick erwiderte. Die kleinen Sprenkel in der Iris ihrer Augen wirkten stumpf.

»Das verstehe ich gut«, erwiderte er leise, als er bemerkte, dass Océane in den Armen ihrer Mutter eingeschlafen war. »Aber das geht leider nicht.«

»Die Mädchen können nicht mehr«, flüsterte Fleur traurig. »Und ich auch nicht.«

»Es tut mir leid.« Kylian fühlte sich in diesem Moment kraftlos und erschöpft. Was würde geschehen, wenn die Beweismittel ausgewertet wären? Würde Fleur jemals Frieden für sich und die Mädchen finden? »Ich habe keine Ahnung, wie es zu dieser Katastrophe kommen konnte.« Er musste an Corinnes Worte am frühen Abend denken, an ihren Instinkt, der ihr signalisiert hatte, dass sie beobachtet wurden. Hätte sie ihm nicht von ihrem mulmigen Gefühl am Nachmittag erzählt, hätte womöglich keiner von ihnen überlebt. Wenn sie nicht gemeinsam gewacht hätten … Er verdrängte den bitteren Gedanken. Jetzt galt es, sich um die Sicherheit der Familie zu kümmern. In Selbstmitleid zu zerfließen, dafür war später immer noch genügend Zeit.

»Corinne wollte mit uns zu dem See laufen«, setzte Virginie mit tränenerstickter Stimme an. »Sie wollte …« Ein Schluchzen entlud sich in ihrer Kehle.

Fleur zog sie enger an sich. »Es ist gut, mein Schatz. Wir schaffen das. Corinne war eine ganz Liebe. Und wir werden immer an sie denken.«

Ihre Worte ließen Kylian erzittern. »Wir müssen hier weg.« Er wollte keine Panik verbreiten, daher unterdrückte er das Wörtchen »schnell«. »Wer auch immer uns angegriffen hat und für Corinnes Tod verantwortlich ist«, er wechselte einen bedeutungsvollen Blick mit Fleur, »der kann jederzeit zurückkommen.«

»Ich will nach Hause«, jammerte Virginie erneut. »Zu Papa.«

Kylian registrierte, wie Fleur sich bei den Worten ihrer Tochter versteifte und sichtlich um Fassung rang.

»Das geht nicht, Schatz. Das habe ich dir doch schon erklärt.«

»Hast du nicht!«, ereiferte sich die Zehnjährige. »Papa kann uns beschützen. Er macht sich sicherlich große Sorgen um uns. Ich will zu ihm.«

»Wir finden eine Lösung«, mischte sich Kylian sanft ins Gespräch. Ihm wurde bewusst, wie schwierig es werden würde, den Kindern zu erklären, warum sie den Kontakt zu ihrem Vater abbrechen mussten. Gefühle ließen sich nicht überlisten, das hatte er bereits am eigenen Leib erfahren müssen. Und dass die Mädchen sehr an ihrem Vater hingen, war unübersehbar. Doch wie erklärte man einem Kind, dass der eigene Vater böse und hinterhältig war? Dass er keinen Respekt vor dem Leben anderer hatte? Dass er den Tod vieler Jugendlicher niederträchtig in Kauf nahm, nur um sein eigenes Imperium, seine gesellschaftliche Macht und Kontrolle immer weiter auszubauen? Kylian wusste keine Antwort darauf.

43

Fleur starrte in die Nacht hinaus. Die Mädchen waren vor zehn Minuten auf der Rückbank eingeschlafen. Das monotone Motorengeräusch untermalte die bedrückte Stimmung. Eine junge Frau war gestorben, weil sie Fleur und ihre Töchter hatte beschützen wollen.

»Was denkst du?«, fragte Kylian leise neben ihr.

»Ich muss ununterbrochen an Corinne denken. Océane hat mir nach dem Abendessen voller Begeisterung erzählt, wie schön das Picknick war, das Corinne im Garten mit den Mädchen veranstaltet hat.« Fleur drehte ihren Kopf und wischte sich über die Augen. »Ich weiß nicht, ob ich mir jemals verzeihen kann, dass …«

»Es ist nicht deine Schuld«, unterbrach er sie sanft, löste eine Hand vom Steuer und umfasste ihre Finger. »Du bist ja eiskalt. Frierst du?«

Fleur senkte ihr Gesicht und sah auf seinen Handrücken in ihrem Schoß. Die Wärme seiner Berührung breitete sich über ihre Arme bis in ihren Oberkörper aus. Wie lange war es her, dass sie seine Haut auf ihrer gespürt hatte? Seine Lippen, die ihren Körper erkundeten? Hastig unterdrückte sie den völlig unangebrachten Gedanken.

»Sie ist wegen uns gestorben«, murmelte sie, ohne auf seine Frage einzugehen. »Wegen mir.«

»Fleur …«, wollte Kylian erneut ansetzen.

»Wir wissen beide, wer hinter diesem hinterhältigen Angriff steckt«, fiel sie ihm ins Wort, bevor sie sich nach hinten drehte und ihre schlafenden Töchter betrachtete.

Océane hatte ihren Kopf gegen die Rückbank gelegt, ihr Mund war weit geöffnet. Virginie lag mit dem Oberkörper an der Tür, den Kopf auf groteske Weise nach vorne gesenkt. Fleur wurde es warm ums Herz. Ihre Kinder waren in Sicherheit. Sie sah wieder zu Kylian, der noch immer ihre Finger umfasste. Er würde niemals zulassen, dass ihnen etwas geschähe.

»Du bist nicht für das Verhalten deines …« Er stockte. »Für das Verhalten anderer Menschen verantwortlich.«

»Sie schlafen«, erklärte Fleur, war ihm aber trotzdem dankbar, dass er vor den Mädchen nicht Klartext redete.

»Wir sind Polizisten«, erwiderte Kylian mit ernster Stimme. »Corinne war eine sehr gute Beamtin. Integer, verantwortungsbewusst, empathisch. Das heute hätte nicht passieren dürfen.« Er seufzte. »Und doch ist es geschehen. Leider gibt es immer ein Restrisiko.«

»Willst du das ihren Eltern sagen? Ihrem Freund? Ihren Geschwistern?« Fleur kämpfte mit den Tränen, während sie zu Kylian sah.

Er knirschte mit den Zähnen. »Corinne ist nicht die erste Polizistin, die wegen … dieses Mistkerls ihr Leben verloren hat.«

»Was willst du damit sagen?« Alarmiert richtete sich Fleur in ihrem Sitz auf.

Kylian erwiderte nichts.

»Kylian? Was soll das heißen?«

»Es mussten schon andere sterben«, presste er nach einer gefühlten Ewigkeit hervor. »Loyale Mitarbeiter, hervorragende Polizisten. Familienväter, Ehemänner.«

Fleur schlug die Hände vors Gesicht. »Nein!«, entfuhr es ihr entsetzt. »Bist du sicher, dass …«

Kylian nickte. »Es gibt keine Zweifel.«

»Ich habe viel zu lange gewartet«, erwiderte Fleur, mehr an sich selbst gerichtet.

Im nächsten Moment löste Kylian seine Hand von ihrer, blinkte und fuhr auf einen Parkplatz, der neben der Straße hinter hohen Zypressen gelegen war.

»Was machen wir hier?«

»Warten«, erklärte er leise, während er den Motor abschaltete.

»Auf Verstärkung?« Sie sah ihn fragend an.

Er schüttelte den Kopf. »Nein, es wird keine Verstärkung geben.«

»Was meinst du damit?« Fleur spürte einen unangenehmen Kloß in ihrer Kehle.

Kylian blieb stumm.

»Bitte rede mit mir«, bat sie ihn eindringlich.

»Démilliers hat angewiesen, dass ich euch nach Montpellier zurückbringen soll.«

»Warum das?«

»Sie möchte erst das Beweismaterial sichten und danach entscheiden, wie es mit euch weitergehen soll.«

»Montpellier ist nicht weit von Aigues-Mortes entfernt«, flüsterte Fleur.

Kylian nickte. »Wir werden nicht zurückkehren.«

»Aber du sagtest doch gerade, dass es eine Anweisung sei.«

Er wandte den Kopf und sah ihr fest in die Augen. »Ich habe die leise Befürchtung, dass es eine undichte Stelle gibt.«

»Was?«, platzte es aus Fleur heraus. »Du meinst, einer deiner Kollegen hat … ihm verraten, wo wir untergekommen sind?«

»Es ist auf jeden Fall eine Möglichkeit, die ich nicht außer Acht lassen kann.« Er klang resigniert.

»Aber …« Fleur wusste nichts zu sagen.

Kylian sah in den Rückspiegel. »Ich glaube nicht, dass uns jemand folgt. Wir warten noch zehn Minuten, dann suchen wir uns eine Unterkunft für die Nacht.«

Er ließ das Fenster hinunter. Irgendwo schrie ein Käuzchen, das Mondlicht warf durch die Bäume kleine Lichtsprenkel auf den Wagen. Kylian atmete tief durch.

»Ich habe uns alle in Gefahr gebracht«, unterbrach Fleur die Stille.

»Fleur, Selbstvorwürfe bringen uns an dieser Stelle nicht weiter.«

»Es tut mir leid.« Sie legte ihre Wange an die kühle Scheibe.

»Das muss es nicht«, widersprach er sanft.

Fleur schloss die Augen und verharrte, als sie kurz darauf seine Finger an ihrer linken Wange spürte. Es wäre so einfach, ihrer Sehnsucht nachzugeben. Seine Hand zu berühren, sie zu Stellen ihres Körpers zu führen, die sich mit jeder einzelnen Zelle nach ihm sehnten. Ein leises Seufzen entwich ihren Lippen. Sie wusste, dass sie niemals eine Zukunft mit ihm haben konnte. Es war nur eine Frage der Zeit, bis er herausfände, dass sie … Fleur verdrängte den Gedanken und konzentrierte sich auf die Schönheit des Moments. Kylians Hand auf ihrer Haut. Seine Nähe, seine Fürsorge umhüllten sie wie eine warme Decke. Schirmten sie in diesem Augenblick von allem Bösen außerhalb dieses Wagens ab. Und doch wusste Fleur tief in ihrem Inneren, dass sie einer Illusion aufsaß. Zu viele Lügen standen zwischen ihnen, die er ihr niemals würde verzeihen können. Zu viel war geschehen, zu viel Ungesagtes entzweite sie.

»Ich bereue meine damalige Entscheidung seit fünf Jahren«, rutschte es Fleur heraus, bevor sie ihre Worte zurückhalten konnte. Sie drehte ihren Kopf und musterte den Mann neben sich.

Als Kylian seinen Blick über ihr Gesicht schweifen ließ, war sie dankbar für die Dunkelheit, die sie zumindest vor einer allzu intensiven Prüfung seinerseits schützte.

»Ich habe dich nie vergessen«, raunte er mit belegter Stimme.

Der hörbare Schmerz in seinen Worten ließ sie zusammenzucken. Wenn er wüsste, was seitdem alles geschehen war … Sie schluckte. Ihr ganzer Körper brannte, ihre inneren Verletzungen drängten mit aller Kraft an die Oberfläche. Doch sie durfte sich ihm nicht öffnen.

Niemals. Wenn sie Kylian auch nur den kleinsten Einblick in ihre Seele gewährte, würde die Wucht ihres Leids sie zerstören. Fleur musste die Demütigungen, die Wunden ihres Herzens verschlossen halten. Sie räusperte sich.

»Wir sollten das nicht sagen.«

Er lachte leise. »Denkst du, das weiß ich nicht, Fleur? Denkst du, ich rede mir nicht jeden verdammten Tag in den letzten Jahren ein, dass ich dich endlich vergessen, abhaken, als eine schöne Zeit in meiner Vergangenheit ablegen sollte?« Er ließ seine Hand sinken und fluchte leise.

Traurigkeit stieg in Fleur auf. Es durfte nicht sein, und doch konnte sie die Sehnsucht kaum ertragen, die sie in diesem Moment so durchdringend spürte, dass sie meinte, es nicht aushalten zu können. Warum nur hatte sie die Büchse der Pandora geöffnet? Sie verletzte sich selbst, quälte ihre Gefühle. Hatte sie sich nicht vor fünf Jahren geschworen, Kylian Plevantier nie wieder zu sehen? Sie blickte ihn von der Seite an, erkannte in seiner Miene einen ähnlichen Schmerz, wie sie ihn selbst empfand. Sie hatte ihm keine Wahl gelassen, hatte ihn unter Druck gesetzt. Er hatte wegen ihr einen Auftrag auszuführen, und sie war schuld daran, dass er derart litt. Ihr Selbsthass wuchs.

44

Die dunklen Vorhänge am Fenster des kleinen Pensionszimmers, das Kylian ihnen gestern Abend in der Nähe von Pézenas besorgt hatte, hielten die ersten Sonnenstrahlen des Tages davon ab, ins Innere des Raums zu dringen. Fleur lag auf dem Rücken und starrte in die Dunkelheit. Sie war vor zehn Minuten aufgewacht, an ein erneutes Einschlafen war nicht zu denken. Keine zwei Meter von ihr entfernt lag Kylian in seinem Bett, dahinter Océane und Virginie. Wenn sie an die verängstigten Mienen der Mädchen dachte, überlief sie ein kalter Schauer. Wieder und wieder drängte sich die Frage in ihre Gedanken, wie sie ihre Kinder in eine derartige Situation hatte bringen können. Und auch wenn Fleur keine Alternative einfiel, war ihr durchaus bewusst, dass sie das Leben ihrer Töchter durch ihr Vorhaben in größte Gefahr gebracht hatte. Sie durfte sich gar nicht ausmalen, was ihnen bei dem gestrigen Angriff alles hätte zustoßen können. Eine junge Polizistin hatte ihr Leben lassen müssen, weil sie Fleur und die Kinder beschützt hatte. Würde sie sich das jemals verzeihen können?

Eine Mischung aus Wut, Verzweiflung und Angst erfüllte sie. Wie viele Fehler hatte sie in den letzten Jahren begangen? Zu viele, setzte sie bitter nach. Und andere mussten dafür zahlen. Ihre Töchter, Justine, Beamte der Police Nationale. War der Preis für ihre Freiheit nicht viel zu hoch? Fleur schloss die Augen und lauschte den Geräuschen des frühen Morgens. In der Etage unter ihnen klapperte leise Geschirr, auf dem Parkplatz vor dem Gebäude wurde der Motor eines Fahrzeugs gestartet. Auf dem Gang waren gedämpfte Schritte zu hören, wahrscheinlich vom Reinigungspersonal. Wie lange würden sie hierbleiben? Kylian hatte sich gestern Abend nicht mehr zu ihren weiteren Plänen geäußert. Die Mädchen waren völlig übermüdet gewesen, sodass Fleur beschlossen hatte, sich direkt nach dem Bezug des Zimmers mit ihnen hinzulegen. Kylian hatte ihr erklärt, dass er sich noch kurz auf dem Gelände umschauen wolle. Bei seiner Rückkehr ins Zimmer musste Fleur allerdings schon geschlafen haben.

Sie fuhr sich mit einer Hand über ihr Gesicht. Wann genau war ihr Leben dermaßen aus den Fugen geraten? Ihre Kindheit und Jugend ohne Mutter waren mit Sicherheit nicht einfach gewesen. Doch ihr Vater hatte sich immer die größte Mühe gegeben, Fleur ein behagliches Zuhause zu bieten. Nur wenige Monate vor ihrem Schulabschluss war sie in einem Café von einem Modefotografen angesprochen worden. Sie hatte sich mit Justine getroffen, sie tranken einen Kaffee und wollten im Anschluss ein wenig bummeln gehen. Im ersten Moment hatten sowohl Fleur als auch ihre beste Freundin bezweifelt, dass das Angebot des attraktiven Mannes in den Vierzigern seriös sein konnte, als er sie fragte, ob sie am nächsten Tag

Zeit für Probeaufnahmen habe. Als er ihr jedoch seine Visitenkarte überlassen hatte, waren die beiden jungen Frauen aufgeregt zu Justine nach Hause geeilt – an Einkaufen war nach dieser mehr als obskuren Begegnung nicht zu denken gewesen – und hatten im Internet nach dem Fotografen gesucht.

Matthieu De Volain arbeitete für die großen Namen der Branche. Fleur hatte der Atem gestockt, als sie sein Konterfei auf seiner Internetseite erkannte. Auch Justine hatte es nicht glauben können, dass ihre Freundin tatsächlich von einem berühmten Pariser Fotografen angesprochen worden war. Als sie am nächsten Nachmittag an der angegebenen Adresse ankamen, hatte Fleur kaum noch klar denken können. Vor Nervosität hatte sie am ganzen Körper gezittert. Doch Matthieu war Profi genug, um sich in die Gedankenwelt einer Achtzehnjährigen hineinversetzen zu können. Er schaffte es problemlos, Fleur die Angst und die Vorbehalte zu nehmen, und prophezeite ihr bereits an jenem Tag eine große Karriere. Die keine fünf Jahre später zu Ende ging, nachdem Rémy in ihr Leben getreten war.

Gefiel es ihm zu Beginn ihres Kennenlernens noch, ein erfolgreiches Model an seiner Seite zu wissen, sich auf diversen öffentlichen Events mit ihrer Schönheit und ihrem Glanz zu schmücken, so begann er kurz nach ihrer Hochzeit, ihren Job in den Dreck zu ziehen. Wie er es hasse, wenn sie sich diesen lüsternen Kerlen auf zum Teil sehr freizügigen Fotos derart offen anbiete. Die Bezahlung für ihre Aufträge sei zwar angemessen, die Anforderungen an Fleur selbst seien jedoch eine Zumutung. Als seine Frau habe sie es nicht nötig, ihren Körper auf diese Weise »feilzubieten«. Ja, Rémy hatte systematisch auf Fleurs Austritt aus der Modebranche hingearbeitet. In einem Moment beklagte er sich über die schwierigen Arbeitsbedingungen, unter denen sie zu leiden habe und die er ihr zukünftig ersparen wolle, während er im nächsten Moment über angebliche Lustmolche herzog, die wer weiß was treiben würden, während sie Fleur in verschiedenen Hochglanzmagazinen betrachteten. Rémy hatte ihre Karriere zerstört. Spätestens als sie mit Virginie schwanger gewesen war, hatte er sein Ziel erreicht. Und Fleur? Was genau hatte sie sich von einer Ehe mit dem charismatischen Großunternehmer erhofft? Hatte sie ihn wirklich jemals geliebt?

Fleur drehte den Kopf und blickte zu Kylian. Er lag auf der Seite, das Gesicht in ihre Richtung gewandt. Seine regelmäßigen Atemzüge signalisierten ihr, dass er noch schlief. Sie musterte ihn im fahlen Licht, das durch die schweren Vorhänge schimmerte. Wie viele Nächte war es her, dass ihr Mann neben ihr gelegen und sie sich vorgestellt hatte, wie sie ihm ein Messer in seinen Körper rammte. Sie hatte eindeutig zu viel Fantasie. Doch wie fühlte sie sich bei dem Gedanken, dass Rémy …

Hastig verdrängte sie ihre Überlegungen. Fleur war weder ein nachtragender noch ein hasserfüllter Mensch. Früher hatte sie ihr Leben genossen, war zuversichtlich und voller Optimismus gewesen. War wirklich allein Rémy an ihrer Wandlung schuld? Nein, musste sie zugeben. Sie hatte zu lange gezögert, war zu lange untätig und bequem gewesen, hatte sich zu lange in der Blase eingerichtet, die ihr Mann für sie geschaffen hatte. Vielleicht wäre sie heute eine andere, wenn sie bereits vor vielen Jahren den Mut aufgebracht hätte, die Augen zu öffnen. Es war müßig, darüber nachzudenken.

Wieder konzentrierte sie sich auf den Anblick des Polizisten. Wie war es ihm wohl in den letzten Jahren ergangen? Gestern im Auto hatte sie deutlich gespürt, dass die Sache zwischen ihnen nicht zu Ende war. Zu viel Unausgesprochenes, zu viele Lügen standen jedoch zwischen ihnen. Sie musste mit ihm sprechen. Irgendwann. Allein, ohne die Kinder. Wann würde der USB-Stick ausgewertet sein? Und wie würde es dann weitergehen? Kylian würde toben, so viel war sicher. Fleur wollte sich gerade auf den Rücken legen, als sie hinter Kylian eine Bewegung ausmachte.

»Maman«, flüsterte Océane von ihrem Bett. »Bist du wach?«

Fleur winkte. »Komm«, raunte sie ihrer jüngeren Tochter zu.

Ohne zu zögern, schlug Océane ihre Decke zurück und huschte zu Fleurs Bett. Das Mädchen kuschelte sich mit ihrem Rücken an Fleurs Bauch. Behutsam strich ihr Fleur über das Haar. »Hast du gut geschlafen?«

Océane versteifte sich. »Ich will heim.«

Fleur seufzte innerlich. »Das geht leider nicht.«

»Wo ist Virginie?«, murmelte Océane, während sie sich tiefer unter die Decke kuschelte.

Alarmiert hob Fleur ihren Kopf. »Was meinst du? Sie schläft noch.«

Océane schüttelte den Kopf. »Ihr Bett ist leer. Ich dachte, sie ist bei dir.«

Fleur stockte der Atem. Hektisch setzte sie sich auf und blickte auf die beiden leeren Betten hinter Kylian.

»Kylian!«

Der Polizist öffnete die Augen und sah zu Fleur und Océane. »Bonj...«

»Virginie ist weg«, fiel ihm Fleur ins Wort, während ihr das Herz bis zum Hals pochte.

Kylian warf seine Decke zur Seite und erhob sich. »Was sagst du da?« Er stürmte zum Fenster und zog die Vorhänge auf.

Trotz der frühen Uhrzeit fiel gleißender Sonnenschein in den Raum.

»Wo ist Virginie?«, quengelte Océane und begann zu weinen.

Kylian blickte von ihr zu Fleur. »Wir suchen sie. Sie kann nicht weit sein.«

»Was ist, wenn ...?« Vor Angst konnte Fleur kaum noch klar denken. Ihre Gedanken rasten. Wie hatte Virginie unbemerkt das Zimmer verlassen können?

Als ob er ihre Gedanken gelesen hätte, durchquerte Kylian den Raum und inspizierte die Tür. »Ich hatte gestern Abend abgeschlossen.«

Er drückte die Klinke hinunter, die Tür schwang auf. Kylian entwich ein leiser Fluch.

Fleur schloss die Augen und unterdrückte ein Schluchzen.

45

»Kannst du uns bitte abholen, Papa?«, bat Virginie ihren Vater, nachdem dieser sich am anderen Ende der Leitung gemeldet hatte.

»Virginie, mein Schatz.«

Ihr Vater klang trotz der frühen Stunde gut gelaunt und schien sich sehr zu freuen, dass sie sich bei ihm meldete. Virginie fiel ein Stein vom Herzen. Sie hatte schon befürchtet, er könnte wütend auf sie sein, weil sie einfach so weggegangen waren, ohne ihm Bescheid zu geben.

»Papa, ich möchte nach Hause«, wiederholte sie ihre Bitte, während sie sich an der Rezeption der kleinen Pension, die sie gestern Abend bezogen hatten, umsah. Auf dem Tresen lag ein aufgeschlagenes Reservierungsbuch. Daneben befanden sich zwei Kugelschreiber und ein Bleistift. Glücklicherweise war die Pensionswirtin, eine ältere Frau mit ergrautem Haar, bereits wach gewesen, als Virginie sich nach unten geschlichen hatte. Sie hatte sie gefragt, ob sie kurz ihren Vater anrufen dürfe, und die Wirtin hatte nichts dagegen gehabt.

»Wo seid ihr denn?«, wollte ihr Vater in diesem Moment von ihr wissen.

Virginie sah sich um. »Ich weiß es nicht«, erklärte sie leise. »In einer Pension irgendwo …«

Sie begann zu weinen.

»Schsch, Schatz«, erklang die beruhigende Stimme ihres Vaters. »Ich finde euch. Keine Angst. Ich weiß, wo ihr seid. Bleib einfach, wo du bist. Dann komme ich ganz schnell und hole euch.«

»Woher weißt du, wo wir sind?« Virginie runzelte die Stirn. »Maman hat uns gesagt, dass du …«

Sie verstummte. Ihr Mutter hatte ihr mehrfach eindringlich erklärt, dass ihr Vater nichts von ihren Plänen wissen dürfe. Aber warum? Virginie verstand die Welt nicht mehr. Sie musste doch in die Schule, wollte zum Reiten. Warum hatten sie weggehen müssen? Sie war völlig verwirrt.

»Maman muss das gar nicht wissen, Virginie«, gab ihr Vater zurück. »Wartet einfach und bleibt, wo ihr seid. Dann finde ich euch.«

Was sollte sie tun? Ihre Mutter belügen? Was geschähe, wenn Kylian sie woanders hinbringen wollte? Sie konnte doch nicht …

»Seid ihr allein mit Maman?«

Virginie zögerte. Langsam fuhr sie mit dem Zeigefinger die Maserung des Tresens nach. Im Raum dahinter hörte sie, wie die Pensionswirtin eine Schublade schloss.

»Nein, ein Polizist ist bei uns. Er passt auf uns auf, hat Maman uns erklärt. Und Corinne …« Virginie kniff die Augen fest zusammen, als sie daran denken musste, was Kylian ihnen berichtet hatte. Corinne war tot. Erschossen. »Wir wurden überfallen, Papa. Eine Polizistin ist dabei gestorben.« Ein leises Schluchzen entlud sich in ihrer Kehle.

»Virginie, pass auf. Es geschehen manchmal leider schlimme Dinge auf dieser Welt. Aber ich verspreche dir, dass alles wieder gut wird. Ich kümmere mich darum. Und ich rede mit Maman. In Ordnung?«

»Ich glaube, sie ist sehr böse auf dich. Habt ihr euch gestritten, Papa?«

Sie hörte ihn seufzen. »Es ist ein wenig kompliziert, Virginie. Erwachsene haben ab und zu kleine Meinungsverschiedenheiten. Streit würde ich es nicht direkt nennen, aber …«

»Kannst du nicht schnell kommen und mit ihr reden?«, bat sie flehentlich. »Ich möchte heim. Und ich will, dass alles wieder so ist, wie es war.«

»Das weiß ich, Schatz. Ich versuche es. Wir finden eine Lösung. Jetzt müssen wir aber Schluss machen, okay?«

Virginie klammerte sich an den Hörer. »Ich warte auf dich, Papa.«

»Du kannst dich auf mich verlassen.«

Nachdem ihr Vater das Gespräch beendet hatte, musste Virginie schwer schlucken. Als sie das Telefon auf den Tresen legte, zitterte ihre Hand. Sie blickte zur Decke. Ob ihre Mutter schon bemerkt hatte, dass sie das Zimmer verlassen hatte?

»Möchtest du einen warmen Kakao, Mademoiselle?« Die Pensionswirtin sah aus ihrem Büro und nickte Virginie aufmunternd zu.

Virginie blieb stumm.

»Na, komm«, forderte die ältere Frau sie auf und winkte sie zu sich. »Setz dich.«

Zögernd umrundete Virginie den Tresen.

»Schläft deine Mutter noch?«

Virginie nickte und setzte sich auf einen roten Klappstuhl, der vor einem Schreibtisch stand, auf dem Unmengen von Unterlagen kreuz und quer herumlagen. Virginie ließ ihren Blick über das Chaos wandern, während die Wirtin den Raum verließ. An der Wand hing eine Schwarz-Weiß-Zeichnung, die einen Wald mit einer Hütte zeigte. In der rechten unteren Ecke konnte Virginie ein undeutliches Kürzel erkennen. Sollte sie nicht besser in ihr Zimmer zurückkehren? Was, wenn ihre Mutter sie schon vermisste?

»Voilà.« Die Wirtin stellte eine große dampfende Tasse vor sie, auf der zwei Delfine abgebildet waren. »Trink!«, forderte sie Virginie lächelnd auf. »Dann sieht die Welt gleich anders aus.«

Virginie zuckte mit den Schultern und nahm vorsichtig einen Schluck. Der Kakao schmeckte vorzüglich.

»Danke«, murmelte sie leise.

»Schon gut.« Die Frau lächelte. »Bleib einfach einen Moment hier sitzen, ich muss die Reservierungsliste durchschauen und einige Umbuchungen vornehmen.« Sie deutete in den Empfangsbereich hinaus. »Wenn etwas ist, ich bin vorne.«

Wieder nickte Virginie, erwiderte jedoch nichts. Ob die Frau ihr Telefongespräch belauscht hatte? Sie hatte Virginies Worte von ihrem Büro aus wohl kaum überhören können. Die Wanduhr zeigte an, dass es kurz vor sieben war. Wann würden ihre Mutter und Kylian aufwachen und entdecken, dass Virginie nicht in ihrem Bett lag? Und was sollte sie sagen, wenn der Polizist ihnen erklären würde, dass sie die Pension verlassen mussten? Wie lange benötigte ihr Vater, um herzukommen? Die Ereignisse der letzten Tage vermischten sich zu einem undurchsichtigen Knäuel ohne klare Linie. Was war mit ihren Eltern los? Warum hatte ihre Mutter nicht einfach mit ihrem Vater gesprochen und den Zwist zwischen ihnen beseitigt? Warum wurden sie von Polizisten begleitet?

Virginie trank von dem warmen Kakao und genoss das heimelige Gefühl in ihrem Hals. Wenn sie nur wüsste, was mit ihrer Mutter los war. Virginie war doch kein kleines Kind mehr. Warum redete sie nicht mit ihr? Okay, Océane war vielleicht noch zu jung, aber sie, Virginie, war doch schon fast erwachsen mit ihren zehn Jahren. Vielleicht sollte sie Maman einfach sagen, dass sie ihren Vater gebeten hatte, sie abzuholen. Schließlich war das kein Geheimnis, und sie würde es ja sowieso herauskriegen, sobald er hier ankäme.

46

»Hast du ihren genauen Standort?« Ungeduldig trommelte Rémy mit seinem Kugelschreiber auf die Schreibtischplatte, während seine Gedanken abschweiften. Virginie hatte regelrecht verzweifelt geklungen. Hatte er einen Fehler begangen, als er Fleur vor Tagen seinen Plan erläutert hatte? Doch er musste die Sache ein für alle Mal aus der Welt schaffen. Die Sache, wiederholte er stumm. Keine Sache, sondern seine Göttergattin.

»Sie sind in einer kleinen Pension außerhalb von Pézenas«, antwortete Jean-Luc in dem Moment.

In einer Pension. Rémy presste seine Kiefer aufeinander. »Wir sollten keine Zeit mehr verlieren.«

»Ich kann mich darum kümmern, wenn du das wünschst. Frédérics Arm lässt nicht zu, dass er mich unterstützt, aber ich schaffe das auch allein.«

Rémy schloss die Augen und überlegte. »Nein«, entschied er dann. »Diesmal darf nichts schiefgehen. Wir haben keine Zeit mehr. Virginie meinte, sie wüsste nicht, wie lange sie dortbleiben.«

»Du hast mit deiner Tochter gesprochen?« Jean-Luc klang überrascht.

»Sie liebt mich«, stieß Rémy barscher als beabsichtigt hervor. »Und sie vermisst mich. Sie hat mich gebeten, sie nach Hause zu holen.«

»Das heißt, wir halten an dem ursprünglichen Plan fest«, folgerte Jean-Luc emotionslos.

Rémy schob sein Kinn vor. »Nicht ganz«, widersprach er grimmig. »Dieser Drecksack von Capitaine wird den nächsten Sonnenuntergang ebenfalls nicht mehr erleben.«

47

»Wo kann sie nur stecken?« Hastig zog Fleur eine blaue Bluse über und reichte der weinenden Océane Leggings und T-Shirt.

»Wir finden sie.« Kylian verschwand im Bad.

»Ist sie abgehauen?«, wimmerte Fleurs jüngere Tochter in verzweifeltem Ton.

Fleur bemühte sich um Ruhe, obwohl sie die tiefe Sorge um Virginie innerlich beinahe zerriss. »Wo sollte sie denn hin?« Ja, wo sollte sie hin, wiederholte sie stumm. Wie hatte ihre Tochter es bloß geschafft, unbemerkt aus dem Zimmer zu schlüpfen?

Die Toilettenspülung begann zu rauschen, der Wasserhahn im Bad wurde aufgedreht. Zwei Minuten später öffnete sich die Tür wieder.

»Wollt ihr hier warten? Ich würde erst mal …«

»Wir kommen mit«, fiel Fleur Kylian sofort ins Wort. »Ich muss wissen, was mit Virginie …« Sie biss sich auf die Lippe und fasste nach Océanes Hand. »Komm, Schatz. Wir suchen deine Schwester.«

Aus dem Augenwinkel bemerkte sie, wie Kylian sich sein Waffenholster umschnallte. Fleur öffnete die Zimmertür und trat mit Océane auf den Flur. Am hinteren Ende stand ein Reinigungswagen, die beiden Zimmertüren auf gleicher Höhe waren geöffnet. Aus einem der Räume drang ein leises Summen an sie heran.

»Gehen wir!« Kylian schloss die Tür hinter sich und steuerte auf die Treppe zu. Fleur und Océane folgten ihm.

»Bonjour, die Herrschaften«, begrüßte Madame Duland, die Pensionswirtin, sie hinter dem Tresen des Empfangsbereichs.

»Bonjour, Madame. Wir sind auf der Suche nach …«, setzte Kylian an, als Fleurs Blick an ihm vorbei in das kleine Zimmer hinter der Rezeption fiel.

»Virginie!«, rief sie voller Erleichterung, während ihre Augen feucht wurden. »Was machst du denn da?«

Ihre Tochter saß auf einem Stuhl vor einem kleinen Tisch, eine Tasse mit beiden Händen umklammernd. Fleur konnte ihre Anspannung nicht länger unterdrücken. Sie begann zu schwanken und musste sich am Holz des Tresens festkrallen.

»Fleur!« Kylian trat zu ihr und umfasste ihren Unterarm.

»Maman!«, schluchzte Océane neben ihr.

»Ach je.« Die Pensionswirtin trat hinter der Theke hervor und musterte Fleur besorgt. »Kann ich Ihnen etwas bringen? Einen Kaffee vielleicht?«

Kylian schüttelte den Kopf. »Vielen Dank, das ist sehr nett. Aber …« Er versuchte weiterhin, Fleur zu stützen.

»Virginie«, krächzte sie heiser.

Ihre Tochter erhob sich zögernd und trat aus dem kleinen Büro heraus.

»Hast du deiner Mutter nicht gesagt, dass du mit deinem Vater telefonieren wolltest?« Madame Duland winkte das Mädchen zum Tresen.

»Du hast was?« Fleur schluckte.

»Ich möchte nach Hause«, begann Virginie leise.

»Du hast Papa angerufen?« Fleur schloss die Augen, ihre Gedanken rasten. Sie rang um Fassung.

»Ich denke, wir gehen jetzt erst mal aufs Zimmer und versuchen, uns etwas zu beruhigen«, mischte sich Kylian ins Gespräch, während er Fleur einen bedeutungsvollen Blick zuwarf.

Sie verstand und riss sich zusammen. Die Pensionswirtin wusste nichts von den Umständen, unter denen sie sich hier aufhielten. Jetzt galt es, so wenig Aufmerksamkeit wie möglich zu erregen. Sie wischte sich die Tränen von den Wangen.

»Ja, lasst uns nach oben gehen.« Sie zwang sich zu einem Lächeln.

»Soll ich Ihnen ein Frühstück bereiten?« Madame Dulands Blick wurde prüfender, während sie von Fleur zu Kylian sah. »Ein bisschen Baguette, ein paar Croissants? Was meinen Sie?«

Kylian nickte. »Das wäre sehr nett. Wir sind in fünfzehn Minuten wieder unten. Wäre das in Ordnung?«

»Natürlich.« Die Miene der Pensionswirtin erhellte sich. »Möchtest du gleich noch einen warmen Kakao?«, wandte sie sich an Virginie, bevor sie Océane ansah. »Und du auch, Mademoiselle?«

Océane nickte verschüchtert und drängte sich dichter an Fleurs Bein.

»Vielen Dank. Und entschuldigen Sie bitte den Zwischenfall.« Fleur bemühte sich um einen ruhigen Tonfall.

»Machen Sie sich keine Sorgen«, setzte die Wirtin an. »Ich habe selbst drei Kinder. Mittlerweile sind sie erwachsen, aber ich weiß trotzdem noch, welche Gedanken man sich macht.« Sie zögerte. »Wenn ich gewusst hätte, dass Ihre Tochter Ihnen nichts gesagt ...«

Kylian bedeutete Fleur, die Mädchen nach oben zu bringen. »Vielen Dank für Ihr Verständnis, Madame«, wandte er sich an die ältere Frau. »Wir sind gleich wieder da.«

Nachdem Kylian die Zimmertür aufgeschlossen hatte, traten die Mädchen zuerst ein. Fleur folgte ihnen, Kylian blickte sich noch kurz auf dem Flur um, bevor er die Tür hinter sich zuzog.

»Was hast du getan, Virginie?«, ergriff Fleur das Wort, während ihre Gedanken sich überschlugen. »Wie konntest du deinen Vater anrufen?«

»Fleur, bitte«, versuchte Kylian, sie zu beschwichtigen. »Setzt euch.« Er zeigte auf die Betten der Mädchen, bevor er selbst Platz nahm.

Fleur konnte nicht still stehen, unruhig tigerte sie durch den Raum.

»Was hast du mit deinem Vater besprochen?«, wandte Kylian sich an Virginie.

Das Mädchen senkte den Kopf und starrte auf den Boden.

»Virginie, bitte!« Fleur baute sich dicht vor ihr auf. »Es ist wichtig.«

»Warum?« Als ihre Tochter den Blick hob, erkannte Fleur eine Mischung aus Trotz und Verunsicherung in ihren Augen. »Warum ist es wichtig? Warum redest du nicht mit uns? Warum mussten wir hierherkommen? Warum …?« Sie schüttelte den Kopf, ihre Lippen begannen zu zittern. Tränen rannen ihr über die Wangen.

Hilflos betrachtete Fleur ihre weinende Tochter. Kylian erhob sich von seinem Bett und strich unauffällig über Fleurs Arm. Vor Virginie ging er in die Hocke.

»Du hast recht. Es ist nicht fair, dass euch niemand sagt, warum ihr euren Alltag verlassen musstet.« Er blickte zu Fleur auf, die schräg hinter ihm stand. »Du musst mit ihnen reden.«

Sie nickte.

Dann wandte er sich wieder an die Mädchen. »Eure Maman wird mit euch sprechen, sobald wir von hier weg sind. Aber ihr müsst mir jetzt genau zuhören. Erst du, Virginie. Was genau hast du mit deinem Vater geredet?«

»Ich habe ihn gebeten, dass er mich abholen soll.«

»Und was hat er darauf erwidert?«

Fleur konnte erkennen, wie ihre Tochter sich allmählich beruhigte.

»Er wollte wissen, wo wir sind.« Virginie sprach leise.

Kylian nickte. »Gut. Und was hast du ihm geantwortet?«

»Dass ich nicht weiß, wo wir sind. Dass …« Sie verstummte.

»Was geschah dann, Virginie?« Er strich ihr über den Unterarm. »Bitte erinnere dich. Es ist sehr wichtig.«

»Er sagte …« Sie verzog ihren Mund. »Er hat gesagt, dass er wüsste, wo wir seien.«

Fleur wurde übel. Sie spürte, wie sich ihr Brustkorb zusammenzog. Nein! Das durfte nicht sein.

»Bist du ganz sicher, dass er sich genau so ausgedrückt hat?«

Kylians Stimme war nicht anzuhören, was in ihm vorgehen musste.

Virginie nickte. »Er hat gesagt, ich solle hier warten. Er würde sofort losfahren und mich … uns holen.«

»Du warst eine große Hilfe, Virginie.« Kylian erhob sich und wechselte einen Blick mit Fleur. »Das heißt, wir dürfen keine Zeit verlieren.« Er sah sich in dem Raum um und schien zu überlegen. »Wir gehen einkaufen«, erklärte er nach wenigen Augenblicken, bevor er erst die Mädchen ansah und dann Fleur. »Ich möchte, dass du eure Kleidung überprüfst. Die, die ihr tragt. Alles andere bleibt hier.«

»Aber Fluffy muss mit«, meldete sich Océane zu Wort.

»Fluffy muss mit«, wiederholte Kylian nachdenklich. »Gut, der Hase … das Kaninchen kommt mit, der Käfig bleibt hier.«

»Das geht nicht«, protestierte Océane sofort. »Der Käfig ist doch ihr Zuhause.«

Kylian nickte. »Wir kaufen ihr ein neues, d'accord?«

Er drehte sich um seine eigene Achse. »Alles muss weg. Ausnahmslos alles.«

»Fluffy zwei auch?« Océane griff nach ihrem Kuschelhasen und drückte ihn an sich, als wolle sie ihn nie wieder loslassen.

48

Virginies flehender Ton stimmte Rémy zunehmend nachdenklich. Seine Tochter verließ sich auf ihn. Wie würde sie reagieren, wenn sie herausfände, was mit ihrer Mutter geschehen war? Wieso kamen ihm diese Gedanken erst jetzt?

»Alles okay, Chef?«

Jean-Luc schien seine Verfassung zu spüren.

»Ja, keine Sorge. Wir machen es wie besprochen.«

Rémy musste an einen Oktobertag vor fünf Jahren denken, als er mit Virginie einen längeren Ausflug unternommen hatte. Fleur war es nicht gut gegangen, sie war mit Océane schwanger gewesen. Es war sonnig und außergewöhnlich warm gewesen, als sie aufbrachen. Er und Virginie fuhren in die Provence und gingen in einem kleinen Lokal in einem der pittoresken Dörfer, die sich über die ganze Region verteilten, essen. Virginie hatte sich eine Kartoffeltarte bestellt, während Rémy gebratenes Lamm gewählt hatte. Er konnte sich noch genau an jenen Augenblick erinnern. Virginie wirkte besorgt und unsicher. »Was ist, wenn Maman das Baby lieber hat als mich? Vielleicht spielt sie dann lieber mit dem Baby und hat keine Zeit mehr für mich.« Er schluckte. Seine Tochter war den Tränen nahe gewesen, obwohl Rémy wiederholt versucht hatte, ihr ihre Bedenken zu nehmen. »Hast du mich mehr lieb als das Baby, Papa?« Ihm war bewusst gewesen, dass jeder Pädagoge oder Psychologe vor Entsetzen seine Hände über dem Kopf zusammengeschlagen hätte, doch für ihn gab es damals keine andere Antwort. »Ich werde niemanden je so lieb haben wie dich, Virginie.« Und er hatte es genau so gemeint.

Er seufzte. Was brachte es, in diesen alten Geschichten zu schwelgen?

»Wenn du dir nicht sicher bist, Rémy …«, setzte sein langjähriger Mitarbeiter neben ihm an, während er links abbog. »Noch ist nichts passiert.«

Rémy wandte seinen Kopf und runzelte die Stirn. »Ich sagte, alles läuft wie besprochen.«

»Wie lange kennen wir uns mittlerweile?«

Rémy verdrehte die Augen. »Zu lange«, erwiderte er schließlich mit einem schiefen Grinsen.

Jean-Luc warf ihm einen kurzen Blick zu und lachte. »Was du vorhast …« Er zögerte. »Das ist ein großer Schritt. Fleur … sie ist die Mutter deiner …«

»Weißt du, Jean-Luc«, unterbrach ihn Rémy, während er spürte, wie sich Ärger in ihm breitmachte. »Im Grunde hast du natürlich recht, aber …« Er überlegte. »Aber sollte die Mutter meiner Kinder …«, die Worte blieben ihm fast auf der Zunge hängen, »… sich nicht solidarisch mit dem Vater ihrer Kinder zeigen?«

Jean-Luc pfiff durch die Zähne. »Sie fällt dir in den Rücken?«

Rémy musste an die letzten Tage denken, seit er Fleur beim Schnüffeln erwischt hatte. »Sie meint, sich als Moralapostel aufspielen zu müssen. Jahrelang hat sie den Luxus genossen, den ich ihr geboten habe. Ein wunderschönes Haus mit einem prachtvollen

Garten, Angestellte, die ihr jeden Handgriff abnehmen. Kleidung, Schmuck, eine Kreditkarte ohne Limit …« Er drehte sich zu Jean-Luc. »Kann es eine Frau besser treffen? Was meinst du?«

Sein Mitarbeiter schüttelte den Kopf. »Du weißt, was Frauen lieben.«

Rémy lachte bitter auf. »So dachte ich zumindest. Beschwert hat sich noch keine, aber Fleur …« Er blickte aus dem Fenster. »Wir sind bald da«, stellte er fest.

»Ich schätze, noch zwanzig Minuten«, stimmte Jean-Luc zu.

»Das Leben wird weitergehen«, erklärte Rémy. Seine Entschlossenheit übernahm wieder das Ruder. »Die Mädchen werden sich an die neue Situation gewöhnen. Irgendwann bekommen sie eine neue Mutter. Sie werden Fleur vergessen.«

»Niemand ist unersetzlich«, untermauerte Jean-Luc Rémys Worte.

Ein Lavendelfeld erstreckte sich neben der Straße. Die Pflanzen standen kurz vor ihrer vollen Blüte, doch Rémy hatte kein Auge für die Schönheit der Natur. Die lilafarbene Fläche flog an ihm vorbei, ohne dass er sie wirklich wahrnahm.

»Ich möchte, dass du dich um die Mädchen kümmerst, wenn wir ankommen«, bekräftigte Rémy sein Vorhaben. Ungeduldig tippte er gegen die Beifahrertür. »Sie dürfen nichts mitbekommen.«

»Wie genau willst du sie von ihrer Mutter weglotsen?«

»Wir suchen vordergründig das Gespräch, bemühen uns um Verständnis, wollen eine Lösung für die unglückliche Situation erreichen«, erklärte Rémy zögernd. »Weder Fleur noch der Bulle werden sich natürlich darauf einlassen. Aber Fleur will sicher nicht vor den Augen ihrer Kinder einen Eklat heraufbeschwören. Unter dem Vorwand, dass ich in Ruhe mit ihr sprechen möchte, entfernst du dich mit den Kindern.«

»Der Capitaine ist nicht dumm«, warf Jean-Luc zweifelnd ein.

»Der Capitaine ist ein Trottel«, widersprach Rémy. »Und er ist an das Gesetz gebunden. Im Gegensatz zu mir.« Er presste seine Kiefer aufeinander. »Er wird mich nicht daran hindern, erst ihn und dann Fleur zu erschießen.« Er nickte. »Die Leichen lassen wir so verschwinden, dass man sie niemals finden wird.« Rémy lachte kurz. »Fleur macht sich mit dem korrupten Schwein aus dem Staub. Dafür opfert sie ihre Kinder.«

»Denkst du, die Erklärung wirkt glaubwürdig?« Jean-Luc klang skeptisch.

»Weißt du was?«, brauste Rémy auf. »Das ist mir scheißegal. Die beiden werden wie vom Erdboden verschluckt sein. Sollen sich die Leute doch ihre eigenen Theorien zusammenfantasieren. Es wird keine Beweise geben. Wie immer.« Er nickte nachdrücklich. »Wir sind beide zu lange im Geschäft, Jean-Luc, um nicht zu wissen, wie die Dinge laufen werden. Ohne Beweise keine Anklage, so einfach ist die Sachlage.«

»Du hast recht«, klang sein Mitarbeiter nun zuversichtlicher. »Es wäre nicht das erste Mal, dass sie aus Mangel an Beweisen von dir ablassen müssen.«

Rémy verzog seine Lippen zu einem zufriedenen Lächeln. »Es interessiert mich nicht, ob die Öffentlichkeit denkt, Beauvolet habe seine Frau umgebracht. Wie viele Gerüchte kursieren schon heute über mich? Wie heißt es so schön? Ist der Ruf erst ruiniert …« Wieder lachte er. »Ich habe schon immer Mittel und Wege gefunden.«

»Genial, Rémy, das muss ich dir lassen.«

Rémy hörte die Bewunderung in den Worten seines Mitarbeiters. »Die Bullen wollen es doch nicht anders. Und was Fleur betrifft … Der feinen Dame scheint ihr bequemes Leben zu Kopf gestiegen zu sein. Aber nicht mit mir. Mit einem Rémy Beauvolet sollte man sich niemals anlegen.«

»Da vorne ist es.« Jean-Luc setzte den Blinker. »Es kann losgehen.«

»Ich freue mich schon drauf.«

Rémy kniff seine Augen zusammen und betrachtete die kleine Pension, die vor ihnen auftauchte und die gleich zum Schauplatz des nächsten Kapitels werden würde. Nein, mit Rémy Beauvolet sollte sich niemand anlegen. Weder Capitaine Kylian Plevantier noch seine Göttergattin. Wer nicht bedingungslos an seiner Seite stand, hatte keinen Platz mehr in Rémys Leben. Verräter in den eigenen Reihen konnte er nicht gebrauchen. Zu dieser Erkenntnis hätte er sich schon viel früher durchringen müssen. Doch es war nie zu spät, bereits begangene Fehler zu korrigieren. Und nun bot sich ihm gar die Chance, zwei Probleme auf einen Schlag zu beseitigen. Das Schicksal meinte es wieder einmal gut mit ihm. Es war an der Zeit aufzuräumen.

Und Fleurs Ableben markierte erst den Anfang. Zwei weitere Frauen waren bereits dem Tod geweiht, ohne es zu ahnen. Das Wissen über seine Macht beflügelte Rémy regelrecht. Ihm war klar, dass für ihn kein Ziel zu hoch, kein Vorhaben zu riskant war. Er würde sich niemals stoppen lassen, weder von irgendwelchen Schlampen, die sich für intelligenter und ausgebuffter als er hielten, noch von kontrollbesessenen Bullenschweinen, die sich aus vermeintlich ehrenwerten Motiven dem Kampf gegen das buchstäblich Böse verschrieben hatten. Um Rémy Beauvolet zu besiegen, bedurfte es so viel mehr.

49

»Virginie, magst du nicht doch etwas essen? Ein Croissant oder ein Stück Baguette?«, versuchte es Fleur zum wiederholten Mal.

Doch ihre ältere Tochter schüttelte nur stumm den Kopf und würdigte sie keines Blickes. Seufzend gab Fleur auf und gesellte sich zu Kylian und Océane, die neben dem Wagen auf einer Holzbank saßen und sich leise unterhielten.

»Deine Tochter möchte, dass du Fluffy zwei schnellstmöglich nähst«, erklärte Kylian mit einem schwachen Lächeln auf den Lippen, als Fleur sich neben Océane setzte.

Das Mädchen streckte ihr das Kuscheltier hin. »Warum hat Papa einen Peisender in Fluffy zwei versteckt?«

Mit vorwurfsvoller Miene bohrte sie ihren kleinen Zeigefinger in die aufgerissene Öffnung auf dem Rücken des Stofftiers. Nachdem

Kylian klar geworden war, dass Rémy sie verwanzt haben musste, und er ihnen erklärt hatte, dass sie alle persönlichen Dinge zurücklassen mussten, hatte Océane bitterlich zu weinen begonnen und sich hartnäckig geweigert, ihre geliebte Bettgefährtin mutterseelenallein in der Pension zurückzulassen. Fleur hatte es nicht geschafft, sie zu beruhigen, sodass Kylian eingeknickt war. Wenn Fluffy erneut mit ihnen auf Reisen gehen sollte, müsse er sie zuerst einer dringenden Operation unterziehen, da sie möglicherweise sehr krank sei. Schweren Herzens hatte Océane ihm das Stoffhäschen gereicht und mit großen Augen beobachtet, wie Kylian die Naht an der Hinterseite des Spielzeugs auftrennte. Fleur und er hatten den Peilsender gleichzeitig entdeckt. Ihr Herz setzte einen Moment aus, als Kylian ihr einen misstrauischen Blick zuwarf. Sie konnte ihm ansehen, dass er nur mit größter Mühe einen nicht kindgemäßen Fluch unterdrücken musste.

Nach seiner Entdeckung erklärte er ihnen ein weiteres Mal mit beängstigend ruhiger Stimme, dass sie dringend verschwinden mussten. In Pézenas hatten sie den Mädchen und Fleur zwei Garnituren Wechselkleidung gekauft sowie Nähzeug und einen neuen Käfig samt Zubehör wie Schlafhäuschen, Futternapf und Einstreu für das Kaninchen. Da die Auswahl an Geschäften sehr überschaubar gewesen war, hatte Fleur eine längere Diskussion mit Virginie bestreiten müssen, der keines der gekauften Kleidungsstücke in den Kram gepasst hatte.

Kylian hatte recht, dachte Fleur nun. Sie musste dringend mit ihren Töchtern sprechen, vor allem mit Virginie, die ihr immer verunsicherter und verstörter vorkam.

»Es heißt Peilsender. Und leider kann ich dir keine Antwort auf deine Frage geben«, erklärte Kylian in diesem Moment. »Ich nehme aber an, dass dein Papa wissen wollte, wo ihr euch aufhaltet.«

»Wir haben Papa aber doch gar nicht gesagt, dass wir verreisen«, plapperte Océane unbedarft weiter, während sie die beiden Stoffränder zusammenschob und mit dem Daumen darüberfuhr. »Oder, Maman?«

Fleur spürte Hitze in sich aufsteigen. Hastig wich sie Kylians skeptischem Blick aus.

»Nein«, erklärte sie mit zitternder Stimme. »Papa wusste nichts von unserer Reise. Das sagte ich euch bereits.«

»Dann hat er den Peilsender vorsorglich einnähen lassen?«

Fleur konnte seiner Stimme entnehmen, dass ihn diese Erklärung nicht überzeugte. Was sollte sie erwidern? Wie hatte Rémy sie derart hintergehen können? Im nächsten Moment tadelte sie sich für ihre eigene Naivität. Hatte sie wirklich geglaubt, ihrem kriminellen und verschlagenen Ehemann auf so simple Weise entkommen zu können? Von Anfang an hatte sie vermutet, dass sein Plan, den er ihr nach jener Nacht unterbreitet hatte, eine Hintertür besaß. Einen doppelten Boden, dessen wahre Bedeutung Fleur nicht kannte. Mittlerweile war sie felsenfest davon überzeugt, dass nicht Corinne das eigentliche Ziel des Angriffs hatte sein sollen. Rémy wollte sie, Fleur, töten.

Sein Verhalten, nachdem er sie beim Schnüffeln erwischt hatte, hatte bereits alle Alarmglocken in ihr zum Klingeln gebracht. Die Verwanzung von Océanes Kuscheltier hatte nun ihre schlimmsten Befürchtungen bestätigt. Er wollte sie aus dem Weg räumen, traute ihr wahrscheinlich keinen Meter mehr. Und sie hatte ihre Kinder und die Polizeibeamten durch ihre Geheimniskrämerei in höchste Gefahr gebracht. Die Schuld an Corinnes Tod würde sie bis an ihr Lebensende mit sich herumtragen. Warum hatte sie nicht von Anfang an die Wahrheit gesagt?

Océane erzählte Kylian gerade von ihrem Alltag im Kindergarten. Fleur hörte nur mit einem Ohr zu, immer wieder drängten sich die Schuldgefühle in den Vordergrund. Sie musste mit Kylian reden, beschwor sie sich, während sie ihn unauffällig musterte. Ein dunkler Bartschatten lag auf seinem Gesicht, seine Augen wirkten müde. Was hatte sie getan? Wie konnte sie ihm jemals beichten, was vor ihrem Auftauchen auf dem Revier geschehen war? Was Rémy ihr angetan hatte? Ihr wurde schwindlig bei dem Gedanken, Kylian die volle Wahrheit zu gestehen. Und ihre Töchter? Virginie hasste sie. Fleur hatte ihr die Verzweiflung angemerkt, als ihr offensichtlich klar geworden war, dass sie einen schweren Fehler begangen und ihren Vater vergeblich zur Pension gebeten hatte. Sie musste ihrer Tochter helfen. Entschlossen erhob sie sich.

»Ich gehe noch mal zu Virginie.«

Kylian nickte nur, während er weiter Océane zuhörte, die ihm gerade von ihrer letzten Backaktion im Kindergarten berichtete.

»Virginie, es ist gleich elf Uhr«, begann Fleur, nachdem sie sich neben ihre Tochter auf die Rückbank des Wagens gesetzt hatte. »Du solltest wirklich etwas essen.«

Virginie presste ihre Lippen aufeinander und drehte den Kopf zum Fenster.

Die Luft flirrte, die Hitze stand bereits im Fahrzeug. Der Himmel war wolkenlos, die Sonne strahlte unerbittlich auf den kleinen Rastplatz, den sie vor einer Dreiviertelstunde angesteuert hatten, nachdem Océane verkündet hatte, sie müsse mal.

»Es tut mir leid«, raunte Fleur. »Ich hätte … Ich hätte längst mit dir sprechen müssen. Aber ich wusste selbst nicht, was passieren würde. Wie es mit uns weitergeht.« Sie fühlte sich hilflos. »Virginie, ich habe einen Fehler gemacht. Aber du musst mir glauben, dass ich euch nur … schützen wollte.«

Ihre Tochter wandte den Kopf und sah sie aus zusammengekniffenen Augen an. »Uns schützen?« Sie tippte sich an die Stirn. »Vor was willst du uns schützen?« Die Wut in ihrem Gesicht war unübersehbar. »Corinne ist erschossen worden. Wo hast du uns denn hingeschleppt? Erst in dieses verfallene Bauernhaus, jetzt in diese … Pension.« Sie spuckte das Wort verächtlich aus. »Was kommt als Nächstes? Was, Maman?«

Fleur schloss die Augen. Warum nur hatte sie ihre Töchter nicht auf das vorbereitet, was sie vorgehabt hatte? Weil sie die Befürchtung hegte, dass insbesondere Virginie sich an ihren Vater gewandt und sich geweigert hätte mitzugehen. Fleur wurde das Herz schwer. Alles, was sie sich immer für ihre Töchter gewünscht hatte, war mit dem heutigen Tag in noch weitere Ferne gerückt. Ihr Mann wollte sie umbringen. Er hatte nie vorgehabt, Kylian eine Falle zu stellen, seine

Ermittlungen gegen ihn ein für alle Mal zu torpedieren. Rémy war es von Anfang an nur um sie, Fleur, gegangen. Um ihre Beseitigung. Die bittere Erkenntnis raubte ihr fast den Atem, doch sie musste die Fassung bewahren. Niemals durfte ihre Tochter davon erfahren.

»Ich weiß es nicht«, gab sie leise zu. »Wenn ich es wüsste, würde ich es dir sagen. Ich habe keine Ahnung, wie es weitergeht. Was Kylian …«

»Kylian, pah!« Virginie schob ihr Kinn vor. »Maman, warum fahren wir nicht endlich nach Hause? Océane möchte wieder in den Kindergarten gehen, ich will in die Schule. Ich will reiten gehen.« Sie begann zu weinen.

Fleur streckte ihren Arm aus und legte ihre linke Hand auf Virginies Schulter. »Es tut mir so leid, meine Süße.« Ihre Kehle wurde rau. »Bitte vertrau mir, Virginie. Ich bin deine Mutter. Und ich wollte dich niemals verletzen. Das musst du mir glauben.«

»Ich muss gar nichts«, protestierte ihre Tochter unter Tränen. »Du hast uns …« Ihre Stimme brach.

»Egal, wo wir heute Abend sein werden«, setzte Fleur an und streichelte ihrer Tochter über den Kopf. »Ich werde dir alles erklären. Océane ist zu klein, sie versteht vieles noch nicht. Aber du …« Sie atmete tief aus. »Du sollst die Wahrheit erfahren.«

Virginie hielt in ihrem Schluchzen inne und erwiderte den Blick ihrer Mutter. »Die Wahrheit? Welche Wahrheit?«

»Nicht hier, bitte. Und nicht jetzt.« Sie strich über Virginies Wange. »Leider entwickelt sich das Leben nicht immer so, wie wir uns das wünschen. Du bist noch sehr jung. In deinem Alter war ich bereits allein mit meinem Vater, mit eurem Opa. Meine Mutter war schon gestorben. Alles, was ich mir immer für meine eigenen Kinder gewünscht hatte, war, dass ihr in einer richtigen Familie aufwachst. Behütet und sicher.« Sie schluckte. »Das wünsche ich mir noch immer, aber … aber manchmal müssen wir unsere Wünsche an die Wirklichkeit anpassen.«

Virginie wischte sich übers Gesicht. »Ich verstehe dich nicht.«

»Ich weiß«, erwiderte Fleur. »Keine Geheimnisse mehr. Heute

Abend reden wir. Aber jetzt iss bitte etwas. Ich weiß nicht, wann wir das nächste Mal anhalten können.«

Virginie seufzte. »Gibt es auch Pains au Chocolat?«

Ein Stein fiel Fleur vom Herzen. »Ja, Kylian hat an alles gedacht.«

50

Justine klopfte an die Tür von Paul Farrons Zimmer, bevor sie die Klinke herunterdrückte.

»Bonjour, Monsieur«, grüßte sie Fleurs Vater, der reglos in seinem Krankenbett lag. Justine stellte sich neben das Kopfende und lächelte den älteren Mann an. »Ich hoffe, ich störe Sie nicht. Vielleicht hat Fleur Ihnen ja erzählt, was sie geplant hat.«

Sie schluckte. Es fühlte sich merkwürdig an, mit jemandem zu reden, der einen so offensichtlich nicht wahrnahm. Sie hatte Fleurs Vater seit dem Unfall nicht mehr gesehen. Tiefe Furchen durchzogen sein Gesicht, die wässrigen Augen blickten starr zur Decke. Seine Hände lagen ohne die geringste Bewegung auf dem Laken, die Handrücken von Altersflecken überzogen. Der sichtliche Verfall des Mannes, den Justine als energiegeladenen und stets optimistischen Menschen in Erinnerung hatte, schockierte sie. Welch Bürde schleppte ihre beste Freundin seit mehr als zehn Jahren mit sich herum? Der Autounfall hatte Fleurs Vater, der damals in der Blüte seines Lebens gestanden hatte, in ein körperliches Wrack verwandelt. Im Bruchteil einer Sekunde war ein ganzes Leben zerstört worden. Nicht nur eins, verbesserte Justine sich stumm, während sie weiter auf den älteren Mann hinabsah. Vorsichtig griff sie nach seinen Händen und drückte sie.

»Erinnern Sie sich noch an mich?« Sie bemühte sich um ein Lächeln. »Ich muss in letzter Zeit öfter an früher denken. Wissen Sie noch, wie ich sonntags immer zum Essen zu Ihnen kam? Fleur und ich haben die komplette Woche davor darum gefeilscht, was Sie für uns kochen sollten.« Sie hielt inne, als die Erinnerung sie zu überwältigen drohte. »Wie ich Ihre Zwiebelsuppe immer geliebt habe!« Fast meinte Justine, den kräftigen Geschmack des Käses, der goldgelb auf den Zwiebeln verschmolz, auf ihrer Zunge zu spüren. Ihr Magen begann zu knurren. Sie lachte. »Selbst jetzt bin ich von Ihren Kochkünsten immer noch hin und weg.« Sie strich über seine Hände. »Es tut mir so leid, was Ihnen zugestoßen ist. Erst der Tod Ihrer Frau, dann haben Sie sich so aufopferungsvoll um Fleur gekümmert und als sie Sie …« Justine stockte. »Als Fleur Sie so dringend gebraucht hätte, wurden Sie von jetzt auf nachher aus Ihrem Leben gerissen.« Bekümmert schüttelte sie den Kopf. »Fleur geht es nicht besonders. Rémy tut ihr nicht gut. Sie hat …« Sie unterbrach sich. Was brachte es, Fleurs Vater mit den Sorgen seiner Tochter zu beunruhigen? Niemand wusste, was Paul Farron noch wahrnehmen konnte und was nicht. »Aber ich werde für sie da sein, keine Sorge, Monsieur.« Sie nickte nachdrücklich. »Wenn Fleur mich braucht, helfe ich ihr.«

Sie ließ seine Hände los und fasste in ihre Handtasche. Als sie den kleinen USB-Stick fand, den Fleur ihr bei ihrem letzten Treffen überreicht hatte, seufzte sie leise auf. »Ihre Tochter hat mir einen Auftrag gegeben«, erklärte sie ernst. »Ich habe keine Ahnung, was sie im Schilde führt, aber ich bin mir sicher, dass sie einen genauen Plan hat. Sie kennen Fleur!« Sie wandte sich ab und stellte sich ans Fenster. »Wo bist du, Süße?«, raunte sie kaum hörbar. Wenn sie nur wüsste, wo ihre Freundin sich gerade befand, wie es ihr ging. Justine schloss kurz die Augen, da die Traurigkeit wie eine übermächtige Welle auf sie zuzurollen und sie unter sich zu begraben drohte.

Die Vegetation vor dem Heim wirkte ausgetrocknet, der Boden rissig. Viel zu lange hatte es nicht geregnet. Die Sonne stand bereits hoch am Himmel und brannte unerbittlich auf die Glasscheiben. Ein Greifvogel schwebte über der Ebene, die sich neben dem Parkplatz erstreckte.

Justine sah auf die Uhr. Sie musste sich beeilen. Ihr erster Termin heute war ein neuer Patient. Das bedeutete: ein noch unbekannter Charakter, eine noch unbekannte Lebensgeschichte. Erstgespräche waren wesentlich anstrengender als die laufenden Termine in einer bereits etablierten Therapie, wenn Justine die Patienten schon kannte.

Sie wandte sich dem Kleiderschrank zu, den Fleur ihr in allen Details beschrieben hatte, und öffnete die Türen. Wie erwartet, stapelten sich im rechten mittleren Fach weiße Unterhemden von Paul Farron. Beklommen drehte Justine sich um und blickte zu dem bettlägerigen Patienten.

»Es tut mir leid, Monsieur. Aber Fleur hielt den Schrank für das beste Versteck. Ich muss den Stick hier deponieren, da ich keinerlei Möglichkeit habe, sie zu kontaktieren. Falls sie ihn sucht …«

Sie schob den Stapel zur Seite und ließ ihre rechte Hand über den Boden bis in die Ecke wandern. Ja, dort war ein kleines Stückchen Holz herausgebrochen. Wie Fleur es ihr erklärt hatte. Sie tastete die Ausbuchtung ab, dann legte sie den USB-Stick hinein und schob die Unterhemden wieder davor. Wenn Fleur einen solchen Aufwand betrieb, musste ihre Angst vor Rémy mehr als begründet sein. Justine schloss die Türen und trat erneut an das Krankenbett.

»Ich vertraue Ihnen Fleurs Lebensversicherung an.« Sie verdrehte die Augen. »Gut, das ist vielleicht etwas zu dramatisch ausgedrückt. Passen Sie gut darauf auf.« Sie blickte sich in dem kleinen Raum um. »Ich gehe davon aus, dass außer dem Personal nicht allzu viele Menschen hier reinkommen.« Sie drückte Fleurs Vater ein letztes Mal die Hände. »Machen Sie es gut, Monsieur Farron.« Dann verließ sie das Zimmer.

Eine Stunde später hastete sie die Treppen zu ihrer Praxis hinauf. Sie hatte den Verkehr in Nîmes wieder einmal unterschätzt. Vor ihrer Tür erblickte sie einen hageren blonden Mann, der ihr erwartungsvoll entgegenblickte. »Monsieur Fullat?«

Er nickte. »Docteur Larran?«

»Die bin ich. Pardon, ich habe mich etwas verspätet.« Sie kramte in ihrer Tasche nach dem Wohnungsschlüssel und zog ihn Sekunden später triumphierend hervor. »Kommen Sie.« Nachdem sie die Tür geöffnet hatte, ließ sie ihren neuen Patienten eintreten. »Setzen Sie sich bitte zwei Minuten hierher. Ich bereite alles vor, dann kann es direkt losgehen.«

Sie betrat ihr Sprechzimmer, holte die Akte von Jean Fullat aus der Schublade und öffnete das Fenster einen Spalt. Nachdem sie die Eckdaten überflogen hatte, die sie sich bei ihrem ersten Telefonat mit ihm notiert hatte, holte sie eine Flasche Wasser aus dem Schrank und stellte sie mit zwei Gläsern auf die Schreibtischplatte. Jean Fullat, fünfunddreißig Jahre alt, kein Schulabschluss, mehrere Gelegenheitsjobs, bei keinem hatte er es länger als sechs Monate ausgehalten, der Vater war Alkoholiker und hatte die Familie verlassen, als Jean sechs Jahre alt war, die Mutter hatte Selbstmord begangen, als er vierzehn war. Justine atmete einmal tief aus und wappnete sich innerlich für ein neues Schicksal, welches ihr mit hoher Wahrscheinlichkeit gleich erzählt werden würde.

»Monsieur, kommen Sie bitte.«

Nachdem ihr Patient sich gesetzt hatte, nahm auch Justine Platz und sah den Mann aufmunternd an. »Ich möchte mich nochmals für meine Verspätung entschuldigen, aber nun bin ich ganz für Sie da. Erzählen Sie mir doch bitte zuerst einmal, warum Sie mich kontaktiert haben. Was genau erhoffen Sie sich von einer Therapie?«

Jean Fullat kniff seine Augen zusammen und zögerte.

»Monsieur?«, versuchte Justine erneut, ihn zu ermuntern. Irgendetwas stimmte mit ihm nicht.

Mit einer schnellen Bewegung fasste der Mann unter sein Hemd.

Als Justine im nächsten Moment in die Mündung einer Waffe blickte, schrie sie erschrocken auf. »Was …?«

»Maul halten«, blaffte er sie an.

In Justines Hinterkopf formte sich eine furchtbare Ahnung. Erst der Einbruch und nun …

»Du hast etwas, was meinem Boss gehört«, erklärte der Mann, dessen Namen mit ziemlicher Sicherheit nicht Jean Fullat lautete.

»Ich weiß nicht, was Sie meinen.« Justines Gedanken überschlugen sich. Ihr war klar, dass mit Rémys Handlanger nicht zu spaßen war. Was sollte sie tun? Sie musste an Fleur und die Mädchen denken.

»Lassen wir das Vorspiel einfach beiseite, und du gibst mir gleich, was ich will. Dann kommt niemand zu Schaden, und du ersparst dir eine Menge Ärger. Also?«

»Wer schickt Sie? Rémy?«, versuchte sie es ein weiteres Mal.

Der Mann erhob sich und kam langsam um den Schreibtisch herum.

Justine spürte seine bedrohliche Ausstrahlung mit jeder Faser ihres Körpers. Ihr wurde klar, dass sie aus dieser Nummer nicht heil herauskäme. Er würde sie nicht gehen lassen, er konnte sie gar nicht gehen lassen. Sie hatte sein Gesicht gesehen. Eine eisige Kälte breitete sich in ihr aus. Was hatte Fleur noch gesagt? Ihr Mann würde sie umbringen? Justine musste ihrer Freundin recht geben, obwohl sie deren Besorgnis anfangs nicht für voll genommen hatte.

»Kapierst du's nicht? Du sollst dein Maul halten!« Er baute sich vor ihr auf und sah ihr ins Gesicht. Unvermittelt schlug er ihr mit der Waffe auf den Kopf.

Die Haut an ihrem Hinterkopf platzte auf, warme Flüssigkeit rann ihren Nacken hinab. Der stechende Schmerz raubte ihr den Atem.

»Also? Wo hast du es versteckt?«

»Ich weiß nicht, was ...«, begann Justine zu krächzen, als sie im nächsten Augenblick die Waffe an ihrer Schläfe spürte.

»Schluss jetzt! Du strapazierst meine Geduld, Schlampe.« Er schlug ihr mit der flachen Hand ins Gesicht. Justines Kopf schien zu vibrieren. Binnen Sekunden schwoll ihr rechtes Auge so stark an, dass sie kaum noch daraus sehen konnte. »Wo ... ist ... es?«

Sie wusste, was kommen würde. Und sie wusste auch, dass sie diesem Monster niemals das Versteck verraten konnte. Er würde sie umbringen, ganz gleich, wie sie sich verhielt. Sie würde sterben. Jetzt und hier. Obwohl sie kaum fassen konnte, was gerade vor sich ging, wie sich ihre Situation in den letzten Minuten um einhundertachtzig Grad gedreht hatte, sah sie so deutlich wie selten zuvor, dass sie bis hierher in ihrem Leben alles richtig gemacht hatte. Sie fühlte eine merkwürdige Zufriedenheit, ein Gefühl der inneren Ruhe breitete sich in ihr aus. Sie konnte nichts mehr tun. Ihr Schicksal lag nicht mehr in ihren Händen. Die nächsten Schläge, härter und fester als der erste, trafen sie nur noch äußerlich. Ihr Inneres hatte sich losgelöst, ruhte tief in sich in dem festen Bewusstsein, lediglich die letzten Sekunden überstehen zu müssen, bevor die Schmerzen für immer vorüber wären. Das wütende Geschrei ihres Peinigers nahm Justine nur noch durch eine dichte Nebelwand hindurch wahr. Als sie erneut Kälte an ihrer Gesichtshaut spürte, wurde ihr klar, dass ihre Zeit gekommen war. Justine war bereit.

51

»Wir fahren nach Saint-Guilhem-le-Désert«, verkündete Kylian den drei Frauen, nachdem er die Reste ihres Frühstücks im Kofferraum neben dem neuen Käfig für Fluffy verstaut hatte. Das Kaninchen drückte sein kleines rosa Schnäuzchen gegen die Gitterstäbe und mümmelte vor sich hin. »Du bleibst noch ein Weilchen hier drinnen«, erklärte Kylian ihm mit ernster Stimme.

»Hast du mit deinen Kollegen gesprochen?« Fleur musterte ihn mit fragender Miene, während er sich hinter das Steuer setzte.

»Nein. Meine … Mutter lebt dort. Nachdem wir nun wissen, welche Wege dein …« Er stockte und blickte sich um. Océane drückte sich den aufgeschnittenen Fluffy an ihre linke Wange und sah Kylian mit müden Augen an. Virginie starrte teilnahmslos aus dem Fenster. »… welche Wege benutzt wurden, um unseren Standort herauszufinden, halte ich es für sicherer, wenn erst mal niemand weiß, wo wir uns aufhalten. Meine Mutter lebt in dem Dorf, ich bin dort aufgewachsen. Und sie hat ein Ferienhaus in der Nähe, von dem ich hoffe, dass es momentan nicht belegt ist.«

»Du willst Madame Démilliers nicht sagen, wo wir sind? Sie könnten dich doch orten lassen?« Auf Fleurs Stirn bildete sich eine feine Furche.

Kylian zog das Prepaidhandy hervor, das er in Pézenas besorgt hatte. »Ich mache den Job schon ein paar Jährchen.« Er versuchte sich an einem schwachen Lächeln.

Fleurs Schultern sackten ab. »Entschuldige, ich wollte nicht …« Sie schüttelte den Kopf.

»Es wird alles gut«, gab Kylian leise zurück. »Wir müssen einfach vorsichtig sein. Ich kann die Situation momentan schwer einschätzen, daher halte ich es für das Beste, wenn niemand etwas weiß.« Er ließ den Motor an. »Auch meine Kollegen nicht.« Dann wendete er den Wagen und verließ den Rastplatz Richtung Norden.

»Wie lange fahren wir?«, meldete sich Océane von der Rückbank.

»Etwa eine Dreiviertelstunde«, gab Kylian zurück und blickte in den Rückspiegel. »Wart ihr schon mal am Pont du Diable? An der Teufelsbrücke?« Schmunzelnd registrierte er, wie Virginie ihre gleichgültige Haltung aufgab und sich aufrechter hinsetzte. Ihrer Miene konnte er ansehen, dass sie gern nachgefragt hätte, doch ihre jüngere Schwester kam ihr zuvor.

»Was ist das?«

»Das ist eine tausend Jahre alte Brücke, um die sich viele Legenden ranken«, erklärte Kylian. »Man kann die Brücke von der Straße aus sehen, wenn wir daran vorbeifahren.«

Danke, formte Fleur stumm mit ihren Lippen.

Kylian runzelte die Stirn und schüttelte den Kopf.

»Dass du immer wieder versuchst, sie bei Laune zu halten«, wisperte sie kaum hörbar.

Ihre Worte lösten die widersprüchlichsten Gefühle in ihm aus. Er wusste, dass er sich auf sehr dünnem Eis befand. Ohne die Rückendeckung seiner Kollegen, mit einer Frau an seiner Seite, die ihn sämtliche Regeln und Anordnungen vergessen ließ, die ihn noch immer in seinem Innersten berührte. Ihm war bewusst, dass er drauf und dran war, den größten Fehler seiner Karriere zu begehen. Das Erschreckende daran war jedoch nicht die Tatsache selbst, sondern die Erkenntnis, dass ihm seine berufliche Laufbahn in diesem Augenblick völlig egal war.

»Wir schaffen das«, erklärte er jetzt mit belegter Stimme, um der Situation die Spannung zu nehmen.

Während sie am Hérault entlangfuhren, hörte er Fleur zu, die ihre Töchter immer wieder auf die imposanten Felsen rechts und links des Flusses aufmerksam machte.

»Wir sind gleich da«, verkündete er mit Erleichterung, als sie noch etwa zwei Minuten von seinem ehemaligen Wohnort entfernt waren. »Wir parken am Hérault. Von dort aus sind es nur wenige Schritte zum Haus meiner Mutter.«

»Hast du uns angekündigt?«

Er spürte Fleurs Blick auf seinem Gesicht. »Nein«, erwiderte er. »Aber das ist kein Problem. Meine Mutter war schon immer sehr spontan.«

Als er den Wagen auf dem Parkplatz direkt neben dem Fluss abgestellt hatte, drehte er sich zu den Mädchen um.

»Was haltet ihr davon, wenn ihr euch kurz um Fluffy kümmert? Vielleicht findet ihr ein paar Grashalme für sie. In der Zeit telefoniere ich mit meinen Kollegen in Montpellier, d'accord?«

»Fluffy, geht es dir gut?«, krähte Océane auch sofort los, während Fleur die Beifahrertür öffnete und ausstieg.

»Kommt, wir schauen mal nach ihr«, forderte sie ihre Töchter im Freien auf.

Nachdem auch Virginie den Wagen verlassen hatte, holte Kylian das Handy hervor und wählte Mathis' Nummer. Es klingelte mehrere Male.

»Na, komm schon. Geh ran«, mahnte Kylian ungeduldig, während er aus dem Fenster sah.

»Faundant, Police Nationale Montpellier«, meldete sich sein Mitarbeiter nach einer gefühlten Ewigkeit.

»Bonjour, Mathis. Ich bin's, Kylian.«

»Kylian, verdammt! Wo bist du und wo …?«

»Hör zu, Mathis«, unterbrach ihn Kylian sofort. »Die Beauvolets sind bei mir. Ihnen geht es gut.« Er zögerte. »Na ja. ›Den Umständen entsprechend‹ trifft es wohl besser.«

»Was ist das für eine Nummer? Und warum habt ihr gestern nicht gewartet, bis …«

Wieder ließ Kylian ihn nicht ausreden. »Mathis, Beauvolet hatte die Sachen seiner Kinder verwanzt. Kuscheltiere, möglicherweise auch die Kleidung. Ich weiß es nicht.« Er nannte ihm den Namen der Pension, wo sie die letzte Nacht verbracht hatten. »Schickt jemanden dort vorbei, der die Sachen holen soll. Dann lasst sie untersuchen.«

»Wie konnte er wissen, dass …« Sein Mitarbeiter schnaufte. »Was ist mit deiner Handynummer?«

»Mathis, ich habe keine Ahnung, was Beauvolet für ein Spiel spielt. Aber irgendetwas stinkt hier zum Himmel. Eine weitere Kollegin wurde ermordet. Wir müssen verflucht noch mal noch vorsichtiger sein.«

»Démilliers steht gerade bei Sébastien. Du weißt, dass ich ihr von deinem Anruf erzählen muss.«

»Natürlich, kein Problem.«

»Wo seid ihr?«

»Das sage ich euch, sobald ich weiß, was hier los ist.«

»Was ist mit den Wanzen? Kann Beauvolet euch aufspüren?«

»Ich habe den Wagen untersucht, der ist sauber«, erklärte Kylian ernst. »Und die Sachen der Kinder haben wir komplett in der Pension zurückgelassen.«

»Weißt du, wo ihr unterkommen könnt?«

Er hörte die Sorge in Mathis' Stimme. »Ja, ich denke, ich habe einen sicheren Ort gefunden. Ich melde mich wieder, wenn es etwas Neues gibt.« Er überlegte kurz. »Habt ihr den USB-Stick schon untersucht?«

»Ist als Nächstes an der Reihe.«

»Gut. Ich melde mich wieder.«

»Kylian?«

»Ja?« Er verfolgte im Rückspiegel, wie die Mädchen dürre Grashalme durch die Gitterstäbe des Hasenkäfigs steckten.

»Sei vorsichtig.«

»Darauf kannst du Gift nehmen. Danke, Mathis.«

»Alles Gute!«

Nachdem er das Handy wieder weggesteckt hatte, stieg er aus dem Auto und gesellte sich zu den Kindern und Fleur.

»Habt ihr den Fluss gesehen?« Er zeigte zu dem Holzgeländer, das den Parkplatz an dem zum Hérault abfallenden Steilhang befriedete. »Kommt mal mit.«

Die Mädchen folgten ihm und stellten sich neben ihn. »Da geht's aber tief runter«, entfuhr es Océane ehrfürchtig.

»An einigen Stellen gibt es Trampelpfade nach unten. Vielleicht können wir in den nächsten Tagen mal ans Wasser gehen. Was meint ihr?«

»Oh ja!« Océane strahlte übers ganze Gesicht, während Virginie nur mit den Achseln zuckte. »Vielleicht.«

»Dann stelle ich euch jetzt erst mal meine Mutter vor. Drückt fest die Daumen, dass ihr Häuschen frei ist.«

Océane streckte ihre Hände in die Luft und zeigte Kylian, wie fest ihre Finger die kleinen Daumen umfassten.

Er lachte angesichts ihrer unübersehbaren Euphorie. Die Unschuld der Kleinen schützte sie noch vor den Untiefen des Lebens. Océane würde sich höchstwahrscheinlich in ihrem späteren Leben kaum an die aktuellen Ereignisse erinnern können. Und falls doch, war es gut möglich, dass sich der Ausbruch aus ihrem bisherigen Alltag als eine Art Erlebnisreise in ihrem Gedächtnis einprägte. Virginie hingegen schien sehr viel bewusster die Anspannung und Gefahr zu spüren, die sie die letzten Tage begleitet hatte.

»Da vorne ist es«, sagte Kylian, als sie zu Fuß den Parkplatz Richtung Dorf verließen. »Die nächste rechts, ein Stück den Hügel hinauf, und dann steht es schon auf der rechten Seite.«

Das dreistöckige Natursteinhaus mit den hellblauen Holzfensterläden lag in der gleißenden Sonne, als sie die ansteigende Gasse hinaufgingen.

»Hier habe ich viele Jahre gelebt«, erklärte Kylian an Fleur gewandt, bevor er die Haustür ansteuerte, die im gleichen Farbton wie die Fensterklappen gestrichen war. Er klopfte.

Als Schritte im Inneren zu hören waren, nickte er. »Sie ist da.«

Keine fünf Sekunden später wurde die Tür geöffnet. »Kylian!« Lynelle Rossier blickte von ihm zu den beiden Mädchen, bevor ihr Blick an Fleur hängen blieb. Wissend sah sie wieder zu Kylian. »Was machst du hier?«

»Bonjour, Maman«, gab er grinsend zurück, während er die ältere Frau liebevoll umarmte. »Das sind Océane und Virginie. Und das ist Fleur«, stellte er seine Schutzbefohlenen vor.

»Bonjour, Madame«, sagte Fleur leise.

»Das ist meine Mutter, Lynelle Rossier.«

»Ich bin Lynelle«, ergänzte seine Mutter lächelnd und zog die drei nacheinander an sich. »Kommt rein.«

Kopfschüttelnd führte sie sie ins Wohnzimmer, das sich im hinteren Teil des Gebäudes befand. In den Räumen herrschte eine angenehme Kühle nach der Mittagshitze, die zwischen den Häusern gewabert hatte.

»Wenn ich gewusst hätte, dass ich Besuch bekomme.« Seine Mutter zeigte auf die Couch und den Sessel. »Setzt euch. Möchtet ihr etwas essen oder trinken?«

»Wir wollen Ihnen keine Umstände machen.« Fleur sah hilfesuchend zu Kylian, bevor sie ihren Töchtern bedeutete, sich hinzusetzen.

»Das macht keine Umstände«, widersprach Kylians Mutter ungeduldig, bevor sie sich an die Mädchen wandte. »Wie wäre es mit etwas Hühnchen mit Reis?«

Kylian musste schmunzeln, als die beiden nachdrücklich zu nicken begannen.

»Setz dich, Junge«, wies ihn seine Mutter an.

»Maman, wir können nicht allzu lange bleiben.«

Sie ließ ihre Schultern sacken. »Ich dachte …«

»Ich bin im Dienst«, unterbrach er sie sanft. »Und wollte dich fragen, ob das Ferienhaus leer steht.«

»Das Ferienhaus?« Sie runzelte die Stirn.

Er nickte. »Das sind … Ich muss Fleur und ihre Töchter sicher unterbringen.«

Seine Mutter kniff die Augen zusammen. »Steckst du etwa in Schwierigkeiten, Kylian?«

52

Mathis hielt einen Moment inne, bevor er das Handy wegsteckte.

»Lieutenant Faundant«, ertönte die Stimme seiner Vorgesetzten hinter ihm. Er wandte sich von der toten Psychologin ab und erwiderte den Blick von Rashida Démilliers. »Das war Capitaine Plevantier«, erklärte er zögernd und berichtete von seinem Telefonat.

Démilliers' Wutpegel stieg sichtbar. Ihre dunklen Augen funkelten ihn an, während ihre Lippen eine schmale Linie bildeten. »Er hat sein Handy abgeschaltet und Ihnen keine Nummer hinterlassen?« Sie schnaufte.

»Er meinte, er meldet sich wieder.«

Nachdenklich sah er zu Sébastien, der sich leise mit dem gerade angekommenen Rechtsmediziner unterhielt. Sie waren vor einer knappen Stunde in die Praxis von Justine Larran gerufen worden, nachdem ein Patient die Psychologin tot in ihrem Sprechzimmer aufgefunden hatte.

»Er meldet sich wieder?« Démilliers stemmte ihre zu Fäusten geballten Hände in die Hüften und stöckelte auf ihren High Heels durch das Wartezimmer der Praxis. »Was denkt er, was das hier ist? Ein verfluchtes Versteckspiel? Er hat mich über seinen Aufenthaltsort zu informieren.« Sie schüttelte den Kopf, während sie weiter vor sich hin murmelte.

Mathis wollte sich gerade zu Sébastien gesellen, als sie erneut hinter ihm rief. »Faundant, warum hat er nicht mich angerufen?«

Er verdrehte die Augen und zuckte mit den Achseln. »Ich weiß es nicht.«

»Was ist hier passiert?«, wollte er von seinem Kollegen wissen, als er hörte, wie Démilliers leise in ihr Telefon sprach.

»Sie wurde mehrfach geschlagen, bevor sie durch den tödlichen Kopfschuss verletzt wurde und daran starb«, erklärte Sébastien mit ernster Stimme.

»Ein unzufriedener Patient?«, spekulierte Mathis.

»Möglich. Oder ein zurückgewiesener Verehrer.«

Mathis blickte sich in dem Raum um. Wie auch im Empfangsbereich waren sämtliche Schubladen aufgerissen, Akten lagen auf dem Boden verstreut herum.

»Er hat definitiv etwas gesucht«, sagte Sébastien, der Mathis' Blick gefolgt war. »War das eben Kylian?«

Mathis sah sich um, doch Démilliers telefonierte noch immer. Er nickte und erzählte ihm mit gesenkter Stimme von seinem Gespräch mit dem Capitaine.

»In seiner Haut möchte ich jetzt nicht stecken«, meinte Sébastien.

»Kylian weiß, dass Beauvolets Frau seine letzte Chance ist. Wenn der Stick uns keine Beweise liefert ...« Mathis verzog seine Mundwinkel.

»Sie könnte gegen ihren Mann aussagen«, gab Sébastien zurück, während er mit seinen behandschuhten Händen drei Akten vom Boden aufhob und auf den Schreibtisch legte.

»Wenn sie in seine Geschäfte eingeweiht ist.«

Mathis überprüfte die Schubladen. In der mittleren fand er die Handtasche der Psychologin. Er öffnete den Reißverschluss und durchkramte das Innere. »Smartphone, Geldbörse, Lippenstift ... drei Tampons, ein Feuerzeug.« Er nahm das Handy und wischte übers Display. »Kein Passwort.« Er runzelte die Stirn. Sébastien stellte sich hinter ihn, nahm das Portemonnaie und sah ihm über die Schulter. Langsam scrollte Mathis durch das Telefonbuch der Toten – und erstarrte. »Oh, là, là!«

»Was ist?« Sébastien hob seinen Kopf und versuchte, aufs Display zu sehen.

»Hier!« Mathis tippte mit dem Finger auf das Smartphone. »Fleur Beauvolet.«

»Was?« Sébastien klang überrascht.

»Die Tote und Beauvolets Frau scheinen sich gekannt zu haben.« Mathis blickte zu dem schwarzen Leichensack, der von der Rechtsmedizin gerade in einen Stahlsarg gehievt wurde.

»Vielleicht war sie eine Patientin der Toten?« Sébastien öffnete die einzelnen Fächer des Geldbeutels.

»Vielleicht«, gab Mathis wenig überzeugt zurück. Während auf dem Revier Beweismittel darauf warteten, Rémy Beauvolet seiner kriminellen Geschäfte zu überführen, wurde eine Bekannte seiner Frau, die ihn gerade verlassen hatte, ermordet. Das konnte kein Zufall sein.

»D'accord«, meldete sich Sébastien erneut. »Vergiss es.«

»Was meinst du?« Mathis drehte sich um und ließ das Telefon sinken.

»Justine Larran trägt sicher keine Fotos ihrer Patienten in ihrer Geldbörse mit sich herum.«

»Wie bitte?« Mathis rang um Fassung.

»Voilà!« Sébastien streckte ihm ein Foto hin, auf dem sowohl die Tote als auch Beauvolets Gattin mindestens zehn Jahre jünger waren. Die beiden Frauen lachten verschmitzt in die Kamera, ihre langen Haare schienen vom Wind zerzaust. Im Hintergrund waren eine Palme und Strand zu erkennen.

»Sie waren befreundet«, stellte Mathis schockiert fest.

»Hat Beauvolet die Freundin seiner Frau umbringen lassen? Aber warum? Was hat er von ihr gewollt? Dachte er möglicherweise, sie wisse, wo Fleur Beauvolet sich vor ihm versteckt?«

»Er hatte das Kuscheltier seiner jüngeren Tochter und weiß der Teufel was noch mit einem Peilsender ausgestattet«, erinnerte Mathis ihn an Kylians Entdeckung.

»Stimmt. Was also wollte er von ihrer Freundin?« Sébastien hob das Foto hoch und betrachtete es.

»Vielleicht ist es ein dummer Zufall«, murmelte Mathis mehr zu sich selbst.

»Was ist ein dummer Zufall?«, bellte Démilliers neben ihm.

Er berichtete seiner Vorgesetzten von ihrem Fund.

»Merde!« Sie schnalzte mit der Zunge. »Wir müssen dringend mit Fleur Beauvolet reden.« Sie nahm Sébastien das Bild ab und betrachtete es. »Und wir müssen den Stick auswerten. Wenn wir eine Verbindung zwischen Beauvolet und dem Mord hier finden …« Sie nickte grimmig, bevor sie zu den Kriminaltechnikern sah, die im Raum nach Fingerabdrücken suchten. »Wenn Plevantier sich wieder meldet, stellen Sie ihn umgehend zu mir durch. Haben Sie mich verstanden, Lieutenant Faundant? Das ist keine Bitte.«

53

Wie Lynelle Rossier sie angesehen hatte! Fleur rätselte, ob Kylians Mutter wusste, was ihren Sohn und sie verband. Sie hatte gemeint, einen Anflug von Neugierde, vermischt mit verständnisvollem Wissen, in den Augen der älteren Frau bemerkt zu haben. Die Mädchen hatten sich fast schon unhöflich auf das Essen gestürzt, das Lynelle ihnen serviert hatte. Der Gedanke an ihre völlig ausgehungert wirkenden Kinder zauberte Fleur ein Schmunzeln ins Gesicht.

»Wann sind wir da?«, krähte Océane von hinten.

»Gleich«, erwiderte Kylian. »Zehn Minuten.«

Sie befanden sich auf der Straße, die sie vor zwei Stunden bereits Richtung Saint-Guilhem-le-Désert genommen hatten, und fuhren die Wegstrecke zurück. Auf halber Höhe zwischen Kylians Heimatdorf und der Teufelsbrücke bogen sie rechts auf einen sandigen Feldweg ein. Die unbefestigte Straße führte etwa einen Kilometer an der steilen Felswand entlang, um schließlich eine scharfe Kurve zu machen und urplötzlich zu enden. Dreihundert Meter von ihnen entfernt, von hohen, schmalen Zypressen und knorrigen Steineichen beschattet, erblickte Fleur ein gepflegtes zweistöckiges Bruchsteinhaus.

»Voilà! Wir haben es geschafft«, verkündete Kylian und drehte sich lächelnd zu den Mädchen um. »Wollen wir Fluffy ihr neues Zuhause zeigen?«

»Ja«, rief Océane.

Nachdem sie ausgestiegen waren, öffnete Kylian den Kofferraum und hob den Hasenkäfig heraus. Dann nahm er die Einkaufstüten mit der neu gekauften Kleidung und drückte jedem der Mädchen eine davon in die Hand.

»Eure Mutter und ich nehmen den Has… das Kaninchen. Danach hole ich den Rest.«

Während Océane aufgeregt vor ihnen auf und ab sprang, schlurfte Virginie mit hängenden Schultern hinter ihrer aufgedrehten Schwester her. Ihre offensichtliche Verlorenheit versetzte Fleur einen schmerzhaften Stich. Ihre Erstgeborene benötigte ein sicheres Umfeld. Schon immer war Virginie diejenige gewesen, die sich mit Veränderungen schwerer tat als ihre kleine Schwester. Sei es, als sie in die Grundschule kam, sei es, als sie sich an den Gedanken gewöhnen musste, bald nicht mehr die Einzelprinzessin im Hause Beauvolet zu sein. Fleur entfuhr ein leises Seufzen, das Kylian nicht entging.

»Wir bleiben hier, bis die Mädchen und du etwas zur Ruhe gekommen seid.«

Sie wandte ihren Kopf und sah ihn an. Diese stahlblauen Augen, die sie vor so langer Zeit auf eine Art angesehen hatten, wie Fleur es nie zuvor erlebt hatte.

»Sie tut mir so leid. Wenn ich nur wüsste, wie ich ihr helfen könnte.«

»Du schaffst das«, erwiderte er mit einem warmen Lächeln. »Ich zeige euch gleich das Haus. Danach kannst du dich um die Kinder und …«, er deutete mit dem Kinn auf den Käfig zwischen ihnen, »… Fluffy kümmern, während ich den Wagen ausräume.«

»Du bist so …«, Fleur schluckte, »… fürsorglich.«

Er räusperte sich. »Es ist mein Job, mich um euch zu kümmern.«

Hörte sie da einen Anflug von Wehmut in seiner Stimme? In Fleur stiegen unzählige Erinnerungen auf an ihre früheren Begegnungen. Wie oft hatten sie sich getroffen? Fünfmal, sechsmal, siebenmal? Nein, es war keine herkömmliche Beziehung gewesen, die sie verbunden hatte. Dafür war die Zeit viel zu kurz gewesen, die sie miteinander verbracht hatten. Doch der Begriff »Affäre« klang zu schmutzig und oberflächlich, als dass er beschreiben konnte, was zwischen ihnen entstanden war. Wie hatte sie sich damals nur … Hastig unterbrach sie ihre Überlegungen und mahnte sich zur Vernunft. Sie war Mutter von zwei Kindern, trug Verantwortung. Sich in Schwärmereien zu verlieren, die nirgendwo hinführen konnten, war in ihrer Situation wirklich das Letzte, was hilfreich wäre.

»Da sind wir.« Kylian schien Ähnliches durch den Kopf zu gehen. Er klang, als bemühe er sich um weitestgehende Normalität.

Sie stellten den Käfig ab, und Kylian kramte den Schlüssel aus seiner Hosentasche hervor. Nachdem er die Haustür aufgeschlossen hatte, zeigte er in den Flur.

»Tretet ein!«

Den Käfig ließen sie für den Moment im Freien stehen.

Der Eingangsbereich war hell gestrichen, neue Holzmöbel verliehen der Diele Wärme.

»Das Haus wurde letztes Jahr renoviert«, erklärte Kylian, da er Fleurs Erstaunen bemerkt hatte. Der Flur endete in einem großen Wohnbereich, an dessen linker Seite sich eine graue Küchenzeile befand. Rechter Hand führte eine Steintreppe ins Obergeschoss.

»Es gibt drei Schlafzimmer«, setzte Kylian an. »Genug Platz für alle.« Dann trat er an die große Flügeltür und öffnete sie. »Die Terrasse ist überdacht. Ich denke, das ist ein schöner Platz für Fluffy.« Er sah Océane an. »Was meinst du?«

Fleurs jüngere Tochter nickte, während sie ihm nach draußen folgte.

»Ein Trampolin«, jauchzte sie im nächsten Moment vergnügt. »Und eine Schaukel. Sieh mal, Virginie!«

Kylian kehrte ins Wohnzimmer zurück. »Es ist ein Ferienhaus. Hier kommen oft Familien mit Kindern her.«

»Was meinst du, Süße?« Fleur sah ihre Ältere an. »Kann man es hier ein Weilchen aushalten?«

Die Zehnjährige zuckte mit den Achseln. »Denke schon.«

Fleur wechselte einen kurzen Blick mit Kylian.

»Seht euch erst mal in Ruhe um«, setzte er in zuversichtlichem Ton an. »Lass uns Fluffy in den Garten bringen.«

Als der Käfig drei Minuten später neben der grauen Loungegarnitur stand, streckte Océane dem Kaninchen bereits erste vertrocknete Grasstängel entgegen. »Hier, Fluffy. Friss!«

»Bleib bei ihnen«, raunte Kylian Fleur dicht an ihrem Ohr zu. »Ich kümmere mich um alles.«

Dankbarkeit signalisierend nickte sie. Dann trat sie ebenfalls ins Freie. Der Garten erstreckte sich bis zur Felswand, die sich in etwa fünfzig Meter Entfernung vor ihnen auftürmte.

»Wow!«, entfuhr es ihr überrascht. »Das ist ja traumhaft!« Zu ihrer Linken standen drei Palmen, die von ihrer Größe und der Dicke der Stämme darauf schließen ließen, dass sie bereits vor Jahrzehnten gepflanzt worden waren.

»Wie findest du das Trampolin, Maman?« Océane stellte sich neben sie und schob ihre kleine Hand in Fleurs. Eine Welle der Zärtlichkeit überrollte sie.

»Es ist toll!« Sie sah zu dem mit Netz umspannten Hüpfgerät. »Groß.«

»Denkst du, wir können zu zweit darauf springen?«

Fleur nickte. »Was meinst du, Virginie? Magst du eine Runde mit deiner Schwester hüpfen?«

Ihre ältere Tochter stellte sich neben sie. »Wie lange müssen wir hierbleiben?«

Fleur legte ihren Arm um sie und zog sie an sich. »Ich weiß es nicht, mein Schatz«, gab sie ehrlich zu. »Eine Weile.«

»Papa ist bestimmt sauer, dass ich nicht auf ihn gewartet habe.«

Wenn sie nur die quälenden Gedanken ihrer Tochter lindern könnte. Fleurs schlechtes Gewissen meldete sich unerbittlich und heftig.

»Nein.« Sie bemühte sich darum, Ruhe und Zuversicht auszustrahlen. »Papa ist nicht sauer auf dich. Du bist seine Tochter. Er hat dich sehr lieb.«

»Warum können wir dann nicht heimfahren?« Sie lehnte ihren Kopf gegen Fleurs Schulter.

Die hilfesuchende Geste trieb Fleur Tränen in die Augen. »Magst du schon mal aufs Trampolin vorgehen, Océane?«

»Kommst du gleich?« Die Kleinere sah Virginie mit glänzenden Augen an.

Diese nickte nur, erwiderte jedoch nichts.

Als das Trampolin unter Océanes Bewegungen zu knarren begann, wandte Fleur sich an ihre ältere Tochter. »Papa und ich haben Probleme.«

»Welche Probleme?« Ihre Tochter sah sie mit gerunzelter Stirn an.

Fleur überlegte. »Dein … euer Vater ist nicht mehr der Mann, den ich vor vielen Jahren geheiratet habe.« Sie hielt inne. »Und ich bin nicht mehr die Frau, die ich damals war«, setzte sie hastig nach. »Menschen verändern sich, Virginie. Ich weiß, dass das für dich in deinem Alter schwer zu verstehen ist. Aber wenn man merkt, dass man nicht mehr glücklich miteinander ist, ist es besser, wenn man sich trennt, wenn jeder allein seinen eigenen weiteren Weg sucht. Seit wir uns kennengelernt haben, haben Papa und ich uns verändert. Wir sind nicht mehr die Menschen, die wir gesehen haben, als wir uns kennenlernten. Möglicherweise wollten wir damals auch nicht genau hinsehen.« Sie seufzte. »Ich weiß es nicht. Leider haben sich unsere gemeinsamen Pläne als Sackgasse entpuppt.«

Tränen traten in die Augen ihrer Tochter.

»Komm, setzen wir uns einen Moment.« Behutsam lotste Fleur ihr Kind zur Lounge. Aus dem Inneren des Hauses hörte sie, wie Schranktüren geöffnet und geschlossen wurden. Kylians Umsicht wärmte ihr trauriges Gemüt ein wenig. »Dein Papa wird dich … euch immer lieben. Egal, was geschieht. Aber wir können nicht mehr zu ihm zurückgehen. Du vermisst ihn«, stellte Fleur leise fest. »Und das ist dein gutes Recht. Er ist dein Papa. Aber ich verspreche dir, dass ich alles tun werde, was in meiner Macht liegt, dass du wieder glücklich wirst.« Sie streichelte Virginies Wange. »Alles, hörst du?«

Virginie wischte sich die Tränen weg.

»Ich habe dich sehr lieb, meine Süße. Du und Océane seid die wichtigsten Menschen in meinem Leben. Wir sind hier, weil ich für euch eine schöne Zukunft möchte. Eine Zukunft, in der ihr frei sein könnt.« Jetzt kämpfte sie ebenfalls mit den Tränen. »Aber wir schaffen das. Wir drei halten zusammen. Immer.«

»Was ist mit Kylian?«

Die Frage überraschte Fleur. »Was soll mit ihm sein?«

»Warum ist er hier?«

Sie schloss kurz die Augen. »Er hilft uns. Er unterstützt mich dabei, ein neues Leben für uns aufzubauen.«

54

Während Rémy unerbittlich in Camille hineinstieß, spürte er, wie seine unbändige Wut für einen Moment von tiefer liegenden und ursprünglicheren Bedürfnissen überlagert wurde. Er wollte ficken, wollte seinen gewaltigen Zorn für einen kurzen Augenblick nicht mehr spüren, wollte unbedingt die Kontrolle zurückgewinnen. Camille entfuhren leise Schmerzensschreie, doch Rémy konnte, nein, er wollte in diesem Augenblick keine Rücksicht nehmen. Jetzt war er an der Reihe. Er und nur er allein. Seit er Camilles wahre Identität kannte, hatte sie ihren Reiz für ihn verloren, war zum reinen Lustobjekt geworden, das er benutzte, wie es ihm gerade in den Kram beziehungsweise seine Libido passte. Schwer keuchend brach er im nächsten Moment über ihr zusammen.

»Wow«, entfuhr es Camille heiser. »Das war … du hast dich wie ein rasender Stier benommen.«

Gereizt zog er sich aus ihr zurück. »Zieh dich an«, befahl er ihr, ohne auf ihre Bemerkung einzugehen, die ihn vor einigen Tagen noch zumindest zu einem schwachen Schmunzeln gebracht hätte.

Camille richtete sich auf und fuhr sich lasziv durchs Haar, während ihr Blick ihn fixierte. »Schwerer Tag?«

»Lass gut sein, okay?«, fuhr er sie an. »Ich habe gleich noch einen wichtigen Termin. Also zieh dich an und verschwinde.« Er zog seinen Reißverschluss hoch und wandte sich zum Fenster.

Zwei Minuten später räusperte sich Camille verlegen. »Soll ich …«

»Schönen Abend, Camille.« Er drehte sich nicht mehr zu ihr um, wartete ungeduldig, bis die Tür endlich hinter ihr ins Schloss gezogen wurde.

Dieses verfluchte Weibsstück hatte ihn hereingelegt. Nachdem er seine Wollust fürs Erste befriedigt hatte, brach der Zorn erneut ungebremst über ihn herein.

Als sie an der Pension angekommen waren, hatte die Besitzerin, eine verknöcherte alte Frau, Jean-Luc und ihm mitgeteilt, dass die Familie Bodain bereits abgereist sei. Die Herren hätten sie um lediglich zehn Minuten verpasst. Nein, sie hätten ihr nicht mitgeteilt, wohin sie aufgebrochen waren. Und nein, eigentlich sei es nicht möglich, einen Blick in das Zimmer der Familie zu werfen. Eigentlich. Rémy war sich sicher, dass dieser Versager von Plevantier der Alten eine entsprechende Zuwendung für die Entsorgung ihrer Sachen zugesteckt hatte. Auch auf Rémys Angebot war sie ohne Zögern eingegangen, hatte sie zu dem Zimmer geführt, in dem Fleur und die Kinder und … Plevantier übernachtet hatten. Wie befürchtet stand der Hasenkäfig in der einen Ecke, die Koffer der Mädchen standen in der anderen, während im Schrank noch Fleurs Kleidung hing.

»Der Monsieur meinte, sie bräuchten nichts mehr davon«, wunderte sich die Besitzerin, während sie im Türrahmen wartete und verfolgte, wie Rémy und Jean-Luc den Raum in Augenschein nahmen. »Ich fand es auch sehr merkwürdig, aber … Der Gast ist König, nicht wahr?«

»Océanes Hase fehlt«, stellte Rémy zähneknirschend fest und warf seinem Mitarbeiter einen beschwörenden Blick zu.

Sie bedankten sich bei der Alten und verließen hastig die Pension. Ein Anruf bei Fréderic bestätigte allerdings, dass Plevantier ganze Arbeit geleistet haben musste. Der Peilsender des Plüschkaninchens zeigte an, dass er sich seit gestern Abend in der Pension befand und seither nicht mehr bewegt worden war. Der Bulle hatte die Wanze gefunden und irgendwo in der Unterkunft versteckt.

Beim Gedanken an seinen Widersacher schmeckte Rémy bittere Galle. Sébastien hatte stundenlang versucht, ein Signal von außerhalb des Gästehauses zu finden. Doch seine Bemühungen waren vergebens gewesen. Die vier waren untergetaucht. Und er, Rémy, hatte keine Ahnung, wo er seine verhasste Frau und diesen Versager von Plevantier nun suchen sollte. Entschlossen griff er zum Telefon und drückte auf eine der Kurzwahlnummern.

»Ja?« Verhalten, fast scheu.

»Wo sind sie?« Rémy wollte sich nicht mit Vorgeplänkel aufhalten, ihm lief die Zeit davon.

»Was meinen Sie?«

»Strapazieren Sie nicht meine Geduld!«, blaffte er ins Telefon, während sein Ärger wuchs. »Ich denke nicht, dass ich Sie daran erinnern …«

»Nein, pardon«, wurde er sofort unterbrochen. »Wir wissen es nicht.«

»Was soll das heißen?« Rémy meinte, seinen Ohren nicht zu trauen. »Wohin ist dieses Arschloch Plevantier mit meiner Familie abgetaucht?« Er musste sich beherrschen, versuchte, seine Finger still zu halten.

»Wir wissen es nicht.«

»Das glaube ich Ihnen nicht. Der Bulle gehört zu Ihrem Verein. Er kann nicht einfach verschwinden. Er braucht ein sicheres Haus, er benötigt Unterstützung, um die drei zu verstecken. Also! Wo sind sie?«

»Er hat sein Handy ausgestellt und erklärt, dass er sich auf eigene Faust um Ihre … um die drei kümmert.«

Rémys Gedanken überschlugen sich. Das durfte doch nicht wahr sein! »Hören Sie«, er bemühte sich darum, nicht loszuschreien, »es interessiert mich einen Scheißdreck, was hier vor sich geht. Und es interessiert mich genauso einen Scheißdreck, welches Spiel dieser Drecksack spielt. Meine Kinder sind weg, in der Gewalt eines offenbar außer Kontrolle geratenen Bullen.« Er knirschte mit den Zähnen. »Ich muss wissen, wo sie sind.«

Stille am anderen Ende.

»Haben Sie mich verstanden?«, brüllte er nun ins Telefon. »Sie wissen, was passiert, wenn ich nicht die Information bekomme, die ich brauche.«

»Ich weiß nicht, wo sie sind. Niemand von uns weiß es. Plevantier hat …«

»Es interessiert mich nicht, was Plevantier hat. Ich will seine Adresse! Wo hält sich das Arschloch auf? Wo ist meine Familie?«

»Monsieur, bei allem Respekt …«

Er warf den Hörer auf den Apparat, wollte keine Ausflüchte mehr hören. Wie konnte das sein? Plevantier war Polizist. Wie war es möglich, dass er spurlos verschwinden konnte? Und mit ihm drei weitere Personen. Er nahm den Briefbeschwerer auf und warf ihn gegen die Wand.

»Merde!«

Wie hatte das passieren können? Sein Plan war wasserdicht gewesen. Das hatte Rémy zumindest gedacht. Er kochte. Wenn er Fleur zwischen die Finger bekäme … Er würde sie eigenhändig erwürgen. Würde ihr ins Gesicht sehen, während sie ihre letzten Atemzüge tat. Würde sich an ihrem Anblick weiden, wenn ihre Augen aus den Höhlen traten, wenn sie verzweifelt nach Luft schnappte, wenn sie …

Er bremste sich. Noch stand er mit leeren Händen da. Und er hatte keine Ahnung, wo dieser Versager die drei hingebracht hatte. Er sah auf die Uhr. Sie waren seit mehr als neun Stunden verschwunden. Theoretisch konnten sie überall sein. Vielleicht hatte Plevantier sie bereits außer Landes gebracht. Wie sollte Rémy weiter vorgehen? Justine hatte ihnen auch nicht weiterhelfen können. Er war sich fast sicher gewesen, dass sie die erste Anlaufstelle gewesen wäre, wo Fleur etwas deponiert hätte, das sie gegen ihn verwenden konnte. Wenn sie überhaupt etwas gegen ihn in der Hand hatte, setzte Rémy nach.

War es möglich, dass er seine Frau überschätzte? Dass sie lediglich seinen Plan umgesetzt hatte? Nein, so naiv war er nicht. Er musste damit rechnen, dass seine Gattin ihr eigenes Süppchen zusammenbraute. Dass sie ihn vernichten wollte. Und gemeinsam mit Plevantier … Rémy schloss die Augen, als die Erkenntnis ihn traf wie ein giftgetränkter Pfeil. Wie hatte er so blind sein können? Wie hatte er nicht erkennen können, was sich direkt vor seiner Nase abgespielt hatte? Sie hatte ihn hereingelegt. Sein Plan, den er ihr unterbreitet hatte, war ihren eigenen Interessen mehr als gelegen gekommen.

Was war er nur für ein Trottel! Er trat gegen das Holz des Schreibtisches, ballte seine Hände zu Fäusten, durchquerte das Büro, kehrte zum Schreibtisch zurück und starrte auf die drei Bilder seiner Familie. Mit einer ausladenden Bewegung wischte er mit seiner rechten Hand über das Holz und fegte alles vom Tisch. Scheppernd landeten die Bilderrahmen mit mehreren Akten auf dem Boden. Fleur hatte ihn verraten. Hatte er ihr bisher nur den einfachen Tod gewünscht, so malte er sich nun Szenarien aus, in denen er sie vierteilen, häuten, aufhängen und ertränken würde. Und zwar alles auf einmal. Noch gab ein Rémy Beauvolet sich nicht geschlagen.

55

Kylian ließ sich in den Loungesessel fallen und genoss für einen Moment die friedliche Stille, die das Ferienhaus seiner Mutter umgab. Wenn er die Umstände ausblendete, die die gesamte Situation belasteten, konnte er beinahe erahnen, wie sich ein Ferienaufenthalt hier anfühlen musste. Die Mädchen waren den ganzen Nachmittag nicht mehr vom Trampolin herunterzubekommen gewesen, nachdem sie erst mal dem Reiz des Spielgeräts erlegen waren. Während Fleur ihnen beim Duschen geholfen hatte, hatte Kylian ein kaltes Abendessen aus Baguette, Salat, Käse, Wurst und Oliven gezaubert, das sie im Anschluss zu viert auf der Terrasse genossen hatten. Océane waren beim Essen fast die Augen zugefallen, so erschöpft war das kleine

Mädchen von den vielen Eindrücken, die in den letzten Tagen auf es eingestürmt waren, und natürlich hatte das stundenlange Springen ein Übriges getan. Kylian schmunzelte, als er daran dachte, wie sie immer wieder eingeschlafen war, als er an ihrem Bett ihr und ihrer Schwester eine kurze Geschichte über den See im Clape-Gebirge erzählt hatte. Kaum wollte er aufstehen, hatte sie wieder den Kopf gehoben und darum gebeten, dass er weiterredete. Bis vor zehn Minuten. Da war sie endgültig eingeschlafen, und auch Virginie hatte sich in ihre Bettdecke gekuschelt und sich Richtung Zimmerwand gedreht. Nun war Fleur noch bei ihnen.

Fleur. Wenn er nur endlich seine Empfindungen, die er nach wie vor für sie hegte, in den Griff bekäme. Es verursachte ihm fast körperlichen Schmerz, wenn er verfolgte, wie sie um die Liebe ihrer älteren Tochter kämpfte. Virginie war das, was man wohl ein echtes »Papakind« nennen konnte. Sie hing so sehr an ihrem Vater, dass Fleur große Mühe haben würde, dem Mädchen zu erklären, warum sie ihren Vater verlassen hatte. Verlassen musste, korrigierte er sich sofort. Sein Blick fiel auf den Hasen. Das Kaninchen, verbesserte er sich amüsiert. Es knabberte an dem rosa Salzstein, den sie heute in dem Zoogeschäft in Pézenas gekauft hatten. Dann hoppelte es zur Käfigmitte, hob seinen Kopf und schien Kylian direkt anzusehen.

»Na, Süße? Gefällt dir dein neues Dach über dem Kopf?«

»Du sprichst mit Fluffy?«, erklang in dem Moment Fleurs Stimme von der Terrassentür.

»Scheint so.« Er lächelte. »Was sagt es über meinen Gemütszustand aus, dass ich mit einem Kaninchen rede?«

Fleur lachte. »Océane würde behaupten, dass du genau richtig tickst.«

Er deutete auf die Weißweinflasche. »Möchtest du auch einen Schluck?« Vorsorglich hatte er bereits zwei Gläser auf den Loungetisch gestellt. Sie setzte sich auf die Zweiercouch.

»Gern.«

»Schlafen sie?« Vorsichtig schenkte er den Wein ein.

»Océane war bereits im Land der Träume versunken. Sie hat mich gar nicht mehr gehört. Aber Virginie war auch völlig fertig.« Sie zog sich das Glas heran. »Danke.«

Er hob seines ebenfalls an und prostete ihr zu. »Auf eine … hoffnungsvolle Zukunft für euch.«

Fleur seufzte. »Die können wir gebrauchen.«

»Das wird schon alles«, versuchte Kylian, Zuversicht zu verbreiten. »Meine Kollegen wollten heute noch den Stick auswerten. Morgen wissen wir mehr, wenn ich sie anrufe.«

Fleur erwiderte nichts, starrte nur reglos auf den Boden.

Kylian vermutete, dass sie Angst vor dem nächsten Schritt hatte. »Wenn die Beweise belastbar sind, wird dein Mann umgehend festgenommen.«

Noch immer reagierte sie nicht.

»Bereust du deinen Schritt etwa?« Er hoffte inständig, dass er sich irrte, konnte jedoch nicht einschätzen, warum sie derart schweigsam war.

»Müssen wir unsere Namen ändern?«, fragte sie leise, bevor sie ihren Kopf hob und ihn offen ansah.

Der Kummer in ihren Augen ließ seinen Herzschlag einen Moment aussetzen.

»Fleur, das hängt davon ab, wie es weitergeht.«

Sie saß keinen Meter von ihm entfernt. Er müsste nur seinen Arm ausstrecken, um sie zu berühren. Um nach ihrer Hand zu fassen und sie sanft zu sich heranzuziehen. Um sie auf seinen Schoß zu drapieren, um … Er räusperte sich. Gefühlsgeschwängerte Fantastereien brachten sie an dieser Stelle sicher am allerwenigsten weiter.

»Wenn Einzelpersonen ins Zeugenschutzprogramm aufgenommen werden, können diese oft ihren Vornamen behalten, da eine Nachverfolgung extrem schwierig ist. Bei einer Namenskonstellation wie der euren … Océane ist kein allzu häufiger Name, da wird es problematisch. Dein Mann hat Gefolgsleute, die mit hoher Wahrscheinlichkeit alles unternehmen werden, um euch aufzuspüren. Wenn er rechtskräftig verurteilt wird, seid ihr vor seiner Rache nicht mehr sicher.«

»Er wollte mich umbringen«, erklärte sie tonlos.

»Ja, und das will er mit ziemlicher Sicherheit noch immer«, stimmte Kylian ihr zu. »Aber das werde ich nicht zulassen. Niemals.«

Ihr Blick flackerte. »Wo werden wir leben?«

Er zögerte. »Dazu kann ich dir keine verlässliche Angabe machen, Fleur. Das wird an anderer Stelle entschieden. Möglicherweise sieht man für euch vor, dass ihr ins Ausland geht. Weit weg vom Einflussbereich Rémys.«

»Die Kinder werden mich hassen.« Sie legte ihren Kopf in den Nacken und starrte in die Dämmerung.

Über dem Felsen färbte sich der Himmel lila, der Stein schimmerte geheimnisvoll in breit gefächerten Grau- und Blautönen. Grillen zirpten im Gras. Die Idylle der Umgebung täuschte über die Last der Verantwortung hinweg, die auf Kylians Schultern lag.

»Sie lieben dich, Fleur. Du bist ihre Maman.«

»Und ich habe sie aus ihrem Leben gerissen.«

Er atmete tief durch. »Ich hatte vorhin nicht den Eindruck, dass sie besonders unglücklich waren.«

Sie lächelte schwach. »Sie mögen dich.«

Ihre Worte berührten etwas in ihm. »Und ich mag sie. Sie sind toll. Alle beide.«

»Virginie ist nicht immer so.«

»Du musst sie nicht verteidigen. Wenn ich daran denke, als ich in ihrem Alter war …« Er erzählte ihr von der Clique, die ihn fast auf den falschen Weg geleitet hätte. Von seiner Adoptivmutter und dem Polizisten, die ihm beide eine Möglichkeit aufgezeigt hatten, sein Leben anders zu gestalten. Sinnvoll, produktiv. Nicht zerstörerisch und verachtend.

»Eine schöne Geschichte«, gab Fleur zurück, als er mit seinen Ausführungen endete.

»Mag sein. Nur dass es keine Geschichte ist, sondern mein Leben, meine Vergangenheit.« Die Erinnerungen ließen ihn melancholisch werden.

»Tut mir leid, so hatte ich es nicht gemeint«, erwiderte Fleur leise und beugte sich zu ihm hinüber. »Lynelle ist eine tolle Frau.«

»Ja, das ist sie.« Er zögerte. »Genau wie du.«

Hastig schüttelte sie den Kopf. »Das solltest du nicht sagen, Kylian.«

»Es ist das, was ich fühle.«

Sie richtete sich wieder auf.

Ein schwacher Wind strich über die Palmen, die Wedel zauberten mystische Schatten auf den Boden. Doch Kylian hatte keinen Blick dafür.

»Ich bereue kein einziges unserer Treffen«, flüsterte er in ihre Richtung.

»Du solltest nicht …«

»Warum nicht, Fleur?«

»Weil es … nicht geht.« Ihre Finger umklammerten den Stiel des Glases so fest, dass ihre Knöchel deutlich hervortraten.

»Damals ging es.«

»Du kennst mich nicht, Kylian. Wir haben … Nein, du weißt nichts von mir.«

»Denkst du das wirklich, Fleur? Ist es das, was in deinem Kopf vorgeht?« Wut stieg in ihm auf. Warum sagte sie das? »Wenn du mich ansiehst, wenn du mich neben dir spürst …« Er atmete tief aus. »Denkst du in diesen Momenten darüber nach, dass ich dich nicht kenne?« Er schob seinen Kiefer vor. »Denkst du das jetzt? In diesem Augenblick?«

Sie wandte ihren Kopf ab, erwiderte jedoch nichts.

»Weißt du, was ich denke?« Er wollte endlich Klartext reden.

»Sag es nicht«, bat sie ihn kaum hörbar.

Doch er ließ sich nicht beirren. »Ich denke, dass deine Gedanken genau wie meine eigenen nur um die eine Frage kreisen. Nicht ob, Fleur, nein, über diesen Punkt sind wir lange hinaus, sondern wann wir beide uns der Anziehungskraft zwischen uns nicht mehr entziehen können.«

56

Während Kylian einen Schluck Kaffee nahm, starrte er gegen die Felsen. Obwohl es noch früh war und der Garten komplett im Schatten lag, war die Luft bereits warm und stickig. Immer wieder musste er an das gestrige Gespräch denken. Nachdem er die Dinge beim Namen genannt hatte, hatte Fleur sich unter leisem Murmeln verabschiedet und war in ihr Zimmer geflüchtet. Für einen Moment hatte Kylian überlegt, ihr hinterherzugehen. Aufgrund der angespannten Situation und der unsicheren Lage, in der sie sich momentan befanden, hatte er die Vernunft über sein Herz gestellt und war ihr nicht gefolgt. Die Sehnsucht nach ihr machte ihn jedoch fast wahnsinnig. Stundenlang hatte er im Bett gelegen, sich von einer auf die andere Seite gewälzt, stets von dem Gedanken beherrscht, dass sie nur wenige Meter weiter in ihrem Bett lag. Er hatte sich vorgestellt, wie sich ihr seidiges Haar über das Kissen verteilte, wie ihre weiche, warme Haut unter …

Er seufzte. Es war müßig, seinen Träumereien nachzuhängen. Er hatte einen Auftrag, um den er sich in den letzten Tagen viel zu wenig gekümmert hatte. Rémy Beauvolets kriminelle Machenschaften mussten gestoppt werden. Jugendliche starben, weil der Drogenbaron seinen Dreck an den Schulen verbreitete, junge Frauen wurden gezwungen und unter Druck gesetzt, ihre unschuldigen Körper zu verkaufen. Kylian musste sich endlich wieder auf das Wesentliche konzentrieren. Er stellte die Tasse auf dem Tisch ab. Eine Meise hüpfte vor ihm über das ausgetrocknete Gras. Fluffy mümmelte, ans Käfiggitter gepresst, stumm vor sich hin. Kylian fand keine Ruhe. Was war das Wesentliche?

Seit Fleur sich in seiner Nähe aufhielt, war er sich nicht mehr sicher. Die letzten Jahre hatte er all seine Zeit seinem Job gewidmet. Ablenkung gab es für ihn nicht. Seit er Fleur kannte, hatte es keine andere Frau geschafft, ihn derart zu faszinieren. Er musste seine Gedanken ordnen. Nur mit einem klaren Kopf konnte er die heikle Situation bewältigen.

Über ihm wurde ein Fenster geöffnet. Leise drang Fleurs Stimme an sein Ohr. Die Mädchen schienen aufgewacht zu sein. Fleur und ihre Töchter. Die drei bildeten eine Einheit, wie Kylian es selten erlebt hatte. Auch wenn Virginie immer wieder ausscherte, weil die Situation sie überforderte, spürte er die Verbundenheit zwischen den Mädchen und ihrer Mutter. Ihm wurde warm ums Herz. Es gab nichts Wichtigeres im Leben von Kindern als eine starke Beziehung zu ihren Eltern. Eine Tatsache, die er selbst erst sehr viel später gelernt hatte. Mit Dankbarkeit dachte er an Lynelle, die ihn so selbstlos bei sich aufgenommen hatte. Die ihm die mütterliche Liebe schenkte, die er während seiner ersten Lebensjahre so schmerzlich vermisst hatte. Und die ihm vorgelebt hatte, dass man alles erreichen konnte, was man wollte, wenn man sich nur Ziele setzte.

Alles nicht, verbesserte er sich sofort und musste erneut an Fleur denken, die ihm vor so vielen Jahren völlig den Kopf verdreht hatte. Wie sollte es weitergehen? Konnte er sich mit dem Gedanken abfinden, sie und ihre Kinder in die Obhut von Kollegen zu geben, die sich in ihrem »neuen« Leben um sie kümmern würden? Kylian kannte die Antwort. Allein die Vorstellung, Fleur nie wiederzusehen, sie für immer zu verlieren, schnürte ihm fast den Brustkorb ab.

Verflucht, er musste sich endlich zusammenreißen! Er war Polizist und hatte einen Auftrag zu erledigen. Während er Fleurs Stimme lauschte, die im Zimmer der Mädchen leise vor sich hin summte, holte er das Prepaidhandy heraus und wählte Mathis' Nummer.

Da ihm nicht angezeigt wurde, wer anrief, meldete sich sein Mitarbeiter ganz offiziell.

»Mathis, ich bin's.« Kylian rückte auf seinem Stuhl nach vorn.

»Kylian!«

»Habt ihr den Stick ausgewertet?«, kam er umgehend auf den Grund seines Anrufs zu sprechen.

»Hör zu, Démilliers tobt seit gestern. Sie hat mich klar angewiesen, dich an sie zu verbinden, solltest du dich erneut melden.«

Kylian fluchte stumm, bevor er auf die Uhr sah. »Sie ist doch sicherlich noch gar nicht auf dem Revier, oder?«

Schweigen, dann: »Nein, aber ich soll nicht mit dir …«

»Mathis, es ist sehr wichtig. Ich habe hier zwei verstörte Mädchen, die sich nach nichts mehr sehnen als nach einem normalen Leben, nach ihrem Alltag, ihrem gewohnten Umfeld. Ich muss wissen, wie wir weiter vorgehen sollen. Ob die drei direkt ins Zeugenschutzprogr…« Er hörte Mathis am anderen Ende seufzen. »Was ist?«

»Kylian, ich habe keine guten Nachrichten, fürchte ich.«

Er schloss die Augen. »Was willst du damit sagen?«

»Der Stick ist wertlos.«

»Was?« Er meinte, sich verhört zu haben.

»Wir haben einige unserer Experten drangesetzt. Auf den ersten Blick sieht es aus, als ob die Unmengen an Daten einen Einblick in ein doppeltes Rechnungswesen Beauvolets geben. Schwarze Kassen, inoffizielle Zahlungen.« Er schnaufte. »Aber nach näherer Analyse scheint alles sauber zu sein.«

Kylian glaubte, keine Luft mehr zu bekommen. »Das heißt, der Stick beinhaltet keinerlei Beweise gegen den Drecksack?«

»Leider ja.«

»Das kann nicht sein. Fleur, seine Frau, sie hat zugesagt, gegen ihn auszusagen. Sie …« Er wusste nichts mehr zu erwidern. Das durfte nicht wahr sein! Wie hatte sie sie derart hinters Licht führen können? Fleur musste doch bewusst sein, dass sie ihr ohne stichhaltige Beweise kein neues Leben verschaffen konnten. Welches Spiel spielte diese Frau? Er klammerte sich an den letzten Strohhalm. »Ist es möglich …« Sein Pulsschlag beschleunigte sich. »Kann es sein, dass sie gedacht hat … Dass sie nicht wusste, dass die Informationen wertlos sind?«

Mathis erwiderte einen Moment lang nichts. »Das halte ich für unwahrscheinlich, Kylian, wenn ich ehrlich bin.«

»So offensichtlich?«

»Wenn man sich näher damit befasst, ja.«

»Merde!«, entfuhr es ihm.

Wut kochte in ihm hoch. Er war so felsenfest davon überzeugt gewesen, Beauvolet mit Fleurs Hilfe endlich für viele Jahrzehnte hinter Schloss und Riegel bringen zu können. Was bezweckte sie mit ihrer Aktion? Ihr musste doch klar sein, dass sie sich selbst und vor allem ihre Kinder in größte Gefahr brachte. Niemals würde Beauvolet akzeptieren, dass seine Frau ihn verließ und ihm seine Kinder vorenthielt. Einmal hatte sie ihm oder besser seinen Leuten entkommen können. Ohne Polizeischutz würde ihr das mit Sicherheit kein zweites Mal gelingen. Er musste dringend nachdenken. Warum führte sie ihn an der Nase herum?

»Da ist noch etwas, Kylian«, sagte Mathis zögernd.

Kylian wollte es nicht hören. »Was?«

»Sagt dir der Name Justine Larran etwas?«

Er meinte, den Namen schon einmal gehört zu haben, konnte sich aber nicht erinnern, in welchem Zusammenhang. »Was ist mit ihr?«

»Sie wurde ermordet.«

»Ich verstehe nicht …« Kylian stand auf und blickte in Richtung des offenen Fensters.

»Justine Larran scheint Fleur Beauvolets beste Freundin gewesen zu sein. Wir haben in ihrer Wohnung etliche Fotoalben gefunden mit Bildern, die die beiden schon als Jugendliche zusammen zeigen.«

»Was ist passiert?« Kylian fühlte sich taub vor Enttäuschung und Wut.

»So wie es scheint, hat der Täter etwas gesucht. Sie wurde brutal geschlagen. Vermutlich wollte man ihr vor ihrem Tod Informationen entlocken. Letztlich wurde sie aus nächster Nähe erschossen.«

»Habt ihr schon Hinweise auf den Täter?«

»Nichts. Du kannst dir denken, dass wir höchstwahrscheinlich auch nichts finden werden. Beauvolet war uns zum wiederholten Mal einen Schritt voraus.«

Kylian fuhr sich über die Stirn. »Mathis, hör zu. Ich muss erst mal nachdenken über das, was du mir gesagt hast.« Er hielt inne. »Das mit dem USB-Stick ist ganz sicher?«

»Ein Placebo«, erwiderte Mathis mit ernster Stimme. »Démilliers ist stinksauer.«

Nicht nur Démilliers, setzte Kylian stumm nach. »Ich melde mich wieder. Danke dir für deine Auskunft.«

»Was soll ich der Chefin sagen?«

»Dass sie nicht da war, als ich angerufen habe.«

»Ich hätte dich an ihre Nummer weiterverbinden können.«

»Dafür hatte ich aber keine Zeit.« Kylian seufzte. »Schieb die Schuld auf mich, okay? Du wolltest mich verbinden, aber ich hatte schon aufgelegt. So irgendwie.«

»In deiner Haut möchte ich nicht stecken.«

Kylian stimmte ihm insgeheim zu.

Nachdem er das Telefonat beendet hatte, wuchs sein Ärger weiter. Er ballte seine Finger zu Fäusten. Was führte Fleur im Schilde? Eine junge Polizistin war gestorben. Konnte es sein, dass Fleur mit ihrem Mann unter einer Decke steckte? Dass ihre vermeintliche Flucht ein hinterhältiger Plan Beauvolets war? Und Fleur ihm dabei half, ihn umzusetzen? Kylian konnte seinen Zorn kaum noch beherrschen. Er hastete ins Haus und eilte die Treppe hinauf.

»Welches verdammte Spiel spielst du hier?«, platzte es aus ihm heraus, als er sie im Zimmer der Mädchen erblickte. Virginie und Océane sahen ihn erschrocken an.

Fleur legte beruhigend eine Hand auf den Arm ihrer jüngeren Tochter. »Was meinst du?«

»Die Informationen auf dem Stick sind wertlos«, brüllte er los. »Meine Mitarbeiterin musste sterben! Was soll das alles?« Er deutete auf die Kinder. »Wir haben nichts in der Hand. Absolut gar nichts!«

Die Mädchen begannen zu weinen. Fleur presste die Lippen aufeinander. Ihre Augen schimmerten feucht.

»Rede mit mir, verdammt!«

Er konnte seine Wut nicht mehr zügeln. Er hätte alles für diese Frau riskiert. Und was tat sie? Spielte ein falsches Spiel, brachte seine Leute und ihn in große Gefahr. Und für was? Für nichts. Für absolut gar nichts.

57

»Bonjour, Mademoiselle Martin«, begrüßte Lieutenant Mathis Faundant Camille, bevor er sich auf den Stuhl ihr gegenüber setzte.

Da Démilliers einen wichtigen anderen Termin im Innenministerium wahrnehmen musste, hatte sie Mathis gebeten, das bereits vereinbarte Treffen mit ihrer Informantin zu übernehmen. Als sie ihn erblickte, schien sie überrascht zu sein.

»Ich dachte, Madame Démilliers wollte mit mir sprechen.«

Er lächelte. »Sie ist leider verhindert, wollte Ihnen aber auch nicht absagen. Sie meinte, Ihre Bitte habe ...«, er malte mit seinen Fingern Anführungszeichen in die Luft, »... dringend geklungen.« Als die Bedienung an ihren Tisch kam, sah er Camille abwartend an. »Einen Kaffee?«

Sie nickte.

Er bestellte zwei Kaffee und schwieg, bis sie wieder allein waren. »Was haben Sie auf dem Herzen, Camille?«

Sie biss auf ihrer Unterlippe herum. Die junge Frau war heute sehr dezent geschminkt und trug ein blaues Sommerkleid. Wenn er ihre Geschichte nicht gekannt hätte, hätte er sie für eine der vielen Studentinnen Montpelliers halten können. Sie wirkte ernst und in sich gekehrt.

»Sie können mir vertrauen, Camille.« Nachdenklich musterte Mathis sie.

Sie schluckte. »Ich glaube, ich schaffe das nicht.«

»Beauvolet auszuspionieren?«

Wieder bewegte sie leicht ihren Kopf. »Er ... ist wie verwandelt. Zu Beginn konnte ich ihn ...« Sie verstummte und senkte ihren Blick. »Ich wusste, wie ich ihn heißmachen konnte«, fuhr sie mit gesenkter Stimme fort. »Ich erkenne ganz gut, wenn ein Mann ... an mir interessiert ist.« Sie blickte ihm scheu in die Augen. »An meinem Körper.«

Mathis sah sie an, erwiderte jedoch nichts.

»Seit zwei Tagen etwa sieht er mich überhaupt nicht mehr«, erzählte sie weiter. »Er wirkt fahrig und aufgekratzt. Als er mich …« Sie schüttelte den Kopf. »Ich kann das nicht.«

Unruhig fuhr sie mit der linken Hand über die Finger ihrer rechten. Am liebsten hätte Mathis seinen Arm ausgestreckt und sie angefasst. Ihre Zerbrechlichkeit berührte etwas in ihm. Schon bei ihrer letzten Begegnung hatte ihre unaufgeregte, vorsichtige Art ihn beeindruckt. Natürlich kannte er ihre Akte, die unangenehme Bilder in seinem Kopf entstehen ließ. Doch hatte nicht jeder eine zweite Chance verdient? Camille Martin war mit Sicherheit keine Schwerverbrecherin. Ihr Weg war durch ihr Elternhaus und die Erfahrungen, die sie in ihrer Kindheit und Jugend gesammelt hatte, fast zwangsläufig vorbestimmt gewesen. Wenn er nur wüsste, wie er ihr helfen könnte.

»Sie erreichen ihn nicht mehr«, fasste er zusammen, was er in ihren Worten zu erkennen gemeint hatte.

»Er ist mit seinem Kopf woanders«, bestätigte sie leise. »Er … arbeitet sich lediglich an mir ab.«

Sie tat ihm leid. Vielleicht sollte er Démilliers bitten, diesen hirnrissigen Plan zu beenden. Erst vor Kurzem hatten sie einen erfahrenen und kompetenten Undercoverbeamten verloren. Wie hatten sie überhaupt je annehmen können, dass Beauvolet sich von einer Zivilistin ohne jegliche Vorkenntnisse hinters Licht führen ließe?

»Sie denken nicht, dass Sie erneuten Zugang zum Büro in seiner Villa bekommen werden?«

Camille schüttelte den Kopf. »Ihn scheinen momentan andere Sorgen umzutreiben.«

Seine Frau, schoss es Mathis durch den Kopf. Ihre Flucht und die Sorge, dass sie der Polizei Beweise für seine kriminellen Machenschaften lieferte. Wobei sich diese Befürchtung vorerst als unbegründet herausgestellt hatte, nachdem sie die Bedeutungslosigkeit des USB-Sticks erkannt hatten.

»Ich rede mit meiner Chefin.«

»Aber was ist mit Lieutenant Runot? Er hat mir einen Deal angeboten, wenn ich … kooperiere und Sie unterstütze.«

»Das haben Sie«, versuchte Mathis, ihr ihre Ängste zu nehmen.

»Uns war allen klar, dass der Plan möglicherweise nicht funktionieren könnte.«

»Wenn Sie das sagen, klingt es so einfach.« Ein scheues Lächeln erschien auf ihren Lippen. »Es ist mir wichtig. Ich möchte … ein neues Leben beginnen.« Sie zögerte. »Ich glaube, dass ich es schaffen kann.«

Er nickte. »Das glaube ich auch.«

»Wirklich?« Ihre Augen weiteten sich.

»Ja, natürlich. Ich habe den Eindruck, Sie haben einen Weg für Ihre Zukunft gefunden, den Sie unbedingt weitergehen möchten.«

»Na ja«, wiegelte sie ab. »Noch habe ich nichts geändert.« Jetzt sah sie ihm fest in die Augen. »Aber ich will es auf jeden Fall. Ich muss mein Leben ändern. Ich möchte eine Ausbildung machen … Ich träume von einer Familie, von Kindern, von einem Haus, einem Hund.«

Ihre unschuldige Begeisterung beeindruckte ihn. Mathis war fest davon überzeugt, dass Camille die Chance auf ein bürgerliches Leben verdient hatte, dass sie den Schnitt bewältigen konnte. Er betrachtete ihr attraktives Gesicht. Trotz ihrer Zerbrechlichkeit schien sie eine innere Stärke zu besitzen, die sie in ihrer Vergangenheit vor einem gravierenderen Absturz bewahrt hatte. »Ich hatte Ihnen bereits bei unserem letzten Treffen angeboten, Sie zu unterstützen.«

»Sie sind Polizist«, erwiderte sie mit zittriger Stimme. Erneut fuhr sie sich über ihre Finger, verknotete sie, um sie sofort wieder zu lösen.

»Ja, das bin ich. Aber ich wüsste nicht, warum mich diese Tatsache daran hindern sollte.« Er nahm einen Schluck von seinem Kaffee.

»Polizisten geben sich privat nicht mit Menschen wie … mir ab.« Ihre Miene nahm einen bedauernden Ausdruck an. »Ich mag bisher einige Fehler begangen haben, aber ich bin nicht dumm.«

»Nein, das sind Sie mit Sicherheit nicht«, entgegnete er sanft. »Und genau deshalb bin ich auch davon überzeugt, dass Sie alles erreichen können, was Sie sich für die Zukunft vornehmen.« Er machte eine Pause. »Ich kann mit Runot reden, wenn Sie das möchten.«

»Warum?«

»Warum was?« Er runzelte die Stirn.

»Warum helfen Sie mir?« Camille legte ihren Kopf leicht schief.

Mathis grinste. »Schon vergessen? Ich bin Polizist.« Er überlegte. »Ich würde Sie wirklich sehr gern auf Ihrem Weg in ein neues Leben unterstützen.« Er hielt ihren Blick einige Sekunden lang gefangen. »Natürlich nur, wenn Sie das ebenfalls möchten.«

Sie schloss kurz ihre Augen. »Es fällt mir leichter, jemandem zu glauben, der mir etwas Schlechtes sagt als etwas … Positives.«

»Sie können mir glauben, Camille«, erklärte er leise, während er nach ihren Händen fasste und sie drückte. »Und Sie können mir vertrauen.«

58

Noch immer hallte Kylians hasserfüllte Stimme in Fleurs Kopf nach. Unruhig tigerte sie durch den Garten. Sie hatte ihn noch nie so wütend erlebt. Doch wunderte sie das wirklich? Was hatte sie erwartet? Er hatte seine Mitarbeiterin verloren, weil Fleur nicht die Wahrheit gesagt hatte. Frustriert stampfte sie mit dem rechten Fuß auf. Nein, das war nicht gerecht. Fleur hatte nicht wissen können, dass Rémy ein falsches Spiel spielte. Sie war davon ausgegangen, dass er …

Ja, was? Dass er sie in seine Pläne einweihte? Fleur legte den Kopf in den Nacken und ließ ihren Blick an dem steilen Felsen entlangwandern. Wem machte sie hier gerade etwas vor? Sie wusste doch ganz genau, was für ein verschlagener, gewissenloser Mann Rémy war. Wie hatte sie annehmen können, dass es diesmal anders laufen würde? Er hatte nicht Kylian schaden wollen, zumindest nicht nur. Nein, sein Plan war darauf ausgerichtet gewesen, sich auf elegante Weise seiner Frau zu entledigen. Ein kleiner, sehr bedauerlicher Zwischenfall auf ihrer Flucht. Sie konnte sich bildlich vorstellen, wie er sich als trauernder, untröstlicher Witwer in der Öffentlichkeit präsentierte, während er im Stillen bereits die nächste Schlampe vögelte.

Fleur rief sich zur Räson. Ihre Gedanken schweiften ab. Wie sollte sie sich verhalten? Kylian würde ihr nicht glauben. Nicht nach dem, was geschehen war. Verzweiflung stieg in ihr auf. Sie drehte sich um und blickte zum Haus. Océane saß im Gras, Fluffy zwischen ihren ausgestreckten Beinen. Sie hatte sich schnell wieder beruhigt, nachdem Kylian aus dem Zimmer gestürmt war. Virginie hingegen war den ganzen Tag noch nicht aus dem Schlafzimmer herausgekommen. Sie wollte mit niemandem reden, Hunger hatte sie angeblich ebenfalls keinen. Fleur strich sich über ihr Haar.

Was für eine verfahrene Situation! Sie musste dringend etwas unternehmen. Wie wäre es zur Abwechslung mal mit der Wahrheit, meldete sich eine leise Stimme in ihrem Hinterkopf. Fleur begann zu wanken. Schwindel erfasste sie. Niemals konnte sie Kylian mit all den Tatsachen konfrontieren, die er bis jetzt nicht kannte. Wie hatte sie sich nur in eine solch ausweglose Lage verfrachten können? Alles, was sie bezweckt hatte, war, ihre Töchter und sich in Sicherheit zu bringen. Doch ihr Vorhaben war gescheitert. Eine Frau war gestorben, den Mann, der noch immer ihr Herz zum Rasen brachte, hatte sie hintergangen und belogen. Ihre Kinder waren verunsichert und traurig. Fleur hatte alles falsch gemacht.

Am liebsten hätte sie laut aufgeschrien, hätte sich den Schmerz, der unaufhörlich in ihrem Inneren tobte, von der Seele gebrüllt. Doch sie musste sich zusammenreißen. Musste stark sein für Océane und Virginie. Die beiden waren das Beste, was Fleur in ihrem Leben zustande gebracht hatte. Allein für ihre Töchter musste sie dringend einen Ausweg finden. Einen Ausweg, der sie weit weg von Rémy und auch weit weg von Kylian katapultierte. Der Gedanke an den Polizisten ließ eine eisige Hand ihr Herz umklammern. Was hatte er gesagt? Es sei keine Frage, ob sie sich ihrer gegenseitigen Anziehungskraft entziehen könnten, sondern lediglich, wie lange. Tränen schossen ihr in die Augen. Wie sehr sehnte sie sich danach, sich in Kylians Arme zu schmiegen, sich endlich fallen zu lassen, ihre Maske abzulegen, die sie aufgesetzt hatte, bevor sie das Polizeirevier betreten hatte. Fleur spürte, wie die Schwermut Besitz von ihrem Körper nahm.

Sie konnte das nicht, hatte keine Kraft mehr, wollte …

»Fleur?«

Kylian! Mit pochendem Herzen drehte sie sich um. Wollte er mit ihr reden, nachdem er sie seit seinem Wutausbruch heute früh komplett ignoriert hatte?

Er stand an der Terrassentür, neben ihm seine Mutter.

»Wir haben Besuch«, erklärte er mit emotionsloser Stimme.

Fleur atmete tief durch und näherte sich dem Ferienhaus. »Bonjour, Madame.«

Sie streckte Kylians Mutter ihre Hand entgegen.

Die ältere Frau berührte Fleurs Oberarme und zog sie sachte an sich. »Bonjour, Fleur.« Sie zwinkerte sie an. »Ich habe Macarons mitgebracht.« Sie blickte zu Océane, die Fluffy auf ihren Arm nahm und sich erhob. »Magst du Macarons?«

Océane nickte eifrig. »Wir holen oft welche in Aigues-Mortes. Stimmt's, Maman?«

Fleur bemühte sich um ein Lächeln, während sie Kylians kühlen Blick auf sich spürte.

»Diese hier sind selbst gebacken«, verriet Lynelle und kehrte ins Haus zurück. »Wo ist denn …«

»Virginie«, half Fleur ihr. »Sie ist oben. Ich schaue gleich mal nach ihr.«

Noch immer starrte Kylian sie an. Als sie es wagte, seinen Blick zu erwidern, erschrak sie innerlich. In seinen Augen konnte sie nichts außer tiefer Enttäuschung erkennen. Sie wünschte, er würde etwas sagen. Irgendetwas, um ihr zu signalisieren, dass der Bruch zwischen ihnen nicht endgültig wäre. Ein Zeichen, dass sich noch alles zum Besseren wenden konnte. Doch er blieb stumm. Seine Miene zeigte keinerlei Anzeichen von Nachsichtigkeit oder Entgegenkommen. Sie hatte ihn verloren. Der Kummer in ihrem Inneren wuchs zu einem unerträglichen Schmerz heran. Sie wandte sich ab.

»Ich hole mal Virginie.« Froh über ihre Fluchtmöglichkeit eilte sie an Lynelle vorbei die Treppe hinauf. Sie klopfte leise an die Tür der Mädchen, doch Virginie reagierte nicht. »Süße?« Langsam drückte sie die Klinke hinunter. Ihre ältere Tochter lag auf dem Bett und starrte an die Decke. »Virginie, wir haben Besuch. Kylians Mutter ist gekommen und hat Macarons mitgebracht. Magst du mit runterkommen?«

Virginie sah sie nicht an, schüttelte nur den Kopf.

Fleur näherte sich dem Bett und blieb unschlüssig davor stehen. Das Leid ihrer Tochter tat ihr im Herzen weh, denn sie war schuld daran.

»Virginie?« Sie traute sich nicht, sich neben ihre Tochter zu setzen.

»Ich habe keinen Hunger«, erklärte die Zehnjährige bestimmt.

»Du hast den ganzen Tag noch nichts gegessen«, widersprach Fleur fast flehentlich. »Bitte komm mit.«

Wieder schüttelte ihre Ältere nur den Kopf.

»Du musst doch etwas …«, setzte Fleur erneut an.

»Ich muss gar nichts«, blaffte Virginie zurück. »Und du hast mir gar nichts zu sagen. Erst machst du Papa böse. Und jetzt ist Kylian auch noch sauer auf dich.« Sie setzte sich auf und stützte sich auf ihre Ellenbogen. Wütend kniff sie ihre Augen zusammen. »Was bist du nur für ein Mensch?«

Jedes einzelne Wort traf Fleur wie spitze Nadelstiche. »Virginie, lass mich bitte erklären …«

»Wie oft denn noch?« Virginie ließ ihren Oberkörper wieder aufs Bett fallen. »Wie oft willst du mir noch etwas erklären?« Sie drehte ihren Kopf zur Wand. »Ich hasse dich.«

»Süße, bitte«, versuchte es Fleur ein weiteres Mal.

»Lass mich in Ruhe.«

»Schatz …«

»Ich habe gesagt, du sollst mich in Ruhe lassen.« Demonstrativ drehte sie sich auf ihre rechte Seite und wandte Fleur ihren Rücken zu.

Einen Moment lang verharrte Fleur vor dem Bett und betrachtete ihre Tochter, doch dann entschied sie sich, dass es der falsche Zeitpunkt war. Virginie würde sie nicht an sich heranlassen. Notgedrungen verließ sie das Zimmer und stieg die Stufen hinab.

»Mag sie nicht herunterkommen?« Lynelle blickte ihr lächelnd entgegen. Vor ihr stand ein weißer Teller, auf dem sie mintfarbene, gelbe und orangene Macarons arrangiert hatte. »Mädchen in dem Alter sind nicht einfach«, erklärte sie mitfühlend, bevor sie zu ihrem Sohn schaute, der auf der Terrasse saß. »Jungen auch nicht.«

»Die Situation macht ihr sehr zu schaffen«, erwiderte Fleur, während sie versuchte, die Traurigkeit zu verdrängen, die sie zu überwältigen drohte. »Uns allen«, setzte sie leise nach.

»Kylian wird alles dafür tun, dass es Ihnen bald besser geht«, entgegnete Lynelle mit sanfter Stimme. »Er ist ein guter Polizist, ein guter Mensch.« Sie lächelte erneut. »Welche Mutter würde das nicht von ihrem Kind sagen?«

Fleur nickte, doch sie wusste, dass sie Kylian in einem Maß vor den Kopf gestoßen hatte, dass er ihr nicht verzeihen würde. Sie hatte ihn hintergangen, hatte ihn belogen und das Leben seiner Mitarbeiterin in Gefahr gebracht. Nicht nur in Gefahr gebracht, verbesserte sie sich resigniert. Auf ihn konnte sie nicht mehr zählen.

»Na, kommen Sie.« Lynelle trat näher. »Setzen wir uns ein wenig in die Sonne und trinken einen Kaffee. Sie werden sehen, ganz bald sieht die Welt wieder freundlicher aus.«

Fleur folgte ihr ins Freie, doch als sie Kylians ausdruckslosem Blick begegnete, wusste sie, dass nichts besser werden würde. Sie hatte es endgültig vermasselt.

59

Fréderic lümmelte auf dem Sessel und hielt sich seinen bandagierten Arm, während Jean-Luc unruhig auf und ab lief.

»Wie konnte das passieren?« Rémy kochte. »Wir hatten alles zigmal durchgesprochen.«

»Woher wusste sie, dass wir die drei verwanzt haben?« Jean-Luc blieb stehen. »Dass sie sogar den Peilsender in dem Kuscheltier entdeckt hat …«

»Fleur hätte das niemals entdeckt«, knurrte Rémy unwillig. »Das war dieses Arschloch von Plevantier.« Er musste sich zusammenreißen, um nicht loszubrüllen. Auf keinen Fall durften seine beiden weiblichen Angestellten vor der Tür mitbekommen, was mit ihm los war. »Ich bringe sie um«, presste er leise hervor. »So wahr ich hier stehe, schwöre ich euch, dass ich diese Schlampe eigenhändig umbringe.«

Doch noch war es nicht so weit. Sie hatten keine Ahnung, wo sich besagte Schlampe in diesem Moment aufhielt.

»Vielleicht sollten wir uns auf das konzentrieren, was wir wissen«, brachte Fréderic vorsichtig an.

Rémy schloss für einen Moment die Augen. Sein Mitarbeiter ging ihm heute tierisch auf die Nerven mit seinem altklugen Gerede. Er drehte sich zu ihm um. »Ach ja? Und was genau wissen wir?«

Fréderic sah hilfesuchend zu Jean-Luc. »Na ja ...«, begann er gedehnt. »Wir wissen zum einen, dass sie entdeckt haben, dass wir sie verwanzt hatten.«

Rémy lachte auf und klatschte. »Bravo! Sehr gute Erkenntnis.«

»Das heißt, sie wissen nun, dass sie verfolgt wurden. Folglich ist ihnen höchstwahrscheinlich auch klar, dass wir hinter dem Angriff stecken.«

Rémy verdrehte die Augen. »Hör zu, Fréderic. Ich schätze deinen Rat im Normalfall wirklich sehr. Aber ist es möglich, dass man dir Medikamente verabreicht hat, die dir irgendwie dein Hirn vernebelt haben?« Er deutete einen Kreis neben seiner Schläfe an. »Was du gerade von dir gibst, bringt uns keinen Schritt weiter.«

Jean-Luc unterdrückte ein Grinsen. »Was ist mit deiner Quelle?«

»Tappt genauso im Dunkeln wie wir«, gab Rémy genervt zurück.

»Aber ich dachte ...«, setzte Fréderic erneut an.

»Was?«, blaffte Rémy. »Was dachtest du, Monsieur Neunmalklug?«

Er wusste, dass er sich vor seinen Mitarbeitern nicht so gehen lassen sollte. Aber seine Wut saß tief. Er konnte sich nicht daran erinnern, wann er sich je derart hilflos und hintergangen gefühlt hatte. Wie hatte es geschehen können, dass Fleur mit einem Mal ihren eigenen Weg verfolgte? Natürlich war ihm klar, dass sie sich in den letzten Jahren immer weiter von ihm entfernt hatte. Ihre Ehe war zu einer Farce verkommen, zu einer puren Fassade. Aber er hatte immer noch angenommen, dass sie es nicht schaffen würde, sich komplett von ihm zu lösen. Hatte er ihr in den Nächten vor ihrem Weggang nicht klar zu verstehen gegeben, wer am längeren Hebel saß? Seine Eingeweide zogen sich zusammen. Er schaffte es kaum noch, seinen Hass zu zügeln.

»Was wir wissen, ist, dass …«, begann Fréderic ein weiteres Mal mit beherzter Stimme, »… sie jetzt gewarnt ist.«

»Gut erkannt«, zischte Rémy fassungslos.

»Das heißt, sie werden in kein sicheres Haus der Polizei mehr gehen.«

»Und wieso nicht, bitte schön?«

»Weil sie jetzt wissen, dass es nicht sicher war«, erklärte sein Mitarbeiter triumphierend.

Rémy blickte zu Jean-Luc. »Kannst du mir sagen, was mit ihm los ist?«

Jean-Luc erwiderte erst Rémys Blick, bevor er zu Fréderic sah. »Ich denke, du hast jetzt mal Sendepause.«

Der Jüngere zog eine beleidigte Grimasse.

»So wie ich die Sache sehe, haben wir momentan keine Chance, sie ausfindig zu machen«, fuhr Jean-Luc ungerührt fort. »Ihre Spur verliert sich an der Pension. Das heißt, sie können mittlerweile überall sein.« Er machte eine Pause. »Möglicherweise befinden sie sich schon im Ausland.«

»Merde!« Rémy ballte seine linke Hand zur Faust. »Wenn ich nur wüsste, was sie gegen mich in der Hand hat.«

»Bist du denn sicher, dass sie überhaupt etwas hat?« Jean-Luc lehnte sich gegen die Schreibtischplatte. »Was ist mit dem USB-Stick?«

»Der ist nutzlos«, sagte Rémy gedankenverloren. »Wenn die Bullen den Stick einer genauen Überprüfung unterziehen, werden sie schnell bemerken, dass die Daten darauf nichts Illegales enthalten.«

»Genial!«, meldete sich Fréderic aus seiner Ecke.

Rémy warf ihm einen bösen Blick zu.

»Das bedeutet im Umkehrschluss, dass sie Fleur und die Kinder nicht ins Zeugenschutzprogramm aufnehmen werden«, folgerte Jean-Luc. »Keine Beweise, keine Zeugen.«

Rémy kniff die Augen zusammen. »Ich traue dieser Hure mittlerweile alles zu. Sie wusste, dass der Stick wertlos ist. Vereinbart war, dass sie mich zu Plevantier führt, damit ich diesem Möchtegernhelden ein für alle Mal sein blödes Maul stopfen kann.« Nicht gewusst hatte er zu dem Zeitpunkt jedoch, dass Fleur für das Bullenschwein die Beine breit gemacht hatte. Noch immer ärgerte er sich über seine Nachlässigkeit. Wie hatte er eine solch offensichtliche Tatsache nur übersehen können? Doch dieser Aspekt ging seine Mitarbeiter nichts an. Er wollte vor ihnen nicht noch dümmer und leichtgläubiger dastehen, als es eh schon der Fall war.

»Nun ist sie aber mit Plevantier entwischt. Das heißt, sie hat sich nicht an eure Abmachung gehalten.« Jean-Luc fuhr sich übers Kinn.

»Das wird sie büßen.« Rémy ließ sich auf seinen Schreibtischstuhl fallen.

Jean-Luc drehte sich zu ihm um. »Wir finden sie, Chef. Früher oder später schnappen wir sie uns.«

»Ich brauche Informationen zu diesem Idioten«, beschloss Rémy finster. »Bringt mir alles, was wichtig sein könnte. Stellt sein Leben auf den Kopf.«

Wieder verfluchte er sich. Er hätte sich längst darum kümmern müssen, was für ein Mann der Polizist war, der ihn seit Jahren verfolgte. Der es sich anscheinend zur Lebensaufgabe gemacht hatte, Rémy Beauvolet zu Fall zu bringen. Doch auch wenn er momentan einen kleinen Vorsprung hatte, sich womöglich bereits auf der Zielgeraden wähnte, es brauchte mehr als eine abtrünnige Ehefrau, um einem Rémy Beauvolet nachhaltig an den Karren zu fahren. Noch gab er sich nicht geschlagen.

60

»Sie haben ein sehr schönes Ferienhaus«, setzte Fleur an, als sie in der Lounge saßen, während Océane ausgiebig auf dem Trampolin herumsprang. »Unter normalen Umständen stelle ich mir einen Aufenthalt hier sehr … erholsam vor.«

Kylians Mutter nickte. »Es freut mich, dass Ihnen das Haus gefällt.« Sie sah zu ihrem Sohn. »Weißt du schon, wie lange ihr bleiben werdet?«

Kylian starrte auf den Tisch zwischen ihnen, er wirkte gedankenverloren. Fleur war klar, dass er sich nur wegen seiner Mutter zusammenriss. Wäre Lynelle nicht aufgetaucht, hätte er sicher weiter kein Wort mit ihr gewechselt. Warum hatte sie ihn nicht von Beginn an in ihren Plan eingeweiht? Er hätte ihr doch helfen können. Weil sie sich selbst nicht mehr über den Weg traute, gestand sie sich im nächsten Moment ein. Obwohl ihre letzte Begegnung Jahre zurücklag, hatte sie die ganze Zeit geahnt, dass ihre Gefühle für ihn nicht erloschen waren. Sie benötigte einen klaren Kopf, durfte sich nicht in emotionale Wirrungen verstricken. Ihr Leben stand auf dem Spiel, ebenso wie die Zukunft ihrer Kinder. Niemals durfte Kylian wissen, was in ihrem Inneren vor sich ging.

»Kylian?« Seine Mutter sah ihn mit fragender Miene an.

»Pardon«, erwiderte er hastig. »Ich war …« Er winkte ab. »Woanders.«

»Das habe ich gemerkt.« Lynelle lachte.

»Ich kann es dir nicht sagen, Maman. Ab wann ist es wieder vermietet?« Er fuhr sich über die Stirn und lehnte sich in seinem Rattansessel zurück.

»Erst in drei Wochen«, gab sie zurück. »Ihr habt also genügend Zeit, alles zu organisieren.«

Fleur ließ ihren Blick zwischen Mutter und Sohn hin- und herschweifen. Wusste Lynelle, warum sie hier waren? Ahnte sie, dass ihr Sohn und Fleur eine gemeinsame Vergangenheit hatten? Kylian wich nach wie vor ihrem Blick aus.

»Maman«, ertönte es vom Trampolin her. »Sieh mal, wie hoch ich springen kann.«

Fleur erhob sich, um ihre Tochter besser sehen zu können, und winkte ihr zu. »Toll!«

»Und die Kinder haben auch ihren Spaß!«, schmunzelte Kylians Mutter.

»Zumindest Océane«, bestätigte Fleur und seufzte. »Virginie hingegen … Ich weiß nicht, was ich ihr noch sagen soll.«

»Die Kinder sind nicht in ihrem gewohnten Umfeld.« Lynelle nahm sich ein Macaron und legte es auf ihren Teller. »Ich denke, jeder geht anders mit einer solchen Ausnahmesituation um.«

»Sie hängt sehr an ihrem Vater«, pflichtete Fleur ihr leise bei und nippte an ihrem Kaffee. Als sie aufsah, begegnete sie Kylians Blick, der hastig seinen Kopf abwandte.

»Meist kommt man mit der Wahrheit am besten klar.«

Ein Kloß bildete sich bei Kylians Worten in Fleurs Kehle.

»Was meinst du damit?« Lynelle beugte sich nach vorn und sah ihn abwartend an.

»Wie ich es gesagt habe«, erwiderte er kurz angebunden.

Seine Mutter zog die Brauen hoch.

»Ich habe meinen Mann verlassen.« Fleur sah sich in der Pflicht, seine Worte zu relativieren. »Weil er … uns nicht guttut.«

»Er hat Sie geschlagen?«, wollte Lynelle wissen.

Das Mitgefühl in ihrer Stimme ließ Fleur innerlich zusammenzucken.

»Nein, das nicht, aber …« Sie atmete tief aus. »Seine Werte unterscheiden sich grundsätzlich von denen, die mir wichtig scheinen«, erklärte sie vage.

Lynelle nickte. »Manchmal verändern sich Menschen. Sie haben wahrscheinlich gute Gründe, warum Sie diesen Schritt unternommen haben.«

»Die hat sie mit Sicherheit«, murmelte Kylian undeutlich, doch Fleur hatte ihn trotzdem verstanden.

»Was sagst du?«

Er schüttelte den Kopf und schenkte seiner Mutter ein schwaches Lächeln. »Nichts, Maman. Gar nichts.«

Sie blickte zu Fleur. »Ich habe seit Ewigkeiten nicht hier gesessen. Es fühlt sich merkwürdig an, Gast im eigenen Haus zu sein.«

Fleur war dankbar für den Themenwechsel. »Aber es ist Ihr Haus. Wenn hier jemand zu Gast ist, dann sind wir es. Und ich bin Ihnen sehr dankbar dafür, dass wir hier unterkommen durften.«

»So habe ich es nicht gemeint. Es ist nur …« Sie lachte. »Ich habe selbst noch nie hier übernachtet. Und ich habe auch noch nie hier im Garten gesessen und Kaffee getrunken.«

»Dann wurde es Zeit«, warf Kylian amüsiert ein. »Kurzurlaub im eigenen Ferienhaus, keine zehn Kilometer von deinem Wohnort entfernt.«

»So wohl wie zu Hause fühlt man sich wahrscheinlich nirgends.« Lynelle biss in das Macaron.

»Da könnten Sie recht haben«, stimmte Fleur zu.

»Sie finden ein neues Zuhause«, versuchte Lynelle sie aufzumuntern. »Und Kylian wird Ihnen dabei helfen.« Sie legte eine Hand auf seinen Unterarm. »Er ist ein sehr guter Polizist mit einem sehr großen Herzen.«

Fleur musste bei ihren Worten schlucken.

»Es ist mein Job, Maman«, wiegelte er ab. »Das hat mit meinem Herzen nicht viel zu tun.«

Lynelle lachte erneut. »Es gibt immer solche und solche, Kylian. Du bist ein guter Mensch. Und das kannst du auch in deinem Beruf nicht verbergen.« Sie nickte nachdrücklich. »Und sollst es auch gar nicht.«

»Ja, Sie haben recht.« Fleur sah ihm offen ins Gesicht. »Ihr Sohn hat uns enorm geholfen. Wir fühlen uns in seiner Gegenwart sehr sicher.«

»Erzählen Sie mir von Ihren Mädchen«, forderte Lynelle sie auf. »Sie scheinen ja komplett unterschiedlich zu sein.«

Nachdem Lynelle anderthalb Stunden später gegangen war, räumte Fleur schweigend den Tisch ab. Kylian erhob sich ebenfalls und gesellte sich zu Océane, die Fluffy im Gras hoppeln ließ. Obwohl sie versuchte, den Schmerz zu ignorieren, den seine Nichtbeachtung in ihr auslöste, hätte sie sich am liebsten allein zurückgezogen und den Tränen freien Lauf gelassen. Doch sie riss sich zusammen und stellte das Geschirr in die Spüle. Hin- und hergerissen von ihren Gefühlen überlegte sie, einen Versuch zu wagen, mit Kylian zu sprechen. Als aus dem oberen Stockwerk plötzlich ein leises Schluchzen zu hören war, zog sich ihr Herz zusammen. Fleur eilte die Treppen hoch und blieb kurz vor dem Zimmer der Mädchen stehen. Virginie weinte. Was war sie nur für eine Mutter? Anstatt sich völlig unvernünftige Gedanken über ihren Umgang mit dem Polizisten zu machen, sollte sie sich lieber um ihre Tochter kümmern. Sie klopfte.

»Nein!«, ertönte es sofort aus dem Zimmer.

Fleur öffnete trotzdem die Tür. »Bitte lass mich dich trösten«, bat sie leise. Die Klappläden waren geschlossen, nur die schwache Nachttischlampe verströmte gedämpftes Licht. Virginie lag zusammengekrümmt unter ihrer Decke und schluchzte bitterlich vor sich hin.

»Lass mich in Ruhe!«

»Bitte!« Fleur setzte sich an den Bettrand und streichelte ihrer Tochter sanft über den Rücken. »Komm her.«

»Geh raus!«

»Nein«, widersprach Fleur ernst. »Du bist mein Kind, und ich kann es nicht ertragen, dass es dir so schlecht geht.« Sie beugte sich über die Zehnjährige und hauchte ihr einen Kuss auf die Wange. »Komm auf meinen Schoß«, bat sie leise.

Nach kurzem Zögern schälte sich Virginie unter ihrer Decke hervor und begann, sich an ihre Mutter zu schmiegen. Erleichtert zog Fleur das Mädchen näher zu sich, bis sie auf ihren Oberschenkeln saß. Sie legte die Arme um ihre Tochter und wiegte sie leicht an ihrem Oberkörper. »Ich liebe dich, mein Schatz.«

Virginie verbarg ihren Kopf in Fleurs Halsbeuge. Während sie weinte, strich Fleur ihr übers Haar und murmelte beruhigende Worte in ihr Ohr.

»Wir schaffen das. Ich verspreche dir, dass alles gut werden wird. Ich bin doch deine Maman. Und es schmerzt mich unendlich, wenn ich dich so leiden sehe. Wir bekommen das hin. Du, Océane und ich. Wir sind doch ein tolles Team.«

Nach einigen Minuten beruhigte sich Virginie langsam. »Ich habe Hunger.«

Fleur musste lächeln. »Warum wundert mich das nicht?«

»Ist Kylian noch immer sauer?«

Sie zögerte. »Seine Mutter war da. Wir hatten noch keine Gelegenheit zu reden.«

»Du musst das in Ordnung bringen.« Der Blick ihrer Tochter wurde prüfend.

Fleur nickte. »Ja, du hast recht. Das muss ich unbedingt. Ich rede später in Ruhe mit ihm, wenn ihr im Bett seid.«

»Kann ich jetzt etwas essen?« Virginie drückte ihren Kopf fester an Fleurs Schlüsselbein.

»Natürlich.« Ihre Augen begannen zu brennen. Was tat sie ihren Kindern hier an? »Was magst du denn? Baguette? Lynelle hat fantastische Macarons mitgebracht. Ein paar stehen noch auf der Terrasse.«

»Erst ein Baguette und dann den Nachtisch.«

Fleur nickte. »Alles, was du willst, meine Süße.«

61

Kylian beobachtete schmunzelnd, wie Océane Fluffy vertrocknete Grasstängel vor deren Schnäuzchen hielt.

»Ach, komm, Fluffy, du hast doch Hunger«, beschwerte sich das Mädchen über die mangelnde Begeisterung des Kaninchens. Unauffällig warf er einen Blick hinter sich, doch Fleur war nirgends zu sehen. Er erhob sich.

»Ich muss mal kurz mit meinen Kollegen telefonieren, Océane. Hast du deine kleine Freundin im Blick?«

Fleurs jüngere Tochter blickte zu ihm auf. »Ich bin doch schon groß«, maulte sie hörbar genervt.

»Ich weiß.« Er lächelte. »Wenn es ein Problem gibt … Ich setze mich auf die Terrasse, okay?«

Océane nickte, bevor sie sich erneut ihrer kleinen Fellnase widmete.

Wie sollte es weitergehen? Noch immer saß sein Ärger über Fleurs Geheimniskrämerei tief. Sie musste gewusst haben, dass der Stick, den sie ihnen gegeben hatte, nichts Brauchbares liefern würde. Warum also der Aufwand mit dem Versteck am Strand? Was verbarg sie vor ihm? Er zog sein neues Handy hervor und wählte Mathis' Nummer.

»Faundant.«

»Ich bin's, Kylian.«

»Moment bitte!«

Kylian hörte, wie ein Stuhl gerückt wurde, kurz darauf fiel eine Tür ins Schloss.

»Du hast ja Nerven, Mann!« Mathis klang aufgebracht. »Weißt du, was hier los ist?«

»Ich kann es mir denken«, gab Kylian zerknirscht zurück.

»Hast du mit ihr geredet? Weiß sie vom Tod ihrer Freundin? Was sagt sie zu deinem Vorwurf?«

»Langsam, Mathis«, bremste Kylian seinen Mitarbeiter. »Erst mal …« Er schnaufte. »Ich hatte noch keine Gelegenheit, in Ruhe mit ihr zu sprechen.«

»Kylian! Was macht ihr denn den ganzen Tag? Verflucht, Démilliers befindet sich auf dem Kriegspfad. Du weißt, dass sie …«

»Ja«, unterbrach ihn Kylian harsch. »Ja, ich kann mir vorstellen, dass sie wenig angetan von der Situation ist. Aber … Mensch, Mathis. Wir haben hier zwei Kinder. Ich muss warten, bis wir allein sind.«

»Wenig angetan ist die Untertreibung des Jahres«, gab Mathis nach kurzem Zögern zurück. »Aber ich verstehe, dass es schwierig für dich ist. Die Mädchen sind noch so jung.«

»Sie leiden unter der Situation«, bestätigte Kylian, während er an Virginies Trotzreaktion denken musste. Nachdem er ihre Mutter angebrüllt hatte, hatte sie sich nicht mehr hier unten blicken lassen. Er schaute zum Fenster der Mädchen hinauf. Die Klappläden waren geschlossen. Vielleicht war Fleur bei ihrer Tochter. Im Wohnbereich hielt sie sich zumindest nicht auf. »Ich muss noch mal nachfragen, Mathis. Hat sich noch etwas ergeben?«

Sein Mitarbeiter seufzte. »Nichts, Kylian. Absolut gar nichts.«

»Merde!« Kylian überlegte. »Was ist mit Camille?«

Am anderen Ende der Leitung blieb es stumm.

»Mathis?«

»Ja, ich bin noch dran. Ich habe mich mit ihr getroffen. Sie ist ... ziemlich niedergeschlagen.«

Kylian verfolgte, wie das Kaninchen über den Rasen hoppelte und Océane ihm auf Schritt und Tritt folgte. Er musste grinsen, als er bemerkte, wie ernst das Mädchen auf sein Haustier einredete. »Warum das?«, konzentrierte er sich wieder auf sein Gespräch.

»Beauvolet scheint sehr angespannt zu sein. Er reagiert kaum noch auf ihre Avancen. Sie fürchtet, uns nichts Verwertbares liefern zu können. Sie hat Angst, dass er sie nicht mehr zu sich nach Hause mitnimmt.«

Das waren keine guten Nachrichten. »Aber sie versucht es weiter?«

»Ja, natürlich. Sie möchte unbedingt zeigen, dass sie ihren Teil der Vereinbarung einhält. Camille sieht das als Chance auf einen Start in ein neues Leben. Sie will raus aus ihrem Umfeld, will ...«

»Uh, Mathis. Was ist los?« Der Enthusiasmus in der Stimme seines Mitarbeiters irritierte Kylian.

»Sie ist sehr nett.«

»Nett?« Kylian nickte. Mit Gefühlen, die man nicht steuern konnte, kannte er sich schließlich bestens aus. »Und hübsch ist sie auch.«

»Es ist nicht so, wie du denkst.«

Kylian schmunzelte. »Was denke ich denn?«

»Sie berührt etwas in mir.« Stille. »Aber du kannst dich darauf verlassen, dass ich … dass wir … sie wird diesen Job zu Ende bringen, auch wenn ich Beauvolet umbringen könnte, wenn ich mir nur vorstelle, was er mit ihr anstellt.«

Auch dieses Gefühl war Kylian alles andere als fremd. Mathis tat ihm leid. Wenn er nur daran dachte, wie Fleur mit ihrem Mann … Hastig verdrängte er den Gedanken und ärgerte sich sogleich über seine erneut aufwallenden Emotionen.

»Weiß sie, was du … denkst?«

Mathis lachte leise. »Keine Ahnung. Ich versuche, mir nichts anmerken zu lassen, aber du weißt ja selbst, dass man vor Frauen selten etwas verheimlichen kann.«

»Und? Denkst du, ihr geht es ähnlich?« Kylian streckte seine Beine aus.

»Möglicherweise.«

»Das klingt nicht sehr überzeugt.«

»Verdammt, Kylian! Runot und Démilliers erwarten von ihr, dass sie für diesen Drecksack die Beine breit macht. Denkst du, das gefällt mir? Am liebsten würde ich sie sofort da rausholen und ihr helfen, in ein bürgerliches Leben zu finden.«

»Lass das nicht Démilliers hören«, warnte Kylian ihn.

In diesem Moment kreischte Océane auf, als Fluffy nicht, wie von ihrer Besitzerin befohlen, sitzen blieb, sondern weiter auf den Felsen zuhoppelte.

»Alles okay, Océane?«

Das Mädchen winkte ihm zu und nickte nur heftig, während sie streng mit ihrer kleinen Freundin schimpfte.

»Hör zu, Mathis. Ich gönne dir von Herzen, wenn du und Camille … wenn ihr nach Beendigung ihres Auftrags die Möglichkeit bekommt, euch näher kennenzulernen. Aber bitte halte die Füße still, solange sie an Beauvolet dran ist. So wie es momentan aussieht, ist sie unsere einzige Chance, dieses Arschloch doch noch dranzukriegen.«

»Schon verstanden, Chef.«

Kylian konnte Mathis' Grinsen durch die Leitung hindurch hören.

Er sagte ihm zu, sich wieder zu melden, und beendete das Telefonat. Minutenlang starrte er auf das Handy in seiner Hand und überlegte. Entschlossen wählte er eine andere Nummer und wartete.

»Detektei Dossin. Sie sprechen mit Pierre Dossin. Was kann ich für Sie tun?«

»Pierre, ich bin es, Kylian Plevantier.«

»Kylian!«

Pierre Dossin war drei Jahre lang Kylians Vorgesetzter gewesen, bevor er sich mit Ende fünfzig dazu entschieden hatte, aus dem Polizeidienst auszuscheiden, um sich in Montpellier als Privatdetektiv selbstständig zu machen. Das war vier Jahre her. Seitdem hielten sie immer wieder lockeren Kontakt und trafen sich auch ab und an, um sich gegenseitig auf dem Laufenden zu halten. Pierre berichtete ihm von den unterschiedlichsten Fällen, die ihm begegneten, während Kylian ihm von seinem eigenen Job erzählte. Dadurch wusste sein ehemaliger Vorgesetzter auch von Kylians zäher Jagd nach Rémy Beauvolet. Nachdem Pierre seinen Dienst quittiert hatte, hatte Kylian ihm seinen früheren Plan gebeichtet, über Beauvolets Ehefrau an den Kriminellen heranzukommen. Auch von der nicht eingeplanten Affäre zwischen Kylian und Fleur wusste Pierre.

»Ich bräuchte mal deinen Rat«, setzte Kylian jetzt an und fasste die Ereignisse der letzten Tage für seinen ehemaligen Chef zusammen.

Nachdem er seine Ausführungen beendet hatte, herrschte am anderen Ende der Leitung Schweigen.

»Bist du noch dran?« Kylian fuhr sich übers Kinn.

»Ich würde meinen, du steckst ganz schön tief in der Scheiße«, gab Pierre mit ernster Stimme zurück.

»Aber es ist nichts passiert zwischen uns«, widersprach Kylian vehement.

Pierre lachte. »Du klingst, als wäre genau das das Problem.«

»Du irrst dich«, widersprach Kylian genervt.

»Wie auch immer«, wiegelte der Ältere ab. »Wie kann ich dir helfen?«

»Ich weiß es noch nicht genau«, gab Kylian zu. »Möglicherweise lässt Démilliers die drei nicht ins Zeugenschutzprogramm. Dann müsste ich sie eventuell mehrere Monate irgendwo unterbringen.«

»Sie will nicht zurück?«

»Wäre sie dann zu uns gekommen?«, blaffte Kylian.

»Immer mit der Ruhe, Kylian. Es scheint mir, dass es in der Sache noch eine Menge ungeklärte Fragen zwischen euch gibt.«

Kylian stöhnte leise. »Es tut mir leid. Ich wollte dich nicht anpflaumen. Die Situation ist ... sehr kompliziert.«

»Das höre ich«, erwiderte Pierre gutmütig. »Aber du kannst auf mich zählen. Am besten sprichst du mit ihr, und ihr überlegt euch gemeinsam, was genau ihr Ziel ist. Wie sie sich ihre Zukunft vorstellt. Für sich und die Kinder. Wenn du mehr weißt, melde dich jederzeit. Ich unterstütze euch, soweit es mir möglich ist.«

»Danke«, erklärte Kylian aus tiefstem Herzen, denn er spürte, dass er kurz vor einem Scheideweg stand. Er ahnte, dass er sich schon ganz bald würde entscheiden müssen, wie er sich weiter verhielt. Und ihm war tief in seinem Inneren klar, dass diese Entscheidung sein Leben für immer verändern könnte.

62

»Über seine Eltern war nichts herauszubekommen«, erklärte Fréderic gedehnt, während er über seinen verletzten Arm strich. »Er scheint sie selbst nie kennengelernt zu haben.«

»Eine schwierige Kindheit«, höhnte Rémy verärgert. »Ein echter Held, der sich mühsam im Leben hochgekämpft hat.«

»Fast wäre er auf die schiefe Bahn geraten«, fuhr Fréderic fort, während er sich im Sessel zurücklehnte. »Doch ein Polizist scheint ihm ernsthaft die Leviten gelesen zu haben. Plevantier wurde von einer alleinstehenden Frau aus Saint-Guilhem-le-Désert adoptiert, die in der Vergangenheit bereits mehrfach als Pflegemutter Kinder aus schwierigen Familienverhältnissen bei sich aufgenommen hatte.«

»Eine barmherzige Samariterin«, entfuhr es Rémy. Was für eine Geschichte! Kein Wunder, dass Fleur sich von dem Arschloch hatte einlullen lassen. Wenn er nur daran dachte, was sich vor Jahren unerkannt vor seiner Nase abgespielt hatte … Er holte tief Luft. »Somit kehrte Kylian Plevantier auf den Pfad der Tugend und Moral zurück und stieg zum leuchtenden Helden auf.«

»Na ja, ganz so war es nicht«, relativierte Fréderic zögernd. »Anfangs fuhr er Streife, bevor er zum Morddezernat wechselte. Erst dort hat er achtbare Erfolge erzielt, bevor er sich an …«

»Bevor er sich an meine Fersen geheftet hat«, vollendete Rémy den Satz und fluchte. »Was ist mit Frauen?«

»Er hatte einige kürzere Bekanntschaften, unter anderem mit einer Kollegin aus der Rechtsmedizin. Ansonsten …«

»Was ist mit Fleur?«, warf er die Frage auf, die ihn seit Stunden umtrieb. »Hast du etwas herausfinden können, was darauf hinweist, dass die beiden sich damals …«, fast meinte er, an seinen Worten ersticken zu müssen, »… privat getroffen haben?« Abwartend musterte er seinen Mitarbeiter.

Der schüttelte den Kopf. »Nichts, Chef.«

»Was aber nichts zu bedeuten hat«, mischte sich Jean-Luc ins Gespräch. »Wenn sie diskret waren …«

»Diskret«, wiederholte Rémy zornig. »Fleur ist keine Unbekannte.«

»Möglicherweise hat sie ihr Äußeres etwas verändert«, warf Fréderic ein. »Ein großer Hut, eine Perücke … Frauen haben viele Möglichkeiten, sich zu verkleiden.« Er malte mit den Fingern Anführungszeichen in die Luft.

Sein Groll ließ ihn nicht mehr zur Ruhe kommen, doch Rémy musste sich zusammenreißen. Es wäre äußerst unprofessionell, wenn er sich vor seinen engsten Mitarbeitern zu überzogenen Gefühlsausbrüchen hinreißen ließe.

Er zählte stumm bis zehn.

»Gut«, versuchte er, ruhig zu klingen. »Die Frage ist, wie finden wir sie?«

Jean-Luc wechselte einen kurzen Blick mit Fréderic. »Wir überlegen uns etwas.«

Rémy runzelte die Stirn. »Ihr überlegt euch etwas?« Das war zu wenig. Viel zu wenig. Fleur und der Bulle hatten bereits einen fast unaufholbaren Vorsprung. Wenn sie nicht bald eine Spur fänden, konnte es zu spät sein. »Das reicht mir nicht«, knurrte er leise. »Sie müssen sterben. Alle beide!« Er warf seinen Mitarbeitern einen drohenden Blick zu. »Habt ihr mich verstanden?«

Beide nickten folgsam.

»Und zwar gestern, wenn ihr versteht.« Wieder wogte tiefe Wut in ihm hoch.

»Heute Nacht erwarten wir eine größere Lieferung«, brachte Jean-Luc vorsichtig an. »Um die sollten wir uns zuerst kümmern.«

Auch das noch! Was eigentlich eine hervorragende Nachricht war, durchkreuzte nun Rémys Pläne aufs Ärgste. Er musste sämtliche Kräfte bündeln, um seine abtrünnige Ehefrau zu suchen. Eine umfangreiche Drogenlieferung erforderte allerdings höchste Vorsichtsmaßnahmen und Umsicht. Er würde die Jagd auf Fleur notgedrungen um einige Stunden verschieben müssen. Daher nickte er.

»Alles klar. Sorgt dafür, dass alles reibungslos läuft. Sobald die Sache über die Bühne gebracht wurde, konzentriert ihr euch mit allem, was euch zur Verfügung steht, auf die Flüchtigen.« Er machte eine Pause. »Ich hoffe, ihr habt den Ernst der Lage erkannt. Wenn Fleur auspackt, gehen wir alle gemeinsam unter.«

Nachdem seine Mitarbeiter das Zimmer verlassen hatten, drückte er auf die Gegensprechanlage und wartete, bis Camilles Stimme ertönte.

»In mein Büro«, presste er hervor, während sein Zorn erneut aufwallte.

Diese verlogene kleine Schlampe! Konnte er überhaupt niemandem in seinem Umfeld mehr trauen? Noch immer war er nicht darüber hinweggekommen, dass die attraktive Dunkelhaarige sich aus nur einem einzigen Grund an ihn herangemacht hatte. Mit ihr hätte er sich einiges mehr vorstellen können. Die Frau hatte etwas an sich gehabt, was ihn berührte, was ihn faszinierte. Und doch hatte auch sie nur betrogen. Sein Frust saß tief. Für einen Moment wollte er den Ärger um sich herum vergessen. Und da er nicht wusste, wie lange er noch an Camille festhalten konnte, nutzte er lieber jede Minute.

Es klopfte.

»Ja!«

Camille trat mit einem strahlenden Lächeln ein und schloss leise die Tür hinter sich.

»Was gibt es, Chef?«, gurrte sie mit ihrer sexy Stimme. Sofort reagierte Rémys Unterleib auf ihre Reize, während sein Kopf ihm in Erinnerung rief, wessen Auftrag sie gerade ausführte.

Er schluckte. »Komm her.«

Sie trug ein fliederfarbenes enges Etuikleid, das knapp über ihren Knien endete und keine Kurve ihres Körpers verbarg.

Rémy erhob sich und strich über das Oberteil.

»Schwerer Tag?«, raunte sie an seinem Ohr.

»So ähnlich«, blieb er vage und drehte sie um. Ungeduldig zerrte er den Reißverschluss auf.

»Warum gehen wir nicht zu dir nach Hause?« Sie stieg aus dem Kleid und drehte sich wieder um. »Ich hätte Lust auf eine Runde Schwimmen.«

Und auf eine Runde Schnüffeln, setzte er in Gedanken hinzu. »So lange kann ich nicht warten, Camille«, erklärte er heiser, während er seinen Blick über die dunkelblaue Spitzenunterwäsche wandern ließ, die ihren Körper nur mehr in Szene setzte, als dass sie etwas verbarg. »Du bist so schön.«

Sie ließ ihr tiefes Lachen erklingen. Rémy nestelte ungeduldig an seiner Hose.

»Dreh dich um«, befahl er voller Gier. »Schnell!«

Ihr Blick flackerte kurz, bevor sie ihm Folge leistete. Er drückte ihren Oberkörper auf die Schreibtischplatte, während er gleichzeitig ihren Slip nach unten schob. Einen Moment genoss er den Anblick, der sich ihm so unverblümt bot, bevor er seine Hand über ihren

Rücken wandern ließ. Ihre Haut fühlte sich warm und weich an. Wenn sie nur nicht …

»Worauf wartest du?«, unterbrach sie mit ihrem Flüstern seine Gedanken.

Ohne Vorwarnung stieß er in sie hinein. Ein leiser Schmerzensschrei entfuhr ihren Lippen, doch das warme, feuchte Gefühl ließ ihn alles um sich herum vergessen. Er liebte ihren geschmeidigen Körper, ihre schlanken Konturen, ihre festen Kurven. War es möglicherweise das letzte Mal, dass er sie auf diese Weise besitzen konnte? Er wollte jetzt weder an Fleur noch an die mit ihr verbundenen Probleme denken. Und doch schaffte Rémy es nicht, seinen Kopf freizubekommen, sich auf das zu konzentrieren, was ihn bisher immer von geschäftlichem oder privatem Ärger abzulenken vermochte.

»Was ist los?«

Auch Camille schien seine Beunruhigung zu spüren.

»Nichts«, bellte er unwillig, umfasste ihre Hüften fester und presste sich tiefer in sie hinein. Er schloss die Augen und versuchte, jegliche Unruhe in seinem Kopf zu verdrängen. Ihr leises Stöhnen fachte ihn an. Endlich konnte er loslassen, konnte die Sorgen, die ihn seit Tagen ununterbrochen begleiteten, für einen kurzen Augenblick vergessen.

Als er über ihr zusammenbrach, spürte er ihre Hand auf seiner rechten. »Wenn du reden möchtest …«

Rémy fluchte innerlich. Er wollte nicht reden. Nach der Aufdeckung ihrer Identität brauchte er sie lediglich, um sich um den Verstand zu vögeln. Genervt ließ er von ihr ab und zog sich die Hose hoch.

Camille richtete sich ebenfalls auf, sah ihn einen Moment lang nachdenklich an, bevor sie sich bückte, um ihr Kleid aufzuheben. »Ich bin für dich da, wenn du mich benötigst.«

Er nickte. Die Schlampe wäre mit Sicherheit die Letzte, mit der er seine Befürchtungen teilen würde.

63

Während Kylian über das Gespräch mit Pierre nachdachte, hörte er mit einem Ohr, wie Fleur und Virginie die Küche hinter ihm betraten und der Kühlschrank geöffnet wurde. Als er vernahm, wie Virginie ihre Mutter mit leiser Stimme bat, ihr ein Stück Käse abzuschneiden, musste er lächeln. Die beiden schienen sich glücklicherweise wieder angenähert zu haben. Er dehnte seinen Nacken und fuhr sich mit beiden Händen über die Schläfen.

»Kylian?« Océane baute sich mit dem Kaninchen auf dem Arm vor ihm auf und sah ihn mit großen Augen an.

»Hm?«

»Wollen wir Fluffy einen Spielplatz bauen?« Das Mädchen legte seinen Kopf schief, seine Miene nahm einen erwartungsvollen Ausdruck an.

Kylian schmunzelte. »Warum nicht?« Er erhob sich. »An was hast du denn gedacht?«

Sie schien sich ehrlich über seine Bereitschaft, ihr zu helfen, zu freuen. Fröhlich strahlte sie ihn an. »Neben dem Haus liegt ein Holzstapel«, erklärte sie geschäftig. »Wir könnten einen Tunnel bauen und eine Brücke, wo sie drüberhoppeln soll. Und vielleicht ein kleines Häuschen, in dem sie sich ausruhen kann.«

»Klingt nach einem echten Kaninchenvergnügen«, erwiderte Kylian, während er Océane um die Hausecke folgte.

»Ich muss auf Fluffy aufpassen, damit sie nicht abhaut. Du kannst einige Holzstücke tragen«, ordnete Océane mit kindlicher Freude an und deutete mit dem Kopf zu dem Stapel.

»Zu Befehl, Mademoiselle«, entgegnete Kylian grinsend und nahm mehrere Scheite auf. »Wo sollen wir den Spielplatz bauen?«

»Neben dem Trampolin«, erklärte die Kleine ohne Zögern. »Dann können wir gleichzeitig spielen, und ich kann nach ihr sehen.«

»Sehr vernünftig«, konstatierte Kylian, bevor er das Holz auf das Gras neben dem Hüpfgerät legte. »Womit wollen wir beginnen?«

»Mit dem Tunnel.« Océane setzte Fluffy vorsichtig auf den Boden und streichelte ihr über den Rücken. »Wir bauen dir jetzt was ganz Tolles.«

Kylian lachte. »Wie lang soll der Tunnel denn werden?«

Océane überlegte. »Vielleicht hat sie Angst im Dunkeln.« Sie sah zu dem Kaninchen. »Also nicht so lang.«

Kylian nickte. »Du bist eine sehr aufmerksame und fürsorgliche Freundin.«

Er kniete sich ins Gras und bedeutete Océane mit der Hand, es ihm gleichzutun. Dann begutachtete er die einzelnen Holzstücke, bevor er aus ihnen zwei Wände errichtete und drei weitere Hölzer als Decke benutzte.

»Der ist toll!« Océane klatschte in die Hände. »Fluffy, sieh doch mal.«

Das Kaninchen knabberte unbeeindruckt an einem dürren Grashalm weiter und machte keine Anstalten, sich dem Tunnel zu nähern.

»Fluffy«, forderte Océane ungeduldig. »Lauf mal durch den Tunnel.«

»Vielleicht hat sie keine Lust«, sagte Kylian, als er die Enttäuschung des Mädchens erkannte. »Aber ich habe eine Idee.« Er richtete sich auf.

»Wo gehst du hin?« Océane sah zu ihm hoch.

»Ich komme gleich wieder.« Er überquerte den Rasen und betrat die Terrasse. Als er ins Haus ging, war das Erdgeschoss leer. Eilig öffnete er den Kühlschrank und holte eine Karotte heraus. Damit kehrte er zu Océane zurück. »Jetzt wollen wir doch mal sehen.«

»Oh ja, wir locken sie mit der Karotte«, jubelte das Mädchen begeistert.

»Zumindest versuchen wir es«, relativierte Kylian. »Und hoffen, dass sie Karotte mehr mag als Gras.«

Er deponierte das Gemüse an der rechten Öffnung des Tunnels. »Setz sie bitte mal an den anderen Eingang.«

Océane tat, wie er sie geheißen hatte. Das Tierchen saß vor dem Holz und bewegte seine kleine Schnauze pausenlos.

»Na, komm schon!«, forderte das Mädchen Fluffy erneut auf. »Wenn du durchhüpfst, bekommst du eine leckere Karotte.«

»Vielleicht sollten wir sie nicht drängen«, schlug Kylian vor, nahm das Gemüse auf und strich langsam damit über das Gras vor dem Tunnelausgang.

Mehrere Sekunden rührte sich Fluffy nicht von der Stelle, bis sie plötzlich einen Hüpfer nach vorn machte und an dem Holz zu riechen begann.

»Los, Fluffy«, flüsterte Océane andächtig und senkte ihren Kopf näher an das Kaninchen.

»Lass ihr Zeit.«

Océane nickte.

Endlich hoppelte Fluffy einige Zentimeter in den Tunnel hinein.

Kylian betrachtete das Mädchen, dessen Gesicht sich zu einem breiten Grinsen verzog.

»Sie schafft es.«

»Sieht so aus.«

Kurz darauf steckte das Kaninchen sein Schnäuzchen auf der anderen Seite des Holztunnels heraus und näherte sich der Karotte.

»Ach, Fluffy! Du bist so mutig«, seufzte Océane.

»Und du hast an sie geglaubt!«, ergänzte Kylian lächelnd, während er das Tier beobachtete, das sich nun über das Gemüse hermachte.

»Und jetzt bauen wir eine Brücke«, beschloss Océane und verschränkte ihre Finger ineinander.

Kylian zeigte auf die Holzscheite. »Du bist dran.«

Océane zog sich drei Stücke heran und versuchte, sie gegeneinanderzulehnen. Bei den ersten Versuchen fielen sie immer wieder um, da die Kleine sie zu weit auseinander drapierte. Doch das Mädchen schien zu merken, worin das Problem bestand. Kylian sagte nichts, sondern verfolgte nur, wie sie verschiedene Varianten ausprobierte, bis sie schließlich zwei weitere Scheite heranzog und ihr Bauwerk damit stabilisierte.

»Klasse!«, entfuhr es Kylian voller Anerkennung.

»Was macht ihr da?«, ertönte Virginies Stimme in dem Moment in ihrem Rücken.

»Wir bauen Fluffy einen Spielplatz«, erklärte Océane stolz. »Sie ist schon ganz mutig durch den Tunnel gehoppelt.«

Virginie trat neben sie.

»Setz dich zu uns«, forderte Kylian sie auf. »Vielleicht fällt dir noch etwas anderes ein, was wir mit dem Holz bauen könnten.«

Virginie ging neben Kylian in die Hocke und betrachtete das mümmelnde Kaninchen. »Wie wäre es mit einem Labyrinth?«

Océane blickte von Virginie zu Kylian. »Was ist ein Laby…?«

Während Virginie versuchte, ihrer jüngeren Schwester zu erklären, was es mit einem Irrgarten auf sich hatte, warf Kylian unauffällig einen Blick über seine Schulter – und hielt inne. Fleur saß in der Lounge und sah zu ihm hinüber. Stumm erwiderte er ihren Blick. Als sie ihre Lippen zu einem Lächeln verzog, stockte ihm beinahe der Atem. Wieder musste er an das Gespräch mit Pierre denken. Keine fünf Meter von ihm entfernt saß sie da und schien doch in diesem Moment unerreichbarer denn je.

»Kylian«, unterbrach Océane seine Gedanken. »Hilfst du uns weiter?«

Er setzte eine entschuldigende Miene auf und widmete sich wieder den Mädchen. »Was genau schwebt euch denn vor?«

Virginie begann, ihm ihre Idee zu unterbreiten. Océane rückte dichter an ihn heran und legte ihren Kopf an seine Schulter, während sie ihrer Schwester zuhörte. Ihr Haar roch nach Apfel. Fleurs Töchter. Und er saß mit ihnen hier im Gras. Wie schön musste es sich anfühlen, eigene Kinder zu haben, wenn er schon das Zusammensein mit den Sprösslingen eines anderen derart genoss? Kinder hatten bisher nie auf seinem Lebensplan gestanden, doch seit er Fleur und die Mädchen um sich herum hatte, erschien es Kylian wie selbstverständlich, dass sie zu viert waren. Auch damals war Fleur bereits Mutter gewesen. Doch natürlich hatte er Virginie nie zuvor getroffen. Wie musste sich dieser Drecksack von Vater fühlen? Was würde Kylian unternehmen, wenn man ihm seine Kinder nähme?

Alles, beantwortete er sich seine Frage sofort. Niemals würde er zulassen, dass man ihm seine Kinder vorenthielt. Kylian wurde erneut klar, als wie gefährlich Beauvolet aufgrund der Situation einzuschätzen war. Ihm ging es nicht nur um sein Unternehmen, um seine illegalen Machenschaften. Hier ging es um wesentlich mehr. Beauvolet würde niemals akzeptieren, dass man ihm sein eigenes Fleisch und Blut nahm.

64

Mit klopfendem Herzen verließ Fleur das Schlafzimmer der Mädchen, nachdem sie sie ins Bett gebracht und ihnen eine gute Nacht gewünscht hatte. Für einen Moment verharrte sie im Flur. Kylian werkelte in der Küche herum, es klang, als ob er die Spülmaschine ausräumte. Ihr war klar, dass sie dringend mit ihm sprechen musste. Außerdem hatte sie es Virginie versprochen. Aber wo sollte sie beginnen? Sie wollte seinen Zorn nicht weiter schüren. Wieder wurde ihr bewusst, dass ihr Plan eine komplette Fehleinschätzung gewesen war. Sie hätte vorher mit ihm reden müssen. Viel zu viele Unwägbarkeiten hatte sie bei ihren Planungen nicht bedacht. Wie hatte sie nur jemals glauben können, sie könne Rémy entkommen?

Als sich die Bilder der Nächte vor ihrem Weggang in ihre Erinnerung schoben, musste sie an sich halten, um nicht die Fassung zu verlieren. Wie sollte sie Kylian beibringen, was Rémy ihr angetan hatte? Tränen stiegen Fleur in die Augen. Sie musste sich jetzt unbedingt zusammenreißen. Wenn sie ihm die Wahrheit sagen wollte – sofort bremste sie sich, zumindest annähernd die Wahrheit, verbesserte sie sich bekümmert –, dann benötigte sie jetzt einen kühlen Kopf. Entschlossen wischte sie sich über die Augen und stieg die Stufen ins Erdgeschoss hinunter. Kylian schloss gerade die Tür der Spülmaschine. Als er ihre Schritte vernahm, drehte er sich um.

»Alles in Ordnung?«

Fleur musste daran denken, wie wütend er heute Morgen gewesen war. Sie nickte.

»Wir sollten reden.« Seine Stimme ließ keinen Widerspruch zu.

»Ja, das sollten wir.« Unschlüssig ließ sie ihren Blick zwischen Terrasse und Küche hin- und herwandern.

»Wir sind ganz allein«, bemerkte Kylian, der ihre Gedanken zu ahnen schien. »Wir können also genauso gut den schönen Abend nutzen und uns ins Freie setzen. Hier hört uns niemand.«

»In Ordnung«, stimmte Fleur leise zu.

»Ein Weißwein?«

Sie schüttelte den Kopf. »Nein, ich … ich brauche einen klaren Kopf.«

»D'accord.« Er nahm eine Flasche Wasser aus dem Kühlschrank und holte zwei Gläser aus dem Schrank.

Fleur verließ das Haus und steuerte die Lounge an. Bevor Kylian ihr folgte, schob sie den Rattansessel ein Stück von dem Zweisitzer weg. Die Umstände passten nicht zu dem Ernst des anstehenden Gesprächs. Sie durfte auf keinen Fall zulassen, dass Kylians Nähe sie aus dem Konzept brachte.

Nachdem er ebenfalls auf die Terrasse getreten war, stellte er die Flasche und die Gläser auf den kleinen runden Glastisch. Während er ihnen einschenkte, lag ein unangenehmes Schweigen in der Luft.

»Du hast mich belogen«, setzte Kylian schließlich an, nachdem er sich gesetzt hatte. »Und du hast die Polizei belogen.« Er musterte sie. »Du wusstest, dass der Stick wertlos ist.«

Fleur biss sich auf die Unterlippe. Was sollte sie erwidern? Er kannte die Wahrheit. Und er hatte ihr keine Frage gestellt.

»Warum hast du das getan?« Seine blauen Augen blitzten auf. »Ich dachte, ich könnte dir vertrauen.«

Er schien sich angestrengt zu bemühen, ruhig zu bleiben. Fleur konnte die Wut in seiner Miene erkennen, bemerkte, wie seine Wangenmuskulatur zuckte.

»Fleur?« Kylian beugte sich vor. »Wir wollten reden. Also?«

Sie schluckte. »Er hat mich gezwungen.«

Kylian erstarrte. »Was?«

Sie nickte, während sie unruhig ihre Hände knetete. »Rémy hat mich dazu gezwungen.«

Er kniff die Augen zusammen. »Was soll das heißen? Gezwungen?«

Sie atmete aus und legte ihren Kopf in den Nacken. Seine Nähe machte sie nervös. Ihr Körper reagierte nach wie vor auf ihn. Ihr Blick blieb an seinen Händen hängen. Fleur konnte sich genau daran erinnern, wie es sich angefühlt hatte, als er sie …

»Fleur, rede mit mir! Verdammt. Was für ein Spiel wird hier gespielt?«

Sie zuckte zusammen, fühlte sich ertappt. »Am besten beginne ich ganz von vorn«, erklärte sie leise.

»Das klingt vernünftig«, knurrte Kylian, der offensichtlich noch immer an sich halten musste, um nicht erneut laut zu werden.

Fleur setzte sich aufrecht hin und verschränkte ihre Finger ineinander. »Unsere Ehe ist schon sehr lange am Ende. Rémy geht seinen Geschäften nach, ich kümmere mich um das Haus, den Garten, die Kinder …« Sie hielt inne. »Bis vor Kurzem hatte ich mich mit der Situation arrangiert.« Sie hob ihren Kopf und sah Kylian fest in die Augen.

Ungerührt erwiderte er ihren Blick.

Fleur konnte nicht erkennen, was ihm bei ihren Worten durch den Kopf ging. »Aber auf einmal, ich kann gar nicht genau sagen, wann oder warum, auf jeden Fall wusste ich plötzlich, dass ich so nicht weitermachen konnte. Die Mädchen …« Sie kämpfte gegen die aufsteigenden Tränen an. »Das war kein Leben mehr. Alles in mir war tot. Ich liebe Virginie und Océane.« Sie legte eine Hand auf ihr Herz. »Aber meine Seele, mein Herz, ich hatte furchtbare Angst, krank zu werden. Seelisch krank, verstehst du das?«

Er nickte, blieb jedoch stumm.

Sie schlug ihre Augen nieder. »Ich wusste, ich muss etwas ändern. Ich muss weg von Rémy, weg aus diesem Haus, raus aus diesem goldenen Käfig. Für mich, aber vor allem für die Kinder.«

»Was ist passiert?« Er schien zu ahnen, dass ihre Überlegungen von ihrem Mann nicht unbemerkt geblieben waren.

»Er hat mich erwischt«, gab sie leise zu. »Ich wusste, dass ich irgendetwas benötigte, um mich von ihm loseisen zu können. Mir war klar, dass er mich niemals gehen lassen würde. Mich nicht und die Kinder schon dreimal nicht. Also habe ich versucht …« Ihre Stimme versagte.

»Was hast du versucht, Fleur?« Seine Stimme klang jetzt weicher.

Am liebsten wäre sie aufgestanden und hätte sich in seine Arme gestürzt. Hätte ihre Hände um seinen Nacken geschlungen, sich an ihn geschmiegt. Doch all das durfte nicht sein.

»Ich wollte Beweise sammeln.«

»Die du aber nicht gefunden hast«, folgerte er scharfsinnig.

Sie zögerte. »Er hat mich beim Schnüffeln erwischt.«

»Nein!« Kylian schloss die Augen.

Sie nickte. »Doch. Ich dachte, er schläft, und habe mich in sein Büro geschlichen. Ich weiß nicht, warum.« Sie hasste den weinerlichen Klang ihrer Stimme. »Ich weiß nicht, warum ich nicht gewartet hatte, bis er aus dem Haus war. Ich dachte wohl …« Sie verdrehte die Augen. »Ich war in seinem Büro, als er mich ertappt hat.« Sie konnte nicht länger still sitzen, daher stand sie auf und lief vor der Lounge auf und ab, während sie fortfuhr: »Er hat eine Weile überlegt, bevor er mir seinen Plan unterbreitet hat.« Sie blickte Kylian erneut an. »Er weiß, dass du hinter ihm her bist.«

Kylian zuckte mit den Achseln.

»Und er wollte dir mit meiner Hilfe aufzeigen, wie unantastbar er ist.«

»Der Stick ist von ihm?« Kylian erhob sich ebenfalls.

Fleur nickte. »Er meinte, damit wärt ihr erst mal beschäftigt. Sein Plan sah vor, dass er …« Sie presste ihre Lippen aufeinander.

»Dass er mich umbringen lässt, während wir euch beschützen«, beendete Kylian ernüchtert den Satz. »Und du hast ihm dabei geholfen.«

»Nein«, platzte es aus Fleur heraus. »Nein, das hätte ich niemals.«

»Was ist mit den Peilsendern?«

»Davon wusste ich nichts.« Sie begann zu weinen. »Das musst du mir glauben, Kylian. Ich hätte niemals akzeptiert, dass du … dass Corinne …«

Kylian blieb zwei Meter vor ihr stehen und betrachtete sie. »Was war dein Plan?«

»Ich wollte mit den Beweisen, die ich gesucht hatte, ins Zeugenschutzprogramm. Das habe ich euch ja auch gesagt.«

»Nur dass dich dein Mann dazu angestiftet hat, um mich zu eliminieren.«

»Das hätte ich niemals zugelassen«, wisperte Fleur voller Verzweiflung. »Ich dachte, wenn ich erst mal von ihm weg bin …« Wieder versagte ihre Stimme. »Dann würde sich eine Lösung finden, wie wir ihn überlisten könnten.«

»Womit hat er dir gedroht?« Kylian trat einen Schritt auf sie zu.

»Das kann ich dir nicht sagen …« Sie erkannte ihre eigene Stimme kaum noch.

»Womit hat er dir gedroht?«, wiederholte er unbeirrt seine Frage.

»Dass er mir die Kinder wegnimmt«, hauchte Fleur hoffnungslos. »Und er hat mir gezeigt …« Sie umfasste ihre Kehle. »Er hat mich seit Jahren nicht angerührt«, hörte sie sich sagen, obwohl sie wusste, welche Konsequenzen ihre Worte haben würden. Wieder musste sie aufschluchzen. »Nachdem er mich beim Schnüffeln entdeckt hat, hat er mich jede Nacht …« Sie konnte es nicht aussprechen.

»Er hat dich vergewaltigt?« Kylian klang fassungslos. »Sag, dass das nicht wahr ist.«

Sie schüttelte den Kopf. »Nein, er hat mich nicht vergewaltigt, er ist ja mein Mann. Aber er hat mich dazu gezwungen.«

Kylian trat gegen einen Holzblock. »Das nennt man Vergewaltigung, Fleur. Wenn er dich gezwungen hat, hat er dir Gewalt angetan.«

Sie konnte den Hass und den Zorn hören. Sie hätte es ihm nicht erzählen dürfen.

»Wie oft?«, presste er zwischen seinen Kiefern hervor.

»Ich weiß es nicht, mehrmals«, erwiderte sie leise.

»Wieso hast du mir nichts gesagt?« Er näherte sich ihr und berührte ihre Unterarme. »Warum bist du nicht sofort gegangen, nachdem er …«

»Weil ich noch nicht so weit war«, antwortete sie wahrheitsgemäß. »Ich wusste, dass er mich nicht gehen lassen würde. Ich brauchte einen eigenen Plan, von dem er nichts ahnte.«

Kylian hob seine Hand und legte sie an ihre Wange.

»Bitte nicht.«

»Ich bringe ihn um, Fleur. Für das, was er dir angetan hat, bringe ich ihn um.«

»Nein«, widersprach sie heftig. »Ich würde es nicht ertragen, wenn du seinetwegen … Du bist besser als er. Du … bist kein Mörder.«

»Aber ich …«

»Bitte sag es nicht«, raunte sie und schloss kurz die Augen. »Bitte.«

»Warum nicht?« Er umfasste mit der anderen Hand ihre Taille und zog sie an sich. »Seit fünf Jahren warte ich auf diesen Augenblick.«

Sie hob ihren Kopf und verspürte einen Hauch Hoffnung, als sie die Wärme in seinen Augen sah, die Zärtlichkeit in seiner Miene.

»Du hast mir so verdammt gefehlt.« Er strich über ihr Haar. »Immer wieder habe ich mir vorgestellt, wie es wäre, wenn dieser Drecksack nicht mehr zwischen uns stände. Wenn …«

»Zu viele Wenns, Kylian.«

»Nein, sag das nicht.«

»Er würde uns niemals in Ruhe lassen«, erklärte sie mutlos.

»Du hast ein Recht darauf, glücklich zu sein, Fleur.« Er hauchte ihr einen zarten Kuss auf die Stirn. »*Wir* haben ein Recht darauf.«

Sie schloss ihre Augen und genoss seine sanften Liebkosungen. Als sie seine Lippen auf ihren spürte, meinte sie, der Boden unter ihr beginne zu wanken. Sie sehnte sich nach seiner Sanftheit, seiner Güte, seiner Weichheit, seiner …

»Nein«, stieß sie keuchend hervor. »Nein, das geht nicht.« Hastig löste sie sich aus seinen Armen. »Er wird dich umbringen.«

65

Müde ließ sich Kylian in den Loungesessel fallen und stellte seine Kaffeetasse ab. Er hatte die halbe Nacht wach gelegen, gegrübelt, sich von einer Seite auf die andere gewälzt, an die Decke gestarrt und hundertmal überlegt, ob er sein Zimmer verlassen und bei Fleur klopfen solle. Nach ihrem Kuss hatte sie sich schwer atmend von ihm gelöst und ihm sekundenlang in die Augen gesehen, bevor sie sich abrupt umgedreht hatte und förmlich vor ihm geflohen war. Er seufzte. Noch immer hatte er keine Ahnung, wie er aus dieser Situation wieder herauskommen sollte. Ihre ungeplante Annäherung vereinfachte die Lage keineswegs, ganz im Gegenteil. Sie hatten weiterhin nichts gegen Beauvolet in der Hand.

Als Kylian daran denken musste, was Fleur ihm gestern Abend erzählt hatte, krampfte sich sein Magen zusammen. Er kniff sich mit Daumen und Zeigefinger in die Nasenwurzel. Nein, er durfte nicht daran denken, was Beauvolet seiner Frau angetan hatte. Doch er konnte sein Kopfkino auch nicht bremsen. Wenn er nur daran dachte, welche Qualen Fleur in jenen Minuten hatte durchstehen müssen, wurde ihm übel vor Wut und Ekel. Er legte den Kopf in den Nacken und starrte in den wolkenlosen Himmel.

Es war kurz vor sechs, die Natur erwachte langsam. Im Unterholz neben dem Haus raschelte es, vielleicht ein Igel oder ein Marder. Noch hatte die Sonne wenig Wirkung, doch die Luft lag trocken und schwer über der Erde. Es würde ein heißer Junitag werden. Kylian schloss die Augen und versuchte, seine Gedanken zu ordnen. Immer wieder schob sich die Erinnerung an Fleurs zarten Körper in seine Überlegungen. Wie warm und vertraut sie sich in seinen Armen angefühlt hatte. Wie seidig ihre Lippen an seinen gewesen waren. Wie sollte er nur seine Gefühle in den Griff bekommen? Er benötigte einen klaren Kopf, musste kühl und sachlich über ihre Optionen nachdenken. Die emotionalen Verwirrungen, die Fleur in ihm auslöste, waren wenig hilfreich, wenn es darum ging, das Leben der Frau, die ihn seit fünf Jahren so tief berührte, und das ihrer Töchter zu schützen.

Welches Spiel spielte Beauvolet? Er hatte Kylian eine Lektion erteilen wollen. Mit Fleurs Hilfe hatte er ihm zeigen wollen, wer am längeren Hebel saß, wer nach wie vor die Zügel in der Hand und die Nase vorn hatte. Beauvolet machte aus ihrem Kampf einen Wettbewerb. Er zwang Kylian in eine Rolle, die sich nicht richtig anfühlte. Wusste der Dreckskerl von Fleurs Affäre? Hatte er möglicherweise zwei Fliegen mit einer Klappe schlagen wollen?

Kylian stand auf und schlich zum Trampolin. Hatte Beauvolet vorgehabt, seine Frau zu opfern? Sie als Köder zu missbrauchen, um an Kylian heranzukommen und ihn zu … eliminieren? Wenn nicht er gegen ihn ermitteln würde, gäbe es einen anderen, der sich der verbrecherischen Machenschaften annähme. Was bezweckte Beauvolet? Um was ging es hier? Egal, wie Kylian seine Gedanken drehte und wendete, es lief immer wieder darauf hinaus, dass Beauvolet Fleurs und seinen Tod geplant hatte. Corinne war zum tragischen Zufallsopfer geworden. Wie viele Menschen hatte dieses skrupellose, machtbesessene Arschloch bereits auf dem Gewissen? Kylian fiel Fleurs Freundin ein. Wie sollte er Fleur beibringen, dass sie umgebracht worden war und höchstwahrscheinlich Beauvolet hinter dem niederträchtigen Mord an dem Menschen steckte, der sie seit Jahrzehnten durchs Leben begleitet hatte?

Er sah nach oben, doch die weiblichen Bewohner des Hauses schienen noch zu schlafen. Er kehrte zur Lounge zurück und setzte sich wieder. Genervt nahm er einen Schluck des erkalteten Kaffees. Was war mit ihm los? All die Jahre hatte er ein klares Ziel vor Augen gehabt. Welches er noch immer verfolgte, setzte er mit grimmiger Entschlossenheit nach. Er musste Beauvolet zu Fall bringen. Würde Camille Martin ihnen helfen können? Die junge Frau war mittlerweile ihr einziger verbliebener Trumpf. Doch Kylian dämpfte seine Erwartungen sogleich. Wenn Beauvolet sie nicht bereits enttarnt hatte, würde er sich mit Sicherheit nicht dazu hinreißen lassen, nachlässig zu werden. Nicht, nachdem er begriffen hatte, dass sein Plan schiefgegangen war. Dass seine Frau bis zum heutigen Tag überlebt hatte und ihm entwischt war. Kylian kannte Beauvolets Gebaren leider zur Genüge, sodass ihm klar war, dass der Drogenhändler nicht ruhen würde, bis er Fleur und die Mädchen aufgespürt hatte.

Kylian war selbst ohne Mutter aufgewachsen. Ohne die Liebe fürsorglicher Eltern. Erst Lynelle hatte ihm gezeigt, wie es sich anfühlte, bedingungslos geliebt zu werden. Fehler machen zu dürfen, ohne fürchten zu müssen, fallen gelassen zu werden. Als er an den gestrigen Nachmittag denken musste, wie er mit Fleurs Töchtern den Spielplatz für das Kaninchen gebaut hatte, wurde ihm warm ums Herz. Dieses Urvertrauen, das die Kinder besaßen, diese Unvoreingenommenheit ihm gegenüber, obwohl sie ihn kaum kannten, war allein Fleurs Verdienst. Sie gab den Mädchen die Sicherheit, die sie benötigten. Sie bot ihnen den Schutz und die Stärke, die so essenziell in der Kindheit waren. Kylian wusste aufgrund seiner eigenen Erfahrungen, wie wichtig Fleurs Fürsorge war, damit die Kinder zu selbstbewussten und geradlinigen Jugendlichen heranwuchsen.

Er drehte sich im Kreis. Seine Schwärmerei für Fleur brachte ihn keinen Zentimeter weiter. Kylian raufte sich die Haare. Wäre es nicht besser, Démilliers, Mathis und Sébastien einzuweihen? Sie konnten sich schließlich nicht ewig hier verstecken. Doch Démilliers wollte, dass er Beauvolets Familie nach Montpellier zurückbrachte. Beauvolets Familie, wiederholte Kylian voller Bitterkeit. Welcher Ehemann tat seiner Frau derartiges Leid an? Und welcher Vater brachte seine eigenen Kinder in unkalkulierbare Gefahr? Nein, Beauvolet mochte von Rechts wegen Fleurs Ehemann und der Erzeuger von Virginie und Océane sein, Verantwortungsgefühl und Fürsorglichkeit waren für dieses Monster Fremdworte. Wenn Kylian an Beauvolets Stelle wäre …

Er unterbrach seinen Gedankengang. Es war müßig, sich Fantastereien hinzugeben. Stattdessen brauchte er dringend einen Plan. Zurück nach Montpellier war definitiv keine Lösung, das war zu gefährlich. Aber wohin sollte er die drei bringen? Und würde Démilliers ihm helfen, ihnen neue Identitäten zu besorgen? Fleur hatte sie an der Nase herumgeführt. Auch wenn sie dazu gezwungen worden war, würde seine Vorgesetzte das falsche Spiel nicht einfach unter den Tisch fallen lassen. Was hatte Mathis noch gesagt? Die Chefin tobte. Das konnte Kylian sich bildhaft vorstellen.

Er streckte seine Beine von sich und versuchte einen Moment lang, alle Gedanken auszublenden. Er konzentrierte sich auf das leichte Rauschen des Windes in den Zypressen, die sich vor dem Grundstück befanden. Konnte er hier gar das schwache Gurgeln des Hérault hören, der sich auf der anderen Straßenseite seinen Weg durch die Felsen über den kieseligen Untergrund suchte? Kylian vermochte es nicht genau zu sagen. Wann hatte er das letzte Mal innegehalten und die Natur um sich herum bewusst wahrgenommen? Wie stellte er sich seine eigene Zukunft vor? War jetzt der richtige Zeitpunkt, solch tiefschürfende Fragen zu stellen?

Ja, beantwortete er sich seine Frage selbst. Die Frau, die ihn seit Jahren nicht mehr losließ, war wie aus heiterem Himmel in sein Leben zurückgekehrt. Mehr noch, sie hatte es komplett durcheinandergewirbelt. Der Grund, aus dem es bei ihrer ersten Begegnung keine gemeinsame Zukunft für sie gegeben hatte, existierte nicht mehr. Fleur hatte ihren Mann verlassen. War es nicht nur natürlich, dass Kylian sich gedanklich mit Szenarien beschäftigte, die vor wenigen Tagen noch undenkbar gewesen wären? Wieder musste er an ihren warmen Atem an seinen Lippen, das Kitzeln ihres weichen Haars an seinem Ohr und ihre feingliedrigen Finger in seinem Nacken denken. Wie viel mehr könnte er sich mit ihr vorstellen! Ein Leben weit weg von all dem Ballast, der sie verfolgte. In dem es nur sie und die Mädchen gab. Keine Gefahr mehr, kein ständiges Bangen, welcher nächste Schachzug der klügste wäre.

Sei nicht albern, rief Kylian sich zur Vernunft. Bevor er auch nur ansatzweise an Normalität denken konnte, galt es, die kritische Situation zu bewältigen, in der sie sich gerade befanden. Er hatte sich durch sein Verhalten selbst ins Abseits gebracht. Und er konnte nicht davon ausgehen, dass seine Befehlsverweigerung ohne Konsequenzen bleiben würde. Doch je länger er darüber nachdachte, umso stärker kristallisierte sich für ihn heraus, dass er sich genau richtig entschieden hatte. Und dass er im Zweifelsfall wieder genauso handeln würde. Er konnte niemandem trauen. Und er würde das Leben der Frau, in die er sich bereits bei ihrer ersten Begegnung verliebt hatte, und ihrer Kinder jederzeit wieder um jeden Preis schützen.

66

Nervös nestelte Fleur an ihrer Kaffeetasse herum, während sie Océane dabei beobachtete, wie diese ihr Croissant mit Engelsgeduld zerlegte und sich immer wieder kleine Blätterteigstückchen in den Mund schob. Sie spürte Kylians Blick auf ihrem Gesicht, wagte aber nicht, ihn anzusehen. Zu gut hatten sich seine Lippen gestern Abend angefühlt. Solange die Kinder in der Nähe waren, fühlte Fleur sich sicher, doch sie konnte nicht garantieren, dass sie einer weiteren Annäherung seinerseits widerstehen könnte, sollte er erneut auf sie zukommen. Sie senkte ihren Kopf und fixierte seine kräftigen Hände. Sie musste dringend ihre Fantasie in Zaum halten. Zu viele Lügen, zu viele Unwägbarkeiten und viel zu viel Unsicherheit trennten Kylian und sie.

»Kann ich aufstehen und mit Fluffy üben?«, riss Virginie sie in diesem Moment aus ihrem Grübeln.

Fleur verzog ihre Lippen zu einem Lächeln. »Was soll sie denn üben?«

»Den Tunnel und die Brücke«, quakte Océane los und ließ das Croissant auf den Teller fallen. »Ich will mitkommen.«

»Bist du satt?« Fleur deutete auf den verkrümelten Teller.

Océane nickte mit vollem Mund.

»Dann springt los. Aber denkt daran, dass Fluffy ein kleines Kaninchen ist. Überfordert sie nicht.«

»Wir üben doch nur mit ihr«, verteidigte sich Océane. »Sie hat gestern schon alles gekonnt.« Sie sah zu Kylian. »Du hast es doch auch gesehen.«

Er grinste. »Ja, eure tierische Freundin scheint sehr intelligent zu sein.«

Die Mädchen stürmten aus der Terrassentür. Fleur hörte, wie sie das Haustier lautstark begrüßten und ihm ihre hochtrabenden Pläne unterbreiteten.

Als Kylian aufstehen wollte, fasste Fleur sich ein Herz. »Können wir reden?«

Überraschung machte sich auf seiner Miene breit. »Haben wir das nicht bereits gestern?«

Fleur fuhr sich über die Stirn und nickte. »Ja, das haben wir. Aber nachdem wir ... Als ich ...« Sie biss sich auf die Unterlippe. »Du hast mich aus dem Konzept gebracht«, raunte sie kaum hörbar.

Langsam ließ er sich wieder auf seinen Stuhl sinken. »Es tut mir leid«, bekannte er reumütig. »Es ist nur ...« Er blickte sie an und schien zu zögern. »Ich bekomme dich einfach nicht mehr aus meinen Gedanken, Fleur. All die Jahre ...« Er schüttelte den Kopf. »Ich habe dich nie vergessen.«

Fleurs Körper erzitterte bei seinen Worten. Wie sollte sie sich der Anziehungskraft nur entziehen, die Kylian auf sie ausübte? Sie spürte die Spannung, die in der Luft lag, fühlte die Magie zwischen ihnen, dieses Wissen um die Gedanken, die Gefühle des anderen, ohne dass es weiterer Worte bedurft hätte.

»Kylian, ich ... er wird niemals zulassen, dass ich einem anderen Mann ...«

Sein Blick wurde eindringlicher. »Du bist nicht seine Leibeigene. Menschen trennen sich. Das passiert täglich tausendfach.«

»Du weißt nicht, zu was er fähig ist.«

Er lachte auf, doch es klang freudlos. »Du hast es mir gestern vor Augen geführt.«

»Er wird mich nicht gehen lassen.«

»Warum sind wir dann hier?« Kylian stand auf und kam um den Esstisch herum.

Da er dicht vor ihr stehen blieb, war sie gezwungen, zu ihm aufzusehen. »Ich dachte, ich könnte ihm entkommen. Mit deiner ... mit eurer Hilfe. Aber nachdem er Corinne hat erschießen lassen …« Sie konnte ihre Tränen nicht länger zurückhalten.

»Fleur, bitte.« Kylian sah kurz zur Terrassentür. Die Mädchen schienen nichts von dem Gemütszustand ihrer Mutter mitzubekommen. Von draußen drangen Anfeuerungsrufe zu ihnen.

»Du schaffst das, Fluffy.«

»Du bist so mutig!«

Sie musste ihm die Wahrheit sagen. Ihr war klar, dass sie damit ihren letzten Trumpf aus der Hand gab, doch Kylian hatte ein Anrecht auf die Wahrheit. »Es gibt einen weiteren USB-Stick«, flüsterte sie heiser.

»Was?«

Sie nickte, bevor sie ebenfalls aufstand und ein Stück von ihm abrückte. »Ja, es gibt einen weiteren Stick. Ich habe ihn … Ich habe einige Daten von Rémys Festplatte heruntergezogen. Außerdem habe ich ein Gespräch aufgenommen, in dem es um die …« Sie musste schlucken. »Er hat die Ermordung eines Spitzels beauftragt. Seine beiden engsten Mitarbeiter Jean-Luc und Fréderic sind ebenfalls zu hören.«

»Du hast ihn heimlich belauscht?«

Fleur konnte Kylian seine Ungläubigkeit ansehen.

Sie nickte. »Ich wusste, dass er ein falsches Spiel mit mir treibt. Er hat mir nie erklärt, wie er sich diese Aktion weiter vorstellte. Ich solle ihn nur machen lassen. Er wolle mich schützen, indem er mir den weiteren Verlauf verschwieg.« Sie schob ihr Kinn vor. »Er hatte keinen weiteren Verlauf geplant. Er wollte uns beide umbringen lassen. Dann hätte er die Kinder wieder zu sich genommen und den trauernden Witwer für die Öffentlichkeit gespielt.« Sie hielt inne. »Ein kleiner Unfall während eines Polizeieinsatzes.« Sie konnte die Bitterkeit in ihrer Stimme nicht verbergen. Wie hatte sie sich nur jemals in einen solchen Menschen verlieben können? Scham stieg in ihr auf.

»Wo ist dieser Stick?« Kylian hob seine Hände, um ihre Arme zu umfassen, doch bevor er sie berührte, schien er sich eines Besseren zu besinnen. »Wo, Fleur?«

»Ich habe ihn meiner Freundin gegeben«, erklärte sie entschlossen.

»Justine?«

Fleur hob überrascht ihren Kopf. »Habe ich dir … damals von ihr erzählt?«

Er schüttelte den Kopf.

»Woher weißt du von ihr?«

Er schwieg.

»Woher kennst du ihren Namen?« Fleur trat einen weiteren Schritt zurück. Das Lachen ihrer Töchter drang von der Terrasse zu ihnen hinein.

»Von meinen Mitarbeitern«, presste er hörbar widerwillig hervor, während er ihrem Blick auswich.

»Was haben deine Mitarbeiter mit Justine zu schaffen?« Fleur spürte ihren Herzschlag an ihrem Hals. Was war hier los? Was hatte Justine mit der Police Nationale zu tun? Sie verstand überhaupt nichts mehr. Hatte ihre Freundin sich ohne Fleurs Wissen an die Polizei gewandt, weil sie sich Sorgen gemacht hatte? Fleur musste an ihr letztes Gespräch in Aigues-Mortes denken, an den besorgten Gesichtsausdruck Justines.

»Rede mit mir«, bat sie eindringlich. »Woher kennst du Justine?«

Kylian schien nachzudenken. Dann nahm er ihre Hand und zog sie zu der Sofaecke. »Bitte setz dich.«

Genervt leistete sie seiner Bitte Folge. »Was ist passiert?« Ihr Magen flatterte.

Er setzte sich neben sie und nahm ihre rechte Hand in seine. »Fleur, ich muss dir etwas … sehr Trauriges sagen.«

Ihre Kehle fühlte sich wie zugeschnürt an. Sie wollte ihn anschreien, endlich mit der Sprache herauszurücken, doch sie brachte keinen Ton über ihre Lippen.

»Justine wurde in ihrer Praxis umgebracht.«

»Nein!«, entfuhr es Fleur panisch. Ihre Gedanken überschlugen sich. Das musste ein Irrtum sein. Nicht Justine, ihre fürsorgliche, geliebte Freundin. Die Frau mit den blitzenden Augen und dem trockenen Humor. Das konnte nicht sein. »Nein«, war alles, was sie sagen konnte.

»So wie es aussieht, hat ihr Mörder etwas gesucht. Er hat sie … er hat sie nicht sofort umgebracht, sondern …«

»Sie wurde gefoltert?«, flüsterte Fleur fassungslos. »Bitte nicht. Nicht Justine.«

»Wir vermuten, dass ihr Mörder im Auftrag deines Mannes gehandelt hat.«

Fleur schloss die Augen. Das durfte nicht sein. Wie sollte sie ohne Justine weitermachen? Ihre stets optimistische Freundin, die immer einen hilfreichen Rat parat hatte. Wie lange kannten sie sich? Bilder aus vergangenen Zeiten schoben sich vor ihre Gedanken.

»Sie musste … leiden«, wagte sie kaum, ihre Ängste auszusprechen.

»Ich fürchte ja«, erwiderte Kylian leise. »Es tut mir so leid.«

»Aber warum?« Fleurs Überlegungen fuhren Karussell.

»Weil dein Mann geahnt zu haben scheint, was du vorhattest. Vermutlich hat er sich ausgerechnet, dass du, wenn du über Beweise für seine kriminellen Geschäfte verfügen solltest, diese bei deiner besten Freundin deponieren würdest.«

Ihre Wangen wurden feucht. Wie sollte sie mit dieser Schuld leben? Justine hatte ihretwegen sterben müssen. War gequält worden, hatte leiden müssen.

»Wir haben nichts bei ihr gefunden«, fuhr Kylian mit ernster Stimme fort. »Wahrscheinlich hat der Täter den Stick in seinen Besitz gebracht.«

»Nein.« Fleur schüttelte heftig den Kopf. »Nein, sie … Ich hatte ihr erklärt, wo sie den Stick hinterlegen sollte. Für den Fall, dass ich …« Ihre Stimme versagte. Die Trauer überrollte sie mit voller Wucht.

»Sie hatte ihn nicht bei sich?«

Fleur wischte sich über die Wangen. »Ich hatte sie gebeten, den Stick im Zimmer meines Vaters zu deponieren.«

67

»Er besucht sie nicht allzu oft«, führte Jean-Luc aus, während Rémy sich an die Terrassentür stellte. »Laut der Nachbarin ist Lynelle Rossier mächtig stolz auf ihren Ziehsohn. Der doch fast auf die schiefe Bahn geraten wäre«, imitierte Rémys Mitarbeiter die Stimme einer älteren Frau. »Und er arbeitet viel zu viel, hat keine Zeit, um nach Hause zu kommen«, fuhr er ungerührt fort, bevor er schnaufte. »Fakt ist, er war seit einigen Wochen nicht bei seiner Mutter.«

Rémy umklammerte den Telefonhörer fester. Er spürte, dass er an einem Wendepunkt stand.

»Was können wir tun?«

Für einen Moment schwieg Jean-Luc, bevor er laut seufzte. »Chef, sie könnten sich überall befinden. Frankreich ist groß, möglicherweise haben sie das Land bereits verlassen.«

»Diese Antwort akzeptiere ich nicht«, gab Rémy kühl zurück. Er hatte keine Geduld mehr. »Ich bezahle dich nicht fürs Däumchendrehen.« Er schob seinen Kiefer vor. »Du hast einen Auftrag, und es interessiert mich nicht, wie du ihn ausführst. Wichtig ist nur, *dass* du ihn ausführst. Unverzüglich!«

»Aber Chef, ich …«

Rémy drückte den Anruf weg. Er wusste, dass er ungerecht war. Wie sollte Jean-Luc den Aufenthaltsort von Fleur und ihrem Bullenschwein herausfinden?

Er hatte lange gewartet und sich in Geduld geübt. Seit ihm jedoch klar geworden war, dass sie ihn hereingelegt hatte, dass sie von Anfang an ihr eigenes Spiel weitergesponnen, dass sie ihm etwas vorgemacht hatte, ja, dass sie ihn seit fünf Jahren zum Narren hielt, konnte er den schwelenden Hass, die brachiale Wut, die sich in seinem Inneren zusammenbraute, kaum noch im Zaum halten. Er wusste, dass Gefühle noch nie ein guter Ratgeber für klare Entscheidungen waren. Er durfte sich nicht seinem irrationalen Ärger überlassen, er musste die Oberhand behalten. Seine große Stärke hatte schon immer darin bestanden, Dinge auf eine weite Sicht hin überblicken zu können, die anderen oft verschlossen blieb. Eine Kurzschlusshandlung wäre das Letzte, was ihn momentan weiterbrachte.

Rémy öffnete die Tür und trat ins Freie. Während er den Blick über sein großzügiges Anwesen wandern ließ, wurde ihm bewusst, dass ihm all sein Besitz, all seine Macht und die Kontrolle, über die er in seinen Unternehmen verfügte, aktuell keinen Zentimeter voranbrachten. Er war von der Frau verraten worden, die ihm viele Jahre lang seine bürgerliche Fassade garantiert hatte. Der er jeden Wunsch erfüllt hatte, den eine Frau nur äußern konnte. Rémy dachte an den kleinen roten Sportwagen, den er Fleur zu Virginies Geburt geschenkt hatte. Das Autohaus hatte auf seinen Wunsch hin eine weiße Schleife an dem Fahrzeug angebracht. Auf dem Beifahrersitz war der ergonomischste Kindersitz eingebaut worden, der zu jener Zeit auf dem Markt war.

Mit der Geburt seiner Tochter war ein lang gehegter Wunsch Rémys in Erfüllung gegangen. Ein Kind verlieh seinem Leben zweifellos einen seriösen Anstrich. Dass er dieses kleine Wesen jedoch auf Anhieb in sein Herz geschlossen hatte, war für ihn selbst völlig überraschend gekommen. Er hatte sich immer eine Tochter gewünscht, die zu ihm aufschauen würde, die ihn vergötterte und ihn bedingungslos liebte. Eine attraktive Frau wie Fleur war bei der Weitergabe seiner Gene mehr als hilfreich gewesen. Wer wollte schon ein hässliches Kind? Auch wenn Virginie äußerlich eindeutig mehr nach ihm kam, so hatte sie doch die vollen Lippen und die zarten, langen Glieder ihrer Mutter geerbt. Ja, Virginie war ein bildhübsches Mädchen. Und Rémy würde niemals zulassen, dass Fleur sie ihm vorenthielt. Er war ihr Vater, er hatte Rechte. Viel zu lange hatte er Gnade vor Recht ergehen lassen. Es war eindeutig ein Fehler gewesen, Fleurs offensichtlichen Betrug zu ignorieren. Damals hatte Rémy sich eingeredet, dass er eine öffentliche Scheidungsschlacht und die daraus resultierende Aufmerksamkeit der Medien nur schwerlich mit seinen Geschäften hätte vereinbaren können. Eine attraktive Ehefrau, die ihm Hörner aufgesetzt hatte, war allemal zielführender als ein Rosenkrieg, der womöglich aus dem Ruder gelaufen wäre. Wobei er natürlich noch eine andere Option gehabt hatte …

Er fluchte. »Diese Schlampe! Diese verdammte verfickte Schlampe!«

Rémy brüllte sich seinen Frust von der Seele. Er hatte einen Fehler gemacht. Er hätte Fleur viel früher aufzeigen müssen, mit wem sie sich hier anlegte. Seine Drohungen allein hatten nicht den gewünschten Nutzen gebracht. Wie hatte er nur so nachlässig handeln können? Hatte er etwas übersehen? All die Jahre war sie fügsam und demütig gewesen. Zumindest hatte er das angenommen. Und doch hatte sich hinter seinem Rücken eine mittlere Katastrophe zusammengebraut. Eine Katastrophe, die er im schlimmsten Fall nicht mehr würde aufhalten können. Die eine Dynamik entwickelte, mit der er in seinen kühnsten Träumen nicht gerechnet hätte.

Sein Blick blieb am Pool hängen. Die Sonne ließ das Wasser wie Millionen kleiner Diamanten glitzern und schimmern. Er hatte seine Frau unterschätzt. Was wusste sie? Was konnte sie anrichten? Er hatte nie mit ihr über seine Geschäfte gesprochen. Zumindest nicht über die relevanten Dinge. Natürlich waren Vorkommnisse in seinen Hotels oder Casinos immer mal wieder Gegenstand ihrer Unterhaltungen gewesen, doch meist oberflächlicher Art, wie man auch über das Wetter, Politik oder andere aktuelle Ereignisse sprach. Rémy hatte nie das Bedürfnis verspürt, sich intensiver als nötig mit der langbeinigen Blondine zu beschäftigen, deren Weg sich vor vielen Jahren durch Zufall mit seinem eigenen gekreuzt hatte. Er hatte lediglich ein Puzzleteil gesucht, das seinem nach außen hin gediegenen Leben noch den letzten Anstrich verpassen konnte. Eine derart attraktive Frau, die keine großen intellektuellen Ansprüche an ihn stellte, war ihm damals wie ein Geschenk des Himmels vorgekommen. Er hatte sie umgarnt, umschmeichelt. Hatte ihr die Erfüllung all der Wünsche versprochen, die er in ihren Augen hatte lesen können. Fleur war auf der Suche nach Reichtum und Luxus gewesen, er dagegen wollte nur guten Sex und eine adrette Familie, die ihn gegen Angriffe von außen schützte. Hatten sie nicht beide bekommen, was sie sich wünschten? Warum begehrte sie plötzlich auf? Rémy hätte sich problemlos weitere Jahrzehnte an der Seite des ehemaligen Models vorstellen können.

Seine Ehe hatte für ihn noch nie ein Hindernis dargestellt, nicht auch andere Frauen zu vögeln. Seit jeher brauchte er die Abwechslung wie andere Menschen die Luft zum Atmen. Sein Bett nur mit einer einzigen und noch dazu immer derselben Frau zu teilen, das konnte Rémy sich beim besten Willen nicht vorstellen. Nein, er hatte hart gearbeitet, um dort anzukommen, wo er mittlerweile stand. Warum sollte er in seiner Position noch Kompromisse eingehen? Er lebte nur einmal, die Frauen liebten ihn. Es wäre gar einer Verschwendung gleichgekommen, wenn er sich einzig auf Fleur konzentriert hätte. Die ihren sexuellen Reiz sowieso seit Langem verloren hatte.

Mit Wut dachte er an die Nächte, bevor sie gegangen war. Wie eine Schaufensterpuppe, dachte er voller Bitterkeit. Sie hätte sich zumindest bemühen können, ihre offensichtliche Gleichgültigkeit vor ihm zu verbergen. Er war ihr Mann. Und er konnte sich an Zeiten erinnern, da hätte sie ihn regelrecht angefleht, ihr Erleichterung zu verschaffen. Was für ein undankbares Weibsstück! Stattdessen warf sie sich seinem ärgsten Feind an den Hals und machte für ihn die Beine breit. Fünf Jahre, fluchte Rémy stumm, und er war all die Zeit blind gewesen. Wieder strömte der Hass unaufhaltsam durch seinen Körper. Sie musste sterben. Mit ihrem Verhalten, ihrem Verrat an ihrer Ehe hatte sie nichts Besseres als den Tod verdient.

68

Der Schmerz hatte sich wie eine kalte Hand um ihr Herz gelegt. Fleur wusste kaum noch, wohin mit ihrer Trauer. Wie sollte sie jemals mit dieser Schuld weiterleben können? Justine war grausam ermordet worden. Von Rémy. Vielleicht nicht von ihm persönlich, aber von einem seiner Handlanger. Wie hatte sie nur auf die blöde Idee kommen können, ihre Freundin mit in ihren Plan zu ziehen? Justine war unschuldig. So unschuldig ein Mensch nur sein konnte. Sie hatte Rémy seit Jahren kaum gesehen, war ihm stets mehr oder weniger erfolgreich aus dem Weg gegangen.

Fleur presste die Handballen auf ihre Augen und kämpfte gegen die aufsteigenden Tränen an. Ihr Kopf begann zu schmerzen, während sie ihren Töchtern lauschte, die neben dem Trampolin Kylian Fluffys neueste Tricks vorführten. Sie war dem Polizisten dankbar, dass er ihr diese kurze Verschnaufpause ermöglicht hatte. Nach seiner Nachricht von Justines Tod war sie fast zusammengebrochen. Ihre Knie hatten zu zittern begonnen, ihr Herz raste unaufhörlich. Kylian hatte seine Arme um sie gelegt und ihr beruhigend zugeredet. Ihr Schluchzen hatte seine Worte verschluckt, doch allein das Gefühl seiner Anwesenheit hatte ihre Verzweiflung ein wenig aufgefangen. Als sie sich nach einer gefühlten Ewigkeit etwas beruhigt hatte, hatte er ihr vorgeschlagen, sich um die Kinder zu kümmern, sodass sie sich die Zeit nehmen konnte, um den Schock zumindest ansatzweise zu verdauen. Fleur konnte es noch immer nicht glauben. Ihre lebenslustige Freundin war tot. Die Frau, die alles von Fleur gewusst hatte.

Fast alles, korrigierte Fleur sich. In Bezug auf Rémy hatte sie Justine nie ihr Herz ausgeschüttet, da sie geahnt hatte, dass sie Justine damit nur in Gefahr gebracht hätte. Wie hatte Fleur bloß so leichtsinnig sein können? Sie hätte sich denken müssen, dass Justine Rémys erste Anlaufstelle darstellte, wenn er herausfinden wollte, was Fleur vorhatte. Angst kroch ihre Wirbelsäule hinauf. Was war mit ihrem Vater? Sie rief sich ins Gedächtnis, wie hilflos, wie schutzlos er in seinem Krankenzimmer lag. Unfähig, sich auch nur einen Zentimeter zu bewegen. Es wäre ein Leichtes für Rémy, an ihn heranzukommen. Die Schwestern kannten ihn als treuen, fürsorglichen Schwiegersohn, der Fleurs Vater stets die beste Pflege zukommen ließ. Was hatte sie getan? Wie hatte sie so kurzsichtig handeln können?

Sie musste dringend mit den Pflegerinnen vor Ort sprechen. Aber wie sollten die gewährleisten, dass ihr Vater keinen Besuch außer ihr empfinge? Ihr Kopf begann zu schmerzen. Sie hatte so unglaublich viele Fehler begangen. Wie hatte sie nur die Gefahr für die Menschen, die ihr am Herzen lagen, übersehen können, die ihr Verrat auslösen würde? Aber hätte sie wirklich damit rechnen müssen, dass Rémy Unschuldige in ihren Zwist zog? Fleur hatte Angst vor der Antwort, die tief in ihr schlummerte.

Ja, Rémy war ein menschliches Monster. Er hatte keinerlei Skrupel, besaß nicht die geringste Empathie, wenn es um seine eigenen Interessen ging. Fleur hätte auf alles gefasst sein müssen. Sie war viel zu unvorsichtig gewesen. Ihr hätte von Anfang an klar sein müssen, dass ihr Mann niemals eine Niederlage akzeptieren würde. Mit ihrem Vorhaben hatte sie mehr zerstört, als sie sich hätte vorstellen können. War es das wert gewesen? Menschen hatten sterben müssen. Wegen ihr. Wegen ihres eigenen Egoismus.

Fleur stand auf und stellte sich an das bodentiefe Fenster neben der Tür. Océane lachte laut auf, während Kylian grinsend auf sie einredete. Auch Virginie schien mit ihrem Blick geradezu an seinen Lippen zu hängen. Warum hatte sie sich vor fünf Jahren nur nicht anders entschieden? Weil dann genau dasselbe passiert wäre wie jetzt. Rémy hatte es ihr angedroht. Und Fleur hatte gekuscht. Hatte den Kontakt zu Kylian ohne jede Erklärung abgebrochen und war bei Rémy geblieben. Auch wenn er damals nicht wusste, wer der Mann war, mit dem seine Frau eine Affäre hatte, war Fleur sich sicher, dass er mittlerweile die Wahrheit erkannt hatte.

Sie wandte sich wieder ab und lenkte ihre Gedanken zu Justine zurück. Ihre liebe, verständnisvolle Freundin, die sich auch nie gescheut hatte, Fleur ihre gegensätzliche Sicht der Dinge zu erklären. Weder in Bezug auf ihre Modeltätigkeit, die Justines Meinung nach Fleurs Fähigkeiten nicht gerecht geworden war, noch in Bezug auf den Fehlgriff ihres Lebens. Sie stand vor einem Scherbenhaufen. Ihr Vater lag schwer krank in einem Pflegeheim, und Justine war von ihrem Mann ermordet worden. Die Menschen, die ihr ihr Leben lang am nächsten gestanden hatten, waren nicht mehr da.

Als sie plötzlich eine Hand auf ihrem Rücken spürte, drehte sie sich überrascht um. Die unübersehbare Wärme in Kylians Augen überrumpelte sie.

»Wie geht es dir?«

Fleur schüttelte den Kopf. »Ich weiß nicht. Es ist alles so … verworren.«

Er nickte. Dann hob er eine Hand und strich über ihre Wange. »Ich bin für dich da, wenn du mich brauchst.«

Einen Moment lang schmiegte sie ihre Wange an seine Finger, genoss die Nähe, die Stille. »Können wir den Stick holen?« Ihre Stimme klang heiser. Sie räusperte sich.

»Jetzt?« Kylians Blick wurde eindringlicher.

Sie holte tief Luft. »Ja. Ich weiß, dass es mit den Kindern …«

»Ich bitte meine Mutter zu kommen«, unterbrach er sie sanft. »Sobald sie da ist, fahren wir los.«

»Ich habe Angst, dass Rémy meinen Vater … dass er ihm etwas antun könnte. Ich muss dringend mit dem Pflegepersonal sprechen.«

Kylian erwiderte nichts.

»Was ist?«

»Ich rede mit einem meiner Mitarbeiter. Er soll sich vor dem Heim positionieren.« Seine Miene wurde weicher. »Wir schaffen das, Fleur.«

Sie senkte ihren Blick.

»Fleur?« Er legte seinen Daumen unter ihr Kinn und zwang sie, ihn wieder anzusehen. »Du kannst mir vertrauen. Hörst du?«

»Ich habe Angst«, bekannte sie leise.

»Ich weiß.« Er nickte. »Es ist viel passiert. Du hast deine Freundin verloren. Ich wünschte, ich könnte die letzten Tage ungeschehen machen.«

Fleur schluckte. »Du kannst nichts dafür. Es ist meine Schuld. Ich hätte …«

»Hör auf damit«, fiel er ihr in ernstem Ton ins Wort. »Das möchte ich nicht hören. Schuld an Corinnes und Justines Tod sind einzig und allein ihre Mörder und deren Auftraggeber. Niemand sonst.«

»Ich hätte sie da nicht mit hineinziehen dürfen«, widersprach Fleur unter Tränen.

Kylian trat so dicht an sie heran, dass sich ihre Nasenspitzen fast berührten. »Wenn du ihr den Stick nicht gegeben hättest, hätte dein Mann sie trotzdem aufsuchen lassen. Es wäre exakt dieselbe Situation gewesen. Sie hätte dem Täter nichts verraten können, und er hätte sie umgebracht.«

»Das heißt, ihre Freundschaft zu mir ist ihr zum Verhängnis geworden«, sagte Fleur voller Trauer in ihrem Herzen.

»Bitte rede dir das nicht ein.« Er fuhr ihr zärtlich über ihr offenes Haar, ließ eine Strähne durch seine Finger gleiten. »Du bist nicht schuld.«

»Ich habe ihn geheiratet.«

»Wir machen alle Fehler«, erklärte er mit finsterer Stimme, bevor er sie losließ und sein Handy aus der Hosentasche zog. »Ich rufe meine Mutter an, dann bitte ich Mathis, zum Heim deines Vaters zu fahren.«

»Warum tust du das?«, rutschte ihr die Frage heraus, die sie niemals hatte stellen wollen.

Er hatte auf dem Handy herumgetippt, bei ihren Worten verharrte er. Langsam wandte er seinen Kopf und sah sie an. »Du weißt, warum.«

Sie konnte die Sorge in seinen Augen sehen, die Wärme, die er ausstrahlte. Worauf sie nicht vorbereitet war, war der Ausdruck in seinem Gesicht, den er in diesem Moment der Wahrheit nicht verbergen konnte. Was sie sah, ließ sie innerlich zusammenzucken. Die Liebe, die aus seiner Miene sprach, die Zärtlichkeit, die Innigkeit, raubte ihr fast den Atem. Hatte sie je in ihrem Leben ein Mann auf derartige Weise angesehen? Es schien ihn nicht zu stören, dass sie in ihm lesen konnte wie in einem offenen Buch. Wie hatte sie nur so blind sein können?

69

Fleurs Nervosität stieg, während die Landschaft an ihnen vorbeizog.

»Die drei werden ihren Spaß haben«, unterbrach Kylian das Schweigen, das bei ihrer Abfahrt vom Ferienhaus eingesetzt hatte.

Fleur spürte, dass er sie beruhigen wollte, weil sie die Mädchen allein zurückgelassen hatten. »Deine Mutter ist toll. Ich vertraue ihr«, gab sie mit belegter Stimme zurück, während ihre Unruhe ihren Magen zum Kribbeln brachte.

Kylian schien ihren Zustand zu bemerken. Er streckte seine rechte Hand aus und griff nach ihren Fingern. »Was ist los? Frierst du?«

Sie schüttelte den Kopf, schwieg jedoch.

»Warum vertraust du mir nicht?«

Er hatte die Frage so leise gestellt, dass sie sie kaum verstanden hatte. Fleur zögerte.

»Das tue ich doch.«

Er wandte seinen Kopf und sah sie tadelnd an.

Sie konnte es nicht länger hinauszögern. Wenn sie nur an seinen Blick dachte, mit dem er sie in der Küche bedacht hatte, krampfte sich ihr Innerstes sehnsüchtig zusammen. Ein Straßenschild kündigte einen Parkplatz in dreihundert Metern an.

»Halt an!« Was Fleur Kylian zu sagen hatte, konnte sie ihm nicht bei laufender Fahrt offenbaren.

»Was?«

»Du sollst anhalten!« Mit zitternden Fingern deutete sie nach rechts.

»Geht es dir nicht gut?«

Sie sah ihm an, dass er nichts mehr verstand.

»Nein.« Sie nestelte am Riemen ihrer Tasche herum. »Nein, mir geht es nicht gut.«

»Musst du dich übergeben? Oder zur Toilette?«

Er blinkte und reduzierte die Geschwindigkeit. Sekunden später bog er auf den kleinen Parkplatz ab, der sich etwa fünfzig Meter von der Straße entfernt hinter einer Gruppe Korkeichen verbarg.

Als der Motor erstarb, ließ Kylian seine Hände auf dem Steuer liegen und starrte durch die Windschutzscheibe.

Fleur räusperte sich. »Können wir reden?«

Er lachte kurz auf, doch es klang freudlos. »Fleur, wir reden doch die ganze Zeit.«

»Ich muss dir etwas sagen.« Sie fuhr sich über ihren Hals. »Bitte lass uns aussteigen.«

Seufzend öffnete Kylian die Fahrertür und verließ den Wagen. Fleur bedeckte mit den Händen das Gesicht und rieb sich mit den Fingern über die Stirn. Sie musste endlich mit der Wahrheit herausrücken. Der Mann, der ihr Herz seit fünf Jahren höherschlagen ließ, hatte ein Recht darauf. Sie legte ihre Tasche auf die Rückbank und stieg ebenfalls aus. Kylian stand an einem der Bäume, die Hände in seinen vorderen Hosentaschen, und sah ihr entgegen. Er machte jedoch keine Anstalten, auf sie zuzukommen. Hatte sie den Bogen endgültig überspannt? Würde er ihr verzeihen können? Sie atmete tief durch und steuerte auf ihn zu. Unsicher strich sie sich eine Haarsträhne aus dem Gesicht.

»Und?«

»Ich glaube, ich habe einen Fehler gemacht«, begann sie zaghaft.

»Fleur.« Er klang genervt. »Das hatten wir doch alles schon. Sollten wir jetzt nicht überlegen, wie wir die Situation wieder unter Kontrolle bringen? Du willst …«

»Bitte lass mich ausreden, Kylian.«

Ihr ernster Ton ließ ihn verstummen. Aus zusammengekniffenen Augen sah er sie an, sagte jedoch nichts mehr.

»Es geht nicht um Rémy«, setzte sie erneut an. »Und es geht auch nicht um … seine Geschäfte. Es geht um … uns.«

»Fleur …«

Sie schüttelte den Kopf. »Ich habe einen großen Fehler gemacht, Kylian. Damals dachte ich allerdings, ich hätte mich richtig entschieden. Ich wollte nur …« Die Worte schnürten ihr fast die Kehle zu. »Ich hatte Angst. Und ich wollte dich schützen. Das musst du mir glauben.«

Er nahm seine Hände aus den Taschen und machte einen Schritt auf sie zu. »Ich verstehe nicht … Du sprichst in Rätseln.«

Fleur nickte. »So muss es dir vorkommen, ja.« Sie zog ihre Oberlippe zwischen die Zähne. »Als wir beide uns vor fünf Jahren kennenlernten, war meine Ehe schon lange gescheitert. Das, was wir beide hatten, war für mich etwas ganz Besonderes.«

Kylian wollte etwas erwidern, doch sie hob ihre Hand, um ihm zu signalisieren, dass er sie nicht unterbrechen solle.

»*Du* warst etwas ganz Besonderes. Ich habe mich bei dir geborgen gefühlt, geliebt, behütet, umsorgt. Du hast Empfindungen in mir ausgelöst, die ich seit Jahren nicht mehr gespürt hatte.« Fleur kämpfte gegen den Drang an loszuweinen. »Für einen kurzen Moment habe ich sogar die Hoffnung gehegt, dass wir eine echte Chance hätten.« Sie schlug eine Hand vor ihren Mund, da die Emotionen sie zu überwältigen drohten.

»Warum erzählst du mir das jetzt?«

Als Kylian sie in seine Arme ziehen wollte, wich sie zurück.

»Bitte nicht.« Sie wischte über ihre Wange und fasste sich wieder. »Ich bin noch nicht fertig. Rémy hat damals etwas geahnt. Er wusste aber nicht, wer hinter meinem veränderten Verhalten steckte.« Sie legte den Kopf schief. »Wobei ich befürchte, dass er es mittlerweile weiß. Er ist ja nicht dumm. Damals wusste er es nicht, da bin ich mir fast sicher, sonst …« Sie schluckte. »Wenige Wochen später hatte er dann die Gewissheit, dass ich ihn betrogen habe.«

Kylian runzelte die Stirn. »Du hast es ihm gebeichtet?«

Sie schüttelte den Kopf.

»Woher wusste er es dann?«

»Weil ich schwanger war«, hauchte sie, während die Verzweiflung sie übermannte.

Kylians Miene fehlte jede Regung. »Ich verstehe immer noch nicht.«

»Ich war schwanger«, wiederholte Fleur mit Nachdruck. »Von dir!«

»Was?« Innerhalb des Bruchteils einer Sekunde entgleisten Kylians Gesichtszüge, in denen sich Fassungslosigkeit breitmachte. »Was willst du damit sagen?«

»Hast du es wirklich nicht erkannt?« Fleur wollte es kaum glauben. »Océane hat deine Augen. Ihr Name ist … er beschreibt die Farbe eurer Augen. Dieses Blau, das in einem Moment so still und ruhig wie der Ozean an einem heißen Sommertag schimmert, im anderen Augenblick jedoch aufgewühlt und fiebrig wie die Wellen bei starkem Sturm flimmert. Kylian, sie hat deine Augen, weil sie deine Tochter ist.«

Fleur konnte sehen, wie es in seinem Gehirn ratterte. »Aber woher willst du so genau wissen, dass sie nicht Rémys Kind ist?«

»Weil er mich schon damals nicht mehr angerührt hat«, erklärte sie tonlos.

»Ich kann es nicht glauben.« Die Situation überforderte ihn ganz offensichtlich. Er fuhr sich durchs Haar und ging ein paar Schritte. »Ich meine, du sagst mir, ich soll hier auf diesem Parkplatz …« Er sah sich um, bevor er weiterging. »Du erklärst mir irgendwo in der Pampa, ich solle anhalten, da wir reden müssten. Und dann erzählst du mir, dass ich eine Tochter habe.«

»Ich konnte es dir nicht im Haus sagen«, versuchte sich Fleur an einer Rechtfertigung. »Wenn die Kinder uns gehört hätten … Ich war mir nicht sicher, wie du reagieren würdest.«

Er schloss kurz die Augen. »Wie ich reagieren würde? Fleur, verdammt! Wie soll ich denn reagieren? Ich …« Er schüttelte den Kopf, dann sah er sie wieder an. »Ich weiß nicht, was ich sagen soll. Warum hast du dich nie bei mir gemeldet? Von jetzt auf nachher hast du den Kontakt abgebrochen. Hast meine Anrufe nicht mehr angenommen. Und dann war die Nummer gesperrt.«

»Er hat mir gedroht«, flüsterte sie unter Tränen. »Ihm war natürlich genauso klar wie mir, dass er nicht der Vater dieses Kindes sein konnte. Ich glaube, er hat damals schon darüber nachgedacht, mich …« Ihre Stimme versagte.

»Er wollte dich damals schon umbringen?«

Sie nickte schwach. »Ich hatte ihm Hörner aufgesetzt. Davon

abgesehen, dass er mich Hunderte Male betrogen hat, dass er mir nicht mal direkt nach unserer Hochzeit treu gewesen war, einen Rémy Beauvolet betrügt man nicht. Zumindest nicht ungestraft.«

»Warum hat er dieses Spiel dann doch mitgemacht?«

»Weil ich und die Kinder nach wie vor die beste Fassade für seine dreckigen Geschäfte darstellten, die er sich nur wünschen konnte. Ein treu sorgender Familienvater mit zwei bezaubernden Töchtern … Gibt es etwas Harmloseres?« Ihre Stimme klang bitter, doch sie konnte es nicht ändern. Noch immer nahm sie die Ungläubigkeit in Kylians Gesicht wahr. »Kannst du mir verzeihen?«

Kylian hielt einen Moment inne und musterte sie nachdenklich. Dann schüttelte er den Kopf. »Es gibt nichts zu verzeihen.«

Fleur senkte den Blick. »Ich hätte es dir sagen müssen. Du hattest ein Recht darauf. Aber Rémy …« Sie konnte kaum noch sprechen. »Er hat gedroht, Océane könne ganz leicht etwas zustoßen, wenn ich … wenn ich jemals wieder Kontakt zu ihrem leiblichen Vater aufnähme.« Sie sah, wie Kylian seine Hände zu Fäusten ballte. »Ich hatte Angst, Kylian. Nicht um mich. Aber um dich! Und um Océane!«

70

Kylian konnte immer noch nicht fassen, dass er Vater war. Er blinkte und bog auf den weitläufigen Parkplatz des Seniorenheims ein, in dem Fleurs Vater lebte.

»Du bist wütend«, unterbrach ihre Stimme das Schweigen zwischen ihnen.

Er schaltete den Motor aus und blieb kurz sitzen. Als er seinen Kopf in Fleurs Richtung wandte, konnte er die Unsicherheit in ihrer Miene erkennen. Kylian hob eine Hand und legte sie an ihre Wange.

»Ich bin nicht wütend. Ich bin …« Er suchte nach den richtigen Worten. »Ich bin überfordert, Fleur.« Er schüttelte den Kopf. »Gott, ich bin Vater.« Er lächelte. »Océane ist … sie ist bezaubernd. Ich habe ein bezauberndes kleines Mädchen.« Der Gedanke wärmte ihn regelrecht von innen. »Ich habe ein Kind mit dir. Mit der Frau, die …«

»Bitte nicht«, unterbrach sie ihn mit bebender Stimme. »Er wird das niemals zulassen.«

Wut sammelte sich in seinem Bauch. »Er? Fleur, er hat das nicht zu bestimmen. Sie ist unser Kind. Und das hier ist unser Leben.« Er streichelte über ihr weiches Haar. »Diesmal lasse ich dich nicht gehen.«

Sie schloss ihre Augen. »Das geht nicht.«

»Ich bin ohne Eltern aufgewachsen. Hätte sich Lynelle, diese warmherzige, wundervolle, starke Frau nicht meiner angenommen … Wer weiß, was aus mir geworden wäre. Mit Sicherheit würde ich jetzt nicht hier sitzen.« Er lachte kurz auf. »Möglicherweise würde ich ja sogar für deinen Mann arbeiten.«

»Kylian, bitte.«

»Es ist nicht der richtige Zeitpunkt, Fleur. Das ist mir sehr wohl bewusst. Aber … wir werden reden. Bald. Sie ist mein Kind. Und ich möchte für sie da sein. Für sie, für dich und für Virginie.« Er machte eine Pause. »Aber jetzt kümmern wir uns erst mal um deinen Vater. Mathis hatte mir zugesagt, einen Beamten im Heim zu positionieren.«

Sie stiegen aus und überquerten den Parkplatz. Die Hitze waberte über der Freifläche.

»Mir fehlt das Meer«, murmelte Fleur neben ihm.

Überrascht blickte er sie von der Seite an, als ihm eine Idee kam. Doch er behielt seine Gedanken für sich. Sie betraten den Empfangsraum des Pflegeheims und steuerten auf den Tresen zu, hinter dem eine junge dunkelhaarige Angestellte saß. Kylian zückte seinen Ausweis.

»Bonjour, wir möchten zu Monsieur Farron.«

Die junge Frau blickte auf und nickte. »Ein Kollege von Ihnen ist seit einer halben Stunde oben.«

Kylian nickte Fleur beruhigend zu. Sie schenkte ihm ein schwaches Lächeln.

Nachdem er sich bei der Pflegekraft bedankt hatte, ließ er sich von Fleur zum Zimmer ihres Vaters bringen. Ein junger Beamter stand vor der Tür und sah ihnen entgegen, als sie den Flur entlanggingen. Kylian kannte ihn vom Sehen, konnte sich aber nicht an den Namen erinnern.

»Geh du schon mal rein«, wies er Fleur an. »Ich rede kurz mit dem Kollegen. Dann komme ich nach.«

Sie nickte dem Beamten zu, klopfte und öffnete die Tür.

»Bonjour«, grüßte Kylian den jungen Mann.

»Sie sind Capitaine Plevantier. Marc de Molles. Lieutenant Faundant hat mir mitgeteilt, dass Sie vorbeikämen.«

Kylian nickte. »Danke, dass Sie so schnell hier sein konnten. Hat jemand versucht, zu dem Bewohner vorzudringen?«

Der Beamte schüttelte den Kopf. »Niemand.« Er zögerte.

»Ja?« Kylian sah ihn eindringlich an.

»Ich denke, Lieutenant Faundant wird sich noch bei Ihnen melden. Aber Démilliers hat den Schutz des Patienten nur für heute genehmigt.«

Kylian stieß geräuschlos seinen Atem aus. Ihm war klar, dass sie noch immer sauer auf ihn war. Aber den Mord an Fleurs bester Freundin konnte sie doch nicht einfach ignorieren. Jeder, der Fleur nahestand, stellte ein potenzielles Opfer für Beauvolet dar. Er musste dringend mit Mathis telefonieren, nein, besser noch, er würde gleich Démilliers anrufen.

»Danke. Ich kümmere mich darum. Jetzt schaue ich mal ...« Er zeigte mit dem Daumen zur Tür, bevor er ebenfalls klopfte und in das Zimmer trat.

Fleur stand dicht neben dem Bett ihres Vaters, der bleich und mit offenen Augen vor ihr lag und gegen die Decke starrte. Als sie Kylian bemerkte, sah sie auf.

»Bonjour, Monsieur. Ich bin Kylian Plevantier.« Er stellte sich neben sie und berührte sie am Arm. »Wie geht es ihm?«

Sie zuckte mit den Achseln. »Unverändert.«

»Es tut mir leid.«

»Was hat dein Kollege gesagt?«

Er zögerte.

»Kylian?«

»Ich werde mit Démilliers sprechen. Aber ich denke, wir müssen deinen Vater woanders unterbringen lassen.«

»Das geht nicht ... Er ...«

Kylian fasste nach ihrer freien Hand und drückte sie. »Wir finden eine Lösung.«

»Ich weiß nicht, wie ich die hohen Kosten tragen soll. Bisher ist Rémy dafür aufgekommen, aber jetzt ...«

Er fuhr mit dem Daumen über ihren Handrücken. »Wir finden eine Lösung, Fleur«, wiederholte er eindringlich. »Ich verspreche es dir.«

Sie nickte.

»Hast du ... gefunden, was Justine hier deponiert hat?«

Erneutes Nicken. »Denkst du, ich sollte mich von ihm verabschieden?«

Ihre Frage traf Kylian unvorbereitet. »Für eine gewisse Zeit, ja. Es tut mir leid, Fleur. Aber im Moment wissen wir nicht, wie es mit dir und den Kindern weitergeht. Wir haben keine Ahnung, was dein Mann im Schilde führt. Und hier ist dein Vater nicht mehr sicher.«

»Wird der Beamte wieder abgezogen?« Ihre Stimme klang resigniert.

»Ich muss gleich telefonieren. Bis man deinen Vater verlegt hat, muss er zwingend bewacht werden. Aber das ist teuer ...«

»Und sein Leben nichts mehr wert«, erwiderte sie leise.

»Nein«, widersprach Kylian heftig. »So darfst du nicht denken.« Er musterte das emotionslose Gesicht von Fleurs Vater. Dann zog er sich einen Stuhl heran und setzte sich. »Monsieur Farron, Sie kennen mich nicht.« Er schluckte. Die Situation fühlte sich unwirklich an. »*Wir* kennen uns nicht. Aber ich versichere Ihnen, dass ich auf Ihre Tochter und Ihre Enkelinnen aufpassen werde. Ihnen wird nichts geschehen. Ich verspreche Ihnen, dass ich dafür sorgen werde, dass die drei irgendwo in Frieden ein neues Leben beginnen können.«

»Kylian ...«, setzte Fleur mit heiserer Stimme an. Im nächsten Moment spürte er ihre Hand auf seiner Schulter.

Kylian sah zu ihr auf. »Ich meine es ernst.« Dann konzentrierte er sich wieder auf den älteren Mann. »Wir suchen Ihnen ein schönes neues Zuhause. Auch Ihnen wird nichts geschehen.«

»Das ist ... es berührt mich, wie du mit ihm sprichst.«

»Möglicherweise hört er uns«, entgegnete Kylian entschieden. »Und ich kann mir ehrlich gesagt nichts Schlimmeres vorstellen, als hilflos in diesem Bett zu liegen und nicht genau zu wissen, was mit meiner Tochter und deren Familie passiert.«

»Sie sieht dir so ähnlich«, hauchte Fleur kaum hörbar. »Ich hatte solche Angst, dass du es sofort erkennen würdest.«

Kylian versuchte, den Kloß in seiner Kehle zu ignorieren, den ihre Worte auslösten. »Wir sehen oft nur, was wir für die Wirklichkeit erachten.«

»Rémy hasst sie.«

»Er ist ein Arschloch«, rutschte es ihm heraus. »Pardon, Monsieur. Aber Tatsache bleibt Tatsache.«

»Papa kann ihn auch nicht leiden.«

»Monsieur Farron, ich glaube, wir beide würden uns sehr gut verstehen«, erklärte Kylian in die Richtung von Fleurs Vater. »Seien Sie versichert, dass er Ihre Tochter nie wieder anrühren wird.« Er spürte erneut Hass in sich aufsteigen. »Er wird dich nicht mehr anfassen, Fleur. Niemals. Eher bringe ich ihn um.«

71

Als Fleur erkannte, wo Kylian den Wagen hinlenkte, entspannte sie sich etwas. Es kam ihr fast vor wie in einem anderen Leben, als sie das letzte Mal hier gewesen waren und den USB-Stick geholt hatten, den Rémy ihr für seine Zwecke übergeben hatte. »Du bist der Beste«, seufzte sie voller Erleichterung und sah zu Kylian. Er lächelte. »Wir verbinden die Arbeit mit dem Angenehmen.«

Nachdem er den Wagen auf dem sandigen Parkplatz vor dem

Strand von L'Espiguette abgestellt hatte, drehte er sich um und holte den Laptop von der Rückbank.

»Bereit?«

Als Fleur das Funkeln in seinen Augen bemerkte, musste sie lachen. »Du wirkst verändert. Hast du vergessen, in welcher Situation wir uns befinden?«

Er schüttelte den Kopf. Dann zog er sie an sich und küsste sie auf ihre Lippen. Ganz leicht, fast züchtig. Die Geste hatte nichts Erotisches. Und doch strömte die Berührung auf direktem Weg in ihren Unterleib, der augenblicklich zu kribbeln begann.

Grinsend löste er sich wieder von ihr. »Ich bin überraschend Vater geworden.«

Sein Stimmungsumschwung übertrug sich auf sie. Ein wenig Leichtigkeit, ein wenig Loslassen der angespannten Lage würde ihnen nicht schaden. Eine kleine Auszeit von einer noch immer unübersichtlichen Situation, deren Ausgang niemand kannte. Sie musste an die Mädchen denken.

»Es geht ihnen gut«, versuchte er, sie zu beschwichtigen.

»Bin ich so leicht durchschaubar?«

Seine Miene wurde weicher. »Das kann ich dir nicht sagen.« Er fasste nach ihrer Hand. »Aber dieser Ausdruck in deinem Gesicht … Für mich ist es unübersehbar, dass du gerade an sie denkst und dich fragst, ob du dir erlauben solltest, einen kurzen Moment lang nicht an die beiden zu denken, sondern stattdessen mit mir das Meer und den Wind auf unserer Haut zu genießen.«

Fleur fühlte sich ertappt. »Ich …«, setzte sie zu ihrer Verteidigung an.

»Meine Mutter passt gut auf die beiden auf.« Er zog sein Telefon hervor. »Wenn du magst, kannst du dich gern persönlich vergewissern.«

Sie kam sich dumm vor. Mit aufeinandergepressten Lippen schüttelte sie den Kopf. »Du hältst meine Reaktion für übertrieben. Du denkst, ich bin zu vorsichtig, zu gluckenhaft.«

»Nein, Fleur, das denke ich nicht. Ich denke, du bist die fürsorglichste und verantwortungsbewussteste Mutter, die mir je begegnet ist.«

Zweifelnd erwiderte sie seinen Blick. »Wie viele Mütter kennst du?«

Er verzog die Mundwinkel. »Außer meiner eigenen? Nicht viele.« Er grinste erneut. »Aber ich habe dich die letzten Tage mit den Mädchen beobachtet. Sie könnten sich keine bessere Mutter wünschen.«

Fleur seufzte. »Ich bin eine Glucke.«

Wieder schüttelte er den Kopf. »Wollen wir?« Er deutete nach draußen.

Sie stiegen aus und steuerten auf die Holzbohlen zu, die über die Dünen zum Strand führten. Fleur reckte ihr Kinn und genoss die warme Junisonne im Gesicht. Sie sog die salzhaltige Luft ein und versuchte, sich auf den Geruch des Meeres einzulassen. Das leichte Rauschen der Wellen ließ sie ihre letzten Bedenken vergessen.

»Hier hinten ist niemand.« Kylian deutete auf die Randlinie der Dünen. »Dort sind wir ungestört.«

Fleur folgte ihm, nachdem er sich Richtung Le Grau-du-Roi in Bewegung gesetzt hatte. Als sie weit genug von den anderen Strandbesuchern entfernt waren, setzten sie sich zwischen einige ausgetrocknete Flechten.

»Ich habe Angst«, bekannte Fleur, während sie verfolgte, wie Kylian den Laptop hochfuhr und den USB-Stick in die Öffnung steckte.

Er hielt inne und sah sie an. »Wovor?«

Sie zuckte die Achseln. »Dass es jetzt ernst wird.« Sie bemerkte selbst, wie unsicher sie klang.

»Fleur, es *ist* schon ernst. Dein Mann hat Kollegen von mir ermordet, er hat Corinne umbringen lassen. Deine Freundin …«

Ihre Kehle schnürte sich zu. »Er ist ein Monster.«

»Das ist er.«

»Und ich bin mit ihm verheiratet.«

Sie sagte es ohne Wertung. Die Zeit der Selbstvorwürfe war vorüber. Aber es war eine Tatsache, die sie in genau die Situation gebracht hatte, in der sie sich momentan befand. Es war eine Tatsache, die sie ändern musste. Und Kylian war der einzige Mensch auf dieser Welt, der ihr dabei helfen konnte, dem sie bedingungslos vertraute. Diese Erkenntnis traf sie unvorbereitet. Sie meinte, plötzlich keine Luft mehr zu bekommen. Instinktiv fasste sie sich an ihre Kehle.

»Alles in Ordnung?« Er schaute nicht auf, sondern weiter die Datei an.

»Nichts ist in Ordnung.« Sie streifte ihre Sandalen ab und vergrub ihre Zehen im warmen Sand.

»Fleur.« Kylian strich ihr übers Haar. »Wir bekommen das hin.« Er deutete mit dem Kinn auf den Bildschirm. »Soll ich?«

Sekundenlang erwiderte sie seinen Blick, sah erneut die Wärme und Fürsorge in diesem Blau, erkannte, was sie so lange verdrängt hatte. Da sie fürchtete, ihre Stimme ließe sie im Stich, nickte sie nur.

Die Worte der drei Männer waren klar und deutlich zu vernehmen. Gebannt lauschten Fleur und Kylian, während er sie unverwandt anschaute.

»Ich mochte ihn wirklich. Aber unter diesen Umständen gibt es natürlich keine andere Option. Wir müssen ihn beseitigen.«

Schlagartig veränderte sich Kylians Miene. Er stoppte die Aufnahme und nickte. »Wir haben ihn.«

»Es ging um deinen Mitarbeiter«, folgerte Fleur traurig.

»Yann hat eine kleine Tochter, eine bezaubernde Ehefrau.« Kylian schnaufte. »Aber jetzt haben wir diesen Dreckskerl an den Eiern.«

»Die Aufnahme wurde heimlich gemacht«, wandte Fleur ein.

»Ich weiß«, knurrte er nachdenklich. »Aber was gesagt wurde, wurde gesagt. Vor Gericht darf es nicht verwendet werden, aber …«

»Aber?«

»Ich muss überlegen. Gib mir etwas Zeit.« Er rief die Dateien auf, die Fleur von Rémys Computer gezogen hatte. Ab und an nickte er und murmelte undeutlich etwas vor sich hin.

Fleur erhob sich und steuerte auf das Meer zu. Als das Wasser ihre nackten Füße umspülte, schloss sie die Augen und genoss den friedlichen Augenblick. Sie blendete das Geschrei der beiden kleinen Jungen hinter ihr aus, die sich darum stritten, wessen Burg die größere war, ignorierte das Gespräch eines Pärchens, das sich rechter Hand von ihr befand. Einzig das sanfte Plätschern des Wassers erreichte ihre Gehirnwindungen.

Fleur fühlte sich plötzlich frei und unbeschwert. Sie würde es schaffen. Einen Großteil der Strecke hatte sie bereits bewältigt. Sie war aus dem Einflussbereich Rémys ausgebrochen und hatte ihn überlistet. Ihr Mann hatte keine Ahnung, wo sie sich befand. Wenn er wüsste, dass sie in diesem Moment keine zwanzig Kilometer von ihrem Haus entfernt am Meer stand und Pläne schmiedete, wie sie ihn ins Gefängnis bringen konnte …

Der Gedanke zauberte ihr ein Lächeln auf die Lippen. Rémy hatte sie unterschätzt. Sie war kein dummes Model, das nicht in der Lage war, eigenständig zu denken. Dem er immer wieder aufs Neue versucht hatte einzureden, dass sie ohne ihn ein Nichts wäre. Nein, er hatte sich getäuscht. All die Jahre hatte sich Fleur nichts zuschulden kommen lassen, bis auf die Tatsache, dass sie auf einen Mann hereingefallen war, der sie geblendet und ihr etwas vorgespielt hatte, was niemals existiert hatte. Sie war auf der Suche nach der großen Liebe gewesen. Nach einem Hafen der Sicherheit. Dabei hatte sie sich selbst verloren. Hatte sich aufgegeben, hatte ihre Träume begraben. Doch es war nie zu spät, etwas zu ändern. Jetzt hatte sie die Chance, nach vorn zu schauen. Sie musste sich von den Schatten der Vergangenheit befreien, musste das Leben an der Seite Rémys hinter sich lassen, musste ihren Töchtern aufzeigen, welche Möglichkeiten das Leben bieten konnte. Sie musste ein Vorbild sein.

Als sie eine Hand an ihrer Hüfte spürte, öffnete sie ihre Augen wieder und drehte sich lächelnd um. »Ich werde es schaffen.«

Kylian musterte ihr Gesicht.

»Was ist mit den Dateien?«

»Ich denke, da ist einiges Verwertbares dabei.« Er nahm ihre Hand und umfasste sie. »Ich habe mit Démilliers gesprochen. Dein Vater wird ab sofort rund um die Uhr bewacht, bis wir einen neuen Heimplatz für ihn besorgt haben.«

»Aber sie muss doch furchtbar wütend auf dich sein«, brachte Fleur zweifelnd an.

»Sie ist stinksauer«, bestätigte Kylian. »Aber das ist ihr Problem, nicht meins.«

»Das ist Pierre Dossin, mein ehemaliger Kollege«, stellte Kylian den Privatdetektiv kurz darauf vor, der sie am Eingang seiner Detektei begrüßte. »Und das ist Fleur Beauvolet.«

»Bonjour, Monsieur.« Fleur ergriff seine Hand und nickte.

»Pierre ist völlig ausreichend.« Er sah von Kylian zu Fleur und deutete mit dem Kinn hinter sich. »Kommt rein!«

Pierre führte sie durch einen engen Flur in ein kleines Büro. Ein schmales Fenster ließ nur wenig Tageslicht in den winzigen Raum, der bis unter die Decke mit Hunderten von Akten vollgestopft war.

»Bitte schaut euch nicht allzu genau um.« Pierre Dossin wedelte mit den Händen. »Ich bin seit Monaten auf der Suche nach größeren Räumlichkeiten.« Er schüttelte den Kopf. »Aber momentan ist Montpelliers Wohnungsmarkt eine reine Katastrophe.« Er sah sich um. »Moment.«

Während er das Zimmer verließ, wechselten Fleur und Kylian einen belustigten Blick.

»Er ist der Beste«, flüsterte Kylian beschwörend.

»Du darfst mich ruhig laut loben.« Pierre lachte, als er mit zwei Klappstühlen zurückkehrte. »Setzt euch.«

Nachdem sie seiner Aufforderung Folge geleistet hatten, zwängte er sich hinter ihnen durch und umrundete seinen Schreibtisch. Er setzte sich, zog sich einen Notizblock heran und sah sie abwechselnd an.

»Da wären wir also.« Er seufzte. »Dass ich das noch mal erleben darf. Der erfolgreiche Capitaine Plevantier bittet mich um Hilfe.« Seine Mundwinkel zuckten.

»Ich habe dir die Problematik geschildert«, entgegnete Kylian, bevor er den Stick aus seiner Tasche kramte. »Die Lage hat sich etwas geändert.« Er schob das Beweismittel über den Tisch.

Schweigend öffnete Pierre den Laptop vor sich und steckte den Stick in die Buchse. Nachdem er das Gespräch zwischen Rémy und dessen Mitarbeitern einige Minuten lang verfolgt hatte, sah er zu Fleur.

»Gute Arbeit!«

Sie wusste nichts zu erwidern, wandte sich hilfesuchend an Kylian.

»Warum geht ihr damit nicht direkt zu Démilliers?« Pierre lehnte sich in seinem ausladenden Schreibtischstuhl, der viel zu wuchtig für den kleinen Raum erschien, zurück.

»Ich habe mehrere Mitarbeiter verloren«, setzte Kylian zögernd an, während er Fleurs Blick mied. »Ich kann leider nicht ausschließen, dass Beauvolet einen Spitzel hat.«

Die Augen des Detektivs weiteten sich. »Du denkst, ein Vögelchen zwitschert ihm eure neuesten Ermittlungsansätze?«

Kylian zuckte mit den Achseln. »Ich traue es eigentlich keinem zu.«

»Eigentlich«, wiederholte Pierre gedehnt.

Kylians Worte hatten Fleur überrascht. »Meinst du wirklich, Rémy hat einen deiner Mitarbeiter bestochen?«

»Fleur, ich weiß es nicht«, bekannte er ernst. »Fakt ist, dass Yann aufgeflogen ist. Er war einer der besten und umsichtigsten Undercoverbeamten, den ich kannte. Von jetzt auf nachher hat ihm dein Mann eine Falle gestellt. Kurz zuvor war Yann noch absolut zuversichtlich, dass er Beauvolet bald an den Ei… bald würde überführen können. Woher kam dieser plötzliche Rückschlag? Yann war …« Er schien zu überlegen. »Ich kann mir einfach nicht vorstellen, dass er sich selbst enttarnt hat, dass ihm ein solch gravierender Fehler unterlaufen ist. Er war … richtig gut.«

»Wie willst du herausfinden, wer der Maulwurf ist?«, wollte Pierre von ihm wissen.

»Ich habe keine Ahnung«, gab Kylian zurück und hielt inne. »Diese Aufnahme … kann vor Gericht nicht verwendet werden.«

»Das ist klar«, erwiderte Pierre. »Aber ihr könnt ihn aufgrund des Gesprächs trotzdem vorladen und vernehmen. Jeder Staatsanwalt würde euch unterstützen. Dieses Gespräch ist Beauvolets erster Schritt Richtung Gefängnis.«

Kylian blickte zu Fleur. Sie sah fragend zurück, da sie spürte, dass etwas nicht stimmte.

»Fleur hat zwei Kinder«, setzte er stockend an. »Wenn sie gegen ihren Mann aussagt, setzt sie sich und die Mädchen einem nicht kalkulierbaren Risiko aus.«

»Ich verstehe nicht ganz …« Pierre musterte Kylian. »Beauvolet wird doch seinen eigenen Kindern nichts antun.« Nun suchte er Fleurs Blick. »Oder etwa doch? Trauen Sie ihm das wirklich zu?«

»Océane …«, begann sie leise. »Also, meine jüngere Tochter ist nicht Rémys Kind.«

Der Detektiv blickte zu Kylian zurück, als er begriff. »Du hast ein Kind?« Er begann zu lächeln. »Warum hast du nie etwas gesagt?«

»Er weiß es erst seit heute.« Fleur knetete ihre Hände.

Der Detektiv stieß einen kurzen Pfiff aus. »Ich verstehe. Schätze, da habt ihr noch einiges an Redebedarf vor euch. Aber Ihr Mann weiß, dass das Kind, dass Océane nicht von ihm ist?«

Sie nickte.

»Heißt das, du überlegst, ihn laufen zu lassen?« Pierre Dossins Blick wurde eindringlicher.

»Ich habe mich noch nicht entschieden.« Kylian fuhr sich durch sein Haar. »Aber Beauvolets Netzwerk …« Er schnaufte. »Wie sollen die drei in Frieden leben, wenn dieses Arschloch seine Leute auf sie ansetzt? Die Mädchen sind vier und zehn Jahre alt.«

»Zeugenschutzprogramm«, entgegnete Pierre, doch seine Antwort klang nicht überzeugt.

»Du weißt, dass es keinen hundertprozentigen Schutz gibt«, erklärte Kylian ruhig. »Insbesondere, wenn ich nicht sicher bin, ob …« Er brach ab und seufzte.

»Ob du deinen Kollegen trauen kannst.« Pierre kratzte sich am Kinn. »Schöne Scheiße!«

»Du sagst es.«

Fleur fühlte sich schuldig. »Es tut mir leid.«

Die Männer sahen sie irritiert an.

»Du kannst nichts dafür«, ergriff Kylian zuerst das Wort. »Wir finden eine Lösung.«

»Wenn man jedem Arschloch ansähe, dass es eines ist, wäre die Welt eine weitaus bessere«, ergänzte Pierre mit einem Nicken. »Sie hatten sich eben in den Falschen verliebt.« Er sah sie vieldeutig an. »Aber wie ich merke, haben Sie Ihren Fehler doch korrigiert.«

Kylian streckte seine Hand aus und umfasste ihre Finger. »Ich habe noch eine andere Idee.« Er blickte von Fleur zu Pierre. »Dafür bräuchte ich allerdings deine Hilfe.« Er zog eine Grimasse. »Und du stündest möglicherweise vor dem größten Fang deiner Karriere.«

Pierre zog seine Brauen hoch. »Dann sprich! Ich bin ganz Ohr.«

72

Océane jauchzte, als das Wasser aufspritzte. Virginie trat erneut mit einem Fuß in den Fluss.

Lynelle lächelte. Die Mädchen waren abgelenkt und hatten ihren Spaß. Ihre Mission war geglückt. Während sie aus dem Augenwinkel beobachtete, wie die beiden über die Kiesel balancierten, wanderten ihre Gedanken zurück zu ihrem Sohn. Was genau war nur geschehen? Als er ihr die Mutter der Mädchen vorgestellt hatte, war Lynelle sofort klar gewesen, dass sie nicht nur eine gewöhnliche Zeugin war. Die Blicke, die Kylian vor seiner Mutter zu verbergen versuchte, die mit Spannung aufgeheizte Stimmung zwischen den beiden, als sie ihnen die Macarons gebracht hatte. Nein, Lynelle konnte ihr Junge nichts vormachen. Wieder musterte sie das jüngere der Mädchen. Es schien ihr, als blicke sie in das Kindergesicht ihres Sohnes. Wusste er es? So blind konnte er doch nicht sein.

Océane hatte Lynelle erzählt, dass sie vier Jahre alt sei. Das bedeutete, dass die Beziehung zwischen Kylian und Fleur schon lange andauerte, ohne dass er Lynelle je von ihr erzählt hatte. Da die Mädchen mehrfach von ihrem Vater gesprochen hatten, war sich Lynelle sicher, dass die beiden nichts von der heimlichen Affäre ihrer Mutter ahnten. Was für eine verfahrene Situation! Es war offensichtlich, dass Kylian diese Frau liebte. Ob sie sich scheiden lassen wollte? Doch warum musste sie sich dann in Lynelles Ferienhaus verschanzen? Sie streckte einen Fuß aus und genoss die Kälte des Wassers, das augenblicklich ihre Zehen umspülte.

»Möchtet ihr etwas essen?« Amüsiert verfolgte sie, wie die Mädchen Steine aufhoben und in hohem Bogen ins Wasser warfen, um kurz darauf vergnügt aufzuschreien, wenn die Tropfen sie trafen.

»Gleich«, gab Virginie lachend zurück, während sie ihre Schwester sanft schubste.

Lynelles Handy klingelte. Sie kannte die Nummer auf dem Display nicht. »Rossier.«

»Maman, ich bin's.«

»Kylian! Was ist das für eine Nummer, von der du mich anrufst?«

Kurzes Zögern. »Das erkläre ich dir morgen.«

»Morgen?« Sie fasste an ihre Stirn. »Gibt es Probleme?«

Sie hörte ihren Sohn am anderen Ende der Leitung schnaufen. Fleur murmelte etwas im Hintergrund, das Lynelle nicht verstand.

»Ja, gleich.«

»Was meinst du?« Sie zog ihren Fuß aus dem Wasser zurück.

»Nichts, entschuldige, ich habe mit Fleur gesprochen. Hör zu, Maman. Es ist wichtig. Ich weiß, dass ich dich damit überfalle, aber …«

»Junge, was ist los? Rück schon raus mit der Sprache«, ermutigte sie ihn leicht genervt. Dieses Drumherumgerede war ja nicht auszuhalten.

»Könntest du über Nacht bei den Mädchen bleiben? Ich weiß, dass es sehr kurzfristig ist.«

Lynelle lächelte in sich hinein. »Ihr wollt in Montpellier übernachten?«

Wieder Schweigen. »Wir müssen ... Ich benötige einige ... Dinge. Die bekomme ich aber erst morgen früh von einem guten Bekannten. Und Fleur und ich müssen dringend ...«

»Schon gut, Kylian«, erlöste sie ihn von seinem Gestammel. »Ihr könnt mir alles erklären, wenn ihr zurück seid. Natürlich bleibe ich bei den Mädchen.«

Océane versuchte sich gerade am Bau eines Staudamms.

»Du bist eine große Hilfe, Maman. Geht es den beiden gut? Fleur macht sich ein wenig Sorgen.«

Wieder lächelte sie. »Sag deiner Fleur, dass ihre Mädchen gerade den Spaß ihres Lebens haben. Wir sind am Hérault. Ich sitze auf einem Stein und schaue auf das plätschernde Wasser, Océane und Virginie vergnügen sich im Fluss.«

»Sie ist nicht meine ...«

»Kylian, ich bin deine Mutter.« Lynelles Blick wanderte zu den Felsen, die sich auf der anderen Flussseite fast senkrecht in den Himmel erhoben. »Ich freue mich für dich.«

»Dir kann ich wohl nichts vormachen.«

Sie konnte das Grinsen in seiner Stimme hören. »Das musst du auch nicht. Dafür sind wir Mütter doch da.«

»Danke, Maman. Du bist die Beste. Wir melden uns, sobald wir ...«

»Alles gut, Kylian. Habt einen schönen Abend ... und nutzt die Zeit.«

»Maman!«

Sie lachte und beendete das Telefonat. Was führte Kylian im Schilde? Lynelle hoffte inständig, dass er sich nicht in Gefahr brächte. Natürlich, er war Polizist, und ihr war bewusst, dass er immer wieder an vorderster Front agierte. Bisher waren seine Einsätze jedoch immer glimpflich abgelaufen. Bis auf ein Mal. Vor drei Jahren war er bei einer Überwachungsaktion angeschossen worden. Die Narbe an seinem rechten Schulterblatt würde ihn bis an sein Lebensende an den Einsatz erinnern, der damals auf so katastrophale Weise schiefgelaufen war. Und obwohl sie den Gedanken daran hasste, dass er sich wieder und wieder in Gefahr begab, war sie furchtbar stolz auf ihn.

Wie unsicher und eingeschüchtert war er gewesen, als sie ihm das erste Mal begegnet war! Ein kleiner Junge, der nie die Liebe seiner Eltern erfahren hatte. Für den es selbstverständlich gewesen war, sich für alles zu rechtfertigen, was er in den ersten Tagen in ihrem Haus getan hatte. »Lynelle, ich muss kurz auf Toilette. Ich hoffe, das ist in Ordnung?« – »Ich habe Hunger. Ist es möglich, dass ich mir einen Apfel aus dem Korb nehme?« – »Meine Schuhe sind schmutzig. Soll ich sie vor der Tür stehen lassen? Ich bin leider in eine Pfütze getreten.«

Sie seufzte. Es hatte Wochen gedauert, bis er sich bei ihr daheim gefühlt hatte. Bis er, ohne zu fragen, an den Kühlschrank und ins Bad gegangen war. Bis er sie nicht mehr über jeden seiner Schritte genaustens unterrichtet hatte. Ja, und dann, Jahre später, war er an falsche Freunde geraten, die ihn beinahe von seinem Weg abgebracht hätten. Lynelle schüttelte den Kopf. Doch sie hatte es geschafft. Aus dem schmächtigen, schüchternen Jungen war ein stattlicher Mann geworden, der mit beiden Beinen im Leben stand und sich stets für die Schwächeren, die Benachteiligten einsetzte. Noch heute gingen ihm die Schicksale der Opfer, die ihm im Laufe seiner Ermittlungen immer wieder begegneten, nahe. Auch wenn er es äußerlich nicht zeigte, wusste Lynelle, dass er die Verwundbarkeit aus seiner Kindheit nie ganz abgelegt hatte. Seine traurige Vergangenheit hatte ihn zu dem gemacht, was er heute war.

Wenn Lynelle ihn anschaute, sah sie einen aufrechten Mann voller Prinzipien. Kylian war schon immer seiner eigenen Linie gefolgt. Die Erfahrungen aus seiner frühsten Kindheit sowie Lynelles Fürsorge hatten ihn geprägt und gestärkt. Ja, sie war sehr stolz auf ihn.

Als sie zu den Mädchen blickte, musste sie lächeln. Und nun war er selbst Vater. Sie freute sich für ihn. Was auch immer die beiden Lynelle morgen erzählten, sie würde sie unterstützen. Eine schwache Vorahnung suggerierte ihr, dass Kylian mit seiner Aktion aus seinem Job ausscherte. Lynelle war nicht dumm. Wenn die Familie offiziell unter dem Schutz der Police Nationale stünde, würden mindestens zwei Beamte die drei bewachen. Sie würden in einem sicheren Haus der Polizei unterkommen und nicht in einem Ferienhaus, das nicht einmal eine Alarmanlage besaß. Und gewiss hätte Kylian nicht seine eigene Mutter gebeten, sich um die Kinder der Zeugin zu kümmern. Nein, sie war sich sicher, dass ihr Sohn nicht im Auftrag seiner Vorgesetzten handelte. Und doch wusste sie, dass er auf jeden Fall sehr gute Gründe für sein Handeln hatte. Sie vertraute ihm. Niemals würde er etwas unternehmen, was die Menschen, die ihm am Herzen lagen, in Gefahr brächte.

»Lynelle, wir haben Hunger.« Virginie und Océane stürmten auf sie zu und ließen sich im nächsten Moment neben sie auf das Kiesbett fallen.

»Wie wäre es mit Baguette und etwas Käse?«

»Hast du auch diese leckeren Macarons eingepackt?«, rief Océane mit ihrer glockenhellen Stimme.

Lynelle lachte. »Natürlich. Aber erst essen wir etwas Handfestes. Macarons sind nur ein … Dessert. Wir wollen doch nicht, dass mir eure Mutter aufs Dach steigt, weil ich mich nicht ordentlich gekümmert habe.«

Während die Mädchen sich Stücke von dem Baguette abbrachen, wanderten Lynelles Gedanken zu ihrem Sohn zurück. Welchen Plan verfolgte er? Und von welchen Dingen hatte er gesprochen, die er erst morgen bekäme?

73

»Ich soll dir von meiner Mutter ausrichten, dass sie mit den Mädchen am Fluss sitzt und die beiden den Spaß ihres Lebens haben.«

Fleur drehte sich um, nachdem sie sekundenlang aus dem bodentiefen Fenster des Hotelzimmers gestarrt hatte. »Sie ist toll!«

Kylian nickte. »Ja, das ist sie.«

»Ich kann mich an meine Mutter gar nicht mehr erinnern«, merkte Fleur an, während sie die einfachen, aber gepflegten hellen Holzmöbel musterte.

Kylian trat neben sie. »Geht es dir gut?«

Fleur kämpfte gegen die aufsteigenden Tränen an.

»Du wirst frei sein.«

Sie blickte zu ihm auf. »Ich habe so viel Leid verursacht. Corinne, Justine, und jetzt willst du …«

Er berührte sie sanft an ihren Schultern. »Fleur, es ist meine Entscheidung.«

»Du bist ein so guter Polizist.«

Er nickte grinsend. »Ja, das bin ich. Und deshalb werde ich auch zukünftig als Polizist arbeiten.«

»Ich habe Angst«, bekannte sie angespannt. »Die Mädchen brauchen ein sicheres Umfeld, sie benötigen …«

»Fleur«, unterbrach er sie geduldig. »Océane ist auch meine Tochter. Vertraust du mir, wenn ich dir sage, dass ich niemals zulassen würde, dass ihr oder ihrer Schwester …«, er streichelte ihre Wange, »… oder ihrer Mutter etwas zustößt?«

Die Wärme und Zuversicht in seiner Stimme ließen ihr Herz schneller schlagen. »Denkst du wirklich, wir haben eine Chance?« Sie kam sich hilflos vor, wie ein kleines Mädchen, das um die Antwort rang, die es so dringend brauchte, um Kraft zum Weitermachen schöpfen zu können.

Er nickte, während er ihr Gesicht in beide Hände nahm. »Ich spüre, dass da etwas zwischen uns ist, das wir nicht ignorieren können.«

Er fing ihren Blick auf mit diesem unglaublichen Blau, das Fleur zum wiederholten Mal an die geheimnisvollen Tiefen des Ozeans erinnerte. »Spürst du es auch?«

Wie konnte sie verleugnen, was sie fünf Jahre lang voller Sehnsucht ertragen hatte? Kylian hatte ihr gefehlt. Seit ihrer ersten Begegnung war kein Tag vergangen, an dem sie nicht an ihn gedacht hatte.

»Fleur, spürst du es auch?«, wiederholte er seine Frage.

Sie kapitulierte. »Ja«, hauchte sie kraftlos. »Ja, ich … ich habe dich bis heute nicht vergessen.« Sie hob eine Hand und strich ihm durchs Haar. »Tausende Male habe ich mir vorgestellt, wie ein Leben an deiner Seite aussähe. Wie es sich anfühlen würde, morgens neben dem Mann zu erwachen, den ich liebe. Der mir seit fünf Jahren nicht mehr aus dem Kopf geht. Nach dem ich mich so sehr sehne, dass es fast körperlich schmerzt.«

»Fleur …«, setzte er sichtlich überrascht an, doch sie unterbrach ihn mit einer Handbewegung.

»Ich habe auf dich verzichtet, weil ich dich schützen wollte. Ich war mir sicher, dass Rémy dich umbringt, wenn er herausfindet, was zwischen uns war.« Sie stockte. »Was zwischen uns ist. Seit dem Tag, an dem ich dir auf dem Revier begegnet bin, weiß ich, dass ich einen großen Fehler gemacht habe. Ich hätte keinen Tag länger bei ihm bleiben dürfen. Ich … ich hasse ihn. Noch nie in meinem Leben habe ich einen Mann derart verabscheut, wie Rémy mir zuwider ist. Ich lag nachts wach und habe mir ausgemalt, wie es wäre, mit dir und den Mädchen zusammen zu sein. Ich war … so unglaublich verzweifelt.«

»Fleur«, setzte Kylian erneut an. »Meine süße Fleur!« Er schlang seine Arme um sie und zog sie an sich. Minutenlang hielten sie einander fest wie zwei Ertrinkende, die sich mit letzter Kraft gegen den drohenden Untergang wehren wollten. »Für mich ist eine Welt zusammengebrochen, als du meine Anrufe nicht mehr beantwortet hast. Als du das Handy abgeschaltet hast. Es fühlte sich an, als sei alles, was zwischen uns geschehen ist, nicht wirklich gewesen. Nicht real. Als habe es sich um eine Träumerei gehandelt«, murmelte Kylian an ihrem Ohr. »Ich habe gezweifelt, gehadert, habe mich immer wieder gefragt, was ich falsch gemacht habe.« Er schob sie ein Stück von sich weg und sah ihr fest in die Augen. »So etwas wie mit dir habe ich nie zuvor empfunden.«

Fleurs Körper erzitterte. Wie hatte sie nur so lange zögern können? Jedes seiner Worte klang ehrlich und entwaffnend. Bei Kylian gab es keinen doppelten Boden, keine Heimlichtuereien, keine

Lügen. »Ich weiß nicht, wie es mit den Mädchen und mir weitergehen wird.«

Er küsste sie ganz zart, fast zurückhaltend. »Das ist nicht wichtig, Fleur.« Er nahm ihre Hand und legte sie auf seine linke Brust. »Nur das zählt. Alles andere wird sich finden.«

»Ich habe dich belogen«, setzte sie erneut an.

»Weil du Angst hattest und mich schützen wolltest.«

»Du verzeihst mir?«

»Ich habe dir schon einmal gesagt, dass es nichts zu verzeihen gibt. Ich bitte dich nur um eins: Schick mich nicht weg. Lass mich für Océane da sein. Und wenn du es wirklich willst, auch für Virginie und dich.«

Fleur konnte die Tränen nicht länger zurückhalten. »Bitte halte mich einfach nur fest!«

Er leistete ihrer Bitte Folge und zog sie erneut an sich. »Wenn du es nicht möchtest, lass ich dich nie mehr los.«

Wie hatte sie nur all die Jahre so schwach sein können? Sie wollte kein Opfer mehr sein. Sie wollte ihr Leben zurück, wollte lachen, wollte lieben, wollte Freude ohne Reue empfinden. Während die Tränen über ihre Wangen rannen, wuchs ihr Entschluss, sich ihrem Schicksal entgegenzustemmen. Ihrem Herzen zu folgen, ihre Existenz selbst zu gestalten, keine Marionette mehr zu sein, ihrer Sehnsucht nachzugeben. Als ihre Tränen versiegten, sah sie auf und musterte Kylians Gesicht.

»Du hast vor Kurzem gesagt, die Frage sei nicht, ob wir der Anziehung zwischen uns nachgäben, sondern wann.«

Er nickte. »Ich erinnere mich.« Seine Stimme klang belegt.

Weiterer Worte bedurfte es zwischen ihnen nicht. Fleur trat einen Schritt zurück und knöpfte langsam ihre Bluse auf, während sie Kylians Blick erwiderte. Sie streifte den Stoff über ihre Schulter und reckte ihr Kinn nach vorn.

»Er hat dich …« Kylian räusperte sich.

»Was er getan hat, ist nicht mehr wichtig. Er kann mich nicht mehr verletzen. In diesem Raum, in diesem Hotelzimmer gibt es nur dich und mich.« Sie öffnete den Knopf ihres Rocks. »Niemand sonst, Kylian. Nur dich und mich.«

»Ich möchte dir nicht wehtun.« Er streckte eine Hand aus und fuhr über ihr Schlüsselbein, über ihren BH.

»Du kannst mir nicht wehtun, weil du …« Sie musste es aussprechen. Wenn sie die Worte laut sagte, würde sie sie endlich akzeptieren können. »Weil du mich liebst.«

Sein Blick verschleierte sich. »Ich liebe dich, seit ich dich das erste Mal in meinen Armen gehalten habe.«

»Ich weiß«, gab sie zu. »Ich war so … feige.«

»Was ist mit dir?«

Sie trat auf ihn zu, während sie ihren Rock nach unten gleiten ließ. »Ich liebe dich auch«, raunte sie in sein Ohr. »Schlaf mit mir.«

»Er hat dich …«

Sie merkte ihm seine tiefe Unsicherheit an. »Das ist egal, Kylian. Er wird es nie wieder tun können.« Sie fuhr mit ihrer Hand unter sein T-Shirt. »Schlaf mit mir.«

Er umfasste ihre Hüften und zog sie an sich. Ja, er wollte sie auch. Jede Faser seines Körpers signalisierte Fleur, dass er sie genauso begehrte wie sie ihn. Ungeduldig nestelte sie am Knopf seiner Jeans herum, während er sich das T-Shirt über den Kopf zog.

»Willst du mich?«, lockte sie ihn.

»Mehr als alles andere auf dieser Welt«, presste er schwer atmend hervor.

»Dann nimm es dir.«

Sie biss ihm spielerisch in die Wange, bevor ihre Lippen sich fanden und zu einem sehnsuchtsvollen Kuss vereinten. Das Gefühl seiner Haut auf ihrer ließ sämtliche Dämme in ihr brechen. Endlich! Wie sehr hatte sie sich nach diesem Moment verzehrt. Sie wollte ihn spüren, wollte ihn schmecken, ihn riechen, wollte ihn in sich aufnehmen. Viel zu viel Zeit war vergangen. Sie fühlte seine Muskeln unter ihren Fingern, fuhr seinen festen Bauch entlang, wollte jeden Quadratzentimeter seiner Haut erkunden. Kylians Hände wanderten über ihre Schenkel, ihre Sinne wirbelten durcheinander. Fleur wusste nicht mehr, wo ihr Körper endete und seiner begann. Sie näherten sich an, um sich im nächsten Augenblick wieder voneinander zu lösen, um ihre Begierde aufeinander weiter zu steigern. Um ihr erneutes Näherkommen, so lange es nur ging, auszukosten. Kylians Hände schienen sich überall gleichzeitig zu befinden. Fleurs Körper spannte sich immer weiter an. Wie hatte sie nur diese Intensität der Gefühle, die nur er in ihr auszulösen vermochte, derart lange verdrängen können? Zwischen ihnen hatte sich nichts geändert. Es schien, als seien ihre Körper einzig dazu gemacht, einander zu beglücken und zu verwöhnen.

»Lass mich nicht mehr warten«, keuchte sie atemlos, während ihr Verstand aussetzte.

Fleur lechzte nach Erlösung. Sie wollte Kylian ganz in sich spüren, wollte noch mehr Leidenschaft, noch mehr Sinnlichkeit in ihm entfachen. Einen Moment lang hielt er inne, bevor er sich vorsichtig auf sie rollte und ihr gab, wonach sie verlangte. Ein lustvolles Stöhnen entfuhr ihrer Kehle. Sie konnte nicht mehr denken, wollte nur noch spüren und empfinden, wollte nur noch erleben, wie ihre Körper gemeinsam immer höher stiegen und sich in sich selbst verloren.

74

Während Kylians Blick über Fleurs schlafendes Gesicht wanderte, überschlugen sich seine Gedanken geradezu. Noch immer konnte er kaum glauben, was in den letzten Stunden geschehen war. Was Fleur ihm offenbart hatte. Das zarte Gesicht seiner Tochter erschien vor seinem geistigen Auge. Er hatte ein Kind! Sein Herz drohte fast an seinem neu gewonnenen Glück zu zerspringen.

Am liebsten würde er seine Hand ausstrecken und über Fleurs seidige Haut streichen. Doch ihr friedlicher Gesichtsausdruck signalisierte ihm, dass sie fest schlief. Nach den Strapazen und Ereignissen der letzten Tage benötigte sie die Ruhe dringend. Er versuchte, seine Sehnsucht zu zügeln. Wie weich sie sich angefühlt hatte, wie anschmiegsam und liebevoll sie sich ihm letzte Nacht gezeigt hatte. Er unterdrückte ein Seufzen. Fleur war genauso zärtlich, wie er sie in Erinnerung gehabt hatte. Und sie liebte ihn. Das hatte sie ihm mehrfach gesagt. Genau wie er sie liebte. Für Kylian war es undenkbar geworden, die Frau, die neben ihm auf dem Kissen lag, jemals gehen zu lassen. Er wollte sie. Er wollte sie, ihre Töchter, seine Tochter, berichtigte er sich, während er ein schwaches Grinsen nicht unterdrücken konnte, ja, sogar den Ha… das Kaninchen wollte er nicht mehr missen.

Die letzten Tage hatten Gefühle in ihm geweckt, die er sich niemals hätte vorstellen können. Es gab keine Alternative zu seinem Plan. Fleur und die Mädchen hatten ein Recht darauf, ihr Leben in Frieden und Sicherheit gestalten zu können. Eine Zukunft, die einer jahrzehntelangen Flucht gleichkäme, war keine Option. Nein, er sehnte sich danach, mit Fleur und den Mädchen neu anzufangen. Bei null. Ohne Altlasten, ohne ständigen Blick über die Schulter. Sein Plan war einfach, aber effektiv. Und er ging davon aus, dass Beauvolet sich darauf einlassen würde. Während er seinen Gedanken nachhing, bewegte sich Fleur leicht. Ihre Hand rutschte nach oben, sie atmete aus und blinzelte.

»Bonjour, schöne Frau!« Ihre grünen Augen blickten ihn voller Wärme an. Er beugte sich vor und küsste sie sanft auf die Lippen. »Hm, darauf warte ich seit … Stunden.« Er lächelte.

Ihr Gesicht nahm einen fragenden Ausdruck an. »Wie lange bist du schon wach? Wie spät ist es?«

»Keine Sorge, es ist noch früh. Ich … ich konnte nur nicht mehr schlafen.« Er streckte eine Hand aus und fuhr über ihre samtweiche Wange. »Ich habe dich angesehen.«

Ihre Mundwinkel zuckten. »Ich kann es noch gar nicht glauben.«

»Wir haben schon viel zu viel Zeit verschwendet.« Er zog sie an sich.

Sie nickte bekümmert. »Ich hätte …«

Kylian schüttelte den Kopf. »Nein. Das ist Vergangenheit. Was zählt, ist die Gegenwart und unsere Zukunft.«

Fleur schloss kurz ihre Augen. »Unsere Zukunft«, wiederholte sie leise. »Das klingt … wunderschön.«

»Finde ich auch«, stimmte er ihr zu. »Vertraust du mir?«

Sie nickte. »Ja, ich vertraue dir wie niemandem sonst in meinem Leben.«

»Wir bekommen das hin«, erklärte er mit ernster Stimme. »Wir suchen uns einen tollen Ort, wo wir uns wohlfühlen, wo wir arbeiten und wo die Mädchen neue Freunde treffen können.«

»Ich sehne mich nach Normalität, nach Ruhe, nach …« Fleur brach ab.

»Nach mir?«, hakte er lächelnd nach.

Im nächsten Moment spürte er ihre Hand an seinem Bauch. »Vor allem nach dir«, hauchte sie, bevor sie sich dichter an ihn drängte. »Haben wir noch etwas Zeit?«

Kylian atmete tief ein, als er ihre Finger an seinem Unterleib spürte. »Alle Zeit der Welt.«

Zwei Stunden später saßen sie im Büro von Pierre Dossin und warteten. Der Detektiv hatte Kylian besorgt, worum er ihn gebeten hatte. Als er den winzigen Raum wieder betrat, hielt er einen kleinen Karton in der rechten Hand.

»Das Beste, was es momentan auf dem Markt gibt.« Er umrundete seinen Schreibtisch und ließ sich auf den Stuhl sinken. Den Karton legte er auf der Platte ab und schob ihn Kylian hin. »Sogar das FBI arbeitet damit.«

»Das FBI?« Fleur zog die Brauen hoch.

Pierre nickte. »War nicht ganz einfach, es über Nacht zu besorgen, aber …« Er machte eine unbestimmte Handbewegung.

»Du denkst, das könnte funktionieren?« Kylian sah seinen ehemaligen Kollegen fragend an.

Der Detektiv zuckte mit den Schultern. »Warum nicht? Für Beauvolet steht viel auf dem Spiel. Ich bin ihm nie begegnet, aber was man so hört …« Er blickte entschuldigend zu Fleur. »Dieser Mann scheint sich selbst der Nächste zu sein. Ich denke, er kapiert sehr schnell, was ihm blüht.«

»Er ist ein Egoist«, bestätigte Fleur. »Der schlimmste, der mir je über den Weg gelaufen ist.« Sie senkte ihren Kopf.

»Kylian ist der Beste. Mit ihm an Ihrer Seite müssen Sie keine Angst haben«, erklärte Pierre mit Nachdruck.

»Du musst nicht …«

»Ich weiß, dass er der Beste ist«, fiel ihm Fleur mit fester Stimme ins Wort, während sie nach seiner linken Hand griff.

»Ich freue mich für euch«, merkte der Detektiv lächelnd an, während sein Blick zwischen Fleur und Kylian hin- und herwanderte. »Viel Glück!«

»Ich melde mich, wenn wir so weit sind«, entgegnete Kylian grimmig.

Nachdem sie Montpellier verlassen hatten, konnte Kylian förmlich spüren, wie Fleur sich wieder entspannte.

»Was willst du deiner Mutter sagen?«, durchbrach sie wenig später die Stille.

»Die Wahrheit«, antwortete er ernst. »Sie weiß, dass …« Er grinste schief. »Ich glaube, sie ahnt, was zwischen uns ist.«

»Sie ist Oma«, bemerkte Fleur mit einem Augenzwinkern.

»Sie ist Oma, und sie wird es lieben«, ergänzte Kylian. »Sie liebt Kinder. Schon vor mir hatte sie einige Pflegekinder, um die sie sich gekümmert hat.«

»Aber dich hat sie adoptiert.« Fleur legte den Kopf zurück.

»Ja, mich hat sie adoptiert«, wiederholte Kylian wehmütig. »Ich glaube, sie hat schon damals gespürt, dass ich mich nach einer echten Familie gesehnt habe.« Er streckte seine Hand aus und umfasste Fleurs Finger.

»Eine bemerkenswerte Frau.«

»Ich weiß«, bekannte Kylian nachdenklich. »Meine Mutter hat mich gerettet. Ohne sie säße ich mit Sicherheit jetzt nicht hier.«

Fleur sah ihn von der Seite an. »Du sitzt hier, weil du klare Grundsätze hast. Weil du auf der richtigen Seite stehst. Weil du dich für Gerechtigkeit einsetzt. Weil du du bist.«

Er warf ihr einen kurzen Blick zu. »Danke.«

Fleur winkte ab. »Dafür nicht.«

»Ich kann dir gar nicht sagen, wie sehr du mir gefehlt hast«, rutschte es ihm heraus, bevor er über seine Worte nachdenken konnte. »Und ich …« Er zögerte. »Ich lasse dich nicht mehr gehen.« Er sah sie an. »Nie mehr, hörst du?«

Fleur strich über seine Finger. »Wir haben so unglaublich viel Zeit verloren.«

»Nein«, widersprach er nachdrücklich. »Das möchte ich nicht hören. Was zählt, ist dieser Moment.«

Sie nickte.

Kylian hatte den Eindruck, sie wolle etwas erwidern. »Was hast du?«

»Du willst es wirklich durchziehen?« Ihre Stimme zitterte.

»Ich war mir noch nie in meinem Leben sicherer bei etwas.« Er konzentrierte sich weiter auf die Fahrbahn, während er ihren Zwiespalt spürte. »Fleur, wir schaffen das. Du, die Kinder und ich.«

»Er ist der leibhaftige Teufel.«

Wut stieg in ihm auf. Dieser Dreckskerl hatte es geschafft, aus Fleur ein nervliches Wrack zu machen. »Der dir nichts mehr antun kann.«

»Du würdest alles aufgeben«, fuhr sie fort.

»Weil ich dich liebe«, erklärte Kylian mit fester Stimme. »Und weil ich so viel mehr gewinne.«

75

Während Rémy seine Hose hochzog, streifte sein Blick Camilles schmalen Nacken. Der Reiz war verschwunden. Er wandte sich ab, während Plevantiers Spitzel ihr Kleid richtete. Als sie sich ihm nähern wollte, hob er abwehrend seine Hände.

»Lass es!«

»Was ist?« Die attraktive Schwarzhaarige schürzte ihre Lippen. »Habe ich etwas falsch gemacht? Ich hatte den Eindruck, dass du …«

»Lass es«, fiel er ihr ungehalten ins Wort. »Ich möchte, dass du einen meiner Mitarbeiter später bei seiner Tour begleitest.«

Er musterte ihr Gesicht, ließ seinen Blick über ihre weibliche Figur wandern. Nein, er brauchte sie nicht mehr. Die sexuelle Faszination, die anfangs von ihr ausgegangen war, hatte sich in dem Moment aufgelöst, als er über ihre wahren Motive informiert worden war.

»Was für eine Tour?« Ihre Stimme klang misstrauisch.

Rémy verzog keine Miene. »Du solltest einige meiner Häuser kennenlernen.« Er konnte förmlich sehen, wie der besorgte Ausdruck aus ihrem Gesicht verschwand. Wenn sie wüsste … »Geh jetzt an die Arbeit, ich habe gleich noch einen Termin.«

Er bemühte sich nicht um Nettigkeit. Es hatte Rémy noch nie interessiert, welchen Eindruck er bei anderen Menschen hinterließ. Er war Camilles überdrüssig geworden, daher hatte er keinerlei Verwendung mehr für sie. Frauen gab es wie Sand am Meer. Und mit ein wenig Schmeichelei und den nötigen Lockmitteln hatte ihm noch keine widerstehen können.

Nachdem Camille sein Büro verlassen hatte, steckte Rémy die Hände in die Hosentaschen und stellte sich ans Fenster. Jetzt konnte er nur hoffen, dass Jean-Luc endlich die erlösende Nachricht überbrachte. Rémys Geduld war erschöpft. Noch immer lief seine Frau unbehelligt irgendwo da draußen herum, und er hatte weiterhin keine Ahnung, was sie wusste und inwiefern sie ihm gefährlich werden konnte. Er fluchte stumm.

Als es im nächsten Moment an seiner Tür klopfte, drehte er sich um und fuhr sich durchs Haar.

»Ja?«

Jean-Luc trat ein. Schon an seinem Gesichtsausdruck konnte

Rémy erkennen, dass Fleur ihnen noch immer nicht ins Netz gegangen war.

»Wo ist sie?«, blaffte er seinen Mitarbeiter an.

Jean-Luc holte tief Luft. »Plevantiers Mutter hat ein Ferienhaus am Hérault, in der Nähe ihres Wohnorts.«

Rémy horchte auf.

»Laut dem Belegungskalender auf diversen Vermietungsseiten steht das Haus zurzeit leer.« Jean-Luc trat auf ihn zu. »Wir finden sie, Rémy.«

»Könnten sie dort untergekommen sein?« Rémy kratzte sich am Kinn. »Ist dieser Idiot wirklich so blöd, seine privaten Verbindungen zu nutzen?«

»Es wäre zumindest eine Möglichkeit«, bekräftigte Jean-Luc ernst.

Rémy nickte. »Es wäre eine Möglichkeit«, wiederholte er nachdenklich. »Bevor wir uns darum kümmern, habe ich aber noch eine andere Aufgabe für dich.« Wieder erschien Camilles Gesicht vor seinem geistigen Auge.

»Ich bin ganz Ohr.« Jean-Luc grinste schief.

»Camille«, erklärte Rémy und blickte seinem Mitarbeiter fest in die Augen.

»Die scharfe Dunkelhaarige?« Jean-Luc schien es nicht glauben zu können. »Aber …«

»Sie schnüffelt für Plevantier.«

Sein Mitarbeiter riss die Augen auf. »Das gibt's doch nicht. Schreckt der vor gar nichts mehr zurück?«

Rémy packte Jean-Lucs rechten Unterarm. »Verstehst du jetzt, warum wir Fleur unbedingt … finden müssen? Dieser verfluchte Bulle befindet sich auf einem persönlichen Rachefeldzug gegen mich. Wer weiß, wie viele Spitzel sich noch in meiner Nähe befinden.« Sein Blick wurde eindringlicher.

Jean-Lucs Augen weiteten sich unmerklich. »Nein, Chef. Das denkst du nicht wirklich? Wie lange kennen wir uns schon?«

»Er hat nie versucht, dich zu kontaktieren?«

Die Idee war Rémy eben erst gekommen. Obwohl er für Jean-Luc fast die Hand ins Feuer legen würde, aber eben nur fast, war ihm bewusst, dass jeder Mensch seinen Preis hatte.

»Nein, nie!«, erwiderte Jean-Luc bestimmt. »Ansonsten hätte ich dich darüber unterrichtet.« Er seufzte. »Würdest du mir das tatsächlich zutrauen?«

Rémy wandte sich ab. »Ich würde jedem grundsätzlich alles zutrauen.«

»Was kann ich tun, um dich …«

Rémy hob seine Hand. »Schon gut. Wenn ich dir nicht vertrauen würde, wem dann?« Er zögerte. »Camille denkt, du zeigst ihr einige der Hotels.«

»Gibt es irgendetwas zu beachten?« Jetzt klang Jean-Luc wieder ganz geschäftsmäßig.

Rémy verzog seine Mundwinkel. »Schnell und effektiv. Mach keine große Sache daraus.«

»Schade drum«, entgegnete Jean-Luc bedauernd. »Aber dass sie ein falsches Spiel spielt …« Er schnalzte mit der Zunge. »Hätte sie sich vorher überlegen sollen.«

»Melde dich, wenn es erledigt ist«, wies Rémy ihn an, um ihm zu signalisieren, dass das Gespräch beendet war.

Als er wieder allein war, nahm er Fleurs Foto von seinem Schreibtisch auf und fuhr mit einer Hand über die Glasfläche.

»Lässt du dich in Plevantiers Ferienhaus von ihm ficken? Verfluchte Schlampe.« Hass stieg in ihm auf. Er durfte sich gar nicht vorstellen, wie Virginie sich fühlen musste. Nein, er musste seine Tochter zurückholen. Was mit Fleurs Bastard passierte, war ihm hingegen egal. Entschlossen griff er zum Telefon und wählte. Als am anderen Ende abgehoben wurde, kam er direkt zur Sache. »Wo sind sie?«

Schnaufen. »Ich hatte Ihnen bereits gesagt, dass wir es nicht wissen.«

Er schloss kurz die Augen. »Bemüht ihr euch überhaupt, sie zu finden? Wie ist es möglich, dass sich einer eurer Oberbullen mit einer wichtigen Zeugin und deren Kindern absetzt, ohne dass ihr etwas davon mitbekommt?« Er konnte seinen Frust kaum noch unterdrücken.

»Das hatten wir doch alles schon. Ich kann momentan an der Situation nichts ändern.«

»Das sollten Sie aber.« Rémy krümmte die Finger seiner freien Hand. »Ansonsten …«

»Hören Sie. Sie können mir drohen, wie Sie wollen. Wenn Sie mich auffliegen lassen, hilft Ihnen das auch nicht weiter. Wir wissen nicht, wo sie sind. Punkt.«

Rémy meinte, seinen Ohren nicht zu trauen. Schnappten jetzt alle über?

»Ich muss auflegen, wir haben gleich eine Besprechung.«

Ohne ein weiteres Wort wurde das Gespräch unterbrochen. Ungläubig blickte Rémy auf das Telefon in seiner Hand. Was war hier eigentlich los? All die Jahre hatte er sein Leben, seine Geschäfte, seine Familie doch unter Kontrolle gehabt. Was war geschehen, dass ihn plötzlich das Gefühl überkam, ihm entgleite alles? Eine Empfindung, die er in dieser Form nicht kannte. Daher wusste er auch nicht, wie er damit umgehen sollte. Hatte er einen Fehler gemacht? Hätte er die Zügel schon viel früher straffer anziehen müssen?

Er hatte die Vorzeichen ignoriert, dieses Versäumnis musste er sich eingestehen. Aber Fehler waren dazu da, ausgebügelt zu werden. Und er wäre nicht Rémy Beauvolet, wenn er den Kopf in den Sand stecken und die anrollende Katastrophe einfach ignorieren würde. Bisher war es stets so gewesen, dass er am Ende als lachender Sieger aus seinen Zweikämpfen hervorgegangen war. Und auch diesmal würde er sich nicht unterkriegen lassen. Weder Fleur noch das Bullenschwein würden seinen Rachefeldzug überleben. Und wenn er die beiden samt ihrer Brut bis ans Ende der Welt jagen müsste. Wer sich gegen ihn stellte, hatte jegliches Recht auf Gnade verspielt. Rémy hatte es schon mit ganz anderen Gegnern aufgenommen. Konkurrenten, die meinten, sein Netzwerk unterlaufen zu müssen, Mitarbeiter, deren Gier zu übermächtig geworden war. Nein, er würde sich nicht an den Karren fahren lassen. Weder von einem hergelaufenen Möchtegern-Model noch von einem völlig unfähigen Polizeibeamten, der sich für den Retter ebenjener Schlampe hielt.

Sollten sie es nur versuchen! Er war bereit, bis zum Äußersten zu gehen. Der Mord an einem Kind schreckte Rémy nicht ab. Ganz im Gegenteil, das Balg war das beste Druckmittel, das er sich überhaupt vorstellen konnte, um die zwei in Schach zu halten.

76

»Maman!«

Als Fleur vor dem Ferienhaus aus dem Wagen stieg, stürmte Océane bereits aus der Tür und eilte auf sie zu. Die kleinen Ärmchen schlangen sich besitzergreifend um ihre Oberschenkel, und Fleurs Herz machte einen kleinen Hüpfer. Über das Fahrzeug hinweg warf sie Kylian einen verschwörerischen Blick zu. Er zwinkerte belustigt. Sie hatte ihn gebeten, die Offenbarung, dass er Océanes Vater war, nach hinten zu verschieben. Beiden Mädchen machte die ungewohnte Situation immer noch erheblich zu schaffen. Bevor sie nicht ein wenig zur Ruhe gekommen waren, wollte Fleur ihnen keine weiteren Gefühlswirrungen zumuten. Und dass Rémy nicht Océanes Vater war, würde sowohl ihre jüngere als auch ihre ältere Tochter mit Sicherheit völlig aus der Bahn werfen.

»Ich habe dich so vermisst«, flüsterte Océane an ihren Beinen.

Fleur ging in die Hocke und umarmte sie. »Ich habe dich auch vermisst. Aber jetzt bin ich wieder da. Und bleibe auch bei euch.« Sie musterte das erhitzte Gesicht. »Wie war es mit Lynelle?«

»Toll«, begeisterte sich Océane. »Wir haben ein Picknick gemacht. Und gestern Abend hat sie uns eine Geschichte von einem Zauberer vorgelesen. Die war so spannend.«

Als Fleur sich wieder aufrichtete, erblickte sie Kylians Mutter mit Virginie. »Das muss ja ein sehr schöner Tag gewesen sein.« Sie suchte den Blick ihrer Älteren. »Alles okay, Virginie?«

Lynelle legte Fleurs Tochter eine Hand auf die Schulter. »Wir sind sehr gut miteinander ausgekommen. Oder was meint ihr?« Sie lächelte.

Virginie nickte.

»Komm her«, forderte Fleur sie auf und winkte sie zu sich heran. Zögernden Schrittes ging Virginie auf sie zu. Während Fleur Océane an der einen Hand hielt, legte sie deren Schwester einen Arm um die Taille und zog sie ebenfalls an sich. »Ich bin froh, dass ich wieder bei euch bin.«

»Hast du mit Papa geredet?« Virginie sah sie erwartungsvoll an.

Fleur zuckte zusammen. »Wie kommst du darauf, dass ich Papa getroffen habe?«

Virginie zuckte mit den Achseln. »Ich dachte nur. Ihr wart doch in Montpellier, oder?«

Fleur nickte. »Ja, wir waren in Montpellier. Aber … du erinnerst dich, was ich dir vor Kurzem erzählt habe?«

Ihre Tochter schwieg.

»Kommt doch erst mal rein«, mischte sich Lynelle hinter ihnen ins Gespräch. »Wir haben einen Kuchen gebacken, eine Tarte au Citron.«

Océane nickte eifrig mit dem Kopf. »Und ich durfte den Teig rühren.«

Fleur sah ihre Töchter an. »Na, bei euch war ja mächtig was los.« Während sie ins Haus gingen, bedankte Fleur sich bei Lynelle Rossier. »Sie scheinen alles richtig gemacht zu haben.«

»Wollen wir uns nicht duzen?« Die Ältere streckte Fleur eine Hand hin.

»Gern. Ich bin Fleur«, erwiderte sie, während sie Kylians Blick auf sich spürte.

»Wie war euer Ausflug?«

»Dürfen wir aufs Trampolin, Maman?« Océane und Virginie hielten sich an den Händen und sahen abwartend zu den Erwachsenen.

»Klar.«

Nachdem die Mädchen aus dem Wohnzimmer gestürmt waren, wandte sich Lynelle an Fleur und Kylian.

»Also?«

»Setzen wir uns doch«, schlug Kylian mit ernster Stimme vor.

»Das klingt nicht gut.« Seine Mutter rückte sich einen Stuhl zurecht und folgte seinem Vorschlag.

Nachdem sie Platz genommen hatten, herrschte einige Sekunden Schweigen. Fleur suchte unsicher Kylians Blick, woraufhin er ihr ein aufmunterndes Lächeln schenkte. Er fasste über den Tisch und griff nach ihrer Hand.

Lynelle begann zu lächeln. »Dachte ich es mir doch.«

»Es gibt noch weitere Neuigkeiten.« Kylian grinste. »Du bist Oma.«

Die Augen der Älteren weiteten sich. Fragend sah sie zur Terrassentür.

»Océane«, beantwortete Fleur ihr die unausgesprochene Frage.

»Nein«, hauchte Lynelle verzückt. »Das ist …« Ihre Stimme versagte. Sie legte ihre Hände aneinander und starrte auf die Tischplatte.

»Ich habe es selbst erst gestern erfahren«, erklärte Kylian, während er Fleurs Hand streichelte. »Und kann es noch immer nicht glauben.«

»Die Augen.« Lynelle nickte versonnen. »Gestern am Fluss dachte ich schon …« Sie atmete tief aus. »Aber dass ich mit meiner Vermutung wirklich richtiglag.« Sie nahm die freie Hand ihres Sohnes. »Ich freue mich für dich.«

Kylian zögerte. »Das ist aber noch nicht alles, Maman.«

Lynelle sah von ihm zu Fleur. »Das klingt weniger gut.«

Er schloss kurz die Augen, bevor er seiner Mutter erzählte, warum Fleur auf der Flucht vor ihrem Mann war. Von Rémys Übergriffen auf sie sagte er nichts, wofür Fleur ihm mehr als dankbar war.

Lynelle reagierte sichtlich geschockt. Als Kylian mit seinen Ausführungen endete, strich sie Fleur über den rechten Oberarm. »Das tut mir sehr leid.«

»Danke, aber ich bin selbst schuld«, flüsterte sie traurig.

»So solltest du nicht reden«, widersprach Kylians Mutter. »Du warst jung und konntest nicht wissen, mit wem du dich da eingelassen hast.«

»Vielleicht wollte ich es auch nicht wissen«, korrigierte Fleur. »Ich habe viel zu lange die Augen verschlossen.«

»Aber jetzt bist du hier«, erwiderte Lynelle zuversichtlich. »Du warst sehr mutig.« Dann wandte sie sich an ihren Sohn. »Was willst du nun tun?«

Mit wenigen Worten präsentierte er seiner Mutter den Plan, den er mit Fleur in den letzten Stunden wieder und wieder besprochen hatte.

»Es gibt keine Alternative.« Er hielt inne. »Zumindest keine, die den dreien absolute Sicherheit gewährleisten würde.«

»Was ist mit deinem Papa?«, wollte Lynelle von Fleur wissen.

»Kylian meinte, wir holen ihn zu uns in die Nähe, sobald wir …« Ihre Stimme versagte. Sie wandte den Kopf und sah zu ihren Töchtern, die jauchzend auf dem Trampolin herumsprangen. Was würde die Zukunft für sie bereithalten?

»Du weißt, dass ich immer zu dir stehe.« Lynelle musterte das Gesicht ihres Sohns. »Egal, was du tust. Egal, wohin dein Weg dich führt.«

»Ich weiß, Maman. Und dafür bin ich dir unendlich dankbar.«

Fleur vernahm in seiner Stimme eine Mischung aus Dankbarkeit und Liebe. Sie musste an letzte Nacht denken, an seine liebevollen Berührungen, an die Hoffnung und die Zuversicht, die zwischen ihnen geherrscht hatte, während sie sich geliebt hatten. Kylian war der zuvorkommendste und zärtlichste Mann, dem sie je begegnet war. Und er liebte sie, so wie sie ihn liebte. Das Opfer, das er für sie zu erbringen bereit war, war kaum zu überbieten.

»Und wir bräuchten deine Hilfe«, fuhr Kylian nun fort. »Du kannst doch ganz gut nähen?«

Lynelle runzelte die Stirn. »Nähen?«

Er lächelte schwach. »Es soll kein Kunstwerk werden, aber da Fleur und ich uns … mit ihrem Mann treffen werden, wärst du die Person im Hintergrund, die die alles entscheidende Rolle spielt.«

»Jetzt machst du mich aber neugierig.« Sie umfasste Fleurs Hand und drückte sie. »Kylian wird auf euch aufpassen.«

»Ich weiß«, erklärte Fleur und erwiderte das Lächeln. »Aber ich habe trotzdem Angst.«

»Angst ist nichts Schlechtes.«

»Wir schaffen das. Pierre ist doch ebenfalls mit im Boot. Es kann gar nichts schiefgehen.« Kylian blickte von Fleur zu seiner Mutter. »Wichtig ist nur, dass jeder genau weiß, was er zu tun hat.« Er beugte sich vor und begann, seiner Mutter den Plan zu erläutern.

77

Seit zwei Stunden saß Kylian an seinem Laptop und durchforstete die verschiedenen Ordner des USB-Sticks, die Fleur vom Computer ihres Mannes kopiert hatte. Kylian war noch nie besonders firm gewesen, wenn es um digitale Dateien ging. Die Arbeit war mühsam und erschöpfte ihn zunehmend. Da sie gemeinsam mit seiner Mutter beschlossen hatten, diesem Albtraum so schnell wie möglich ein Ende zu setzen, war es unabdingbar, dass er sich vor ihrem Treffen mit Beauvolet ein umfassendes Bild von den vorliegenden Beweisen machte. Frustriert überflog er die Notizen, die er sich im Laufe des Nachmittags aufgeschrieben hatte.

Nachdem seine Mutter nach Hause gefahren war, war Fleur mit den Mädchen in den Garten gegangen, um mit dem Kaninchen zu spielen.

Kylian wandte seinen Kopf und sah nach draußen. Océane sprang lachend auf dem Trampolin herum, Fleur saß mit ihrer älteren Tochter in der Lounge und redete leise auf sie ein. Kylian war klar, dass ein langer Weg vor ihnen lag. Die Mädchen benötigten schnellstmöglich ein sicheres Umfeld, Alltag, sie mussten in Schule und Kindergarten zurückkehren. Ihr Entschluss, die Dinge nicht länger aufzuschieben, erschien ihm noch immer vernünftig. In einer Woche würde sich die Lage schließlich nicht anders darstellen. Fleur musste sich aus Beauvolets Einflussbereich lösen. Die ungewisse Situation zerrte an ihren Nerven. Während er sie betrachtete, beschleunigte sich sein Puls. Wie oft hatte er sich in den letzten Jahren vorgestellt, wie es sich anfühlen würde, sie endlich wieder in seinen Armen halten zu können?

Für einen Moment schloss er die Augen, da er meinte, sein Herz würde zerspringen. Sie liebte ihn. Dass er seine Kollegen, seine Heimat, womöglich sogar seinen Job aufgeben musste, um endlich mit Fleur zusammen sein zu können, löste einen Hauch von Wehmut in ihm aus. Doch es gab keine Alternative. Er wollte sie kein zweites Mal verlieren. Eine Zukunft mit Fleur und … seiner Tochter … Er holte tief Luft. Hatte er nicht immer von einer eigenen Familie geträumt? Seit Fleur ihn vor fünf Jahren abserviert hatte, hatten sich seine Träume, seine Hoffnungen zerschlagen.

Damals war für ihn eine Welt zusammengebrochen. Nie zuvor hatte er sich einer Frau auf solch magische und wundervolle Weise nahe gefühlt. Sie hatten sich ohne Worte verstanden. Beide hatten in frühester Kindheit schmerzliche Verluste erlitten. Wenn sie es bei ihren heimlichen Treffen geschafft hatten, die Umstände auszublenden, hatten sie immer wieder gespürt, dass ihre Vertrautheit, ihre Nähe, ihre gegenseitige Faszination etwas ganz Besonderes darstellte. Nein, Kylian konnte sich in diesem Moment nicht annähernd vorstellen, Fleur allein mit ihren Kindern in eine ungewisse Zukunft gehen zu lassen. Er wollte bei ihr sein, bei ihnen. Er wollte sie Tag und Nacht um sich haben, wollte mit ihnen lachen, mit ihnen weinen, wollte Fleur bei ihrem Neuanfang zur Seite stehen und ihr und den Mädchen eine Schulter zum Anlehnen bieten. Er war sich sicher, dass sie es schaffen würden, wenn sie …

Er seufzte. Wenn der morgige Tag so laufen würde, wie sie es geplant hatten. Beauvolet war unberechenbar. Kylian konnte nur schwer einschätzen, wie er reagieren würde, wenn er erkannte, dass er in die Ecke gedrängt wurde.

Er schüttelte den Kopf und riss sich aus seinen Grübeleien. Er musste endlich vorankommen. Es lagen noch fünf nicht gesichtete Ordner vor ihm. Widerwillig klickte er auf einen davon und verfolgte, wie sich mehrere Dokumente mit verschiedenen Dateien vor ihm öffneten. Nachdem Kylian die Unterlagen überflogen hatte, entschied er, dass sie von geringer Brisanz waren. Diverse Rechnungen Beauvolets Hotels betreffend, eine Bilanz, die eines der Casinos betraf, sowie ein Schreiben vom Finanzamt.

Er klickte den nächsten Ordner an und erhob sich, um sich ein Glas Wasser zu holen. Als er an den Esstisch zurückkehrte und sein Blick wieder auf den Monitor fiel, hielt er in seiner Bewegung inne. Kylian beugte sich vor und kniff die Augen zusammen. Das war doch nicht möglich! Wie in Trance ließ er sich wieder auf seinen Stuhl sinken und klickte mit zitternden Fingern auf den Unterordner mit dem Namen seiner Vorgesetzten. Als sich unzählige Fotos öffneten, zuckte er erschrocken zurück. Das durfte nicht wahr sein. Ein kalter Schauer durchlief seinen Körper. Auf allen Bildern war Rashida Démilliers nackt zu sehen, zwischen ihren Beinen der Hinterkopf einer Blondine. Kylian schnaufte. Er konnte es nicht glauben. Obwohl er schon seit Tagen vermutet hatte, dass es in seinem näheren Umfeld einen Maulwurf geben musste, traf ihn der Schock, dass es sich dabei ganz offensichtlich um seine direkte Vorgesetzte handelte, mit voller Wucht. Démilliers hatte algerische Wurzeln, ihre Eltern waren mit ihr nach Frankreich gekommen, als sie noch ein kleines Kind war. Auch ihr Mann war arabischstämmig. Eine Veröffentlichung der kompromittierenden Bilder würde nicht nur ihre berufliche Karriere zerstören, auch ihre Ehe wäre mit hoher Wahrscheinlichkeit Geschichte, und ihr familiäres, von einem muslimischen Weltbild geprägtes Umfeld würde sich von ihr abwenden.

Wut ballte sich in seinem Magen zusammen. Yann hatte nie eine Chance gehabt. Nicht der Undercoverbeamte hatte sich durch eine unbedachte Handlung selbst enttarnt, es war Démilliers gewesen, die ihren eigenen Mitarbeiter durch ihren Verrat dem sicheren Tod geweiht hatte. Kylian musste an seine Auseinandersetzung mit ihr denken. Ihre Bestrebungen, Beauvolet endlich zu überführen, der Druck, den sie auf Kylian ausgeübt hatte, die Ermittlungen voranzutreiben. War das alles eine Lüge? Er fasste sich an die Stirn und überlegte. Dann holte er sein Handy hervor und wählte Mathis' Nummer. Seine Mitarbeiter mussten dringend von den neuesten Erkenntnissen erfahren. Démilliers durfte keine weiteren Informationen mehr bekommen. Er dankte Gott, dass er sich nicht dazu hatte hinreißen lassen, seinen Leuten seinen Aufenthaltsort zu verraten.

»Caustache«, ertönte Sébastiens Stimme kurz darauf.

Kylian zögerte, dann meldete er sich.

»Kylian, endlich!«, platzte es aus Sébastien heraus.

»Was ist denn los? Wo ist Mathis?«

»Mathis ist im Krankenhaus«, erklärte Sébastien atemlos.

Kylian verstand gar nichts mehr. Seine Gedanken überschlugen sich. Was war während seiner Abwesenheit geschehen? Er sammelte sich.

»Hör mir jetzt gut zu, Sébastien.« Wieder fiel sein Blick auf die entwürdigenden Nacktfotos. »Ist Démilliers in deiner Nähe?«

»Sie sitzt in ihrem Büro«, erwiderte Sébastien gedehnt. »Ihre Tür steht offen«, setzte er leise nach. »Und meine auch. Warum fragst du?«

»Bitte schließ deine Tür«, wies Kylian ihn an, während er sich um Ruhe bemühte.

»Ist erledigt«, meldete sich Sébastien im nächsten Moment wieder.

»Was ist mit Mathis?«, wollte Kylian von ihm wissen.

»Mit ihm ist nichts, aber diese Frau, Camille Martin, die bei Beauvolet …«

»Was ist mit ihr?«, unterbrach ihn Kylian ungeduldig.

»Sie wurde angeschossen«, erklärte sein Mitarbeiter hörbar aufgewühlt. »So wie es aussieht, hätte sie regelrecht hingerichtet werden sollen.«

Wie Yann, schoss es Kylian durch den Kopf, doch er zügelte seine Wut.

»Sie wurde mit einem Kopfschuss gefunden, hat aber wie durch ein Wunder überlebt«, fuhr Sébastien fort. »Als wir am Tatort ankamen, ist Mathis bei ihrem Anblick fast zusammengebrochen. Er scheint sie …«

»Er mag sie«, fiel ihm Kylian ins Wort. »Wie sieht es aus?«

»Sehr ernst«, gab sein Mitarbeiter zurück. »Die Ärzte haben ihm nicht viel Hoffnung gemacht.«

»Scheiße!«, entfuhr es Kylian.

»Warum soll Démilliers nichts von unserem Gespräch mitbekommen?«

»Sie ist Beauvolets Maulwurf«, offenbarte Kylian, während er draußen Océanes Lachen vernahm. Fast erschien es ihm wie ein Hohn, dass die Mädchen draußen unbeschwert herumtollten, während Camille Martin um ihr Leben kämpfte. Er berichtete Sébastien von dem USB-Stick und den darauf enthaltenen Informationen.

»Ich weiß nicht, was ich sagen soll«, bemerkte sein Mitarbeiter im Anschluss. »Die Chefin war doch stets so erpicht darauf, diesen Drecksack endlich dranzubekommen.« Er machte eine Pause. »Ich verstehe es nicht. Yann könnte noch leben. Und die Kollegin aus dem Zeugenschutzprogramm …«

»Corinne«, ergänzte Kylian. »Ich möchte, dass du Mathis über alles informierst, was ich dir erzählt habe. Démilliers darf nichts davon mitbekommen. Um sie kümmere ich mich selbst.« Er umriss kurz seinen morgigen Plan.

»Mist, Kylian. Brauchst du Hilfe?«, bot sich sein Mitarbeiter sofort an.

»Ich denke, wir schaffen das allein. Aber ein ehemaliger Kollege von uns, Pierre Dossin, könnte in nicht allzu ferner Zukunft möglicherweise auf euch zukommen. Zumindest hoffe ich das«, schloss Kylian und klickte auf den nächsten Ordner.

»Das ist nicht der Ausgang, den ich mir gewünscht hätte«, bekannte Sébastien leise.

»Ich auch nicht. Aber Fleur wird niemals in Frieden leben können, wenn sie sich auf einen aufwendigen Gerichtsprozess gegen ihren Mann einlässt.«

»Fleur?«

Kylian konnte Sébastiens Lächeln heraushören. »Ich habe mir meine Entscheidung nicht leicht gemacht.«

»Das denke ich mir. Trotzdem habe ich überaus gern für dich gearbeitet. Du wirst uns fehlen.«

78

Der erlösende Anruf kam um halb zwei. Jean-Luc hatte seinen Auftrag erledigt. Wenigstens etwas, das nach Plan lief.

Noch immer nagte es an Rémys Selbstbewusstsein, dass die rassige Schönheit sich aus völlig inakzeptablen Motiven mit ihm eingelassen hatte. Aus ihnen hätte seines Erachtens mehr werden können. Sofort stoppte er sein Gedankenkarussell. Seine zweite Fehleinschätzung. Was war nur mit ihm los? Seine sonst so verlässliche Menschenkenntnis hatte ihn ein weiteres Mal im Stich gelassen. Er musste vorsichtiger werden. Seine Gegner schienen sich neu zu formieren. Noch wusste Rémy nicht, was sich über ihm zusammenbraute, doch die dunkle Ahnung, die ihn schon vor Tagen beschlichen hatte, hatte sich intensiviert. Er spürte, dass er die Situation viel zu lange unterschätzt hatte.

Doch so viel er auch grübelte, er fand keinen Ausweg. Seine Frau musste sterben. Aber wie sollte er sich darum kümmern, wenn er nach wie vor keine Ahnung hatte, wo sie mit dem Bullenschwein und seiner Tochter untergetaucht war? War das Ferienhaus, das Jean-Luc erwähnt hatte, die Lösung?

Als sein Telefon erneut klingelte, warf er einen genervten Blick aufs Display. Unterdrückte Nummer. Rémy zögerte einen Moment, doch seine Neugier siegte. »Ja!« Er versuchte gar nicht erst, seine schlechte Laune zu verbergen. Es knackte am anderen Ende der Leitung. Rémy krallte seine Finger fester um den Hörer.

»Hallo?« Als er Sekunden später seine eigene Stimme sowie die von Jean-Luc und Fréderic hörte, beschleunigte sich sein Puls. Angespannt lauschte er der Tonbandaufnahme, während er innerlich fluchte.

»Ich mochte ihn wirklich. Aber unter diesen Umständen gibt es natürlich keine andere Option. Wir müssen ihn beseitigen.«

Rémy schloss die Augen. »Wer ist da?« Tief in seinem Inneren kannte er die Antwort längst.

»Ich bin es«, meldete sich seine Frau mit kühler Stimme.

Eine Gänsehaut überzog seinen Körper. Diese verfluchte Schlampe!

»Was willst du?«

»Die Scheidung«, erklärte sie kurz angebunden. »Und mein Leben. Es sind genug Menschen gestorben, Rémy. Ich möchte, dass du mich und die Kinder in Ruhe lässt. Dass du nicht nach uns suchst, dass wir in Frieden leben können.«

Fast hätte er aufgelacht. Sie war ja noch naiver, als er angenommen hatte. »Und wenn nicht?«

»Dann wird diese Aufzeichnung, die du gerade gehört hast und in der du den Mord an Yann Sauvillon in Auftrag gibst, mitsamt allen anderen Dateien, die sich auf *meinem* USB-Stick befinden, auf direktem Weg an die Staatsanwaltschaft geschickt.«

»Du bluffst!«, brauste er auf, bevor er sich beherrschen konnte.

Ein bitteres Lachen klang auf. »Warum sollte ich?«

»Die Aufnahme hätte vor Gericht keinen Bestand«, versuchte er, Kaltschnäuzigkeit vorzutäuschen.

»Wenn du dir so sicher bist, kannst du es ja darauf ankommen lassen.« Sie machte eine Pause. »Aber es gibt noch weitere Daten, die dich belasten. Beweise zu Erpressungen, doppelte Buchführung, Steuerhinterziehung …« Wieder lachte sie. »Soll ich die Liste fortführen?«

Er konnte seinen auflodernden Hass kaum noch beherrschen. Diese verdammte Schnepfe hatte ihn an den Eiern. Wie war sie an all die Informationen gelangt? Wer hatte ihn und seine Mitarbeiter belauscht? Fleur traute er diese Unverfrorenheit auf keinen Fall zu. Ihr Stecher? Er bemühte sich krampfhaft, seine Emotionen auszublenden.

»Wie lautet dein Vorschlag?« Rémy ärgerte sich über das Beben in seiner Stimme. Nie zuvor hatte er sich derart hilflos und ausgeliefert gefühlt.

»Meine Freiheit und die der Kinder gegen deine Freiheit.« Rémy ballte seine freie Hand zu einer Faust und schloss die Augen. Er musste jetzt unbedingt einen kühlen Kopf bewahren.

»Niemals«, presste er mühsam hervor. »Was sagt dein Bullenfreund dazu?«

»Meine Freiheit und die der Kinder gegen deine Freiheit«, wiederholte Fleur ihre Worte von eben. »Eine klare Abmachung zwischen dir und mir.« Auf seine Bemerkung ging sie nicht ein.

Was sollte er tun? Selbst wenn die Aufnahme ohne sein Wissen angefertigt worden war, kein Staatsanwalt der Welt würde Rémys klare Anweisung seinen Mitarbeitern gegenüber, die nur allzu deutlich zu hören war, ignorieren können. Auch wenn die Aufzeichnung kein Beweismittel darstellte, gründliche Ermittlungen, möglicherweise Hausdurchsuchungen in seinen Hotels und Casinos und bei seinen Steuerberatern, Nachfragen beim Finanzamt und Rémys Banken wären unausweichlich. Er fluchte stumm.

»Wie stellst du dir das vor?« Er musste sich zügeln, um nicht loszubrüllen.

»Wir treffen uns ein letztes Mal«, setzte sie an. »Du bekommst die Möglichkeit, dich in Ruhe von deiner Tochter zu verabschieden.«

Bei ihren Worten schnürte sich Rémys Kehle zu.

»Allerdings hast du nur diese eine Chance«, fuhr seine Frau fort. »Du kommst allein und unbewaffnet. Wir halten dich unter Beobachtung. Sollten wir auch nur den kleinsten Hinweis darauf erhalten, dass du dich nicht an die Regeln hältst, geht der USB-Stick ohne Umweg an die Staatsanwaltschaft. Eine zweite Chance gibt es für dich nicht. Sobald die Maschinerie anrollt, wird sie nicht mehr aufzuhalten sein. Ich selbst werde zu diesem Zeitpunkt längst irgendwo im Ausland sitzen und nur zur Gerichtsverhandlung zurückkehren, um mich mit eigenen Augen davon zu überzeugen, dass man dich verurteilt und für immer einbuchtet.«

»Wer gibt mir die Garantie, dass du dich an die Abmachung

hältst?« Er konnte nicht glauben, dass er ihren Vorschlag überhaupt in Erwägung zog. Doch was blieb ihm anderes übrig?

»Mein Wort, Rémy.« Sie lachte. »Du hast mich wieder und wieder gedemütigt und erniedrigt. Hast mich betrogen und belogen, die Kinder in eine schreckliche Situation gebracht. Du hast mich verletzt und vergewaltigt. Allein dafür würdest du für Jahre in den Knast wandern.« Ihre Stimme klang eisig. »Eine andere Garantie bekommst du nicht.«

Er schluckte. »Wo und wann?«

»Du fährst morgen früh um elf von zu Hause los. Wie erwähnt halten wir dich unter Beobachtung. Sollten wir merken, dass du ein falsches Spiel spielst, wirst du nichts mehr von mir hören. Dann ist dein Geschäft Geschichte. Hältst du dich jedoch an die Regeln, melde ich mich gegen kurz nach halb zwölf und erkläre dir den restlichen Weg.« Sie beschrieb ihm, welche Straße er nehmen sollte. »Und denk daran: Du hast nur diese eine Chance!«

Ohne Verabschiedung legte sie auf.

Wie vom Donner gerührt, starrte Rémy auf den Hörer in seiner Hand. Das durfte nicht wahr sein! Wie hatte er sich so täuschen, sich derart vorführen lassen können? »Deine Freiheit gegen meine Freiheit.« Was glaubte sie eigentlich, wer sie war? »Du blöde Kuh«, knurrte er zornig und trat mit einem Fuß gegen seinen Schreibtisch. Seine unbändige Wut vernebelte jegliche anderen Gedanken. Was sollte er tun? Und was hatte sie damit gemeint, er werde beobachtet? Welche Rolle spielte dieses Arschloch Plevantier bei Fleurs Plan? Observierte ihn etwa die Polizei? Möglich.

Erschöpft ließ er sich auf seinen Stuhl sinken. Sie hatte so anders geklungen. Voller Selbstvertrauen, sicher, arrogant. Rémy wusste nicht mehr ein noch aus.

Er machte sich daran, Jean-Lucs Nummer zu wählen, und lauschte dem Tuten, bevor er die Verbindung unterbrach. Nein, er konnte seinen Mitarbeiter nicht mit hineinziehen. Erst musste er wissen, was hier gespielt wurde. Wie ernst Fleur es meinte und welche anderen Möglichkeiten Rémy hatte. Von welcher Erpressung hatte Fleur gesprochen? Er hatte im Laufe der Jahre mit sehr vielen Menschen, die ihm von Nutzen waren, individuelle »Vereinbarungen« getroffen. Welche Daten hatte seine Frau vorliegen?

Rémy klickte nacheinander auf die einzelnen Ordner auf dem Bildschirm und sah die Inhalte durch. Das meiste waren offizielle Unterlagen seiner Geschäfte, nichts Strafbares, harmlose Steuer- und Bankunterlagen. Wie hatte sie es überhaupt geschafft, an seinen Computer heranzukommen? Nachdem er sie in der Villa beim Schnüffeln erwischt und ihr nachdrücklich klargemacht hatte, was sie erwartete, wenn sie nicht mit ihm kooperierte, war er felsenfest davon ausgegangen, sie wieder unter Kontrolle zu haben. Diese katastrophale Fehleinschätzung konnte ihn jetzt alles kosten, was ihm wichtig war. Doch noch wollte er sich nicht damit abfinden.

79

»Sie schlafen«, verkündete Fleur, während sie auf die Terrasse trat.

Zwei Stunden lang hatten sie mit den Mädchen Memory gespielt, Virginie hatte sechsmal gewonnen, Océane viermal. Fleur und Kylian blieben weit abgeschlagen mit jeweils einem Sieg.

Als Fleur sich auf den Loungesessel setzen wollte, streckte Kylian eine Hand aus und bedeutete ihr, zu ihm zu kommen. Lächelnd schritt sie auf ihn zu und ließ sich auf seinen Schoß sinken. Er schlang einen Arm um ihre Taille, mit seiner freien Hand nahm er ihre Rechte und führte sie an seine Lippen.

»Klingt es angesichts der aktuellen Umstände unangebracht, wenn ich dir sage, dass ich sehr glücklich bin?« Seine blauen Augen sahen sie liebevoll an.

Fleur legte ihre linke Hand an seine Wange und schüttelte den Kopf. »Es klingt wunderschön.«

»Wie fühlst du dich?« Er hauchte ihr einen Kuss aufs Haar.

Sie zögerte. »Ich habe Angst.«

»Du denkst, er will uns hereinlegen?«

»Ich weiß es nicht«, bekannte sie leise. »Er ist … ein Monster, eine Bestie in Menschenform.« Sie dachte an das Telefonat. »Und er hasst mich zutiefst. Uns. Er hasst uns. Er hasst allein die Vorstellung, dass ich ohne ihn ein neues Leben beginnen könnte.«

»Er kann nichts daran ändern«, wandte Kylian ein.

»Ich bin mir nicht sicher, ob er das genauso sieht.« Fleur schmiegte ihren Kopf an seine Schulter. »Mit dir ist alles so einfach.«

Er lachte heiser. »Du nennst unsere Situation ›einfach‹?«

»Ich kann mich bei dir fallen lassen, kann mich geben, wie ich bin. Muss nicht jedes Wort, das du sagst, das ich antworte, auf die Goldwaage legen. Ich fühle mich nicht beobachtet, überwacht.«

»Es tut mir so leid.« Seine Stimme klang betrübt.

»Das muss es nicht«, wiegelte sie ab. »Ich bin … ich habe mich ja selbst in diese Situation hineinmanövriert.«

Einige Minuten lang herrschte einträchtiges Schweigen zwischen ihnen.

Die Dämmerung brach herein. Der Horizont über den Felsen färbte sich in ein zartes Orange. Die Steine flackerten wie züngelnde Flammen vor ihnen. Die ersten Grillen begannen ihr Abendlied.

Fleur schloss die Augen und versuchte, den morgigen Tag auszublenden. Sie konzentrierte sich auf Kylians Duft, auf die Wärme seines Körpers, auf seine Nähe, die ein sehnsüchtiges Kribbeln in ihrem Unterleib weckte.

»Ich kann es kaum erwarten, Océane die Wahrheit zu erzählen«, murmelte er kurz darauf an ihrem Ohr.

Fleur hob ihren Kopf, um ihn ansehen zu können. »Es tut mir so leid. Wenn ich vor fünf Jahren mutiger gewesen wäre …«

Kylian legte ihr einen Zeigefinger auf die Lippen. »Keine Wenns mehr. Jetzt sitzen wir hier. Und jetzt können wir uns neu entscheiden.«

»Wir ja«, erwiderte Fleur traurig, als sie an ihre tote Freundin denken musste. »Ich hoffe so sehr, dass die junge Frau überlebt, die ihr …«

»Camille«, unterbrach Kylian sie. »Ihr Name ist Camille.«

»Sie muss es schaffen.« Fleur strich sich eine Strähne aus der Stirn. »Für Corinne, für Justine und für all die anderen Opfer von Rémy.«

»Mein Mitarbeiter ist bei ihr. Dass sie die Operation überlebt hat, ist ein erster kleiner Hoffnungsschimmer.« Einer seiner Kollegen hatte ihm vor zwei Stunden von den aktuellen Geschehnissen berichtet.

Fleur konnte noch immer nicht fassen, dass es Kylians Vorgesetzte war, die Rémy die todbringenden Informationen übermittelt hatte.

»Hast du überhaupt keine Angst?« Sie musterte sein Gesicht. An seinem Kinn waren die ersten Stoppeln zu erkennen. Mit ihren Fingerkuppen fuhr sie sachte darüber.

Er verzog seine Lippen zu einem Lächeln. »Allein für diesen Augenblick hat sich jede Mühe, jede Angst dieser Welt gelohnt.«

»Du bist ein unverbesserlicher Romantiker«, scherzte sie, während sie ihn weiter betrachtete.

»Nur mit dir, Fleur.«

»Du bist dir deiner Sache so sicher.« Sie hauchte ihm einen Kuss auf die Lippen.

»Ich hatte fünf Jahre Zeit, darüber nachzudenken.«

»Du lässt sehr viel zurück.« Sie strich über seine Stirn.

»Aber ich gewinne so viel mehr«, widersprach er ernst. »Ich liebe dich, Fleur. Und ich hatte die Hoffnung schon fast aufgegeben, eine zweite Chance zu bekommen.«

Seine Worte ließen ihr Herz schneller schlagen. »Ich war so eine Idiotin!«

»Du bist die wundervollste Frau, die mir je begegnet ist«, widersprach Kylian. »Weißt du, wie oft ich mir in den letzten Jahren unsere Treffen wieder und wieder ins Gedächtnis gerufen habe? Wenn ich nur daran denke, wie du das erste Mal in meine Wohnung gekommen bist.« Er ließ seinen Blick über ihr Gesicht wandern. »Ich hatte es kaum glauben können.« Seine Miene verdüsterte sich. »Und wie oft habe ich mir vorgestellt, wie du bei ihm bist. Wie du mit ihm …«

»Nein«, fiel sie ihm bestimmt ins Wort. »Bitte sprich es nicht aus! Egal, was du dir vorgestellt hast, so war es nicht. Rémy hat mich nie geliebt. Er hat eine Frau gesucht, die seinem Leben eine bürgerliche Fassade verlieh.« Sie legte eine Hand auf ihr Herz. »Da drinnen hat es keine Sekunde so gebrannt wie jetzt. In diesem Augenblick.« Sie nahm Kylians Gesicht in ihre Hände. »Vergiss alles, was du dir ausgemalt hast. Es entspricht nicht der Realität.«

Er nickte langsam.

»Soll ich dir zeigen, was in meinem Herzen vorgeht?«, wisperte sie an seinem Ohr. Sie konnte ihm ansehen, dass er seine finsteren Gedanken noch nicht überwunden hatte.

Er seufzte.

»Ich verspreche dir, dass du es keinen einzigen Tag bereuen wirst, alles hinter dir gelassen zu haben«, erklärte sie leise.

»Das musst du nicht«, wiegelte Kylian ab. »Ich weiß, dass ich das Richtige tue. Es ist nur …« Seine Augen verengten sich. »Am liebsten würde ich ihn umbringen für das, was er dir …«

»Wie wäre es, wenn du deine Energie für positivere Aspekte des Lebens einsetzen würdest?«

Lächelnd veränderte Fleur ihre Position und rutschte rittlings auf Kylians Oberschenkel. Sie senkte ihre Lippen auf seine und umschlang seinen Nacken. Sein Griff wurde fester, sie merkte seine Hände an ihrem Rücken, ihrer Taille, ihren Hüften. Wie hatte sie je zweifeln können? Seine Berührungen, seine Liebkosungen, jede seiner Bewegungen lösten Gefühlswallungen in ihr aus, die sie in dieser Intensität lange nicht, womöglich sogar noch nie zuvor, erlebt hatte. Fleur wollte so viel mehr von ihm. Sie wollte eins mit ihm sein, wollte ihn fühlen, ihn riechen, ihn schmecken. Ein leises Stöhnen entwich ihren Lippen. Auch Kylians Atmung ging schwerer.

»Sollen wir reingehen?« Seine Augen blitzten im schwachen Licht des Mondes auf.

Fleur nickte stumm, bevor Kylian sich mit ihr erhob und sie ins Wohnzimmer trug. Mit einer sanften Bewegung legte er sie auf das Sofa.

»Bist du sicher, dass sie schlafen?« Grinsend deutete er zur Decke.

Sie verzog ihre Mundwinkel. »Ich hoffe es.«

Während sie Kylians Blick auf sich wahrnahm, knöpfte sie ihre Bluse auf. In seinen Augen sah sie die gleichen Empfindungen, die sie selbst verspürte. Er wollte sie. Und Fleur wollte ihn. Nicht nur jetzt, in dieser Sekunde, an diesem Ort. Sie fühlte sich ihm nahe wie lange niemandem mehr. Es war nicht nur sein Körper, den sie begehrte. Es war seine Seele, sein herzensgutes Wesen, seine liebevolle Art, die ihr Herz höherschlagen ließ. Sie wollte von ihm geliebt werden, mit jeder Faser seines Körpers, wollte ihn glücklich machen, wollte sich in ihm verlieren, ihm alles offenbaren, was er von ihr wissen musste. Wollte sich ihm zeigen, wie sie sich noch nie jemandem gezeigt hatte.

Ungeduldig nestelte sie am Reißverschluss seiner Jeans herum, während er ihren Oberkörper mit zarten Küssen benetzte. Als Fleur ihn endlich von seiner Hose befreit hatte, schob sie ihren Rock herunter und fasste nach Kylians Händen.

»Lieb mich, wie du mich noch nie geliebt hast.«

Seine Augen sahen sie fragend an.

»Zeig mir alles von dir«, bat sie ihn leise. »Alles.«

Als sie ihn spürte, trieb ihr seine Zärtlichkeit Tränen in die Augen. Es fühlte sich zu gut an, um wahr sein zu können. Während er sich in ihr bewegte, sah er ihr unentwegt in die Augen. Die Intensität zwischen ihnen schien grenzenlos.

»Fühlst du es?« Seine Stimme klang belegt.

Fleur nickte, da sie fürchtete, ihre Stimme könne sie im Stich lassen.

»Es wird nie anders sein zwischen uns«, erklärte er leise, während er seine Finger mit ihren verschlang und seine Bewegungen fordernder wurden.

Fleurs Emotionen drohten sie zu überwältigen. Sie fühlte sich wie auf einer hohen Welle, die sich immer weiter aufbaute und nicht brechen wollte. Als sie meinte, keine Steigerung mehr ertragen zu können, ließ sie los und gab sich ganz ihrer Leidenschaft hin.

80

Als Fleur am nächsten Morgen die Treppe herunterkam, konnte Kylian ein zufriedenes Lächeln nicht unterdrücken. Sie hatten die halbe Nacht auf der Couch verbracht, bis sie schließlich in sein Schlafzimmer gewechselt waren. Um kurz vor sechs hatte sich Fleur in ihren Raum geschlichen, da sie fürchtete, Océane könne wach werden und nach ihrer Mutter suchen. Nachdem er allein in seinem Bett gelegen hatte, war an Schlaf nicht mehr zu denken gewesen. Ihre Wärme, ihre Nähe und die stille Vertrautheit zwischen ihnen hatten ihm gefehlt. Er hatte sich unvollständig und zerrissen gefühlt. Doch natürlich konnten sie die Mädchen momentan nicht noch mit einem neuen Mann an der Seite ihrer Mutter belasten. Die beiden hatten in den letzten Tagen genug mitmachen müssen. Und doch sehnte Kylian den Moment herbei, in dem er seine Tochter endlich in seine Arme nehmen und ihr sagen konnte, wer er war und welch besondere Verbindung zwischen ihnen bestand.

»Bonjour.« Fleur stellte sich neben ihn und hauchte ihm einen Kuss auf die Lippen.

»Hm.«

Sie lachte. »Die Mädchen ziehen sich gerade an.«

»Du quälst mich.« Er schlang seinen Arm um ihre Taille und zog sie an sich. »Und du hast mir gefehlt.«

Fleur zog demonstrativ die Brauen hoch und blickte zur Uhr. »Es waren nur zwei Stunden.«

»Was hätte man in diesen zwei Stunden alles tun können?«, flüsterte er ihr ins Ohr und sog ihren Duft ein.

Fleurs Gesicht verzog sich. »Ich habe große Angst«, bekannte sie erneut.

Kylian gab sie frei und holte zwei Tassen aus dem Schrank. Dann goss er ihnen Kaffee ein. »Ich habe telefoniert.«

Fleur nahm eine Tasse und umfasste sie mit beiden Händen. »Und?«

»Camille hat die Nacht gut überstanden. Sie ist noch nicht bei

Bewusstsein, aber die Ärzte sind … vorsichtig optimistisch«, wiederholte er die Aussage von Sébastien. Mathis hatte die Klinik seit gestern nicht verlassen.

»Das ist gut«, stieß sie erleichtert aus und schloss kurz die Augen. »Das ist sehr gut.«

»Und Sébastien, also, mein Mitarbeiter …«, begann Kylian, während er Fleur eingehend betrachtete. »Er weiß von meinen … von unseren Plänen.«

»Das hast du mir gestern erzählt, ja.« Fleur runzelte die Stirn.

»Du weißt, dass wir hier schnell wegmüssen, wenn wir mit deinem Mann gesprochen haben.« Er nahm einen Schluck von seinem Kaffee, sah sie aber weiter unverwandt über den Tassenrand hinweg an.

»Wir hatten doch besprochen, dass wir uns spontan eine Unterkunft suchen.«

Er nickte. »Ja, das hatten wir. Sébastien hat mir aber vorhin angeboten, dass wir im Haus der Eltern von einem seiner Kumpel unterkommen könnten. Das Ferienhaus steht in den nächsten vier Wochen leer. Der Nachbar daneben verwaltet die Vermietung und könnte uns die Schlüssel geben.«

Fleur senkte den Kopf. »Wo?«

»Der Ort heißt Rouans und befindet sich westlich von Nantes.« Er wartete auf eine Reaktion.

»Westfrankreich«, murmelte sie hörbar erschüttert.

»Es ist nicht weit bis zum Atlantik«, erklärte er und fuhr sanft über ihren rechten Arm.

»Wie weit ist das von hier?« Sie sah wieder zu ihm auf.

»Etwa achthundert Kilometer.«

»Wäre das endgültig?«

Kylian schüttelte den Kopf. »Wie gesagt, das Haus steht vier Wochen leer. So lange könnten wir es anmieten und uns dort etwas umsehen. Wenn es uns nicht gefällt, suchen wir uns einen anderen Ort, eine andere Region.« Er zögerte. »Wir können nicht hierbleiben, Fleur.«

Sie nickte. »Ich weiß«, erwiderte sie leise. »Virginie muss dringend wieder in die Schule, Océane in den Kindergarten.«

»Wir schaffen das«, versicherte er ihr mit gedämpfter Stimme. »Es kommt doch darauf an, was wir daraus machen.«

Sie hob eine Hand und legte sie ihm an die Wange. »Ja, lass uns nach Rouans fahren.«

»Sicher?«

Sie schenkte ihm ein schwaches Lächeln. »Ganz sicher.«

»Ich liebe dich.« Er legte seine Hand auf ihre.

»Und ich liebe dich. Du hast recht. Der Ort ist nicht wichtig. Wichtig ist, dass wir zusammen sein können.«

»Maman«, ertönte Océanes helle Stimme von der Treppe her. »Ich habe einen Bärenhunger.«

Kylian und Fleur mussten lachen.

»Bärenhunger, ja?« Kylian stellte seine Tasse auf dem Esstisch ab. »Dann ist es ja gut, dass meine Mutter gleich mit einer Bärenportion Frühstück kommt.«

»Gibt es auch wieder Macarons?«

Die Kleine steuerte auf Fleur zu, die ihr einen Kuss aufs Haar hauchte. Dann blickte Océane zu Kylian.

»Können wir später wieder an den Fluss gehen?«

Er ging in die Hocke und winkte sie zu sich. Sie konnte ihre Neugierde kaum verbergen und näherte sich ihm. »Wir machen später eine kleine Reise.«

Océane wandte ihren Kopf und sah zu ihrer Mutter zurück. »Eine Reise?«

»Ich komme auch mit«, beruhigte Fleur sie.

»Ja, eine Reise«, bekräftigte Kylian. »Und wenn wir morgen Zeit haben, können wir von unserer neuen Unterkunft an den Atlantik fahren. Der liegt dort nämlich ganz in der Nähe.«

»An den Atlantik«, wiederholte Océane mit glänzenden Augen. »Aber Fluffy muss auch mit«, erklärte sie mit entschlossener Stimme.

»Selbstverständlich kommt sie mit«, bestätigte Kylian, während er über Océanes Kopf einen kurzen Blick mit Fleur wechselte. »Und ihr Spielplatz, den wir ihr gebaut haben, auch.«

»Wir packen nach dem Frühstück«, ergänzte Fleur aus dem Hintergrund.

»Packen?« Virginie stand am Treppenabsatz und sah von Kylian zu Fleur. »Fahren wir nach Hause?«

Kylian erhob sich und streckte seine Hand aus. »Wollen wir mal nach Fluffy sehen?«

Océane ergriff seine ausgestreckten Finger. Während sie auf die Terrasse traten, vernahm er mit einem Ohr, wie Fleur leise mit Virginie sprach. Sie mussten den Mädchen dringend wieder etwas mehr Beständigkeit bieten. Dieses Vagabundenleben war keine dauerhafte Lösung. Sobald sie sich in Rouans eingerichtet hatten, würden Fleur und er sich eingehend umsehen und entscheiden, ob sie sich ein dauerhaftes Leben im Westen Frankreichs vorstellen konnten. Das dortige Wetter war nicht mit dem im Süden vergleichbar, aber das raue Klima des Ozeans konnte mit Sicherheit seinen ganz eigenen Charme entfalten. Kylian war egal, wo er lebte. Wichtig war einzig, mit wem er sein Leben verbrachte.

»Sie frisst schon wieder.« Océane deutete auf das kleine Kaninchen.

»Scheint, dass Fluffy den gleichen Bärenhunger hat wie du.« Er lächelte.

»Kylian?« Océane sah zu ihm auf.

»Was ist?«

Ihr Blick aus den stechend blauen Augen traf mitten in sein Herz. Seine Tochter! Ein solch großartiges Gefühl hatte er nie zuvor erlebt.

»Bleibst du jetzt bei uns?«

Er atmete tief durch. Was sollte er darauf antworten? Er wollte Fleur nicht vorgreifen. »Möchtest du denn, dass ich bei euch bleibe?«

Océane wandte den Kopf und nickte.

»Das ist eine große Entscheidung. Ich denke, das sollten wir mit deiner Mutter und Virginie besprechen.« Er ging wieder neben seiner Tochter in die Hocke. »Was meinst du?«

»Papa ist …« Sie verstummte und kaute unruhig auf ihrer Unterlippe herum.

»Was ist mit deinem Vater?«

»Ich glaube, er mag Virginie mehr als mich.« Ihr Gesicht verzog sich.

Océanes Worte und der unüberhörbare Schmerz darin ließen Kylians Eingeweide rebellieren.

»Océane, das glaube ich nicht.« Er musste sich regelrecht dazu zwingen, den Satz über die Lippen zu bringen.

Sie nickte. »Doch, es ist so.« Sie sah ihm in die Augen. »Aber bitte sag Maman nichts. Ich will nicht, dass sie deswegen traurig ist. Sie ist … sowieso schon so oft traurig.«

Am liebsten hätte er das kleine Mädchen in seine Arme genommen, es an sich gedrückt und ihm versichert, dass nun alles gut würde. Doch ihm war bewusst, dass es dafür zu früh war. Viel zu früh. Er durfte Océane nicht überfordern. Zu viel stürmte auf die beiden Kinder ein. Wichtig war jetzt, ihnen ihre Sicherheit und ihre Zuversicht zurückzugeben. Sie brauchten Verlässlichkeit und das Gefühl, dass sie Fleur und ihm bedingungslos vertrauen konnten. Und Kylian würde alles dafür tun, dass das Leben von Océane und Virginie nie wieder von Zweifeln und Misstrauen beherrscht würde.

81

»Du weißt, was zu tun ist«, beschwor Kylian seine Mutter bereits zum dritten Mal.

Fleur merkte ihm die Unruhe an. Obwohl er sich den ganzen Vormittag bemüht hatte, Optimismus zu verbreiten, konnte auch er nicht einschätzen, wie das Treffen mit Rémy ausgehen würde.

Lynelle legte ihrem Sohn eine Hand auf den Unterarm. »Junge, es wird alles gut gehen. Die Mädchen bleiben bei mir, und erst wenn ihr mich anruft, schicke ich sie zu euch. Ansonsten haben wir doch alles besprochen, was ich machen soll.« Sie lächelte. »Es wird alles klappen.«

Fleur bewunderte die Ruhe, die Kylians Mutter ausstrahlte. Ihr Magen fühlte sich gerade an, als sei ein ganzes Ameisennest dort ausgeschwärmt.

»Du kennst Beauvolet nicht«, widersprach Kylian eindringlich.

»Du hast recht, ich kenne ihn nicht.« Lynelle sah von Kylian zu Fleur. »Aber ich kenne meinen Sohn und seine Fähigkeiten.«

Kylian verdrehte die Augen. »Das hier ist etwas anderes, Maman.«

Lynelle hob ihre Hände. »Atmet einmal tief durch und geht schon mal an den vereinbarten Ort.« Dann sah sie zu Fleur. »Er müsste doch gleich eintreffen, oder nicht?«

Fleur sah auf ihre Uhr und nickte. »Ja, ich habe ihn vor zwanzig Minuten angerufen.« Sie überlegte. »Wir sollten gehen«, forderte sie Kylian auf. Die Mädchen spielten im Garten. »Du kümmerst dich um sie?«

Wieder lächelte Lynelle. »Wir warten noch zehn Minuten, dann kommen wir hinterher. Alles hier oben abgespeichert.« Sie tippte sich an die Stirn.

Kylian trat auf seine Mutter zu und umarmte sie stumm.

»Na, komm. Wir sehen uns gleich wieder«, versuchte diese, weiter stark zu bleiben, doch Fleur vernahm nun auch bei ihr ein leichtes Zittern in der Stimme.

»Ihr macht das!« Lynelle umarmte sie und hauchte ihr einen Kuss auf die Wange. »Viel Glück!«

»Woher nimmt sie nur diese Stärke?«, fragte Fleur wenige Augenblicke später, als sie sich an den Abstieg zum Hérault machten.

»Sie ist eine sehr erstaunliche Person«, erwiderte Kylian ernst. »Schon immer gewesen.«

Einige Sekunden herrschte Schweigen, da der steile Pfad vor ihnen tückische Stolperfallen bereithielt. Sie konzentrierten sich auf den Weg und stiegen Meter für Meter den Abhang hinab.

Pierre Dossin hatte dreimal angerufen und ihnen immer wieder versichert, dass Rémy allein unterwegs sei und er weit und breit keinerlei Verfolger entdeckt habe. Fleurs Mann schien sich tatsächlich an die Abmachung zu halten. Ihr Blick fiel auf Kylians Waffe, die in seinem Rückenholster steckte. Es wäre so einfach. Ein Schuss, und all ihre Probleme wären gelöst. Doch Fleur wusste, dass Kylian dies niemals in Erwägung ziehen konnte. Auch wenn sein Hass auf Rémy grenzenlos zu sein schien, war er nicht der Typ für Selbstjustiz.

Als er sich zu ihr umdrehte, meinte sie in seinen Augen zu erkennen, dass ihm gerade die gleichen Gedanken durch den Kopf gingen.

»Ich möchte nicht, dass unser zukünftiges Leben von einer Lüge überschattet wird.«

Fleur nickte. »Du bist nicht er. Und dafür liebe ich dich.«

Er streckte seine Hand aus und umfasste kurz ihre Finger. »Ich möchte auch weiterhin als Polizist arbeiten können. Das ist mein Job, das ist, was ich gern tue.«

»Ich weiß.« Sie bemühte sich um ein Lächeln. »Es ist nur so verflucht schwer, ihn davonkommen zu lassen.«

Kylians Miene verdüsterte sich. »Wem sagst du das?« Er hielt inne. »Wenn die Kinder nicht wären, wenn …« Er schnaufte. »Lass uns unseren Plan beibehalten. Für uns. Für unseren Seelenfrieden.«

»Du hast recht.«

Sie verfielen wieder in nachdenkliches Schweigen. Als sie unten ankamen, empfing sie der Hérault mit seinem gurgelnden und sprudelnden Strom. Die Sonne brachte die Wasseroberfläche zum Glitzern.

Fleur ließ ihren Blick über die Felswand schweifen, die auf der anderen Seite des Flusses in die Höhe ragte. Ihr Körper zitterte. Sie konnte die Unruhe nicht länger unterdrücken. Was würde gleich geschehen? Sie schloss die Augen und bemühte sich um eine gleichmäßige Atmung.

»Wir schaffen das.« Kylian stellte sich hinter sie und legte seine Arme um ihren Oberkörper.

Sie schmiegte ihren Rücken gegen seine Brust. »Ich wünschte, wir hätten es schon hinter uns«, flüsterte sie mit erstickter Stimme, als sie über sich das Knacken von Holz vernahmen.

Augenblicklich löste sich Kylian von Fleur und nickte ihr stumm zu. Rémy war im Anmarsch. Fleurs Finger umklammerten den USB-Stick fester. Ihr Herz pochte wild, ihre Kehle schien wie zugeschnürt. Einen Moment lang befürchtete sie, ohnmächtig zu werden.

»Es wird alles gut«, raunte Kylian neben ihr, die Hand auf seiner Waffe. Sie blickten zu dem Trampelpfad, den sie selbst vor wenigen Minuten genommen hatten. Ein Stein löste sich über ihnen und polterte mit lautem Aufprallen herunter.

»Er ist nicht mehr weit entfernt«, erklärte Kylian mit gesenkter Stimme.

Als Rémy endlich in ihrem Blickfeld auftauchte, stockte Fleur der Atem. Das Gesicht ihres Mannes wirkte eingefallen, tiefe Schatten hatten sich unter seinen sonst so strahlenden Augen eingegraben. Er wirkte um Jahre gealtert.

»Fleur!«

Sie versuchte, sein anzügliches Grinsen zu ignorieren.

»Respekt! Eine dramatische Kulisse für den Showdown!« Rémy klatschte in die Hände, während er seinen Blick zwischen Fleur und Kylian hin- und herwandern ließ. »Ich habe es nicht gewusst. Nicht einmal geahnt habe ich, dass das Bullenschwein der Erzeuger des kleinen Zwergs ist.«

»Vorsicht, Beauvolet!« Kylian trat einen Schritt vor.

Rémy hob seine Hände. »Ich bin unbewaffnet. Wie meine Göttergattin mir befohlen hat.« Wieder grinste er. »Aber ihr denkt doch nicht wirklich, dass ihr mit dieser Masche durchkommt.«

Endlich fand Fleur ihre Sprache wieder. Sie zog den USB-Stick aus der Hosentasche und hielt ihn ihrem Mann hin. »Deine Freiheit gegen meine!«

Rémys Augen funkelten sie an. »Ihr lasst mich wirklich gehen? Einfach so?« Er fuchtelte in der Luft herum. »Warum solltet ihr das tun?«

»Weil du mir gleichgültig bist«, erwiderte Fleur kalt. »Ich möchte leben. Mit meinen Kindern.«

»Und mit dem da!« Rémy zeigte auf Kylian.

»Das geht dich nichts an. Wir lassen uns scheiden, und jeder führt sein eigenes Leben weiter.«

»Was ist auf diesem Stick?«

Fleur blickte auf ihre Hand. »Genug, um dich für eine sehr lange Zeit hinter Gitter zu bringen.« Sie hob ihren Arm und schleuderte den kleinen Gegenstand ins Wasser.

Rémy folgte ihrer Bewegung mit offenem Mund.

»Es gibt fünf Kopien«, mischte sich Kylian ins Gespräch. »Jede einzelne so sicher deponiert, dass Sie sie niemals aufspüren werden. Wenn Fleur oder den Mädchen auch nur ein Haar gekrümmt wird, gehen alle fünf automatisch an die Staatsanwaltschaft Montpellier, die sich mit Hochgenuss auf das Material stürzen wird.«

»Hört, hört, der edle Retter und Beschützer.«

Weder Fleur noch Kylian gingen auf Rémys süffisanten Ton ein.

Als er zu merken schien, dass er bei ihnen auf Granit biss, nickte er zögernd. »Der Deal klingt fair.«

Fleur hatte sich innerlich für Hunderte verschiedener Szenarien gewappnet. Dass Rémy kampflos aufgab, war nicht darunter gewesen. Sie versuchte, ihre Erleichterung zu verbergen.

»Das freut mich«, erklärte sie nun knapp.

»Was ist mit Virginie?«, bellte er mit verärgerter Miene. »Sie ist meine Tochter.«

Fleur nickte. »Und das wird sie auch bleiben. Wenn du dich an unsere Abmachung hältst, wird sie niemals erfahren, dass ihr Vater ein skrupelloser Mörder und Vergewaltiger ist«, erwiderte Fleur ungerührt.

Rémys Gesicht verzog sich zu einer wütenden Grimasse. »Ich bin kein …«

»Sie wird es nicht erfahren«, wiederholte Fleur ihre Worte. »Sobald wir alles besprochen haben, kannst du dich von den Mädchen verabschieden.«

»Von den Mädchen?« Er kniff seine Augen zusammen. »Ich möchte nicht …«

»Aber ich«, fiel ihm Fleur ins Wort, nachdem sie zu alter Stärke zurückgefunden hatte. Er konnte ihr nichts mehr antun. Und sie sah ihm an, dass er das ebenfalls wusste. Rémy Beauvolet hatte verloren. Vielleicht zum ersten Mal in seinem Leben. »Océane denkt nach wie vor, du seist ihr Vater. Zeig einmal in deinem Leben Format und verabschiede dich vernünftig.«

»Ich möchte meine Tochter auch zukünftig treffen.«

»Wenn die Kinder in ihrem neuen Umfeld angekommen sind, werde ich sehen, wie wir das arrangieren können.« Zu mehr war Fleur in diesem Augenblick nicht bereit.

»Wie wir das arrangieren? Ich bin ihr Vater, Fleur. Du kannst sie mir nicht vorenthalten. Dazu hast du kein Recht.«

»Das möchte ich auch nicht. Wie gesagt, wenn du dich an die Abmachung hältst, kann ich mir durchaus vorstellen, dass ihr euch unter gewissen Voraussetzungen sehen könnt.«

Ihr Mann schnappte nach Luft.

Fleur bemerkte, wie Kylian unauffällig auf die Uhr sah und sich dann am Kinn kratzte. Das vereinbarte Zeichen. Sie atmete aus. Lynelle hatte genug Zeit gehabt, um ihr Vorhaben umzusetzen.

»Willst du die Mädchen jetzt sehen?«

Noch immer klopfte Fleur das Herz bis zum Hals. Obwohl Rémy bereits vor einer halben Stunde weggefahren war, hatte sie die Begegnung mit dem Mann, mit dem sie so viele Jahre ihres Lebens verbracht hatte, nachhaltig aufgewühlt. Sie lauschte dem Gespräch zwischen Kylian und seiner Mutter nur mit einem Ohr, die Mädchen liefen im Garten kichernd hinter Fluffy her. Der Abschied zwischen ihnen und Rémy war besser gelaufen, als Fleur befürchtet hatte. Nachdem Kylian seiner Mutter Bescheid gegeben hatte, dass sie Virginie und Océane zu ihnen an den Fluss schicken solle, hatte es nur wenige Minuten gedauert, bis die beiden auftauchten. Fleur und Kylian hatten sich zurückgezogen, Rémy hatte sich mit den Mädchen ans Wasser gesetzt und geredet. Virginie hatte geweint, Océane immer wieder zu Fleur hinübergeschaut. Sie wusste, was sie den Kindern zumutete, doch ein Blick zu Kylian erinnerte sie daran, warum sie all die Strapazen, all die Unruhe und Sorgen auf sich nahm. Wäre sie bei Rémy geblieben, hätte er sie früher oder später zerstört. Ein Mann wie Rémy konnte nicht lieben, er konnte keinerlei Gefühle empfinden, außer wenn es um ihn selbst und seinen eigenen Vorteil ging. Nein, Fleur hatte das einzig Richtige getan. Ob ihr Mann sich an die Vereinbarungen hielt, würde sich zeigen. Doch die Zeit arbeitete für Fleur. Früher oder später würde er über seine eigene Arroganz stolpern.

Wie sie vorausgesagt hatte, hatte Rémy es nicht für nötig erachtet, seinen Wagen zu verriegeln, als er zum Hérault herabstieg. Lynelle hatte es geschafft, zwei der Hochleistungswanzen unter dem Beifahrersitz sowie unter der Rückbank einzunähen. Und da sie im Kofferraum noch eine Sommerjacke von Rémy gefunden hatte, hatte sie kurzerhand auch in den Saum des Kleidungsstücks eines der winzigen Abhörgeräte eingefädelt.

Als sie Kylian und Fleur von ihrer Aktion berichtete, hatte ihre Stimme stark gezittert. Auch an der vorher so zuversichtlich und ruhig erscheinenden Lynelle waren die aufregenden Minuten nicht spurlos vorbeigegangen.

»Alles in Ordnung?«

Fleur spürte Kylians Hand auf ihrer Schulter. Seufzend drehte sie sich um und blickte erst ihn, dann seine Mutter an. »Ihr habt uns gerettet.«

Lynelle lächelte nachsichtig. »Das hast du ganz allein geschafft.«

Kylian nickte. »Du hast ihm deutlich klargemacht, wie du dir deine Zukunft vorstellst. Ich bin sehr stolz auf dich.« Er hauchte ihr einen Kuss aufs Haar. »Bereit für den nächsten Schritt?«

Fleur atmete tief durch. »Es war schön hier«, erklärte sie mit Wehmut.

»Ihr könnt jederzeit zurückkommen.« Lynelle trat einen Schritt auf sie zu. »Er wird dafür bezahlen.«

»Hast du die Sachen der Mädchen gepackt?«

Fleur nickte. »So viel war es ja nicht.«

»Wir werden in den nächsten Tagen mal einen ausgiebigen Einkaufsbummel machen.«

»Pass mir auf die drei auf!«, wandte sich Lynelle an ihren Sohn. »Ich werde jetzt gehen, damit ihr alles in Ruhe verstauen könnt.« Ihre Miene wurde traurig. Dann breitete sie ihre Arme aus und zog Kylian an sich. »Seid vorsichtig.«

»Versprochen.« Als er sich von ihr löste, lächelte er, doch auch seine Augen glänzten verdächtig. »Du kannst uns jederzeit besuchen kommen, Maman.«

»Das werde ich.« Lynelle kämpfte um Fassung.

Fleur überkam ein schlechtes Gewissen. Wenn sie nicht wäre, wenn sie nicht darauf bestanden hätte, dass Kylian sich um sie und die Mädchen kümmerte, müsste er sich jetzt nicht entscheiden und diesen gewaltigen Schritt gehen. »Es tut mir leid.«

Lynelle wandte sich Fleur zu. »Das muss es nicht. Er hat sich für dich entschieden, weil er es möchte.« Wieder blickte sie zu ihrem Sohn. »Und ich weiß, dass er seinen Entschluss nicht bereuen wird.«

»Danke«, hauchte Fleur mit brüchiger Stimme. »Du bist ... toll.«

»Ihr beide, ihr macht das schon.« Lynelle zog Fleur an sich und umarmte sie. »Alles Gute! Passt auf die Mädchen auf.«

»Ja, ich ...« Fleurs Stimme versagte. Verstohlen wischte sie sich eine Träne weg.

»Jetzt gehe ich.« Lynelle löste sich von ihr und schüttelte den Kopf. »Ich hasse Abschiede.«

Sie trat in den Garten und rief die Kinder zu sich. Fleur und Kylian sahen sich einige Sekunden lang stumm an. »Du kümmerst dich um die Mädchen, und ich rufe Démilliers an«, erklärte Kylian schließlich ernst.

Fleur senkte den Blick. Sie fürchtete, dass ihm dieses Telefonat nicht leichtfallen würde. Aber Kylians Vorgesetzte hatte mehrere Menschenleben auf dem Gewissen. Er konnte sie auf keinen Fall davonkommen lassen.

82

»Démilliers!«, bellte seine Chefin nur Augenblicke später ins Telefon.

»Ich bin es«, meldete sich Kylian, während er beobachtete, wie Fleur draußen mit den Mädchen Fluffy in ihren Käfig zurückverfrachtete.

»Verdammt, Plevantier! Wo sind Sie?«

»Das tut nichts mehr zur Sache«, erklärte er kalt.

»Sind Sie von allen guten Geistern verl…«

»Sie hören mir jetzt gut zu, Démilliers«, fiel Kylian ihr ins Wort, während sein Hass wieder aufloderte. »Ich weiß alles. Beauvolets Erpressung, die Fotos, Ihr Verrat.« Er hielt inne.

Démilliers schnaufte ins Telefon. »Von was reden Sie da?«

»Lassen Sie das Theater!« Er bemühte sich um Ruhe. Innerlich meinte er fast zerplatzen zu müssen angesichts des Leids, dass Rashida Démilliers verursacht hatte. »Yann, Justine, Corinne, Camille …« Er schloss die Augen, während er die Namen aufzählte. »Sie werden noch heute offenlegen, was Sie getan haben. Falls nicht, werde ich es tun. Dann gehen die Fotos von Ihnen und Ihrer blonden Gespielin an sämtliche größeren Zeitungen Frankreichs.«

»Plevantier, hören Sie …«, setzte Démilliers mit gesenkter Stimme an. »Wir sollten reden. Können …«

»Es gibt nichts mehr zu reden«, entgegnete Kylian barsch. »Ich kündige mit sofortiger Wirkung. Und Sie sollten meinen Rat befolgen. Ansonsten …«

»Dieser Job ist alles, was ich habe«, flehte Démilliers am anderen Ende der Leitung. »Lassen Sie mich doch erkl…«

»Nein«, fuhr er ihr dazwischen. »Sie haben Zeit bis …«, er sah auf die Uhr, »… bis sechzehn Uhr. Danach werden mir meine Mitarbeiter berichten, ob Sie sich selbst gestellt haben. Falls nicht …« Er ließ den Satz unbeendet.

»Das können Sie doch nicht machen.«

»Leben Sie wohl, Démilliers.«

Er legte ohne ein Wort des Abschieds auf. Wenn er nur daran

dachte, wie seine Vorgesetzte seine Kollegen dem sicheren Tod ausgeliefert hatte, indem sie Interna an Beauvolet verraten hatte, wurde ihm speiübel. Mehr konnte er nicht tun. Kylian war klar, dass man ihn früher oder später zu den Ereignissen kontaktieren würde.

Wie viele Jahre hatte er mit Démilliers zusammengearbeitet? Taubheit macht sich in Kylians Brust breit. Jahrelang hatte er sich von ihr täuschen lassen. Hatte seine Mitarbeiter den Haien zum Fraß vorgeworfen, ohne etwas zu ahnen. Hatte es Anzeichen gegeben? Hätte Kylian es ahnen müssen? Er spürte, dass es noch sehr viel aufzuarbeiten gab, denn er hatte die Verantwortung getragen.

Ein letztes Mal ließ er seinen Blick durch die Küche schweifen. Und obwohl sie nur einige hundert Kilometer gen Westen zurücklegen würden, fühlte es sich an, als werfe er alles ab, was sein bisheriges Leben ausgemacht hatte. Wieder sah er aus dem Fenster. Fleur redete auf Océane ein, während sie Virginie in ihrem rechten Arm hielt. Bei dem Anblick der drei wich die frustrierende Leere in seinem Körper einem Gefühl des Angekommenseins, ja der Hoffnung und Lebensfreude. Endlich konnte er mit der Frau zusammen sein, die er seit fünf Jahren liebte, die seine Seele wie niemand anders berührte, die ihm ein Kind geschenkt hatte. Ein bezauberndes Mädchen, das er ab sofort durchs Leben begleiten, das er unterstützen, mit dem er lachen und weinen durfte. Entschlossen verließ er den Wohnraum und trat ins Freie.

»Seid ihr so weit?«

Die drei wandten ihre Köpfe und sahen ihn an. Seine Familie, schoss es ihm freudig durch den Kopf. Die er jederzeit mit seinem Leben beschützen würde.

»Ja, wir sind so weit«, erklärte Fleur leise, während sie ihn über die Köpfe der Mädchen hinweg ansah.

Epilog

Ein Jahr später, irgendwo in der Bretagne

Den Oberkörper auf die Ellbogen gestützt und die Zehen im Sand verbuddelt, sah Fleur auf die geheimnisvolle Weite des Ozeans. Der Atlantik hatte seine ganz eigene Schönheit, schimmerte dunkler und rauer als das Mittelmeer. Auch die Temperaturen bewegten sich in niedrigeren Bereichen als in ihrer alten Heimat. Und doch war es Liebe auf den ersten Blick gewesen, als sie im letzten Sommer die Gegend erkundet hatten und durch puren Zufall an dem etwas baufälligen pittoresken alten Bauernhaus mit dem großen Grundstück und dem blauen »Zu verkaufen«-Schild vorbeigefahren waren. Noch heute musste Fleur lächeln, wenn sie an jenen Tag zurückdachte. Eigentlich hatten sie mit den Mädchen einen Ausflug unternehmen wollen, um sie ein wenig auf andere Gedanken zu bringen. Virginie hatte die letzten zwei Wochen vor den Sommerferien eine neue Schule besucht, während Océane in ihrer neuen Kindertagesstätte auf Anhieb zwei Freundinnen gefunden hatte, die sie sofort in ihr Herz schloss.

Als das Haus mit dem Verkaufsschild am Straßenrand auftauchte, waren Kylian und sie wie elektrisiert gewesen. Sie hatten angehalten und die Nummer des Maklers gewählt. Keine zwanzig Minuten später standen sie zu viert in dem großen Wohnzimmer mit der breiten Fensterfront, dem urigen Kamin und mit der weitläufigen Terrasse mit den gebrochenen Fliesen davor. Océane hatte ganz plötzlich ihre Arme ausgestreckt und sich um ihre eigene Achse gedreht. Virginie hatte ihre tanzende Schwester mit glänzenden Augen beobachtet. Das war der Augenblick gewesen, in dem die Entscheidung gefallen war. Keine vier Wochen später hatten sie damit begonnen, »ihr« Haus zu renovieren. Weniger als fünfhundert Meter vom Strand entfernt, mit zwei großen wunderschönen Zimmern für die Mädchen und einem Schlafraum mit Meerblick und angrenzendem Badezimmer für Fleur und Kylian. Gut, verbesserte sie sich in Gedanken, den Atlantik konnte man nur von der äußeren rechten Ecke des Fensters sehen, aber das tat Fleurs Freude keinen Abbruch.

»Maman, sieh mal, Charlie gräbt den ganzen Strand um.« Océane deutete auf den kleinen dunkelbraunen Mischlingswelpen, den Kylian den Mädchen vor zwei Monaten geschenkt hatte, während Virginie mit ihren Füßen am Ufer herumplanschte. Die Mädchen waren endlich in ihrer neuen Heimat angekommen. Harte Monate der Diskussionen lagen hinter ihnen. Vor allem Virginie hatte sich viele Abende in den Schlaf geweint, hatte wieder und wieder nach ihrem Vater verlangt. Als Fleur und Kylian den Mädchen vor acht Monaten mitgeteilt hatten, dass Rémy nicht Océanes Vater war, war die Situation kurzzeitig fast eskaliert. Doch es war nicht zuletzt Kylians Geduld und seiner Fürsorglichkeit zu verdanken gewesen, dass sie sich nach und nach, langsam und behutsam, zu viert einander angenähert hatten, Océane und Kylian, Virginie und Kylian, und letztlich hatte sich auch Fleurs Beziehung zu ihren Töchtern verändert. Nie zuvor hatte sie sich so frei und unbeschwert gefühlt. Konnte sie einfach sein, wer sie war. Musste nicht nachdenken, was sie tat, was sie sagte. Kylian liebte sie, wie sie war. Und sie liebte ihn. Ein Leben ohne ihn konnte sie sich nicht mehr vorstellen. Die Scheidung von Rémy lief, sie schätzte, dass sie in etwa vier Monaten eine freie Frau sein würde. Und ihr Vater befand sich seit zehn Monaten in einem Pflegeheim keine fünfzehn Minuten von ihrem neuen Zuhause entfernt. Sie besuchte ihn mehrmals die Woche mit den Mädchen. Und auch wenn sich sein Zustand bis heute kaum gebessert hatte, bekam Fleur immer öfter den Eindruck, er wirke entspannter, ruhiger.

»Maman, komm ans Wasser«, rief Virginie zu ihr herüber.

»Gleich«, erwiderte Fleur lächelnd.

Sie konnte sich nicht erinnern, wann sie je so glücklich gewesen war. Vor drei Monaten hatte sie eine Ausbildung zur Physiotherapeutin begonnen. Es war etwas komplett Neues, aber die Arbeit machte ihr viel Spaß. Ihr Chef war sehr nett, und mit einer ihrer Kolleginnen war sie schon zweimal einen Kaffee trinken gegangen. Auch Kylian hatte einen neuen Job als Polizist gefunden. In der nächstgrößeren Stadt zehn Kilometer von ihrem Dörfchen entfernt war der Posten des Abteilungsleiters der Mordkommission frei geworden. Durch die Empfehlung seiner früheren Dienststätte hatte Kylian keine Probleme gehabt, sich gegen seine fünf Mitbewerber durchzusetzen.

»Bonjour, schöne Frau!«

Überrascht sah Fleur auf und blickte in Kylians Gesicht. »Was machst du denn schon hier?«

Er beugte sich zu ihr herab und küsste sie. »Ich hatte Sehnsucht nach euch.«

Fleur hob die Brauen. »Ein sehr schöner Grund, aber was sagen deine Kollegen dazu?«

Er ließ sich neben ihr im Sand nieder.

»Papa!« Océane kam angerannt und schlang Kylian ihre Ärmchen um den Hals. Der kleine Hund stürmte bellend hinter ihr her.

»Na, ihr beiden! Habt ihr Spaß?« Kylian hauchte ihr einen Kuss auf die Wange, bevor er die Hand hob und Virginie zuwinkte, die ihn auch gerade entdeckt hatte.

»Charlie ist verrückt«, begann Océane. »Er buddelt und buddelt. Und er bellt die Wellen an. Er …« Ihre Stimme überschlug sich fast vor Begeisterung. »Du musst gleich mal mit ans Wasser kommen.«

»Océane, Charlie, kommt!«, rief da Virginie vom Ufer aus.

»Wir kommen auch gleich«, erwiderte Kylian.

Océane stürmte wieder davon, der Welpe neben ihr sprang an ihr hoch und bellte erneut.

»Sie sind glücklich«, merkte Fleur leise an, bevor sie nach seiner Hand griff.

»Und du?« Kylians Blick wurde prüfender.

»Ich bin es auch.« Sie lächelte.

»Fleur, das mit der Sehnsucht ist nur die halbe Wahrheit …«, begann er zögernd.

»Was meinst du?«

»Ich habe heute mehrfach mit Mathis telefoniert.« Er hielt inne. »Wir sind übrigens im September zu seiner Hochzeit eingeladen.«

Fleur musste an den dunkelhaarigen Polizisten denken, der sie mit seiner Freundin an Silvester besucht hatte. Camille hatte den Kopfschuss schwer verletzt überlebt und Monate gebraucht, um sich nach und nach wieder ins Leben zurückzukämpfen. Mathis war ihr in all der Zeit nicht von der Seite gewichen. Fleur freute sich für die beiden.

»Du bist aber nicht früher heimgekommen, weil du mir diese Einladung überbringen wolltest, oder?« Sie ahnte, was er ihr gleich eröffnen würde.

»Nein«, bekannte er leise. »Sie haben ihn verhaftet.«

Ihn, dachte Fleur beklommen und schloss für einen Moment die Augen. An diesem Strand, neben diesem Mann, mit diesem Ausblick erschien ihr das Leben neben Rémy wie aus einer anderen Zeit. War es wirklich erst zwölf Monate her, dass sie sich dazu entschieden hatte, sich aus den Klauen ihres kriminellen Mannes zu befreien?

»Was ist passiert?« Sie bemühte sich um Ruhe in ihrer Stimme, obwohl sie innerlich bebte.

»Pierre und sein Kollege haben endlich genügend Material gegen ihn. Informationen zu Drogenlieferungen, drei Auftragsmorden ...« Kylian winkte ab. »Willst du es wirklich wissen?«

Fleur wandte ihren Kopf und sah ihn an. »Er ist ein Teil meiner Vergangenheit, die ich nicht leugnen kann.« Sie sah zu ihren lachenden Kindern. »Aber er gehört nicht mehr zu meiner Gegenwart.« Sie schüttelte den Kopf. »Nein, ich möchte es nicht wissen. Nur so viel: Wird es ausreichen, um ihn dranzukriegen? Und wird er eine Verbindung zu uns herstellen können?«

Kylian legte seinen Arm um ihre Schultern und zog sie an sich. »Ja und nein. Es wird vermutlich ausreichen, dass er nie wieder freikommt. Und Pierre hat sich extrem zurückgehalten. Zu seinem Kollegen, mit dem er die ganze Aktion durchgeführt hat, habe ich keinerlei Verbindung. Ich würde sagen, dass dein Mann in hundert Jahren nicht dahinterkommt, wer ihn auf welche Weise bespitzelt hat.«

Es war geschafft. Fleur spürte, wie sich eine zentnerschwere Last von ihr löste. Noch konnte sie es kaum glauben, doch während der letzten Monate hatten sich ihre Gedanken mehr und mehr auf das Hier und Jetzt mit ihrer Familie verlagert, an Rémy hatte sie immer seltener denken müssen.

»Es ist vorbei«, flüsterte sie mit belegter Stimme.

Kylian nickte. »Sieht so aus.«

Fleur sog die salzige Luft ein, genoss das Rauschen der Wellen vor ihnen, konzentrierte sich auf den Sand zwischen ihren Zehen.

»Es ist wirklich vorbei«, wiederholte sie. »Es. Ist. Vorbei.«

Kylian zögerte. »Da wäre noch etwas.«

Sie atmete tief aus.

»Der Unfall deines Vaters damals …«

Fleur ließ ihren Blick über Kylians Gesicht wandern. »Das war er«, folgerte sie tonlos.

Kylian nickte. »Er scheint eine Bemerkung zu seinen Mitarbeitern gemacht zu haben, die genau darauf schließen lässt.«

Fleur fasste sich an die Kehle. »Oh, Papa …«

»Es tut mir leid.«

Fleur nickte. »Er darf nie wieder freikommen. Nie wieder.« Dann fasste sie sich ein Herz. »Lass uns zu den Kindern gehen.«

Sie erhob sich und streckte ihre Hand nach ihm aus. Er ergriff ihre Finger und stemmte sich ebenfalls hoch. Hand in Hand steuerten sie auf die Mädchen zu, die kichernd den Welpen nass spritzten, der aufgeregt zwischen Océane und Virginie hin und her stürmte.

Während ein paar Möwen über ihnen kreisten und vorwurfsvolle Schreie ausstießen, während die Brandung brauste und gurgelte, während der Wind ihr Haar ergriff und sich in ihm verfing, hatte Fleur nur diesen einen Gedanken: Es war vorbei. Sie hatte es geschafft. Das Leben ihrer Kinder und ihr eigenes waren nicht länger gefährdet. Und sie wusste den Mann an ihrer Seite, den sie über alles liebte, der sie glücklich und vollkommen machte. Der Albtraum war vorbei.

Danksagung

Die Idee zu »Im Zauber der Stille« entstand, als ich einen Film zum Thema Zeugenschutzprogramm gesehen habe. Es ging um ein völlig anderes Verbrechen, aber das sichere Haus darin kam mir derart unrealistisch vor (es hatte eine riesige breite Fensterfront ohne Vorhänge, sodass jeder Einsicht in das Innere nehmen konnte, abends waren die Räume hell erleuchtet und von Weitem erkennbar …), dass mir sofort der Gedanke kam: Das Thema ist interessant, aber die Umsetzung könnte besser sein. Diesem Anspruch habe ich mich dann verschrieben, als sich die Entstehung der Geschichte immer weiter intensivierte.

Als ich vor vielen Jahren zum ersten Mal das kleine Örtchen Saint-Guilhem-le-Désert besuchte, wusste ich, dass ich hier einen meiner Krimis ansiedeln möchte. So war dann auch sehr schnell klar, wo die Flucht von Fleur und Kylian ihren vorläufigen Endpunkt erreichen sollte.

Von der ersten Idee bis zum fertigen Buch ist es eine weite Reise. Die Geschichte verdichtet sich, die Handlung breitet sich aus, Nebenstränge entstehen, die Protagonisten und ihre Eigenheiten werden klarer. Irgendwann ist dann der Punkt erreicht, an dem die Geschichte ihren Weg in die Welt antreten möchte. Und an dieser Reise ist nicht nur die Autorin allein beteiligt. Daher möchte ich einigen Menschen an dieser Stelle ausdrücklich danken, die an mich glauben und mich stets unterstützen.

Ein riesiges Dankeschön geht an meine Familie, meinen Mann und meine Kinder, die mich immer weiter auf meinem wundervollen Weg begleiten, die mir den Rücken freihalten und mich jederzeit unterstützen, wenn mal wieder ein Abgabetermin oder eine Lektoratsfrist näher rücken. Die mich geduldig auf meinen Recherchereisen und -ausflügen begleiten und sich schon lange nicht mehr wundern, wenn mir wieder einmal die merkwürdigsten Fragen durch den Kopf gehen, die dann auch laut ausgesprochen und diskutiert werden müssen.

Weiter möchte ich mich bei meinen lieben Eltern und meinem Bruder bedanken, die ebenfalls immer für mich da sind.

Ich danke meiner lieben Testleserin Claudia Hugo für ihre klare und gründliche Sicht auf die Geschichte, für ihre stets ehrliche Rückmeldung und am meisten für unsere schönen Treffen, auf die ich mich jedes Mal sehr freue.

Ohne meinen wundervollen Verlag Grafit könnte ich meine Geschichten nicht in die Welt setzen. Daher gebührt ihm ein ganz besonderer Dank. Herrn Emons, Daria Gaberdan, Christel Steinmetz, Inka Stirnagel, Ingeborg Simandi, Mike Jauß, Marion Heister, Gudrun Stegemann und all den anderen Mitarbeitern, die mich so großartig unterstützen und bei der Entstehung meiner Bücher so tatkräftig mitwirken. Danke für das tolle Cover, danke für ein intensives Lektorat, für konstruktive Anmerkungen und für einfach alles, was ihr für mich und meine Bücher macht.

Liebe Leserinnen und liebe Leser, Ihnen möchte ich von ganzem Herzen danken. Für Ihre Treue, aber auch dafür, dass Sie bis zu diesen Zeilen durchgehalten haben, dafür, dass ich Ihnen einige hoffentlich spannende Lesestunden bescheren durfte, und dafür, dass Sie sich für genau dieses Buch entschieden haben. Ich würde mich freuen, wenn wir uns an anderer Stelle wiederlesen. Machen Sie es gut!

Liebe Grüße
Ihre Silke Ziegler

Die Südfrankreich-Krimis von Silke Ziegler:

Im Schatten des Sommers –
Spurensuche im Roussillon

ISBN 978-3-89425-481-0
Auch als eBook erhältlich

Sophias Eltern und ihr kleiner Bruder sind vor vierundzwanzig Jahren verschwunden. Als jetzt bei einem Autounfall ein Mann schwer verletzt wird, ergibt sich eine neue Spur. Denn der Unbekannte trägt ein Foto der Familie bei sich. Sophia bricht ins idyllische Argelès-sur-Mer an der südfranzösischen Küste auf – sehr zum Missfallen des ermittelnden Polizisten Nicolas Rousseau. Dabei verbindet die beiden mehr, als sie am Anfang ahnen …

Im Angesicht der Wahrheit –
Rückkehr ins Roussillon

ISBN 978-3-89425-491-9
Auch als eBook erhältlich

Nach einem traumatischen Erlebnis hat die Französin Estelle Miroux ihrer Heimat den Rücken gekehrt und ein neues Leben in Deutschland begonnen. Als sie eine kleine Auberge erbt, kehrt sie nach Argelès-sur-Mer zurück. Kurz darauf beginnt eine Mordserie und die junge Frau gerät unter Tatverdacht. Denn den Opfern wurde ein Datum in die Stirn geritzt – das Datum der schlimmsten Nacht in Estelles Leben.

grafit

Spannung und Romantik

Im Licht der Erinnerung

ISBN 978-3-89425-580-0
Auch als eBook erhältlich

Eine Frau wird verdächtigt, zwei Jugendliche niedergeschossen zu haben, aber sie leidet an einer Amnesie. Um ihrem Gedächtnis auf die Sprünge zu helfen, erklärt sich Polizist Cédric Douchet widerwillig bereit, bei einem waghalsigen Spiel mitzuspielen. Schon bald muss er feststellen, dass ihn die schöne Unbekannte alles andere als kaltlässt – und ganz eigene Pläne verfolgt …

Im Tal der Hoffnung

ISBN 978-3-89425-594-7
Auch als eBook erhältlich

Eine grausame Verbrechensserie erschüttert das südfranzösische Montpellier: Jahr für Jahr wird eine Studentin entführt, missbraucht und getötet. Als Adèle Nélard verschwindet, wendet sich ihr Vater an Raphaël Dumont. Der charmante Ex-Polizist genießt einen hervorragenden Ruf als Privatdetektiv und sieht nur einen Weg, sich dem Täter zu nähern: Er muss Coralie Beladier finden und sie überzeugen, ihm zu helfen. Denn sie ist das einzige Opfer, das der Entführer hat laufen lassen. Und dafür muss es einen Grund geben …

Mehr Spannung in Frankreich

Am Ende der Unschuld

ISBN 978-3-89425-772-9
Auch als eBook erhältlich

Milla Seifert erhält die Chance ihres Lebens: Sie soll einen Leitartikel über Robert Hoffmann schreiben, der seit fünf Jahren wegen Mordes in einem Pariser Gefängnis sitzt. Doch bei den Interviews mit Hoffmann kommen Milla zunehmend Zweifel an dessen Schuld. Kann sie ihrem Instinkt trauen, der sie glauben lässt, dass bei der Verurteilung Fehler gemacht wurden und er womöglich so unschuldig ist, wie er behauptet? Oder spielt der charismatische Mann ein perfides Spiel mit ihr? Als es im Gefängnis zu einem brutalen Zwischenfall kommt, trifft Milla eine folgenschwere Entscheidung …

Sina-Engel-Krimis von Silke Ziegler

Die Nacht der tausend Lichter

ISBN 978-3-89425-488-9

Auch als eBook erhältlich

Ein ermordeter Verlobter, sie selbst hochschwanger – in Sina Engels Leben passt gerade nichts zusammen. Doch als in Weinheim an der Bergstraße das größte Sommerfest der Region näher rückt, muss das Privatleben der Kommissarin zurückstehen. Denn seit zwei Jahren treibt ein Serienmörder auf der Kerwe sein Unwesen. Die Polizei arbeitet mit Hochdruck, um ein weiteres Opfer zu verhindern. Da wird Sina ausgerechnet der ehemalige Kollege ihres Verlobten zur Seite gestellt. Matthias Sommer ist charmant und intelligent, doch Sina ist alles andere als gut auf ihn zu sprechen. Können die beiden sich zusammenraufen, um den Mörder rechtzeitig zu stoppen?

Stille Sünden

ISBN 978-3-89425-588-6

Auch als eBook erhältlich

Dieser Fall geht der alleinerziehenden Hauptkommissarin Sina Engel unter die Haut. Der elfjährige Fabian ist von zu Hause weggelaufen. Die eisigen Temperaturen erhöhen den Druck, ihn zu finden: Lange kann ein Kind auf der Straße nicht überleben. Dann wird ein Flüchtling vor seiner Unterkunft erschossen, der Mörder entkommt unerkannt. Auch hier drängt die Zeit. Unterstützung erhält Sina von Matthias Sommer, mit dem sie ein kurzer Flirt verbindet. Zwischen den beiden knistert es noch immer. Können sie das Gefühlschaos hinter sich lassen und die Fälle aufklären?

Sina-Engel-Krimis von Silke Ziegler

Zerbrochene Träume

ISBN 978-3-89425-783-5
Auch als eBook erhältlich

Eigentlich hat sich Kommissarin Sina Engel auf ein paar ruhige Bürotage eingestellt. Doch dann steht Weinheim plötzlich kopf: Zunächst verschwindet ein junges Mädchen aus gutem Haus, wenig später wird Sinas Schwager auf offener Straße zusammengeschlagen und lebensgefährlich verletzt. Als kurz darauf auch noch ein Mord geschieht, haben Sina und ihr Kollege Matthias Sommer, mit dem sie inzwischen mehr als ein reines Arbeitsverhältnis verbindet, auf einmal drei Fälle zu lösen. Einzig eine Sechzehnjährige könnte Licht ins Dunkel bringen – doch da ist es schon fast zu spät …